U0664520

你的爱
是
星辰大海

YOUR LOVE
IS
A SEA *of* STARS

小树 著

SPM
南方传媒　广东人民出版社
· 广州 ·

图书在版编目（CIP）数据

你的爱是星辰大海 / 小树著. —广州：广东人民
出版社，2021.4（2022.10 重印）
ISBN 978-7-218-14826-7

Ⅰ.①你… Ⅱ.①小… Ⅲ.①长篇小说—中国—当代
Ⅳ.①I247.5

中国版本图书馆 CIP 数据核字（2020）第 261515 号

NI DE AI SHI XINGCHEN DAHAI

你 的 爱 是 星 辰 大 海

小 树 著

版权所有　侵权必究

出 版 人：肖风华

责任编辑：汪　泉
责任技编：吴彦斌　周星奎
封面设计：萨福书衣坊
排版制作：广州市广知园教育科技有限公司

出版发行：广东人民出版社
地　　址：广州市越秀区大沙头四马路 10 号（邮政编码：510199）
电　　话：（020）85716809（总编室）
传　　真：（020）83289585
网　　址：http://www.gdpph.com
印　　刷：佛山市迎高彩印有限公司
开　　本：787 mm × 1092 mm　1/16
印　　张：27.25　**字　数**：460 千
版　　次：2021 年 4 月第 1 版
印　　次：2022 年 10 月第 2 次印刷
定　　价：68.00 元

如发现印装质量问题，影响阅读，请与出版社（020-85716821）联系调换。
售书热线：（020）87716172

目录

第一章

◎ 生命深处的痛

窗外，隆隆的雷声拖着沉重的尾音从屋顶上滚滚掠过。

如意脸色绯红地躺在床上，半梦半醒中，感觉一只手正在自己的身上游走，她蓦然惊醒："啊，你是谁？放开我！"

暗沉潮湿的空气中，一个黑乎乎的脑袋，喘着粗气压在她的头顶上方，一股馊臭的酒味儿喷到她的脸上，令人作呕。

"老实点！你……你已经被你妈卖……卖给我，做……做老婆了！"

轰！一道闪电炸裂在窗前，照亮了眼前这张横肉下坠的大脸。惊恐中，如意瞪圆了双眼紧盯着那张大脸：蔡小毛？城南包工头蔡大毛家的傻儿子！

如意顿时身体僵直，浑身颤抖，汗珠子淋漓而下。

蔡小毛没想到如意这么快就醒了，惊慌中他一把捂住了如意的嘴。

"唔，不，不要，放开我！"如意心头的恐惧，如同这暗夜里漫天密布的闪电，瞬间蔓延到每一个神经末梢。她咬紧牙关，拼尽全力猛烈挣扎。她用力掰开蔡小毛的手，铆足了劲儿猛踢双腿，想把恶心的蔡小毛从身上踹下去。

可是，蔡小毛如泰山压顶，瘦弱的如意几乎被他压扁了，任她怎么踢腾，蔡小毛依旧像块磐石，沉重地压在她的身上。

"我爹出价三十万外加一套房子买你，给我做老婆……今晚，我要睡……了你！"

暗夜里，结巴的蔡小毛得意地笑着，他一手把如意的双手扣在头顶，一手揪住她的头发，对着如意的嘴压了下去，令人作呕的酒味儿、汗味儿和口臭味儿一起往如意的鼻子里钻。

"不！"

撕心裂肺的喊叫凄厉地划破漆黑中的沉寂，如意挣扎着避开蔡小毛的臭嘴，头皮被揪得一阵阵发麻，悲愤绝望的泪水顺着她白皙的脸颊长流而下。

十八年了，李大红终究还是把她给卖了。除了绝望悲愤，还有深深的仇恨在心底涌起，过往所有的隐忍，这一刻都在心底变成了滔滔不绝的仇恨。

"你……你再叫，我……我就，掐死你！"

蔡小毛肥硕的身体颤动了一下，恼怒地掐住如意的脖子呵斥道。

"求你放了我，放了我吧！"绝望下，如意流着泪挣扎、求饶，希望蔡小毛能放自己一马。

可是，精虫上脑的蔡小毛只想快点睡了如意，怎么可能放了她？他爹蔡大毛说了，要是来年生个像如意一样聪明的胖小子，重重有赏。

只要睡了如意就有奖励，蔡小毛愈发着急，加大了撕扯的力度，如意身上那件棉纺的薄睡裙瞬间成了两半，白皙莹润的肌肤显露出来，蔡小毛垂涎欲滴，"乖乖让我睡……睡了，明年给我生……生儿子，我爹说有、有重奖！"

"不！不要啊！"如意闭着眼睛凄厉欲绝，她夹紧双腿，侧着脑袋避开蔡小毛的臭嘴，全身的肌肉绷得僵硬如铁。

很快就要高考了，只要高考顺利，她就能远走高飞，逃离这个魔窟一般的家，她绝不要被卖给蔡小毛这个大傻子！

蔡小毛疯狂地在如意身上啃噬抓咬，坚硬的指甲从她如凝脂般的肌肤上划过，留下一道道深深浅浅的血痕，撕裂般的疼痛钻入如意心底。

如意誓死不从，猛烈挣扎反抗，却被蔡小毛弄得遍体鳞伤，绝望中心底腾起冲天的火焰，与其被蔡小毛这个傻子糟蹋，不如和他拼死一搏！

她对着蔡小毛肥硕的臂膀用尽全力咬了下去，嘴里顿时溢出了一股浓重的血腥味儿。

片刻，一记耳光重重地落在她的脸上，"他娘的，你……你敢咬我！"蔡小毛疼得惊跳起来，抢起手臂又扇了下来。顿时，如意的左脸火烧般辣疼起来，脑袋一阵眩晕。

她腾出双手抓住蔡小毛横肉下坠的大脸撕扯起来，蔡小毛的大脸顿时开了花。蔡小毛恼羞成怒，一手揪住如意的头发，一手掐住她的脖子，扯了起来，一把甩到了床脚的墙壁上。

"咚！"如意疼得头脑炸裂，身体沿着墙根滑脱下去，重重地跌坐在地板上。

蔡小毛上前揪住她的衣领，再次把她提起来，又狠戾地甩了她一个大耳光，如意眼前顿时炸亮无数星光，嘴角渗出了一股殷红的热流。

"你是我花……大价钱买……来的，你生是我……蔡家的人，死是我……蔡家的鬼，今晚你要是不……让我睡，我就弄……弄死你！"蔡小毛睁着猩红的双眼，狞笑着伸手去撕扯她的衣裤。

"不！"如意嘶吼着冲蔡小毛绝命一推，瘦弱的身体里爆发出一股巨大的力量，蔡小毛臃肿的身体往后一晃，踉跄着后退了两步。如意抬起脚对着蔡小毛的裆部狠劲儿一踹，那痴肥的肉堆惨叫一声，重重地跌倒下去。

蔡小毛捂着下体杀猪般嚎叫起来，肥硕的身体扭成一团在地上翻滚。

如意惊恐地看着倒在地上哀嚎的蔡小毛，拉开房门风一般冲了出去。

深夜如墨汁一般，四野风狂雨骤，房顶上哗哗的雨声伴着隆隆的雷声，一阵紧似一阵从耳边滚过，一道闪电面目狰狞地撕裂了暗沉的夜幕。如意捂着耳朵躲在墙根下瑟瑟发抖，她顾不得衣不蔽体，一头扎进大雨中，夺命般朝着朦胧不清的路奔跑而去。

三月的江南，寒气逼人，豆大的雨点如刀割般击打在如意满是伤痕的身上，疼得钻心，冷得彻骨。

凄风冷雨中，如意快要被冻僵了，但她不敢停下来，如果李大红和龚如军追出来，她肯定要被抓回去打个半死，再被绑着卖给蔡小毛那个胖傻子！

就是死，也不能被抓回去！

街道上空无一人，只有暗黄的路灯伴着湿漉漉的街巷，雨点落在深深浅浅的水洼上，激起一圈圈细碎的涟漪，仿佛老天爷都在为她悲泣。

不小心踩进一个深坑，脚底一崴，如意摔倒在污浊的泥坑里，膝盖和手臂疼得钻心。她吃力地爬起来，脸上分不清是雨水还是泪水，继续深一脚浅一脚地顺着出城的大路，跌跌撞撞奔跑而去。

不知跑了多久，也不知跑了多远，直到跑到精疲力竭，喉咙干疼，身体僵冷如铁，如意绝望地站在城外的白水河桥头。

雨依旧淅淅沥沥地下着，东边暗沉的天幕泛出了一片灰白，漆黑的世界开始一点点清晰起来。雷声伴着闪电，从撕裂的天幕下滚滚而过。

看着浑黄不堪的河水从桥底滔滔流逝，想到自己悲戚的身世，还有李大红的谩骂和龚如军的鄙薄，巨大的绝望和屈辱在胸腔里奔突，如意不禁仰天悲泣。

片刻，她闭上眼睛纵身一跃，从桥上跳了下去——

"咚——"

身体剧烈一抖，睡梦中的茹意大汗淋漓地惊醒过来，强烈的刺痛穿透太阳穴，四肢百骸也酸疼得无力动弹。

十年了，她无数次从这个噩梦中惊醒。

被蔡小毛强睡的恐惧，如幽灵般潜藏在她的心底，哪怕过去了十年，每每梦见，依然那么清晰可怖，令她惊恐万分。

她拖着几乎虚脱的身体，爬进了窄小温暖的浴缸里，《childhood memory》如水般的旋律在耳边流淌。她枕在浴缸边缘，身体浸润在温热的水流中，闭着眼睛，强迫自己从刚才的恐惧里抽离。在舒缓的音乐中，她的脑海里幻现出爸爸模糊的身影，眼前慢慢倾洒出一片金色的暖阳。

温煦的晨曦中，笔直的马路上，爸爸骑着自行车徐徐前进，穿行在朝阳的万道金光里。穿着爸爸新买的连衣裙，如意坐在自行车前面的三角架上，张开双臂兴奋地喊道："爸爸，骑快点儿，我要像风一样飞起来……"

"好嘞！"清脆的铃声中，自行车飞一般穿行在寂静的公路上，两边刚挂满新绿的水杉树快速地往后退去，温暖的朝阳洒在身上，如意感觉自己如云彩一般飞升起来了。

到了校门口，爸爸给她买了一碗香喷喷的酸辣馄饨，再塞塞窣窣地从口袋里掏出几个大白兔奶糖和几张零钱放进她的书包里，郑重地拉上拉链叮嘱道："丫头，千万别让你哥哥和妈妈知道，想吃馄饨了，就自己买，记住了……"

如意点点头，蝶翼般的睫毛闪动着，晶亮的眼睛一眨不眨地看着爸爸，金色的朝阳下，爸爸骑车的背影被拉得很长很长。到了转弯处，爸爸转过头看着她幸福地笑了……

"爸爸。"茹意情不自禁地喊道，睁眼却发现自己浸润在温暖的水流中。

金色朝阳里骑车的那个背影，和那一碗香气扑鼻的酸辣馄饨，还有香甜的大白兔奶糖，是她童年里最温暖的记忆。

离开那个家整整十年了，她只见过爸爸的几次背影，那背影一次比一次苍老。不知道爸爸现在怎么样了？这些年茹意想联系他，却怎么也打不通爸爸的电话。

走出门，才发现天空暗沉着，昨日春光明媚的暖意也跟着太阳一起隐没。茹意到街角吃了一碗酸辣馄饨，再也吃不出童年的那种滋味。

上了车，她剥了一颗大白兔奶糖含在嘴里，甜润润的奶香让她心情好了很多。开车到达公司门口时，茹意看到一男一女站在大门外，男的手里拿着一张报纸，仰头指着公司楼顶上的大字"励峰集团"，不时低下头看着报纸，好像在说什么。

茹意心底一惊，那两个背影陌生又熟悉，想到早上的那个噩梦，心头瞬间笼罩着一层厚厚的阴霾。

来到办公室，助理小白把日程安排表送了进来，见她脸色不好，关心道："茹总，您是不是不太舒服？"

茹意揉了揉依旧隐隐作痛的太阳穴，低头翻看日程表，头也不抬地对小白说："我没事儿，给我泡一杯浓咖啡，不加糖。"

"好的。"小白担心地看了她一眼，转身走了出去。

很快，小白把咖啡轻轻放到桌子上，一脸犹豫地看向茹意。

"小白，有事儿就说。"茹意端起咖啡，抬头看了一眼小白。

小白沉了沉声："茹总，外面有两个人找您，说是您的妈妈和哥哥。"

茹意端着咖啡的手微微一颤，尽量控制心中突起的不安，面无表情道："我没有妈妈和哥哥，让他们走！"

"龚如意，想躲起来不见我们？哼，没想到吧，踏破铁鞋无觅处，得来全不费工夫！"门口，一位男子扬了扬手里的报纸，"十佳杰出青年，你能啊！十年不见，你摇身一变，成了人中龙凤、马中赤兔了，居然不姓龚改姓茹了！人一阔脸就变，没想到你连姓都改了，你果然绝情！"

话音刚落，一男一女大摇大摆走进来，正是茹意这辈子最不想见到的两个人：养母李大红和哥哥龚如军，说话的正是龚如军。

茹意盯着龚如军手里的那份报纸，那是为了庆祝"五四"青年节，媒体对她做的专访。茹意向来低调，当时她是拒绝做这个专访的，但董事长兼总裁穆皓峰说这是为了配合公司的宣传，她不得不做。专访图文并茂，已经过去一周了，没想到居然被龚如军这个无赖看到了。

他们怎么突然跑到千里之外的江城来了？

龚如军一手插在松松垮垮的裤袋里，晃悠着身体走了进来，边走边四处打量这间敞亮宽大的现代化办公室，然后站定在茹意的大班台前，把报纸往桌上一扔，大剌剌地坐到了大班台上，斜着身体眯了眯眼睛对着茹意冷哼道："龚如意，你是傍上老男人，自己把自己卖了？"

"小白，叫保安！"

茹意倏然间脸色煞白，心底的怒意在翻江倒海，龚如军这副无赖无耻的嘴脸，瞬间把茹意的记忆拉回到了十年前。那些痛苦的记忆和画面，潮水般从脑海里掠过，一幕幕，一帧帧，清晰可怖。

她花了十年时间，想把生命中那些最黑暗最痛苦最不堪的记忆连同时间一起抹去，没想到龚如军一出现，这些画面就如幽灵般猝不及防地全部从记忆深处钻了出来，让她本就刺痛的太阳穴愈发突突狂跳疼得厉害。

"龚如意，你还真把自己当凤凰了？别人不知道你，我们龚家还不知道你吗？"一直在仰头四下里观看的李大红走过来，指着茹意的鼻子冷笑道，"要不是我们龚家收养了你，供你读书，有你的今天吗？你现在的一切，都是我们龚家给的！你居然把姓给改了？"

李大红穿着一件红黑相间的花色外套，肩上挎着一个红色皮革包，头发用一个红色的塑料夹子夹在脑后，隔着宽阔的大班台，喷出的唾沫依旧飞溅到了茹意的眼跟前。

茹意嫌恶地滑动大班椅往后退去。

十年了，李大红的容颜老去了很多。枯黄的头发稀疏零落，鬓角一片白霜，杂乱的双眉歪斜吊起，眉心刻着几道深深的皱纹，眼袋鼓出，嘴角下拉，相貌愈发显得刻薄了。

李大红过往所有凌厉可怖的样子，和眼前这个凶煞的李大红重叠在一起，在茹意眼前不断放大，排山倒海般压迫过来。

"滚出去！滚！"茹意拍案而起，桌子上那杯尚未喝过的咖啡被震得颤动起来，深褐色的咖啡从杯沿溢了出来，在桌面上流成几道张牙舞爪的痕迹。

小白带着保安冲进来，第一次看到向来冷静沉着的茹总发火，吓得顿在门口，一时不知所措。

"你们干什么？出去！"两位保安冲进来，要把龚如军和李大红强行推出去。

"我跟自己的女儿说话，有你们插嘴的份吗？放开我！"李大红厉声反抗，苍老的眼皮往上翻了翻，扯了扯肩上的包，狠狠瞪了保安一眼。

女儿？保安不解地看了看李大红，又看了看站在大班台后面早已气得脸色煞白浑身颤抖的茹意："茹总，这……"

"马上把他们带出去！"茹意双手抓着大班台的边缘，太阳穴在突突地跳着，她感觉自己快要撑不住了。

"龚如意，我知道你狠！当年你可以六亲不认把我们都送进牢里去，我们龚家白养你十八年，供你吃供你穿供你读书，没想到养了一只白眼狼！早知道你这样忘恩负义，十年前我们就应该把你绑到蔡小毛的家里去！"

李大红扬起胳膊愤然甩开了保安，冲向大班台指着茹意的鼻子骂起来。

茹意盯着李大红，愤怒和仇恨在胸腔里燃烧，难怪昨晚自己会做那样的噩梦，原来是李大红来了。

李大红当年对自己做的那些事，每一件都令人发指。和龚家撕裂，一走十年，完全是被李大红逼的！

"龚如意，我知道你不想见我们，更不想理我们。但是，龚柳根你不能不理吧？他当年为了你可没少打我没少跟我妈吵架。当年他宁愿自己去搬砖累死累活也要供你上学，他可是最疼爱你的人。在龚柳根的眼里，你是亲生的，我是抱养的。现在龚柳根快不行了，你不会这么没人性，连他最后一面都不见吧？"

龚如军站在那儿，依旧一只手插在裤袋里，吊儿郎当地抖着腿，扬着下巴冷笑地看着茹意。

"爸爸怎么了？"茹意闻言顿时心惊不已。

"哼——"龚如军邪魅一笑，知道自己的话起作用了，故意缄口不语，玩味地盯着茹意。

"你说啊，爸爸怎么了？"茹意忍着愤怒心急地追问。

那个十年不曾回去的家，她最牵挂最心疼最不能忘记的人，就是养父龚柳根，他是她悲惨童年里唯一有爱的温暖记忆。

"他，快死了。"李大红拖长声音走到一边，又拉了拉肩上的包，吊着眉梢瞟了茹意一眼。

小白和保安对视一眼，心领神会，一声不吭退了出去并关上门。

"爸爸在哪里？马上带我去见他！"茹意抓起包包，顾不得自己头疼欲裂，心急如焚地冲了出去。

"哼！走！"看着茹意冲出去的背影，龚如军得意地笑了，拉着李大红快步跟在茹意身后，来到了楼下停车场。

看到茹意的车子，他们惊愕得眼珠子都要掉出来了：车身盈盈发亮的石墨蓝卡宴，少则一百多万，没想到十年不见的龚如意，已然如此豪富了。

龚如军和李大红对视了一眼，一左一右钻进了车里。

半个小时后，茹意来到了江城有名的肿瘤医院。

病床上的龚柳根双眼混浊无神，须发苍白如雪，枯瘦得皮肉分离，双颊塌陷如凹沉的土地，颧骨高耸突兀，干裂的皱纹纵横交错在脸上，如秋日里严重缺水的稻田裂开的一道道伤口。透明的氧气管穿进他的鼻孔，一呼一吸都很费力，耸突着的锁骨随着呼吸上下起伏。整个人羸弱得像风中残烛，似乎随时都会熄灭最后那点微弱的火焰。

"爸爸，对不起，我应该早点来看您……"茹意心口揪疼，十年了，她一个人跌跌撞撞孤独地闯世界，再苦再累从未掉过一滴眼泪，这一刻却忍不住泪流成河。

握着爸爸枯柴般的手，抚触着他粗粝变形的手指和掌心里厚厚的茧痂，茹意禁不住喉咙哽咽泪眼模糊。因为她知道，自己当年花的每一分钱，都来自这双刻满了苦难的手。

"丫头……这么多年你一个人在外面，一定吃了不少苦受了不少罪吧？是爸爸对不起你，爸爸没用……"龚柳根看着从天而降的女儿老泪纵横，一时激动得泣不成声。

"不，爸爸，您不要这么说……"茹意收起眼泪，"我知道您一直都在我身边。高考前，您到学校里偷偷给我送吃的；上大学后，我每个学期都会收到您寄来的钱，您也偷偷到学校看我，好多次我追到校门口，您已经坐车走了……"

"丫头……"龚柳根看着失而复得的女儿，心里充溢着巨大的惊喜和幸福，泪水顺着凹陷的双颊长流不止，想到十年前如意遭到的凌虐，龚柳根心痛欲裂，那是他的失职，是龚家对如意犯下的罪孽啊！

"爸爸一直想对你说声对不起，十年前那个晚上，如果爸爸在家，就不会让你遭受那样的……对不起啊，孩子！爸爸对不起你，龚家对不起你……"

"爸爸，别说了，我现在过得很好……"茹意替爸爸擦干眼泪，努力对他挤出了一丝笑容，那个恐怖的夜晚，是她心底深处永远的痛，这一辈子她都不想再提。

"好，好……"龚柳根握着茹意的手，含泪点头。他上下打量着面前的如意，欣慰地发现女儿已经变得如此成熟美丽，浑身上下衣着鲜亮，气质高雅，和他见过的那些在大写字楼里办公的精英们一样，"你过得好，爸爸就放心了，放心了。"

龚柳根心想自己来日无多，见到茹意过得这么好，可以安心地闭眼，死而无憾了。

一直站在茹意身后的李大红听着他们的对话，肌肉松弛的脸上渐渐怒意横生，拧着眉头瞪向龚柳根。

龚如军进来后就坐在窗边的椅子上，漫不经心地瞟了他们一眼，跷起二郎腿开始埋头玩手机。

这时，一位年轻的男医生进来查房，翻着手上的病历，再抬头看了病床上的龚柳根一眼，然后转头对李大红问道："你们住院已经一周了，今天必须拿主意，手术要不要做？拖欠的费用赶紧去交一下。"

"我们没钱！"李大红瞟了一眼坐在龚柳根身边的茹意，"他女儿来了，你找她吧！"

茹意闻言走向医生，示意医生借一步说话。

医生上下打量了她一眼，收起病历，点点头往外走去。

茹意刚走出去，李大红就指着龚柳根怒骂起来："龚柳根，我说你那几年怎么拿回家的钱那么少，原来是偷偷送给这个白眼狼了！老实交代，这么多年，你背着我给了她多少钱？你还有多少事情瞒着我？啊？"

"闭嘴吧！李大红，你不觉得自己太过分吗？你做的那些事情，有几件是人干的？别作恶太多，人在做，天在看，你自己不想好，也得为子孙后辈积点德啊！你就不怕将来遭报应吗？"气息奄奄的龚柳根嫌恶地看了一眼李大红，侧过头闭上眼睛绝望地长叹一声。

"龚柳根，我怎么过分？啊？我做的哪件事儿不是为了这个家好？我错了吗？当年我们自己的女儿走丢后，我不同意收养这个白眼狼，是你非要收养她。自从这个扫把星来了之后，我们家就没得好。没多久我们就双双下岗失业。好，你说大家都失业，不能怪她，那你倒是出去多赚钱啊！如果不是你没用，十年前我用得着把她卖掉吗？你居然说什么你在家就不会让她受伤害，你以为你是谁？龚柳根，我告诉你，就是你在家，我也一样要把她卖给蔡小毛！有本事你给我赚三十万再加一套房子来！我现在只后悔那天晚上没把她绑起来直接送到蔡小毛家里去！这样就不会让她跑掉！我那三十万和一套房子也就不会打水漂！"李大红唾沫星子喷了龚柳根一脸，下拉的嘴角很快积聚起了一层白沫。

"你！你！"龚柳根颤抖着枯柴般的手指向李大红，瞬间憋得脸色青紫说不出话来，这么伤天害理的事情，李大红居然没有丝毫忏悔！这个女人太恶毒了！

可怜自己这辈子牛马般劳作，依然难以填平李大红的欲壑，加上龚如军的不成器，这个家早已一落千丈。

以前李大红是茶果公司的职工，龚柳根是棉麻公司的职工，那个时候，国营单位福利好，过了几年衣食无忧的好日子。转折发生在两岁的女儿如意走失百般寻找无果后，正好有个熟人介绍，临县乡下一户人家连着生了两个女儿，想把一岁多刚会走路的二女儿送人。

龚柳根思女心切，这孩子长得好，和自己走失的女儿只相差一岁，于是龚柳根就把她抱回家，当做自己的女儿来养，还叫"龚如意"。

可是没过几年，市场经济的大潮来袭，龚柳根和李大红先后下岗，双双失业。李大红为此天天骂小如意是扫把星，说自从收养了她之后家里就没有好日子，好几次要把小如意送走，龚柳根坚决不同意，两人没少为这事儿吵架。

小县城里就业机会少，龚柳根托人找关系让没有什么文化的李大红去了一家雕刻厂当清洁工，每个月只有微薄的收入。

为了养家，憨厚朴实没有技术的龚柳根选择去做建筑工人，虽然苦，但是赚钱比一般的工厂多。

适逢中国各地大兴土木，他在工地上没日没夜地搬砖头扛水泥，多苦多累多脏的活儿他都抢着干，只要能赚钱。为了能多攒几块钱带回家，他经常只吃馒头喝白开水度日，从来不知道休息，十指磨破贴满胶布依然在咬牙搬砖。

可就是这样，也得不到李大红的半句好话，只有无尽的指责和埋怨，嫌他赚钱太少，是个没用的男人。就为这个，每次龚柳根回家，两人都要吵架，后来龚柳根索性不回家了，没想到如意就在高考前两个月，让李大红和龚如军给合伙算计了。

龚柳根闭上眼睛，往事像放电影一般在脑海里掠过，浑浊的泪水顺着眼角无声滚落。

办公室里，茹意神情凝重地坐在医生面前。

"你爸爸是胃癌，癌细胞还没有大面积扩散，手术成功率很高，不过费用很昂贵。你妈妈……"说到这里，医生看着茹意顿了顿，随即改口道，"家属一直不同意做手术，说没钱。"

医生把病历推到茹意跟前："你们现在商量好了吗？"

"不用商量，做手术，用最好的药，一定要把我爸爸治好。"茹意翻着病历的手在颤抖。

她知道，爸爸的病是累出来的，也是饿出来的。

小时候，爸爸每次给她买馄饨，他自己却从来不吃，年幼的茹意曾仰着小脑袋天真地问："爸爸，这么好吃的馄饨，你为什么不吃一碗呢？"

爸爸总是摸着她的头道："爸爸不饿。"

后来茹意才知道，爸爸只是为了省下那两块钱。想到这些，茹意胸腔里激荡着令人窒息的酸疼，眼前的字迹也变得模糊起来。

"手术费加后期的康复营养费，要几十万，你要做好心理准备。"医生把手术书递到茹意跟前，深深地看了她一眼。

"没问题。"茹意仔细看了手术单，拿起笔快速地签上了自己的名字：茹意。

从办公室回到病房，刚走到门口，就听到里面传来李大红尖刻的斥责声："我怎么了？我说错了吗？如果你能赚钱，当年我会把如意卖给蔡小毛吗？你赚不到钱，我们如军娶媳妇的钱从哪儿来？不把她卖了难道把你卖了？你有人要吗？到现在，我们都在还如军的婚债，要是如意这个死丫头当年能从了蔡小毛，三十万加一套房子就到手了！我们至于过得这么辛苦吗？这些年我们家过的什么日子你不知道啊？我穿过一件好衣服吗？家里有像样的物件吗？就连我手里拿的这个包都是人家扔掉不要的！棉麻公司多少人家都买了房子搬出去，只有我们还住在那个破烂不堪阴暗潮湿的老宿舍里！龚柳根，我问你，日子过成这样，你一个大男人，不觉得丢人吗？啊？"

"好了，妈！你说这些有意思吗？爸都快不行了，你就少说两句！"一直坐在一边玩手机的龚如军实在听不下去了，放下手机白了李大红一眼。

"还有你！当年我让你办了那个死丫头，你偏不要！你看看她现在出息得，不比你花二十万买回来的那个单月月强百倍吗？"李大红即刻转身把矛头指向了龚如军。

"妈，你是文盲加法盲，我早就和你说过，我和如意法律上是兄妹，是不能结婚的！再说了，你从小那么讨厌她，我自然也对她没有任何好感……"

"你闭嘴！你不知道她是我们从外面捡来的吗？只要你把生米煮成熟饭，让她给龚家生了孩子，不让她高考，她还能飞到哪儿去？早知道这样，十年前的那个晚上我就给那死丫头多下点药，也就不会让她跑了……"

茹意听得如五雷轰顶，浑身战栗不已！

原来当年李大红最先想到的是让龚如军睡了她！一计不成才想着把她卖给蔡小毛！那天晚上李大红特意做了她最爱吃的红烧排骨，还破天荒给她倒了可乐！估计李大红就是在可乐里下了药，难怪那天她吃完饭没多久就晕沉沉地想睡觉。

李大红就是人世间最大的魔鬼！

茹意很小就知道自己不是李大红亲生的，因为李大红经常把"扫把星"挂嘴上，说是因为她这个家才变得这么不如意。茹意也因此知道家里曾经走失了一个比自己大一岁的姐姐叫如意，就连自己的出生年月日都是套用此前那个如意的。自己是什么时候出生的，茹意不知道，也没有人告诉她。

那时候，茹意小小年纪就学会了察言观色，学会了做饭洗衣服擦地板，就是想讨得李大红的欢心，可李大红还是对她横加指责，非打即骂，从来就没有好脸色。

"妈！"龚如军无奈地喊了一句。

"别叫我妈！你要是能争口气出去找个像样的工作，我们家的日子也不会这么难过！整天就知道玩手机买彩票，吃饭的钱都没有，你还要去买彩票，你是想把老婆孩子饿死吗？"

"怎么会饿死？"龚如军走过来，俯身对她耳语了几句。

李大红粗糙暗淡的脸上顿时现出一阵狂喜，双眼放光地看向龚如军，贪婪地舔了舔唇角的唾沫，重重地点了点头。

病床上的龚柳根一直闭着眼睛，神情痛苦绝望，李大红的斥骂那么刺耳钻心，句句都像刀子一样直戳他的心窝，他知道，在李大红的眼里，自己就是个窝囊废。

可是，他已经尽力了，他努力到几乎要耗尽生命的最后一滴血去赚钱，就是为了能让这个家过得好一点儿。

"爸爸。"茹意压住情绪推门进来。

龚柳根看到茹意回来了，勉强挤出一丝笑容："如意，你回去上班吧，爸爸没事儿，明天我就回家了。"

"爸爸，咱们明天就做手术。医生说您的病可以治好，您不用担心，一定会好起来的。"茹意的内心又像被撕扯了一道，疼得钻心刻骨。

"丫头，不要浪费钱，我的身体我自己知道，只要回家好好养着就行了。你那么忙，别为我浪费时间。"龚柳根态度很坚决，他不想拖累如意，就算如意有钱，那也是辛辛苦苦赚来的，他一辈子牛马般劳作，太清楚赚钱的艰辛和不易了。

"龚柳根，你是活腻了想早死是吗？她有钱给你治病你为什么不要？她小时候你疼她，现在她大了有钱来报答你，不是应该的吗？我看你是脑子也有病吧！"李大红气得从椅子上跳起来，指着龚柳根破口大骂。

茹意转身厌恶地瞪了李大红一眼，李大红并不畏惧，同样瞪圆了那双苍老的眼睛充满敌意地盯着茹意，一如十年前那副凶神恶煞的样子。

茹意从包里拿出一沓钱，甩到李大红眼前："从今天开始，你必须对我爸好好说话，好生照顾，再出现今天这样的情况，我就请专人来照顾他，你们都滚！"

看着茶几上那沓厚厚的红色大钞，李大红顿时两眼放光："这些钱是给你爸治病的？这点钱要是交了手术费那可就一分不剩了。"

"这是给我爸的生活费和营养费。手术费医药费我会去交。钱给你了，前提是必须好生对待并且照顾好我爸！听明白？"茹意冷着脸对李大红说。

"只要有钱，我肯定把他当皇帝一样伺候着。"李大红快速地抓过那沓钱，右手大拇指在舌尖上揩了两下，沾了些唾沫一张张数起来。

茹意看着她那副见钱眼开的贪婪样直恶心，刚转身，手机响了。

"茹总，建工集团的张总已经来了半个多小时了，日程表上安排今天上午您和他见面。"小白在电话里焦急说道。

"好，我马上回去。"

茹意挂了电话对龚柳根说："爸，您好好休息，我先回去，明天一早我再过来。"

"好，你去忙吧，有事儿别来了，爸爸没事儿。"龚柳根心疼地看着茹意。

走到门口，一个怀抱孩子的女人迎面走了进来，个头不高，束起的马尾有些凌乱，手里提着一个保温饭盒。

见到茹意，她弱弱地往后一退，眼神畏惧地看向她，侧着身子站在门口，谦恭地让茹意出去。

那副谨慎畏缩胆小怯懦的样子，看得茹意心头一颤，仿佛看到了十多年前的自己。

怀里的那个小女孩儿，倒是白白净净的很可爱，黑葡萄般的眼睛好奇地打量着茹意。

"月月，你来得正好。"病床上的龚柳根气若游丝道，"这是如意，你妹妹。如意啊，这是如军的媳妇，你嫂子月月。"

茹意看着单月月微微一笑。

单月月紧张地捋了捋凌乱的头发，眼神躲闪着不敢看茹意，她低头对怀里的孩子说："果果，叫姑姑。"

"姑姑。"果果扑闪着大眼睛，奶声奶气地叫了一声。

果果这句甜甜的轻唤，还有她那双如水晶般清澈的眼睛，仿佛给茹意冰封的内心注入了一股强劲的暖流，让她恍然间心绪难平，思潮汹涌。

她第一次在这个家里听到属于自己的专有称谓——姑姑。

这对于在正常家庭关系里长大的人来说或许没有什么，但是在这个家，除了爸爸，对于离家十年、从未得到过家庭身份承认、从未感受到家庭温暖的茹意来说，却是一个极大的触动。

曾经，她从未想过除了爸爸，自己还会和这个家的任何人有任何情感上的联系。

但是，这一刻，纯真可爱如天使般的果果，让她倏然间明白了，自己还有这样一种家庭身份：姑姑。

"果果真乖。"茹意捏了捏果果肉乎乎的小脸蛋，"姑姑有事儿先走了，明天来看你。"

说完，茹意快步往楼下走去。

交完医药费和手术费，上了车，茹意依然在回味着刚才捏着果果小脸的那种柔软和亲昵。她一直以为自己不会喜欢小孩儿，没想到看到果果的那一刻，她居然有种发自内心的喜悦和疼爱。

刚到办公室，小白急匆匆迎了上来："茹总，张总他……"

话音刚落，建工集团的张总从接待室走了出来，脸上凝着厚厚的冰霜，冷冷地瞟了一眼茹意："茹总，我可是推掉了很重要的事情专程过来见你，没想到你却把我撂在这里一个上午。不要以为我们非你励峰的产品不可，多少人排着队要和我们合作呢！"

"对不起！张总，是我的错，我给您赔不是，中午咱边吃边聊。"茹意赶紧走过去，一脸歉意拦着张总。

张总大手一甩，冷着脸走了。

茹意赶忙追过去，跟着张总进了电梯。

"张总，我已经在香满楼定了包间，请您给我这个机会。"

狭小的电梯里，茹意站在张总对面，张总眯着眼睛打量着茹意，脸色暗沉得可怕，许久没有回应。

盯着高挑美丽气质出众的茹意，张总嘴角下意识地勾了勾，还没开口，电梯到了一楼，张总凝视茹意良久，脚步跨出去时终于开口道："如果你真有诚意，明晚六点半来参加我的饭局。"

说完，他昂着头大摇大摆地走出电梯，上了早已停在大门口的保姆车。

茹意怅然地看着那辆黑色的大奔离去，回到办公室，坐下来揉了揉酸胀的太阳穴。一个高大的身影出现在门口，茹意马上起身迎过去，满脸歉意地开口叫了一声："三叔。"

穆皓峰迈着大长腿走到沙发边，解开一字扣西服，很绅士地交叠着双腿在沙发上坐了下来，抬头看了看茹意，刀削斧凿的脸上如山峰般的双眉微微蹙在一起，关心地说道："身体不舒服？脸色怎么那么差？"

"没有，可能昨晚没睡好。"茹意双脚并拢，挺直腰双手交叠在小腹处，规规整整地站在穆皓峰跟前。

"我刚进来时看到建工集团的张总坐车离开，这个点你没留人家一起吃中饭？"穆皓峰疑惑地看向茹意。

"张总他……还有事儿。"茹意目光躲闪看向脚下，不想让穆皓峰追问更多，只好顺嘴撒了个谎。

"建工的采购都是大手笔，这样的客户我们要重点维护。如果有问题，你可以说出来。"

"没问题。"茹意抬头看向穆皓峰，不由得深吸一口气。

穆皓峰点点头："春季广交会下个月开始，这次我们依然要主攻出口，还得是你领队。六年前，正是你熟练的英语帮公司赢得了巨大商机，这几年出口业务的稳定增长，也是你一手推动的，公司有今天的规模，出口业务占了半壁江山。今年出口企业普遍感觉压力很大，广交会对于我们来说，意义重大。茹意，励峰这次又得看你的了。"

穆皓峰眉头舒展，面庞上胡茬星星点点，更添了几分粗犷的气息。

"嗯，三叔放心，我已经布置下去了，这次我们拿出去的都是精挑细选过的新产品，主攻人工智能新领域。"茹意端着一杯色泽油润的大红袍走近穆皓峰，把氤氲着蒙蒙水汽的朱泥茶杯搁放在了穆皓峰的手边。

"武夷山新进的大红袍，养胃的，您尝尝鲜，喝得惯的话我再叫人多运些来。知道您喜欢凤凰单丛，但那新茶喝多了伤胃。"正说着，茹意发现穆皓峰的两鬓竟然显露出一片斑驳之色。

一晃六年，穆皓峰昔日一头沉沉墨色的微卷乌发，竟然花白成这样。一阵揪心之下，茹意的脑海里不禁浮现出自己和穆皓峰第一次在华山相遇的情景。

那是六年前的初夏，正值大学毕业前夕，茹意一个人去旅行，在华山偶遇扭伤了脚的穆皓峰。

当时穆皓峰靠在岩石旁，痛苦地看着眼前层层叠叠的陡峭台阶。

"大叔，您需要帮忙吗？"正好路过的茹意停下来问了一句。

"我有这么老吗？"穆皓峰疲惫的脸上现出一丝苦笑。

"没，没有……"茹意自知失礼，但改口已经来不及，看着他不敢着地的那只脚，关心地道，"您是脚伤了吗？"

"对，爬不上去了，也没法往下走。"

"我扶您下去吧，五点缆车就停开了。"茹意看了看时间，已经快四点半了。

"那你就得放弃登顶看日落的好机会了。"

"没关系，正好让我有了再来的念想。"茹意腼腆一笑，挽着穆皓峰的胳膊往山下走。在穆皓峰的手指无意中碰到她的手臂时，她本能地闪电般弹跳开去。

当时，穆皓峰惊愕不已，一路小心翼翼再也不敢碰到她。

下山后，茹意帮穆皓峰买了药水和热敷包，并且细心为他擦药贴敷，穆皓峰的脚伤得到有效缓解。

晚上，穆皓峰终于等来了美国客商杰森，不想对方却没带翻译，而穆皓峰自身的英语水平又实在上不了台面，两人交流陷入困境。原本打算离开的茹意，自告奋勇提出为穆皓峰当翻译。

一番商侃之下，茹意成功为穆皓峰争取到了杰森的大订单，并确定了长期合作关系。

杰森临走前，握着穆皓峰的手赞赏道："你有一个可爱的翻译。"

站在一旁的茹意抿嘴轻笑，朝客商鞠了一躬，冷冽的眉眼显露出几分柔和的俏皮。

这近乎天赐的良机，一下子让遭遇数次挫败的励峰集团，由近乎无路可走的泥沼中挣脱出来，一跃上岸。

因为这一场邂逅，茹意获得了丰厚的报酬，还成了穆皓峰的助理。六年来，茹意近乎是形影不离伴随在穆皓峰的左右，见证了励峰的成长和巨变。

这六年，茹意几乎把所有的时间都用来工作，除却翻译才能，茹意对金融与数字也有敏锐嗅觉。"简直是个狗鼻子。"穆皓峰曾经这么打趣她。也是因为如此，茹意很快在励峰独当一面。两年前，励峰内部重组，穆皓峰正式任命她为集团销售总监。

"嗯，茶不错，入口甘醇，回味悠长，但还是不如凤凰单丛那么香醇。"穆皓峰端起茶杯轻抿了一口，眉眼含笑地看向茹意。

这些年来，穆皓峰在成长，励峰在成长，茹意更是以穆皓峰感到咋舌的速度在惊人飞跃。

几年前，穆皓峰想给不知疲倦工作的茹意放个长假，让她回家看看父母，好好休息一段时间。

当时的场景如水雾般浮现在眼前。

"丫头，这段时间你也够累了，处理完手头上的这个单子，我给你放个长假，你回家陪陪父母。我那儿正好有几斤从泰国捎回来的上好燕盏，你带去给父母。"

"我是孤儿，无父无母，无兄无妹。遇见您以前，从来都是一个人。"

穆皓峰没想到会是这么个情况，顿时哑了嗓子，二人沉默良久。

他的拳头握紧了又张开，望着窗外的天色霭霭，夕阳下，几道稀疏霞光透过玻璃窗，很轻很轻地落在了茹意微微低垂的脸庞上，像几片闪着柔光的羽毛，照亮了她坚毅却又异常脆弱的脸庞。那拒人千里之外的冷冽，实则是层硬实的外壳；坚硬的包裹下，是再脆弱不过的柔软心脏。安慰性的话语在他唇边转了几圈，还是咽回了肚子里。

他看见她的眼角有泪。即使很浅，浅得近乎像广阔湖面的一道水痕，却仍是被他捕捉到了。也是这一刻，穆皓峰感知到了茹意的恐惧。像落水的小动物般，害怕再次被主人抛弃。

他垂了垂眸，手里的钢笔在大红酸枝的桌面上铮铮有力地敲了一下，随着"铛——"的一声闷响，穆皓峰像是下定了决心："从今天起，我就是你的家人！"

闻言的茹意仿佛被雷击中了一般，身子不受控制地战栗了一下，她情不自禁地屏住了呼吸，一句"什么"还没来得及问出口，就听见穆皓峰低沉的笑声："丫头，你还记得吗？初次见面那会儿，你喊我大叔来着。"

瞧着茹意发窘的面庞，穆皓峰的笑意更甚："窘什么，又没有责怪你的意思。我在家里排行老三，从今往后，你就唤我三叔吧。"

茹意直愣愣地站在穆皓峰的正对面，习习晚风顺着窗沿一路蜿蜒，吹起她垂在脸颊两侧的几缕碎发，也将穆皓峰身上那股沉稳的檀木香味吹近了她的鼻尖。鬼使神差的，茹意很轻很轻地开了口："三叔——"

那一声，带着微弱的哭腔又在耳边响起，每每听到，都让穆皓峰心生怜惜。

"三叔。"似乎是察觉到了穆皓峰的走神，茹意轻轻叫了他一声。

"注意身体，需要休息告诉我，我给你批个长假。"

穆皓峰起身，伸手想拍拍茹意的肩膀，举到半空还是收了回去。

这么多年，虽然两人事业上合作非常默契，茹意的才华和能力也确实让穆皓峰满意，可总感觉茹意和自己之间隔着一道说不清道不明的屏障，除了工作，她从不提及自己生活中的任何事情。

在公司，茹意就是一个行走的工作机器，每天从上班的第一分钟开始，到下班的前一分钟，除了吃饭如厕，都在埋首工作。

她的生活，除了工作还是工作，从未见她有过任何消遣。进公司六年了，从未休过一天假，春节全公司放假，她主动要求一个人留下来值班。

有几次春节，穆皓峰主动邀请茹意到家里去吃团圆饭，茹意也是各种婉拒，说她从小习惯了一个人，人多了反而不自在。

茹意的冷漠独立让穆皓峰很奇怪，也很心疼，这丫头实在是太让人看不懂，这么多年她为励峰创造了丰厚的利润，个人也早已实现了财务自由，完全可以过丰富多彩的生活，为何她只知道苦行僧般地工作？

刚才穆皓峰进办公室就有人告诉他，今天一早有两个人闯进公司里来找茹意，自称是她的妈妈和哥哥。茹意为此消失了一个上午，这是从来没有过的事情。

茹意说自己是孤儿，这些年也确实如孤儿般生活，从未有过家人来找她，那两个人究竟是谁？穆皓峰很好奇，但茹意不提，穆皓峰也不想追问。

他相信，总有一天，茹意会对他敞开心扉，把紧锁在心头的一切都告诉他。

目送穆皓峰的背影离去，茹意长长地舒出一口气。

刚才穆皓峰的试探很明显，茹意知道肯定有人告诉了穆皓峰上午在办公室发生的事情，但是，茹意暂时还是不想让穆皓峰知道自己的过去。

下午，茹意开完销售部的会议回到办公室已经快五点了。坐下来，茹意继续翻看这个月的销售报表，华南区的销售确实不容乐观，穆皓峰急于北上的决心十分明确。

这两年出口形势不太好，外销这块的增长十分艰难，现在摆在茹意面前有两个巨大的挑战：一是抓住春季广交会的机会拓展外贸订单；二是全力支持穆皓峰开拓华北市场，做大内销。

偏偏这个时候爸爸病重，茹意心头如压了千斤巨石。以前她把所有的时间和精力都投入到了工作中，只有工作才能让她感到快乐，也只有工作才能带给她安全感。

但是现在，对爸爸的牵挂和担忧，让她心底有了沉甸甸的负累。

"茹意，想什么呢？"副总监张毅推门走了进来。

"销售有滑坡的趋势，你我都得努力！"茹意把报表递给张毅，一脸怅然地看向他。

张毅在茹意对面坐下来，拿过报表翻了翻："这个我早就看过了，下午已经分析了市场走向，一口吃不出个胖子。我说你今天是怎么了？情绪这么低落，这可不是你茹将军的风格。"

茹意在公司被人戏称为"茹将军"，每次制定目标之后都像打了鸡血一样去战斗，从来没见她颓靡过。

公司在她的带领下，这些年实现了一个个目标，业绩年年增长，茹意也被穆总称作"常胜将军"。

"再说，穆总还要北上，这北方的市场一旦打开，那公司业绩可就蹭蹭地往上长，你愁什么？"张毅歪着脑袋故意戏谑般地看着茹意。

"张毅，你别站着说话不腰疼。"茹意乜了他一眼。

"我是坐着说话，当然不腰疼。"张毅故意调侃道，"不过，这次穆总貌似要抛弃你，委任董静山去执行这项开疆拓土大任，茹将军，你怎么看？"

茹意警觉地看向张毅："你听谁说的？"

"你先别管谁说的，我就想听听你的看法。"张毅双手托腮，一副洗耳恭听状趴在茹意的对面，细长的小眼睛使劲儿眨巴了几下。

"不管谁去北方开疆拓土，只要能把公司业绩做大就行。"茹意拿回张毅面前的那份数据，目光紧盯着上面的数字，却一个字也没看进去。

穆皓峰果真要让董静山去主持北方市场？这大大出乎茹意的意料。穆皓峰做事向来深谋远虑，他如果决定这么做了，一定有他的道理。

茹意曾经认为自己是最适合去开疆拓土的人，难道穆皓峰不看好自己？

"茹将军，你果真这么想？"张毅站起身，不可思议地盯着茹意。

"不然呢？"茹意又乜了他一眼。

"我不信。茹意，跟我你就别藏着掖着了，我俩谁跟谁，这些年你指哪儿我打哪儿。虽说你只比我大几天，可你就是我事业上的领头羊，我一直唯你马首是瞻。讲真，茹意，年初听说穆总打算北上我激动得几天几夜都睡不着，就想着到时候你带着我一起飞，咱们又可以大干一场，开创一片新天地，真正实现双剑合璧，那多好。"

张毅挥舞着手，说得激情四溢，最后却黯然神伤地哀叹了一声："但我没想到，董静山居然能截了我们的和，他一定是在穆总那里给你下眼药了，怕你一人掌控了所有的销售渠道，所以才不让你北上。"

"没影儿的事儿别乱说。"茹意眉头紧锁，"这事儿还没最后定，咱不能瞎猜。我相信穆总在公布方案前一定会先跟我知会一声。"

"知会？知会有什么用？到时候已经决定了，你想去也去不了了。谁都知道华南的市场已经饱和了，现在北上就是最好的契机，打下新市场穆总肯定重重有赏，到时候名利双收，何乐不为！难道你就不能主动去争取一下？"张毅半个身子都趴在了办公桌上，神情焦急地靠近茹意。

"喂喂喂，注意形象！"茹意看着张毅这副神情又好气又好笑。张毅平时活像个孩子，不过工作时倒是十分靠谱。

"茹意，你别打岔，我是怕你被董静山那个老妖算计了。这么多年你对公司的贡献大家有目共睹，他董静山做什么了？如果不是因为身份特殊他能坐到副总裁的位置？"张毅从办公桌上滑下来，一脸愤愤不平。

"张毅，这些话在这就给我收住了。"茹意收起笑容严肃地看着张毅。虽然她心里也不认同董静山，但穆总这么安排肯定有他的道理。这些年来，她从不质疑穆皓峰的决定。

"当然，我知道，这话我也只会在你这里说说。茹意，我知道你向来有自己的主张，但这事不一样，北上不仅会决定你将来在公司的地位，更重要的是——如果真的是董静山去领导北方市场，将来公司定会南北分治，那销售这块儿我们独控的局面就势必会被打破。而这可能还仅仅是董静山的第一步，他的第二步会是什么，你应该很清楚。"

张毅在茹意的面前转来转去，脚下的步子焦急又杂乱，转了几圈，张毅突然顿住了脚步，一个箭步冲了过来，两只手重重地在办公桌上压下去，他直直对上茹意的视线，眉头皱成一个"川"字。

茹意面无表情地凝视着张毅，在她低下头的前一秒，张毅并未注意到茹意的微表情，她的眉头是皱着的。茹意心中有数，她当然知道张毅说的有道理，但站在她的角度来看，张毅的担心，其实更多的是对他自己将来的考量。

茹意要是能去开拓北方市场，自然而然会用他张毅，而华北一旦拿下来，张毅便稳坐华北市场第一把交椅，这是张毅心心念念都想实现的诸侯梦。这么多年，张毅是茹意一手带起来的，她自然也乐于看到这样的结果，只是茹意万万没想到，穆皓峰居然会不给自己这个机会。

这多少让她有些难过。虽然她知道她不该难过，但在她的心里，她始终觉得，穆皓峰是会偏向她、顾及她感受的。事实上，这些年来，穆皓峰也从未亏欠过她一分一毫，不论是情感上的倾斜，还是物质上的给予，他都是尽心尽力。

"张毅，我明白你想说什么，也知道你想要什么。别急，北上的事情尚未定盘，这事儿容我找个机会去问问穆总。"茹意说。

"行，老大，我相信你。"听到茹意这么说，张毅顿时眉开眼笑，飞扬的眉尾与上挑的嘴角让他看起来更像个大男孩，"时间不早了，茹老师能不能赏脸让小的请您吃个饭？"

"不能。"茹意低头看文件，语气果断，她现在只想一个人安静地待会儿。

张毅走后，茹意盯着手机屏幕，怔怔地窝在大班椅内。犹豫了许久，她咬了咬唇，像是下定了什么决心般伸出手去，却又在半空中停住了，反反复复几次，她终究还是怅然地放下手机，颓然地瘫坐在大班椅里。

自己要怎么对穆皓峰开口？她不可能直接去质问他为什么不让自己北上，那会让他们的关系陷入尴尬。这些年来，她一直跟在穆皓峰的身边，从他身边的小助理开始，一步一步、脚踏实地晋升到今天的位置，除却她个人的努力外，更重要的，其实是穆皓峰不遗余力的提携。

他对她有多好，她又怎么会不知道呢？她有眼睛去看，有耳朵去听，更有心去感受。所以她才更不愿意相信他会做出这样的决定，那不该是他。她相信他一定是有什么难言之隐。

　　几年的朝夕相处，茹意与穆皓峰之间的默契，已经无需用声音来传递了。平日里穆皓峰的一个眼神，一个不经意的表情变化，她都能明白，她都会懂他的意思，因为她太了解他了。

　　穆皓峰对茹意来说，是如父亲那般可以依靠的人。

　　从穆皓峰唤她那一声"丫头"开始，茹意在心里就知道，她和穆皓峰之间，再也不可能止步于公私分明的上下级关系，他是她敬爱的人；这么多年过去，她已经把穆皓峰视为亲人那样的存在，是这个世界上除了爸爸之外最亲的人；所以每当自己唤他"三叔"时，她都感觉自己瞬间有了底气，因为她知道自己不是无依无靠的，穆皓峰从某种意义上来说，是她的最后一道壁垒。

　　可是眼下的局面……茹意百思不得其解。为什么在开拓华北市场的时候，自己就没有从穆皓峰那里得到丝毫的不利信息呢？是自己忽视了，还是穆皓峰刻意在隐瞒，或者只是张毅的捕风捉影？

　　茹意的脑子有点儿乱，一时无法理清究竟是哪里出了问题。

　　她起身来到窗前，灰白的天空无雨，也无风，空气中的闷热透出坟堆一般的死寂，像极了她这一天的心情。她的脑海里又不禁浮现出爸爸孱弱枯瘦的样子，心底隐隐作痛，眼眶瞬间泛酸，视野渐渐变得模糊起来。

　　明天早上，爸爸就要进手术室了，虽然医生说手术的成功率很高，但这到底是一场大手术，不知道爸爸那孱弱的身体能否挺过来？

　　想到这里，茹意马上拿起包往医院赶去。

　　路过一家潮汕砂锅粥小店，茹意停车打包了一份牛肉粥带到医院里。

　　走进病房，里面安静得出奇，只有爸爸一个人闭着眼睛气息奄奄地躺在病床上，床头挂着吊针，透明的药水正一滴滴无声地流进爸爸枯瘦的身体里。

　　"爸。"茹意轻唤了一声。

　　"哦，丫头，你怎么又来了？"龚柳根吃惊地睁开眼睛，挣扎着要坐起来。

　　"您别动，我带了一份砂锅粥给您吃。"茹意打开保温饭盒，牛肉粥的香味即刻弥漫开来，"这个容易消化，您试着喝点儿。"

　　"嗯，闻着好香啊！"龚柳根脸上层层叠叠的皱纹舒展开来，满脸欣喜地看着茹意，"丫头，你自己喝，医生交代我今天不能进食了，正在吊营养液。"

　　茹意顿了顿，这才想起今天上午医生也对自己说过这话，一忙起来都忘了。刚才看到砂锅粥就想着给爸爸带一碗。

　　"那等您好了我带你去店里吃，这砂锅粥特别好吃，是养胃的。"茹意说。

"好。"龚柳根点点头，混浊的眼底有了一抹亮光在闪动。

虽说茹意不是亲生的，但龚柳根从小就疼她胜过龚如军。现在，茹意带给他的这份温暖，让劳碌疲累了一辈子的龚柳根，感觉到了从未有过的幸福。

他知道自己得了这个病后，曾经想过早点儿去死，这样苟延残喘地活着，增加家里的负担，天天被李大红嫌弃数落，活得愈发没有尊严，还不如早死早解脱。

可是见到茹意之后，龚柳根一度死灰般的心复苏了，他内心第一次有了活下去的欲望，他希望自己能够好起来，能够活久一点儿，能够在他有生之年看到她结婚生子，幸福地生活，他就死而无憾了。

茹意把保温饭盒收起来，虽然肚子有点儿饿，但却一点儿都不想吃。

"怎么不吃？"龚柳根蹙着眉头看向身形纤瘦的茹意，"丫头，你是不是经常忙得连饭都顾不上吃？"

"没有，我不饿，一会儿再吃。"茹意看着空荡荡的病房，"他们呢？"

一家子都走了，居然把爸爸一个人扔在病房里，还挂着吊针。李大红拿了钱就是这样照顾爸爸的？茹意心里顿时生起一股怒意。

"他们出去吃饭了，我让他们去的，我一个人没事儿。"龚柳根看出了茹意脸上的不悦，马上解释道。

"爸，他们吃饭可以分批去，把您一个人留在病房里就是不对。"茹意起身透过窗口往外看，李大红和龚如军正从大门口走进来，两个人有说有笑，眉飞色舞，单月月艰难地抱着果果，手里还提着一袋水果，满头大汗地迈着小碎步跟在他们身后。

"爸，龚如军是不是对他老婆很不好？"

"唉，"龚柳根长叹一声，凄然道，"月月也是个苦命的孩子，据说是刚出生就被丢在单家门口，单家儿子多，家里穷，月月从小吃苦受累，初中没念完就辍学了，后来经人介绍认识如军，单家要二十万彩礼，而且提出不陪嫁。我们东拼西凑借了二十万，再也拿不出更多的钱，所以，两人婚礼也没办，月月就那样孤零零冷清清地进了龚家的门，还能有什么地位？李大红不待见她，什么活儿都要她干，如军也从不把她放在眼里，动不动就说月月是他花二十万买回来的，真是造孽！"

难怪昨天见到单月月的时候，她那小心翼翼的卑微眼神一下就戳痛了茹意的心。那一刻，茹意在单月月身上看到了过去的自己。

23

天天谨小慎微地活着，倾尽全力想得到李大红的认可，可听到的却总是谩骂和指责。

门口传来脚步声，李大红推开门，手里提着一个崭新的红色背包，看到茹意的那一刻惊愕了几秒，马上若无其事地走了进来，大刺刺地往椅子上一坐，瞟了茹意一眼道："我们刚才出去吃饭了，你不是说明天早上再来吗？"

"李大红，你今天上午向我保证过会好好照顾我爸的，刚才却把他一个人留在病房里，这样的行为已经违规了。我可以取消你照顾的资格。"茹意黑着脸道。

"龚如意，法律上我是你的母亲，把你从一岁多养到十八岁，没有功劳也有苦劳，你居然对我直呼其名！你这是对长辈大不敬！"李大红拧着脑袋怒斥道，双目圆睁地瞪着茹意。

"不然我叫你什么？叫妈妈？你配吗？"茹意冷冷地瞥了她一眼，脑海里掠过蔡小毛那张恶心的大脸，转身看向龚柳根温柔道，"爸，还要不要他们留下来照顾你？我听你的。"

"你！"李大红"嚯"地一下跳将起来，咬牙切齿地指着茹意，"龚如意，你这个白眼狼！"

"妈，消消气，消消气。"龚如军马上走过来，把她按回到椅子上，勾起嘴角对她使了个眼色。

李大红气得鼻子发抖，气呼呼地坐下去。

"如意，刚才我们出去的时候有问过爸爸，他说没事儿，让我们一起出去吃饭，我们吃完后就匆匆赶回来了，前后也就半小时。你放心，以后我们肯定不会把爸爸一个人留在病房里，我向你保证。"龚如军好脾气地痞笑道。

这个无赖的笑容茹意太熟悉了，以前他只要这样对自己笑的时候，一定是没憋什么好屁。

"丫头，是我让他们去的。这事儿过去了，不许再提了。"病床上的龚柳根闭着眼睛皱着眉头痛苦道。

他最受不了一家人吵架，和李大红生活的这三十多年几乎都在争吵中度过，从来就没有清净过，现在自己躺在医院快死了，居然还要吵。龚柳根只想安静地待会儿。

"姑姑。"门口传来一声稚嫩的轻唤，单月月牵着果果进来了，手里提着刚洗过的水果。

"果果。"茹意来到果果跟前，蹲下来亲昵地捏了捏果果肉乎乎的小脸蛋。

"姑姑吃葡萄，妈妈洗干净了。"果果扑闪着大眼睛，胖乎乎的小手摘了一颗葡萄举到茹意嘴边。

"谢谢果果。"茹意一口含住葡萄，心情随着那一股入嘴的甘甜瞬间好了很多。

她起身来到龚柳根身边，替爸爸整了整被角："爸爸，我知道您向来心地善良，但有的人却从不善待您，我不能允许这样的事情再发生。这次就听您的，但是以后得按我说的来做。"

龚柳根双眼疲惫无神，心底无奈轻叹一声，看着茹意点了点头。

茹意回头看向李大红和龚如军，目光停留在李大红新买的那个红色背包上，目测也就几百块钱。但李大红突然拿到那么多钱，首先想到的是满足自己的私欲，今天会买包，明天就会去买更多想要的东西，她本来就是一个自私自利欲壑难填的女人。

那是给爸爸养病的钱，不是给李大红私自挥霍的。茹意辛苦赚来的钱，一分都不想花在这个曾经深深伤害过自己的人身上。

"李大红，我给你那笔钱的用途，上午已经说得很清楚，我要求你记下每天的开支账目，到时我要查看。这钱除了支付你们在这里的生活费，其余的必须全部用在我爸身上。"茹意鄙夷地看向李大红。

"龚如意，钱到了我手里，我就有权支配它！不要以为你给几个臭钱就想控制我支配我让我什么都听你的，你做梦！"李大红又跳起来，指着茹意的鼻子骂道。

"你要做不到，我明天就请专业的护工来照顾我爸！你现在就从这里滚出去！"茹意声音不大，却异常威严。

"好了好了，就按如意说的做。妈，你别吵了，坐下来消消气。"龚如军马上走过来，再次把李大红按回到椅子上，转身笑嘻嘻地看向茹意，"你放心，就按你说的做，每天记账，好好照顾爸爸，欢迎随时监督。"

龚如军笑得越灿烂，茹意心底的疑惑就越大，但此刻她别无选择。

李大红再让人讨厌，依然是这个家的女主人，是龚柳根的合法妻子，她有责任和义务照顾他，只要她不想走，茹意是没法赶她走的，刚才只不过是给她一个下马威，迫使她能按照自己的要求好好照顾爸爸。

"爸，我先走了，您好好休息，明天我早点儿过来。"茹意转头向爸爸告别。

"好，去吧，要记得吃饭啊，别饿着，这粥带回去吃。"龚柳根颤抖着枯柴般的手提起床头的保温饭盒递给茹意。

"给果果吃吧。"茹意看向一直站在门口的单月月和果果，"月月，保温饭盒里是刚买的牛肉粥，一会儿你给果果吃。"

茹意把到嘴边的"嫂子"咽了回去，改口直呼单月月的名字，这样更亲切。

在她心里，龚如军不配当哥哥，也不配当丈夫，他天生就是一个无赖恶魔，单月月嫁给他，无异于从一个火坑跳进了另一个火坑，茹意从心底同情单月月。

说完，茹意快步走了出来，快进电梯的时候，身后传来一个稍显急促又略带畏缩的喊声："茹意！"

茹意顿住脚步转身，见单月月抱着果果气喘吁吁地追了过来，凌乱的碎发贴满了额头，眼神弱弱地看着她："能不能给我一个你的手机号码，如果有事儿，我，我能找你吗？"

"可以。"茹意拿出手机，"你号码多少，我打给你。"

单月月小声报了自己的手机号，边说还担心地回头望了几次，生怕李大红和龚如军追出来。

茹意拨打了单月月的手机，又捏了捏果果肉乎乎的小脸："果果真可爱，月月，好好带果果，有事儿你直接打我电话。"

"嗯。"单月月像找到救星般眼神发亮满脸希冀地看着茹意，"果果，跟姑姑再见。"

"姑姑再见！"果果奶声奶气地说道。

茹意微笑着看向果果，直到电梯门关上，她的嘴角依然在上扬。

看着果果的这一刻，她是发自内心的开心。

此刻的茹意并不知道，这一刻的单月月是鼓足了多大的勇气冒着多大的风险，跑出来向她要电话的。仅有的这两次见面，柔弱无助的单月月看出来了，茹意或许就是自己生命中那根唯一的救命稻草，她必须牢牢抓住。

回到家，打开门，里面传来熟悉的几声"汪汪汪——"。茹意放下包包，轻抚了一下玄关上那只可爱的小萌宠，"小七，我回来了，有没有好好看家？"

小七是一只毛茸茸的公仔田园犬，背部金黄油亮的毛发，肚子上一片雪白，耳朵警惕地竖起来，双眼一闪一闪地亮着，蹲在玄关处紧盯着大门口，随时等候主人回家。与众不同的是它脖子上挂着的那个小小的格子书包，似乎是刚刚迎接小主人放学回来。

茹意脱下鞋，用一杯泡面打发了自己的胃，便窝在沙发上看市场分析，研究春季广交会的布展。

第二天早上七点半，茹意早早赶到了医院。

医生还没上班，清洁工刚刚做完卫生，楼道里弥漫着一股消毒水的味道。

茹意悄声来到病房，推开门看到爸爸依旧在沉睡，旁边的躺椅上，龚如军搭着一件外套斜躺在上面，发出轻微的鼾声。

茹意特意放轻脚步，却还是惊醒了浅睡的龚柳根，他睁开凹陷混浊的双眼，发现是茹意，立马坐起来，憔悴的脸上溢满惊喜："丫头，这么早就来了？"

"爸，我吵醒您了。"茹意在床边的木凳子上坐下来，轻声道，"感觉还好吗？"

"挺好的，爸没事儿，你放心。"龚柳根满心欢悦地看着如意，见到女儿的这两天，他的胃居然奇迹般不疼了。

"爸，医生也说了，您手术后就会好起来的。"茹意握着爸爸枯柴般的手心疼道，"九点准时手术，我会一直在外面等您出来。"

"爸没事儿，你去忙吧，不要耽误你工作。"龚柳根心底溢出一股异样的温暖，女儿的手还是那么温软，不同的是，比小时候有力量了。

小时候如意跟着龚柳根出门，总是紧紧抓着他的手，那柔软的小手握在掌心里的依赖和温暖，龚柳根只要想起，眼底就会泛起雾气。

如意虽不是他亲生的，可这份依赖和信任却与亲生无异，只可惜自己给她的爱和保护太少，让她遭受了那么大的伤害。这么多年，龚柳根心里埋着深深的愧疚。

他知道如意是在安慰他，在给他力量和信心，让他不要怕。其实，龚柳根不怕死，曾经他还庆幸自己得了病可以早死，因为这些年活得太累太苦太悲惨，从来没有感受过生活的温暖和幸福。是女儿的再次出现，让他感受到了一种从未有过的亲情和爱，让他看到了生活的希望，有了活下去的信心和力量。

躺椅上的龚如军也醒了，睡眼惺忪地看向茹意，模模糊糊嘟哝了一句："够早的啊！"

茹意瞟了他一眼没吭声，在她心里，龚如军和李大红一样，比外人更凶恶，从小到大只会欺负她，不是打就是骂，把她当使唤丫头。

茹意不想看到他，起身对龚柳根道："爸，我去看看医生来了没有。"

龚柳根凝望着她，欣慰地点点头。

八点多，李大红、单月月和果果来到了医院里，果果依然是由单月月抱着，李大红背着新买的大红色背包，甩着胳膊一扭一晃地从远处走来，稀疏的头发用红色塑料夹子夹在脑后。看到茹意的那一刻，她顿了顿，似乎想说什么，张张嘴终究还是没说，径直进了病房。

单月月对茹意挤出一丝稍显巴结的笑容，抱着果果走过来："果果，叫姑姑。"

"姑姑。"果果拍拍双手，大眼睛无邪地看着茹意。

茹意从包里拿出几颗大白兔奶糖放到果果的小手心里："果果乖，姑姑奖励果果几个大白兔奶糖，要不要吃？"

"姑姑，我要吃。"果果盯着糖奶声奶气道。

茹意剥了一颗放进果果嘴里，果果含着糖口水吧嗒吧嗒落下来，逗得茹意忍俊不禁，赶紧拿出纸巾帮果果擦嘴巴。

"茹意，果果跟你真投缘。"单月月由衷说道。

"果果很可爱，我也很喜欢果果。"茹意又忍不住捏了捏果果的小脸蛋，心想自己这么大的时候也不知道长啥样，一张照片都没有，现在保存最早的一张照片，就是小学毕业证上的毕业照。

直到如今，她仍然清楚记得，那张照片上的自己眉头紧锁，双唇抿成一条直线，眼神幽怨，透出一股对世界的厌恶，活脱脱一张厌世脸。内心的苦楚淋漓尽致地写在了脸上。

"25床，准备手术了。"没多久，穿着白大褂的年轻助理医生走进病房通知。

看着爸爸被推走，茹意的心即刻揪成一团。

她紧追上去，握住爸爸的手道："爸，我在外面等您出来。"

龚柳根皱纹堆叠的脸上漾起了一圈笑容："好，别担心，爸没事儿。"

手术室的大门合上的那一刻，茹意下意识地攥紧了双手，心顷刻间悬到了嗓子眼儿。

漫长的手术开始了，茹意坐立不宁，攥紧的手心早已被汗水湿透。长这么大，她从未有过这样揪心的不安，虽然医生说手术成功率很高，但依然存在风险，万一……茹意不敢想，在签手术单的时候她不敢看那些可能出现的意外，也特意不去想那些意外。可这一刻，这种万一存在的风险，却在脑海里不断地放大，巨大的不安压在心口，令她几乎窒息。

李大红和龚如军淡定地坐在椅子上看手机。果果天真无邪，不时在楼道里小跑着，单月月只好亦步亦趋地跟在果果身后，不时还要带果果下楼去遛遛。

茹意一个人靠在窗边，双手拢在胸前，焦虑地看着手术室门口，大脑里一片空白。

单月月抱着果果走过来，轻声安慰道："茹意，别担心，爸会没事儿的。"

茹意对着单月月点了点头，果果不停地拍打着小手，甜甜地叫了一声"姑姑"。

茹意抱过果果，贴着她软乎的小脸，心头的不安消减了许多。

两个多小时后，龚柳根被推出了手术室，医生说手术很成功。龚柳根被深度麻醉，毫无知觉地躺在病床上，孱弱得犹如深秋里的枯叶，没有一丝生机。

茹意心头哽咽，泪水在眼眶里打转。

"爸爸……"茹意握着龚柳根冰冷的手，在他耳边轻唤道。

"时光时光慢些吧，别让他再变老了……"耳边响起筷子兄弟的《父亲》这首歌，茹意泪眼模糊地看着爸爸被送进了重症监护室。

病人手术后必须在重症监护室观察几天，等到情况稳定后才能回到普通病房，医生让茹意先回去。

开车回到公司，茹意虚脱般陷入大班椅中不想动弹，耳边一遍遍还在回响着《父亲》的歌曲，直到小白敲门进来，她才从悲伤的情绪中抽离出来。

"茹总，穆总上午来找过您。"

"有事儿？为什么没打电话给我？"茹意坐直身体看向小白，揉了揉酸疼的太阳穴。

"我要打给你，穆总不让，说是让你回来后去他办公室一趟。"小白说，"下午销售部小伙伴们的生日 party，您要不要参加？"

"参加。"茹意言简意赅道，"东西都准备好了？"

"已经订好了，四点会准时送过来。"小白看着她说，"茹总，这两天您的脸色很不好，是不是太累了？"

"我没事儿，你去忙吧。我现在就去穆总那儿，记得一会儿提醒我参加生日会。"茹意起身往外走。

穆皓峰的办公室门敞开着，站在门口，茹意看到董静山坐在穆皓峰的对面，两人正谈笑风生。见她进来，董静山马上站起来，主动和她握手道："茹总，这两天看你忙得神龙见首不见尾，我几次路过你的办公室想进去坐坐，都找不到你。若是需要分忧，尽管开口，我可不想看到你累得这么憔悴。"

"谢谢董总关心，我没事儿。"茹意腰身笔直，下巴微扬对着董静山微微一笑。

董静山这个老狐狸，一句话就在穆总面前揭告了她这两天不在办公室的实情，这是不显山不露水的告状。不过茹意也不在乎，她相信穆皓峰也不会在乎，本来她作为销售总监，出去见大客户也是常事儿，穆皓峰肯定不会为这事儿责难自己。

"果然是茹将军的风格，任尔东西南北风，我自岿然不动，哈哈！"董静山大笑一声，走了。

茹意来到穆皓峰跟前叫了一声："三叔。"

"坐！"穆皓峰坐在大班椅内，腰板挺得笔直，像一株常青的松柏驻扎在这座大楼的制高点，面带笑意看着茹意。

茹意在他对面坐下来，穆皓峰刀削斧凿的脸上平静如水，看不出一丝波澜。

"茹意，你这两天是不是有什么事情？"穆皓峰威严的问询中带着关心。

"个人的一点私事，您不用担心，我能处理好的。三叔，您找我是不是有更重要的事情？"茹意不想在穆皓峰跟前提及自己的过去和家人，只得马上转移话题。

穆皓峰微微蹙眉，对着茹意盯了几秒，本来他是不想问茹意的，但她今天上午又消失了半天，连续两个上午不知所踪……这些都不是最重要的，重要的是茹意这两天的情绪很差，他很担心她。茹意盯着窗外发呆，束起的头发规规整整，一如她的人一样，叫人挑不出什么毛病来。穆皓峰的身子向前探了探，手里的钢笔在大红酸枝的桌面上敲了一下，发出一声沉沉的闷响。

"咚！"茹意恍若刚从她的神游世界中缓过来，眼神迷茫，活像只在森林中迷路的小鹿，没由来的让人看了心疼。

穆皓峰的目光始终停留在茹意身上，这个外表清冷坚强的丫头，心里到底隐藏着多少秘密，他不知道，更不会去刻意深究。因为每个人都有脆弱的权力，更有保留沉默的话语权。

他的目光沉沉，握着笔的手攥得愈发紧了，他点点头，眼神向窗外飘去，语气有几分怅然："丫头，我说过，我是你的家人，你的任何事情，都可以让我陪你一起承担。"这么多年了，茹意心里始终没有真正依赖他。

想到这里，穆皓峰的眉头紧拧在一起，不能分担她的苦痛，于他而言，不仅是另一种痛苦，更是一种莫大的失败。他希望能给予她类似家庭的避风港。在他心里，茹意还是个小女孩，她承受了太多她这个年纪不该承受的，他总以为自己能够多做点什么，但这么多年过去了，他却突然发现，自己似乎从未真正走进过她的内心。

茹意心中一暖，双唇抿成一条直线；她揉了揉眉心，脑海中翻江倒海的家庭琐事近乎要冲破她内心的堤坝。没有人知道，这一刻她有多想一吐为快，在面对这个世上唯一可以依赖的男人时，她总是不由自主地变得柔软。

她扬了扬眉，嘴角勾勒出一道欢快的弧线，语气轻快地对穆皓峰说道："谢谢三叔，我没事儿，您别担心。对了，我听说北上的事情您正考虑着呢？"

"呵，你这丫头。"穆皓峰也跟着茹意笑起来，不论什么时候，这丫头最关心的还是工作，他转了转钢笔，向茹意抛了一个鼓励性的眼神，"我想听听你的看法。"

茹意迅速坐直了身子，两手规规整整地放在膝盖上，像个认真听讲的学生。她表情认真地看向穆皓峰，两人目光交汇的那一瞬间，都不由自主地笑开来。

但很快的，茹意就敛去了笑意，清了清嗓子娓娓道来："三叔，北上是一步要棋，关系到公司未来的布局和发展。您是董事长，是公司的战略决策者，而我一直是为您冲锋陷阵的那个人。这些年，是您给了我这个平台，让我成长。作为见证我成长的人，您一定知道，励峰对我来说有多么重要，我的人生是因为励峰才有了意义。所以这一次，我要向您主动请缨，我希望北上，去开拓华北市场。我对励峰有信心，对自己更有信心！"

茹意这一席话说得慷慨激昂，这一刻，她的心咚咚作响，厚重的鼓点在她的耳边不断放大。

"呵呵，你这丫头，官腔倒是打得一套一套的，以后和我说话少来这一套，我不仅是你的领导，还是家人，不需要这些形式化的东西。"穆皓峰的眼神温柔而又慈爱，就像看着自己的女儿那般，旋即笑容收起，语调一转，"丫头，我现在不会让你去北方。"

听到这句话的茹意双眸瞬间睁大，她的腰板下意识弯了。

"你想过没有，你去了北方，我们的出口由谁负责？暂且不说华南的市场会不会受到影响，光是每年的广交会和目前的出口订单，除了你以外，我不想也不可能交给其他人，华南和对外这块不能没有你，明白吗？"

穆皓峰看着茹意因为失望而皱巴巴的一张小脸，眉头往下压了压。他索性垂下眼，不再去看她受伤的表情。穆皓峰轻轻叹了口气，他知道这些话诓不了她，因为这本是借口。工作上的事情，哪有不可替代的？但有些话他此时绝对不能让她知道。

"穆总，华南和出口这块的销售您不必担心，这一块一直是由我负责的，我不可能弃之不顾，而且华南和出口的销售相对来说都已经很成熟了，到时候我两头跑完全可以，绝对不会出问题的！我向您保证。"茹意坚定地举起右手做发誓状。

听见那一声久违的"穆总"后，穆皓峰不由自主地笑了一声。他知道她有多想北上，但现在……"茹意，我不会放你走的，至少不是现在。"

六年了，眼前的这个女孩儿，就像一台永动机，在励峰集团的舞台上纵情驰骋，不知不觉之中，她所代表的齿轮，已经成了励峰这台庞大的机器中不可或缺的一部分。只要他定下目标，她总是像眼下这样，露出坚定的神情，对他说："保证完成任务！"而她也确实从未让他失望过，励峰的江山，必有她的一席之地。

董静山最近频繁地来找他，说作为公司副总裁，他要主动北上打下一片江山。董静山说，这些年来，他从一个销售外行干起，在摸爬滚打中，自认为也摸索出了一套心得体会，好不容易才坐上公司副总裁的位置。话语间，他多次向穆皓峰强调，眼下这个北上的机会一定要给他，不能让公司的命脉都掌控在一个外来的丫头手上。

穆皓峰从来不看好董静山，如果不是因为他是自己的妻弟，穆皓峰早就把他踢出局了。但穆皓峰深爱自己的妻子董静华，董静山留在这里，只是为了满足董静华的心愿，穆皓峰从来没指望他能干成什么事儿。眼下的这一次北上博弈，董静山如此主动请缨，也不过是因为这么多年来他始终没干出什么业绩来，公司里除了新进的员工以外，谁人不知董静山是个关系户？什么成绩没有不说，还仗着自己是董事长的亲眷狐假虎威，讨人嫌得很。

可是，昨天妻子董静华特意和他提起了这件事情，言下之意，是希望他能把这个机会给董静山。

北上是公司今年的重要战略，决定了公司未来的发展，是一件必须慎之又慎的事情。董静山有没有这个能力，穆皓峰心里很清楚。但现在他们姐弟俩联合起来提出这个要求，穆皓峰如果坚决不同意，而执意派茹意去北方，今后将陷入两个窘境：第一，和妻子之间产生间隙，影响夫妻感情，甚至危及家庭和睦；第二，茹意轻松掌控励峰所有的销售渠道，功高盖主。

穆皓峰很在乎自己的家庭，尤其在乎妻子董静华的感受。所以，第一个可能他不希望发生；第二个可能他倒是不怕，他甚至打算将来就把励峰交给茹意，自己隐退幕后，带着妻子去周游世界，做个自由人。但公司的元老们不一定能接受，尤其是董静山，只要有他在，这个计划就无法实现。更关键的是，董静华也不会同意。

所以，权衡下来，穆皓峰决定给董静山这个机会，暂时压压茹意。

"茹意，我知道你可以，你能胜任，但我不希望你这么累，南北两边跑，你这个茹将军要变成茹超人了，我不能任由你这么折腾。你也老大不小了，该找个合适的小伙子，好好谈场恋爱，早点儿把自己嫁出去，到时候三叔给你备一份丰厚的嫁妆。"穆皓峰带着对茹意的关心，故意把话题扯开了。

"谈恋爱太浪费时间，不太适合我这样的人，而且我是个不婚主义者，这辈子都不会考虑结婚的。我只喜欢工作，工作让我快乐。"讲到最后，茹意语气里甚至多了几分埋怨式的娇俏，"穆总，我再次向您请缨，请让我北上，我一定给您打下更广阔的天地，让励峰再上一个新台阶。"茹意倔强地看着穆皓峰。她知道穆皓峰是故意的，他明知道她从不谈恋爱，更不要说婚姻，还哪壶不开提哪壶。

她身体里似乎没有恋爱的因子，从来就没有恋爱的冲动，更不想结婚。自从遭遇了蔡小毛的那一次凌虐后，只要异性碰到自己的身体，她都会触电般闪开。也因为这样，她在大学的时候，一度被男生看做是异类，从来没有男生敢接近她。后来茹意才知道，这是异性肢体接触恐惧症，是一种心理疾病。

这么多年，她身边除了工作中的同事和客户，从未有过异性朋友。茹意觉得自己没有爱的能力。无数个夜晚，她孤独地站在偌大的玻璃窗前，看着川流不息的车灯涌动成一条星河，她会不由自主地开始恍惚。她到底还是个女孩，当然也想勇敢去爱，可早在十年前的那一天，她就已经被掠走了爱和被爱的能力。

或许，伶仃一生，把一切时间和精力都献给励峰，将是她的最终归宿。

"丫头，"穆皓峰看着她，轻叹了一声，只要一谈到恋爱婚姻茹意就刻意回避，那片鸦色的睫毛低低地垂下去，掩去了所有的情绪，他并不希望她这样，她应该拥有正常幸福的人生，"你得学会生活，只有工作的人生太单调，也太可怜了。我希望你快乐，你还小，你可以有更丰富多彩的人生。"

"三叔，我已经二十七岁了，也只有您会觉得我还小吧。"茹意软软一笑，"三叔，您不想让我去，是不是有其他顾虑？"茹意不想和穆皓峰兜圈子，这件事情今天她必须得弄个明白。

穆皓峰移开视线，茹意太了解他了，这几乎成为了他的软肋。他知道茹意已经看破了他的说辞，她只是希望得到那个确切的答案。

"茹意，这是董事会的决定。"说这句话的时候，穆皓峰甚至不敢与茹意对视。他自己都觉得可笑，董事会的决定还不就是他的决定吗？他知道这话一定会伤茹意的心，但眼下不允许他感情用事。

"我懂了。"茹意眸子里的亮光瞬间灭了，她的表情显露出一副了然后的哀伤。正在这时，茹意的手机震动起来，是小白在催她过去参加生日会。茹意深吸一口气，再次抬起头来时，表情已十分淡漠了，她的语气仍旧坚定，"三叔，我有一个请求。"

"你说。"穆皓峰直视她的眼睛，语气平淡。

"不管谁去开拓华北市场，我希望您让我监管这个过程，我不会参与，但我想知道全程的进展情况。"

"为什么？"穆皓峰眉峰蹙起，一脸疑惑地看向茹意。这丫头难道真的这么喜欢掌控权力，想把励峰的一切都掌握在手里？

"现在经济形势不乐观，南方的市场不好做，北方的市场必定更艰难。要去开辟一片荒土，三叔您比我更清楚，这并不容易。前期会是一个巨大的投入过程，必须有人监管，您是董事长，不适合亲自管这事儿，而目前公司里最能把控销售成本的人，就是我。所以，我认为我来监管比您更合适，到时候就算是得罪人，您大可把所有的责任推到我头上，减少您的直接压力。"茹意快速地在脑海里酝酿了一下说。

穆皓峰心头一震，茹意居然为他考虑得这么周全。她一定知道这次北上的人选是董静山，所以才提出这个为他减压的办法。穆皓峰只觉得周身涌动着一股巨大的暖流，茹意果然和自己心心相通，时刻都在为他着想为公司利益着想。董静山虽然是自己的内亲，却总是在考虑其个人的利益得失，包括这次要求北上，他也是为了他自己的利益，而不是从公司的全局出发。

"好。"穆皓峰点点头，内心涌起一丝惭愧，刚才自己居然那么狭隘地去揣度茹意的心思，看来也是着了董静山的道了。

茹意马上告辞，来到会议室参加小伙伴们的生日会。这个月有五个员工一起过生日。

会议桌上摆放着五份礼物和一个大蛋糕，还有各种各样的零食，现场播放着生日歌，寿星们戴上了皇冠，大家一起唱一起跳，蛋糕糊了一脸，好不欢乐。

茹意在唱完生日歌后就赶紧撤，却被眼尖的寿星小丽给逮住了："茹总，您什么时候生日啊，为什么没见您和我们一起过？"

"我，还有事儿……"茹意躲闪着目光要走，小丽今天却像吃了熊心豹子胆一样拉着她不放，"茹总，这个每月一次的生日会是您为我们设定的，这让我们很有归属感和幸福感，我们都很感谢您。可是您自己却从来都不过，这是为什么呀？"

"我很忙啊，你们都看到了，总是在外面跑，也难得碰到这个机会。"茹意挤出一丝笑意，心里却是对这个多嘴的小丽有点儿恼了。

"好了好了，别闹了，茹总这两天身体不太舒服，你们继续吃继续玩吧。"小白看出了茹意的窘态，赶紧过来解围。

茹意尴尬地回到办公室，内心的酸楚却汹涌而起。

不是她不想过生日，而是她根本不知道自己的生日是哪一天。她的名字和出生年月日，都是套在龚家那个在两岁就走丢了的女儿龚如意身上，这是她很小的时候有一次龚如军和她吵架的时候说的。

到现在茹意都清楚记得龚如军当时的原话。

那天，龚如军一脸鄙夷地指着她骂道："你以为你真是如意啊？你只不过是我走丢了的那个妹妹的替身，你的名字，你的出生年月日都是她的。我爸当年执意要收养你，就是因为他太爱那个如意了，所以才把你当成了自己的女儿！而你自己早就在被你亲生父母抛弃的那一天死了，因为你没有自己的名字，也没有自己的生日，你只不过是一个替身，哈哈哈哈！"

龚如军当时那个放肆的嘲笑，到现在都回响在茹意耳边，激烈地刺激着她的耳膜和神经，震得她大脑嗡嗡作响。

是啊，她只不过是一个替身，她是谁，什么时候出生的，叫什么名，根本就不知道。

后来，茹意为自己定了一个生日，是她十八岁那年跳河被艾奶奶和艾爷爷救起来的那一天：4月1日。这一天是西方的愚人节，不知道这是不是上天的捉弄？让她在历尽龚家的折磨伤害之后，在愚人节这一天重生了。

手机突然在办公桌上震动起来，打断了茹意的思绪，她拿起手机，一条短信赫然闪亮在眼前：

"茹总监，时间差不多了，我派司机过去接你如何？"

是建工集团的张总，昨天那么盛气凌人不容她解释，今天怎么又突然如此殷勤？居然要派司机过来接她？茹意揉了揉酸疼的太阳穴，回复道：谢谢张总，您把地址发给我，我自己开车过去。

茹意极不愿意参加这个饭局，但是没办法，建工集团是大客户，得罪了这个张总，就是得罪了财神爷，她今天就算再累也必须到场。男人的饭局，她自然知道会面临什么，这么多年做销售，她早练就了一套茹氏功夫，兵来将挡水来土掩，拉开抽屉，她麻利地吃下了四粒解酒神器，并且把小瓶子放进了包里，实在不行，酒后再吃两粒。

整理了一下稍显凌乱的头发，简单的马尾，是她这么多年来不变的发型，干脆利索好打理，衣服是小白带她去专柜挑的，她只穿浅色系衬衫配黑西裤，黑白灰轮着换，从来不在穿衣打扮上浪费时间，她的时间就是工作，除了工作就是看看书，听听音乐。

镜子里的自己明显有些疲累，两个大黑眼圈挂在脸上，看起来很憔悴。茹意打了一点儿粉遮盖黑眼圈，又涂了一点儿亮色的唇膏，气色果然好了很多。这才拿上包照着张总发的地址开车过去。

路程不近，加上正好是下班高峰，开了一个多小时才到。走进包间，三个大男人稳稳地坐在圆桌旁看电视玩手机，菜已经上桌，四瓶五粮液一字排开，像列阵的士兵一样，站立在桌子边上。建工集团的张总是攒局人，一动不动坐在最中间。

"不好意思，路上堵车，让几位老总久等了。"茹意仔细看了那两位，并不认识。

"茹总监，你又迟到了！昨天你就让我苦等了一上午，今天你又让我久等了一小时，你自己说说，该怎么办吧？"张总在她面前摆上三个喝啤酒的大杯子，示意服务员过来倒酒。

"我先自罚三杯。"茹意知道今天张总肯定不会放过自己，所以出发前就做好了准备。看到服务员用啤酒杯装白酒的那一刻，茹意心里还是忍不住问候了一下不怀好意的张总。

"好！"见茹意如此豪爽，张总脸上的笑意更浓了，"茹总监，你是励峰集团的台柱子，也是穆总身边的红人，谁都知道，励峰集团的销售全靠你，这两位是秦总和陆总，他们都是你潜在的大客户，今天我可是特意把他们带来介绍给你，接下来就看你的表现了。"

"那太感谢张总了！秦总，陆总，咱们第一次见面，先加个微信和电话，以后咱们常联系。"茹意马上拿出手机，麻利地要到了秦总、陆总的联系方式，接着和秦总、陆总推杯换盏，谈笑风生，又是连续好几杯酒落了肚。

坐在一边的张总，笑意一点点僵在了脸上，茹意的酒量和酒脱让他目瞪口呆。刚才一进门的自罚三杯少说也在半斤以上，茹意喝下去居然丝毫没有反应，还能继续接二连三地喝，果然不是一般人。

今天把秦总、陆总叫过来，当然是为了一起对付这个小妮子，没想到三言两语倒是被她给收了编。

但是，今天不把茹意放倒，他是绝对不会罢休的。虽说穆皓峰这个人很不错，两人私交也挺好，但一个小妮子居然敢放他鸽子，这事儿绝对不能忍，必须好好收拾她一顿。

"茹总监，"张总一把拉住茹意的手臂，想和她亲昵地说几句话，却不料茹意触电般甩开了他的手，并且迅速地后退了几步，恼怒地瞪着他。

张总的脸色顿时"唰"一下黑沉了下来，这无异于当场给了他一个响亮的冷巴掌。这小妮子，果然给脸不要脸！他怒意沉沉地盯着茹意，挑着眉头怒气凛然道："几个意思？"

刚才还热气腾腾的房间顷刻间冷了下来，空气瞬间如凝固了一般，秦总、陆总手上端着酒杯，屏着气息看着茹意和张总。

茹意是本能反应，任何异性接触到她的肌肤，她都会应激性甩开，包括穆皓峰。但是，这一刻，茹意无法向张总解释，也着实讨厌张总对自己动手，但她还是马上对张总笑道："咱们动口不动手，来，张总，我再敬您一杯！您堂堂建工集团的老总，宰相肚里能撑船，事业波澜壮阔，人生万里无云，我们励峰集团一定竭诚服务好建工，我干了，您随意！"

说完，茹意仰头干了杯中酒。

张总的脸色缓和了些许，不过依旧怒意难消。他沉着脸盯着茹意挑衅道："茹意，眼前这三杯酒，你要是能一口气喝下去，我就让励峰集团继续为建工服务，否则……"

说完，他嘴角挂起一丝诡异的笑。

茹意自然明白他话里的意思。虽说自己出门前做了准备，可也架不住这么个喝法，一进门就被灌下去大半斤酒，再连着喝了好几杯，现在又要喝下去大半斤，姓张的明显是在往死里灌自己。可这酒要是不喝，和姓张的梁子就算结下了，往后自己和建工集团的来往势必处处受到刁难。

忍一时之气，免百日之忧。生意场上，向来是多栽花少栽刺，况且昨天确实是自己不对在先，今天是来缓和关系的，所以这酒必须要喝。

"行，我喝！"茹意沉住气，端起酒杯连喝了三杯，眼都没眨一下。

三个大男人惊愕之余不禁倒吸凉气，相互对视一眼后，心里也不得不暗暗佩服：果然是酒量胆识都过人！

"呵呵，茹总监果然千杯不醉！很好很好，为了我们今后合作愉快，大家再一起干一杯！来！"张总黑沉的脸上露出了笑意，举杯一眨不眨地盯着茹意道，"百闻不如一见，茹总，今天你让我刮目相看，穆皓峰有你这样的猛将，何愁没有业务啊。你真是穆皓峰的福星！来，干杯！"

又是三杯酒下肚，茹意感觉胃里翻江倒海，一阵阵往上涌，跟着大脑也开始晕沉不清。可这时候姓张的还要她再喝，真是小人到了极点，非得逼得她现场直播不可？茹意忍着胃里的难受，喝了一口矿泉水，硬着头皮和他们干了最后一杯。

饭局结束后，张总提出让司机送她，茹意摆摆手："我没事儿，你们先走。"

有了之前的冷巴掌教训，张总根本不敢再碰茹意，只能一脸怅然地看着她步履不稳地顺着人行道往前走。

大街上霓虹闪烁，行人如织，作为一线城市的江城，人多得不可思议，举目望去，到处都是熙熙攘攘的人群，只是，这如潮的人流里，没有一个是茹意认识的。

入夜后，潮湿清凉的海风轻抚着燥热了一天的城市，情侣们浓情蜜意地依偎着漫步江边，空气里似乎都弥漫着荷尔蒙的气息。江城丰富多彩的夜生活刚刚拉开序幕。

但此时的茹意眼前已经模糊不清，远处的灯光和近处的人影在她眼里虚虚实实地晃悠着，若隐若现地缥缈着。晚风中她一身酒气，踉跄着脚步往前走，自己身在何处已然不知。胃里愈发翻腾得厉害，一股热流直逼喉口，茹意捂着嘴狂奔到垃圾桶边，顿时吐得昏天黑地。

把胃里清空之后，整个人虚脱般难受，头脑愈发晕沉得厉害。她擦了擦嘴角，无力地靠在高大孤独的棕榈树旁，此刻，她只想找个地方把自己放平好好躺会儿，等头脑清醒一点儿再打车回家。

她脚底发软，身体飘忽，强迫自己聚起仅有的那点儿意识，顺着沿街的铺面走了几步，隔着玻璃门看到里面貌似是个美发馆，几个顾客正坐在里面修剪头发，她踉跄着脚步推开门走了进去。

"欢迎光临！"漂亮的小姐姐笑颜如花地迎了过来，目光在她凌乱的头发上盘旋了几下，"姐姐，您是要洗头吗？"

此话正合茹意心思，她就想把自己放平，洗个头正好。

茹意一脸模糊地点点头。

"那您要哪位小哥哥帮您洗头呢？"小姐姐声音很甜美。

哪位小哥哥？茹意大脑晕沉，聚起的那点儿意识在一点点涣散，眼前越来越模糊，根本看不清人脸，只看到前面有几个白色的影子在移动，她随手指了指那个一动不动的白色影子道："他。"

"七哥？对不起姐姐，他是我们的……"

"没事，我帮她洗。"小姐姐的话音未落，一个阳光般温暖的声音传来，"来吧，跟我来。"

接着，茹意感觉到一只修长的手臂伸过来想搀扶着自己，她快速闪身，胳膊一收触电般弹开了，还本能地往后退了一步，离那个高瘦的身影更远一点儿。

"小青，扶她进来。"几秒钟的沉默后，耳边还是那个阳光般温暖的声音。

"姐姐，您跟我来。"小青很温柔，贴心地扶着茹意往里面走。

茹意头重脚轻，跟着小青来到后面的洗发室，在小青的伺候下，在洗头床上躺下去，顿觉浑身舒坦，就想这样沉沉地睡过去。可喉咙却干渴得厉害，她艰难地翻身起来找水喝，一大杯温开水递到了手边。

"喝杯温水。"还是那个温暖的声音，好听得让人身心酥醉。茹意抬头看向那个高高的身影，可惜大脑晕沉，眼前的这张脸，鼻子眼睛嘴巴全模糊在一起，完全没看清他长什么样。

茹意几乎是把一大杯水倒进了肚子里，温润的水让她感觉从胃里暖到了心里，好舒坦，这才满足地躺下去，闭上了眼睛。

正当她意识渐渐涣散身体完全放松时，一股大白兔奶糖的香甜从头顶飘来，丝丝滑滑地沁入鼻腔。那种久违的甜润奶香，仿佛童年里在冬日暖阳下吃着大白兔奶糖的幸福滋味儿，带着一股无比甘甜清爽的阳光的味道。

这种久违的气息让她着迷，她情不自禁深吸了几口。紧接着，一双修长的大手抚上了她的秀发，然后开始轻柔地按摩她晕沉发麻的头部，茹意浑身打了一个激灵，所有的毛孔都倏然间紧张得发抖。

"是力度太重了吗？"头顶的双手顿住了，温暖的声音再次响起。

"不，不是。"茹意闭着眼睛有点儿语无伦次，她本能地想抬起手阻止，可是双手软得毫无力气，根本抬不起来。朦胧中，她分明感觉到刚才的力度恰到好处，头部一阵轻松，浑身麻酥酥地战栗。工作这么多年，茹意很少到外面洗头，偶尔去剪头发不得不洗，她也一定找女店员帮忙洗，从没让男生给自己洗过头。

因为她的身体从来就无法接受男生的任何触碰，哪怕是洗头这样简单的事情，也不行。

"你看起来很疲累，所以给你按摩一下头部，让你放松一下。你要是觉得不舒服，就直接冲洗头发吧！"

"没，没有……"昏沉模糊中，茹意居然有点儿贪恋刚才那恰到好处的头部按摩，让她感觉从未有过的舒服。不知道是因为喝多了意识涣散，还是那个带着阳光般味道的大白兔奶糖香味起了作用。晕晕沉沉中，茹意聚起的那点儿意识很快就消散了。

"累了就睡一觉，我给你调好按摩椅的力度，您要是感觉不舒服就说一声。"温暖甜润的声音，如冬日暖阳般照进茹意心底，耳边缓缓流淌着她最喜欢最熟悉的音乐《Childhood Memory》，按摩椅轻柔地在后背起伏按压，温热的水流在头顶潺潺淌过，茹意觉得自己仿佛又坐在爸爸的自行车上，沐浴着温暖的朝阳，呼吸着清甜的空气，身心完全放松，没多久就沉沉睡了过去。

这一觉睡得格外深沉香甜，无梦无杂绪，清清爽爽的像在冬日暖阳里沐浴了一整天，醒来时从未有过的清醒爽朗，心情像台风过后的天空，湛蓝而澄净。

十年没有睡过这么香甜的觉了。伸了一个大大的懒腰，茹意才从床上爬起来，可看到眼前的一切时，她顿时慌乱了！

这是哪儿？

第二章

◎ 生命裂缝中的光

四周是浅蓝色的墙壁，上面装饰着一些可爱的绿植，角落里摆放着一架美容蒸汽机，靠窗还放着一套布艺沙发，另一边的柜子上整齐地摆放着一排排高档美容产品。

再看看自己，居然是躺在两张合并在一起的美容床上，可能是为了防止她掉下去，窄小的美容床两边各放了一张高椅子靠着，她身上完好地穿着昨天的那套衣服，上面盖着一条薄薄的浅紫色珊瑚绒毛毯。

自己怎么睡在美容院了？再看看时间，已经八点半了。

茹意心底一惊，即刻从床上跳了下来。正要往外走，听到门口传来一阵脚步声，一个高高的穿着白T恤的身影走了进来："醒啦？吃点儿早餐再走吧！"

门口那个阳光般的笑容和一口洁白好看的牙齿，顷刻间落进了茹意的心底，这辈子都无法忘记。

"哦，对不起，我……这是在哪儿？"茹意顿时窘迫起来，捋了捋凌乱的头发，又扯了扯身上有些发皱的衬衫，从不脸红的她居然感觉自己的脸颊热得滚烫，一直烧到了耳根后。

自己居然在这个不熟悉的店里睡了一夜？

"断片了吧？放心，你昨晚睡得很好，"男孩看着她神态认真道，"我可没有趁人之危哦，你低头看看你的衣服，都还是昨天的。不过……"

茹意惊惧地看向他："不过什么？"

"不过，你真的很麻烦嗳，又踢毯子，大半夜还嚷嚷着口渴。说起来，我也是第一次遇到这种事情，大半夜的还要照顾女顾客喝水……"

他的声音很干净，带着天生的暖意，尾音总是微微上扬，叫人听来很温暖，犹如温润的羊脂玉。

她抿了抿唇，拿手敲了敲脑袋，使劲儿想了想昨天的事儿。但不论怎么努力回忆，茹意只记得自己被建工集团的张总灌醉了，一个人在大街上摇摇晃晃走着，吐了一地。后面的事儿，真是一点儿都想不起来了。至于自己为什么会出现在这里，更是丈二和尚摸不着头脑。

"来吧，来喝点儿粥。"阳光男孩儿转身往外走，茹意赶紧跟了出去，随着他拐弯上台阶，来到了二楼的大阳台。

阳台宽阔，清透的朝阳滚落一地，目光所及皆是金色的暖阳，四周的围栏上新生的藤蔓一路蜿蜒，圈出了一道绿色的屏障。旁边错落有致的木架上各色小盆栽鲜亮夺目，角落里立着一架木质秋千，阳台中间摆放着一套白色的咖啡椅座，一把棕褐色的咖啡伞凌空撑起，投下一片斜斜的阴凉。

茹意看得几乎忘了自己，这样的场景似乎在梦里出现过很多次，童话般的阳台，童话般的小屋，一架可以随时坐上去轻轻摇荡的秋千，一直是茹意心底的向往。

"这边有盥洗台，我给你准备了一次性牙刷，你先洗漱一下，我去把粥端出来。"那个像温玉一样的男孩扬起嘴角，冲她露出一个灿烂的笑容。也是这时候，茹意才注意到这个男孩有一双灵动且温暖的眼睛，仿佛有治愈人心的力量。茹意怔怔地看着男孩，好一会儿才反应过来，此时，他已经转身进了里面的厨房。

茹意仔细端详着这个梦幻一般的天地，但很快的，她就不愿意拘泥于眼下的这一片风景了，她弯下腰去探寻这个天地的每一处角落。

阳台上的绿植丰厚，她的手沿着栏杆轻轻地跳跃，指尖触碰着那些带着晨露的绿色精灵，那些蓬勃有力的生命，在朝阳下绿得鲜亮，绿得动人；这些星星点点的绿连成一片，最后成为绿的海洋，一阵晨风吹过，仿佛是绿色的海浪正层层叠叠向她涌来。

她闭着眼睛，感受着空气中属于植物的独特清香，听着风呼呼拂过耳畔的声音，触摸着朝阳留在她脸颊上的温度。

在这样的天地里，时间仿佛凝固了，茹意洗漱的动作变得很慢很慢。直到那个男孩儿端着一个彩色的砂锅和碗筷走到小桌边的时候，茹意仍在发愣。

他贴心地递给茹意一杯水："先润润肠胃。"

茹意很听话地小口抿着喝了半杯。男孩儿目不转睛地看着她，露出了一口洁白好看的牙齿，他笑道："原来你也会小口喝水。"

"嗯？"茹意不解地看着他，没明白他话里的意思。

"昨晚你喝水那个动静，咕咚咕咚的，像地洞虹吸，把店里的人都惊着了。"男孩儿看着她笑。

这笑容干净得就像此刻的阳光，通透而明亮，深深地感染了茹意，不知不觉茹意嘴角也勾起了好看的弧度，不是为自己昨晚的窘态，而是因为他纯真好看的笑容。

"你笑起来真好看，记得每天多笑笑，爱笑的女孩儿运气都不会差。"他边说边打开了砂锅，一股浓香随着蒸腾的热气弥漫开来，茹意分明听到自己肚子里发出了两声"咕噜噜"的叫唤，两人对视一笑，茹意窘得赶紧低下头去。

在这个阳光男孩儿面前，茹意从未有过地放松，也第一次感觉到了作为女生的娇羞。记忆中，她何时有过和一个陌生男子单独相处？自从被蔡小毛伤过之后，她就再也没有接触男生的欲望。

那道心门，在那个疾风骤雨、生死两重天的夜晚彻底关上了。

"你是这个店里的老板？"茹意看着他骨节分明的修长双手，再看看他白得耀眼的T恤衫，目测他是个做美容的。

"不是，这个店是我和小伙伴们众筹的，每个人都是老板，也都是员工。我叫马小阳，他们都习惯叫我七哥，因为我在家排行老七，家里人都叫我小七。"马小阳边盛粥边说。

小七？茹意心底惊呼，一脸惊愕地看着马小阳，"小七"是她童年里最心爱的那只小黄狗的名字，陪伴了她三年多，每天都会送她上学，眼巴巴地蹲在家门口等她放学，是她苦难童年里最好的伙伴。后来小黄狗突然莫名消失不见了，为此茹意伤心了很久很久，从此再也没有养狗。

工作后一个人来到江城，她订做了一只同款的公仔"小七"放在家里，为的是让"小七"能每天迎接自己下班。

"这个名字是不是很特别？我的小伙伴都说这是宠物狗的名字。"见她一脸惊讶，马小阳自嘲地笑起来，一口洁白的牙齿平整得无可挑剔，"我在家里最小，大家都很宠我，尤其是我奶奶，天天'小七小七'地叫着，我感觉她就是把我当做她的宠物养。"

"是挺特别的。"茹意抿嘴笑，但没说自己和"小七"的故事，而是好奇马小阳家里居然有七个孩子，"你家里真的养了七个孩子？一个都没扔？"

"扔？"马小阳澄澈的双眼瞪得溜圆，直愣愣地盯着茹意不可思议道，"自己的孩子怎么能扔？那也太没人性了！我爸爸妈妈就是喜欢孩子多，所以一口气生了七个孩子，我妈妈我奶奶还有我家里的两个阿姨一起把我们带大。我有四个哥哥，两个姐姐，我大哥比我大 16 岁呢。"

马小阳毫无戒备一口气概述了他的家庭，却在无意中击中了茹意心底深处最大的痛点。

人家七个孩子都一起养大，为什么她的父母就要把她扔掉？这么残忍的事情他们为什么能做得出来？既然不想养，为什么又要把她生下来？原本还阳光灿烂的心情，顷刻间就布满了阴霾，这些年压在心底对亲生父母的怨恨，这一刻又被激发了出来。

茹意低下头，眼底的雾气在一点点弥漫，她不敢抬头，生怕让马小阳看见自己的脆弱和伤痛。

气氛突然变得有点儿尴尬，马小阳盯着茹意那片鸦色的睫毛，虽然她刻意隐藏自己的情绪，但她脸上的忧郁和嘴角的那抹伤痛却无法隐藏，刚才还好好的，怎么突然间黯然神伤？马小阳不知道自己哪句话说错了，一时有点儿不知所措。

昨晚她喝得大醉，显然是在外面吐过之后误打误撞走进店里的。当她眯着好看的双眼，闪动着浓密的睫毛指向自己的时候，马小阳心头莫名地一阵颤动。作为店里的首席形象设计师，他从来不给顾客洗头，但那一瞬间，鬼使神差的，他就答应了下来。他知道这很奇怪，也知道小伙伴会如何猜测，但他已经不在乎了，他只知道自己很想靠近她。

就在他准备把她扶到里面时，她过激的反应更让马小阳吃惊。

凭直觉，马小阳觉得这个有着坚强外表的女孩儿，内心一定包裹着不为人知的伤痛。为她按摩洗头时，她全身颤抖的激烈反应又一次触动了马小阳的内心，她紧锁着的眉头，疲累无力地想抬起的手，嘴里发出模糊的抗拒声，哪怕是在大醉时依然保持着高度警惕的身体，无不在告诉他，这是一个与众不同的女孩儿。

马小阳小心地为她清洗头发，丝毫不敢触碰到她头皮之外的任何地方，不然她就全身颤得厉害，一副抗拒而痛苦的表情。为她洗完头，马小阳用最低档的风速慢慢帮她吹干，茹意安稳地睡在洗头床上，呼吸均匀，神情放松，马小阳不忍心叫醒她。晚上十一点，店里打烊，所有的小伙伴都回去了，马小阳只好留下来照顾她。

半夜，茹意晕晕沉沉坐了起来，醉意朦胧地喊着"水水水"，马小阳给她倒了半杯温开水看着她喝下去，再扶着她去了一趟洗手间，本以为她已经醒了，没想到她眯愣着双眼还要爬到洗头床上去睡，马小阳只好顺势把她扶到隔壁美容室，把两张美容床拼起来让她睡在上面，因为洗头床睡久了身体会痛，美容床太小，为了防止她半夜掉下来，他又搬了两张椅子靠在两边。

"来，尝尝我煲的砂锅粥，小伙伴们都爱喝，相信你也会喜欢的。"窘迫中马小阳只能寄希望于自己的拿手好粥，盛了一碗小心翼翼地端到茹意跟前。

茹意使劲儿眨了眨眼睛，尽量把眼底的雾气收回去，这才抬起头看向马小阳，勉强挤出一丝笑意，浅浅地说道："谢谢。"

冒着腾腾热气的砂锅粥香味四溢，里面米粒均匀，鲜虾的红润和小芹菜的碧绿甚是惹眼，光是看这鲜亮的色泽，闻着这股浓香就足以让人垂涎欲滴，何况此刻的茹意腹中早已空空如也。她拿起勺子尝了一小口，天哪！那股清甜鲜香瞬间激活了她所有的味蕾。向来爱吃砂锅粥的她，已然吃过很多店里的砂锅粥，马小阳的这一款算得上是最美味的，没有之一！

"太好吃了，你自己做的吗？"茹意惊喜地看着马小阳。

"对，这是马氏砂锅粥，独家秘制，全江城只有这一款，想吃，只能来找我。"看到茹意的心情由阴转晴，马小阳也豁然开朗，又露出了阳光般的笑容和那一口好看的牙齿。

"没想到你还会煲这么好吃的粥。"茹意轻声说道，其实她是想说，没想到这么干净帅气的男生居然能做出这么好吃的粥，太让人意外了。

"嗯？"马小阳明明看见茹意的唇瓣动了动，却没听清她说什么，一时好奇地打量着她。

"我是说你做的粥太好吃了。"茹意避开他的目光，自觉双颊再次变得滚烫起来，似乎整个脸颊都红透了，这种感觉很奇怪，以前从未有过，今天也不知道是怎么了，这么容易脸红。

马小阳一瞬不瞬地盯着茹意绯红的双颊，还有她那对不停忽闪着的浓密睫毛，略显躲闪的眼神，心里也像擂鼓般咚咚作响，脸红起来的她还真是很好看呢！尤其是那双略显忧郁的眼神，里面分明带着惊喜，这让马小阳很开心。

"好吃就多吃点儿。"马小阳趁着茹意埋头喝粥的功夫，又盛出一碗放在一边凉着，茹意确实饿了，也顾不上客气，一连吃下了两碗海鲜粥。

"谢谢你！"茹意放下勺子，满足地看着马小阳。

"是谢我的粥，还是？"马小阳还在不紧不慢地吃着粥，听得茹意这么说，一本正经地放下勺子勾起嘴角看着她。

"都是，谢谢你煲的这么好吃的粥，也谢谢你昨晚对我的照顾。我还要上班，我先走了。"茹意说完起身就要走。

"哎，等等！"马小阳赶紧站起来，没想到她说走就走，自己连她是谁都还不知道呢，"你要是不赶时间，我建议你打理一下头发，昨晚你的头发只是简单洗了一下，现在明显有点儿凌乱。"

"哦。"茹意下意识捋了捋头发，确实有点儿乱，平时自己都是把头发扎起来的，现在就这么散乱着，有点儿不习惯，"我找根皮圈束起来就好了。"

"如果你相信我，我可以给你换一个更适合你的发型。"马小阳眼神闪亮地看着她。

"嗯……那好吧。"马小阳澄澈如水的眼眸里蓄满真诚，难道他是美容师兼发型师？

这家店究竟是做美容的还是做美发的，她根本不知道。昨晚自己是怎么走进这家店的，也一点儿都不记得了，完全断片了，想想真是窘得不行。一个女生竟然这么不小心在外面过了一夜，幸好自己遇到了一个好心的男生，这要是遇到一个坏人，后果不堪设想。

茹意真心从心里感谢马小阳，感谢这家店，自然也无条件地信任马小阳了。

回到一楼，里面静悄悄的，员工都还没来上班，门上贴着工作时间是上午十点半到晚上十点半，周一休息。

转了一圈，茹意才看明白，这家店还真不能称作是"小店"。这是她见过的最大的一家集美容美发和个人形象设计于一体的私人定制形象设计室，名叫"绾青丝"。光是一楼的店面就有三四百平方米，不仅有美容美发室，还有私人衣橱，每个功能区都布置得十分典雅有个性。全屋以简欧实木装修为主，还带着后现代的一点点怀旧，几辆老式的机车模型和一个古铜色的旧式唱片机摆放在进门的玄关处，彰显着店主独有的个性和兴趣爱好。

"坐吧！"马小阳拿着印有"绾青丝"logo的围巾往茹意的脖子上一围，再麻利地拿起小喷壶喷湿了茹意的秀发，利落地挽到耳朵两边，身体俯倾在茹意的头顶，声音沉缓温柔道："有层次的中长发很适合你，你的发质纯天然无损伤，柔顺得无可挑剔，再染个颜色，会更时尚。"

一股熟悉好闻的大白兔奶糖香味从马小阳的身上弥漫开来，丝丝缕缕沁入鼻腔，这味道是那么熟悉，那么好闻，好像记忆中在哪里闻过这让人无比安心的味道，她的心跳莫名漏了一拍，全然没听进刚才马小阳说的话，只是盯着镜子里的自己愣神发呆。

"你要是没意见我就开始为你修剪头发了。"马小阳看着镜子里的茹意道。

"哦，好。"茹意赶紧转移目光应答，一时间居然有点慌乱了。

得到了茹意的应允后，马小阳修长的手指开始在茹意的秀发上飞舞，茹意只听得头顶不停地传来"咔嚓咔嚓"的剪刀声，然后就看到自己一缕缕的发丝轻盈地飘落在地板上。

她很少进美发店，头发一年难得剪一次，也从未烫染过。平时总是扎起来，没有什么发型可言。现在，她也不知道马小阳要给自己剪什么样的发型，如果是平时，她肯定是抗拒别人随意剪自己头发的，可是今天也不知道为什么，她就是这样相信马小阳，把自己这一头原生态秀发完全交给了他。

"好了，咱们去冲洗一下。"半小时后马小阳收起剪刀，解开茹意脖子上的围裙道。

茹意看了一眼镜子里的自己，原先齐整厚实的头发变薄变碎了，长度依然在肩膀下，头发湿湿的贴在头顶，看不出任何造型，一点也不好看！

"冲洗完了我再给你吹一下就好看了，放心吧。"马小阳早已看透茹意的心思。

简单冲洗了一下头发，重新坐到镜子前，马小阳拿起吹风机开始为茹意吹头发。吹风机的声音很小，暖风的温度也恰到好处，和以前在其他洗发店的感觉完全不同。茹意第一次感觉到吹头发居然是一种享受，和煦的暖风拂过脸颊，吹过头顶，湿漉漉的头发一点点变得干爽蓬松，难得的惬意舒适。

马小阳一边吹，一边整理造型，发尾抹上精油，再喷上一点儿保湿定型水，修长的手指沿着茹意白皙的脖颈，轻轻捻过发丝的边角，最后俯倾在茹意头顶，眸光晶亮地对着镜子里的茹意轻声说道："好了。"

伴着那股大白兔奶糖的甘甜气息，茹意抬眼，瞬间被自己惊艳了！

这真是自己吗？层次分明带着微微的波浪卷的长发恰到好处地勾勒出了她鹅蛋形的脸颊，显得她的鼻梁格外高挺，棕栗的发色衬得她愈发白净，她吃惊地眨了眨眼睛，似乎连眼睛都变得愈发有神了。

"是不是觉得自己更美了？"马小阳道。

茹意点点头："这是我第一次改变发型，没想过自己还能是这个样子。"

"你还可以有很多美丽的样子。"马小阳笑道，目光停留在她飞起红晕的脸上，"我这里有很多适合你的衣服，我建议你尝试一下。"

茹意忍不住笑起来，马小阳还真会做生意，这样的一条龙服务太贴心了，对于她这样万年不逛街也不习惯网购的人来说，真是太方便了，她很开心地点头应允。

跟着马小阳来到私人衣橱专区，琳琅满目各种风格的衣服看得茹意眼花缭乱，转了一圈，她还真没从中找到自己喜欢的款式，正想提出告辞时，马小阳拿着两套衣服给她："去试试。"

茹意看着他手上那两套衣服微微皱眉："我不穿裙子。"

"女孩儿就应该穿裙子，你身材高挑，腿型修长，最适合穿裙子，相信我，去试试。"马小阳鼓励道。

他温柔如水的眼眸让茹意无法说"不"，只好拿着衣服进了试衣间。

茹意先试穿了一件水蓝色的重磅真丝 V 领中长裙，尺寸大小很合适，可这是一件七分袖，这个天气坐在办公室会有点儿凉吧？茹意狐疑着走出来，马小阳顿时眼前一亮，顺手给她套上一件粉色的小西装，再配上一条时尚的项链。

"太完美了！这身衣服简直就是为你量身定做的！既职业又不失女孩儿的妩媚，太符合你的气质了！"

别说，这么一搭配还真是与众不同。刚才单穿这条裙子的时候，茹意觉得有点儿呆板显老气，但是这件粉色的小西装立马改变了风格，果然职业中带着一点儿可爱，整个人都充满了生机和活力，从来就是衬衫配西裤的茹意，从未想过自己还能把裙子也穿得这么美。

"还有一套再试试，肯定也适合你。"马小阳惊喜地看着茹意。

此刻的茹意，在他眼里美得不可比拟。马小阳犹如发现了一块璞玉，又一手将其打造成了一件惊世骇俗的作品，惊喜中带着无比的骄傲。

个人形象设计师的工作就是发现美雕琢美的工作，每一位走进店里的顾客，马小阳都能发现她们身上最大的亮点，扬长避短，让她们成为最美丽的自己。这就是马小阳的事业，也是他最喜欢做的事情。发现别人的美，让每一位顾客都变得更美更自信，是一件十分骄傲幸福的事情。

为多少顾客提供过这样的服务马小阳已经不记得了，但今天是他人生中最幸福的时刻，因为他发现了心中最美的女神。

茹意穿着第二套衣服出来了，香槟金的真丝上衣，前襟飘着灵动的荷叶边，下面搭配灰色半长裙，外面再搭配一件中长款的深咖色风衣，简直无可挑剔。

"这两套适合你上班时间穿，休闲时的衣服我这里也有，你要不要一起挑选一下？"马小阳恨不得把她任何场合的衣服都给她全部搞定了，因为他早就看出来了，这个女孩儿根本不会打扮自己。

"不用了，我得走了。"已经快十点了，再不去办公室，估计小白和三叔的电话就要追过来了。

"行，那你有空再来试。"马小阳帮她把衣服打包好，"很高兴认识你，更荣幸能为你设计发型，这两套衣服是我送给你的礼物。"

"那不行，昨晚已经很麻烦你了，做头发和衣服的钱你都得算。不然这衣服我就不要了，下次我也不来了。"茹意坚持道，她从不欠别人的人情。

"这……那就一起这个价吧！"马小阳见她态度那么坚决，在计算器上敲出几个数字，这只是衣服的成本价，"咱们加个微信吧，要做头发买衣服你尽管来找我，想吃砂锅粥，提前跟我说，保证让你吃到最美味最新鲜的。"

茹意扫码支付完，看着满脸期待的马小阳，心中也有微微的动摇，这个阳光温暖的大男孩儿，浑身带着童年的温润奶香，确实很讨人喜欢。

不过，她沉默几秒后还是淡淡说道："下次吧！"

说完拿起衣服和包包快步走了出去。

茹意顷刻间变冷的表情让马小阳懵圈，刚才还好好的，怎么突然又这么冷淡？这个女孩儿真是让人捉摸不透。

愣神了片刻，马小阳还是殷勤地走过去帮她拉开玻璃门："那您慢走，有空再来！"看着她高挑好看的背影在眼前渐行渐远，马小阳心头好一阵怅然，她，还会再来吗？

茹意沿着街面往前走，循着昨天断片前的那点儿记忆找到了那个酒店，来到停车场取车。坐进车里后，茹意剥了一颗大白兔奶糖放嘴里，甜润的奶香从嘴里甜到了心里，想到那个浑身散发着大白兔奶香的马小阳，茹意嘴角溢出了一丝甜蜜。

马小阳是不是也喜欢吃大白兔奶糖？还特别爱喷大白兔香水？从这一刻起，这个名字深深刻进了茹意的心底。

正要开车出去，单月月的电话打进来了。

"茹意，爸爸醒过来了！"电话里，单月月的声音有点儿激动，"你快来看看吧！爸爸一直在找你。"

"好，我马上过去！"茹意惊喜不已，踩下油门就走，手机低电量提示她也丝毫未有察觉。

半个多小时后，茹意站在了龚柳根的病床前。

"爸，您感觉还好吗？"茹意俯身握着爸爸的手，鼻子一阵酸涩。

刚刚醒过来的龚柳根脸色苍白得愈发厉害，气息奄奄，虚弱得双眼无力睁开，枯柴般的双手耷拉着，空洞的眼睛看向茹意，许久才吃力地点了点头。

"您安心养着，很快就会好起来的。我会经常过来看您。"

龚柳根无力地眨了眨眼睛，很快就慢慢地合上了。

出来后，茹意咨询了医生。医生说还要在 ICU 里观察两天，如果家属考虑经济问题，可以提前转移到普通病房，不过感染的几率会比较大。

"就留在 ICU，等情况稳定再转移到普通病房。一定要确保我爸爸安然无虞。"茹意说。

"你放心，病人情况不错，醒来的时间比预期早。"医生说。

茹意长舒一口气，只要爸爸的身体能恢复，花多少钱都值得。

临走前，茹意才发现李大红和龚如军都没来，只有单月月一个人带着果果守在医院里。

"他们呢？"茹意问。

"我过来的时候他们还在睡觉，现在应该在做饭吧。"单月月抱着果果说。

茹意心里顿时不悦，李大红和龚如军完全不把爸爸的死活放在心上，居然连看都不来看一眼，让这样的人照顾爸爸，完全不靠谱。

"就住在附近吗？"茹意问道。

"对，就在附近的城中村租了一间两居室的小房子。"单月月点头道。

"姑姑，我想吃大白兔奶糖。"果果忽闪着大眼睛一直盯着她，突然拍着双手奶声奶气道。

茹意会心一笑，心里的不悦居然瞬间消散了。她马上从包里找出两颗大白兔奶糖，剥了一颗放进果果的小嘴里，一颗放在果果的掌心里，然后捏了捏果果肉乎乎的小脸蛋，一脸的宠溺和疼爱。

单月月好奇地看着茹意，不明白茹意包里怎么总会有大白兔奶糖，这分明是小孩子喜欢吃的东西。

　　三个人进了电梯，单月月还是一直打量着她，因为她发现茹意今天变了，变得特别漂亮特别不一样，好像完全换了一个人。发型变了，衣服也换了一种风格，全身上下由里到外都透着时尚和干练，像电视里演的那些女总裁女精英。这是单月月梦寐以求的样子，她做梦都想成为这样独立强大漂亮能干的女人，什么都能靠自己，不用看别人的脸色生活，不用每天被人像佣人一样呼来喝去。

　　可是她什么都不会，既没文化也没技能，除了带孩子做家务，她到外面连个正经工作都找不到，这种自卑让她根本无法抬起头做人，只能忍气吞声当龚如军一家子的佣人。

　　"茹意，你今天真漂亮！"单月月看着茹意由衷地赞叹道，目光里满是羡慕。

　　"你是说今天的衣服吗？"茹意对着电梯里的镜子打量了一下这身新衣服，配着这个发型，确实不错。

　　"衣服发型都漂亮，关键是你本人漂亮。搭配起来就更漂亮了！"单月月是发自内心的赞美。茹意身上的衣服，一看就很高档，和自己身上穿的这身皱巴巴的花裙子相比，简直是一个在天一个在地。单月月看了一眼镜子里的自己，站在茹意身边丑陋得不忍直视，心里越发自卑得厉害，不由得低下头去。

　　"姑姑好漂亮！"果果也拍着小手道。

　　茹意看向单月月，不知道她怎么老喜欢穿这么土气花哨的衣服。加上质地低劣，看上去真像垃圾堆里捡来的。其实单月月长得并不差，娇小玲珑的个头，皮肤白皙，换身适合她的衣服，稍微打理一下头发，肯定会大不一样。

　　"月月，你以后别穿颜色这么深这么花的衣服，不适合你。"茹意由衷说道，她自己也不会打扮不会挑衣服，但大红大紫花里胡哨的衣服她从来不穿，只穿简单的纯色系衣服，这样就算不好看，至少不会太丑。

　　"我也不喜欢穿这样的衣服，可是……这些都是果果她奶奶帮我挑的，我要是不穿，她就不会给我买衣服了。"单月月低着头捻着衣角小声道。

　　这声音小得像蚊子，但茹意听得真真切切，禁不住心头一震：十年了，李大红依然掌控欲如此强烈！小时候李大红给自己买过仅有的两件衣服也是这么花哨，没想到现在她居然控制着单月月！想到自己小时候遭受的那些虐待和辱骂，茹意一眼就看穿了单月月在龚家的处境，可怜的单月月，完全是十年前自己的翻版！

　　"龚如军一分钱都不给你吗？"茹意愕然道。

"他隔三差五就出去赌，有一分钱都要拿去赌，哪里还有钱给我？我要带果果，也无法出去工作，赚不到一分钱。"单月月说着说着哽咽了，眼泪簌簌而下。这种捉襟见肘一块钱要掰成两瓣来花的日子，她还能期望什么？

单月月比她要矮一个头，背影单薄，形体瘦弱。茹意知道单月月此刻心里的苦楚肯定汹涌成河，一时不知该怎么安慰她，电梯门恰好在这时打开了，三个人一起走了出来。

"月月，你们的房子租在哪里？带我去看看吧！"茹意突然想到他们住的地方去看看。

这座快速发展的城市有很多密布在繁华大街背后的城中村，为刚刚涌入这座城市的年轻人提供廉价的栖身之所。公司里也有个别新入职的员工为了省钱租住在城中村，但是茹意从来没有去看过，不知道里面究竟是什么样。

单月月没想到茹意会提出这样的要求，愕然地看着茹意，满脸为难道："茹意，我们那儿太破陋了，你，还是别去了。我带果果回去，下午再来看爸爸。"

"没事儿，我就过去看看，马上就走。"茹意坚持要去看，不是为了去看李大红，更不是去看龚如军，而是想去看看爸爸出院后将要住在什么样的地方。

单月月不好再坚持了，只能满心尴尬地领着茹意往前走。

转了几个弯，进入了一条窄小阴暗的巷子。终年见不到太阳的小巷子，哪怕是在夏天也是凉飕飕的，头顶的电线犹如一团团解不开的乱麻，凌乱地纠缠着延伸到每一个窗户和门口，偶尔看到一两只流浪猫和流浪狗在巷子里穿行，发出一声声幽怨的叫声。迎面碰到一两个人，都是面无表情，脚步匆匆。

每一个来这座城市打拼的人，为了立足，都已竭尽全力。

走了一会儿，来到巷子尽头一扇锈迹斑斑的铁门前，单月月停下来转头对茹意小声道："到了。"

茹意跟着单月月走了进去，恍然间眼前一片漆黑，什么都看不见，因为屋里几乎一点儿光线都没有。

"啪！"单月月抬手打开灯。

"大白天的开什么灯？你眼瞎吗？赶紧把灯给我关了！"一个声音突然从角落里咆哮而出。

顺着声音，茹意看到角落里蹲着一个人影，一身黑底红花松松垮垮的大睡衣套在身上，招牌式的红色塑料夹子夹在脑后，皮肤松弛皱纹散开的脸上满是狠戾和怨愤。

万年不变的李大红，依然是这个小屋里绝对的主宰。

眼前的李大红正坐在一张塑料小凳上择着一把青菜，看到门口的来人时，惊愕得嘴巴微张，拿着青菜的手顿在半空中。几秒钟过后，她似乎不相信自己的眼睛，使劲儿眨了又眨，以为是自己看错了，那个站在大门口的果然是茹意？茹意居然主动上门来了？

李大红惊愕的同时又稍稍有点儿激动，嗫嚅了一下嘴唇想说什么，但她看到茹意的目光只是那么不经意地瞟了自己一眼后，就再也没有正眼瞧过自己，更没有主动叫一声打个招呼，她顿时感觉到一股巨大的失落，愤而拉长了脸，黑沉着双眼愠怒地瞪向茹意。

茹意只是瞟了她一眼，扫视了一下这间一眼就能看到头的出租屋，满屋子的凌乱不堪，仅有的两张木沙发上也堆满了衣服塑料袋纸巾什么的，地上横七竖八地布满了大大小小的鞋子，还有果果的玩具。折叠餐桌上放着几个盘子和碗筷，还有果果的奶粉奶瓶，乱七八糟散落了一桌……几只苍蝇在屋子里嗡嗡乱飞，似乎不太适应刚刚亮起的灯光，满屋子乱窜。

茹意站在门口，眼前这个脏乱得无法用言语来形容的地方，让她瞬间就想到了自己童年生活的那个家。家里永远都是那么乱，那么脏，连下脚的地方都没有。李大红天生就是一个肮脏邋遢之人，从来不会收拾屋子，哪怕是茹意收拾好了，只要她一回家，很快就能弄得鸡零狗碎，家里永远像遭了贼一样。

看到眼前的这一切，茹意突然后悔来到这里了，她应该知道，只要有李大红在的地方，就会刻上李大红的印记，她不用看也应该能想到会是什么样子。

十年了，身边的一切都在变，唯有李大红和过去的那个家，一点儿都没变。

茹意失望地叹了口气，转身离去。

"茹意，"单月月一脸尴尬地叫住她，"既然来了，就进来坐坐吧！"

"谁让你带她来的？以前我们那个家就装不下她这座神，现在这个破地方她还能瞧得上？让她走！永远都别来！"李大红"嚯"地一下站起来，手里的青菜狠狠地砸落在地上，一只手叉腰，一只手指着门口大声吼道。

"妈……"单月月很为难，赶紧放下果果，麻利地收拾椅子，边收边问道，"如军呢？他去哪儿了？"

"我怎么知道他去哪儿了？你是他老婆，我还要问你呢！自己的男人去哪儿了都不知道，你这个老婆是怎么当的！啊！"李大红一阵机关枪似的怒吼道。

"我一早就去医院看爸爸了，我走的时候如军还在睡觉啊……"单月月弱弱地说道，丝毫不敢有半点反抗。

"我一大早就去市场买菜，累得半死刚回来，你凭什么问我？啊？你自己的丈夫你不会自己去找……"李大红站在那儿母夜叉似的指着单月月骂道。

茹意虽然背对着门口，但李大红的吼声尖锐刺耳，每个字都清晰地钻入她的耳朵，听得她无比厌恶。从小到大，她就是在李大红这样的叱骂声中度过的。每天从睁开眼睛的第一分钟开始，到晚上睡觉的前一秒，只要李大红在家，这种声音就不绝于耳。

十年过去了，只要听到这种声音，记忆里所有痛苦的画面就如幽灵般飞窜出来，眼前犹如捅了一个巨大的马蜂窝，千万只马蜂密密麻麻地朝着她嗡鸣而来，让她无比恐惧，不得不捂住耳朵马上逃离。

她来不及跟单月月打招呼就逃跑似的往外奔走。

单月月抱着果果快步追出来，一脸歉意道："茹意，对不起，家里就是这样的，你别见怪啊。"

茹意并没有停下脚步，而是一直加速往前走，直到再也听不到李大红的吼声，她才停下脚步转头看着一直追着自己的单月月，心中涌起深深的同情和怜惜。她无法理解单月月为什么会心甘情愿待在这样可怕而无望的家庭里，忍受李大红这么专横跋扈肆无忌惮的控制和辱骂，还生了果果这么无辜的孩子。

之前她只是凭直觉感觉到李大红和龚如军对单月月不好，但是没想到现实比她想象的更加糟糕。面对年幼的孙女，李大红没有丝毫顾忌，依然如泼妇骂街，她眼里心里根本没有单月月，也没有果果，她的情绪还和十年前一样，随时随地都能炸裂，满嘴不堪入耳的污言秽语，根本不在乎会对孩子造成什么样的影响和伤害。

看着果果天真无邪的眼睛，茹意心头掠过一抹刺痛。果果这么可爱，要是一直在这样的环境中长大，迟早要被李大红被这个家给毁了。她从心底不愿看到这个可爱无辜的孩子重蹈自己当年的悲苦命运。

"月月，带着孩子离开这个家吧，为了孩子，也为了你自己。"

"咔嚓！"茹意话音未落，一只手从后面铁钳般掐住了她的脖子。

茹意痛得几乎晕过去，她似乎听到自己的颈椎处传来一声清晰的脆裂声，后脖颈顿时发麻，一股钻心的刺痛从颈椎蔓延开来，大脑一阵晕沉。

"你干什么，放开茹意！"单月月愤然地推开不知道何时站在茹意身后的龚如军。

"放开？我现在就要掐死这个贱人！"龚如军咬牙切齿一脸狰狞地掐住茹意的脖子不放，歪着脑袋狠戾道："居然趁我不在场挑拨我老婆离开我离开这个家！龚如意，你是不是以为单月月也能像你一样离开龚家靠出卖身体，傍上一个有钱的老男人从此麻雀变凤凰？我告诉你，那是你幸运，跑得快，单月月和你不一样，她是我花二十万买回来的，这辈子，她生是龚家的人，死是龚家的鬼，想离开龚家，想都别想！你要再敢挑拨离间，我一把扭断你的脖子，保准让你死得很利索！"

说完，龚如军狠劲儿地掐着茹意的脖子往前一推，茹意重重地撞上小巷里长满青苔的墙壁，手肘被撞得一阵发麻，疼得倒吸凉气。

"哇，爸爸不要打姑姑，不要……"果果顿时吓得哇哇大哭，一脸惊恐地看着龚如军，又看着趴在墙壁上半天不能动弹的姑姑，泪汪汪的大眼睛里充满了恐惧。

单月月赶紧双手抱着果果安抚，刚想走过去安慰茹意，龚如军一把扯住她的胳膊怒斥道："立刻给老子滚回去！今天我要打不死你我就不姓龚！他娘的，走！"

"哇啊啊，我要姑姑，姑姑！"果果趴在单月月肩头挣扎着大哭，一双手在空中对着茹意挥舞。

可是，单月月根本无力反抗，龚如军一手扯着她的胳膊，一手掐着她的脖子，推搡着她往前走，单月月只好双手紧抱果果，生怕一不小心果果会从怀里掉出去。

等茹意好不容易缓过来，龚如军已经押着单月月走到小巷尽头的拐角处，即将转弯的时候，单月月转过头看了茹意一眼，那种绝望无助的眼神，看得茹意心如刀割。

茹意揉了揉被龚如军掐得差点要断的脖子，晃了晃脑袋。远处龚如军松垮的背影，一如十年前那个令人畏惧的恶魔。

那时候，龚如军也是一言不合就打她，掐她的脖子，揪她的头发，动不动就让她滚出龚家。

曾经，茹意反抗过，拿着棒槌和石子儿和龚如军对打，可茹意怎么可能是大她六岁的龚如军的对手？每次刚拿起石子儿就被龚如军轻易缴获，最后换来变本加厉的折磨和殴打，让茹意再也不敢反抗了，只能咬牙承受。无数次，茹意把嘴唇都咬破了，她在心里暗暗发誓，一定要好好学习，一定要离开这个魔窟一样的家，要和龚家人一刀两断，再也不会踏进这个家门半步，再也不会见龚家人一眼。

可是，离开龚家十年后，她却又一次鬼使神差地走进了龚家，见到了如十年前一样的场景，看到了如十年前一样的李大红，听到了如十年前一样的怒吼斥骂，遭遇了如十年前一样穷凶极恶的龚如军……

茹意，你是脑子进水了吗，才会鬼使神差般来到龚家人居住的地方？她迈开沉重的脚步，想冲回那个凌乱的小屋解救单月月，还有那个可怜无辜的果果，可细细一想，她顿住了脚步，自己根本不是李大红和龚如军的对手，去了不仅解救不了单月月，连自己都要一块儿被打。

开车回公司的路上，单月月被龚如军押回去的绝望眼神一直浮现在茹意眼前。

那样的绝望和无助，犹如一柄利剑从岁月深处刺穿而来，茹意真切地感受到了疼痛。

往事不堪，任何一点触动，都足以让她的伤口再次被撕裂得鲜血淋漓。

"茹总，刚刚建工集团的张总来电话找您，说他找了您一上午，您的手机打不通。"

茹意刚到办公室门口，助理小白就走过来汇报。

茹意眉头一蹙，从包里翻出手机，果然手机没电自动关机了，她居然没注意到。

这一上午不知道还有多少人在找自己，茹意赶紧进办公室给手机充电。

"还有谁找过我？"茹意脱下外套，坐下来翻开案头的文件夹，随口问了一句。

"有穆总，张毅，还有几个客户，我都记录下来了，您看看。"小白把记录本送到茹意跟前。

"好的，我知道了。"茹意接过记录本看了一眼，揉了揉被龚如军掐疼的脖子，拿起桌上的电话开始一一拨打回去。

"哎呀，茹总，终于听到你的声音了，你可把我吓坏了！我十点多打电话给你，一直打不通，打给穆总，穆总也说没看到你，就连你的助理小白都说没看到你，我还以为你昨晚把自己给弄丢了，那穆总可饶不了我……"

电话刚接通，张总的声音就噼里啪啦地传过来，茹意来不及说一句话，张总已经说了一大串。

"谢谢张总关心，我没事儿，昨晚确实喝多了，睡过头了，不好意思，让大家担心了！"茹意笑道。

"没事就好，没事就好啊！我算是领教茹总的酒量了，刚刚穆总说我欺负他的人，我哪敢啊！还望茹总在穆总面前替我多多美言几句……以后咱们合作愉快，哈哈，合作愉快。"张总的笑声里带着一丝歉意，似乎还带着一点儿讨好。

昨晚逼她喝酒的时候，张总可没有这么友好。茹意不知道张总的态度为何发生如此大的变化？

刚挂电话，茹意一抬头，就看到穆皓峰高大挺拔的身形如山一般立在门口，眸光如炬地盯着她，那对山峰般的剑眉蹙在一起，双手背在身后，踱着方步走了进来，一言不发地在落地窗边的单人沙发上坐了下来。

"三叔。"茹意起身来到穆皓峰跟前，双脚并拢站定在一米开外，低着头不敢看他。

今天她又无故消失大半天，还关机，害得那么多人满世界找她，连三叔也跟着一起担心。

穆皓峰抬起头把茹意从头到脚仔细打量了一番，他眼里的严峻慢慢退去，紧蹙的双眉也慢慢舒展，他发现万年不变的茹意今天居然从头到脚焕然一新！发型变了，着装风格也变了，变得时尚美丽，一改往日略显刻板的风格，里外都焕发出截然不同的活力，变得连他都差点儿不认识了。

今早张总说到处找不到茹意，找到他这里来了，穆皓峰才知道昨晚茹意喝多了，还把张总好好训斥了一顿：欺负人欺负到我穆皓峰头上来了，接下来的那些工程还想不想做了？吓得张总一个劲儿地道歉赔罪，并且承诺以后再也不为难茹意了，建工集团将竭诚与励峰集团合作。

一夜酒醉后发生了这么大的改变，这丫头难道被一顿醉酒给灌开化了？居然把扎了六年的马尾换成了充满女人味的大波浪，还穿上了从未穿过的裙装。这一夜究竟发生了什么，穆皓峰无从知道，但着实被茹意的变化和美丽惊着了。

"昨晚喝醉后一个人怎么回去的？一觉睡到了大中午？连手机都关掉了？"穆皓峰眼神里又聚起了一丝威严，但语气依然是平和的，嘴角似乎还挂着一丝不易察觉的笑，因为茹意这个样子确实让人眼前一亮，耳目一新。

"对不起三叔，我……"茹意不知道该如何回答穆皓峰的三个问题，低头双手捏着裙角，第一次在穆皓峰跟前感觉到了无所适从。自从来到励峰集团，跟在穆皓峰身边，她从未出现过手机关了自己居然都不知道的事儿，果然是昨晚喝得太多把什么都忘了。

"建工集团的事情我说过，如果你觉得有难处可以跟我说，我们励峰和建工之间是互为合作的，虽然我们给他的项目并不多，但我给他介绍的潜在客户能占到建工五分之一的业务量，张总能不给我这个面子？"穆皓峰方阔有型的下颌微微上扬，目光一瞬不瞬地盯着茹意。

"我知道了，下次不会喝醉了，这次是我自己没有把控好。"茹意抬头看了穆皓峰一眼，接触到他严峻的目光后，吓得又低下头去，不敢看他的眼睛。

"张总说你醉酒后他要送你回去，你拒绝了，后来你吐得一塌糊涂，一个人怎么回去的？"穆皓峰严厉道。一个喝醉了的年轻女子在外面，不仅仅是形象不好，更是一件十分危险的事情。

"我……我打了一辆车回去。"茹意轻声道，根本不敢看穆皓峰的眼睛，她怕自己一抬眼就被他识破这个谎言，昨晚她夜宿街边的美发店，穆皓峰要是知道了，肯定要把她骂得狗血淋头。

这么多年跟着穆皓峰，虽然很多时候都是一个人出去开疆拓土打开市场，各色各样的人都见识过，也从一个职场菜鸟练成了一个职场老手，喝酒几乎没有醉过，昨天完全是个意外。而穆皓峰对她的要求也是酒可以喝，但不能醉，这是命令。

所以，茹意没办法和穆皓峰解释。

"酒可以喝，但不能醉，这句话你难道忘了？"穆皓峰的声音微微提高了一点，轻柔中带着不可抗拒的威严。

"没，没忘。"茹意咬着唇答道。

"最近你的情绪不对，上班时间也一再推迟，虽然你不告诉我发生了什么，但我知道你一定有事情，否则你不会无故不到。我说过，三叔不仅仅是你的老板，更是你的家人，有任何事情，都可以告诉我，不要一个人扛着。"穆皓峰紧盯着茹意，希望她抬起头看向自己，这样他就能从她的眼神中读出端倪来，可她一直低着头。

"我知道，谢谢三叔，我，没事儿……您放心。"一股温暖充溢心头，鼻翼瞬间发酸，眼底溢出淡淡雾气。茹意愈发不敢抬头看穆皓峰，生怕被他看穿自己的心思，只好一直低着头看向脚尖。

"如果身体还不舒服，下午就回去休息。"穆皓峰站起身，担忧地看了一眼茹意，迈开脚步走了出去。

"不用，我没事儿。"茹意赶紧转身对着穆皓峰挺拔的背影道。

穆皓峰的脚步微微一顿，想转过身来，但最后还是头也不回地走了出去，他怕自己一个转身，又把茹意吓得低头不敢看他。

穆皓峰走了，茹意长舒一口气。因为一直不敢看穆皓峰，她只知道穆皓峰因为自己喝醉的事情而生气，却丝毫没察觉穆皓峰对自己今天的改变很惊喜，因为她自己几乎都忘记这个事情了。

回到座位上，茹意打完最后一个电话，开始翻看小白呈上来的工作安排和昨天的销售报表。

"茹总，您的咖啡。"一杯热气腾腾的咖啡放到了茹意的右手边。

"谢谢。"茹意边看文件边端起咖啡抿了一小口，发现小白定定地站在自己跟前并没有要走的意思，不解道，"有事儿？"

"茹总，您今天的变化好大啊，所有的小伙伴都被您给惊艳到了，现在整个办公室都在讨论您今天的变化呢！刚刚穆总看到您的样子也很惊喜，一直盯着您上下打量来的。"小白惊讶道。

"哦？"茹意这才反应过来，低头看了看自己身上的衣裙，还有自然垂落到肩头的发丝，才想起自己今天一早被马小阳换了形象。

"好还是不好？"茹意端着咖啡看向小白笑着问道。

"当然是好啊，好得不得了！好几个小伙伴都在打听你在哪里做的头发，在哪里买的衣服，太符合你的气质了！你这样一改变，整个人焕然一新，完全不一样了啊！"小白一脸羡慕崇拜，艳羡的目光在茹意身上流转。

"行，有空我带你们去做头发买衣服。"茹意突然心情大好，笑容也变得灿烂起来。

入职这么多年，还是第一次被小姐妹们集体夸赞个人形象，看来马小阳给自己打造的这个形象果然很适合。茹意忍不住低头多看了几眼自己身上的衣裙。

爱美之心人皆有之，只是平时自己很难发现自己的美。活了二十七年，茹意第一次在自己身上找到了对"美"的诠释，这完全得益于那个仅有一面之缘的马小阳。

想到自己昨晚阴差阳错走进人家的店里，还让人家照顾了一夜，茹意不觉脸红起来，拿起手机想给马小阳发个信息，才想起自己拒绝了马小阳加微信的请求，现在连一句感谢的话都无法送达，心里有些小小的遗憾。

放下手机，茹意继续埋头看文件，小白已经雀跃着到了大办公室里，一群小女生正在欢呼："太好了，我周末就要去，我们一起去，一起去变美！"

茹意透过百叶帘往外看去，几个女生正站在一起欢快地讨论着，小白往她这边看了一眼，做了一个胜利的手势，外边即刻安静下来了，大家又开始埋头工作。

两天后，龚柳根从 ICU 转入普通病房，身体正在慢慢恢复。茹意一早来到医院，再一次见到了李大红和龚如军，两人对茹意都没有好脸色，尤其是李大红，见到茹意犹如见到仇人，一直拉长着那张皮肤松弛的脸，不时拿眼狠狠瞪茹意，眼神里都能喷出火来。

龚如军也一改之前见到她的那份友好，满脸戾气地瞟着她，一如十年前那个凶神恶煞的龚如军，只要看茹意不顺眼，就能随手给她几下。

变化很大的还有单月月。以前每次见到茹意，单月月都会抱着果果主动上来打招呼，今天见到茹意，她却故意抱着果果躲到一角，眼神里写满了畏惧和无助，就连果果，都不敢过来和她这个姑姑打招呼了，只是隔得远远地看着她，亮亮的大眼睛里满是无辜。

茹意坐在龚柳根的床头，其他人都站在窗边，冷冷地看着她。

"如意，我没事儿了，你回去吧，不要每天都来医院了，这样会影响你的工作。"龚柳根的脸色依旧很苍白，鼻子上插着氧气管，枯柴般的手上扎着针正在挂吊瓶，看着茹意气息微弱地说道。

"爸爸，您放心，我不会耽误工作。您好好养着，过些日子就能出院了。"茹意帮他揉了揉青筋突兀的手背，这双枯柴般坚硬的手每次都让茹意扎心般难受。

"回去吧，没事儿你不用到医院来了，听爸爸的话，回去，回去。"龚柳根虽然病着，可他并不糊涂，李大红和龚如军对茹意充满了敌意，从茹意进门到现在就一直黑着脸瞪着茹意。龚柳根在 ICU 里面住了三天，不知道外面发生了什么，但他知道李大红和龚如军都不是好东西，肯定是他们又做了对不起茹意的事情，所以他不希望茹意再和这两人搅和在一起了。

龚家十年前已经对茹意犯下了滔天罪孽，现在他绝对不能再让他们做任何对不起茹意的事情。

茹意明白爸爸的意思，起身准备离开，但又很担心自己走了之后李大红和龚如军不好好伺候爸爸，身体如此羸弱的爸爸根本经不起任何折磨和打击。所以不管如何，茹意都必须交代他们一定要好好照顾爸爸。

可是面对满脸都是愤怒的李大红和龚如军，任何一句话都会点爆他们，而这里是病房，爸爸刚从 ICU 转出来，茹意不能和他们吵，一句都不能。

茹意看向一直站在角落里的单月月，这是目前她唯一能寄予希望的人，只有单月月能帮忙照顾好爸爸。可是，单月月一接触到茹意的目光就避之不及，立马转头看向窗外，明显是不想和茹意说话。

茹意不明白单月月怎么突然间换了个人似的，之前她总是主动和自己打招呼，总是抱着果果过来叫她，今天这是怎么了？

病房里的气氛沉闷而压抑，李大红和龚如军的怒气随时都可能一点就着，茹意只好听从爸爸的话，起身离开。

刚走到停车场，手机震动起来，茹意打开一看，是单月月发来的信息：

"对不起茹意，龚如军、李大红都在场，我不敢和你说话，我知道你想说什么，你放心吧，我会好好照顾爸爸，有事儿我会找机会给你打电话的。"

"谢谢你，月月，爸爸就拜托你了。龚如军和李大红要是敢对我爸爸不好，你一定要及时告诉我，我绝对不能容忍他们再伤害爸爸。"茹意回复道。

"放心，他们不会的。昨天我听到李大红和龚如军说，要好好养着老爷子，这样你才会给他们钱。"单月月说。

不看僧面看钱面，虽然他们这样做让茹意觉得很恶心，但只要对爸爸好，她忍了，等爸爸把身体养好了，再来和他们两个算账。

第三章

◎ 藏在血脉里的亲情

开车回到公司，停好车要进电梯，旁边突然走过来一个三十来岁的女人，穿着一件裸粉色雪纺上衣，一条黑色的阔腿裤，齐肩的头发柔顺地垂落下来，妆容还算得体，乍一看上去，眉眼和茹意十分相似。

她惊喜地盯着茹意看了许久，然后目光开始在茹意身上流转，上上下下打量了茹意很久，似乎要在茹意身上寻找什么。

茹意被她看得很不自在，按下电梯后退了一步，奇怪地看着她。

"茹意……"对方直接唤了她的名字。

茹意愕然地看着她，自己并不认识她，也从未见过她，她怎么知道自己叫茹意？而且还叫得这么亲切，丝毫没有陌生感，好像她们已经认识很久。

"你是？"

"我是你姐姐尹志丹，你的名字应该叫尹志芬，是你出生时，爸妈给你取的名字……"

脑海一声巨响，茹意的大脑瞬间变得空白，她身体猛然一颤，脸色煞白地靠在了墙壁上，错愕失神地看着眼前自称姐姐的尹志丹。

尹志丹的出现犹如晴天霹雳，让她无法相信更无法接受！她靠着墙壁勉强让自己站稳。

看着和自己长相酷似的尹志丹，脑海里却仿若有个巨大的黑洞在不停地回旋着，激烈刺耳的轰鸣声在里面嘶吼，刺痛了她的耳膜和神经。

她愕然地盯着这个从天而降的姐姐，似乎不用任何证明，只要站在自己面前，就足以让全世界相信，尹志丹就是自己同父同母的亲姐姐！那相似的眉眼，鼻子，就连嘴巴抿成一条直线的表情都如出一辙。世界上还能找到和自己如此相像的人吗？

可是，为什么她到现在才出现？二十七年了，她早干吗去了？那么多年自己生活在魔窟里，日日夜夜盼望亲生父母能从天而降，把自己从魔窟里解救出去，让自己能逃离李大红的魔爪，逃离龚如军的殴打，逃离那个生不如死的家，可是，那个时候尹志丹在哪里？自己的亲生父母又在哪里？那么多年自己最最难熬的日子里他们都没有出现，为什么这个时候要从天而降？为什么？

"芬芬，"尹志丹靠近茹意，拉起她的手轻唤她的小名，"对不起，我们知道你吃了很多苦，现在……妈妈……她，很想见你。"

"我没有妈妈！过去没有，现在更不需要有！你走！永远都别再让我看见你！走！"茹意愤然甩开尹志丹的手怒吼道，眼里瞬间溢满了泪水，身体无法控制地颤抖起来。

不提"妈妈"还好，一提这个称呼，茹意心底所有的恨意顷刻间如潮水般汹涌而出！虽然那个人给了自己生命，可她配不上"妈妈"这个称呼！

并不是生下一个孩子，就能成为"妈妈"。

妈妈是什么？妈妈是这个世界上最无私最伟大最温柔最有爱的人。

妈妈用自己的生命孕育了孩子，她把孩子的生命看得比自己的生命还重要，她会用自己的生命去保护她的孩子，她宁愿自己吃苦受累也不会让孩子受到丝毫伤害。在孩子小的时候，她会时刻陪伴在孩子身边，给她足够的安全感，让她不会害怕，不会焦虑，更不会忧愁。

她会让孩子知道，只要妈妈在，她的世界就是完整的；只要妈妈在，她的世界就是安全的；只要妈妈在，她的世界就是美好的。因为妈妈就是她的全世界，是她的保护神，是她和这个世界最初的连接点。

可是，那个把自己带到这个世界上的女人做了什么？她在自己最需要母爱的时候却选择了抛弃，让自己从此落入人间地狱，过着寄人篱下生不如死的日子，在龚家经受了长达十八年的黑暗生活！当自己一个人面对无数个黑夜害怕得不能自已的时候，她在哪里？当李大红和龚如军口口声声骂自己是没人要的弃儿的时候，她又在哪里？十八岁那年，李大红把自己卖给那个胖傻子蔡小毛的时候，她又在哪里？

在自己无数次经历人生的至暗时刻，跌落生命最低谷的时候，脆弱得就像一根风中的稻草，随时都可能失去小命，最需要妈妈、最渴望妈妈出现的时候，那个把自己带到这个世界上的女人，却不知道在世界的哪个角落里幸福着，沉默着，遗忘着，或许她早已忘记这个世界上还有一个被她抛弃的孩子吧。

而她现在居然有脸说想见自己，她不觉得羞耻吗？她有什么资格说这样的话？她配吗？

胸腔里激荡着一股巨大的愤怒、仇恨和屈辱，茹意情难自控，转身趴在墙上失声痛哭。

这么多年，她从来没有幻想过自己有妈妈，更没有想过有一天自己的亲姐姐会从天而降，告诉自己妈妈想见她。因为从小就被抛弃，又遇到李大红这样毫无人性的女人，茹意心底对"妈妈"从来没有好印象，也从不幻想自己有"妈妈"，小时候看到别人的妈妈对孩子那么温柔有爱，她总是绕道匆匆而去不忍多看，因为那是心底最深的痛，稍稍触及，就会鲜血淋漓。

"对不起，芬芬，妈妈也是迫不得已，当年她别无选择，这么多年，妈妈一直生活得很痛苦……"尹志丹也泪流满面，走到茹意身边，不停地轻抚她的后背安慰着。

"我叫茹意，那个芬芬早在被她抛弃的那一天已经死了。"茹意转身，满脸泪痕地看着尹志丹，"你告诉她，这辈子我没有妈妈，更不会去见她。从此以后，你别来找我了。我从生下来就是一个孤儿，过去是，现在是，将来也是！我无父无母无兄无妹，我从来都是一个人。你走吧！"

说完，茹意走进电梯，尹志丹站在门口想跟着进去，犹豫再三，还是选择了定定地站在原地，满脸痛苦失望地看着电梯门徐徐关上，看着泪流满面伤心不已的茹意消失在眼前。

电梯里，茹意快速擦干脸上的泪痕，在电梯门打开前迅疾补了一下口红，然后深吸一口气，对着电梯镜子里的自己嘴角上扬，强迫自己挤出一丝笑容，挺直腰杆走出了电梯。

无论前一秒经历了什么，走进办公室的时候，她都必须笑对工作，笑对同事。这是她对自己的要求。

"茹总，这是今天的安排。明天就是周末了，姐妹们都等不及了，让我问问，晚上茹总有没有空带大家去变美？"小白紧随其后走了进来，把文件夹呈上后就迫不及待地问道。

茹意这才恍然想起已经到了周末。这一周发生了太多的事情，自己的工作和生活都受到了很大影响。晚上原本还要去医院里看爸爸，但是答应了大家的事情不能食言。

"好，下班后我带你们过去。"茹意看着小白微笑着点头道。

"太好了，谢谢茹总，我这就去告诉她们，她们肯定要乐坏了！"小白欢呼着走了出去。

翻开文件夹，茹意却一个字都看不进去，眼前浮现的依旧是突然从天而降的尹志丹，耳边不停地回响着尹志丹的那句话：你的名字叫芬芬，妈妈很想见你。

"妈妈"这个称呼，茹意也曾经在心里呼唤了千万遍，可现实里茹意却很少开口叫，自从记事起，知道李大红不是自己的亲生母亲后，加上李大红对自己的恶劣态度，不到非不得已，茹意绝不叫她"妈妈"，在茹意心里，李大红根本就不配做妈妈，她有辱"妈妈"这个称呼。

曾经，茹意是多么希望自己的妈妈能如天使般降临在眼前，然后带着自己离开李大红，离开那个家，从此像别的孩子一样，和妈妈在一起过着幸福的生活。

可是，直到自己长大成人，直到李大红要把自己卖掉，"妈妈"也没有出现过。

为什么现在"妈妈"会突然间想见自己？是良心发现，还是知道现在的她生活得不错，也和李大红一样，想从她这里拿钱了？

想到这里，茹意凄然一笑，鼻腔里充溢着强烈的酸涩，眼前渐渐变得模糊起来，果真是这样，自己还是当个孤儿吧，无父无母无兄无妹，孑然一身也了无牵挂。

"喂，想什么呢？"一个声音在门口响起，吓得茹意赶紧低头拭去眼泪，抬起头发现张毅一脸疑惑地站在跟前。

"进来先敲门！"茹意故意乜了他一眼，假装生气来掩饰自己。

"门没关啊！老大，这两天你怎么魂不守舍的？个人形象也发生了很大的变化，是不是有情况？"张毅意味深长地打量着茹意，发型变了，着装也变了，人更漂亮更时尚了，可神情却更忧郁了，目测老大近期可能经历了过山车般的恋爱，这可不是什么好事情，因为现在是公司的非常时期，张毅觉得茹意应该把更多的时间和精力用在工作上，应该努力争取北上，绝不能错过这个机会。

"没情况。"茹意翻开文件头也不抬地回了一句。

"那北上的事情呢？你和穆总谈得怎么样？"张毅追问道，这是他最关心的问题。

"静观其变。"茹意收回目光，坐直了身体看向张毅一脸淡然道。

"几个意思？"张毅眉头紧锁紧盯着茹意不放。

"就这个意思。静观其变。"茹意双手拢在身前，一字一顿道，"我们只管做好自己的事情。广交会在即，你那边准备得怎么样了？"

"广交会你尽可放心。你的意思是就让他们北上，我们就这么放弃了？"张毅还是不死心，非得问个水落石出才罢休。

"这是穆总的决定，没有人能改变。我还是那句话，做好我们自己的事情。华南和出口的销售今年无论如何都必须增长百分之五十以上。"

"百分之五十？"张毅惊愕得双眼发直，"茹总，你是说笑吧？以现在的市场行情，能略有增长就不错了，还能增长百分之五十？"

"正因为有难度，才能体现我们的能力和优势。周末我们都好好想想，如何能实现这个突破。"茹意语气坚定道。

"我没办法，我做不到，这根本就不可能。"张毅站在办公桌前坚决道，连脸色都变了。太让人生气了，北上的机会不争取，却要逼着他去完成这个根本不可能完成的任务，茹意这是要逼人造反吗？

"张毅，我理解你的心情，但是你要相信我，我们今年必须想尽办法实现这个增长，接下来我们才有更多的主动权。原谅我有些事儿无法跟你说更多，但你跟着我这么多年，应该知道我做事的原则，我从来不是只为我自己考虑。"茹意平静地看着情绪激动的张毅，希望他能冷静下来。

"是穆总提出的这个目标？"张毅板着脸冷冷反问道。

"不，是我自己。"

"你想在穆总面前捞资本得好处那是你自己的事儿，我做不到！"张毅气得几乎跳脚，转身就要离开。

"张毅，你站住！"茹意一把拉住张毅，同时把门关上，"你别这么情绪化，坐下来听我分析为什么必须这么做。"

茹意的为人张毅当然是清楚的，只是北上的机会没有了，还要无端实现这么高不可及的销售目标，张毅一时想不明白，面对茹意也从不藏着掖着，直接就发飙了。

听茹意这么一说，张毅马上认识到刚才自己的情绪太激动了，退身坐下来，看向茹意，换了一副语气道："好，你说说，你为什么要给自己挖这么大一个坑？"

茹意给张毅倒了一杯水，坐下来莞尔一笑道："为了帮励峰度过今年这个关。"

"什么关？"张毅依然不解，蹙着眉头看向茹意。

"实现总利润突破亿元大关，穆总北上的目的也是如此。但我们不能把希望寄托在北方市场。我这么说，你明白吗？"茹意直视着张毅的眼睛，一字一顿语速缓慢道。

"哦，我明白了！"张毅狠劲儿拍了一下大腿，瞬间就顿悟了，董静山那个不学无术的人怎么可能成功打开北方市场？这么多年董静山在励峰就没有干成过一件事，他靠的是他特殊的身份站在励峰的高层俯压大家，对自己有几斤几两，根本没有清晰的认知。

既然争取不到，那就让他去败家吧，到时候南北一对比，自然什么都清楚了。

"老大，这个目标你跟穆总说过了吗？"

"没有，事成之前，我们不能说，但是我们一定要铆足了劲儿去做，做出成绩给穆总看，年底一对比，还用我们说吗？"茹意笑道。

"对对对，老大，还是你有远见卓识，干出成绩来比说什么都有用。你放心，周末我争取拟出一个初步方案，周一呈给你看，到时候我们再一起来研究细节。"张毅顿时信心满满，因为他似乎看到了一条充满希望的未来之路在自己眼前铺开，只要这个目标实现了，将来自己肯定稳坐励峰销售的第二把交椅，而茹意很有可能成为励峰的CEO，到那时候，自己作为茹意的得力干将，很有可能成为励峰的销售总监，这是他梦寐以求的职位。

送走了张毅，茹意长舒一口气。这个想法她也是这几天晚上才有的，也不是很成熟，没想到张毅居然这么快就认同了。原本她还想找个机会，好好和张毅商量如何来完成，现在张毅主动接过了这个任务，让茹意深感欣慰。

一个好的搭档，能让自己事半功倍。张毅比自己还小一岁，但这两年成长很快，也是茹意一手带出来的，两个人做事向来有默契，偶尔张毅会有小脾气，但总能被茹意成功说服。

到了下班时间，小白第一个跑进来，乐滋滋地看着她："茹总，姐妹们说要坐您的车一起走，您看可以吗？"

"当然可以，出发！"茹意爽快地拿起包往外走。

"哇，太好了！快快快，茹总要给我们当司机了！"小白马上奔走相告，外面办公室立马欢腾起来，"哇，太开心了！""走走走，我也去。""我也要去！"

小白坐在前面，后排坐了三个，一路上叽叽喳喳说个不停。茹意的车上第一次坐满了人，平时这辆车都是她一个人开来开去，只有无尽的音乐伴着她，从来没有这种拥挤的热闹和笑声，这种人气高涨的感觉还是挺好的。

到了马小阳的"绾青丝"，姐妹们很快就挑选到了自己喜欢的小哥哥洗头，只有茹意坐在那儿一动不动。

"姐，您喝茶，我记得您前几天来过的。"小青热情地给她上了一杯红茶，笑意盈盈地看向她。

"那天我喝多了，不好意思，给你们添麻烦了。"茹意脸颊微微发烫，想起自己一个女孩儿无端在人家的店里过夜就觉得心生愧疚。

"其实就是七哥一个人辛苦，那天晚上主要是他在照顾您，我们后来都下班走了。"小青笑道。

"七哥……"茹意不经意轻唤了这个称呼，她记得马小阳说过大家都叫他"七哥"，现在听着这个称呼，居然有种莫名的亲切。

"对，七哥是我们老板，人很仗义。他本来可以一个人投资这个店，但为了我们能把这个店当做自己的事业，就让我们每个人象征性出一点儿钱，但给了我们不少股份，这样大家就很有干劲儿了。"小青一提到七哥就滔滔不绝，语气里满是佩服。

"他，人呢？"茹意环视了一眼店里，从进来就没看到马小阳，心里不免有点儿小小的失落。

今天之所以这么爽快地带着小姐妹们来到绾青丝，其实是茹意自己很想见那个笑起来像阳光一样灿烂的大男孩儿。

"七哥他这两天去学习了。后天才能回来。您要洗头还是做护理？我给您安排一个小哥哥。"小青马上说道。

"不，不用了，你把我那几个姐妹服务好就行了。我先走了。"

没有见到马小阳，茹意连在这里洗头的心情都没有了。她进去跟小白几个打了个招呼，准备去医院看爸爸。

"姐，这是七哥的名片，你要是想找他做形象设计，得提前预约。除了个别重要的客户，七哥很少亲自为顾客服务了，他只负责培训指导其他的设计师。不过，您那天走进店里指着要七哥洗头，七哥就真的给您洗了，当时我们都震惊了，洗头做护理这样的事情，七哥可是从来不做的。"小青的话今天似乎特别多，说得茹意愈发不好意思，脸颊越来越烫了。

拿着马小阳的个人名片，茹意来到车上。掌心里的这张名片，设计得别具一格，略显粗粝的原生态纸质，指尖触摸上去能感觉到些微的凹凸感，正面是绾青丝的 logo 和马小阳的介绍：绾青丝首席形象设计师，全国个人形象设计大赛金牌设计师。背面印着两行颇具美感的艺术字：美有千万种，属于您的绝不止一种，绾青丝打造专属您的美。

看着印在上面的电话和微信号，茹意突然有种冲动，想给马小阳打个电话，或者是加个微信。输入名片上的手机号码后，茹意凝视着这些数字，犹豫了半天还是没有勇气拨出去，但却把这个号码存进了手机里。

马小阳，这个笑起来露出一口洁白好看牙齿的男孩儿，干净得犹如初升的朝阳，身上还带着甘甜的大白兔奶糖味道，在自己醉酒的时候无条件收留了自己一夜，并且好生陪护着，还让她吃到了人生中最美味最暖心的砂锅粥，这种被陌生人悉心关怀呵护着的感觉，她一辈子也忘不了。

手机突然震动起来，茹意看了一眼上面显示的名字，眼神一亮，惊喜地接听了。

"茹意啊，这么久没来看我们，是不是工作太忙了？"电话里，一个慈祥的声音传来。

"爷爷，对不起，最近比较忙，等我把手上的事情安排好就去看您和奶奶，你们身体都挺好吧？"茹意略带歉意道。

"我们都挺好的，就是想你了孩子，有空记得回来看看，你爱吃的牛奶枣要熟了，还有木仔杨桃，都结果了。"老人如数家珍般说道，爽朗的声音里带着满足和自豪。

"嗯嗯，我一定抽空去。您和奶奶需要什么，我给您带过去。"茹意忙不迭地点头，脑海里已经浮现出那片葱郁的果园。

"我们什么都有，什么都不缺，我们就想见见你，尤其是你奶奶，最近总是念叨你，说做梦梦到你了……"

"嗯，我知道了。"茹意鼻翼发酸，眼前变得模糊起来，老人的这份牵挂和关心，让茹意无比暖心感动。正是这对慈祥善良的老人，十年前给了自己第二次生命。

那个大雨滂沱的夜晚，绝望中的茹意从白水桥上跳了下去，本以为就此结束了这段悲苦的人生，没想到却被住在下游河边的艾爷爷艾奶奶救起。在他们家休养了一段时间后，茹意在两位老人的劝慰和鼓励下去报警，蔡小毛、李大红和龚如军都被抓了进去，可没过几天就被放了出来。

当时茹意不甘心，还想继续去告，是艾爷爷开导她先放下这个事情，集中精力准备高考，只有通过高考，才能真正改变自己的命运。

茹意听从了艾爷爷的忠告，放下一切杂念努力备考，后来如愿考上了自己理想的大学。

大学四年，艾爷爷坚持用退休金资助茹意上学，茹意感恩在心，每到寒暑假就会去看望他们，和他们一起度过一段温暖幸福的时光。

两位老人曾经是茹意绝望人生中的一座灯塔，一直鼓励引导她走出逆境和泥沼。想想自己好几个月没去看望他们了，茹意不免自责起来，忙完这一阵，她一定要抽空去看看他们。

挂了电话，茹意开车去医院，她心里对爸爸始终放心不下。

路上肚子咕噜叫唤起来，茹意才记起自己没有吃晚餐。来到常吃的那家砂锅粥小店，点了一份鲜虾粥，往日都觉得味道不错，今天吃起来却总觉得少了什么，明明和往日的没有什么两样，可味道就是不对。脑海里总是浮现出马小阳煮的那碗粥，那种鲜香甘甜，是任何一家砂锅粥店都无法做出的味道吧。

"这是马氏独家秘制砂锅粥……"马小阳清润的声音又在耳边响起，茹意下意识勾起了嘴角，不觉中露出了难得的笑容。

来到医院，爸爸依旧羸弱地躺在床上，脸色苍白，气息奄奄，头顶上吊瓶里的透明药液，正一滴滴悄无声息地流进他干枯的身体里，他鼻子上带着氧气罩，闭着眼睛一动不动地躺着，似乎是睡着了。

单月月正在仔细地帮他擦手，果果在一边安静地玩着芭比娃娃，病房里静得出奇。茹意脚步很轻，两人都没有注意到她进来。茹意静静地站在床尾，看着单月月用打湿的毛巾，轻轻地擦拭着爸爸结满老茧的掌心，擦完后还捏了捏爸爸瘦弱的手臂，帮他活动关节。

单月月今天穿了一件黑色的裙子，本就娇小的身体显得愈发矮小。她弯着腰背对着门口，专注地擦拭完了，端着盆转过身来去卫生间倒水，被站在身后的茹意吓了一跳："茹意，你，什么时候来的？"

"我刚到，辛苦你了月月，我来吧！"茹意伸手要接过单月月手中的脸盆，发现单月月的嘴角和额头都有明显的乌青，心中一震，"龚如军昨天真的打你了？"

"没，没有。"单月月立马躲闪，绕过茹意端着盆快步走了出去。

茹意跟着她来到了卫生间，站在比自己矮一截的单月月身后很是愤然："月月，龚如军打你，你可以报警的！你如果一味忍让，他只会对你变本加厉。"

"没你想的那么严重。"单月月把盆里的水倒掉，拧开水龙头清洗毛巾，边搓边说，"龚如军确实有很多很多不好，但他是孩子的爸爸，为了果果，我不能报警，不能让他去坐牢。"

"月月！"茹意气得几乎跺脚，"你太软弱了！果果可以上幼儿园，你可以去工作，为什么要对龚如军这么忍气吞声？"

单月月关了水龙头怔了片刻，甩了甩手上的水，转过身无奈地对茹意苦笑道："茹意，我也想这样……可现在爸爸生病了，我要是不照顾他，就没人照顾了。爸爸对我不错，我不能在这个时候弃他不管，等爸爸身体恢复了，果果也可以去幼儿园了，到那时我再去找工作。"

"谢谢你，月月。"茹意被月月的善良深深感动了，她张开双臂紧紧地拥抱着单月月，怀里单薄的身体让人心疼，"等爸爸好了，你的工作我来帮你找。"

"谢谢你茹意。爸爸这辈子很苦，我会好好照顾他，让他的身体尽快好起来。"单月月没想到茹意会拥抱自己，感动得泪眼蒙眬。

以前这个家里唯一能让她暖心的人是爸爸，只有爸爸会尊重她，会在意她的感受。现在多了一个茹意，单月月突然感觉很幸福。

龚如军从小就被李大红宠坏了，喜怒无常，专横跋扈，从来不会考虑别人的感受，单月月已经习惯了，只要什么事儿都顺着他不和他作对就好了。

李大红掌控这个家几十年，向来在家里是一手遮天，凡事都要听她的，单月月也已经习惯了。

从小她就没有自我，从出生开始命运就被别人掌控着。儿时被亲生父母抛弃，长大后养父母做主把她嫁给龚如军，她已经不知道什么是反抗了，只知道顺从、听话，别人让她干什么她就干什么。

这几天茹意的出现，对她有很大的触动，她看到了茹意现在的生活和工作，那是她无法企及的高度。但她也想改变自己，想让茹意帮自己一把，可是，昨天龚如军彻底打破了她的这个幻想。

"你想离开我？除非你死！你想改变你自己的命运？除非我死！单月月，你这辈子就是这样的贱命，生是我龚如军的女人，死也是我们龚家的鬼！茹意能走，那是因为她从来就不是龚家人！她也从来没把自己当龚家人！"龚如军的声音又在耳边嘶吼。

是啊，这就是她的命，是无法改变的，单月月早已认命了。

两人回到病房，果果小跑着奔过来，大眼睛怯怯地看着茹意，弱弱地叫了一声："姑姑。"

"果果乖，姑姑抱抱。"茹意抱起果果，从包里拿出一颗大白兔奶糖放到果果肉乎乎的小手里，"果果吃糖。"

"姑姑吃。"果果把剥好的糖放到茹意嘴里，茹意幸福地含着，感觉从嘴里甜到了心坎儿上。

"果果下来吧，姑姑抱着累。"单月月把毛巾晾好，从阳台走进来，"茹意，你回去吧，爸爸睡着了，我在这里看着，一会儿如军会过来陪夜，你工作忙不用每天都来，有事儿我会打你电话的。"

"好，那我先走了。"茹意放下果果，来到床头深深看了一眼羸弱的爸爸，心里依旧很沉重，不知道爸爸的身体能不能恢复过来。

来到电梯口，刚好碰到龚如军从里面出来。

龚如军双手插在松垮的裤袋里，穿着黑色印花 T 恤衫，一摇一摆地走出来，看到茹意的那一刻，他神情一愣，继而死死地盯着茹意，语气狠戾道："龚如意，我再次警告你，你要再敢蛊惑单月月离开我，我一定弄死你！别以为你当年逃出去是幸运，我告诉你，如果那天晚上我不阻止我妈去追你，你以为你真能逃得了吗？说不定你早就给蔡小毛生下好几个大胖儿子了！还能有你的今天？哼！"

茹意不可思议地看着龚如军，当年她在逃跑的时候，确实非常害怕李大红和龚如军追出来，如果他们追出来，她肯定要被抓回去的。但是当时他们并没有追出来，难道真是龚如军阻止了李大红？向来以欺负捉弄她为乐的龚如军，为什么那个晚上会想到放她一马？

"你当时为什么会阻止李大红？"茹意冷冷问道。

"因为我不想有蔡小毛那么一个傻妹夫，以后说出去都让人笑话，所以就拉住我妈没让她去追你，就为这个，我当时差点儿被我妈打死。你个白眼狼……"龚如军歪着嘴狠狠白了茹意一眼，"现在居然蛊惑单月月离开我，我看你是好日子过够了！"

"你要是个男人，就对自己的老婆孩子好点儿。你要是还敢打单月月，她不报警,我都会报警!"

"这是我的家事儿,你管得着吗?别以为有几个臭钱就能指手画脚,滚一边儿去!"说完,龚如军大摇大摆地从茹意身边走了过去。

"我不姓龚,从来都不是龚家人,以后不许再叫我龚如意。"和龚如军擦肩而过的时候,茹意面无表情道。

"哼!既然这样,你为什么来看龚柳根?他和你有什么关系?龚如意,就算你是白眼狼,也不能否认龚家把你养大这个事实,不管我妈以前怎么对你,你也曾经叫过她妈妈,就算你现在不姓龚,但你永远都是龚家的养女,这一点你是无法改变的。"龚如军顿了顿脚步冷笑道,双手插在裤兜里头也不回地进了病房。

茹意心情极其难受,心口又如压着一块巨石。

确实,即使她再讨厌李大红和龚如军,也无法改变自己是在龚家长大这一事实,哪怕她现在户口上不姓龚了,但也无法抹去曾经是龚如意这一事实。在龚家的十八年,无论她如何回避,都无法改变,因为这是她成长的历程,早已刻进了她的生命里。

回到家已经快十点了,茹意坐在车里听了好久的音乐,才推开车门走出来。

"芬芬,"刚走两步,身后突然传来一个声音,吓得茹意心下猛然一颤,深夜的地下车库本来就静得可怕,这个声音仿若地狱幽灵,惊得茹意鸡皮疙瘩碎了一地。

茹意惊惧地转身一看,上午那个从天而降的"姐姐"尹志丹正站在不远处,神情痛苦地看着她。

"你跟踪我?"茹意顿时怒意横生,今晚见到龚如军已经让她很难受了,没想到尹志丹还这么阴魂不散。

"没有,芬芬,我一直在这里等你。"尹志丹犹豫着要不要往前再走一步,想更靠近茹意一点,可看到茹意这么生气,她又不敢挪动脚步,只好怔怔地站在原地,一动不动地盯着茹意。

"我不叫芬芬,我也不认识你,你走吧!别再让我看见你!"茹意锁了车,快步向电梯口走去。

尹志丹咬着牙一跛一跛地追了上来,边走边急切道:"对不起茹意,我本来不想来你这里的,可是,我不小心崴了脚,几乎连路都走不了,求你收留我一夜,行吗?"

茹意停下脚步，转身愤怒地看向她："江城很大，外面有医院有诊所，有酒店有客栈，你要是没钱，我可以给你。"

"芬芬——不，茹意，我，我刚到江城，一点儿也不熟悉，身上确实也……也没钱，我知道你是一个人住，这么晚了，你就别赶我走了，好吗？"尹志丹一脸痛苦地靠在梁柱上，可怜巴巴地看向茹意，双手紧紧地抓住包包，大拇指和食指在包包边缘不停地摩挲着。

尹志丹这个紧张得无法释怀的动作，让茹意一下就看到了自己。每当她紧张害怕的时候，也总是这样无法自控地双手抓住包包或者是衣角，不停地摩挲着，内心的不安表露无遗。尹志丹的这个动作和自己是何其相似！果然是同一对父母所生，脆弱时候的表现都一模一样。

茹意心底的柔软瞬间被击中，虽然感情上她无法接受这个从天而降的"姐姐"，可是尹志丹的长相，还有这个紧张时的样子，都足以说明她们之间有着这个世界上独一无二的血脉连接。

但是，就这样让尹志丹进了自己家，茹意还是无法接受。这么多年，她已经习惯一个人住，任何人的介入，都会让她感觉不舒服，不习惯。

"小区外面几百米就有酒店，旁边也有药店，我带你去买药，然后去住店。"茹意返身走回车边，拉开车门准备送尹志丹出去住酒店。

"茹意，你放心，我不会打扰你的。何必去外面花那个钱呢？"扭伤了脚的尹志丹根本不想去酒店，她就想到茹意家里去看看，这么多年，茹意一个人究竟过得怎么样？

"我不习惯家里有外人。"茹意看了她一眼道。

"我明白……你放心，我一定不影响你。就这一个晚上，好吗？"尹志丹恳求地看向茹意。

茹意低头看向尹志丹跛着的那只脚，发现脚背已经肿得很高，刚才她为了追自己一定疼得厉害，再抬头看向尹志丹，发现她的眉心紧锁，紧张的神情中难掩那份克制着的痛苦。

"走吧。"茹意心底一软，脑海里浮现的是自己十年前被艾爷爷艾奶奶救起时，如丧家之犬般的可怜无依，那个时候，如果没有艾爷爷艾奶奶的温情关爱，她一定活不下去。

刚迈出两步，茹意听到身后深浅不一的脚步声，转身来到尹志丹身边，搀扶着她一起往电梯口走去。

"谢谢。"尹志丹顿时感动得眼眶潮红，泪水模糊了视线。蒙眬中，她看到身边的茹意几乎和自己一样高，就连走路的样子，都是那么相似，还有茹意的这份善良，完全和她一样，都得了妈妈的遗传。

进了电梯，狭小的空间里气氛顿时显得有点儿尴尬，两人都不知道该说什么。茹意只好抬头盯着电梯上面不停跳动的数字，好在电梯很快，不一会儿就到了。

私家电梯厅，门口就是鞋柜和储物柜，茹意换了鞋，拿了一双拖鞋给尹志丹，按下指纹锁，门自动打开了。

"汪汪汪……"几声脆亮的小狗声后，房间里的灯应声而亮，尹志丹吓得捂着心口快速地扫视了一下屋内，没看到狗狗跑出来，抬眼却看到玄关上放着一只可爱的小黄狗公仔，脖子上挂着一个小书包，仰着脑袋看向门口，两只眼睛一闪一闪的，似乎随时都在等待主人的归来。

"小七……"茹意放下包包，轻轻拍了拍狗狗的小脑袋，"有没有好好看家？"

"汪汪汪……"狗狗又自动叫唤了几声，似乎在回应她刚才的问话。

"好乖。"

穿过玄关走进大客厅，茹意回头对小心翼翼跟在自己身后的尹志丹道："你先坐，我去给你拿活络油擦擦脚。"

"好。"尹志丹应答着，目光却被这个几乎一尘不染的大房子紧紧吸引，大客厅保守估计有五十平以上，灰色调的简欧装修，搭配黑胡桃布艺沙发，金属悬挂落地灯，就连窗帘都是灰色系的，整个房间素雅得犹如小龙女的古墓一般，没有一丝靓丽出挑的色彩。

尹志丹知道，现在流行这样的居家装修，可是，她没想到茹意的家会是这样的清冷，看上去毫无温度。

"你怎么还站着？"茹意拿着小药箱出来，看到尹志丹一直愣神地站着，不解地看向她早已肿起来的脚，"一定很疼吧？"

"还好。"尹志丹自知失态，赶紧收回目光一脸歉意道，"我自己来。"

"坐吧，我这里正好有活络油和跌打损伤膏药，先擦活络油，擦到脚背发烫，洗完澡之后再贴一副膏药去睡觉，明天起来应该就没事儿了。"治疗脚扭伤茹意有经验，当年在华山她就当了一回穆皓峰的临时医生，治好了他的脚伤。

茹意蹲下来要给尹志丹擦活络油，尹志丹惶恐地阻止道："不用不用，我自己来。"

她怎么敢让妹妹蹲下来为自己服务呢？妈妈一再叮嘱她，让她见到茹意要跪下来替妈妈求得茹意的原谅。这么多年，妈妈一直背负着无比沉重的心债，以致身体都垮了。

茹意抬起头疑惑地看着尹志丹，如果不是因为自己和尹志丹长得如此相似，她是不可能把一个只见过一面的陌生人深夜带到家里来的，尹志丹是第一个走进她家里的人。

见尹志丹那么紧张，茹意把活络油递到她手里，起身去冰箱里拿了两瓶酸奶，一瓶放到尹志丹跟前的茶几上，然后自己在尹志丹侧边的沙发上坐下来，打开酸奶边喝边看着尹志丹往肿得像馒头一样的脚背上慢慢地擦活络油。

尹志丹的手指修长，指甲呈好看的椭圆形，红润而有光泽，这点和自己的又是一模一样，还有她抹油的动作，那种轻柔细致的感觉，也是如出一辙。

难道世界上的姐妹果真从容貌到形体再到细小的动作都一模一样？哪怕不在一个家庭长大，隔着时空也能长得如此相似？

基因果然是个神奇的东西，茹意再一次在尹志丹身上看到了自己。

尹志丹反复涂抹了很多次活络油，感到脚背上开始慢慢变得热辣辣的，就连掌心里似乎也开始发热了，手里的活络油已经被她用去一小半，周身的空气里都弥漫着活络油的味道。

"好了，舒服多了。"尹志丹盖上盖子，一抬头看到茹意正目不转睛地盯着自己看，不由得会心一笑，"这个活络油还真好用，抹上之后就不那么疼了。"

"这是专治跌打损伤的，你放包里，明天带走继续用。药膏在小药箱的下层，洗完澡擦干水后你贴上再去睡觉。"茹意放下酸奶看着她说。

"活络油我自己照着这个牌子去买一瓶就好了，你得留着备用。"尹志丹感激地看向茹意。今晚茹意能这么平和而又友好地接纳自己，尹志丹很开心，茹意果然和妈妈一样，是个善良的人，尹志丹觉得茹意会重新回到妈妈身边的。

她的目光又在这个大房子里转了一圈再回到茹意身上："你一直是一个人住这么大的房子吗？"

"不是，以前的房子没这么大，这是两年前搬进来的。"茹意起身把喝完的酸奶瓶扔到垃圾桶里，见尹志丹一直摊着黏满活络油的双手，递给她一张湿纸巾，"这是泰国带过来的药，江城没有卖，你拿去用，我下次再让人带几瓶。擦擦手喝杯牛奶，我先去洗澡。"

"茹意。"尹志丹立马张口叫住她。

茹意回过头一脸疑惑道："还有事儿？"

"没，没事儿。"尹志丹不得不把满肚子的话咽了回去。今晚她来茹意家，是有很多很多话要对茹意说的，可是茹意明显不想和她再多说什么。

尹志丹那欲言又止的样子茹意早就看出来了，她当然知道尹志丹想对自己说什么，只是，她现在什么都不想听。

关于那个抛弃自己的家庭和父母，她什么都不想知道，就当自己是从树洞里石头里甚至是垃圾堆里捡来的吧。小时候没有亲生父母，现在长大了，就更不需要了。

"我用主卧的卫生间，外面的公卫你用，睡衣浴巾我给你放到浴室，今晚你睡这间客房。"茹意指了指卫生间和客房的位置，把备用睡衣浴巾拿到公卫后，马上返回主卧，房门一关，就把尹志丹完全隔绝在自己的小世界之外。

看着茹意关上房门，尹志丹在心底沉沉叹气，神情失望地盯着茹意紧闭的房门。这堵门，让尹志丹心底刚刚燃起的那点儿希望倏然间又破灭了。

洗完澡，茹意静静地坐在床头，和往日一样拿起放在床头柜上的书，最近她的睡前读物是博尔赫斯的诗，每天睡前看几页，然后平静地睡去。

可是今晚捧着这本书，茹意却一个字也看不进去，耳朵时刻关注着外面尹志丹的动静。

尹志丹因为脚痛，走路比较缓慢。她喝完了茹意放在茶几上的酸奶，来到茹意刚才指给自己看的那间客房。

客房也是灰色系，就连床单都是灰色的，整个房间干净整洁得找不到一件多余的东西，没有一丝女生的气息，比男生的卧室都要素净。

尹志丹在床上坐了下来，从客厅到房间都是这样的颜色，不用看她也能猜到茹意自己的主卧是什么样的风格。尹志丹不知道茹意是因为赶潮流把房子装修成这样，还是因为她性格就是这样。喜欢这些冰冷的没有温度的颜色，每天回到家里就像回到古墓一样，一点儿生活气息都没有。

可是门口摆放的那只狗狗却那么可爱，那个鲜亮的黄色是这个家唯一有温度的色彩，茹意为什么那么喜欢那只小狗？虽然那是一只公仔，可就像真的一样，茹意进门还会和它说话，太奇怪了。

尹志丹只比茹意大三岁，当年茹意被送走的时候，她只有四岁，也是懵懵懂懂的，没有什么记忆。这么多年，茹意过得怎么样，经历了什么，她一概不知。因为妈妈对芬芬的思念越来越强烈，身体也越来越不好，尹志丹才想尽办法到处去打听，终于找到了妈妈日思夜想的芬芬。

刚见到的那一刻，她就笃定，茹意千真万确是自己的亲妹妹，因为看到茹意的那一瞬间，她就像看到了自己，她没想到茹意和自己长得如此相似，从小一起长大的三妹尹志燕都没有和她这么像。

来到卫生间，尹志丹看到了只有在电视里才见过的智能马桶，还有智能温控喷淋；卫生间很大，干湿分离，一尘不染，所有的洗漱用品摆放得犹如酒店一般整齐有序；茹意的生活，比她想象的更高级，只是这高级的背后少了那么一些烟火气。

尹志丹边洗澡边想象着茹意每天一个人回到家，走进这空荡荡的大房子，估计她能听到的，除了进门时狗狗的叫声，就只有自己的脚步声了。

"唉……"尹志丹又忍不住长叹了一声，不知道是不是姐妹连心，她内心有种强烈的直觉，虽然茹意住着大房子，开着好车子，生活中该有的一切她都是顶配级别，可是茹意生活得并不幸福。

二十七岁了，她为什么还是孤孤单单一个人？早就到了结婚生子的年纪，她是不是连男朋友都没有？不然这个家里怎么没有一丝男人的痕迹？

尹志丹很想马上就把茹意过去和现在的生活都了解透彻，这样自己才能更好地走近她，可是一时又不知道从哪里开始，只能安慰自己不要操之过急，慢慢来，今晚能住到茹意家里来，已经是一个很好的开始了。

主卧里，茹意一直竖起耳朵关注外面的动静，她听到尹志丹进卫生间开门关门的声音，听到尹志丹进卧室的声音，然后外面就静悄悄的没有了动静。茹意以为尹志丹还会叫她，没想到尹志丹根本没再叫她一声，就犹如之前的每一天一样，这个房子里安静得似乎依然只有她一个人。

茹意心底有些许失望，她期待着尹志丹能再叫自己一声，再麻烦自己一下，可是没有。

第二天早上，茹意在 7 点钟准时醒来。

洗漱好打开房门，一股香味儿扑鼻而来，茹意闻着香味儿来到餐厅，看到餐桌上放着两个三明治，两杯牛奶，还有一盘五颜六色的水果沙拉。

"醒啦，吃早饭吧，来，先喝水。"尹志丹解开系在腰间的小围裙，温柔地递给茹意一杯温开水，如水的目光在茹意身上流转，好像怎么看也看不够。这就是自己从小挂念着的妹妹。

"你……起那么早吗？脚好点儿了没？"茹意接过水杯，低头看向尹志丹的脚。

"好多了，你的药膏还真管用，已经消肿了，也不疼了。"尹志丹特意把脚抬起来给茹意看。

"那就好，把那些药都带上，这几天都要坚持擦，一定要好利索，不然以后换季变天脚就会疼，可遭罪了。"茹意边喝水边说。

"嗯，我记住了。"尹志丹很欣慰地看向茹意，虽然刚接触一天，可这种血浓于水的亲情就是不一样，茹意对她的这份关心也让尹志丹心头溢满了暖意，"我看到冰箱里有这些就做了个三明治和水果沙拉。平时你自己是不是也这么吃？"尹志丹贴心地给茹意拉开椅子，自己则坐在茹意对面。

"我不太会做饭，平时就吃几片面包，一点儿水果，喝点儿牛奶，有时候也在外面吃馄饨。"茹意又喝了几口水，水温很合适，喝到胃里暖暖的，很舒服，平时她自己经常喝矿泉水，都是凉的，一大早喝到胃里会有点儿不舒服。

一抬眼正好碰到尹志丹充满温情的目光。

茹意很少这样被一个人盯视，尤其是尹志丹眼神里的那份温柔和爱，以前似乎从来没有人用这样的目光看着她，穆皓峰有时候也会充满关爱地看她，可这两种眼神是截然不同的。穆皓峰对她的那份关爱，更多是长辈对晚辈、领导对下属的关心和爱护，虽说她唤他三叔，他也总让她把他当做家里人，可这种"家人"的感觉还是不一样的，因为他们之间除了工作，生活上几乎没有任何交集。

"家人"究竟是一种什么样的感觉呢？以前那个家，只有养父能叫做"家人"，李大红、龚如军从来就没有把她当成家人看待。这一刻，茹意从尹志丹温柔如水的眼神里找到了这种感觉，这是一种"血浓于水"的亲情，虽然只是第一次见面，但尹志丹发自灵魂的关爱，让茹意感觉到了一种母亲般的温暖。

尹志丹目光里那种深沉温柔的爱，完全超越了姐姐对妹妹的感情，更像是妈妈对女儿的爱。

"茹意，你平时工作是不是特别忙？"尹志丹的目光一刻不离地看着她。

"是挺忙的。"茹意拿起三明治咬了一口，顿时惊呼起来，"太好吃了，你做得比外面买的好吃多了。"

"是家里的食材好，生菜是有机的，火腿是培根的，就连沙拉酱都是最好的牌子，我只是把它们组合了一下。没想到你不做饭，冰箱里还能常备这些东西。"尹志丹很开心茹意能喜欢。

"我喜欢买这些，但自己每次做得都不好吃。"茹意腼腆地笑道。做饭她是真没有天赋，小时候什么家务都会干，唯独做饭做不好，就为这个也没少被李大红骂，说她只会吃不会做。

"你要是愿意，以后我可以经常过来给你做饭，这样你就不用总在外面吃了。"尹志丹期待地看着茹意。

"这太麻烦了，我经常在公司吃，现在还有各种各样的外卖，很方便的。"茹意赶紧拒绝道。

虽然尹志丹看起来很好，但茹意还是习惯一个人住。

"总是吃外卖和食堂怎么行啊，那多没营养啊，难怪你这么瘦。工作这么忙，营养一定要保障的，我就早晚给你做吧，你中午吃食堂。"尹志丹说。

"真不用，太麻烦了。"茹意低下头喝牛奶，避开尹志丹那期望的眼神，她隐隐感觉尹志丹是想要留在自己家里不走了。

"茹意，我刚来江城，工作还没着落，也没地方住，我想在你这里借宿几天，行吗？我会打扫卫生，会做饭，家里所有的事情我都能做得很好。"沉默了片刻，尹志丹还是鼓足勇气说出了真相。

茹意刚咬了一口三明治，尹志丹这话差点儿把她噎着，她使劲儿把嘴里的三明治咽下去，不可思议地看向尹志丹："那，你之前在哪里？做什么？"

"我高中没毕业就出来打工，去过很多城市，做过餐厅服务员，在电子厂当过工人，结婚后在家带了几年孩子。孩子上幼儿园后我在县城开过一间小美容店，上个月刚关了，孩子也送到寄宿学校去上小学了，我就想着到江城来，因为孩子他爸在这儿，但他现在住的是集体宿舍，工资也不高，出来租房一个月至少得一两千，我又没找着工作，所以……"尹志丹双手捧着牛奶杯，带着沉重的语气断断续续讲了自己的一段经历。

面对自己的妹妹，尹志丹自惭形秽，在别人家长大的妹妹已经是这个城市的佼佼者，而她却依然在为生计而奔忙。

"你没上大学？"茹意吃惊地看着尹志丹。

"那时候家里穷，我又是老大，妹妹和弟弟都要上学，家里就靠爸爸一个人微薄的收入，妈妈身体又不好。所以高二那年我就主动辍学出来打工。"尹志丹咬着唇，双手不停地在玻璃杯上摩挲着，眼眶渐渐泛红，再也讲不下去了。童年家庭生活很拮据，父亲暴躁又重男轻女，妈妈温柔但软弱，家里完全是爸爸说了算，她作为老大，过得一点儿也不开心。

"妹妹和弟弟？"茹意讶异道，"你是说除了我，你还有妹妹和弟弟？"

"对，还有妹妹尹志燕和弟弟尹志斌。"尹志丹点点头道。

"就是说他们在把我送走后，又生了一个女儿，第四个才生到儿子？"

"是，我们家包括你一共是四个孩子，三女一男。"

"呵呵，真好啊！那个家唯独就多了我一个！我还以为他们把我扔掉之后就不会再要女儿，只会要儿子，没想到……"茹意眼里的泪一点点聚起，越蓄越多，最后凝结成一滴滴晶莹硕大的泪珠，吧嗒吧嗒砸落在光滑如镜的大理石桌面上，碎裂四溅，如她心碎的声音，"你走吧，这辈子我都不要见到你们，更不会去见他们，你走！"

茹意咬着唇别过头，不想让尹志丹看到自己泪流满面的样子，伸手指向大门口赶她走。

"茹意，不是你想的这样，不是的！"尹志丹没想到茹意会这么想，一时慌乱得手足无措，"父母当年把你送走是不对，但当时他们真是没有办法，为了生儿子妈妈到处东躲西藏，可是没想到生下来的又是女儿，当时爸爸把老三也送走了，后来生了老四，妈妈以死相逼才把老三要回来，为此妈妈受尽了折磨。"

"她可以以死相逼把老三要回去，为什么就不能把我要回去？我还是老二啊！在他们眼里，我这个女儿早就死了！他们为什么当时不选择直接把我溺死呢，或者直接让我胎死腹中，不要把我生下来啊，为什么生了我又要把我扔掉？他们怎么那么残忍那么没有人性啊！啊？！"茹意再也无法控制自己的情绪，对着尹志丹怒吼起来。

"茹意，不是你想的这样。妈妈当时也不想把你送走，也曾经苦苦哀求爸爸把你留下来，可是当时那个环境下，不把你送走，妈妈就要被抓去做结扎手术。"看到茹意这么伤心，尹志丹也很难过，哽咽着声音解释道。

"那老三呢？她能回去唯独我不行？那个家就多了我一个吗？你们三个都可以在他们身边长大，都有一个完整的家，为什么就我没有？为什么？"茹意无法释怀，更无法理解，这是压在她心头二十多年的伤痛，只要触及，她的心就会被撕裂得千疮百孔。

"我想，可能是因为那时候家里太穷，养活三个孩子已经很难了……"

"所以就多了我一个，对吧？能养活你们，就唯独养不活我，对吗？"

"不是这样的，茹意，你别这么想，父母那时候真的太难了……"

"你别说了，我不想听！这辈子我没有父母！过去没有，现在更不需要有！你走！走！"茹意冲过去拉开大门，扯着尹志丹强行推出了门外，并转身把她放在玄关上的包塞进她怀里，然后"嘭"的一声关了门。

心在滴血，身体里涌动着巨大的悲伤。她浑身无力，靠着大门慢慢地滑坐到地板上，抱着双肩埋头痛哭了起来。

她无论如何也没有想到，亲生父母生了四个孩子，却唯独把她给抛弃了。如果说为了生儿子把她抛弃，那为什么老三是女儿他们却留下来了？不管尹志丹怎么为他们辩解，她都不能理解，更不能原谅。如果可以选择，她宁愿自己不要生而为人，宁愿没有来到这个世界，这样就不用遭受李大红的伤害和虐待，不用被龚如军从小欺负到大，不用被蔡小毛那个傻子凌辱。生了她却又亲手把她抛弃，这世上为什么会有这样的父母？他们这样做，难道良心不会痛吗？老天爷不会谴责他们吗？抛弃自己的孩子不是犯罪吗？为什么他们没有受到惩罚？

茹意哭得肝肠欲裂，被全世界遗弃的伤痛又一次像无边的黑洞把她吞噬。很久很久没有这样的感觉了，十年前从白水桥上跳下去的那一刻，她就是这样的伤痛绝望，那时候她想到了死，因为活着太难了，每一天都是绝望和痛苦。

但是被艾爷爷艾奶奶救起来后，她在两位老人的鼓励下慢慢变得坚强，除了睡觉她把每一分钟都用在学习上，硬是逼着自己在短短的两个多月里把成绩提高了一百多分，终于考上了自己理想的大学。

她以为从此之后自己就能和龚家一刀两断，和过去切割干净，从此靠自己过上理想的生活，再也不用面对龚家人的指责、谩骂和殴打。只是没想到，十年后，不仅龚家人来了，就连自己的亲姐姐都来了。

无边的黑暗中，李大红的斥骂和龚如军的殴打从四面八方排山倒海般朝她挤压过来，茹意感觉自己就要被他们的拳头砸死在那个漆黑无边的世界里……

窒息中茹意捂着耳朵嘶吼了一声，然后瘫倒在地板上，浑身颤抖，虚汗淋漓。

"茹意，茹意！"尹志丹听到里面撕心裂肺的叫声，焦急地拍门喊道。

她一直不知所措地站在门口，双手痉挛般抓在一起，眼里噙满泪水，盯着这道厚重的大门，想象着里面茹意伤心的样子。姐妹连心，茹意的难过心痛她感同身受，这一刻，她的心也在滴血。可是，她不知道自己该怎么办。

"你走，走哇！我再也不想见到你，你再也别来找我了！我没有父母，也没有兄弟姐妹，我就是一个孤儿，也不需要你们的关心，尹志丹，你听见了没有！走！再不走，我报警了！"听到门外尹志丹的叫声，茹意爬起来泪眼婆娑地对着门外大声吼道。

"茹意，你别生气，我走，我现在就走。"尹志丹弱弱地往后退了两步，擦了擦满脸的泪水，"茹意，你要把早餐吃完啊，别饿着，平时要注意营养，要注意自己的身体，我走了……"

尹志丹一步步往后退，泪水却吧嗒吧嗒往下掉，茹意心里的伤痛她看得真真切切。临走前妈妈哭泣的叮嘱又在耳边回响：丹啊，见到芬芬，你得先替妈妈求得她的原谅，如果她不原谅，你就跪下来求她，求到她原谅为止。我对不起芬芬啊，我只求她能回来见我一面，不管她怎么骂我怨我，只求她能原谅我。

刚才在里面，她是不是该像妈妈说的那样，跪下来求芬芬原谅？如果她真的跪下来，芬芬会原谅妈妈吗？

尹志丹不知道。

她流着泪一步步退到了电梯口，进入电梯后还是忍不住看了那道紧闭的大门一眼。

房间里，茹意听到尹志丹离去的脚步声，听到电梯运行的声音，她挪动沉重的脚步走向客厅，重重地跌坐在沙发上，心塞心痛愤怒委屈无助各种滋味在内心翻涌，泪，如决堤的洪水滔滔而下。

泪眼蒙眬中，眼前浮现出尹志丹微笑着给自己递水的情景，还有她系着围裙在厨房里为自己做早餐的样子。尹志丹是这个家的第一位客人。住进来几年了，这个偌大的房子里，一直都只有她一个人，每天走进门，除了狗狗的两声欢迎，剩下的就是自己的脚步声，夜深人静的时候，她总能在被窝里听到自己的心跳声。

偶尔，她也会站在窗口，听着楼上楼下或者是隔壁人家的欢声笑语，憧憬地看着对面窗户里投射出来的暖暖的灯光，想象着灯光背后的那个家是怎样的一种热闹温馨和幸福。可是，那终究是别人家的生活，离她太遥远了。这辈子，她不会恋爱，更不会结婚生子，她就这样一个人孤独到老。

但尹志丹的从天而降，让她看到了另一个自己，感受到了姐姐的温暖，哪怕只是一杯水一个三明治，尹志丹让她第一次在这个大房子里找到了家的气息和温暖。

桌上的手机震动起来，茹意擦干眼泪拿起来，是助理小白打过来的。

"茹总，上午九点有董事会，穆总交代了您一定要参加，您可千万别忘了。"小白在电话里提醒到。

茹意看了一眼时间，已经八点半了，马上挂了电话去洗漱，以最快的速度赶到了公司。

幸好小白提醒，不然她真把这个事儿给忘记了。

上午的董事会，穆皓峰正式宣布董静山负责北上拓展市场，人员组合由董静山自行挑选。穆皓峰扫视全场，严肃地强调道："北上是公司今年的重要战略，打开北方市场势在必行。在外销受阻经济下行的大环境下，北上是公司实现逆势新增长的重要举措。励峰在各位的共同努力下，短短七年的时间创造了一个又一个奇迹，实现了一个又一个突破，今年北上的战略，相信静山一定会带领团队创造奇迹，实现新的突破……"

八个董事全部到齐，茹意作为销售总监只是列席会议，坐在离穆皓峰较远的侧位上，董静山则挨着穆皓峰坐在右边的位置，脸上一直挂着高傲的笑，目光稳稳地平视前方，一副胜利者的姿态，偶尔，他会把目光落在茹意身上，凝视着茹意的表情变化。但是，今天的茹意表情木然，仿佛眼前的一切都与她无关。她一动不动地坐在自己的位置上，低头盯着桌子上的笔记本，鸦色的睫毛盖住眼帘，紧抿双唇，不知道她在想什么。

董静山觉得茹意可能是因为没有争到北上的机会而不开心吧，毕竟一直以来穆皓峰在销售上都是以她为主，不管是现有的南方销售体系的搭建，还是国外销售市场的开拓，都是茹意一手建立起来的，毫不夸张地说，茹意一个人几乎就能掌控励峰的生死。一些企业就出现过这样的情况，销售老总带着重要的客户资源另立门户，老东家被坑得一丝不挂。

穆皓峰对茹意几乎不设防，绝对地信任她，这让董静山很不爽，一个外人功高盖主，居然把他这个副总裁都不放在眼里，董静山觉得一旦茹意生出异心，公司就面临着生死存亡的危险，他绝对不能让这样的事情发生。所以北方的市场，必须掌控在自己的手中。

虽说他干销售比不过茹意，但市场是一步步培育出来的，他相信自己有这个能力，一定可以干得比茹意好，这样不仅稳固了自己在励峰的地位，也能让姐姐在穆皓峰跟前更有底气。再假以时日，董静山会有更周密的部署，茹意这个小妮子想在励峰一手遮天，那还得问问他这个副总裁同不同意。

"茹意，你作为公司的销售总监，也说几句吧！"穆皓峰眸光炯炯地看向茹意。

"嗯？"茹意一脸茫然地看向穆皓峰，刚才她压根儿没听到穆皓峰讲了什么，顿了顿神道，"我支持董事会的安排，我没有意见！"

穆皓峰眉头微蹙，眼神里闪过一丝疑惑，他不解地盯着茹意看了几秒，片刻后缓缓道："那今天的会就到这里。茹意，你到我办公室来一趟。"

大家陆续散去，茹意心事重重地跟在穆皓峰身后来到了办公室。

"坐。"穆皓峰坐在大班椅上，收敛起一贯的温和，目光沉沉地看向茹意，"最近你的情绪很低落，刚才开会的时候你又走神了，有什么事儿你应该跟我说。"

穆皓峰抬起手在红木桌面上用力敲击了几下，茹意感觉每一下都像敲在她的心坎儿上。

"对不起，穆总，我刚才确实在想心事儿。"穆皓峰严肃的样子很让人害怕，茹意咬着唇站在宽大的老板桌前，感觉这一刻自己和穆皓峰之间隔着一条无法逾越的银河，不知道该如何把最近发生的这些事情告诉穆皓峰，但直觉告诉茹意，穆皓峰已经知道了。

"茹意，听说你的家人来找你了。之前你告诉我你是孤儿，这个家人是怎么回事儿？"穆皓峰靠在大班椅上，骨节分明的手指交握在一起，一瞬不瞬地盯着茹意问道。

"我曾经被一个家庭收养，后来我离开了他们……前几天养父病重了，他们来找到我……"茹意不知道要怎么告诉穆皓峰自己和龚家之间的关系，又不想再撕裂自己内心的伤口，只好三言两语讲了个大概，希望穆皓峰不要再多问。

"所以这些天你都往医院跑？"

"嗯。"茹意垂眸不敢看穆皓峰。

"情况怎么样？需要我帮忙吗？"穆皓峰紧盯着她追问道。

"不用，谢谢穆总。爸爸已经做完了手术，正在慢慢康复中。"

"没事儿就好，你也不用太担心，老人的身体主要靠静养调理。现在大部分的病都能治，即使无法彻底治愈，也可以缓解，延长生命。倒是你自己不要太紧张，不能因为这个影响了身体，更不能影响工作。"穆皓峰语气凝重，刚才董事会上茹意的表现令他很不满意。

"我明白，谢谢穆总，我会调整好。"抬起头正好撞到了穆皓峰犀利的目光，茹意吓得赶紧低头回避，穆皓峰的眼神如利剑般能洞穿一切，茹意很怕自己的心思被他看穿。

"广交会在即，你今晚把布展的情况跟我详细汇报一下，越详细越好，我要做第一个亲临现场的客户。"穆皓峰沉默片刻后，拿起手边的文件夹翻看起来。

"好，我去整理一下，下班前来向您汇报。"茹意说完转身就要离去。

"下午我要出去一趟，晚饭后才有空，我七点半在办公室等你。"穆皓峰头也没抬道。

"好。"茹意点头。今晚不能去医院探望爸爸了。

回到办公室，茹意感觉后背汗湿了一片，好久没在穆皓峰面前如此紧张过。站在窗前她开始反思自己，这段日子确实影响到工作了。上班时间一再推后，上班时也经常走神，刚才那么重要的会议，自己居然还灵魂出窍了，太不应该了。

爸爸的病情稳定了，医院不用每天都去了，可是从天而降的尹志丹却让茹意无法不在乎。虽然早上把她赶走了，但她肯定还会再来的。

怎么办？理智告诉她应该拒绝这一切，可是感情上却又似乎有种莫名的渴望。

曾经，她在心里无数次呼唤过亲生父母的出现，现在，他们真的要来了，难道自己真拒绝不见？亲生父母什么样儿？自己和尹志丹长得那么像，是像妈妈还是像爸爸？还有那两个未曾谋面的妹妹和弟弟，是不是也和自己长得很像？

想到这里，茹意心底涌起一丝异样的酸楚，第一次知道了自己生命的源头，第一次见到了亲姐姐，心情复杂得难以言说。

收回思绪，茹意强迫自己投入到工作中，她把张毅叫来，两个人把广交会现场的VR再仔细过了一遍，确保每一个细节都能做到尽善尽美。

"老大，我听说今天正式宣布了董静山北上的决定，接下来我们就等着看他的好戏了，是吧？"休息的空当，张毅有点儿幸灾乐祸道，巴不得董静山快点儿出发，马上就把事情搞砸，这样他的机会就来了。

"狗嘴里吐不出象牙来，这样的话你最好烂在肚子里。不管如何，董静山都是代表公司的利益，我们应该祝福他早日开拓北方市场，为励峰打下一片新天地。"茹意乜了张毅一眼，心想张毅这格局还是太小了，这样的话都能说出口。

"呵呵，老大，我是小人之心，不过董静山是什么货色，有几斤几两，除了他自己不知道，公司上下谁不知道。我就不明白了，穆总怎么就能拿着我们辛苦赚来的血汗钱给他去打水漂，你说这跟把钱扔到海里有什么区别。"张毅撇撇嘴不服道。

"穆总的决定自然有他的道理，我们作为员工，踏踏实实做好自己分内的工作，就是对公司对穆总最大的支持，其他的就别瞎操心了。"茹意边滑动鼠标边说，然后指着电脑屏幕，"你看看这个地方，很明显的一个空窗，这个角落可以放一个艺术感强一点儿的落地智能灯具，AI 控制，打开是一个温馨的暖光源，关闭是一件唯美的立体装饰，我们年初开发的那款新产品放在这里是最完美匹配……"

"对对对，昨天我就觉得这个地方少了点儿什么，你这么一说果然画龙点睛，我这就让他们去布置，一会儿把现场图传过来。"张毅忙不迭地点头，看着茹意满心佩服道，"老大，你的眼光就是独到，一眼就能发现问题，这就是你优于常人的地方，我对你呀，真是羡慕嫉妒，但不恨。"

"少拍马屁！"茹意依旧没好气乜了他一眼，"张毅，少说话多做事儿，这句话我教你三年了，你还没学会。"

"报告老师，学生张毅谨记在心，这不是在你面前我才敢多说几句吗？别人那儿我可是从来不多说一句话的。"张毅立正站好一本正经敬了一个礼，一脸嬉皮样儿。

"果真如此就好，我是担心你这张嘴早晚给自己惹出事儿来。你也知道穆总最讨厌耍嘴皮子的人，尤其是说那些不利于公司发展的话，要是被穆总听到了，你吃不了兜着走，到时候谁都救不了你。"茹意严肃地看向张毅警告道。

"我明白，老大放心，我真没在外面乱讲，我以人格和性命担保。"张毅竖起掌心发誓。

"好好好，你记住就好。另外上次说的那个计划，我看了你写的，再结合了我的思路修改了一下，一会儿发你邮箱里，你好好看看，没意见咱就照这个去落实执行，这半年，咱们都要更辛苦了。"

"没问题，跟着老大干，我有信心。"张毅信心十足道。

"行，你再把 VR 上面这两个地方调整一下，晚上我要正式向穆总汇报演示，不能有任何差错。"茹意起身把电脑交给张毅，让小白泡了两杯咖啡送进来。

"晚上要面圣啊，那必须做得完美无缺，放心，我很快就搞定。"张毅说话间就坐到电脑前开始调整了。

茹意端着咖啡站在窗前，手机进来一条信息："晚上我在店里，你的头发该护理了，砂锅粥要吃什么口味的，现在接受私人订制。绾青丝小七。"

小七？他怎么会有自己的手机号？茹意勾起嘴角，露出了她自己都未曾察觉的微笑。

想到他那美味的砂锅粥，茹意的肚子突然咕噜噜叫唤起来。早餐没心情吃，现在才觉得很饿，确实很想那一口粥了；头发自己洗过一次，不懂打理，已经没有造型可言了。想去，但没时间，心里不免有点儿小小的遗憾——

"对不起，今晚没空。"茹意回复道。

"没关系，你有空随时过来。但想喝粥得提前预约，小店只接受少量私人订制，平时不做。"小七发了一个可爱的笑脸。

茹意忍不住又笑了，她想到了自己家玄关口摆放着的那只"小七"，和马小阳那张帅气的脸重叠在一起，那画面太美不敢看。

"老大，原来你也能笑得这么美啊。想到什么好事儿了？"张毅无意中瞄了一眼站在窗前的茹意，顿时被茹意脸上的笑容惊呆了，这可是他从未见过的茹总啊，居然笑得像个小姑娘那么羞涩！原来男人婆一样的茹意还有这么小女人的一面。

茹意收起笑容，乜了张毅一眼："认真工作，不许东张西望，专注才能高效，赶紧做出来！"

"是是是，保证完成任务！"张毅忍着笑，下一秒又忍不住看向茹意，"是不是恋爱了？"

"恋爱这个词儿从来就没出现在我的人生词典里。"茹意回到张毅跟前坐下，淡淡道。

"别呀，恋爱多美好的事儿，人生一辈子很漫长，必须得找个有趣的人陪自己一起度过这漫漫岁月，不然得多无聊啊！"张毅放下鼠标伸长脑袋靠近茹意，眨了眨小眼睛笑道，"老大，你刚才的样子我还真没见过，谁让你这么开心啊？说来听听，让我帮你参考参考。"

"滚！老老实实干活儿去！"茹意没好气斥了他一句。

"你刚才那样子才像个女人，这副样子太凶，小心真没男人要你。"张毅收回脖子耸耸肩翻了个白眼。

"一个人过不是很自在很好吗？为什么非得找个人和自己绑在一起，多累多别扭啊！"茹意白了张毅一眼，"赶紧干活，别再废话了！"

两人打了一通嘴仗，张毅倒是没耽误正事儿，很快就把 VR 做好了。

茹意再仔细核对了一遍，确保没有漏洞了这才放张毅走。

"计划书马上发你邮箱，认真仔细反复看，看完后反馈。"临走前茹意还是不忘叮嘱张毅一句。

"明白！"张毅转身回了一个非标准的军礼，拉开门走了。

下午，张毅再次过来，两人又列出了更为详细的各部门计划书，再召集各部门负责人秘密召开了一个小会，让他们把计划一步步抓落实，且尽量做到保密，不声张。

忙完后已经是晚上六点半了，茹意匆匆去楼下填了一下肚子，七点半准时来到了穆皓峰的办公室。

穆皓峰稳稳地坐在大班椅上，表情平静，眸光沉稳地盯着一处，似乎在思考着什么。

茹意带着电脑，轻轻敲了敲门，穆皓峰转头看向她淡淡道："请进。"

这么官方的应答，茹意听得心里一紧，从穆皓峰不带丝毫感情的语气中，茹意感觉到他心情不太好，不知道是不是还在生她的气。

"穆总，"茹意抱着电脑站在他跟前，"广交会的 VR 已经做好了，请您过目。"

"好。"穆皓峰看了她一眼点头道。

茹意打开电脑，和穆皓峰每人戴上一个专用眼镜，两人很快身临展厅现场。

茹意跟着画面的移动开始讲解，大到整个展厅的布置，小到每个细节的处理，重点在新产品的功能介绍，以及智能家居带来的全新体验。

看完后取下眼镜，穆皓峰的峻眉紧蹙在一起，表情冷峻。许久，他扬起略带青色的下颌，手指习惯性地在桌面上敲击了几下，目光凝重地看向茹意。

"穆总，您对哪里不满意？"茹意心底一沉，许久没看到三叔这么沉重的目光了，三叔明显对自己的布展不满意。

"没有新的创意，和去年相比，只是多了几个智能产品，并没有能够一眼吸引客户的亮点。刚才我在看的时候，就是以一个客户的视角在感受，不够吸引我，不能打动我，不会让我有停下来驻足观看进一步了解的兴趣。"穆皓峰盯着茹意沉默了几秒，茹意紧张的神色他尽收眼底，"作为年年都要参加的广交会，且不说要做到形式上如何新颖出挑，至少我们在理念上要尽量领先，我们是做智能家居的，必须做到处处领先别人，这样才能在竞争中赢得一席之地。"

"我明白了，我再回去想想，把我们今年的广告词改一下，新产品布局重新调整，明天再拿给您看。"穆皓峰的话音刚落，茹意立马收起电脑要走。

"不急，先坐下，我和你说几句话。"穆皓峰起身来到沙发边，拍了拍侧边的沙发，示意茹意坐下，"电脑拿过来。"

茹意把电脑放到茶几上，在穆皓峰的左手边落座，穆皓峰摸着下颌盯着电脑屏幕看了许久，抬眼看向茹意道："近来你的心思不在工作上，这个方案，我一看就是张毅的思路。"

茹意惭愧地低下头。穆皓峰说得对，这个方案是张毅做的，她只是提出了一点儿修改意见。

"对不起，三叔，我自己的事情处理好了，接下来我不会影响工作了。"茹意愧疚道。

"茹意，这是你的私事儿，我本不想问，但既然这事儿会影响到你的心情和工作，我就不得不过问了。"穆皓峰表情凝重道，"你是在收养家庭里长大的，为什么后来离开了他们？到励峰这六年，我从未听你提起过你的养父母，这是为什么？"

茹意最不愿提及的就是这些，所以从来不跟任何人说自己的身世，就连穆皓峰，她也从未想过要告诉他。但是，现在穆皓峰如此郑重地提到这个问题，茹意再也无法回避了，只能强忍着伤口再一次被撕裂的疼痛，咬着牙准备告诉他真相。

可是，尚未开口，心底深处涌起的那股委屈和酸痛就一直一直往上汹涌，闷住了她的心口，堵住了她的鼻腔，模糊了她的视线，不争气的眼泪一滴滴滑落下来。

欲语泪先流。穆皓峰愕然不已，没想到向来坚强的茹意，居然变得如此脆弱，那是一段怎样的过去，才能让她如此伤痛而不愿提及！

"我是不是让你为难了？"穆皓峰抽了一张纸巾递给她，"如果是这样，你有权保持沉默。"

"对不起，三叔，那是我生命中的至暗岁月，我不想对任何人提起。"茹意擦干眼泪，声音里带着浓重的鼻音。

"我明白了，既然这样，那就不说吧。如果需要三叔帮忙，你尽管说。还有，有事儿别总压在心底，适当的时候说出来，能够缓解压力，释放心情。"穆皓峰抬起手想拍拍茹意的肩膀安慰她，举到半空，第一次拍茹意肩膀时她触电般弹跳开去的画面忽闪在眼前，他顿住手臂然后慢慢地收了回来指向电脑道，"智能新产品尽量放在显眼突出的位置，门口放我们的明星产品，这款产品调整到这儿。"

"好。"茹意低头在笔记本上记录下来，穆皓峰指着电脑边看边说，两人都很投入，根本没看到门外正静悄悄站着一个人，拿着手机隔着玻璃门在偷拍他们。

"差不多了，你晚上回去再好好想想整体的风格，明天我再看看。"半个多小时后，穆皓峰起身道。

"行。"茹意也起身告辞。

穆皓峰看着茹意离去的背影，沉沉地吐出一口气，茹意刚才的样子很让他担心，她心底压抑了太多的伤痛和秘密，而她似乎从不对任何人倾诉排解，这样下去，他很担心有一天茹意会把自己压垮。

虽然茹意刚才没说她的过去，但直觉告诉穆皓峰，茹意被收养的那段日子，一定很不幸。

"叮"，手机进来一条信息。

还在加班吗？妻子董静华问。

最近董静华很反常，总是莫名其妙查岗，不是微信就是电话，这让穆皓峰很不舒服。以前她不是这样的，她知道他工作忙，很少在他工作的时候打扰他，最近也不知道是怎么了。

穆皓峰刚想回复过去，董静华的电话就追来了：

"在哪儿呢？"董静华问道，语气里带着明显的不悦。

"办公室。怎么了？"穆皓峰依旧看着茹意离去的方向，直到她的背影彻底在楼道里消失。

"我不太舒服，你赶紧回来吧！"

"哪里不舒服？要不要去医院？"穆皓峰关心道。

"不用，就是胃不太舒服，难受。"董静华的声音有气无力。

"那我给你买点儿胃药，你先喝点儿温开水，千万别喝凉的。"穆皓峰拿起外套快步走了出去。

董静华身体一直很好，平时也没听她说哪里不舒服，今天怎么突然间胃疼了？

买了药急匆匆赶回家，穆皓峰推开门，董静华正抱着他们唯一的家庭成员优优——一只毛茸茸的西施犬躺在沙发上，轻轻地撸着优优油亮顺滑的毛发，看不出一丝难受的样子。

"好点儿了吗？"穆皓峰把药拿出来，倒了一杯温水端过来，"吃两颗药，马上能缓解胃痛。"

"我好多了，不想吃药，你先放着吧。"董静华表情冷淡道。

董静华眼神里的那抹忧郁，穆皓峰看得清清楚楚。她不是胃痛，分明是有心事。

"是不是有什么事儿？为什么心事重重的样子？"穆皓峰在单人沙发上坐下来，疑惑地看向董静华。

"没事儿，就是刚才胃不舒服，这会儿好多了。"董静华起身抱着优优放到阳台上的小屋里去，"优优乖，该睡觉觉了啊，妈妈累了，要去洗澡休息了。"

优优是纯种的西施犬，莹亮雪白的毛发犹如丝绸般顺滑，头顶上扎着一个可爱的粉色蝴蝶结，特别温顺可人，是董静华的心头宝。穆皓峰因为整天忙于工作，鲜有时间逗弄它，优优对他一点儿也不亲近。

董静华回到客厅，优优从自己的小屋里跑出来，在董静华的脚边绕来绕去，不时发出几声撒娇般的"嗯嗯"声。

董静华疼爱得不行，弯腰又把它抱在怀里，抚摸着它头上长长的毛发娇嗔道："妈妈今天真的累了啊，优优乖，回屋睡觉去，妈妈明天再带你出去玩儿，好不好？"

优优似乎是听懂了，又发出了几声撒娇似的"嗯嗯"声，董静华抱着它回到阳台，把它放进那个精心打造的小屋里，关上门，又回到了客厅。

董静华留着齐耳短发，微卷，棕褐的发色很衬她的皮肤，浅蓝色的丝绒睡衣尽显她高挑挺拔凹凸有致的身材，周身弥漫着一股高雅的书卷气。

穆皓峰坐在沙发上，看着董静华在自己眼跟前晃来晃去，听着她对优优的无限宠溺，心里一时生出许多感慨。

他们相识二十年，结婚十五年，一直琴瑟和鸣，从未有过任何矛盾。董静华美丽聪慧，知书达理，温柔体贴，几乎满足了穆皓峰对女人的所有想象。他从第一次见到她，就不可救药地爱上了她。那时候她正上大二，穆皓峰上研三，图书馆的偶遇，让他们闪电般坠入了爱河。

后来穆皓峰开始创业，董静华研究生毕业后选择了留校任教，现在已经是董教授了。

董静华去洗澡，故意把穆皓峰丢在客厅里。

以前，穆皓峰加班回来，不管多晚，董静华都会为他准备一碗养生汤，看着他喝完了，她才会去睡觉。近来不仅这样的贴心服务没有了，就连脾气也不好了，进门连个好脸色都看不到。

难道这么早就进入更年期了？穆皓峰盯着董静华的背影，觉得不太可能，她还不到四十岁，而且身体一直都不错，保养得也很好，看上去不过三十出头，不太可能早更。

难道是单位遇到了不顺心的事儿，还是她父母那儿有事儿？如果是这样，董静华可以直接告诉他啊。为何要这样冷眼相对？女人的心思太难猜，穆皓峰猜不透，根本不知道董静华为什么会突然对自己这样不热情不亲密了，这完全不是她的风格。

浴室里传来哗哗的水声，阳台上优优在笼子里不停地叫唤着，穆皓峰听着有点儿烦，进到书房关上门，打开电脑开始研究北方市场。

把这么一大摊子交给董静山，他还真是不放心，可自己已经答应董静华，也在公司宣布了这个决定，已经无法更改了，现在只期望董静山能用心做事，把公司利益放在首位，别输得太难看。

"回到家还要工作？"

突然，书房门被推开，董静华穿着丝绸睡袍站在门口，一脸不满地看着他。

"洗好了？我看点儿资料。"穆皓峰起身来到董静华身边，和往常一样想把她抱在怀里，董静华却蓦然转身往客厅走去，穆皓峰双手顿在半空，尴尬地看着她高傲不满的背影弃自己而去。

"静静，你今天是怎么了？"穆皓峰跟着董静华来到客厅。

"没怎么，你去洗澡吧，我累了，想早点儿睡。"董静华斜靠在贵妃椅上，淡漠地看了他一眼。

"对静山的安排，今天已经宣布了，两天后他就要带领团队北上。你多叮嘱他一点儿，一定要用心做事，不能再……"

"他怎么没用心做事儿了？这么多年他跟着你，好的坏的都是你教给他的，如果说他没有好好做事儿，那也是你没有把他带好！"董静华的声音突然提高了八度，语气中带着一股不可控制的情绪，随时都会爆发。

"静静，你这话说得就不对了，这么多年我是怎么带他的，你不知道吗？静山他如果好学长进，能是现在这个样子吗？"穆皓峰不知道董静华这么不着边的情绪从何而来，自己已经按照她的意思，给了董静山机会，她怎么还不满意呢，难道是董静山还嫌权力不够大？

"静山是我弟弟，我当然知道他，他是半路出家跟着你干，从一个市场小白一步步成长起来，你怎么能说他不长进不好学？他不是每天都在跟着你学习吗？现在公司要拓展市场，让他去锻炼一下有什么不好，你犯得着对他那么不放心吗？说到底，你从来就没有把静山放在眼里，也没有真正想培养他！"向来温柔的董静华越说越激动，脑海里不停地闪现那些让她无法接受的画面。

穆皓峰站在客厅中间，看着莫名其妙发怒的董静华，突然觉得眼前这个人很陌生，这还是往日那个温婉恬静的董静华吗？她什么时候变得这么不讲道理了？这么多年，自己是怎么对董静山的她一清二楚啊！当初所有人都不同意让董静山进董事会，是他硬顶着压力，从自己的股份里匀出了一部分给董静山，让他进入了董事会，并且坐到副总裁的位置上，享受着公司发展带来的巨额红利。

可是董静山确实不好学不长进，除了会吃吃喝喝搞搞气氛，真正做业务，他根本不行。不能吃苦，不善于解决问题，不懂得从全局出发，总盯着自己的那点儿利益不放，格局太小，没有几个下属愿意跟着他。

"静静，你别带着情绪说话，这不是你的风格。你心里要是对我有什么不满，你可以直接说出来。"穆皓峰索性坐在董静华对面的茶几上，"你今天是不是遇到什么事儿了？"

"穆皓峰，我想问你几个问题，你能如实回答我吗？"沉默了几秒后董静华问。

"当然，我什么时候对你有过隐瞒？"穆皓峰抻直双腿，伸出手想去握住董静华的双手，他喜欢把她的手握在掌心里的感觉，她绵软细腻的手，一如二十年前。

董静华故意往旁边挪开，双手握在一起，就是不让穆皓峰握住她的手，然后抬眼沉沉地看向穆皓峰。

他的眼神一如既往温情澄澈，里面看不出一丝慌乱和隐藏，正眸光如水地看向她。穆皓峰是她最爱的男人，这么多年，她从未怀疑过穆皓峰对自己的爱，一直以来，她都认为他们之间的爱已经超越了普通夫妻之间的感情，他们的爱既有现实的互相依恋互相成全，还有精神世界里的互相尊重互相欣赏。

平常夫妻的生活是一日三餐柴米油盐，是抚育孩子的各种酸甜苦辣咸、鸡飞狗跳闹，他们之间从一开始就超越了这样的凡俗，他们的生活里有一日三餐，但是没有柴米油盐的琐碎，没有孩子的干扰，他们从结婚之前就笃定了要一辈子过二人世界，享受这一世属于他们两个人的自由和快乐。

和穆皓峰相识二十年，结婚十五年，她一直生活在稳稳的幸福里，从未想过自己的婚姻也会有出现危机的那一天。

这二十年来，穆皓峰经历了创业失败、再创业再失败，在他屡战屡败、屡败屡战的日子里，是她坚定地站在他的身后支持他鼓励他，坚定地告诉他：没事儿，不管什么时候我都支持你。要真觉得累了，就回家，我养你。

记得有一次，穆皓峰深夜十二点半才回到家，她听到开门声马上到厨房端出准备好的燕窝，打算让他吃完就休息，没想到穆皓峰走进客厅只喊了她一声："静静……"整个人就毫无征兆地倒了下去。

董静华一转身看到躺在地上一动不动的穆皓峰，吓得手里的燕窝都砸落到了地板上，她冲过去发现穆皓峰牙关紧咬，脸色铁青，整个人抽搐不已。

"皓峰！穆皓峰！你怎么啦？你别吓我！……"董静华顿时就被穆皓峰的样子吓哭了，她当时恐惧得浑身发抖，抖抖索索拨打了120后，她看着脸色死灰的穆皓峰，强迫自己镇定，并用仅有的那点儿急救知识，给穆皓峰按压心脏，做人工呼吸，一直坚持到急救车赶到。后来医生说，穆皓峰当时的情况非常危险，如果不是她坚持做人工呼吸，后果不堪设想。

那一夜，董静华一个人守在病房里，握着穆皓峰的手到天亮，她连眼都不敢眨一下，就怕自己一瞌睡，穆皓峰就突然间没了……她可以不要全世界，唯独不能没有他，在她的世界里，他就是一切。

那是穆皓峰的第几次创业失败，董静华已经不记得了，她只知道，那几年他不停地折腾，把前些年攒下的那点儿钱全部砸了进去，后来还借了朋友不少钱，就是为了实现他的创业梦，为了实现他曾经对她的承诺：世界如此美好，我要陪你逍遥到老，让你能坐着专机去全世界看美景尝美食。

可是，那一晚上握着他的手，她只有一个愿望，只要他好好地醒过来，她什么都不要，只要他身体健康。她多么希望他别再折腾了，回到原来的生活轨道，做个朝九晚五的上班族，过一个普通人的寻常小日子，两个人平平安安快快乐乐地生活在一起。

可是，第二天穆皓峰醒来后，躺在病床上还挂着吊针就开始工作。医生说他这是过度焦虑导致的短暂休克，这是很多创业者的通病，这样下去很危险，希望他能暂时放下工作，调整心态，好好休息。

穆皓峰根本听不进去，他说不创业毋宁死，何况他已经失败了七次，这是他举全力拼搏的最后一次，他一定要坚持到底！

董静华知道自己说什么也没用，只能默默支持他，更加关心他的身体，关注他的情绪，每天不管多晚都等他回家，给他煲汤调理身体，和他说说话，聊聊天，尽量去宽慰他，让他放松心情，释放焦虑。

为了让他休息好，等他睡着后，她总是悄悄地把他的手机关静音拿到客厅里，不让电话打扰他睡觉。

不知道是不是穆皓峰的执著感动了老天爷，第八次创业终于成功了，穆皓峰仅用一年时间就打了漂亮的翻身仗，公司很快进入了良性发展的轨道，而且一年比一年好。财务自由了，公司壮大了，但穆皓峰更忙了，陪她的时间也越来越少。

事业和家庭本就是一对矛盾体，不可能同时兼顾。尤其是像穆皓峰这样的工作狂人，对历尽失败之后才取得的成功格外珍惜，压力并没有随着事业的成功而减少，反而越来越大。公司稳定后，就想着如何做大、做强，还想着几年后要做到几十个亿，要做成上市企业，他的目标越来越大，似乎永远没有尽头，他天生就是一个爱折腾的人。

董静华一直都理解他，因为他天生就是一个不甘平凡的男人，穆皓峰曾经对她说过，他天生是为大事而来的，这辈子注定要干一番大事情。

而且她也有自己的工作和事业，平时院校里的工作也很多，她也是忙碌的。只是每天忙碌后回到家里总是一个人，那么大的房子，楼上楼下空荡荡的，日子久了难免会觉得冷清，所以两年前她养了优优。除了穆皓峰，优优就是她最亲的，像她最疼爱的孩子一般，只要她在家，总是一刻不停地腻在她身上。

只是没想到这么平静的日子猝不及防地被打破了，董静华很想质问穆皓峰，你为什么要这么做？可是，她向来是温婉的，从未对穆皓峰发过火，生过气，他们之间甚至连一句重话都没说过，她怎么能那么问他？

不能，绝对不能。男人都是爱面子的，何况穆皓峰这么高傲的男人。董静华不想用最直接也是最愚蠢的方法来揭穿这件事儿。

所以，她想问他几个问题。

"说吧，不管你问什么，我保证如实回答你，绝无隐瞒。"穆皓峰依旧眸光如水地看着她。

"你现在是不是不太愿意回家了？哪怕公司不忙，你也愿意在办公室里待着？"董静华眼神幽怨地看向他，锁定他的目光不放。

"你说什么呢？"穆皓峰哑然失笑，即刻移开视线看向阳台，脸上的笑容却是一点点收敛了起来。

"穆皓峰，你不敢正视我的眼睛，说明我说对了。公司并不是每天都那么忙，你也并不是一定要经常出差，可你就是愿意这么忙，愿意经常出差。你在选择逃避我逃避这个家？"

"静静，我早就跟你说过，不要偏听偏信别人的话，我穆皓峰是什么样的人你比任何人都清楚。你最近是不是心情不好，一个人在家想太多？"穆皓峰起身转了一圈，再转身看向董静华，双手插进裤兜里，身形笔直，玉树临风。

这么俊朗的男人，事业有成，得有多少年轻貌美的女孩儿追着他？董静华似乎是从这一刻才真正感觉到了自己的危机。就算穆皓峰不主动，也架不住美女猛扑。

何况他们之间……

"好，我换一种说法吧，皓峰。"董静华沉思了片刻道，"现在公司已经上轨道了，我们也早已实现了财务自由。你能不能减少工作，抽时间陪我出去看美景尝美食？"

"当然可以，你想什么时候走，我来安排。"穆皓峰毫不犹豫爽快道。

"不是我想，而是你主动放下工作陪我。皓峰，公司可以交给职业经理人去打理，你只要负责大的方向战略就行了。我现在可以申请少排课少带项目，有大把的时间，趁着我们年轻身体好，我们一起去周游世界好吗？"董静华主动走近穆皓峰，轻轻依偎在他怀里。

"好，我说过，世界那么美好，我要陪你逍遥到老。等我把公司的事情安排好了，我就开启我们的环球之旅。"穆皓峰深情地拥着董静华，下颌抵着她的秀发，薰衣草的清香让他安心陶醉。

"我不要等，我要马上启程。我们总是在等，等工作不忙，等财务自由，等一切都弄妥当了……等来等去，等老了岁月，等老了身体，等没了激情，等到最后一切都来不及，所以，我不要等，我要你明天就开始安排，过几天我们就出发。"

"你今天怎么像个孩子那么任性。静静，公司在发展，现在经济形势不太好，我丝毫不敢松懈，派静山去北方，说实话，我心里根本没底，这半年肯定得经常往北方跑。"

"说来说去你还是不想陪我，还是想出差想工作，就是不想回家，对吗？"董静华一把推开穆皓峰，坐回沙发上抹泪，那张扎眼的照片又在眼前浮现。

"唉，静静，你今天是怎么了？净说些莫名其妙的话，出什么事儿了？告诉我。"穆皓峰挨着董静华坐下来，强行把她搂进怀里。

董静华转过脸去，根本不看他，心里堵得难受，随时都可能爆发。

"皓峰，我们去找代孕要个孩子吧，好吗？"许久，董静华转过身郑重地看着穆皓峰道。

"发烧了？"穆皓峰愕然地摸了摸董静华的脑门哭笑不得，"我们早就说过了，这辈子不生孩子，不提孩子，你今天这是怎么了，净说些不着边际的话。"

"我现在想要一个孩子，强烈地想要，哪怕不能有我的基因，只要有你的基因就好，我们到国外挑选一个最优秀的捐卵者，找一个身体健康高学历高颜值的代孕妈妈，保证孕育出来的孩子是优秀的，然后我们亲手抚育他长大，让他像你一样帅气聪明，将来还可以子承父业，多好啊！"董静华很激动，她从未像现在这样强烈地想要一个孩子，一个带着穆皓峰优秀基因的孩子，每天看着他长大，给他最好的生活最好的教育，十几年以后，孩子就能长得像穆皓峰一样高大了。

"静静，别胡说了，我早就不能做父亲了，你不知道吗？"穆皓峰冷着脸，黯然地向书房走去。

提到孩子的事情，穆皓峰人到中年才知道，一个家庭没有孩子是一种什么样的滋味儿。年轻的时候忙于事业，根本无暇顾及，也不在乎，觉得这辈子把自己活好就行，身边也有朋友结婚初期选择做丁克家庭，说要过一辈子的二人世界。可那些人都是假丁克，几年后陆陆续续都生了孩子，有了其乐融融的家庭生活。

但穆皓峰却不行。因为婚前体检，发现董静华是"地中海贫血常染色体隐性携带者"，医学上规定这样的基因携带者不能生育孩子。这么多年，穆皓峰的家人并不知道董静华的情况，他只是说自己不喜欢孩子，不想要孩子。为了给董静华足够的安全感，也为了证明自己对董静华的爱足够深，穆皓峰在婚前做了一件让董静华十分震惊而又感动不已的事儿：绝育。

这样一来，他们两个人在生理上就是平等的，董静华再也不用担心穆皓峰会有异心。

可是，随着年龄渐长，事业有成，家里的冷清让穆皓峰越来越觉得孤独，时常不想回家。有时候在外面看到别的夫妻带着孩子嬉闹玩耍，看到孩子那天真无邪灿烂如花的笑脸，穆皓峰会不自觉地投去羡慕的眼神，有个孩子多好啊！那是希望，是未来，更是家庭的小天使，是工作之余幸福生活的源泉。

可是，这辈子他都不可能有自己的孩子了。

这样的遗憾随着年龄的增长日积月累，渐渐在他心里结出了一个肉疙瘩，平时不去触及尚且相安无事，一旦碰触，疼得彻骨。

此刻，穆皓峰就感觉自己心底突然间抽疼得厉害，隐隐的，一阵一阵的。

"皓峰，"过了一会儿，董静华来到书房，她绕到大班椅后面抱着坐在椅子上的穆皓峰温情道，"你的功能手术可以恢复的，完全可以拥有一个属于自己的孩子，现在你正是年富力强的时候。"

"以后别再谈这个话题了，好吗？"穆皓峰有些烦躁，董静华那么聪明一人，今天怎么净说些不着四六的傻话？哪壶不开提哪壶？

"皓峰，我是认真的。"董静华挪步到穆皓峰跟前坚定地看着他。

"我也是认真的。十五年前我既然做出了这个决定，这辈子就不会再改变。"穆皓峰愤然起身走到窗前，他真有冲出去的冲动，董静华今天的所作所为太让人难受了。

董静华知道穆皓峰是真生气了，站在那儿怔怔地看着穆皓峰的背影，一时不知如何是好。今天明明是自己要对穆皓峰生气的，怎么最后变成了穆皓峰生她的气了？

难道真是她错了吗？穆皓峰真的一点儿都不想要一个自己的孩子？那张照片的事儿完全是子虚乌有？是自己错怪他了？

"你出去吧，我想一个人待会儿。"董静华的目光一定一刻不离地盯着他，这让穆皓峰莫名难受，从来没觉得在家里待着这么压抑，这是一个十分不好的开始。

这一夜，穆皓峰第一次睡在客房里。结婚十五年，他第一次和董静华分居了。

两人都辗转难眠，几乎一夜未睡。

第二天，穆皓峰照例七点起床，八点赶到公司。

董静华听着穆皓峰开门离去，马上给董静山打电话，约他九点在公司附近的咖啡厅见面。

"姐，这么着急要给我饯行啊？"刚坐下来，董静山就冲着姐姐一脸得意道。

"没心情给你饯行。我问你，你拍这张照片的时候，他们在干吗？"董静华愠怒地点开手机里的照片递给董静山。

"你说干吗呢，在办公室当然是谈工作啊！"董静山拿过手机看了一眼照片笑道，"但是，就算是谈工作，也用不着那么亲密吧。姐，你不会那么天真，对他们一点儿都不怀疑不防备吧。"

"静山，我劝你好好工作，别给我添乱。你姐夫是什么样的人你不了解吗？这些年他一心扑在工作上，从未有过任何花边新闻，他对我的感情也从未变过，以后这样的照片你别再发给我！我也不想听到你对他的任何负面评价！"董静华一把夺回手机，狠狠地瞪了董静山一眼。

"姐，你这是掩耳盗铃！我不说我不发这个事儿就不存在了吗？姐夫对这个女人那可不是一般的好，早就超过了领导对下属的好了，全公司的人都看得出来啊！我要是不告诉你，那我还是人吗？我总不能眼睁睁看着自己的姐姐被别的女人篡了位还无动于衷吧。"

"把你的心思都放到工作上去，这次去北方的机会你要是不能好好抓住，干出一番成绩来，姐以后也帮不了你。"董静华依旧没好气地训斥道。她低头盯着照片看了半响，又自言自语地抬眼道，"这就是那个销售总监茹意？"

"对，励峰集团的头号红人，姐夫的得力助手，干工作确实是一把好手，但是，这个女人的野心太大，想要的太多啊，姐，你不得不提防啊！"董静山拉长声意味深长道。

"我知道这个茹意，皓峰也经常在我面前提起她，有几次过年过节皓峰还说邀请她来家里一起过，说她是孤儿，无父无母挺可怜的，但是她从来就没来过我家。我也曾经提过要请她一起吃饭，都被人家拒绝了，所以到现在我也没有见过茹意本尊。"董静华盯着茹意的照片若有所思道。

照片上只看到侧脸，鼻梁高挺，轮廓也柔和，长得应该很漂亮。这么年轻漂亮又能干，穆皓峰几乎天天和她在一起，每天相处的时间比和她这个做妻子的在一起的时间长多了。

"这就是心里有鬼啊，不然她为什么不敢去见你呢，为什么不敢和你们一起吃饭呢，反正我觉得茹意这个小妮子不简单，隐藏得很深，咱们必须对她保持高度警惕。以前我天天在姐夫跟前，我觉得她多少还能收敛点儿，现在我一走，

第三章　藏在血脉里的亲情

没人盯着她，指不定她会弄出什么事情来呢。所以，我必须把这个事情告诉你，让你警觉起来，加强对姐夫的监督和管控。"董静山喝了一口咖啡，咂了咂嘴跷起二郎腿道。

"你觉得她是心里有鬼不敢见我？我听皓峰说她是孤儿，从小就习惯了独立生活，不太喜欢热闹的地方，所以她才不接触我不到我们家里来吃饭。"董静华一手搅动咖啡，一手撑着下颌眉头微锁道。

"姐，姐夫说什么你都信，你真是白当大学教授了。"董静山立马坐直身体反驳道，抬眼一看董静华正拿大面积眼白瞪自己，马上换了一副语气道，"我是说姐夫的话你不能全信，顶多有选择地相信。公司的事儿你从来不参与，你也从不到公司来，所以对公司的事儿你不了解，只有我能告诉你一点儿真相，这也是你当初让我跟着姐夫干的原因，姐，我懂的。不是你，就没有我的今天，所以你永远都是我的好姐姐，我希望你和姐夫永远都相亲相爱白头偕老，我绝对不允许别的女人来抢夺我姐姐的胜利果实，破坏我姐姐的幸福家庭，更不允许穆皓峰对你有半点的不忠。"

"静山，你觉得我和你姐夫幸福吗？"董静华突然盯着董静山问道。

"当然啊，你们是模范夫妻啊，这么多年姐夫对你确实不错，我也看到了。但是……"

"但是什么？"

"你们结婚十五年，婚姻早就进入了疲惫期，这个时候最容易出问题，何况你们又……没有孩子……"董静山的声音很小，因为这是姐姐心里的痛，但确实也是他们婚姻中的最大隐患。

"你也觉得我们必须有个孩子，对吗？"董静华绝望地看着董静山，心口有了窒息般的压抑。

"如果能有是最好。姐，现在技术很发达，有很多方式可以生孩子，并不一定非得自己亲自怀孕生产。"

"好了，我知道，这个问题我也想了很久，但是他不同意。"

"你是说姐夫不想要自己的孩子？那这么大的家业将来……"董静山惊愕地看着姐姐，恍然间眼神一亮，这不是给他最大的机会了？

"他在结婚的时候为了让我安心，主动做了绝育手术。"董静华低下头颤抖着嗓音异常艰难地说出了这个隐藏多年的秘密。

"啊！"董静山瞪圆了眼睛，讶然失色道，"这，这个……"

101

同样是男人，董静山觉得这太不可思议了！一个男人为了让深爱的女人放心，居然主动去做绝育手术！若是换作他，他绝对做不到，这是拿自己的命根子开玩笑啊！还有比男人的命根子更需要保护的吗？

"你说皓峰为了我都这样了，我们还怀疑他，是不是太过分了？"董静华泪眼汪汪地看着董静山，她是不相信穆皓峰会变心的。

"这个……姐夫这么做确实很让人震惊，对你也是真爱。可问题是现在一切都发生了变化，姐夫已经不是过去平凡普通的穆皓峰了，他现在是身家过亿的大老板。励峰几年后就可以上市了，将来会成为一家智慧型的大企业，这个时候他的想法能不发生改变吗？如果，我是说如果，有个女人想尽办法要给他生孩子，姐夫那里是可以修复的啊，以现在的技术根本不难，只要他愿意，分分钟的事儿。"

"够了！我不想听了！"董静山这是存心给人添堵，净说些让人生气的话，董静华实在听不下去了，愤然抓起包起身离开。

"别别别……姐，我不说了，不说了，是我嘴臭，我不该说这些有的没的。"董静山追过去拉住姐姐的胳膊，好心安抚着把董静华拉回到了座位上，"姐，那你今天来找我究竟是为何事呢？"

董静华神情忧郁地看着董静山，许久，她长叹了口气，说："我很想见见这个茹意，我现在很强烈地想会会她。"

"使不得，千万使不得！"董静山立马惊慌道，"姐，我只是提醒你，不是想让你打草惊蛇啊！你想想，现在他们可能只是有点儿苗头，你要是这个时候把事情给挑破了，她索性不藏着掖着，直接和你干起来怎么办？她年轻又能干，公司销售还靠着她，你能保证姐夫的天平一定会向你倾斜？她手上可是掌控着公司绝大部分的客户，尤其是国外的客户，都在她那儿。如果她撕破脸皮带着客户另立山头，这对励峰来说可是致命打击。所以，不管从哪个方面来讲，你都必须忍着，切勿冲动，静观其变，而且得有策略地来对付他们。你放心，我一定会支持你帮助你的，在这点上，我们永远是同一个战线上的。稳住，千万稳住！"

"静山，你马上就要去北方了，没有人再替我监视他们了，我怎么办？"董静华很担忧道。

"你放心，我手下的人多着呢，随时都有人替我盯着，这点儿你大可放心。"董静山胸有成竹道。

"可靠吗？这样的事情可不能弄得公司里人尽皆知，穆皓峰的身份特殊，又是那么高傲自尊的人，我们不能做让他难堪的事儿。"董静华还是在为穆皓峰着想。

"放心，可靠。我办事，你放心，姐，中午为我饯行，这是你必须做的！"董静山嬉笑道，在姐姐面前，他一直都是那个长不大爱耍赖的弟弟。

董静华虽然被这件事情弄得心里堵得慌，但对自己唯一的弟弟，她从来都是有求必应，两人即刻驱车到董静山最喜欢的天天渔港吃粤菜。

茹意昨晚忙了一夜，把广交会的布展重新设计，上班后立马把张毅叫过来沟通，确定好了即刻让手下重做，上午下班前就把新的布展设计送到了穆皓峰的办公桌上。

穆皓峰看着截然不同的设计方案，笑意渐渐爬上了眼角，茹意的工作能力从来就没有让他失望过，看来这段时间家里的事情对茹意的干扰确实太大了。

穆皓峰收回目光，抬眼看向茹意，发现茹意脸上赫然挂着两个大大的黑眼圈，原本就瘦弱憔悴的她，这会儿更是看着让人心疼。

"昨晚是不是没睡？"穆皓峰仰头看着她问。

"不是，就是加了个班，您知道我向来不喜欢让工作过夜，不做完我睡不着。"茹意轻描淡写道，可不争气的哈欠却突然来袭，她不得不捂着嘴强忍着，这一忍把眼泪都给逼出来了，尴尬得赶紧低头看地板。

"要是真困了就回去休息，不想开车来回跑公司对面的酒店也可以，我们是长期合作单位，可以随时过去休息。记住，会休息的人才会工作，健康是一切的根本。"穆皓峰坐在大班椅上，仰头看向茹意。这丫头天生就是个工作狂，昨天自己对她的态度是不是太严厉了？

"我不困，中午午睡一下就好。广交会的邀请函我已经发给国内外的所有客商，并且诚挚邀请国外的客商带家人和朋友一起过来，我还专门和杰森通过电话，他很高兴，说今年要在中国多住些日子。"茹意认真地汇报道。

"好，杰森是我们的大客户，也是我们的老朋友，他来了，我要亲自陪他。"穆皓峰也很高兴，当年就是杰森的那个大订单，让励峰起死回生，这样的客户，他们一辈子珍惜。

"那杰森一定很高兴，我一会儿就把您的话转告他。"茹意道。

"近来对华南的销售你是不是有什么新的打算？"穆皓峰突然话锋一转，盯着茹意问道。

茹意被穆皓峰问得猝不及防，眼神一闪，避开穆皓峰犀利的眸光，顿了顿说："今年第一季度的销售情况您也看到了，虽然勉强完成了销售任务，但形势不容乐观，所以大家都要有紧迫感，不能再按部就班，得多方拓展渠道，争取今年保持一个逆势增长。我心里有个小目标，但现在不能跟您说。"

"我相信你，你对数字的敏感度很高，做销售你的嗅觉是最灵敏的。今年的经济形势确实不容乐观，让大家增强紧迫感有危机意识是好事，公司里的人要是都有你这样的责任心和前瞻性就好了。"穆皓峰不由得长叹一声，心里自然而然想到了董静山。

这个时候让董静山去北方开荒拓土，真不知道会是个什么样的结果。

茹意自然也听出了穆皓峰话里的担忧，可她什么都不能说。董静山去北方，全公司的人都不看好，但已经决定了，除了穆皓峰谁也不能改变这个事实，但是穆皓峰不可能出尔反尔，所以只能一错到底。

"穆总，没什么事儿我先回去了。"茹意刚要转身，穆皓峰叫住她，说道："你爸爸在哪个医院，需不需要我找院长关照一下？"

"不用了，谢谢三叔，他已经好多了，过几天就能出院了。"茹意心底一暖，穆皓峰已经第二次说这话了。

"有什么需要，你随时跟我说，江城医疗系统里我有几个铁哥们，都是院长和专家级别的人物。"穆皓峰欣慰地看着茹意。

茹意会意，点头表示感谢，转身回到自己的办公室。

要说爸爸的病不担心那是假的，但她不想麻烦穆皓峰，因为这是她的私事。昨晚没有去医院看爸爸，单月月也没有发信息过来，茹意赶紧给月月打电话，得知一切正常，她才放心。

"茹意，我知道你工作忙，你不用每天来，有事儿我会给你电话，没事儿我就不打扰你。"单月月说。

"辛苦你了，月月，你记得每天拍些照片和视频发给我。"茹意叮嘱道。

"好，我现在就拍爸爸的视频发给你。"单月月答应道。

很快，茹意就看到单月月发过来的视频，爸爸依然是那么苍白羸弱，手上挂着吊针，鼻子上插着氧气管子，眼神暗淡，看得茹意心里难受极了。

张毅过来约她一起下去吃饭，茹意想到爸爸气息奄奄的样子，一点儿胃口也没有，摆摆手让张毅先走。

是不是要让三叔再请个专家给爸爸看看？早知道在手术前就应该告诉三叔，现在手术已经做完了，再来看有用吗？

茹意心里纠结着，怔怔地站在窗前，不知道自己该怎么办。天气渐渐热起来，中午的太阳已经有了灼热感，隔着厚实的中空玻璃墙，依然能感觉到那份耀眼的炙热在眼前晃动。

"茹意，还不下去吃饭？"

熟悉的带着磁性的声音突然从身后传来，茹意快速转身，果然看到穆皓峰正站在门口，一脸疑惑地看着她。

"我，不饿。"茹意支吾道。

"走，人是铁饭是钢，一顿不吃饿得慌，何况我们还是高消耗的脑力劳动者。走，三叔请你，楼下新开了一家潮州私房菜，很不错。"说着，穆皓峰走过来，本想顺手拉她一把，想了想，还是隔着一段距离，对她招了招手，等茹意走近了，两人才并肩往外走。

茹意瘦高个儿，一身职业西装，干练利落。穆皓峰身形高大健硕，也穿着白衬衫黑西裤，两人脚步基本一致，来到楼下刚要转弯，茹意赫然看到大门口站着一个人影，正怯怯地朝着她的方向看过来。

尹志丹真是阴魂不散，怎么到哪儿她都能找到？茹意顿住脚步，想了想对穆皓峰说："三叔，我去下洗手间，您先过去，我一会儿再来。"

"好，你顺着这条路往前走到头就到了，报我的名，服务员就会领你进来。"穆皓峰交代好了，迈开大长腿往前走的一瞬间，却发现茹意的目光紧盯着门口那个女人不放，那个女人分明也在看着茹意，门口那个人一下子就引起了穆皓峰的兴趣，居然有个和茹意长得如此相似的女子？

穆皓峰犀利的目光锁定了那个女子几秒，把她的神态表情尽收眼底，再若无其事地迈开大长腿往前走去。

茹意背对着穆皓峰，根本不知道穆皓峰已经发现站在门口的尹志丹了，等穆皓峰走远，她才快步走到门口，示意尹志丹来到外面，压低嗓音愠怒道："你究竟想干什么？我说过让你再也别来找我了，你居然找到我公司来了，你这样严重影响了我的工作！请你马上离开！再也不要出现在我面前！不然，我真的要报警了！"

"芬芬，不，茹意，三妹也来江城了，她想见见你。"尹志丹拖着依然有些肿痛的脚，一瘸一瘸地跟在茹意身后。

"三妹？"茹意没明白尹志丹说的是谁。

"对，我们的妹妹尹志燕，她也来了，想见见你。"尹志丹期待地看着茹意。

"不见，她是你妹妹，不是我的。我和你们没有任何关系，你走吧！"茹意转身就要离去，尹志丹真是哪壶不开提哪壶，居然还把老三带来了，她真想用亲情来绑架自己吗？

"等等。"旁边倏然间窜出一个身影，一脸不屑地盯着茹意道，"我怎么不是你妹妹了？我们身上流着同样的血，我们拥有一样的 DNA，你说不是就不是了吗？尹志芬，不管你怎么狡辩，你都无法改变你是尹家人的这一事实。"

茹意被这个从天而降的影子吓了一跳，惊愕中一看，眼前忽然间冒出来的丫头明显比她小几岁，一头齐耳短碎发，穿着还像个学生，穿着背带牛仔裤，卡通白 T 恤，一双平底小白鞋，故意撅着下巴不屑地瞪着茹意。瘦高的身形倒是与自己有几分相似，只是那眉眼不太像，性格也略显乖张，说话还气势汹汹。这就是被父母送走又接回去的老三？

"我不想改变什么，也不接受，你们是谁都与我无关。走吧，从此别再来打扰我。"茹意瞟了尹志燕一眼，冷冷地抛下这句话转身就走。

"喂，你还真这么冷血无情啊！"尹志燕动作极快，一个跨步上来拽住了茹意的胳膊，"尹志芬，你可以不认父母，因为是父母抛弃了你，但是，你凭什么不认我们这些姐妹，我们又没有抛弃你！"

"燕子，怎么说话的？"尹志丹过来扯了扯尹志燕的胳膊，快速地看了一眼茹意，很不满意尹志燕刚才的那句话。

"我没说错啊！大姐，你想想是不是这个道理。父母当年是迫于无奈把她送人了，可是我们又不知道，你那时候还那么小，我还没出生呢。再说，我小时候不也被送走了一年多吗？后来妈妈良心发现才把我领回家了。我知道，你肯定觉得父母偏心，为什么后来不把你也领回家去，对吧？我听妈妈说了，那时候家里太穷了，养活三个孩子已经很难了，她认为把你送到了一个县城里的好人家，觉得你应该过得比我们好，所以才没有把你领回家的。"尹志燕说话的语速很快，噼里啪啦犹如放鞭炮一样，一下子说了一大串。

尹志燕说的这些，尹志丹已经对茹意说过了，茹意相信她们说的是事实。那时候家里穷，但就唯独多了她一个孩子吗？能养活三个，为什么就不能养活四个？只要能和自己的父母在一起，穷又有什么关系？哪怕顿顿喝稀粥吃咸菜，她也愿意。

她们都以为她在龚家生活得好，为什么那么多年父母就不来打听一下她的情况？送走的女儿就能这样毫无牵挂，一点儿也不关心她的死活吗？

不管她们怎么说，茹意就是无法原谅父母，也不想接受从天而降的姐姐妹妹。

"别跟我说这些，我不想听。你们走吧，别再来打扰我的生活和工作，我叫茹意，不是尹志芬，那个尹志芬，早在被他们送走的那一刻，就已经死了。"茹意愤然甩开尹志燕的手，掉头就往里面走。

"喂，什么人啊！"尹志燕想冲上去再次拽住茹意，被旁边的尹志丹一把拉住了，"别逼她，我们这样只会让她逃得更远，给她点时间吧。那天晚上我住在她家，我能感觉到芬芬心里是有我们的，只是她暂时还无法迈过心中那道坎。"

尹志丹盯着茹意离去的背影，沉重地叹息着。茹意虽然外表坚强光鲜，什么都有，什么也不缺，可她心里一点儿也不快乐，童年被抛弃的伤痛对她的影响太深了。

"大姐，你就是这样软弱，鼓不敲不响，理不说不明。我就是要让尹志芬明白，她不能这样对待我们，我们是她血脉相连的亲姐妹，我们现在来找她了，说明我们心里有她，我们爱她，我们希望她能回到我们身边，我们尹家的姐妹一个也不能少！她接不接受父母是她的事儿，我们不能强求，但她应该接受我们。"尹志燕气得又着腰站在大门口，眼睛看向茹意离去的方向，又连珠炮似的说了一通。

茹意快速往前走，想尽快逃离尹志丹和尹志燕的视线，可尹志燕那略显尖锐的声音，似乎是循着她的脚步飞来，一字不落地钻进了她的耳朵里，尹志燕说的每句话她都听得清清楚楚。

当服务员带着她走进包间时，茹意的耳边还在回响着尹志燕的那几句话："……我们尹家的姐妹一个也不能少！"

"来，我点了几个菜，你看看喜不喜欢。"穆皓峰见她进来，马上把菜转到她跟前，服务员也适时送来一盅功夫汤，并为她斟上了一小杯。

茹意根本没听到穆皓峰说的话，也没看到服务员斟好的汤，木愣愣地坐在那儿，面无表情地盯着前面，尹志燕和尹志丹的样子不停地在她眼前闪现。

"茹意。"穆皓峰又喊了她一句，同时习惯性伸长手敲了敲桌面。

茹意这才回过神来，忽闪着鸦色的睫毛看向穆皓峰一脸茫然道："三叔。"

"你怎么了，魂不守舍的？"穆皓峰蹙了蹙眉头。

"没什么，刚才，见了个不想见的人。"茹意低头端起小杯喝了一口，原本以为是茶水，喝完才一脸讶异地看向穆皓峰，"这是汤啊？"

"对，功夫汤，这家的特色汤品。"穆皓峰指了指她手边的那个紫砂壶道，"汤料在紫砂壶里，隔水炖三五个小时而成，老火靓汤。"

"果然与众不同，很好喝。"茹意拿起那个深褐色的紫砂壶，有点儿烫手，不得不赶紧放下，又端起小杯抿了一口汤，确实不错，鲜而不腻，原汁原味，没有一点儿味精鸡精的味道。

"刚刚见了谁？"穆皓峰慢条斯理地吃着，抬头看向茹意假装不经意地问道。

"我的……姐妹……"茹意斟酌了一下，还是说出了这两个字。其实在心里，她已经承认她们是自己的姐妹了，只是情感上她一时还无法接受。

"亲姐妹？"穆皓峰放下筷子，声音不觉提高了八度，这个确实很意外。

"应该是吧，我和她们长得还挺像的，我觉得连 DNA 都不用做了。只是我不想认她们。"茹意苦笑着看了穆皓峰一眼，又匆匆移开目光，生怕被他看穿自己的心思。

"为什么不想认？亲姐妹找上门来，你又多了几个亲人，而且也能和亲生父母相认了，这不是好事儿吗？"穆皓峰不解地看着茹意。

"三叔，我以前跟您说我是孤儿，其实不是要骗您，我自己就是这么觉得的。"茹意也放下杯子看向穆皓峰，"因为从小被亲生父母抛弃，养母和哥哥也不喜欢我，我一直觉得自己是一个没人要的孩子。小时候在家里，我除了上学，写作业，其余时间就是埋头干家务，很少说话，因为说不好就要挨打挨骂。高中毕业上大学后，我就彻底脱离了收养家庭，十年了，我没回过那个家，我早就习惯了一个人。所以，现在突然跳出个姐姐妹妹来，我接受不了，更不想见抛弃我的亲生父母。过去我那么小父母就不要我，现在我更不需要他们。"茹意语速缓慢，看上去说得很平静，内心的酸楚却在一阵阵地暗涌着。

穆皓峰双手交扣在一起，轻轻抵着下颌，眸光沉静地看着茹意。刚刚茹意说的每一个字，他都听得格外认真，也颇为震惊。知道她有养父后，他曾经猜想过她的身世，只是没想到会这么惨。被亲生父母抛弃后，又遇到了一个不好的收养家庭，这对于一个孩子来说，就是一而再地被全世界抛弃了伤害了。难怪她一直说自己是孤儿，也一直过着遗世独立般的生活，除了工作，还是工作，不喜欢热闹，不愿意介入任何圈子，就连人家碰她一下，她都那么介意，这一定都是在童年时期落下的心理阴影。

"茹意，我没想到你的身世是这样，你刚才能告诉三叔这些，说明你心里已经不是很介意谈自己的身世。莱昂纳德曾经唱过一首歌，里面有句歌词说，万物皆有裂痕，那是光照进来的地方。你生命中曾经遭遇的创伤，就是生命的裂痕，它让你饱受苦难而变得格外独立自强，也才有了今天优秀的你……"

"三叔，您是想说，我应该感谢这些伤痛和苦难吗？"茹意不等穆皓峰说完，抬起早已发红的眼眶看向他，语气中明显带有情绪。

"不是感谢苦难，丫头，是接受，是平静地去面对。"穆皓峰松开手，握了握空空的掌心，像是在下定一个决心，缓缓道，"我们不应该感谢伤痛和苦难，而应该感谢在伤痛和苦难中坚强奋起的自己。任何苦难，挺过来了，就是经历是财富。你的亲生父母为什么抛弃你，我不知道，但我想一定是有原因的，因为天下没有不爱孩子的父母。现在你的姐妹已经来找你了，我觉得你应该接受她们，因为亲情是最可贵的，家人是我们和这个世界最温暖的连接。"

"三叔，其实，我没有您想的那么坚强，我曾经绝望到要放弃自己的生命，我跳过河，想结束自己凄惨无望的人生……"说到这里，茹意停顿下来，抬起湿漉漉的眼神看向穆皓峰。

不管过去多久，想起人生中至暗的那一幕，她仍心有余悸。只是，她每次都会选择性略过被蔡小毛凌虐的那一夜。那是她生命中最不能触及的暗礁。

一向沉稳不惊的穆皓峰也再次被震惊得瞠目结舌，他愕然而痛惜地看着茹意，内心翻涌着惊涛骇浪，这丫头究竟经历了怎样非人的童年生活，居然小小年纪就选择跳河寻死？

"茹意，那是什么时候的事情？"穆皓峰本不想问，但还是忍不住追问了一句。

"就在高考的前两个月。那时候，我觉得死才是解脱。可能是老天爷怜悯我吧，风雨中，我跳下白水河，顺着河水漂出去很远很远，却被一对老人救起来，在他们的开导和鼓励下，我重新走进学校潜心读书参加高考，离开龚家才开始摆脱厄运。读大学的时候，我不喜欢和人交往，只知道埋头读书，因为只有沉浸在书本中，我才能忘却那些痛苦，才能找到心灵的慰藉。四年的时间，我不仅学好了专业英语，还选修了市场营销和经济管理。毕业前夕，我在华山遇见了您，来到励峰之后，才有了我的今天。如果说我生命的裂缝是光照进来的地方，我想第一道光是救了我鼓励我资助我的艾爷爷和艾奶奶，是他们照亮了我曾经暗黑的生命之路，让我有勇气奋起走出龚家；第二道光是三叔您，是您带领我走进励峰，让我摆脱了贫苦的生活，拥有了现在的自信和自由。”

茹意的语速异常缓慢，那缓缓流淌的细语，仿若在诉说别人的故事。但她眼眸中莹莹闪动着的泪光，让她看上去平静的脸颊显得悲戚而灵动，她的周身弥漫着一股撼动人心的力量：劫后余生，凤凰涅槃。

“所以，我觉得我最应该感谢的是三叔您，是艾爷爷艾奶奶，你们才是照进我生命裂缝中最温暖的光，除了你们，还有我的养父，他是我苦难童年里唯一给过我温暖和爱的人，所以我要竭尽全力给他治病。其余的人，我不想接受，也不需要。”

茹意说完后，仿若卸下了心头的一块巨石，忽然间轻松了许多，她闪着泪光看向穆皓峰，破天荒露出了一丝笑意。

“丫头，你说的没错，你要感恩在苦难中给过你帮助和鼓励的人，这些温暖过你、照亮过你的人，都是你人生中的贵人。但是……”穆皓峰故意停下来看着茹意笑了笑，“我知道你不喜欢听‘但是’，但人生就是有很多很多‘但是’来起承转合的，没有‘但是’的人生是不精彩的。所以，接着听‘但是’。”

茹意也被穆皓峰给逗乐了，抿着嘴笑。

“但是，人生的路很长，人生的河很宽。我们生而为人，最大的无奈是无法决定自己的来路，也无法改变自己的去路，唯有中间的这一段属于我们自己把控。挣脱苦难，我们选择和过去告别；努力奋斗，我们想要更好的生活，实现自我价值。马斯洛说，人的需求分为五个层次：第一个层次是生理需求，第二个层次是安全需求，第三个层次是爱和归属的需求，第四个层次是尊重的需求，最后才是自我实现。你已经到了第五个层次，做到了自我实现。但你缺少第二个和第三个需求，这就是你生命里的黑洞。你缺少安全感，你需要爱和归属，这些你无法通过努力工作而获得，只有家人的温暖和爱能给予你，未来你还可以通过一个称心的爱人来获得。尘世中的人，过分地遗世独立，并不是好事，除非他最后得道成神，超出尘世。但我们都是凡夫俗子，我们需要来自尘世的温暖，需要现世的安稳，需要家人暖融融的爱，也需要付出自己的爱，这样我们才是有烟火气的人，是一个热腾腾活着的人。”

穆皓峰滔滔不绝讲了很多道理，连他自己都觉得奇怪，第一次和茹意谈她的身世，居然也能聊得这么深刻这么顺畅，以前他们仅限于谈工作，从不谈生活，因为茹意对她自己的生活总是闭口不提。

"三叔，我明白了，您是说我应该接受我的姐姐妹妹，接受来自尘世的关怀。可是，我知道她们来找我的目的，就是为了让我去见亲生父母，我无法原谅他们，这辈子都不想见他们。"茹意依旧无法跨过心里的那道坎。

"你不原谅亲生父母也在情理之中，但你不接受自己的亲姐妹，却有点儿不近人情。她们是和你血脉相连的人，她们并没有伤害你抛弃你，你为何不能接受她们？生活中有姐姐妹妹在一起，不是很好吗？至于见不见父母，那完全看你自己的决定，没人能够强迫你，对吧？"穆皓峰拿起筷子边吃边说。

"就是感情上一时无法接受。"茹意低头拨弄着筷子，心里的那道防线正被穆皓峰的话一点点击溃。

"不说了，吃菜，喝汤。要不要接受她们，你慢慢考虑。其实，这根本也不是什么问题。"穆皓峰看着茹意颔首一笑，这丫头心肠软，心里应该早就接受了，只是嘴硬而已。

下班后，茹意抽空去医院看了一下爸爸，和医生了解了一下情况。爸爸还需要住院治疗一段时间，什么时候能出院，只能看情况。开车回来的时候路过"绾青丝"，茹意顺道把车停在路边。推门进去，里面播放着轻柔悦耳的萨克斯轻音乐《回家》，大家正投入地工作。每个镜子前都坐着顾客，穿着统一白T恤的设计师们正在专心致志地为顾客服务。

站在门口，看着那些高瘦的背影，茹意愣是没分辨出来哪个是马小阳，正发愣的时候，前台小青迎上来了："姐，您来了，里面坐会儿，目前大家都在忙。我给您倒水，您是喝咖啡还是茶？"

"茶。"茹意依旧在那些白色的背影中寻找，真没看出哪个是马小阳，难道他今天又出门了？

"您要的红茶。"小青的声音很甜美。茹意看着她轻声道，"马小阳不在吗？"

"哦，七哥正在里面给客户做头发，您预约了吗？"小青问道。

"她预约了，进来吧！"马小阳从VIP室探出脑袋，对着茹意调皮地眨了眨眼睛，招了招手示意茹意过去。

看到马小阳那阳光般的笑容，还有那一口洁白好看的牙齿，茹意只感觉周身的血液迅疾热了起来，脸颊都微微发烫了。这种感觉好奇怪，以前刚入职场，要和大客户谈判的时候，她也会这样，有点儿小紧张，浑身发烫，可今天这种感觉似乎又不一样。

茹意拿起包往里面走去，发现马小阳正在给一位女士做头发。

"你先坐，我这里马上就好。"马小阳招呼她在旁边的单人沙发上坐下来，自己则继续为那位姐姐服务。

茹意还是第一次看到马小阳工作的样子，简单的白T恤穿在他身上，也显得那么帅气。他修长的手指在顾客的头上飞舞着，最后拿起小喷壶喷点儿精华素，再轻捻几下："好了。"

随着马小阳的话落，女士站起身对着侧边的长镜子看了看，点点头道："不错，这头发就得到你这里来打理，自己怎么弄都没这感觉。谢谢你了小七。"

"不客气，董姐得空就过来，您要的衣服款式这两天就能到货，到时候请您过来试穿。"马小阳站在那儿，身形笔直，笑容干净。

"好，到时候你给我微信，我抽空过来。"女士拿起包往外走，看了一眼坐在旁边的茹意，眼神恍然一惊，脸上的笑容倏然收紧，不由得多看了她几秒。

茹意从未见过她，不知道她为何这么看自己，只好礼貌地对她点了点头并报以友好的微笑。

女士定了定神，神情不悦地走了出去。

她的身材高挑，穿着一件改良款的浅蓝色中式旗袍，优雅而又高贵。

素昧平生，她刚才为什么那么看着自己呢？茹意百思不得其解。

"终于有空啦？我猜你的头发肯定是没型了，果然又恢复了原貌。"马小阳在她对面坐下来，像个多年老友一般眸光温和地看向她，"还有这身衣服，怎么又穿回去了？那两套裙子呢？"

"这样穿舒服，再说我就两套裙子，总不能来回每天都穿那两套吧。"茹意看向门口问道，"刚才那位女士是谁啊？看着好高贵。"

"她是江城大学的董教授，事业家庭双丰收的女人，看着就与众不同，对吧？"马小阳目不转睛地盯着茹意。

"对，确实不一样，属于那种女人羡慕、男人爱慕的类型。"茹意点头道。

"你这总结很到位，我还以为你只会工作，没想到你也很会观察人啊！"马小阳道，"来吧，先洗个头？"

"嗯。"茹意点了点头，看到马小阳起身往洗头床的方向走去，一时哑然。这样的事情他也亲自做吗？洗头这样的小事一般都有专门的洗头工来做的，马小阳作为首席形象设计师，平时肯定是不给顾客洗头的。

马小阳拿来一条干净的毛巾，抬手要给茹意围在脖子上，没想到茹意一个闪身，快速地避开了他。

马小阳被茹意这个强烈反应吓了一跳，本能往后退了一步，拿着毛巾的手举在半空中，一脸愕然地看向她。

"我自己来。"愣神了几秒，茹意尴尬地避开马小阳的视线道。

刚才她是本能的反应，在马小阳举起手要碰到自己的时候条件反射般就避开了。她还以为自己能接受马小阳洗头了，因为上次马小阳为她剪头发时，她并没有什么明显的不适。

不过，事后想起来，那次剪头发马小阳从始至终都没有碰到过她的身体，仅限于在她的头发上。

"给。"马小阳把毛巾递给茹意。

茹意接过来，自己披在衣领下，然后躺到洗头床上。

马小阳坐在凳子上，开始放水调水温，感觉水温合适了，他才拿起花洒淋到她的头发上，手却不敢碰到她。他记得第一次她来到店里，虽然是酒醉中，也很抗拒别人给她洗头，在洗头的过程中，他只要碰到她的脖颈，她的身体就会触电般弹起，同时嘴里发出抗拒的"啊啊"声，身体绷紧着犹如痉挛一般。

今天她是清醒的，这种反应愈发强烈，只是给她围个毛巾，她都能弹跳起来逃离，她为什么会有这么特别奇怪的反应？她上次喝醉了一直紧蹙着眉头，睡梦中有几次还发出惊恐的声音，难道她小时候受到过什么惊吓？

"水温可以吗？"马小阳轻声道，目光稳稳地落在茹意脸上。

她平躺着，闭着眼睛，表情中分明带着紧张和不安："可以……"茹意闭着眼睛答道。

"头发有点儿油，我给你用特制的中药洗发皂，不用护发素，你的头发很天然，尽量不要用普通的洗发水，会破坏它的保护层。"马小阳的声音很柔，动作很轻，天然的洗发皂轻轻地揉搓着，渐渐产生了细腻丰富的泡沫，中草药的香味沁人心脾。

就在马小阳的手触摸到头皮时，茹意依然浑身紧张，倏然间身体的肌肉就变得僵硬，鸡皮疙瘩也直立起来，身体的不适和对抗一瞬间就产生了。

她紧紧地抓住洗头床的两边，呼吸都变得急促起来，她强忍着让马小阳在自己头上按摩揉搓，可是身体却一点儿也不接受，越来越紧张，越来越难受。

"你是不是不舒服？"马小阳停下来，担心地看着她。

"没，没有。"茹意双手抓住洗头床的边缘，手指用力到几乎痉挛，说话的声音也很僵硬。

"放松，我不搓，就用水冲。"马小阳轻声道，拿着花洒对着茹意的头发冲水，同时打开音乐放到她耳边。

是《Childhood Memory》！

熟悉的旋律如水般流淌在耳边，茹意闭着眼睛，感受着头顶温润的水流缓缓地倾洒下来，脑海里浮现出春日暖阳的早晨，初升的朝阳暖融融地照在身上，爸爸骑着自行车载着她行驶在上学的路上，"丁零零……"清脆的铃声从耳边滑过，两边枝叶翠绿的水杉树快速地往后退去，茹意兴奋得张开双臂喊道："爸爸，骑快点儿，我要飞起来了。"

渐渐的，茹意放松下来，她松开双手，呼吸变得正常起来，静静地躺在那儿，整个人沉浸在暖阳初升的早晨里。

马小阳一边给茹意冲水，一边轻轻地揉搓着她的秀发，洗头皂特有的清香一点点弥漫开来，小小的空间里，沁人心脾的清香和如水般轻盈的音乐伴着细细流淌的水声，静谧而又美好。

"好了。"马小阳用干毛巾包裹好茹意的秀发，顺势托起茹意的肩膀，茹意坐直了身体，才意识到刚才马小阳的手触到了自己的肩膀，而她居然没有任何抗拒。这真是破天荒了！

惊异中茹意摸了摸自己的胳膊，搂了搂自己的肩膀，没有任何异样，感觉触觉知觉都很正常，可刚才怎么没有弹开马小阳的手，而是不知不觉中接受了这种肢体接触？

这是为什么？为什么会突然间发生这么大的变化？茹意觉得不可思议，抬起头讶异地看了一眼马小阳，正好碰到马小阳温暖澄澈的眸子，本能地想逃避，内心却有种不可控制的力量，驱使她与他对视。

"感觉怎么样，我能称得上是首席洗头师吧。"马小阳孩童般地笑道，递给茹意一块小方巾，"擦擦额头的水。"

"很舒服，可以评为首席洗头师。"茹意也笑道。马小阳的笑很有感染力，仿若春日里的暖阳，暖融融地照进心田。

"你先喝点儿水，一会儿来吹头发。"马小阳让前台送了水进来，自己则闪身走了出去。

过了三四分钟，马小阳才回来，脸上一直挂着阳光般灿烂的笑容。

"我从下午一直忙到现在，晚饭都没来得及吃，你吃了没？"马小阳摘下茹意头上的毛巾道。

"我也没吃。"茹意如实道，脑海里想到的是马小阳特制的"马氏砂锅粥"，"现在预约你的马氏砂锅粥来得及吗？"

"现在才预约，太晚了吧？不过我倒是煲了一小锅粥给自己当晚餐，如果你很想吃，那我就牺牲自己的口粮，让给你一半吧！"马小阳假装很为难道。

"那还是算了吧，我不能马嘴里夺食。"茹意笑道。

"嗯，你要是真不想马嘴里夺食，那我就一个人吃了。今晚我煲的是蟹粥，刚到的东海大膏蟹，刚刚我上去尝了一小口，滋滋滋，味道特别鲜美。"马小阳故意眯着眼睛咂嘴道，满脸的陶醉回味无穷。

茹意本来就饿了，想到上次喝的鲜虾粥已经十分美味了，膏蟹粥肯定更加好喝，不由得满口生津，味蕾瞬间被激活，马小阳这分明是在故意馋她。

"那我就不管了，今天必须'马嘴里夺食'，不然这一晚上都无法慰藉受到诱惑的味蕾。"

"这就对了嘛！放心，我每次都煲得很多，吃不完就当夜宵，有时候店里的小伙伴也会上去一起吃，你要是不吃啊，也是便宜了他们。"马小阳很满足地笑道，诱惑成功。

两人聊天的工夫，马小阳就把茹意的头发吹干了，那双带着魔力的手，在茹意头上快速地翻飞舞动，不一会儿工夫就让茹意的发型焕然一新。

"好了，你看看。"马小阳双手撑着椅背微微俯身，眸光晶亮地看着镜子里的茹意。其实她不管是什么发型都很美，只是她自己没意识到而已。

茹意看着镜子里的自己，头发莹亮有光泽，微微卷曲，蓬松有型，看起来很简单，可自己在家里就是搞不定，洗完后就是凹不了造型。马小阳的这双手充满了魔力，就那么简单的几下，头发就乖乖成型了。

"为什么我自己就吹不出这种效果呢？"茹意捋了捋头发道。

"要是你们都能自己凹造型，那还要我这个首席干嘛。"马小阳笑着摘下茹意脖子上的围巾，低头靠近她轻声道，"茹总，你也得给别人赚钱的机会吧。"

马小阳的气息清晰地吹到茹意的脖子上，一股淡淡的奶香飘来，茹意又是触电般轻颤，身体本能地往侧边一倾，逃离马小阳的靠近，只是莫名地脸红了。

"你怎么知道我的电话和名字？"惊慌之下，茹意站起来往后退了一步，尴尬地看着马小阳。

"我能掐会算啊，人称马半仙！好了，喝粥去！"马小阳调皮地眨了眨眼睛，转身往外面走去。

两人一前一后走了出来，外面依然忙得热火朝天，萨克斯舞曲悠扬地流淌着，每个造型师都在专心地为顾客服务，后面的洗头区也都满了，门口的沙发上还有几个顾客在候着，已经做好头发的女人正在服装区挑选衣服。

"今晚人很多啊！"茹意边上台阶边说。

"基本每天晚上都这样。"马小阳走在前面，看似平淡的言语中明显带着自豪，"我这个店开了不到两年，就靠顾客之间的口口相传，都是同一层次的消费人群，客源很稳定。"

来到阳台上，夜风带着南太平洋的湿润轻抚而来，顿觉凉爽惬意，店里店外果然两个世界。这片静谧的小天地，仿若世外桃源般幽静美丽。咖啡伞下挂着一盏别致的南瓜灯，暖暖的灯光照在镂空的铁艺小桌上，温馨又浪漫。藤条的椅子上放着乳白色的布艺坐垫和几个小麋鹿靠枕，茹意舒心地坐在上面，抱着小靠枕环顾四周，真心羡慕马小阳把这个小阳台布置得这么好。

果然会生活的人才是幸福的。反观她自己，房子好几处，就是不懂打理，不懂生活，每天回家依然在工作，累了就睡觉，醒来就离开，家对她来说就是个睡觉的居所，除此之外别无其他。

"来喽！"马小阳端着砂锅粥和碗筷出来了，"来，尝尝今天的膏蟹粥，保准你说好吃。另外，我今天还特制了马氏花生米、菜脯干和荷包蛋，饭后还有马氏甘草水果。"马小阳边说边打开砂锅盖子，顿时膏蟹粥的鲜香沁入鼻息，"闻着就很美味，太馋人了！"茹意忍不住凑近看了看，透过蒸腾着的雾气发现里面还在咕噜噜沸腾冒泡。

茹意抬起头好奇道："你为什么这么爱喝粥？像你这样的时尚达人，似乎和酒吧夜店更配，要不然就是热衷于街头那些网红餐厅。"

"你还真说对了，我手下那些小兄弟就愿意去泡吧去喝啤酒，去那些网红餐厅打卡，他们每天晚上十一点下班后，还要去酒吧嗨两个小时才回去睡觉。但我天生不喜欢那样的热闹，最享受的就是喝自己煲的粥，暖胃又暖心，我觉得什么山珍海味都不如我这一煲粥。"

马小阳会心一笑，盛了一碗粥放到茹意跟前，放上几根新鲜的碧绿芫荽，碗里顿时鲜亮起来。"你真有口福，这是我回来后自己做的第一顿饭，心里想着你要是能来就好了，想给你发信息又怕你忙，没想到你真来了，你说这算不算心有灵犀？"马小阳的声音和他的笑容一样，干净得就像秋日里的朝阳，通透明亮。看着碗里的粥，听着马小阳的话，茹意顿觉心底暖阳普照，似乎生活中的不如意都随之烟消云散了，脑海里眼跟前只有这碗鲜香美味的砂锅粥。

"怎么样，是不是比鲜虾粥更好喝？"吃了几口，马小阳抬起头眼神晶亮地看向茹意。

"嗯，比鲜虾粥味道更甘甜一些。"茹意边品味边点头，"你这煲粥的厨艺哪儿学来的？"

"嘿嘿，这可是我们马氏家族独家祖传秘方。"马小阳暖暖一笑，"要说我会煲粥，得感谢我奶奶。小时候我是家里的老幺，身体比较弱，奶奶特别宠我。据说我两三岁时，除了喝牛奶，其他什么都不吃，不吃饭不吃菜，反正家里做的寻常饭菜我都不吃。那时候整个人瘦得像猴儿一样，大风都能把我吹跑。奶奶看着心疼啊，就想尽办法给我做各种好吃的，后来她发现我喜欢喝砂锅粥，就每天变着花样给我煲砂锅粥，每天一款，奶奶可以做到一个月不重样。那些年，我可以说吃遍了所有种类和口味的砂锅粥，身体也慢慢好起来，从一个小瘦猴变成了一个可爱的小胖子。奶奶煲粥的时候，我经常会在旁边看，看她究竟是用什么办法煲出这么美味的砂锅粥来。我现在脑海里印象最深的，就是奶奶弯着腰在厨房里拿着大勺子一遍一遍地搅动着砂锅里的粥，那鲜香的味道随着热腾腾的水汽一点点溢出，弥漫了整个厨房，奶奶的背影就融在那水汽氤氲的厨房里……"

"你真幸福。"茹意听得入了神，脑海里也浮现出马小阳说的那个充满温情的画面，奶奶在气息氤氲的厨房里给他煲粥，"难怪你这么懂生活。"

"会生活的人才幸福。我看你只知道工作，你也得学会生活。"马小阳喝了一口粥，笑意暖暖道。

茹意心里凄然，赶紧埋头喝粥。只有幸福的家庭才能养出马小阳这么懂生活的人吧，她从来就没有幸福过，生活里只有工作，因为只有工作才能让她有安全感。

"谢谢你的粥，喝了你煲的粥后，街头所有的砂锅粥都没有吸引力了。"吃饱后，茹意由衷感谢道。

"这么说我可以再去开一间马氏砂锅粥店了，估计又能成为江城第一。"马小阳边收拾碗筷边笑。

茹意要帮忙，他马上阻止道："我的地盘我做主，你好好坐着，我马上就出来。"

茹意看了看时间，已经九点半，她得回去了。

等马小阳再次出来后，茹意起身告辞。

"这么快就回去？"马小阳明显不舍，目光缱绻地看着茹意，他真希望她能再待一会儿。

"我还有工作，今晚必须做完。"茹意迈开脚步往下走。

马小阳走在前面带路，茹意跟着他从另外一个小门出来，外面正好是小区的大园子，里面绿树成荫，绿荫如盖，中间还有一个很大的人工湖，犹如一个美丽的大公园。正是晚上散步的时间，草地上老人小孩儿正在嬉戏，不远处还有一群阿姨在和着音乐跳广场舞。

"小区里很热闹啊。"茹意看着几个正在游戏的孩子，羡慕道。

"是啊，这个小区入住率很高。里面还有运动中心，我有空就去游泳，有时候也练练器械。"马小阳说。

茹意愈发自惭形秽，同样是一个人在江城闯荡，为什么马小阳就能把工作和生活安排得这么好，而她却每天都过得像个苦行僧？

"你要是有空，可以过来一起运动。"马小阳说。

"算了吧，我没时间。"茹意心里是想改变的，可是想想自己既不会游泳，也不懂任何器械，一个什么都不会的人，去运动中心干嘛。

"时间都是挤出来的，我都是忙里偷闲去运动，一个小时、半个小时都可以。只要动起来，你会感觉身体都变轻盈了，人也更有活力。"马小阳鼓励道。

不知不觉走到了茹意的车边，茹意坐进驾驶室，回头刚想跟马小阳道别，马小阳却弯腰靠在她的车窗上看着她："我刚加了你的微信，你通过一下。想喝粥，随时都可以过来。"

"要是你没煲粥呢？"茹意说道。

"那就临时煲，半个小时就好了，马师傅的独门秘诀，又快又好吃。"马小阳扬了扬手里的手机，"记得通过我。"

茹意点点头，发动车子后拿起手机通过了马小阳的好友申请。

慢点开车，注意安全。到家了给我信息。马小阳的信息马上就进来了。

好的，谢谢。茹意抬头看向车窗外，马小阳身形挺拔地立在那儿，白色的T恤格外显眼，脸上挂着阳光般纯净的笑。

马小阳，首席，砂锅粥……茹意脑海里蹦出这么几个关键词。很干净很阳光的男孩儿，他怎么知道自己最爱听《Childhood Memory》这首曲子？心慌害怕的时候，只要听到这首曲子，她就能安静能放松下来。刚才就是这首曲子救了她，让她不至于在马小阳面前那么窘迫，一个连洗头都无法接受的女孩儿，马小阳会怎么看？

茹意脑海里又有点儿乱。大学的时候，也不是没有男孩儿靠近她，只是她不敢，从来就是逃避，久而久之，喜欢她的男生都对她敬而远之，甚至把她当怪物看。

时间久了，马小阳会不会也这么看她？

一路开车，车上的音乐都是《Childhood Memory》，单曲循环，忧伤而又治愈。

到家刚坐下，手机就震动起来，点开一看，是马小阳的：

到家了吧，别工作了，泡个热水澡，好好休息。周末咱们一起出去走走吧？

刚进门，周末我没空，谢谢你的好意。茹意回复道。

周末还要加班？你们公司也太剥削人了，我的工作室坚持每周休息一天，绝对不搞什么360天工作制，不人性也不科学。你自己是领导，得给员工放假，也得给自己放假。听我的，周末不上班，休息。

谢谢关心，我也想休息，但这段时间很特殊，必须加班，员工能休息，我不能。

既然这样，那我给你送工作餐吧，马氏秘制砂锅粥，保证不重样。

别别别，你千万别给我送，我单位楼下很多吃的。

茹意简直如临大敌，这怎么行？到店里蹭吃就算了，哪能让他送到公司来？绝对不行。

看把你吓的，行了，我不送。晚安。

晚安。

茹意终于松了一口气，看着马小阳发来的那些信息，却从心里溢出了浓浓的暖意。生命中第一次有男孩儿对自己这么关心，这种感觉很温暖，还带着一丝异样的甜蜜。

放下手机，茹意听马小阳的，听着音乐泡了个热水澡，果然一觉睡到了大天亮，白天那些让她堵心的杂事儿再也没有到梦里来搅扰她。

转眼到了周末，茹意面临着两件棘手的事情，一个是爸爸快出院了，之后还要定期到医院复查开药，几乎每周都要去医院一次，她不想让爸爸回到李大红租住的那个阴暗潮湿的城中村，又不想让李大红龚如军他们跟着爸爸一起住到她自己的房子里来，怎么办？

第二个是广交会很快就要开始了，她必须亲自驻场几天，主要是接待外国客户。

两件事挤到了一起，茹意只能先选一头。

自从上次跟着单月月去了一趟他们住的地方，茹意就在心里打算好了，等爸爸出院后就安排他住到自己靠近医院的那套房子里，这样方便爸爸去医院做复查，好环境才有利于身体的康复。

可是一想到李大红龚如军也要住进去，茹意心里就很难接受，那个贪婪自私的女人，这辈子，茹意都不想和她再有一丝一毫的关系。可她是爸爸的合法妻子，能不让她去吗？还有龚如军那个无赖，这两个人住到她家里去之后会做什么，茹意只要想到就堵心。

但她别无选择。她唯一能寄予希望的人，是单月月。

周一，医生通知茹意去把医药费结清，龚柳根可以出院了。办好了手续，茹意开车把他们带到了自己家里。

"龚如意，你能耐啊，居然有这么多房子，这套这么大的房子你就一直空着？多浪费啊！装修得这么豪华，家具电器应有尽有，你为什么不早说，还让我们一直住在城中村那个破出租屋里，你真没良心！"

一踏进大门，龚如军就绕着房子转悠了一大圈，然后揣着裤兜吊儿郎当地坐在欧式大沙发的扶手上，吊着嘴角一脸不满地看向茹意道。

茹意根本不理他，扶着羸弱的龚柳根到房间里，再倒了一杯温开水给他吃药，等爸爸吃完药躺下去后，她才来到客厅里，扫视了一眼李大红和龚如军，再看了一眼在阳台上陪着果果玩的单月月，片刻后，她对着单月月道："月月，你先过来，我有几句话要说。"

单月月马上过来，眼神弱弱地看向一脸严肃的茹意。

李大红和龚如军一样，一进门就把每个房间走了一遍，连厨房和卫生间都仔细侦查了一番，这才背着她那个一刻不离身的红包，在龚如军旁边坐了下来，但是眼睛依然在到处瞟，这个全欧式装修的大客厅，在李大红眼里，富丽豪华得就像电视里看到的皇宫一样。

"这套房子离医院只有四公里，打车过去十几块钱，附近有超市菜场和小公园，小区里还有幼儿园，生活很方便。住进来，房子里的一切你们都可以用，但要保护好，不可以损坏，更不可以拿走。爸爸的病需要长时间的康复期，需要定期去医院做检查、开药，住在这里就是为了方便爸爸去医院，让他好好养病。但不需要这么多人一起照顾爸爸，我的意见，该工作的工作，该带孩子的带孩子，该做饭的做饭，各司其职，各尽所能……"

茹意还没说完，李大红立马瞪着她抢话道："住这里没问题啊，我做饭也没问题，照顾老头子也没问题，但是这生活费你得给足了，老头子现在是病秧子，得吃好的喝好的，样样都得花钱，你打算一个月给多少生活费？"

"住院期间我给过你两万生活费，爸爸一直在用药，基本不能吃不能喝，那些钱你别对我说已经花完了！"茹意很不客气地白了李大红一眼，在李大红的眼里，只有钱。

"半个多月了，你以为还能剩多少？你爸也就做手术那几天没吃没喝，后来我每天都给他炖汤熬粥，按医生说的去搭配，不用花钱吗？再说了，来这里都是为了给你爸治病，租那个房子的钱和我们的生活费你都应该出吧。我们个个没工作，一分钱进账都没有，你有的是钱，房子都好几套，多给点儿我们不是应该的吗？我们龚家养了你十八年，你不应该报答吗？"

李大红指着茹意就数落起来，凸起的双眼鼓瞪着，皱纹堆叠的脸上满是凌厉之色，细碎的泡沫一点点积聚在她晦暗的嘴角，犹如浪潮退去的海滩垃圾，令人恶心。

如果可以选，我宁可被饿死，也不要被龚家收养。这句话几乎要脱口而出，但茹意还是忍下了没说。她在心里告诫自己，不要和李大红这样的人争辩，有辱身份。

"生活费我会给，在爸爸养病期间，一个月五千，但我要看消费账单，包括上次的两万块，都得给我账单，买了什么，把票据留下来，没有票据的，记录下来。爸爸复查吃药的费用，全部由我出，我只有一个要求，好好照顾我爸，不许对他吼，不许给他脸色看，不许漫不经心，一切以他为中心。除了下雨天，早晚都要推爸爸下楼遛弯呼吸新鲜空气，爸爸的食谱按照我写的来做，采购由月月负责，生活费我也交给月月，家里要保持干净整洁，我会不定期过来看爸爸。"

茹意尽量心平气和地把该交代的都交代清楚，该立的规矩都立好了。

"哼！"龚如军突然抖着肩膀冷笑起来，斜着眼睛瞪向茹意道，"果然是人一阔脸就变。龚如意，小时候看你弱得像只要死的病猫一样，一天哼唧不了几次。现在有几个臭钱了，就觉得自己腰杆子很硬，可以对我们颐指气使了是吗？就觉得你很牛逼很伟大很了不起了是吗？就开始以命令的口气来对我们说话了是吗？龚如意，我告诉你，你少在我们面前摆脸子，在我们龚家人面前，你永远都是那个没人要的乡下野丫头，你牛逼什么！赚多少钱也改变不了你从小被抛弃的事实！哼！"

单月月站在那儿，捻着衣角一脸痛惜地看着茹意。她很想骂龚如军一句，很想替茹意鸣不平，可是她不敢。平时龚如军就是这样骂她的。她要是开口，肯定要被龚如军打个半死，就算现在不打，晚上也得打。

李大红原本也要张口大骂的，听龚如军这么说，顿时高兴坏了，立马冷笑道："就是，要不是我们龚家收留你养活你供你读书，你能有今天？你今天的这些还不都是拜我们龚家所赐，得意什么！哼！"

果然狠毒的人最善于往别人的伤口上撒盐，茹意从小就领教了李大红和龚如军的刻薄无情没人性，但今天听到这话，心里依然像刀割般疼痛。

她努力学习努力工作苦苦奋斗了十年，实现了财务自由获得了应有的社会地位，为什么就是不能摆脱龚家人的伤害？十年后依然要面对这样毫无人性的李大红和龚如军，依然要听他们的冷嘲热讽，依然要被他们当面挖苦无情打击。

如果不是为了爸爸，她真想马上把他们轰出去，今生今世再也不要见到他们。

可是，爸爸如此病弱之时，她不能这么做，就算李大红龚如军再没人性，她也必须忍着。滴水之恩当涌泉相报，何况养父在自己苦难的童年里给过那么多温暖，是自己童年里唯一有爱的记忆。

"如果你们做不到我说的那几点，我会请专业护工来照顾爸爸，你们哪儿来滚哪儿去。"茹意冷冷怼了一句准备离开，却听到房间里传来沙哑微弱的呼唤："如意，如意……"

茹意闻声快步奔向爸爸的房间，看到爸爸正挣扎着爬起来，茹意赶紧过去扶着他："爸，您别动，需要什么您就按床头的闹铃。"

为了以防万一，茹意特意买了一个手动的按铃放在床头，爸爸只要一抬手就能按响叫人。

"我没事儿，你回去吧，别来了，快回去！"爸爸沙哑着嗓音对她摆手，"以后没事儿你别来了，别来了，丫头……"

刚才客厅里李大红和龚如军的话龚柳根听得清清楚楚，每一句都像刀子扎进心窝，这两个人就是如意的克星，他很担心他们会做出伤害如意的事情来。

"爸，我没事儿，您好好养身体，早点儿好起来，我才能放心，才能安心工作。"茹意扶着龚柳根躺下去，握着他瘦得皮包骨头的手臂，心里又是一阵难受。

"唉——"龚柳根仰面躺着，沉沉地叹了一口气，两颗硕大的泪珠从眼角无声地滑落在枕头上。

"爸，您别难过，我没事儿。心情好病才好得快，您放心，我会好好工作好好生活，因为我要给您养老，我自己一定会好好的。"茹意握着爸爸的手挤出一丝笑容，尽量让爸爸宽心。

"丫头，爸爸拖累你了。"茹意这话愈发让龚柳根心口发酸，一阵热泪往上涌，声音哽咽了。

这丫头从小心地善良，可惜遇到李大红这样无良的养母，和自己这个没用的养父，让她小时候受了那么多苦遭了那么多罪，可如意现在却倾尽所有来给他治病，还要负责这么一大家子的吃喝开销，这些负担都是他带给如意的，这让他如何不惭愧不自责不难过呢？

"爸，您千万别这么说，您养我长大，我陪您到老，我心里永远都记着您对我的好……以后这话不许再说了，好吗？"茹意鼻子发酸，爸爸愧疚的神情让她很难受，她理解爸爸现在的心情。

"好……"龚柳根点了点头，含着泪对茹意摆手，"快回去，快点儿回去。"

"那我先去上班了，明天我要出差几天，过几天我才能来看您。"

"我没事儿，别担心我，好好工作。"龚柳根依旧摆手，满眼不舍地看着茹意离开。

来到了电梯口，茹意招招手让单月月出来："给爸爸的食谱我发你手机上，你抄下来，生活费我也转账给你。有事儿你随时告诉我。"

"好，你放心，我会记好账，留好购物小票，每周给你看账单。"单月月说。

"辛苦你月月，我先回去了。把爸爸和一家人的生活安排好，营养要跟上，尤其是爸爸和果果，老人和孩子需要格外照顾。钱千万不能给龚如军。"

茹意交代完刚跨进电梯，龚如军几步从房子里冲出来，一把按住电梯，看了看单月月，又看向茹意道："我说你怎么什么事儿都知道，原来是在我家里安了个卧底。单月月，你要敢背着我跟她说不该说的，看我打不死你！"

"我，我没有……"单月月顿时吓得脸色煞白，抓着裙角的双手都在颤抖，一双恐惧的眼睛求助地看向茹意。

"龚如军，你一个大男人好意思天天欺负自己的老婆吗？小时候我看你打打杀杀，还以为你将来至少也能当个有血性的二流子，没想到你是一个只会在家里欺负老婆的无赖下三滥，你是男人吗？"茹意站在电梯里鄙夷地看着龚如军讥讽道。

"龚如意，你少拿话激我。你不是有本事吗？如果你能在江城给我找个像样的工作，你就是真有本事！我龚如军从此之后，再也不说你不骂你不和你作对，我说到做到。"龚如军一手挡住电梯门，一手撑着腰，一只脚吊儿郎当地勾起搭在另一只脚上，整个人歪斜着靠在电梯门口，一脸无赖地看着茹意。

"我没本事。我早已不姓龚，也不是龚家人，你的事儿与我没有半毛钱关系。"茹意冷冷道，一把推开龚如军，快速按下电梯的关门键。这样的无赖，真是个十足的垃圾！

真不知道自己上辈子做了什么伤天害理的事儿，这辈子要和龚家这样两个垃圾人搅和在一起，让他们无下限地伤害自己。

坐在车里，茹意委屈得落泪。许久，她才平复情绪，把医生写的饮食建议发给单月月，同时转给她第一个月的生活费。

回到单位，张毅正在找她，两人商定去参加广交会的事儿，明天一早就要开车出发了。

正说着，穆皓峰走了进来，也不等茹意走过去，自如地在长沙发上坐了下来，稳稳地看着茹意和张毅。

"穆总。"茹意赶紧给他倒了一红杯茶端过来。

"听说杰森第一天就会到羊城？"穆皓峰看着茹意问道。

"对，杰森是这么说的。"茹意恭敬地站在穆皓峰跟前点头道。

"好，那我明天和你们一起去羊城，让小吴师傅开那辆奔驰商务。"穆皓峰眉眼都挂着笑，"我有两三年没见到杰森了，这次我要和他好好聊聊。"

茹意一时哑然，没想到穆皓峰要跟着一起去广交会！这几年穆皓峰都没再亲自去过广交会，茹意记得刚参加广交会的那两年，穆皓峰连续两次亲自到场，后来就把这个工作全权交给茹意了。

这次他怎么心血来潮要去了？是真的为了见杰森还是另有他意？茹意猜

不透。

"好。"茹意赶紧应答着，转头看了一眼同样惊愕的张毅，张毅悄悄对她眨了眨眼睛，茹意自然明白张毅的意思，可又不敢说什么。

穆皓峰看到两人在那儿挤眉弄眼的，早就猜透了他们的心思，呵呵一笑道："你们是不是不愿意和我一起出差？把我当老虎了？"

"没有，穆总，我们就是很意外，您能亲自去，我们当然很高兴。"张毅站在那儿浑身都不自在了。

"好好准备，明天八点公司门口出发。"穆皓峰说完起身走了。

茹意和张毅对视一眼，耸耸肩，老板要跟着一起去，这次出差压力山大了。

晚上，穆皓峰在衣帽间收拾出差的衣服。董静华贴着面膜走了进来，看到他把衬衫叠得整整齐齐放进行李箱里，很是吃惊道："你要去哪里？"

"哦，正想跟你说，我要去趟广交会，可能有三五天时间。"穆皓峰边放衣服边说，也没顾得上看董静华一眼。

"怎么突然想到要去广交会，这事儿你不是都交给销售总监去做了吗？"董静华很不高兴，但因为她贴着面膜只露出眼睛和嘴巴，穆皓峰根本看不到她的表情。

"是他们在做，我去就是为了见几个重要的客户。现在经济形势不太好，老客户得维护好，我们最大的客商杰森会带家人过来，我得去见见他。"穆皓峰头也不抬地收拾衣服。

"非得自己去？为什么之前没听你说？以前你出差都是提前告诉我的，现在怎么说走就走了？"董静华见穆皓峰连看都不看自己一眼，心里愈发不高兴。再联想到昨晚在绾青丝见到的那个茹意，居然那么年轻，而且还颇有几分姿色，连绾青丝的首席发型师都对她格外喜欢，这样的女人在穆皓峰身边六年了，她居然能心大到毫无戒备，太后知后觉了，想想都可怕。

如果不是弟弟董静山把这个消息告诉她，她还是会一如既往地相信穆皓峰，相信他就是世界上最好的男人、最好的丈夫，哪怕全世界的男人都会出轨，穆皓峰也是唯一忠于自己的那一个。

多傻啊！董静华在心里嘲笑自己。

"临时决定的，对了，你要是有空就一起去，杰森会带他的太太和孩子一起来。"穆皓峰停下来抬头看向董静华，见她眼角的面膜贴皱了，很自然地顺手帮她抚平。

穆皓峰的呼吸那么均匀，熟悉的气息吹拂在董静华的额角上，平时穆皓峰也会这样，不经意替她捋一捋发梢，整一整衣领，董静华觉得很正常。可是，今天这个动作在董静华看来却很不正常，穆皓峰分明是想掩饰什么，不然他为什么移开视线，不敢直视她的眼睛？

"你真希望我去为什么不早说，我现在怎么请假？明天有大课临时找人换哪里来得及？你分明就是不想让我去！"董静华心里有气，说出来的话自然就不好听。

"你怎么了？情绪这么不好。"穆皓峰终于看出来董静华不高兴了，停下来疑惑地看着她，"我发现你最近情绪都不太对，这么快就更年期了吗？"

"你是不是巴不得我立马就更了老了最好是死了呢？"说者无心听者有意，穆皓峰这话无异于火上浇油，一下就点爆了董静华心里郁积已久的火气，一贯温柔的董静华也忍不住提高了嗓门，对着穆皓峰大声嚷嚷起来了。

"你看看，你从来不这样的，这不是更年期了是什么呢？静静，我建议你去看看医生，调理一下，女人更年期确实会有很多生理和心理的不适，比如易怒，莫名的烦躁、忧郁，胡思乱想什么的。"穆皓峰根本不知道董静华的火从哪儿来的，依旧以为她是早更了，因为她自身的生理原因，不能生孩子，穆皓峰觉得她早更是有可能的，再结合这段时间她的异常反应，他几乎确定无疑了。

"穆皓峰，你……你是不是天天想着我早更了我老了，你就不喜欢我不爱我了，你就在外面找女人了，你怎么也这么庸俗这么龌龊这么让人恶心。这世界上果然没有男人是可以相信的，什么山盟海誓，什么永恒不变，那都是假的，你也一样！"

董静华再也忍不住，背过脸去颤抖着双肩呜呜大哭了起来。

穆皓峰果然变心了，根本不在乎她的感受了，连她心里的难受都看不出来，还一个劲儿说她更年期了，难怪这段时间他们之间那么冷淡，好久都没有肌肤之亲了。穆皓峰如果不是变心了怎么可能对她这样？以前他们之间是多么如胶似漆啊，两个人的世界每天都像在度蜜月，你侬我侬地难舍难分。怎么不知不觉就变了呢？而且从什么时候开始变的，她居然都没发现！

"静静，"穆皓峰顿时被董静华的样子吓傻了，一脸错愕地看着董静华依旧苗条的背影，许久，他才走过去拥着她的双肩安慰道，"你想哪儿去了，你怎么也和那些市井女人一样看问题呢？我说过，我这辈子只爱你一个，也只能爱你一个。为了你，我可以做任何事情，过去是，现在是，未来依然是。静静，你最近是不是遇到什么事儿，告诉我，我们一起来解决。"

"一起解决？"董静华甩了甩肩膀挣脱穆皓峰的双手，一手撕下面膜转过脸来对着穆皓峰道，"好，那我现在告诉你，明天你别出差了，不去广交会了，留在家里陪我。"

"这不行，这一趟广交会对公司来说很重要，杰森和其他几个大客商，是公司最重要的合作伙伴，我必须去见他们。"穆皓峰愕然地看着董静华刚撕去面膜白得触目惊心的那张脸。

"是，你的公司比我重要，你去广交会比我重要，对吧？我看你是想暗度陈仓吧。"董静华黑着脸在长椅上坐下来，开始默默流泪。

人到中年，没有孩子的家庭，就像没有粘附剂的两张纸，随时都会飘散开来。现在她真的感觉到了这种凄凉和悲哀，自己没有任何东西能拉住穆皓峰，他要想离开，分分钟都能走。

"静静，你说话怎么阴阳怪气的，我暗度什么陈仓？我穆皓峰做事你还不知道吗？我向来坦坦荡荡，从不藏着掖着。你想说什么就直说，别这么话里带话的让我猜，我不喜欢这样。"穆皓峰索性不收拾行李，在她对面坐下来，蹙着双眉看向她。

"穆皓峰，我想说什么你心里很清楚。我们认识二十年，结婚十五年，我一直觉得自己是世界上最幸福的女人，一直感恩生活让我遇见了你，你曾经是我心里最优秀最正直最干净也最自律的男人……可是，我现在才发现我错了，我是那么天真，那么幼稚，那么可笑……"董静华流着泪起身，和穆皓峰结婚这么多年，她从来没有这么脆弱地在穆皓峰面前伤心痛哭过。

唯一那次流泪，是听到穆皓峰为了自己去做绝育手术，她既心疼他，又感动得心碎，抱着他哭得昏天黑地，那是她作为女人最心痛却又最幸福的时刻。

可是今天，却是她最伤心最难过最失望也最无助的时候。因为她感觉到自己原有的安稳和幸福就要被打破了，她自认为幸福的人生就要结束了。

她不需要依靠穆浩峰而生活，她是一个独立自主的知识型女人，可是，她的精神生活，她的情感世界，只有穆皓峰一个人，她从没想过自己有一天会失去他。

可这一天却这么毫无预兆地来了，把她内心的平静全部打破了。

"静静！"穆皓峰依然听不懂董静华这么没来由的胡言乱语究竟是想说什

么。怎么这么莫名其妙净说些让他听不懂的话呢？这更年期的反应来得也太突然了吧。

他追着董静华来到卧室门口，却被她"嘭"的一声挡在了门外，再听里面咔嚓一声，董静华反锁了房门。

"静静，开门，我们好好谈谈。"穆皓峰焦急地转动门锁，可根本打不开。

"穆皓峰，我不想和你谈，因为有些话我不想说，我也说不出口。你想想自己做了什么，我也好好考虑我们之间的关系还要不要继续……我们都冷静地考虑一下吧……"董静华靠在门后，流着泪心碎地说道。

"静静，你想说什么就直说，我真的什么都没做，这么多年你还不相信我吗？你千万别胡思乱想，我穆皓峰这辈子绝不会做对不起你的事情，你一定要相信我。"穆皓峰很无奈。

"你别说了，我不想听！"董静华哽咽道。是谁说的，宁愿相信世上有鬼，也不能相信男人这张臭嘴。这么多年，自己是多么相信他啊，可是他呢，到现在还在撒谎。

穆皓峰对着厚重的木门沉默良久，听到里面没动静了，叹息着来到客厅沙发上。唉，女人的更年期真可怕！疑神疑鬼胡思乱想胡言乱语，自己一如既往地对她好，她怎么能这么伤人呢？更年期难道还更出臆想症来了？

优优又从阳台上跑出来，一脸不情愿地看了男主人一眼，然后发出一声悠长的哀怨跑到主卧室门口，不停地用爪子趴门，一声声地叫唤着主人。房门紧闭着，丝毫没有要打开的迹象。

穆皓峰默然地看着优优，他不知道问题出在哪里。董静华是从哪儿听到了什么。自己如此自律，从未有过任何花边绯闻，究竟是哪里出了问题呢？穆皓峰百思不得其解。

主卧室的门一夜紧闭，穆皓峰又在客房里度过了清冷的一夜。早上七点，他拉着行李箱出门，董静华依旧没有出来。估计她昨晚一夜未睡吧，不知道现在是醒着还是睡着？穆皓峰想敲门，想了想还是给她发了一条微信。

董静华果真一夜未睡，此刻正睁着浮肿的眼睛，坐在床头仔细听着外面的声音。穆皓峰的脚步声从客房出来，再路过主卧室门口，停顿了一下，片刻后就离开了，没多久她就听到了楼下大门"嘭"的一声，重重关上了。

董静华感觉自己的心被什么东西狠狠撞击了一下，锥心刻骨疼得厉害。泪，瞬间就从眼底滚落下来。他走了，自己最爱的那个男人就这样悄无声息地走了。

手机跳出一条微信：静静，我先去公司，八点出发，你一个人好好的，别胡思乱想。永远爱你。

这是告别吗？还是真心牵挂？可他为什么不敲门亲口跟自己告别？难道他真的以为自己不需要他的解释了吗？以前每次出差，不管几点，董静华都会送穆皓峰到门口，穆皓峰每次都会主动和她拥抱亲吻告别，过往那些点点滴滴的温馨美好，难道都是骗她的吗？

不，不是的，她依然相信穆皓峰对自己是真爱。如果他变心，那也一定是那个叫茹意的女人主动勾引他！一个正常的男人，谁能抵挡得了年轻女人的刻意勾引？

不能就这样坐以待毙，必须把穆皓峰从那个女人手上抢回来！

董静华似乎瞬间被点醒了一般，一骨碌从床上爬起来，马上洗漱去上班，上完今天上午的大课，把剩下几天的课程和别的老师调换一下，她要主动出击！

七点半，穆皓峰就来到了公司，在楼下的餐厅里简单吃了一份早餐，他看到茹意的车子开进了公司。

八点整，茹意带着张毅还有另外三位员工一起来到了楼下大厅。

看到穆皓峰坐在楼下，茹意马上过来："穆总，人到齐了，可以出发了。"

"好，上车！"穆皓峰点点头。

张毅赶紧过来帮穆皓峰和茹意拿行李，来到车边，看到工作人员把几大箱子东西搬上车，穆皓峰奇怪道："这是什么东西？"

"这是专门为杰森和他的家人准备的一些礼物，还有其他几个重要的客商，也都准备了礼物。"茹意回答道。

"好。"穆皓峰欣慰地点点头，为茹意的细心高兴。做销售的，就是要走心，要做有温度的商家。在产品取胜的同时，用真情和细心去打动客户，从而建立起高于工作的友谊，保持长期稳定友好的合作。

奔驰商务宽敞舒适。穆皓峰坐在第二排靠左的领导专座上，茹意坐在他右手边，张毅坐副驾驶，其他三人坐在后面。昨晚没睡好，穆皓峰把座椅靠背放到最舒适的状态，开始补觉。

茹意手机里不停地进来信息，她点进去发现是单月月的。

单月月已经到超市买菜回来了，把今天采购的主要食材发给茹意看，还把炖好的燕窝也拍给茹意看。

按照食谱，早餐给爸爸吃芋泥燕窝。单月月说。

茹意戴上耳机，用手机 app 打开家中客厅里的摄像头，看到爸爸已经坐在餐桌旁，李大红穿着一身花睡衣，手里端着水杯，站在他身边。不一会儿，单月月就端着碗从厨房出来了，她把碗放到爸爸跟前，拿起勺子轻轻搅拌了一下，说："爸，这是芋泥燕窝，茹意说你早餐空腹吃这个，既养胃又滋补，有利于身体的恢复，不能喝太烫的，稍微凉一点儿再喝。"

爸爸看着碗里的东西，皱了皱眉，似乎有点儿不想喝，但还是点了点头。

"燕窝？我尝尝看是不是凉了一点儿。"李大红一眨不眨地盯着碗里的东西看了良久，拿起勺子喝了一大口，咂咂嘴道，"味道还真不错，温度正好，来，老头子，快喝。"

龚柳根抬眼无力地看了一下李大红，苍白的脸上毫无表情："你要是喜欢喝，就多喝点，我吃不了这么多。"

"你个死老头子，我就尝了一口你就不高兴。我知道，这是你女儿专门买给你喝的，我不会和你抢，你快点喝，多喝点，把身体养好。现在，我们全家都沾你的光，要不是你，我们怎么可能住到这么大这么好的房子里来。所以，你得好好活着，我们才能跟着你享福。"

李大红边说端起碗就要喂龚柳根，龚柳根立马别过脸去，皱着眉头道："你放下，我能自己吃，不用你喂。"

"好心当做驴肝肺，喂你还不高兴。"李大红"啪"地把碗放下，拉着脸不高兴道，"龚柳根，现在你也看到了这个死丫头的家底，她一个人好几套房子，钱多得花不完。你再看看如军，一无所有，你这个当爹的，不能眼看着自己的儿子比这个外来的丫头差这么多而不管吧。"

龚柳根刚低头喝了一口燕窝，感觉味道确实不错，甜而不腻，爽滑可口，喝第二口的时候，就被李大红的话差点儿给呛到了。

"我一个半废的人，你要我怎么管？如意今天的一切，都是她自己努力工作赚来的，和我们没有半分钱关系。如军被你惯得好吃懒做，还嗜赌，他自己不争气，能怨谁？"

龚柳根声音很微弱，说句话都显得有些费力，气息微喘着，眼神绝望地看着李大红。

"你这个人就是死脑筋，所以这辈子就这么没出息。如意怎么和我们没有半分钱关系？她要是和我们没有半分钱关系，为什么要让我们住到这么好的房子里来？还花钱给你治病，给你买那么多营养品？我们龚家养了她十八年，这个恩情她这辈子能不报？我告诉你，如军现在想去工作，你必须跟如意说，让她给如军找个好工作，钱多活少离家近，最好能像她一样，一年赚个几十万几百万的，几年就房子车子全都有了。"李大红大言不惭地举着手挥舞着，神情很兴奋。

"你做梦，你儿子什么料你不知道？他能干什么？我不会跟如意说。"龚柳根放下勺子，一点儿也吃不下去了。

"你必须跟她说，不然如军不仅赚不到钱，还有大把的时间去赌钱，你能管得住他吗？哪天他要是把如意这个房子都给赌出去了，你可别怪我。"

"你！"龚柳根重重地一掌拍到了餐桌上，震得碗里的勺子在哆嗦嗦地抖动，然后剧烈地咳嗽起来，咳得几乎无法直起腰，脸色死灰。

"爸，爸……"单月月从厨房里跑出来，惊恐失色地奔过去给几乎要窒息的龚柳根顺气儿，"爸，您别激动，妈，您别说了，爸爸的身体现在还很虚弱。"

李大红畏惧地看向龚柳根，动了动嘴唇，脸上的肌肉抽动了几下，想张口，终究还是闭上了嘴，黑着长脸转过身，走到沙发上坐了下来。

"爸，别生气了，先喝点儿水。"单月月不停地拍着龚柳根的后背安慰道。

许久，龚柳根才停止咳嗽，他直起腰，浑浊的双眼里蓄满了泪水。他抽了一张纸巾，擦了擦嘴角，又擦了擦眼角，喝了一口水，沉沉地叹了一口气。

"爸，喝了这碗燕窝，您的身体需要营养。"单月月把燕窝移到他跟前劝道。

龚柳根摆了摆手，根本不想吃，胃里心里都堵得厉害。他双手撑着桌子，吃力地站起身，拖着沉重的步伐一步一步往房间里挪去。

走到李大红跟前时，李大红厌恶地瞪了他一眼，说："我不是威胁你的，你自己看看，昨晚如军又没回来。你要是不给他找个好点儿的工作，就让他这么赌下去，后果会怎么样，你心里比我更清楚！如意现在有钱有地位，认识的人很多，找个工作又不是难事儿，你开口跟她说一下能死啊。"

"我倒是希望自己能死，死了就一了百了。"龚柳根边说边弓着腰，拖着脚步一步步往卧室里走去。

……

茹意看不下去了，她难过地闭着眼睛关掉视频。当初在家里装视频监控，是为了了解爸爸在家里的情况，也是想看看李大红对爸爸的态度，没想到第一天就看到了这样的场景。

李大红一大早就把爸爸气坏了，连燕窝都吃不下去。气大伤身，这样下去，爸爸的身体怎么能好？不行，得把李大红赶走，不能让她和爸爸住在一起。龚如军也得赶走，只留下单月月和果果，再找个保姆一起帮忙来照顾爸爸。

月月，今天天气好，你推着爸爸下楼去散散步吧。茹意发信息给单月月。

好，我把中午的汤先炖上，一会儿就带爸爸和果果一起下去。月月回道。

爸爸吃燕窝了吗？茹意故意问道。

吃了一点儿，过一会儿我再让他吃，你放心。

辛苦你了。

茹意心情沉重。摄像头装在柜子里很隐蔽的地方，他们都不知道。茹意不知道自己这么做是不是错了，可是要不这么做，自己怎么知道爸爸的情况，单月月也不一定什么都跟她说。

"有事儿？"耳边突然传来穆皓峰的声音。

茹意转头，发现穆皓峰正蹙着眉头疑惑地看向自己。

"没事儿。"茹意赶紧取下耳机，对穆皓峰微微一笑。

"有事儿别憋在心里。来，我们看个纪录片，还有一个多小时到，正好看完。"穆皓峰拿起遥控器打开座位前面的视频，转头看了看后面几位道，"一起认真看。这个纪录片很励志，值得我们所有做销售的人用心体会，好好学习。"

《伟大来自苦难》，当下国内最火的 HW 公司的纪录片。

每一份成绩都是汗水换来的，每一个成功都凝聚着心酸和血泪。茹意看得几度泪湿，心头各种情绪在翻涌。不知不觉，车子到了会场附近的酒店，大家先上去放好行李再去看会场情况。

茹意和杰森联系了一下，得知他已经到了酒店，马上打电话告诉了穆皓峰。

"马上订餐厅，我们中午就为杰森接风洗尘！"穆皓峰非常高兴道。

"好。"挂了电话，茹意即刻订好了餐厅，并通知了杰森。

一行人在景泰公馆见面。这是一家粤菜馆，茹意订了临街最大的包间，落地大窗隔绝了室外的喧嚣，却又能把整个街面的繁华尽收眼底，目之所及，正是这座城市最繁盛的地标建筑群。

"Mr 穆，你好！"高大魁梧的杰森张开双臂把站在门口的穆皓峰熊抱在怀里，"见到你太高兴了！"

杰森的中文很一般，仅限于几句问候用语。

"非常欢迎您的到来，见到您我也很高兴！"这么热情的拥抱，穆皓峰也不是很习惯，赶紧松开他改为握手。

杰森不仅带了夫人过来，还带来了一对朋友夫妇。宾主落座后，穆皓峰首先举杯说了一番热情洋溢的欢迎词，然后大家开始举杯共饮，边叙旧边谈工作。

茹意把今年展会上主推的智能新产品的介绍书拿给杰森，并且一一做了详尽介绍，杰森不停地点头，嘴里不断地说着"good"。

"希望我们合作愉快！"穆皓峰再次举杯，大家一干而尽。

聊天的时候，杰森特意把自己的朋友詹姆斯夫妇介绍给茹意，并且告诉茹意，他们来中国，是来办一件很有意义的事情。

詹姆斯不会讲中文，全程用英语和茹意交流。

听着听着，茹意不知不觉为詹姆斯的故事所震撼。

原来，二十二年前，詹姆斯夫妇在中国的福利院领养了一个孩子。当时女孩儿不到七岁，刚刚上小学。第一次走进中国福利院的詹姆斯，被蜷缩在角落里的孩子那双明亮却带着忧郁和畏惧的大眼睛深深打动了。把瘦小可怜的孩子抱进怀里后，孩子就再也不愿意离开他们，詹姆斯觉得这是天意，是上帝的旨意让他来到中国见到这个可怜的孩子。于是，他们决定收养这个名叫珠珠的女孩儿，给她取名叫莉莎。莉莎到美国后，他们给了她足够的爱和安全感，并且让她接受了最好的教育。莉莎很懂事儿，也很聪慧，学习非常用心，成绩一直很优异，并且喜爱音乐，会弹钢琴，会唱歌，会跳舞。耶鲁大学硕士毕业后，在华尔街工作，现在是一名优秀的基金经理。

"这就是我的女儿莉莎。"詹姆斯一脸自豪地打开手机，把照片拿给茹意看，那份父亲对女儿的宠溺，溢于言表。

照片上，站在海边的莉莎裙角飞扬，周身洒满了赤霞橘光，她时尚阳光美丽健康，小麦色的肌肤莹莹闪亮。她的笑容灿烂干净，脸上洋溢着由内而外散发出来的自信，整个人在晨光中熠熠生辉。这是一个被爱浸润的幸福女孩儿，那份透过屏幕都能溢出来的自信和幸福深深地感染着茹意。

"莉莎离开中国的时候已经七岁，她对自己小时候生活的地方有着清晰的记忆，所以，她想回来寻找自己的亲人。她当年是因为父母车祸双亡才到了福利院，她还有一个哥哥，当时兄妹两人同时被送到福利院，哥哥没多久被人收养，从此失去了联系。现在，她想找到自己的哥哥。"詹姆斯说，"我们听说中国已经建立了寻亲 DNA 库，所以这次带来了莉莎的头发，希望能找到她的哥哥。"

詹姆斯拿出用透明袋装好的几根乌黑的发丝，看着茹意神情格外认真道："莉莎工作比较忙，等到有消息了，她就会自己回来。我们希望茹小姐能帮我们找到她的哥哥。"

詹姆斯很郑重地把透明袋交到茹意手上。茹意顿觉手上有千钧重，托着那个透明袋的手都在微微颤抖。

这是一个中国女孩儿漂洋过海回来寻亲的赤子之心，没想到自己无意中居然接受了这么重要的一个任务。想到自己的亲姐妹找上门来要和自己相认，自己却不想接受她们，茹意顿觉惭愧。血缘亲情果然是任何东西都无法阻隔的，因为那是你和这个世界最温暖的连接。莉莎在美国长大，生活得那么幸福依然会想到自己在中国的哥哥，这就是血缘亲情的力量。

自己还能那么狭隘地固守着心底的那点儿怨恨和不甘，而拒自己的亲姐妹于千里之外吗？

茹意一时又是思绪万千。

"好。"茹意郑重地点头接下了这个任务。

饭后，茹意和穆皓峰陪着杰森和詹姆斯一起来到了会场，观看了励峰集团的新产品展示，杰森当即决定和励峰集团签订新的合作协议，这个单子是之前几年的总和。

穆皓峰大受鼓舞，此行果然收获满满。

接下来两天，穆皓峰计划陪着杰森和詹姆斯游览羊城，尽地主之谊。第二天中午，他们吃完中饭回酒店，穆皓峰和茹意正好并肩走进酒店大堂，不远处突然走过来一个熟悉的身影，满脸微笑地站在穆皓峰跟前。

"静静，你怎么来了？"穆皓峰惊讶地看着突然从天而降的董静华。

"我不能来吗？是不是打扰了你们？"董静华平静的声音里明显带着一股怒意，但脸上依然挂着笑，她很优雅地走到穆皓峰身边挽着他的手，瞟了一眼站在穆皓峰另一边的茹意，"如果我没有认错，这位就是我家公司最得力的销售总监茹小姐吧？"

"对，静静，这就是销售总监茹意。"穆皓峰赶紧侧过身对董静华介绍道。

茹意这才恍然大悟，前几天在绾青丝见到的那位气质卓越的董教授，原来就是三叔的夫人啊！难怪她当时一直异样地盯着自己，难道她早就认识自己了？

"董教授，您好！很高兴见到您。您真美，难怪穆总总把您挂在嘴上。"茹意很礼貌地伸出手。

穆皓峰听茹意这么称呼董静华，愈发愕然，难道这俩人早就见过面了？

"皓峰没少在我面前夸你，好多次我们想把你叫到家里来一起吃饭，你总是不愿意露庐山真面目面，是不是对我有意见啊？"董静华嘴角挂着笑，却不和茹意握手。

茹意尴尬地收回手，笑道："我平时习惯了一个人，再说我不能打扰您和穆总的二人世界。"

"这么说，你还真是善解人意哦！皓峰，你这个销售总监长得这么漂亮，难怪励峰的销售做得越来越好呢！"董静华意味深长地笑道。

"茹意不仅漂亮，而且天生是做销售的料，对数字有异于常人的敏感，而且茹意的英语说得和母语一般流利，国外的市场都是茹意打下来的。"穆皓峰对董静华的话很不满，但并没有表露出来，只是在为茹意正名。

"我知道，茹意能力很强，你经常跟我说，我早就知道了。不过我没想到她还长得这么漂亮，这也是做销售的优势啊！漂亮的女人机会多。我没说错吧。"董静华当然也不满意穆皓峰对茹意的肯定，穆皓峰说得越多，她心里的醋意就越浓。

"好了，不说这些了，你吃饭了没有？"穆皓峰自然明白董静华心里的那点儿醋劲儿，赶紧绕开这个话题。

"没吃，我都快饿死了！"董静华撒娇道，下颌故意抵着穆皓峰的肩膀。

大庭广众之下，当着茹意的面，老夫老妻的这样很辣眼睛。穆皓峰拉着董静华赶紧走，回头对茹意说："我陪她去吃饭，你先回去休息。"

茹意看着穆皓峰急匆匆离去的背影，隐隐感觉到董静华突然而至的目的，心里未免觉得好笑。

董静华可以怀疑任何女人会对她有威胁，唯独不用担心她。她不懂恋爱，也从未想过要结婚生子，更不会介入不道德的感情。和穆皓峰在一起工作这么多年，她对穆皓峰有长辈的尊敬，也有老板的敬畏，甚至有一点儿亲人的依赖，唯独没有一丝一毫女人对男人的情愫。

"过来怎么也不跟我说一声？"两人在酒店的西餐厅坐下来，穆皓峰不悦地看着董静华。

"给你一个惊喜不行吗？"董静华收起了刚才的表演，脸上也没有了笑意。

"静静，你变了。变得心思复杂了，这样不好。"穆皓峰靠在椅背上冷冷地看着董静华。

其实，他更想说，你变得我都快不认识了。以前的董静华多好啊，心思单纯，幸福无忧，对他是百分百的信任，两人之间从来没有猜忌和怀疑。

但是，刚才那一幕，穆皓峰看到了董静华对茹意的敌意，这就是她突然从天而降的原因。

她在怀疑他和茹意之间的关系！

"是你让我变得心思复杂了。"董静华翻动着菜单，帅气的小哥哥一直站在旁边，尴尬地听着他们对话。

"沙拉来一份，三文鱼拼盘一份，再加一份鱼子酱寿司，一小瓶拉菲。"董静华合上菜单，服务员点头离开。

"静静，世上本无事，庸人自扰之。你博学多识，怎么连我们之间的关系都看不透，非得凑时髦来玩这种千里追踪？"穆皓峰心底升起怒意，刚才在茹意面前，董静华的失态很让他失望，更让他难堪。

"你别拿那些高帽子来压我，我就是一个普通得不能再普通的女人，就像你也是一个普通的男人一样，我们都免不了俗。曾经我以为我们能脱离世俗，过神仙眷侣的生活，但现实告诉我，我这是在做梦，幸好我醒得早。"董静华勾起嘴角，不满地看向穆皓峰。

"静静，别给自己树那么多假想敌，没有人会打破你的生活，你只要安心享受你的那份宁静和单纯，我不想看到你现在这个样子，这不是我想要的那个静静。"穆皓峰沉沉地吐出一口气。

"我知道，你就希望我一直这样单纯下去，哪怕世界翻天覆地了，我依然很傻很天真地认为一切正常。穆皓峰，你是真拿我当傻子么？"

……

没法沟通了，因为两人完全不在一个频道。

穆皓峰不再说话，靠在椅背上默默地看着董静华，脑海里在想究竟是哪里出了问题，为什么董静华突然变成这样了？之前的温婉聪慧哪儿去了？她怎么就突然怀疑自己了？

这么多年，自己的事业经历过大起大落，三番五次创业失败，人生一次次跌落到谷底，董静华对他总是不离不弃，无论他多么落魄失意，只要回到家，在董静华温柔的怀抱里度过一夜，他就能满血复活，第二天依旧精神焕发，一切都能从头开始。

穆皓峰一直觉得董静华就是上帝派给自己的天使，这辈子，他为她做任何事情都是值得的，就像当年自己为了让她安心，毅然决然地选择做绝育手术，如果还有这样的机会，他依然会这样做，董静华是值得他付出一切的女人，包括他的生命。

看着眼前陌生的董静华，穆皓峰在心底沉沉叹气。许久，他身体微微前倾靠近董静华，凝视她几秒后缓缓道："静静，我从来就把你当成我生命中的天使，你聪慧、温婉、善良而美丽，在我心里，你是唯一不可替代的爱人、妻子，更是我奋斗途中的治愈剂、加油站，如果没有你，我无法坚持到今天，所以，你放心，我穆皓峰过去没有辜负你，现在更不可能辜负你，未来也绝不会辜负你，你相信我。"

"我是想说服自己相信你，可是，你还能让我相信吗？你曾经说等公司上轨道了，我们财务自由了，你就功成身退来陪我。可这些年，你创业忙得连回家的时间都很少，陪伴我的时间加起来又有多少？现在企业上轨道了，你又说要做上市，要做成国内一流的企业。你心里只有工作，只有你的事业，而每天长时间陪伴在你身边的女人，不是我，而是她！至近至远东西，至深至浅清溪，至高至明日月，至亲至疏夫妻。我现在才明白，我们之间有多么遥远的距离……"

董静华说着说着突然泪流满面，委屈得心碎欲裂。她二十年用爱浇灌出来的成功男人，现在就要面临着被那个年轻女人撬走的危险，叫她如何不难过？

看到董静华哭得那么伤心，穆皓峰顿时就慌乱了，他最不能看女人哭，尤其是董静华的泪水，让他心碎。他马上来到董静华身边，把她揽进怀里柔声安慰道："是我不好，我光顾着工作，我没顾及到你的感受。以后我一定多抽时间陪你，好不好？别伤心了，你伤心我就更伤心了。"

穆皓峰的声音轻柔而又富有磁性，贴着董静华的耳边，听得她愈发心头酸涩，各种滋味在心口翻涌，曾经的岁月如电影画面般在脑海里一一浮现。

一晃结婚都十五年了，她最美丽的年华就是和穆皓峰在一起。虽然这十五年里穆皓峰一直在不停地折腾，曾经负债累累，也曾经一蹶不振，可是，那个时候穆皓峰需要她，她能用自己的知识和智慧启迪他帮助他支持他，他的身心是和她紧密相连的，他们的精神世界是相通的。他们虽然没有钱，也没有孩子，但是他们彼此需要，互相依赖，他们的二人世界很幸福很和谐，没有半点儿情感上的忧虑和危机。

可是，没想到事业成功了，财务自由了，穆皓峰渐渐不需要她了，两人之间互相依赖的幸福感也渐渐消失了。穆皓峰更忙了，回家的时间更少了，甚至现在连和她亲热，都是一件奢侈的事情了。

"皓峰，我们真的能一辈子不分开，白头到老吗？"泪眼蒙眬中，董静华紧紧地抱着穆皓峰哽咽道。

"能，当然能。"穆皓峰摩挲着她的秀发十分肯定道。

"嗯。"董静华带着浓重的鼻音点头，这个为了自己而心甘情愿去挨那致命一刀的男人，自己难道不该一如既往地相信他吗？

小哥哥送餐过来，两人赶紧分开。

穆皓峰给董静华拭干脸颊上的泪滴，董静华娇嗔地看向他，露出了羞涩的笑容。两人举杯轻轻一碰，杯中是带着时光韵味的美酒，一如他们之间的爱情。

女人，不管什么年纪，都是要哄的。看着董静华破涕为笑，穆皓峰在心里感叹。

下午，穆皓峰带着董静华一起陪着杰森和詹姆斯，尽情地游览羊城美景，茹意则和张毅他们留在会场。第二天下午，穆皓峰和董静华先回去，茹意和张毅留下来关注会场情况。

五天时间一晃而过，除了杰森额外增加的那个大单，茹意在广交会现场还接到了另外三个新客户的大单（创下了励峰出口订单之最）。

回到江城，穆皓峰十分高兴，设宴为茹意和张毅庆功。销售部和生产部的领导欢聚一堂，大家士气高涨，穆皓峰说这是励峰腾飞的重要里程碑，要嘉奖销售部，尤其是要重奖茹意。

消息传到远在北方的董静山耳朵里，董静山气得跳脚，他这边举步维艰，茹意小妮子却势头高涨，这么一对比，不是更让人觉得他没用吗？早知道今年广交会的形势这么好，他就该留下来，让茹意到北方来拓荒。

可是，现在说什么都晚了。

董静山翻看着手机里的照片，挑了几张发给了姐姐董静华。

董静华正在家里给优优扎小辫，正扎了一半，手机嘟嘟震动起来，她抱着优优拿过手机一看，顿时脸色就白了！

手机里收到的几张照片，太刺眼了！画面上，穆皓峰侧着脸贴在茹意的耳边正在说悄悄话，脸上的笑容格外宠溺，茹意也是一样，一副很享受很陶醉的样子。

"照片哪里来的？"董静华马上打电话给董静山。

"姐，你别管哪儿来的，你更应该关心你的老公现在心思在哪里，再这样下去，我真的很替你担心啊，姐！"董静山很忧虑地说道，"这个人留在励峰，就是你的定时炸弹，随时都会危及你的家庭和幸福。"

"你一天到晚的不干正事儿总是搞这些歪门邪道，怎么能干好工作？怎么能把自己的团队带好？"董静华气得火冒三丈，上次就是因为董静山，她无端和穆皓峰争吵，现在董静山又这样，她该相信谁，是穆皓峰还是自己的亲弟弟？

"姐，我当然会带好团队。可你是我姐啊，我不能不为你操心。还有啊，你怎么就那么相信姐夫啊，他说什么你就信什么，你傻不傻啊。哪天那个叫茹意的女人真的攻城掠地了，你要后悔就晚了，再说了，你和姐夫又没有孩子，没有任何牵挂，说散还不就是一拍两散。"

"董静山，你除了会胡说，你还会做什么！"董静华气得把手机直接砸到了沙发上，吓得趴在她怀里的优优弹跳而起，仰着脑袋无辜而又恐惧地看向自己的主人，发出了一声凄楚的叫声，仿佛受到了莫大的委屈。

董静山的话深深地刺伤了董静华的心，而且是戳到了她最隐秘的痛处。没有孩子难道就真的是一个女人的原罪吗？没有孩子难道就真的是一个家庭的劫难吗？丁克家庭不也一样幸福？

曾经以为二人世界可以很清净很安逸，人到中年才知道，没有孩子的家庭是多么死气沉沉，没有孩子的夫妻关系是多么脆弱不堪。可是，她能有什么办法呢，上帝就没有给她做母亲的能力。

偏偏董静山还要一次次用这样的话来刺激她。

伤心，无助，焦虑，惶恐……再次如潮水般向她袭来，把她深深淹没。董静华绝望地趴在沙发上，无声地啜泣着，没有人知道她心里的痛苦和悲哀，她也不能对任何人说。

优优很懂事地跳上沙发，不停地蹭着主人的手臂，时不时叫唤一声，无辜的眼睛里也噙满了泪花，主人的伤心它是知道的。

"优优，妈妈只有你了，这个世界上，谁都有可能背叛我，唯独你不会。"董静华把优优抱在怀里，埋首在优优柔软的毛发中泪水长流。

宴席散了之后，时间才九点半，茹意开车去看爸爸。离开五天了，她偶尔通过客厅里的监控看一下爸爸的情况，可大多数时间爸爸都在卧室里躺着，她看不到，经常看到李大红半躺在沙发上，翘着双脚搁在茶几上，边嗑瓜子边看电视，她随口把瓜子壳儿吐在地上，单月月就不停地打扫。

这样的场面，茹意真心看不下去，李大红那样子，太让人恶心了。

如果不是为了爸爸，她肯定马上把她扫地出门，这样的人根本不配住在她家里。

都说"忍"字心上一把刀，为了爸爸，茹意决定忍，忍到爸爸身体恢复。

走出电梯，还没进门，就听到客厅里传来很大的唱歌声。听声音应该是龚如军的。快十点了，龚如军居然在家里唱歌？他不知道这样做，会吵得爸爸在房间里无法睡觉吗？

茹意按下指纹锁，推开房门，发现偌大的客厅里如同 KTV 的包间，烟雾弥漫，红黄蓝绿各种炫目的灯光滚动着，正中间的天花板上还闪着一个无比刺眼的射灯。伴着劲爆的音乐，龚如军摇晃着身体扯着嗓子吼道："一起摇摆，一起摇摆……"李大红嗑着瓜子儿跷着二郎腿坐在沙发上，脑袋跟着音乐左右摇晃。

"啪"的一声，客厅里所有的灯光亮了起来，龚如军的歌声戛然而止。两个刚刚还沉浸在摇滚中的人同时转过头，一脸讶异地看着站在门口的茹意。

"哟，多新鲜啊，半夜三更来查岗啊！"龚如军手里拿着话筒，他按了一下话筒上的开关，音乐即刻停了下来。

"这里不是娱乐场所，要唱歌你可以去外面的 KTV 唱。这里是给爸爸养病的家。"茹意冷着脸走过去，把几个插在墙壁上的红的蓝的绿的各种灯给拔下来，全部扔进了垃圾桶，抬头再看看头顶上那个刺眼的射灯，"马上把这个灯取下来！龚如军，你以前什么样我不管，但是住进这个房子里，一切以爸爸的身体为主，所有会影响他打扰他的事儿都不能做。十点了，你还在这里开着音乐摇摆，邻居也要投诉你，物业很快就会找上门来。"

"龚如意，你少给我摆脸子。"龚如军拿话筒指着茹意吼起来。

"我不姓龚。"茹意黑着脸瞟了他一眼。

"忘恩负义的东西！不是龚家你早就饿死了！你怎么不姓龚？你不姓龚，为什么要救龚柳根？龚柳根是你的什么人？啊？"李大红立马跳起来，叉着腰指着茹意骂道。

"你们如果还有点儿良知，就不应该在家里这样闹腾。既然你们不能好好照顾爸爸，那请你们离开这里，我早就说过，你们照顾不好，我就请专业人士来照顾。走吧！"茹意根本不想搭理李大红，立即下了逐客令。

"龚如意，你果然心如蛇蝎！我们龚家养育了你十八年，你说翻脸就翻脸，一走就是十年！现在，你居然要深更半夜把我们母子赶出家门，让我们流落街头，你是有多狠毒多无情多没有人性，啊？！"李大红见茹意的态度坚决，顿时撒泼起来，一屁股坐在地上开始哭天喊地嚎叫起来。

茹意极其厌恶地瞟了她一眼，李大红随时随地都能演戏，这一招她在小时候就见得多了。每次只要和爸爸吵架，闹到最后爸爸如果不让步的话，她就在地上打滚。茹意无奈地转身往爸爸房间里走去，却发现爸爸双手扶着门框，一脸痛苦地靠在门口。

他看着茹意弱弱道："如意，看在爸爸的面子上，别赶他们走，你让他们去哪儿呀，这深更半夜的。"

"爸，您怎么起来了？回去躺下。"茹意走过去，搀扶着爸爸往房间里走。

龚柳根依旧双脚无力，整个人骨瘦如柴，躺在床上像一片秋日落叶。

"龚如意，我上次就说过，你有本事给我找个工作，我自然就没时间在家里了。你饱汉子不知饿汉子饥，有钱不知道我没钱的苦。爸，你难道就能这样眼睁睁看着你儿子天天无所事事？"龚如军也跟了进来，死乞白赖地站在床边道。

客厅里，李大红还在那儿扯着嗓子号啕着。单月月抱着果果站在她自己的房门口，木愣愣地看着这一切，一动也不敢动。

"如意啊，算爸爸求你，你现在有能力了，帮如军一把，给他找个工作，我会督促他好好干的。"龚柳根无力地拉住茹意的手，一脸痛苦无奈地看着她。

为了龚如军找工作的事情，李大红和龚如军这几天差点儿没把龚柳根折磨死。两人轮番上阵，不停地在他耳边叨叨，各种手段逼他，让他必须对茹意说，因为他们知道，这个家，茹意唯一在乎的人就是龚柳根，只有他的话，茹意会听。

可是，龚柳根不想麻烦茹意，自己的病已经给茹意带来了很大的麻烦，让茹意帮龚如军找工作，他开不了口。因为他太清楚自己这个混蛋儿子有多不成器，从来就是成事不足败事有余，就算茹意给他找了工作，他也不一定能好好干，因为他从小游手好闲惯了，根本吃不了苦。

可他没办法，他要是不向茹意提，每天都别想安生，像这样半夜三更唱歌的事儿，龚如军天天都能干得出来。

真是前世造孽才会生养一个这么不成器的讨债鬼！

茹意很想说"不"，可是看着爸爸那羸弱的样子，看着爸爸眼里的那份无奈和凄凉，她又怎么说得出口？她知道，不到万不得已，爸爸是不会对自己说这样的话的。

小时候，爸爸身强体壮，每次从外面回来，不管她提什么要求爸爸都会答应她。现在爸爸老了，病了，羸弱得如风中残烛，从未对她提出过任何要求，这唯一的一次，她能不答应吗？

虽然茹意心底一万个不愿意，沉默半晌之后，她还是点了点头。

"丫头，难为你了。"龚柳根别过脸去，背对着茹意躺着，双肩瑟瑟颤抖。

"龚如军，我答应爸爸帮你找工作，但是你必须答应我几个条件。"茹意转身严肃地看着龚如军。

"行，我知道你不会白答应的。你说吧，我听着呢！"龚如军双手插在肥大的裤袋里，抖着腿吊儿郎当道。

"第一，不许在家里抽烟，不能以任何方式影响爸爸休息。能做到吗？"

"能。"龚如军拖长声音，晃了晃脑袋一脸的不情愿。

"第二，不许再去赌博，认认真真上班。"

"行——"龚如军拖长声音白了茹意一眼。

"第三，不能欺负月月，要做一个合格的丈夫和爸爸。"

"可以——"龚如军歪着脑袋翻了一个白眼，心里道，多管闲事儿！

"我现在把你当一个男人看待，希望你说话算话。工作的事儿我明天来落实，找到了我会通知你。你有什么特长？"茹意问道。

"我以前开过一阵儿小货车跑运输，我不像你读了大学有能力有本事，我只会开车。"在茹意面前，两人之间的云泥之别让龚如军无法不自卑，但他依旧翘着下颌，故意不屑地看着她，时不时还要白她一眼，以寻求心理的平衡。

谁知道十年前差点儿被卖给蔡小毛当媳妇的那个受气包如意，十年后能脱胎换骨成白富美呢。早知道自己会这么卑微地站在她面前，十年前的那个雨夜就该和妈妈一起把她抓回来，绑着送到蔡小毛家里去，那样的话至少已经到手了一套房子外加三十万现金，如今不至于这样穷困吧，龚如意还能这样冷着脸站在自己跟前趾高气扬？

呸！早知道这样，老子就不该心软，就该把你卖给蔡小毛。

龚如军心里依然瞧不起龚如意，哪怕她蜕变成了年入百万甚至千万的公司高管，早已实现了财务自由，在这个一线城市里有几套房几辆车，每天锦衣玉食，可在他的眼里，她依然是那个只会忍气吞声逆来顺受的受气包。

要让他坦然接受今天的茹意，根本不可能。

"我看你公司的人都叫你茹总，既然都是老总了，大家都得听你的，安排个好工作还不是分分钟的事儿？一个老总的哥哥，总不至于干太次的工作吧？那丢的不是我的脸，是你的脸。爸，你说对吧？"龚如军见爸爸躺下去不吭声，故意伸长脑袋对着床上的龚柳根喊了一声，希望龚柳根能再坐起来为自己声援一下。

可是，龚柳根背对着他们侧躺着，一动也不动，似乎根本没听到龚如军的话。

龚如军见老爷子没动静，撇撇嘴翻了个白眼，继而扬起下巴看向茹意道："我先说好了，太苦的活儿我不干，工资太低我也不干。你看着办！"

"要求那么高，你自己去找啊！天天坐在家里混吃等死算什么男人！"龚如军那副不识好歹得寸进尺的无赖样实在令人恶心，茹意黑着脸骂了一句，转身走了出来。

"你说谁混吃等死？啊？"李大红堵在门口，鼓瞪着双眼狠狠地瞪着茹意。

茹意绕过她来到客厅，一句话都不想跟李大红这样的泼妇说了。

天花板上的那个射灯依旧在滚动着，刺目的灯光在客厅里来回旋转，转得茹意脑袋发晕。

看着从房间里出来的龚如军，茹意抬头道："先把这个灯取下来，否则工作的事情免谈。"

龚如军斜着眼拉着脸沉默了片刻，不得不搬来梯子，把镭射灯取下来。

客厅里总算恢复了正常。但茶几上还是一片狼藉，各种烧烤啤酒小吃摆了一桌，凌乱不堪，气味也让人作呕。

曾经一尘不染的家，不到一周就被李大红和龚如军弄得乱成一团，果然他们到哪儿，哪儿就是垃圾成堆。

站在一旁的单月月见茹意盯着凌乱的茶几，马上放下果果过来收拾。

"你别收，让龚如军收，这是他弄的，应该由他收拾。"茹意抬眼看着站在一旁的龚如军。

龚如军咬了咬牙，点点头，恨恨道："算你狠！"

说完拿起旁边的垃圾桶，把那些东西一股脑儿抹进去，茶几上留下一片油腻腻的污渍。

单月月马上拿来抹布，快速地擦干净，又把地板也擦了一遍，客厅里终于变得整洁了。

"看在爸爸的份上，我留你们，但这是最后一次，再有任何影响爸爸身体的事情发生，我绝不再忍。"茹意站在阳台道。

果果小手紧紧地扯着妈妈的裙角，神情畏惧地看着茹意，黑亮的大眼睛一眨不眨地盯着她。

茹意被她清泉般的眼神打动，蹲下来拉着果果的小手温柔道："果果乖，姑姑给糖吃。不过现在是晚上了，吃糖会有蛀牙，咱们留着明天早上吃，好不好？"

说完，茹意从包里拿出两粒大白兔奶糖放到果果肉乎乎的掌心里，然后轻抚摸着她的头发："果果要每天陪爷爷下去散步，好不好？"

"好。"果果点点头，黑亮的大眼睛看了看手里的糖，又抬起头看向茹意。

"月月，我先走了，辛苦你了，照顾好爸爸。"茹意和单月月道别。

单月月牵着果果送她到电梯口，一脸歉意道："对不起茹意，我没办法阻止龚如军做这些，我没有把家里收拾好。"

"不是你的错，你不用自责。"茹意拍了拍单月月的肩膀，受虐惯了的人不管发生什么都觉得是自己的错，"你把爸爸的营养搭配好，尽量让爸爸多吃点儿东西。这个家，你最辛苦，我也只能把爸爸托付给你。"

"茹意，我觉得自己可能做不好。"单月月警觉地往后看了看，生怕龚如军会跟出来，确定没看到龚如军的身影后，她才压低嗓音道，"龚如军向我要钱，已经几次了，我不给，他就打我。"

单月月的眼眶瞬间就红了，万般的无奈和委屈都凝结在哽咽的声音里。

茹意刚平息的心情又被点爆了，龚如军这个人渣，太过分了！

"我已经和他约法三章了，他要是再敢对你这样，你马上给我打电话。"茹意压着心底的怒火道。

"嗯。"单月月流着泪点头，心里却觉得太难了，这样的日子，何时是个头！

果然，送走茹意，单月月返身刚走进屋里，龚如军就怒气冲冲地冲上来，一把抓住她的前胸，咬牙切齿道："别以为你出去跟那个白眼狼说什么我不知道！我告诉你，老子要的钱，你一分也不能少！你要再敢跟她告状，我就打死你！哼！"

说完他用力把单月月推到了地上，单月月的手和腿重重地撞在地板上，顿时疼得龇牙咧嘴爬也爬不起来。

"妈妈，妈妈！"果果吓得哇哇大哭，张开小手扑进妈妈怀里，仰起小脑袋恐惧地看着如狼一般狠戾的爸爸。

"小白眼狼，看什么看，跟你妈一个德行！"龚如军瞪了果果一眼，转身坐在沙发上跷起二郎腿，拿起新买的唱霸翻过来调过去地摆弄着。

单月月吃力地爬起来，抱着果果，一瘸一拐地走进了自己的房间里，关上房门她抱着果果默默流泪……

李大红黑着脸看着这一切，许久，她拉长了脸往龚柳根的房间走去。

虽然她很不情愿照顾病怏怏的龚柳根，但现在龚柳根是这个家的摇钱树，她必须把他照顾好，只要龚柳根在，茹意就会给钱，他们才能活下去。如果没有龚柳根，茹意是一定不会搭理他们的，到那时，他们就真的要流落街头，或者是回到小县城那个破烂的房子里，继续贫民窟里的生活。

李大红是不愿意的。以前她没住过这么好的房子，没在这么美丽的小区里生活过，她不知道富人的生活有多美好。

但是，现在她住进来了，亲身体会到这种生活的美好高级后，她再也不想回到小县城那个阴暗潮湿的破房子里了，那根本不是人住的地方。这个小区里的人养的宠物都比他们的命金贵，每天跟着主人住在豪华的房子里，徜徉在花红柳绿、绿草如茵的花园里，呼吸着新鲜的空气，享受着洁净的阳光，生活丰富多彩，这才是人过的日子。

李大红回不去了，她只有好好照顾龚柳根，让龚柳根尽量活得长久，她才能继续这样的生活。今晚这一出，是龚如军故意的，他要逼他爸爸跟龚如意找工作的事儿，李大红原本是不同意龚如军这么干的，半夜三更在家里唱K，她怕把老头子给作死了，那他们就鸡飞蛋打了。

可舍不得孩子套不住狼，不逼龚柳根一把，他怎么能答应呢？这死老头子本来就是倔脾气，只能用非常规手段逼他就范。果然这么一闹，老头子受不了了，终于开口求那个死丫头了。

唉！早知道这死丫头能有这般出息，小时候就该对她好点儿。李大红在心里后悔，这世上唯一没有卖的就是后悔药，如果有，李大红宁愿买上一筐吃下去。

看茹意这么有出息，李大红也会经常想起自己走失的那个女儿，说不定自己的女儿也很有出息，要是自己的女儿不走丢该多好啊！自己也就不会收养这个白眼狼，也就不会有现在这样无奈尴尬的生活，住在这里经常要看这个死了头的脸色。

李大红打开折叠小床，放在龚柳根的大床旁边，看着枯柴般干瘪的龚柳根躺在那儿一动不动，灰白的脸色有点儿吓人。李大红的心下意识颤动了一下。她走过去，细细看了看龚柳根，伸出手探探他的鼻息，确认他还在喘气儿，帮他拉起被角盖好，这才转身铺好自己的被褥，静静地躺下去。她睁着眼睛看着天花板，一时间想到过去的那些事情，泪滴不知不觉滑落眼角，再也睡不着了……

夜凉如水，一阵风从车窗灌进来，茹意不禁打了一个冷战，恍然间觉得特别冷。她缩了缩脖子关上车窗，感觉头有点儿疼，就连扶着方向盘的手，都有点儿乏力。

每次见李大红和龚如军就会弄得心情不好，可是为了爸爸，她又不得不去。心里难过，车也开得很慢。她打开汽车音乐广播，熟悉的女主播略带磁性的沙哑嗓音传来：午夜时分，让我们来分享一首老歌——《父亲》。熟悉的旋律响起，茹意顿觉眼眶酸涩，赶紧抬手关了音响，这首歌，每次都听得她心碎。

爸爸，是她此生唯一绕不过去的亲人，就算不要全世界，她也不能不要爸爸。因为那是童年里唯一给过她爱和温暖的人。

爸爸在晨曦中骑车的身影，校门口那一碗冒着腾腾香气的酸辣馄饨，还有爸爸塞进书包里的那些大白兔奶糖和零钱……组成了她苦难童年里永不磨灭的幸福记忆。

不知不觉到了家门口，茹意放慢车速拐进车库，旁边突然窜出两个人，直接挡在她的车子跟前，茹意心下一惊，猛踩刹车——咔！车子停了下来。茹意吓出一身冷汗，仔细一看车跟前的两个人，居然是尹志丹和尹志燕！

见她停了车，尹志燕赶紧跑到驾驶室旁边，歪着脑袋看向她，"咚咚咚"敲了敲车窗玻璃，茹意不得不放下车窗。

"姐，我们等了你好几天，你都没回家，这么久你去哪儿了？"尹志燕虽然只见过茹意一面，但对这个姐姐丝毫没有陌生感，与生俱来的亲切让她的话里满是关心。

"这么晚了，你们有什么事儿？"茹意很疲乏，忙了五天的广交会，今天刚回到江城就接二连三地见这么多人，她真心觉得累，连生气的力气都没有了。

"没什么事儿，就是来了几次都没看到你，公司里也见没你的车，很担心你。我和大姐今晚一直守在这儿等你。"尹志燕语速很快，巴拉巴拉说了一堆。

"你们跟踪我？"茹意明显不悦道，声音却是有气无力。

"没有，就是想见见你。"

"茹意，对不起啊，我们是真的担心你，想找你的电话，你们公司的人怎么也不肯说，还把我们赶了出来。"尹志丹走过来，弱弱地看着茹意，生怕茹意又要生气赶她们走。

"上来吧。"后面已经有车子跟过来，她堵住了进车库的道儿，人家在催促她了，这么晚了，茹意也不想在外面跟她们再闹什么不愉快。

尹志丹和尹志燕喜出望外，两人分别从两边上了后座。

车子钻入地库，顿时周围安静得出奇，车里也异常安静，几乎能听到三人的呼吸。直到茹意停好车，三个人都没有说一句话。

进了电梯，尹志丹紧盯着茹意，茹意故意避开她的目光，抬头盯着电梯上方不断跳动的数字。

"茹意，你又瘦了。"尹志丹看着茹意瘦削的脸庞心疼道，"是不是工作太累了？"

"还好。"茹意应付了一句，靠着电梯根本不想说话，浑身疲乏手脚发酸就想立马倒下去大睡一觉。

进了家门，"小七"照例汪汪汪地叫了几声，眼睛一闪一闪地亮着。茹意拍了拍它，把包包往玄关处一放，就瘫软到沙发里，天旋地转的，闭上眼睛她再也不想睁开了。

"哇，二姐，你这个狗狗好可爱啊！哈哈，我太喜欢了！"尹志燕像发现天外好物一般，抱起"小七"爱不释手。

"燕子，放下！别乱动茹意的东西。"尹志丹对尹志燕使眼色，让她放下那个狗狗。

"这么可爱不抱着玩玩太不人道了！大姐，你看，这个毛毛特别柔软，像真的一样，还有这个小书包，哇，太萌儿有木有。二姐，你哪儿买的这个狗狗啊，送给我好不好？"尹志燕根本不听大姐的话，抱着"小七"来到茹意身边坐下。

茹意头脑晕沉得厉害，她吃力地睁开眼睛，发现尹志燕真不把自己当外人，居然一进门就抱着她最心爱的"小七"不放。她自己都很少抱，每天回家就是机械地洗澡、工作、睡觉，很久没有把小七抱在怀里细细地抚摸。

"不行！"茹意强行爬起来，从尹志燕怀里把"小七"抢了过去，搂在自己怀中。

"小气鬼。"尹志燕撇着嘴不高兴，她还想把"小七"抢回去，却被茹意身上的滚烫吓了一跳，"姐，你是不是病了？手怎么那么烫？"

尹志燕伸手往她的额头上探，茹意本能地往后一缩，快速地躲开了她的手，讨厌她这动手动脚的毛病。

"姐，你怕什么？我又不是男的要非礼你！你身上真的很烫啊！"尹志燕瞪大了双眼，白皙修长的胳膊僵在半空中，惊愕道，"你肯定发烧了，大姐，你快来看看！"

"不用，我没事儿。"茹意起身往自己房间里走去，可刚走两步就身体一晃，往侧边倒了下去。

"茹意！"尹志丹快步冲过来，一把抱住茹意，"真的发烧了，浑身都很烫。燕子，快过来帮忙啊！"

"好好好。"尹志燕快步奔过去，两人一左一右扶着茹意，在旁边的贵妃椅上躺下来。

"大姐，要不要送二姐去医院？好烫啊。"尹志燕蹲在茹意身边一脸担心道。

"暂时不用，你扶着别让她掉下来，我去给她弄点儿热水喝，给她发发汗，去去寒，再补充点儿能量。她是太累了，可能又着了凉……"尹志丹很有经验，她在家里一个人带孩子六年，对于这样的感冒发热见得太多了，已经熟练地掌握了应对措施。

"那先吃药吧，都烫手了，我估计有四十度了吧！"尹志燕摸了摸茹意的额头担心道。

"没那么高，一会儿我给她量下体温。发烧是身体受到病菌侵袭的应激反应，偶尔发烧能有效帮助身体杀死有害细菌，提高免疫力，有利于身体健康，最好不要马上吃药退烧。正常情况下明天就会退下来的。"尹志丹很镇定地边煮水边说，接着又找到厨房里备用的红糖姜茶，麻利地用开水冲了一杯红糖姜茶水，边搅拌边来到茹意身边。

茹意像一团棉花软软地躺在沙发上。恍惚中听着尹志丹和尹志燕的对话，感觉脑海里有无数个人影在晃动，可就是看不清他们的模样，耳边不停地传来窸窸窣窣叮叮咚咚的声音，好像是打开柜门的声音，还有来来回回不停走动的脚步声，又好像是勺子在茶杯里搅拌的声音。平时冷清得像古堡的房子，除了她自己的脚步和呼吸，突然间有了这些充满烟火味的声音，茹意觉得好温暖。

记忆中她有一次病了，一个人在家里躺了一天一夜，连接听手机的力气都没有，一动也不能动，嘴里干得冒火，想喝口水却够不着……最后几乎要被渴死，她不得不爬下床到餐厅里找到一瓶矿泉水，喝完打着寒颤又爬回床上，裹在被窝里瑟瑟发抖。

那时候，她多么渴望能有个亲人在身边，哪怕是给自己端杯热水，递张纸巾，也是莫大的幸福。可是没有，这个城市里，她除了唯一胜似亲人的穆皓峰，再想不起第二个人能依靠，但她不敢麻烦穆皓峰，更不敢在深更半夜给他打电话，只能一个人躺在床上，听天由命……最后是助理小白打她电话打不通告诉了穆皓峰，穆皓峰带着小白一起来到她家，把她送到了医院。

那一天，她真的以为自己就要这样死在家里。新闻上偶尔有这样的报道，个别独居的人死了很久才被发现。

"茹意，喝杯红糖姜茶祛祛寒发发汗。"意识缥缈中，茹意听到尹志丹在叫自己。

茹意浑身乏力，连坐着的力气都没有。尹志燕坐在沙发上，把茹意扶起来，靠在自己身上。茹意的身体像一团火那般滚烫，尹志燕惊呼道："大姐，二姐的身体太烫了，你摸摸。"

尹志丹放下茶杯，走过来贴着茹意的额头，然后双手捧着茹意的脸颊，再探了一下她后脖颈的温度，很有经验道："没事儿，后脖颈不是特别烫，我感觉最多在39度。喝了这杯热姜茶再睡一觉，明天起来就好多了。"

"大姐，二姐真的不用去医院吗？"尹志燕还是很担心，茹意靠在她身上，完全就是一个大火炉子，烤得她浑身直流汗。

"不用。你扶着她，我来喂她喝。"尹志丹拿着勺子开始喂她，"来，茹意，张嘴……"

茹意一直闭着眼睛，根本无力睁开，她听着尹志丹的话，机械地张了张嘴，微微烫嘴的姜茶很快就流进了嘴里，甜甜的，带着生姜的辣味儿，暖暖的，很舒服。

尹志丹小心翼翼地一勺一勺喂她，感觉姜茶不是很烫了，她把杯子举到茹意嘴边，说："茹意，你一口喝了，这样容易出汗，来……"

咕咚咕咚……茹意闭着眼睛把杯子里的红糖姜茶喝完了，果然后背和额头开始汗津津的，仿佛有一丝中气从脊背贯通全身，人也渐渐有了力气。她缓缓睁开眼睛，看到尹志丹蹲在自己跟前，手里依然拿着杯子，满眼关切地看着她。

"感觉好点儿了吗？"尹志丹握着茹意的手柔声道。

"嗯。"茹意点点头，嗓子眼儿却突然被什么堵住了一般，哽得她说不出话来，然后鼻子一酸，眼眶就湿了，半晌，她才红着眼吐出一句话，"姐，谢谢你……"

"傻瓜，谢什么？我是你姐，照顾你是应该的。"尹志丹会心一笑，从桌上抽了一张纸巾替茹意擦去额头冒出的一颗颗汗珠子，"我去拿热毛巾给你擦擦，今晚不能洗澡，一会儿换了睡衣就直接去睡吧！"

尹志丹的动作很麻利，说话间已经拿来了热毛巾，给茹意擦了额头又擦后背，最后连胳肢窝都要替她擦，茹意怕痒，赶紧拿过毛巾自己擦。

出了一身的汗果然好多了，虽然还是头晕，但不会那么无力，她能自己坐起来了。

"二姐，今天得亏我们及时堵了你的车，跟着你来到了家里，不然你一个人生病了怎么办啊！"尹志燕挨着茹意坐，机关枪似的说道。

茹意苦笑一声，可不是吗？今晚要不是她们来了，自己肯定就这么躺着不想动也不能动，估计又得重复上次的惨剧。

"茹意，"尹志丹也挨着茹意坐下来，拉着茹意的手心疼道，"这么多年你一个人，姐知道你吃了很多苦。人家只看见你住着大房子，开着好车子，却不知道你工作压力有多大，有多苦……这些天，我和燕子没事儿就会到你公司附近去走走，每天晚上办公室都是灯火通明，经常加班到十点以后，每个人都在努力工作。你是领导，肯定比普通员工更累，压力更大。你看你这么瘦，脸色也不好，是不是最近工作上的事情特别多？"

"还好。"茹意低头不敢看尹志丹那充满关切的眼神，这种眼神有别于她以往接触到的任何人的眼神，记忆中，她只有在爸爸的眼睛里见过这样的神情，或许这就是真正的关心，真正是血浓于水的亲情吧！

"你得学会照顾自己。还有，你不能总一个人，年纪也不小了，得给自己找个好郎君，什么都有了，更应该把生活过得有滋有味，你说是不是？"尹志丹依旧拉着她的手不放。

"没想过。"茹意抬头苦笑道。

"那怎么行？过去没想，从现在开始来想。你有颜有钱有地位，多少好男人排着队来追你呢。"尹志丹笑道。

"这个你就不懂了，大姐，二姐就是条件太好了所以让很多男人望而却步，高攀不起。可能配得上二姐这样的男人呢，基本都是别人的老公了，所以二姐单着是有道理的。要我说啊，二姐什么都有，什么都不缺，也不一定就得找男人结婚生子什么的，一个人过多自由啊，还没人管你，想去哪儿去哪儿，想干什么干什么，何必非得找个人来套自己呢……"尹志燕挪到茹意侧边的沙发上，和茹意这个火炉靠在一起，她全身都汗湿了。

"狗嘴里吐不出象牙来！你懂什么！你二姐只是还没有遇到有缘人，肯定会遇到的。茹意，你可不能有燕子那样的想法。"尹志丹立马瞪了尹志燕一眼。

"大姐，你真是和妈一个样儿，我看你呀，不是我们的大姐，而是我们的妈！说起话来啰啰唆唆的，和妈一模一样！观念这么落后，整个一出土文物。不跟你说了，咱们有代沟。"尹志燕一翻身头朝下抵在沙发上，双腿轻轻一蹬就上了墙，轻轻松松完成了一个倒立。

茹意很羡慕地看着尹志燕，老三的性格大大咧咧，无拘无束，一看就是从小在家里被宠着惯着的野丫头。而大姐尹志丹却有超越她年龄的老成，说话做事都很稳重，想必从小就是特别懂事，早早就开始替父母分担责任，照顾弟弟妹妹。

她们虽然性格迥异，但都有很强的归属感、认同感，不像自己，无论在哪个地方，无论和谁在一起，总感觉自己是一个人，无法亲近任何人，也无法真正从情感上融进任何一个集体，那种与生俱来的孤独感和游离感，是她无论怎么努力也无法根除的。

就像此时此刻，尹志丹能这么亲昵地拉着自己的手说姐妹间的体己话，尹志燕能这么毫无陌生感地融进她的家，而她却依然无法真正把自己和她们放到一起。这种天生的剥离感，是刻进了她的骨髓里的。

她也很希望自己能像尹志燕这样大大咧咧地生活，能想说什么就说什么，可是，她就是做不到。她从来都是话很少，不是非说不可的话，她尽量不说；每次说话，她也要考虑好了再说，她从未体会过那种有什么说什么，想什么说什么的感觉。但她知道，那样的人一定是很快乐的，像尹志燕这样的，没心没肺。

而她呢，话少不是因为没话说，而是习惯了一个人消化所有的情绪，不管是高兴的还是忧愁的，伤心的还是痛苦的，她都是一个人消化，从来不会向任何人说。

因为小时候她没有任何人可以说。在龚家遭遇的所有打击和痛苦，她都得学会一个人承担，独自消化，没有人知道她的童年流过多少泪，咬破过多少次嘴唇，咽下过多少屈辱和不甘，又有多少次绝望到想去死……

她唯一能倾吐的就是日记，这么多年，她写下了十多本厚厚的日记；唯一能疗愈自己的，就是书籍。从小她就爱看书，不管是哪里来的书，她都如获至宝地收着，没事儿就一个人躲在角落里看书，后来到了高中可以住校，她感觉自己犹如获得了新生，不仅不用每天面对李大红和龚如军的打骂，还能去学校图书馆看书。很多同学都不喜欢住校，可学校对于她来说，简直就是天堂。

"茹意，你想什么呢？"

"没什么……"尹志丹的话把茹意的思绪拉了回来，她顿了顿神，茫然地看向尹志丹。

"你要不要吃点儿什么，我去给你做。"尹志丹一直握着如意的手，感觉她的体温退了一些，不像刚才那么烫了。

"我不饿，你别做了，早点儿睡吧。"

"我饿了，我要吃，大姐，你赶紧去做吧！"茹意的话刚说完，尹志燕一个翻身跳下来，笑呵呵地看着大姐。

"馋猫！行，你们等着，我记得你冰箱里有面条鸡蛋，我就给你们下个鸡蛋面吧！"尹志丹说着就起身往厨房走去。

"二姐，大姐可会做饭了，小时候妈妈出去干活，家里就是大姐做饭，大姐做的饭菜比妈妈做的好吃多了。"尹志燕继续没心没肺道。

听到尹志燕提妈妈，茹意心里就有种说不出的抗拒。那个尹志燕嘴里的妈妈，对于她来说，只是一个遥远而又陌生的人，除了把自己带到这个世上，她们之间根本没有任何关系。

茹意转头看向窗外，没有搭理尹志燕，尹志燕却傻乎乎地跳过来，非得扯着她继续说："二姐，小时候家里很穷，一年到头见不到肉星子，妈妈连家里的老母鸡下的蛋都舍不得给我们吃，还得拿出去换钱，你说这是有多可怜！我记得小时候我总是和尹志斌抢吃的，大姐就总是让着我们，从来都是把好吃的让我们吃……记得有一年的中秋节，爸爸买了一块大月饼回来，那个五仁月饼，我当时认为简直就是世界上最美味的东西！天哪，居然还有那么香那么脆那么可口的月饼，我一口气吃了三大块，最后桌上就剩下一小块，我趁着爸爸妈妈不在想偷吃了，结果尹志斌过来了，我们就抢了起来，抢来抢去就打了起来，谁也不让谁……后来妈妈来了，她把那最小的月饼又切成了三小块，给我们三个人每人一块。我和尹志斌一口就吃了，大姐却没吃，她留到第二天悄悄给我吃了……呵呵……"

尹志燕讲得很开心，这样的事情在她的童年里太多太平常了，她脑海里还留着一大串呢！二姐没和他们在一起长大，她就想分享给二姐听听。

可是茹意听了却是说不出的滋味儿，各种情愫在胸腔里翻涌。尹志燕说她小时候很苦，没有肉吃没有鸡蛋吃，一块月饼就当成是人间美味。可她呢？她不仅没有这些吃，她连家都没有，李大红从来不把她当家人，动不动就说她是捡来的，要不是龚家她早就饿死了，她的每一天都是在这种被遗弃被嫌弃被苛责中度过的。

尹志燕的苦，在她看来，那是一种莫大的幸福。有父母的疼爱，有姐姐的关爱，还能和弟弟一起抢着吃，一家人在一起，就算是苦也甜……这些温暖的令人羡慕的画面，她只在隔壁邻居家见过，那时候，她是多么希望自己是那个人家里的小孩啊！

"二姐，你怎么了？"尹志燕看着她眼角无声滑落的泪滴，一脸错愕道。

"没什么……"茹意这才知道自己不知不觉居然哭了，赶紧背过脸去擦眼泪。

"好了，西红柿鸡蛋面！"餐厅里，尹志丹已经摆好了三碗鸡蛋面。见茹意情绪低落地抹泪，尹志丹过来关切道："怎么了？是不是头又疼了？"

"没有，"茹意擦干泪痕摇头道，"我累了，先去睡了。"

"吃点儿面条吧，刚煮好的。"尹志丹扶着她说。

"不想吃。"

"那就喝点儿汤，喝点汤胃里舒服些，好吧？"尹志丹看着她道。

"二姐，你就吃点儿吧，大姐做的鸡蛋面可好吃了，反正我在外面吃了很多地方的面，没有哪一样能比得上大姐做的，估计你还没吃过呢，吃过你肯定就忘不了了！"尹志燕几步就跑到餐厅，在中间的位置上坐了下来，拿起筷子就开吃，她吸了一口面条，半截还留在外面就忍不住大呼起来，"哇，果然好吃！"

茹意坐下来，听着尹志燕呼噜噜吃面条的声音，再看她吃得那么香，真是打心眼儿羡慕她，父母得给她多少爱，才能让她活得这么率性洒脱到没心没肺？

"你尝尝，觉得不好吃就少吃点，喝点儿汤也行。"尹志丹也坐下来，但她并没有吃，而是看了看尹志燕，又看向茹意。

茹意看着这一小碗面条，汤色清淡，西红柿却是红得鲜艳，荷包蛋煎得金黄卧在最上面，汤面上撒了一点儿胡椒粉，下了香油，闻着就让人很有食欲。用小勺喝了一口汤，果然清甜，再吃一口面条，软乎可口。晚上的庆功宴那么丰盛，山珍海味一大桌，她现在觉得真不如这一小碗面条好吃。

"好吃吗？"尹志丹见她吃了一小口，热切地问道。

"好吃。"茹意点点头。

"那就吃了这一小碗，我没做那么多，每人就这么多，太晚了吃一点儿暖暖胃垫垫肚子。"尹志丹很开心茹意说好吃，自己也欣慰地开吃了。

"大姐，太好吃了，我还想吃。"尹志燕吃完后立马对着大姐撒娇道。

"那我这碗给你吃，我不饿。"尹志丹立马把自己那碗推到尹志燕跟前。

"我逗你的！晚上我可不敢吃那么多，这一碗够啦！"尹志燕把那一小碗面条推回到尹志丹跟前，再来到茹意身边，很自然地把手搭在她肩上，捋了捋她的头发道，"二姐，你吃面都这么专心啊，一直低头吃，就没见你抬起头来。"

茹意没搭理尹志燕，低头小口小口地吃着。她自己备的这些东西很少去做，偶尔做出来也索然无味。从未想过自己在发烧的夜里还能吃到这么温暖可口的面条，更没想过自己的家里能有这么热闹的时候，吃着吃着，不知不觉又眼眶潮湿，鼻腔发酸……为了不让尹志丹和尹志燕看见，她一直不敢抬头，直到吃完了碗里的面和汤，才拿起纸巾把泪擦了。

"我吃饱了，先回房间了。"茹意起身道。

"好，今晚不能洗澡啊！你把衣服换下来，我给你手洗，你这些衣服都太娇贵了，不能放洗衣机里洗的。"尹志丹说。

茹意真心觉得尹志燕说得对，尹志丹哪里是大姐，完全就是妈，哪有大姐对妹妹这么好的呢？

第二天早上，茹意的烧基本退了，但头还是有点儿晕，身体没什么劲儿，走起路来脚步都是飘的。

"茹意，我看你脸色还是不太好，今天就不去上班了吧，跟老总请个假。"尹志丹见她从房间里出来，马上过来扶她。

"没事儿，我能上班。"茹意说，公司里很多事儿，她不去还是不行。

"你最好休息一天再去。"尹志丹皱眉道，"好利索了体力也恢复了才有精神工作啊。"

"姐，早上吃什么？"尹志燕打着哈欠从房间里走出来，头发乱蓬蓬的，来到沙发上又趴下了。

"早上有豆腐脑和芹菜瘦肉粥，我一大早去楼下超市买了点儿菜，"尹志丹说，"茹意你喝点儿豆腐脑，祛火养胃，再喝点儿瘦肉粥补充体力。"

"大姐，你偏心！有了二姐之后你就不爱我了，眼里只有二姐，哼！"尹志燕躺在沙发上嘟着嘴假装不高兴。

"对啊，我现在肯定更爱你二姐，因为二姐生病需要照顾啊！你活蹦乱跳的能吃下一头牛，我才懒得管你！"尹志丹故意道。

"讨厌，回去我要跟妈妈告状，你偏心！哼！"尹志燕也故意道，脸上却是挂着满足的笑。

茹意听着尹志燕的话，知道她是故意在撒娇。幸福的人总是能随时随地找到幸福的感觉，自己就没有这种能力。

吃了一小碗温度刚好的豆腐脑，又在尹志丹的督促下喝了一小碗芹菜瘦肉粥，茹意感觉自己好满足好幸福，简单却营养的早餐，都是姐姐对妹妹的爱。

这就是家人的温暖吧！

"我去上班了。"洗漱好了，茹意还是决定去公司，临走前拿出两张小区的门禁卡和大门开锁卡片给尹志丹，"你们要是愿意就在我这里住下来，这是进出小区的门禁卡，这是家里大门锁的卡片。"

"茹意，"尹志丹接过卡片，顿时激动得眼眶发红，妹妹终于接纳自己了，"那我和燕子最近就住在你这儿。你放心，我会把家里收拾好，我不会让燕子乱动你的东西，晚上你回来吃饭，姐给你做。"

尹志丹一口气说了很多，又感觉自己根本没说完，眼眶红红地看着茹意。

"大姐，你胡说什么啊，我怎么乱动二姐东西了，讨厌，就知道往我头上乱扣帽子，我抗议！"还坐在餐桌上喝粥的尹志燕很不服气地冲过来，双手从后面搂着尹志丹的脖子，整个人趴在她的后背上对着茹意说，"二姐，你真是拼命三娘，难怪你能当上总监。你放心，我和大姐会帮你把家看好的，去吧！"

"你们都不上班？"茹意吃惊地看着她。

"我们……"

"我们当然要上班！"尹志丹的话刚出口就被尹志燕给抢了过去，"不过，我们不想再去给资本家打工了，我们准备自己当老板。"

茹意听得一头雾水，不知道尹志燕想干什么。她本想多问几句，可看看时间已经八点一刻了，她已经要迟到了，只好拿起包赶紧出门。

"茹意，你晚上回家来吃饭吧？"尹志丹追着她来到电梯口。

"可能回不了，你们自己吃吧，不要等我。"茹意边进电梯边说。

"那你自己要注意啊，还没完全退烧呢，得多喝水，注意休息，不能太累了，中午最好还是喝粥，别吃上火的东西……"电梯门已经关上了，尹志丹的话还没说完。

看着电梯门关上，尹志丹叹了口气，她是真的担心芬芬的身体。芬芬说她叫茹意，不叫芬芬，可是在她心里，她就是芬芬，是自从妈妈告诉她还有个妹妹叫芬芬那一刻起，就刻在心里的名字。

回到屋里，尹志燕已经吃完了，正跷着二郎腿坐在椅子上刷视频，一边刷一边哈哈笑。尹志丹过去收拾餐桌上的碗筷，心里依然在担心茹意的身体。

"大姐，你干嘛不开心啊？二姐终于答应让我们住下来了，这是多好的开始啊！一会儿我们就去把行李拿过来，再也不用住那个小破旅馆了，这里多好多舒服啊！以后啊，我们也要努力赚钱，争取在这里买一套和二姐一样大一样豪华的房子，最好就在这个小区，和二姐住隔壁，或者是楼上楼下。那到时我们就可以把妈妈也接过来一起住，再叫小斌也来，我们一家人就在一起了！"尹志燕放下手机托着下巴憧憬道，仿佛那美好的生活就在眼前，触手可及。

"能这样当然好啊，但这多难啊，现在在江城买这样一套房子，至少得好几百万吧，想想都觉得难！"尹志丹摇头道，她是不敢想自己能有一套这么好的房子，也从未想过要在这个一线城市买房，那是不切实际的幻想。

"梦想总是要有的，万一实现了呢？大姐，我觉得我们可以的，你得有信心！我刚还和几个朋友聊了具体的细节，现在赚女人的钱是最容易的，尤其是赚那些有钱的女人的钱，她们有一定经历也有资本，现在最想要的就是留住青春留住美，让身上看不到岁月的痕迹，让自己看起来永远年轻，所以美容这个行业现在是很有市场的。再加上二姐的资源，我们到时候让二姐帮我们在她的朋友圈推一推，拉一些富婆来做长期的会员，再加上我们自己的努力推广，我觉得肯定差不了。"尹志燕分析得头头是道。

"燕子，你真觉得这个可以做吗？"尹志丹担忧道，"这个投入挺多的，而且前期的市场肯定不像你说的那么容易打开，大街上那么多美容店……"

"大姐，你不能这样！想好了的事情就必须坚定地做下去，你得有这个信念，心态很重要，知道吗？"尹志燕站起来双手抱着尹志丹的肩膀安慰道，"大姐，你放心，我尹志燕这几年学了不少本事，接下来就是我大展宏图的时刻了！我去刷牙洗脸了，一会儿我们就出门，先去看场地，正好有家美容院要转让！"

尹志燕欢跳着往卫生间走去了，尹志丹看着她的背影露出一丝苦笑，三姐妹，就是燕子性格最开朗，什么时候她都能找到快乐，看到希望。

茹意上车后打开包拿唇膏，无意中看到那个透明的文件袋，里面装着一小袋发丝，还有一份中英文对照的关于莉莎的身世介绍。

茹意拿出来又仔细看了一遍，决定先去派出所把这个资料交了，不能耽误了莉莎寻亲。对于远在美国的莉莎来说，肯定希望能尽快找到自己在中国的哥哥。

茹意给助理小白和张毅各打了电话，告诉他们自己上午有事儿不去公司，有急事随时电话联系。然后就开着车来到了附近的派出所。

找到相关科室，一位帅气的民警热情地接待了她，并且询问了一些情况，最后接受了茹意提交的资料，对她说："您放心，只要她的亲人在全国寻亲DNA库中录入了DNA，她的DNA检测一出来，就会自动匹配，很快就会有结果。"

茹意点点头，突然想到龚家曾经走失的女儿，不知道爸爸有没有采集过DNA进入寻亲库，如果采集了，说不定爸爸也能找到他走失多年的女儿呢！

"通过这个寻亲DNA库找到亲人的多吗？"茹意问道。

"这几年越来越多了，因为我们建立了一个全国联网的DNA寻亲库，也在各类互联网平台上进行发布，尽量让更多的人知道。曾经因为各种原因不幸离开父母或者是遭遇人贩子拐卖的孩子，很多都通过DNA寻亲库找到了自己的亲人。"民警说。

"那二十多年前走失的孩子，如果她的父母想找到她，也得双方都采集了DNA入库才有可能找到，对吗？"茹意想了想问道。

"对，必须双方都采集了DNA进入寻亲库才能匹配到。"民警很认真地回答道，"您是有亲人走失了吗？"

"不，没有，我就是问……"茹意点了点头又立马否认。龚家的那个孩子是自己的亲人吗？似乎不是，但这个影子一样存在了二十多年，经常被李大红拿出来和自己对比的女孩儿，按年纪自己应该叫她姐姐，可她还在不在这个世界呢？如果在，她又在哪里呢？

那个年头据说有很多贩卖儿童的人贩子，专门偷别人家的孩子去卖，有的是卖给别人家做儿女，如果能落个好人家，也算幸运；还有的小小年纪就被卖去乞讨，有的甚至被弄成了残疾，甚至伤及了性命……茹意不敢想下去，但愿那个"如意"能落个好人家。

再想到自己一岁多被亲生父母送走，辗转来到龚家，虽然被李大红虐待，总归比被人贩子卖去乞讨要好吧，总不至于被弄成了残疾人吧。龚家好歹把自己养大了，爸爸还坚持让自己读书，所以，是不是该换一种态度去对待龚家人，不仅仅要铭记养父的好，就算是李大红，也是对自己有养育之恩的吧。

可是，一想到李大红曾经对自己的种种恶言恶行，茹意就无法原谅她，她真的不明白，一个女人，一个母亲，怎么能对一个年幼的孩子狠心绝情到这种程度。

从小到大，李大红从来没有给过她哪怕一丝一毫的温暖和温情，不论什么时候看到她，李大红都是一副仇恨嫌弃的样子。但是李大红对她自己的儿子龚如军却是极其纵容，虽然有时也会骂他，但骂龚如军和骂她是截然不同的，骂龚如军她不会那么狠，骂她的时候，李大红是穷尽一切难听的字眼，而且是张口就来，滔滔不绝经久不息，经常骂得嘴巴两边堆满白沫。

以至于到后来，茹意对李大红的骂声有了天然的屏蔽功能，每当李大红骂她的时候，她的耳朵就会自动闭上，对李大红的那些毒言污语充耳不闻，依然能默然地做自己的事情。就因为这样，李大红经常气得抓狂，好多次就是这样冲过来打她，爸爸在家的时候，她就能幸免，爸爸不在家，她就免不了要被李大红痛打一顿。

……

往事太不堪，想多了都是泪。茹意不知不觉中又走神了。

从派出所出来，太阳热辣辣的照在头顶，晃得茹意睁不开眼睛。天气渐渐变得炎热了，江城的夏天来了。

站在高高的台阶上，茹意举着手遮住刺目的阳光往下走，突然身边传来一个熟悉的声音："茹意！"

茹意转身一看，顿时眼神一亮：马小阳？白色的衬衫，天蓝色休闲裤，干净清爽得犹如雨后晴空。

"你怎么在这儿？"

两人几乎是同时发问，又同时忍不住笑起来。

"我来这里办落户手续，刚刚办好。"马小阳扬了扬拿在手上的户口本，笑得格外灿烂，露出一口洁白好看的牙齿，"你呢？"

"我来办点儿私事儿。"茹意不想说得那么复杂，"恭喜你成为一个真正的江城人！"

"应该是恭喜我成为一个新江城人，从此以后能享受江城的好福利。"马小阳呵呵一笑，转而问道，"你应该早就落户了吧？"

"对。我还奇怪，你怎么到现在才办？"茹意道，"我是一毕业就落户在公司的集体户口上，然后买了房就单独落户，成为户主了。"

"我是自由职业者，不像你在大公司工作。刚好今年江城有政策，我刚买下店铺后面小区里的一套房子，这才能落户。"马小阳解释道。

"那恭喜你成为业主加户主，我们都是新江城人。"茹意笑道。

"今天是个值得纪念的好日子，所以要好好庆祝一下，如果你不忙的话，我能不能有幸邀请你和我一起？"马小阳一脸期待地看着茹意。

茹意本想拒绝的，可马小阳那阳光般的笑容，让她内心跳出了另外一个声音："我觉得可以。"

"太好了！"马小阳欢呼道，"我刚才怕塞车坐地铁过来的，你呢？"

"那我就荣幸地给你当一回司机吧！"茹意笑道。

"开车这种事儿，还是我来，你坐旁边就好了。"马小阳跟着茹意往下走，当仁不让地上了驾驶室，像开自己的车一样熟练操作起来。

"你不用适应一下这个车的操作系统吗？"茹意坐上副驾吃惊地看着他。

"不用，我对所有的车都自来熟，基本没有我没开过的车。"马小阳笑道。

茹意愕然地看着他，富二代？

"逗你啦！你说巧不巧，我们居然开的是同一款车，只不过我的是白色，我喜欢白色。"马小阳简直喜不自禁，这么快就找到了两人的共同点。

"真的？"茹意也很吃惊，这辆车是公司买的，当时穆皓峰为了奖励她，特意给她高配了这辆保时捷卡宴，这个石墨蓝是茹意自己选的，穆皓峰原本要给她买红色，茹意觉得红色太炫目了，她不喜欢那么惹眼的颜色，所以挑了这个稳重的石墨蓝。

"巧吧，呵呵。"马小阳驾轻就熟往前走，"为了庆祝今天双喜临门，我决定去占领江城的制高点，咱们到那儿去俯视整个江城，喝一杯最甘醇的美酒，怎么样？"

"制高点？你说的是哪儿？"茹意一头雾水。

"到了你就知道了。"马小阳转头眸光闪亮地看了她一眼，他本以为她肯定去过，这么看来，她平时只知道工作，居然连江城这么有名的网红咖啡厅都没去过。

这个点路上车不多，马小阳开得很稳，并没有开得很快。第一次和心仪的女生同坐一辆车，马小阳想让时间过得慢一点儿，再慢一点儿，最好这条路能长一点儿，再长一点儿，让他能和茹意单独多待一会儿。

茹意第一次在自己的车上坐副驾，感觉果然很不一样，以前每次都是握着方向盘，突然悠闲地坐在副驾，双手都不知道怎么放了，她有些拘谨地拢在胸前，眼睛看向前方，这么窄小的空间，两人靠得这么近，茹意还是第一次，心里不禁有点儿小压迫和小紧张。

茹意的手机突然响了，单月月要和她视频。

茹意下意识看了一眼马小阳，犹豫一下还是接了。

"姑姑，"果果圆乎乎的小脸蛋儿霸屏在手机上，嘟着小嘴甜甜地叫她，"我陪爷爷下来散步，你看，这里有花儿。"

顺着果果肉乎乎的小手，一朵鹅黄的鸡蛋花出现在镜头里，然后茹意就看到了坐在轮椅上的爸爸，一只手拉着果果的小手，难得地露出了笑容。

"爸！"茹意喊了一声。

"丫头，你在上班吧？"龚柳根的声音不大，中气还是不足，但看着气色比昨天好。

"我在外面办点事儿。您今天感觉还好吧？"茹意问道。

"挺好的。我没事儿，你不用担心我。你忙吧，月月，挂了挂了。"镜头里，龚柳根仰头跟单月月说挂掉，生怕打扰茹意。

"茹意，果果说想你了，我没打扰你吧？"单月月把镜头转向自己，隔着屏幕看着茹意。

"没有，我正好没事儿。"茹意说，"今天早上爸爸吃了什么？"

"早上他空腹吃了一小碗燕窝，后来又吃了一小碗鸡蛋羹，我带了一块阿胶糕下来，一会儿让他吃。"单月月一一汇报道。

"好，少吃多餐，辛苦你了月月。"

"应该的，那我不打扰你了，先挂了。"单月月说完就挂了视频。

马小阳静静地开着车，听着茹意和手机里的人对话，但一次都没有偷看。这么几句话，他基本上听明白了大概的意思，等茹意收起手机后，他才侧过头看了她一眼问道："你父母也在江城？"

"对，是我爸爸，"茹意想了想说，"半个月前刚做了手术，正在康复中。"

"什么手术？"马小阳追问道。

"胃癌。"茹意顿了一下说。

马小阳一时愕然得语塞，没想到是这么严重的病，许久才道："手术效果还不错吧？"

"还好。就是要好好调养。"

"那就好，好好养着。你还记得我跟你说过我小时候身体很弱，我奶奶给我熬粥调理身体吧？我觉得这个办法也适合你爸爸！改天我上门给叔叔做几款砂锅粥，让他尝尝，保准他爱喝。"

"不用，太麻烦了，我让月月做就好了。"茹意坚决地把马小阳的好意拒到了千里之外。

车里的气氛瞬间就尴尬了，马小阳的笑容也凝固在脸上。许久，他才意识到自己可能把她给吓着了，才见两次就想着去人家家里，确实不合适。

"对不起，我，我可能有点儿唐突了，你别生气。"尴尬了片刻，马小阳赶紧给自己找台阶下。

"我没生气。"茹意也意识到自己刚才的态度太过冷硬，生生破坏了气氛，语气温和道，"做饭这样的事情本来就很麻烦，伺候病人就更麻烦，所以，我不想麻烦你。"

"不麻烦，我喜欢熬粥，熬粥让我快乐。"马小阳见茹意没生气，心里的那股勇气又回来了，"你要是愿意，可以学着做，然后回去熬给叔叔喝。"

"我不愿意。"茹意又是闪电般干脆地拒绝了。

马小阳的笑容再次僵在脸上，这真是一个能随时把天聊死的人。可是，前两次见面她不是这样的，看起来很温和，只是话不多，马小阳把这个理解为女生的矜持。

但今天这感觉很奇怪，茹意的不高兴不愿意是丝毫没有隐藏的。

161

第一次她醉酒误打误撞进入他的店里，他就觉得她与众不同，身上的气质很特别，带着一丝淡淡的忧郁，又有着一股遗世独立般的孤傲；第二次发现她话不多，总是喜欢静静地聆听，眼神里总有一丝淡淡的忧郁，看着让人心疼。从员工那里知道她是励峰集团的销售总监后，马小阳很吃惊，没想到她看上去年纪不大，居然是销售总监了，而她在自己面前一点儿也不像女强人，完全就是一个内秀的小女人，安静温和，偶尔还会露出小女生般羞涩的笑，是他心中喜欢的那种完美型女生。

马小阳尴尬地笑了笑，意识到可能是自己触及茹意的禁忌话题了，赶紧换了一个话题："茹意，你平时喜欢干什么？"

"上班，工作，回家，睡觉。"茹意言简意赅道。

"哈哈，完美的两点一线！难怪你不知道江城的制高点网红咖啡厅。其实，平时我也很宅，你还能公司家里两点连一线，我干脆就是一个原地打圈圈，每天吃喝拉撒睡工作都在一个地点，就像一头被蒙着眼睛的小马在埋头拉磨，就知道每天不停地转啊转啊转……所以，偶尔休息我就会和小伙伴们走得远一点儿，郊游啊，去海边啊，或者是来这个七十层高的咖啡厅看看江城的全景，换个地方，换种视野，也换下心情。下次我们休息的时候，你可以跟我们一起去郊游。"一讲起工作室的小伙伴一起出游，马小阳的心情就格外兴奋，按理他的工作是没有休息日的，但马小阳依旧规定每周一为休息日，让小伙伴们放松心情。

"嗯，有时间可以考虑。"茹意转头看向马小阳，挤出了一丝笑意。

"我们固定每周一休息，估计你得请假。"马小阳笑道。

"那很遗憾我没办法参加你们的郊游，周一都是最忙的时候。"茹意也笑了，还不忘补充一句，"我觉得你这休息时间诚心就是不想让我参加。"

"你要是去，我们就改到周日，我提前告知会员们就行了，现在有微信群，很方便的。"马小阳道。

"这还差不多，我可以考虑一下。"茹意心里涌起一股暖意。

和马小阳在一起感觉很轻松，她不用担心自己的情绪会影响马小阳，因为马小阳很快能调节气氛，而且总能找到一个契合她的话题。

车里的气氛又变得轻松愉快起来，茹意从口袋里拿出两颗大白兔奶糖，一颗递给马小阳。

"你也爱吃大白兔奶糖？"马小阳惊喜地接过来，正好遇上红灯，麻利地剥开糖纸放进了嘴里，"我从小就爱吃大白兔奶糖。后来发现有大白兔味香水了，我果断买了。偶尔会喷一喷，那个味道让我想起了小时候。"

"大白兔奶糖是我小时候最爱的糖果，直到现在，我包里都能随时找到。"茹意也剥开糖纸，边吃边说。

马小阳太惊喜了，这一路发现了两人之间这么多的共同点，开同一款车，吃同一个牌子的奶糖，茹意还特别爱喝砂锅粥，这就是自己一直要找的那个人啊！

两人聊得很开心，车子不知不觉就开到了江城广场附近。周围都是高耸入云的建筑，深蓝色的玻璃幕墙在阳光下反射着迷离炫目的光芒。这里就是江城的 CBD，寸土寸金的商业中心。入驻江城的世界五百强企业，全部集中在这里。

马小阳轻车熟路地钻进地下负三层，车子在迷宫一般的地库里停稳后，茹意整个人都蒙圈了，一会儿怎么找得到出口啊？虽然她在江城工作了六年，也算得上是江城的上层人士，可这个地方，她真是第一次来。

看着茹意一脸的错愕，马小阳绕到她身边："是不是找不到北了？"

"东南西北都找不到了。"茹意毫不避讳，光是绕下来的那个路都让人发晕了，而且此时此刻站在这里，一眼看不到头都是车，幽深静谧得有点儿骇人，她不由握了握拳头，心里有点儿小害怕。

"没事儿，马小阳是小太阳，照到哪里哪里亮。"马小阳很自然地拉起茹意的手。

茹意本能地往后退缩了一下，马小阳转头看向她，眸光温暖而坚定："没事儿，有我在，不怕！"

说着再次拉起茹意的手，这次茹意没有抗拒，而是乖乖任由他握着，但是身体却忍不住轻颤了一下，一股电流通过手心迅即流转到了她身体的每一根神经末梢，心头划过一丝异样的感觉……这是她长这么大，第一次和男生拉手，也是她第一次接受男生拉自己的手。

马小阳紧握着茹意的手走在前面，茹意跟在他身后。他身形挺拔，衣服简洁，不带任何 logo，私人订制的服饰让他玉树临风，又清新脱俗。

七弯八拐进了电梯，茹意感觉他的手心微微有点儿出汗，目测他应该也是有点儿小紧张，原来不仅仅女生会紧张，男生也会紧张？

马小阳不时转头看茹意，嘴角挂着好看的笑。他的手心出汗了，不是紧张，而是激动。激动自己终于握紧了茹意的手。要知道在决定要牵住茹意的手那一刻，他内心是多么忐忑，那是鼓足了十万分的勇气才伸出去的手。

茹意是不喜欢别人碰她的，第一次他就知道，所以他很担心茹意会一把甩开自己，谢天谢地她没有，只是羞涩地往后缩了一下，他才有勇气再次出手，这一握住，他就再也不想松开了。

电梯速度很快，直达第七十层。开门出来，茹意发现这里是个酒店，叫做"云端四季"，七十层高，果然是住在云端。大厅中空目测有十多米高，瀑布般的水晶灯从顶端垂吊下来，星星点点闪烁着的灯光犹如夜晚的繁星，耀眼而又夺目。一面镂空的麦穗墙壁，金光璀璨，丰收的美景铺展在眼前。中间白色的椭圆形高台上，一位美丽的女子穿着曳地礼服正坐在三角钢琴旁优雅地弹奏，柔美的《致爱丽丝》钢琴曲回响在每个角落，飘动着音符的空气中弥漫着淡淡的香水味。

四周都是透明的玻璃幕墙，随便往哪个方向远眺，目之所及都是绚丽的蓝天白云，令人心旷神怡。

这个时间酒店人不多，马小阳牵着她来到东南方临窗的座位，马小阳想让茹意和自己挨着坐在一起，茹意选择了面对面坐着，马小阳不得不松开茹意的手。松开的一刹那，两人同时看向对方，目光相撞的瞬间，茹意的脸热辣辣地烧红了，她发现，马小阳看似平静的眼眸中，有星星点点的光芒在跃动。

马小阳点了这里的招牌点心和红酒。

"茹意，今天是个很特别的日子，我有一个小小的请求。"马小阳举起酒杯，眼底盛满深情。

茹意似乎意识到马小阳要说什么，心，猛然间跳得厉害，脸也愈发红得滚烫。

她故意转过头看向窗外，两百多米的高空中，江城的一江两岸尽收眼底。这是一个魔幻般的城市，远处隐隐约约起伏的山峦，近处错落有致的房屋，纵横交错的公路，蜿蜒流向大海的河流，以及眼前耸入云端的大厦，在阳光下熠熠生辉，让人觉得那么虚幻，可自己却又真实地每天生活在其中。从这里往下看，地面上的人、车、树，甚至是那些居民楼，都渺小得如同蝼蚁，毫不起眼。

原来自己纠结的尘世，换一个角度，竟是如此的微不足道。

"茹意，你看着我。"马小阳喊她。

茹意缓缓转过来，却不敢抬头看马小阳的眼睛。

"看着我。"马小阳命令道。

茹意不得不抬起头看向他，鼓足勇气抢在马小阳开口前道："我知道你想说什么，但是，我不敢答应你，也不能答应你，所以你还是别说了。"

"我还没说你凭什么就拒绝我？"马小阳假装生气道，"按程序必须得是我先说，就算拒绝也得让我说完，不许再抢话了！"

茹意没再吭声，鸦色的睫毛忽闪了几下，静静地看着他。

"茹意，我想把每周一的休息换到每周日，希望你能答应我，每周日来参加我们工作室的聚会，好不好？"马小阳一脸调皮地笑起来。

茹意尴尬得要钻地洞。转念一想，马小阳原本不是想说这个的，这肯定是他临时用来对付自己的，没看出来，他干净单纯的外表也有欺骗性，于是，她咬着唇瞪了他一眼，干脆道："不好！"

没想到茹意也有小女生的任性，马小阳在心里偷着乐，这样的茹意才是鲜活有个性的茹意，他喜欢，刚才他就是故意逗她的，决定继续逗逗她。

"那这样的话，我就不改休息时间了，继续每周一吧，唉！"马小阳长长叹气，假装很失望地看着茹意，脸上的笑容也倏然间消失得无影无踪。

"这周我打算带小伙伴们出海打鱼，然后在沙滩上烧烤，搞个沙滩露营，看看海边夜晚的繁星点点，听听夜深人静后的海浪声声。我还有一台架子鼓，到时候一起搬过去，好好狂欢一晚。"马小阳时而向窗外远眺，时而看茹意一眼，看似漫不经心，实则时刻在关注着茹意的表情。

茹意拿了一小块点心慢慢吃着，脸上波澜不惊。本来她就不喜欢热闹，对人多的活动不感兴趣。部门也经常搞团建，那是工作，她不得不去，而且作为部门领导，一切都是以她为中心，现场是她可控的，偶尔穆皓峰也会去参加她们部门的团建，茹意总是单独和穆皓峰坐在一起谈工作，看着其他员工嬉闹成一团。

所以，马小阳的这个活动对茹意来说并不具有吸引力。

见茹意无动于衷，马小阳又道："或者是开车沿海岸线自驾，一路吃一路玩，面朝大海，春暖花开……"

"要不你周日陪我去看两个人吧。"茹意突然道。

"行啊！看谁啊？"马小阳想都没想就满口答应。

"两位老人，我好久没去了，这个周日想去，你要愿意就一起去。"茹意脸上的烧红慢慢退去。

"愿意啊，当然愿意。他们在哪里？"马小阳很兴奋，这是多好的机会啊，他求之不得。

"山里，开车要三个多小时，一天往返，挺辛苦的。"茹意看着他说。

"没事儿，我喜欢开车，三个小时根本不累。"马小阳笑道。

"我和你轮流开，这样可以轻松点儿。"茹意说。

以前每次去，她都是一个人开来回，不过她每次都会在那儿住上一晚，这样就不会太累。但马小阳只休息一天，只能一天来回。

"不用，开车这样的体力活，理应是男生的事儿，你只要在旁边坐着就行了，陪我说说话，我肯定开得又稳又快。"马小阳脑海里已经有画面了，就像刚才一路上茹意坐在自己身边那样，那种感觉他很喜欢。

茹意微微一笑，举杯道："恭喜你正式成为江城人，谢谢你愿意陪我开那么远的路。"

晶莹剔透的水晶杯碰撞出清脆悦耳的声响，两人干了杯中酒，马小阳纠正茹意道："第一个我接受，第二个我不接受，以后我陪你做任何事，都不许你跟我说谢谢，而且我特别愿意你能多给我这样的机会，多让我替你做事儿，我开心，我愿意，我享受。"

茹意不敢看马小阳那双炙热的眼睛，她感觉自己的心如擂鼓，这种慌了神红了脸的感觉，一次比一次强烈。马小阳对自己的好，她当然能感觉到，可是她以前从不接受任何男生的，为什么唯独对马小阳是个例外？

刚才她居然鬼使神差地提出让马小阳陪自己去看艾爷爷艾奶奶，这是自己生命中最重要的两个人，她只向穆浩峰提起过，从未带任何人去见过他们。带马小阳去，就意味着自己的过去有可能会被马小阳知道，你真的想好了吗？

有那么一瞬间，茹意有点儿后悔，甚至想过要收回刚才的话。可是，面对马小阳的这份真诚和热情，她又说不出口。

那就将错就错吧。

几杯酒过后，茹意沿着玻璃墙走了一圈，这里能俯瞰整座江城。站在玻璃墙前远眺，云端四季的宁静高远能让人忘却尘世的喧扰，可转身就是超然的奢华，每一件物品都在彰显着它不菲的价值，进出这里的人，非富即贵，出世和入世，就在一个回眸之间。

如果可以，她愿意静静地在这里站成一尊雕像，远离尘世的喧扰，独享一个人的宁静和高远。

"茹意，楼上有江城最好的健身房、无边际泳池，要不要上去看看？"马小阳高大的身形包裹着她，双手自然地从后面环抱过来，刚要搂着她的胳膊，茹意猛然间惊跳起来，瞬间挣脱了马小阳的手臂。

空气陡然凝固，四目相对，马小阳尴尬得双手僵在空中，茹意眼里掠过一丝惊恐，转身匆匆离去。

"茹意……"马小阳紧追过去，茹意窘迫逃窜，无奈电梯没上来，只能局促不安地站在那儿等着。

"对不起茹意。"他刚才只是情不自禁想抱她一下，没想到她居然反应那么强烈。

茹意不敢看他，因为自己刚才又把人吓着了。马小阳一定认为他能牵她的手，就可以和正常的情侣那般搂抱接触，殊不知这是她的死穴，接受马小阳的牵手，已经是她的承受极限。

电梯上来了，茹意闪身进去，马小阳也跟着进来了。

"茹意，我送你回去。"马小阳说。

"不用，我自己能开车。"茹意道。

"我们都不能开车，刚喝了酒，我已经叫了代驾。"

茹意抬眼看他："谢谢。"

"茹意，刚才，对不起。"马小阳再次道歉，他觉得可能是自己冒犯了茹意，她才会有那样的反应，毕竟自己和她才见过三次面。

茹意不想再说这个话题，淡淡道："你自己打个车吧，我直接回公司了。"

"好。周日几点出发？我开车去接你，你把家里的地址发给我。"眼看着电梯就要到楼下了，马小阳抓紧道。

"七点半出发。"茹意犹豫片刻道。

"好，记得微信给我地址。"马小阳追着茹意来到停车场，代驾已经在车边等着了。

茹意钻进车里，关门前抱歉地转头看了他一眼。

马小阳站在原地愣神了半天，他想不通茹意为什么会那么抗拒身体接触，难道她从未谈过恋爱，还是有什么洁癖？

她独立清高孤傲，她忧伤内敛聪慧，她事业有成又谨小慎微，她究竟是一个什么样的人？虽然在茹意这里屡屡受挫，但马小阳依然很想走近她，了解她，因为，她已经走进了他心里。

代驾按照导航路线送茹意去公司。茹意坐在后座，第一次在自己的车里坐后座，茹意感觉很不真实，好像这不是自己的车，而是别人的车，自己就像是一个普通的乘客。

想到这短短几个小时发生的事情，自己居然经历了前所未有的体验，和马小阳牵了手，主动约了马小阳周日去看艾爷爷艾奶奶。马小阳对自己的那份心思，茹意自然了然于心。从未开始过一段完整的恋爱，她真的不知道，自己是不是有能力进入一段感情，是不是能够和一个男生开始正常的接触。

穆浩峰说她已经到了人生的第五个需求，完成了自我实现，但却遗漏了第二个和第三个，安全感和爱以及归属的需求。而这些是她无法通过努力工作实现的，必须通过家人的爱和恋人的爱来获得。只有这样，她才能经历完整的有烟火气的热腾腾的人生。

否则，她就是再成功，也只能遗世独立，成为一个孤独的"神"。

茹意，你想成为一个毫无温度的"神"吗？不，我不想。我想要一个完整的有烟火气的热腾腾的人生。

虽然这条路会很难，但人生不就是在体悟中觉醒，在挫折中前进吗？曾经绝望到要放弃生命，在艾爷爷艾奶奶的鼓励下，一路走来，她才有了今天的生活。

过去的创伤虽然疼，但不能成为羁绊她永不恋爱的理由。茹意，为了自己，你也应该敞开心扉好好活一次。可一个人要突破自己曾经的伤痛和藩篱，谈何容易！

"女士，已经到了。"司机把车停好，见车主没有反应，转头说了一声。

茹意赶紧擦去眼角的泪滴，推门下车跟司机道谢。

电梯里，她整了整衣领，深呼吸放松自己，快速切换到工作状态。刚到办公室门口，小白就走过来汇报："茹总，一厂的廖厂长来找您了，我让他在接待室候着。"

茹意往接待室看了一眼，边进办公室边问："他来找我是不是因为这次广交会上他们一厂的产品销售不如二厂？"

"他没说，就说要见您，今天见不到他就不走。"小白说。

"行，让他进来吧。"茹意坐下来打开电脑，调出一厂这半年的销售数据看了起来。

"茹总，总算等到您了。您不知道昨天晚上我几乎一夜没睡，就想着今天到茹总这里来，我要怎么向茹总开口要资源……"廖厂长四十多岁，站在茹意面前，一口一个"茹总"地叫着。他身材发福，"中部突起"很明显，但脸上却布满皱纹，眼袋下垂，焦虑和不安都写在脸上。

"廖厂长请坐。"茹意拿着电脑来到沙发上，"我知道你的来意，你自己看看这半年一厂的销售数据。"

茹意把电脑推到廖厂长跟前，坐下来稳稳地看着他。

"我知道我们的产品现在不如二厂卖得好，但二厂都是新产品，都是最受市场欢迎的产品，所以我们一厂也想调整生产线，上马智能化数字新产品。我们一厂不是不能生产，我们有这方面的技术人才，只要公司投资一条新的生产线就行了。"廖厂长看着数据表，汗水从额头上滚滚而下。

"廖厂长，你别急。公司安排生产线是从全局出发的，二厂现在领先确实是靠着新产品，但在老产品上，你们更有优势，产品质量稳定，市场反馈一直很好。今年公司正在拓展北方市场，估计还是以一厂的老产品为主，因为老产品性价比高。所以，你先稳住，好好生产把好质量关，我会让经销商多推一厂的产品。"茹意说。

"谢谢茹总，但我心里还是没底，我们现在落后二厂很多了，我怕到时候年终完成不了公司下达的任务啊！"廖厂长边擦汗边说，满脸的褶子锁在一起。

"还有半年的时间，别急。你的任务就是把好质量关，生产出合格的产品，其他的交给我们。"

"有茹总这话我就放心了。"廖厂长站起来准备和茹意握手告别，想了想茹总不喜欢和人握手，于是又把手收了回去。

"廖厂长，我想往你那儿放一个人，不知道你方不方便？"茹意起身道。

"当然方便，方便。"廖厂长忙不迭地答应，微微弓着腰问，"您的人要放在什么位置？"

茹意想了想说："这个人只会开车，也没什么技术，就当个配送司机吧，平时住厂，周末回去，你看怎么样？"

"当然没问题，我们正缺这样的司机呢！不过司机这个岗位比较辛苦，工资待遇也不高，不知道人家愿不愿意啊！"廖厂长看着茹意试探道。

"从基层做起，干好了再说。"茹意道。

"行，那就按茹总说的办。对方叫什么名字？回去我就安排。"

"龚如军，男，34岁，初中文化，身体健康，当过司机，就这些。"茹意简单道。

"好的好的，我记住了。茹总，通知他什么时候来上班？"

"明天就可以上班，一周适应期，三个月的试用期，合格了再签用工合同。"茹意说。

廖厂长一脸不解地看着茹意，一时没弄懂她这是真的公事公办还是说给自己听的官话。既然是她亲自安排进来的人，怎么一点儿都不给照顾？一个小司机还得试用三个月后合格了才签合同？茹总果然是这么铁面无私？公司上下都知道茹总办事雷厉风行，做销售是一匹黑马，从不徇私情，任何时候都是以公司利益为重，也从未见茹总在公司里安插过任何亲戚同学朋友，这么多年，茹总在公司的口碑无人能比。

今天他算是亲眼见到了。

"好，那我就按茹总说的去安排。"廖厂长顿了顿神道。

"廖厂长，你得对这个人严格要求，进厂先培训，让他牢记厂规厂纪岗位要求，他要是有任何违规违纪情况，马上开除。"茹意补充道。

"这个……好。"廖厂长愈发讶异了，茹总果然是个铁面包公，对自己安排进来的人要求格外严格。

廖厂长走后，茹意关上门，打开手机看看爸爸那边的情况。

已经到了中饭时间，几个人正在吃饭。客厅里，穿着一身花睡衣的李大红和一身黑衣服的龚如军正端着饭碗坐在沙发上边看电视边吃，龚如军还把双脚搁在茶几上，李大红则双脚盘起来坐在沙发上，两人不知道在看什么电视，边吃边看边笑，不时还用手指向电视机，茶几上散落着各种零食和垃圾袋，又是一片狼藉。

餐厅里，爸爸正坐在那儿慢慢吃着，月月坐在旁边，正在给果果喂饭，果果很好奇地盯着电视，也嚷嚷着要到客厅去吃，月月正在好言好语哄着。

茹意把镜头拉近到餐桌上，仔细看了一下爸爸在吃什么？一小碗汤，好像是羊肚菌排骨炖花胶，还有南瓜小米羹，餐桌上有清蒸鱼、红烧排骨和一盘炒青菜。月月果然是按照自己给的菜谱给爸爸做营养餐。

爸爸现在吃的东西基本以汤和流食为主，少吃多餐，不能吃正常的饭菜当主食。

"老头子，今天中午要吃完这两小碗啊，别总是浪费，好多钱的。"李大红吃完了，走到餐桌边放下碗筷，看了一眼龚柳根碗里的食物说。

龚柳根瞟了李大红一眼，没吭声，低头喝汤。

"这个死丫头为了你还真是舍得花血本，每天这么吃这么喝，你要是不能把身体调理好，那就真是没福气哦！"李大红索性在龚柳根旁边坐下来，看着他吃，"你说你大半辈子都没吃过这么好的东西，没住过这么好的房子，没享过这样的福，到老了病了，你还享福了，不愁吃不愁穿的，住着这么大的房子，每天有人伺候。龚柳根，你说有这么好的生活，咱是不是得多活几十年？"

"你能不能少说几句。"龚柳根最讨厌李大红这张嘴了，一天到晚喋喋不休，以前天天骂他不会赚钱，生病之后听说要那么多钱治病，巴不得他早死，现在却天天都念叨让他多活几年。

"我说错了吗？这么好的日子你不得好好活着啊，苦了大半辈子了，终于享清福了，就得好好活着。"李大红仰头四下里打量这个大房子，她太喜欢了，住在那个小出租屋里的时候，她做梦也没有想到自己来江城还能住上这么高级的房子。

"你不就是想着多花如意的钱吗？我告诉你，如意的钱都是辛苦钱，不是天上掉下来的，我们得省着点儿，孩子不容易。"龚柳根气不过，放下勺子吼了李大红一句。

"你吼什么吼啊！她的钱不就像天上掉的吗？一般人这么年轻能赚到这么多钱吗？你看看她房子好几套，车子也是几百万的好车子，要什么有什么，我们还能花得完她的钱吗？钱来得不容易她能天天给你这么吃吗？你心疼她，你怎么不心疼心疼你儿子呢，让她给找个赚钱多的工作呀！不说像她这样一年赚好几百万的，至少几十万的也要吧……"

李大红还没说完，龚柳根就差点儿被她的话给噎死，剧烈地咳嗽起来。

"爸，爸……"单月月马上放下勺子过来给他顺气儿，"您别激动，慢点儿吃。"然后她抬头看向李大红说，"妈，爸吃饭的时候你就少说几句吧。"

"一边去，这个家什么时候轮得到你说话！"李大红一甩脸，对着单月月吼道。

果果顿时被吓得哇哇大哭，张开手扑向月月怀里："妈妈，我要妈妈！"

单月月赶紧过去抱起被吓坏的果果，生气地看了一眼李大红却不敢发作，只得来到龚柳根身边安慰道："爸，您喝点儿水。"

龚柳根终于停止了咳嗽，他喝了一口单月月递过来的水，无奈地看了一眼李大红，仰头对月月说："你抱果果去阳台，别把孩子吓着了。"

果果趴在妈妈怀里，双手搂着妈妈的脖子不敢松开，依旧在哇哇哭泣。单月月没办法，只好抱着果果去了阳台。

"你干什么啊？把果果都吓坏了！一点儿都不像做奶奶的样子！"等单月月走了，龚柳根对着李大红骂道。

"我怎么了？说句话就能吓坏，这孩子还有什么用？和她妈一样没出息的东西！生不出儿子来，迟早给我滚蛋！"李大红故意对着外面阳台说，就是要让单月月听到。

单月月抱着果果站在阳台上，听到李大红的话委屈得落下泪来。

"能不能少说两句？这个家本来好好的，就是你这张臭嘴，一天到晚骂这个骂那个搞成这样的！月月哪儿不好？果果又怎么不好了？啊？！"龚柳根生气道。

"龚柳根，你要是不能让那个死丫头给如军找到好工作，就是你没用！再说了，如军要是有工作了，我们就不用花那个白眼狼的钱了，也用不着看她的脸色了，可以过自己的小日子了，那个死丫头不也高兴吗？"李大红冷哼一声，回到了客厅的沙发上。

龚如军一直在那儿边看电视边吃饭，对刚才餐厅里发生的一切充耳不闻。

龚柳根仰着脖子，尽量让自己郁积在胸口的气儿吐出来，唉，真是要气死了！

……

隔着屏幕，茹意也看不下去了。果真是只要看到李大红，就是心情的滑铁卢，这个人就是存心来恶心人的。

茹意用办公室的座机拨通了爸爸的手机。

"丫头，你吃饭了吗？"龚柳根马上带着笑意问道。

"一会儿去吃。爸，您在吃饭吧？"茹意依然在看着手机里的镜头，爸爸已经站起身离开餐桌往房间里走去了。

"对，我刚吃饱。"龚柳根进了房间，他不想让龚如军和李大红听到自己和茹意打电话。

但那两个人一听是茹意的电话，都竖起耳朵来听，目光也都聚焦在龚柳根身上。

"爸，我给如军找到工作了。一会儿我把地址发到您的手机上，您让他下午去找廖厂长，让他一切听廖厂长的安排，去了必须好好工作。"茹意说。

"哦，好，好，好。"龚柳根一连说了三个"好"，很意外也很高兴，没想到昨天说的今天茹意就给落实了。

"厂里的纪律严，让他一定要遵守厂规厂纪，违规违纪的话就别想干了。"茹意叮嘱道。

"好，我会跟他说，让他遵规守纪，好好工作。你放心。"龚柳根道。

"那我先去吃饭了。"茹意说完就挂了电话。

那边，李大红已经冲到龚柳根身边了，满脸惊喜地看着龚柳根问道："是不是找到工作了？啊？"

"找到了，你把如军叫进来。"龚柳根坐在床边，放下手机说道。

"如军，快，快来，你的工作找到了，找到了！"李大红转身对跷着二郎腿坐在沙发上看电视的龚如军招手道。

龚如军放下碗筷，懒洋洋地从沙发上爬起来，双手插在裤兜里，一摇一晃慢悠悠地拖着脚步来到龚柳根的房门口，斜靠在门框上，抖着腿懒懒道："什么工作啊？"

"什么工作去了你就知道。这是去上班的地址，到了那儿找廖厂长。如意说了，你得遵规守纪好好工作，违规违纪了人家可就不要你了。"龚柳根把手机递给龚如军，上面是茹意刚发过来的地址和联系人。

龚如军很不情愿地往前迈了一步，伸长手拿过手机看了一眼，然后发到了自己的手机上，再把手机还给龚柳根，撇撇嘴道："找了个什么工作都不知道，要是不好的工作我可不干啊！"

"你不干你能干什么？如意能给你找工作就很好了，不管什么工作，你都必须得好好干，不许嫌弃！"龚柳根黑着脸，说得急了，又开始喘气，捂着腹部皱着眉头忍着胃里传来的一阵阵难受。

医生说他要静养，不能动气，就这样的家庭环境，龚柳根觉得自己迟早要被眼前这两个人气死。

"我可不是你，当牛做马都不嫌累。"龚如军转过身很不屑地翻了个白眼低声道。

这话他还是不敢让老爷子听到，怕真把老爷子气死。真要没有老爷子了，他可就没有这么好的日子过了。

龚如军拿起手机看了看上面的地址，继续斜躺在沙发上看电视，时间还早，他看会儿电视再去。

办公室里，茹意盯着手机屏幕里烂泥般躺在沙发上的龚如军无奈叹气，这样的烂人，如果不是因为爸爸，这辈子自己都不会和他有半点儿瓜葛，太不像个人了！

退出视频，茹意根本没心情吃饭，一个人坐在办公室里沉默了半晌，往日里各种各样的画面又在脑海里浮现。

"茹总，我给您打了饭菜，您吃点儿吧！"小白进来把饭盒放在茹意跟前。

"谢谢你，小白，给我倒杯咖啡吧！"茹意说。

"好。"小白转身去茶水间，很快就端来一杯热腾腾的焦糖拿铁。

"茹总，我听说……"小白偷偷往外看了一眼，然后快速过去把门关了，再回到办公桌前满脸神秘地压低声音道，"我听说董副总去北方开局很不顺，说是几个发布会都做砸了，花了好几百万一点儿效果都没有……"

"你听谁说的？"茹意吃惊，她这几天忙，根本没关心任何消息。

"我听以前董副总身边的人说的，这次不是没带他去吗，他可能幸灾乐祸了吧。"小白说。

"小白，不管他们怎么说，这话你不能到处传，听见了跟我说说可以，其他人那里你可不能说。"茹意叮嘱道。

"茹总放心，我只跟您说。"小白脸色尴尬道。

"董副总北上拓展市场这是公司的战略部署，他成功了，对励峰来说是好事儿，他要是失败了，对我们大家没有半点好处，反而我们销售的压力更大了，你明白吗？"片刻，茹意又补充道，"所以这事儿不能幸灾乐祸。穆总要是知道了，肯定要生气。"

"嗯，我明白。"小白点头道。

小白走后，茹意端过饭盒吃了几口，索然无味，干脆不吃了。

放下饭盒，看到手机跳出来一条信息，是马小阳的。

茹意，吃饭了吗？晚上过来打理一下头发，海鲜砂锅粥等着你哦。

茹意下意识捋了捋头发，确实有点儿油，昨晚发烧没洗澡没洗头，是应该去洗个头了。

可一想到上午自己和马小阳之间弄得那么尴尬，茹意又不想去了。心里很矛盾。

吃过了，晚上可能没空，不去了。茹意回复道。

回去晚了你要自己洗头更麻烦，顺道过来，用不了多长时间，不论多晚，我在店里等你。马小阳说。

他也知道茹意不来可能是因为上午的不愉快，所以，他得尽量让她来，不让这种不愉快过夜。

好。茹意心中一暖，马小阳清澈的眼神，还有那阳光般明朗的笑容又浮现在眼前。

虽然仅仅见过三次，但她心里是喜欢马小阳的，因为他阳光干净通透，因为他的小名叫"小七"，因为他会做独一无二的砂锅粥，因为他也爱吃大白兔奶糖……这种温暖的感觉溢满心头，让茹意的心情忽然间变得明亮了起来，心头的阴霾渐渐消散。

窗外，正午的阳光很灿烂，一朵朵羽毛般的白云轻盈地铺展在湛蓝的深空中，伴着微风一点点飘向不知名的远方。

只要你心向阳光，生活原本还是很美好的，不是吗？

没过多久，张毅来了，茹意猜到他会来，而且知道他要和自己说什么。

"老大，你听说了没有？"张毅进来就把门关上，一脸惊喜地走到茹意身边。

"听说什么？"茹意故意问道。

张毅拉开椅子坐下来，身子往前探，故意压低嗓音对茹意说："董静山出师不利啊，砸进去几百万还没弄出动静来，你没听说啊。"

"这事儿你从哪儿听说的？"茹意盯着他道。

"你别问我从哪儿听说的，现在整个公司的人都知道了。估计这会儿穆总在办公室气得转圈圈吧。嘿嘿！"张毅一脸喜滋滋地说道。

"公司的钱打了水漂，这对于公司的每个人来说都不是什么好事儿。"茹意不悦地盯着张毅，"穆总要是生气了，你还觉得这是好事儿吗？"

"这个……我当然不是这个意思。"张毅略显尴尬道，"我的意思是，当初要是派你去，我们带着团队北上，那肯定不是现在这局面啊！那一定是干得风生水起，市场一片大好啊，这钱就不会打水漂，而是能带来源源不断的经济效益啊，对不对？"

"今年经济形势不太好，你又不是不知道。我们这边也是靠着几个老客户在支撑，新的业务拓展也很少。这个时候要去拓荒并不是一件容易的事情。所以，这事儿别暗中偷着乐，至少在外面尤其是在穆总那儿不能表现出来。"茹意叮嘱道。

"知道。不过，老大，你不觉得这对我们来说是利好吗？说不定穆总很快就会把董静山调回来，转而派你去北方了呢。"张毅不太服气道。

"不太可能，董静山刚去不久，不可能这么快就把他弄回来，说不过去。市场需要培植期，不可能立竿见影，这是正常的规律，穆总比谁都明白。再加上董静山的特殊身份，穆总会充分给他机会，不可能这么快换人。所以，安心做好自己的事情，别总把心思浪费在这些无聊的事情上，明白？"茹意乜了一眼张毅。

"明白了。经你这么一分析，果然是我想得太简单，你分析得有道理，难怪穆总那么信任你！好了，我回去继续干活。"张毅尴笑着离开，心里对茹意又多了一份佩服，不得不承认茹意分析事物的能力就是比自己强，难怪她能做销售总监，而自己只能给她当副手，这就是差距。

张毅走了，茹意一边喝咖啡一边工作，不知不觉就到了下班时间，办公室的人差不多都去吃饭了，茹意伸伸有点儿酸疼的腰，起身正要离开，穆皓峰进来了，脸上暮色沉沉，神情格外严峻。

茹意马上给穆皓峰泡了一杯他喜欢喝的大红袍，放在茶几上。

"唉，董静山北上开局不太顺利……"穆皓峰双手交叉在一起，长叹一声道，仰头看向天花板，像是在自言自语，却又分明是说给茹意听。

"我听说了。"茹意在他的侧边坐下来。

"你怎么看这个事情？"穆皓峰侧头看着她，眼神写满期待。

茹意知道他此刻心里很矛盾，董事会的压力肯定很大，因为当初是他力主让董静山去北方的，现在董静山开局就搞得这么不好看，他作为董事长没办法向大家交差，却又拿自己的小舅子无可奈何，这才是他真正的两难所在。

"三叔，今年的经济形势不太好，开荒并不是那么容易的事情，我想董总也没想到会这样。但这个时候不能操之过急，市场需要培植期，冷静下来找到问题的症结再去补救，接下来再一步步拓展，只要他们是用心做事，把钱花在该花的地方，我觉得迟早会有收获的。"茹意想了想说。

穆皓峰眼神里现出一丝欣喜，茹意刚才的话让他很满意，这是今天下午他听到的唯一一个支持董静山继续留在北方干下去的理由。他还以为茹意会趁机提出让她自己去北方换下董静山，因为当初茹意来向他争取过北上，穆浩峰没同意。

现在，茹意的态度无疑给他矛盾的内心一个有力支撑，因为他也不想这么快就把董静山调回来，董静山自己也不甘心就这么回来了。有了茹意的分析，董静山继续干下去就有了支持。

"北方的市场确实不比南方，南方整体的消费水平和消费档次都比北方高。所以还是要让董总多做市场调研，把市场摸清摸透，才能真正有的放矢。"茹意继续道。

穆皓峰点点头："他要是能真正静下心来做事儿，应该还是可以的。"

可就怕他吃一堑不会长一智，拿着钱不是交学费，而是真的打了水漂，这才是穆皓峰担心的。今晚回去他得跟董静华商量一下，让她也好好管管这个弟弟，不行的话，自己就亲自去一趟，把董静山好好训一顿，再在那边蹲一段时间，亲自上阵。

"今晚别加班了，早点儿回去休息，你看着很疲惫，前几天的透支还没有缓过来吧。"穆皓峰起身，走到门口又转身叮嘱道。

"好，我一会儿就回家。"茹意点头，想到马小阳的砂锅粥，心里暖融融的，不由得露出了一个暖暖的略带羞涩的微笑。

穆皓峰看得神情一愣，从未见过这丫头笑得这么暖这么甜，今天是有什么喜事儿？他来不及琢磨，也微微一笑，眉头舒展着走了。

半个多小时后，茹意的车子停在了"绾青丝"的门口，马小阳从视频监控里看到茹意下车，马上到门口来迎她。

"来得正好，这会儿是店里最悠闲的时候。"马小阳推开玻璃门迎接茹意。

茹意环视了一下店里，居然没看见其他人。

"店里就你一个人？"茹意好奇道。

"他们正在里面吃饭，正好现在没有顾客，过一会儿就得忙起来了。"马小阳跟在茹意身后说。

店里依然播放着轻柔的音乐，熟悉的大白兔香水味又弥漫在周身。走到后面的休息区，果然看到穿着清一色白色T恤的帅哥们正在吃盒饭，每个人手边放着一杯果汁或是奶茶，看起来吃得还很香。

"茹总好！"茹意刚露面，大家就齐刷刷抬头喊道。

"你们好！"茹意和他们打招呼，心想肯定是上次小白和几个小姐妹过来泄露了自己的身份，果然个个都是大嘴巴。

"那我们也先去吃饭？"茹意心里惦记着马小阳的砂锅粥。

"我奶奶说，饱不洗头，饿不洗澡。所以，你得先洗头，洗完了，咱再去吃饭，放心，半个小时肯定能好。"马小阳笑道。

茹意乖乖跟着马小阳往单独的那间洗头间走去。

在按摩床上躺好，享受着人工智能按摩，酸疼的腰身马上得到了缓解，从身体深处透出的舒适和惬意太享受了。

"水温合适吗？"马小阳边给她冲水边小声问道。

"嗯。"茹意闭着眼睛应答，感受着温润的流水从头顶滑过，马小阳修长的手指正在一点点穿过发丝，接触到头皮轻轻地抚触按摩，瞬间，一股电流般的暖意从头顶流转到全身，一阵战栗袭来，茹意的手指用力抓住了按摩椅的边缘。

"力度重了吗？"马小阳感觉到了她身体的紧张，停下动作柔声道。

"不是……"茹意慢慢地松开了双手，身体渐渐放松。

马小阳用手工洗头皂在茹意头上轻轻摩擦，很快就产生了丰富的泡沫。淡淡的薰衣草的清香弥漫在空气里，茹意陶醉地深吸了一口，软软道："薰衣草的味道真好。"

马小阳没吭声，而是静静地看着她。

她仰面躺着，眉头舒展的样子就像天使般美丽。第一次马小阳给她洗头的时候，她醉酒中眉头一直是紧锁着的，似乎心里锁着很多很沉的心事，看起来让人心疼。今天她的眉头舒展了，整个人也柔和多了，五官似乎都变得更灵动，更柔美了。

她天生丽质，不施粉黛却肌肤若雪，无需雕琢却五官精致，腹有诗书气质高雅，她的美是无需修饰的浑然天成，是上帝对她的宠爱。

马小阳修长的手指在她乌黑的秀发间回旋揉转，指腹按压着她的头皮，丰富的泡沫犹如天空多彩的祥云，他感觉自己不是在洗头，而是在欣赏与众不同的美。

"洗好了吧？"自动按摩床都停止了，马小阳居然还没洗好。

"哦，好了。"马小阳这才回过神来，赶紧给茹意冲洗。

"给你按一下肩膀吧？"冲洗完了马小阳说道。

"不用了。"茹意本能拒绝，她从来没让人给自己按摩过，哪怕是手臂，她都不让人碰。

"按摩后再热敷一下你的肩颈会舒服一些，按摩床没办法按到肩颈。"马小阳说，"你放心，我手法很轻，不会弄疼你。"

"可是……"茹意还是不敢接受，这是她的禁区。

但马小阳已经给她包裹好了头发，抹上精油，搓热双手就放到了她的脖颈上。

嗷！一股强烈的电流瞬间贯通了全身，茹意感觉到了极度的不适，全身的神经绷紧反抗起来，一根根汗毛也竖立了起来，身体挺立着僵直着，双手再次紧紧地抓住了按摩床的边缘。

"没事儿，放松，"马小阳暖暖的声音在耳边响起，"脖颈有点儿硬，平时伏案工作很多，一定要注意保养肩颈，不然容易肩颈痛。"

马小阳的手指修长，力度恰到好处，大拇指和食指揉捏着茹意的脖颈中间，缓缓地打着慢回旋，在她略显僵硬的肩颈处稍稍用力地揉捏着，然后从中间一点点往两边推移，再从两边回旋着到中间，接着又从上往下，顺着她细腻的肌肤，一点点一寸寸地按压，替她缓解肌肉的疲劳和身体的紧张。

或许是他揉捏的力度太舒适了，茹意居然真的渐渐放松了，身体一点点回沉，一点点进入无意识的状态中；也或许是马小阳的声音太好听了，他柔柔的暖暖的话语缓缓在耳边回响，让她大脑放松了戒备，身体舒展下来，渐渐的她完全陷进了这份能令人忘却一切烦恼伤痛的享受中。

这一刻，仿佛时间停止了，周围的任何声音都消失了，只有马小阳温暖而略带力度的双手，只有马小阳均匀而有节奏的呼吸，只有马小阳偶尔轻柔的声音……她的世界里，只有一个马小阳，她完全信任了他，接受了他，从她的肌肤记忆开始。

闭着眼睛，她听到自己紧绷的神经一点点解锁的声音，听见自己紧闭的心门訇然打开的声音，听见一直躲避逃离的情感在勇敢向自己奔跑的声音，听到自己孤独的内心在温暖中嘤嘤啜泣的声音……

那是摒弃杂念冲破藩篱跳出伤痛的解脱，是解除禁锢割断过去拥抱新生的欣喜，她被自己的勇敢感动得哭了。此刻的茹意，终于挣脱了十多年一直压在心底的那道沉重的枷锁，终于冲破了那个一直笼罩在心头的雨夜，终于走出了被蔡小毛凌虐的暗夜恐怖，终于勇敢地破茧新生了……

脖子下突然传来一阵滚烫，把茹意缥缈的思绪拉了回来。

"热敷一下，会有点儿微烫，忍一忍就好了。"马小阳托着她的脖颈暖暖道。

茹意应答着，眼角滑下了温热的泪滴，趁着马小阳转身时，她偷偷擦掉了。

烫热的毛巾紧贴着已经被马小阳揉捏缓解的脖颈，感觉从未有过的舒爽惬意，当那份热意慢慢退去，茹意居然有点儿留恋刚才那滚烫热辣的感觉了。

"好了。"几分钟后，马小阳把毛巾拿走，他来到茹意的侧边，很自然地一手握着茹意的手，一手托起她的肩颈，扶着她坐了起来。

"感觉怎么样？"他看着她问。

"很舒服。"茹意迈开脚步往外走，却发现马小阳一动不动地站在原地。

茹意抬眼看他，鸦色的睫毛湿漉漉地闪动了一下，看得马小阳心头一颤，顺势把她搂进了怀里，下颌贴着她的耳际，颤声道："茹意，余生让我照顾你吧！"

茹意的身体又触电般僵直了起来，但这一次，她没有闪电般推开他逃离，而是僵直着靠在他的怀里，双手呆愣地垂直在身体两侧，感受他的呼吸他的心跳，还有他身上让人安心的大白兔奶糖的气息。

她的心狂跳着，似乎下一秒就要窜出心口，全身的血液极速地窜到了头顶，大脑"轰隆"作响，她不知道马小阳说了什么，只是感觉到他的心跳也和自己一样，在胸腔里擂鼓般地狂跳着。

"茹意，答应我吧！"马小阳把她抱得更紧了。

茹意紧张得窒息，脑海里早已一片空白，慌乱之下"嗯"了一声，推开他就要逃离。

马小阳顺势在她光洁的额头上落下了一个吻。

茹意感觉身体再次像过电般烧灼了起来，一弯腰从他的胳膊下逃了出来。

外面的工作区，大家已经吃好了饭各就各位，茹意脸颊烧红地从里面跑出来后顿时窘在原地，所有人都讶异地看着她。

马小阳紧随其后出来，见大家都眼珠子骨碌碌盯着茹意，马上抬手拢着茹意的肩膀，假装严肃道："看什么看，收拾一下自己的工作台，马上进入工作状态！"

"是！"几乎是异口同声，小哥哥们窃笑着转身，他们两个刚才在里面发生了什么，看表情就已经心知肚明了。

"茹意，里面坐。"马小阳若无其事地搂着茹意来到专属于他个人的 VIP 工作间，茹意乖乖地跟着他走了进去。

坐下来对着镜子，才发现自己脸上一片绯红，犹如夏天布满火烧云的西天那般耀眼。

马小阳的脸上洋溢着幸福的微笑。他解开茹意头上的毛巾，开始给茹意吹头发，看着镜子里满脸绯红的她，他幸福得要飞起来了。

因为茹意刚才点头答应他了，这意味着从此刻开始，他和茹意之间正式开启恋爱模式。

很快头发就吹好了，发型蓬松有型，微微卷曲的发梢和刘海，让茹意多了几分妩媚。茹意想如往日一样说声"谢谢"，还没开口，马小阳就拉起她的手往外走："饿坏了吧，吃饭去。"

来到了外面，大家又是齐刷刷看着他们，发现马小阳居然紧拉着茹意的手走出来，小哥哥们不约而同欢呼起来："哇，七哥找到七嫂了！从此茹总变七嫂！七嫂好！"

茹意从未面临这样的窘境，想挣脱马小阳的手，却被他牢牢抓在手心里，一动也不能动。

"很好，从此茹总变七嫂，七嫂到店必须最高规格接待，明白了？"马小阳转身对他们宣布道。

"明白！"紧接着是一阵热烈的掌声，"恭喜七哥七嫂！"

马小阳乐得心花怒放却又不能在茹意面前表现得那么明显，只好偷着在心里美滋滋，脸上挂着甜蜜蜜的笑，拉着茹意往楼上走。

来到楼上的阳台，马小阳松开她的手："你去那儿坐着，我把粥端出来。"

茹意如获大赦，长舒一口气，她来到阳台的边缘，吹着来自南太平洋清凉的海风，看着那轮刚刚升起来如玉盘一般的满月。

十五的月亮十六圆，今晚应该是农历十六，月亮才会如此圆满。脸颊依旧炙热，胸腔里也激荡着一股无法言说的兴奋，心如这轮满月，被巨大的幸福填满了。

原来，被一个男人暖暖地爱着，是这样幸福的滋味。

原来，男人对女人，也可以这样温情脉脉，温暖如春，温柔如水。

原来，世界上的男人，除了龚如军那样的无赖，爸爸那样的无助，蔡小毛那样的无耻，还可以有穆皓峰那样的坚韧无畏，马小阳这样的温暖细腻。

茹意曾经觉得艾爷爷艾奶奶是照进自己生命里的第一道光，给了自己第二次生命；穆皓峰是照进自己生命里的第二道光，引领自己走出贫穷走向自由；那么，马小阳会是自己生命中的第三道光吗？他是那个能真正照进自己心灵温暖自己灵魂的那个人吗？

"今天是鲜虾海蛎粥，配菜是银鱼炒鸡蛋、花生米、蚝油生菜。"马小阳用大托盘端来了他们的晚餐。

　　见茹意依旧怔怔地站在那儿仰头看月亮，马小阳来到她身后，双手环抱着她，茹意心下一惊，身体倏然僵直，转头发现是马小阳，惊跳的心才放稳，她羞涩一笑，转过头去，对于马小阳这样随时而至的亲昵，她还需要时间来适应。

　　"看月亮吗？"马小阳贴着她的耳垂问道，痒痒的感觉让茹意又想逃离，为了不把马小阳吓着，她忍住了。

　　"嗯。"她点了点头，"今晚的月亮真圆真静，我想嫦娥此刻一定也在温柔地注视着人间，在看着她的后羿吧。"

　　"对，农历十五十六的时候，就是嫦娥思念后羿的日子。她点亮月宫里的灯，让地球上的后羿能看到她。小时候，每逢八月十五，奶奶和妈妈就会在家里的阳台上举行拜月娘的仪式，小折叠桌上放着很多供品，再燃三炷香，奶奶和妈妈特别虔诚，我们也都要跟着拜。"马小阳也仰头看着月亮，脑海里浮现出奶奶的样子。

　　"是拜嫦娥吗？"茹意好奇道。

　　"可能吧，我那时候小，很淘气，每次奶奶要求我跪下来拜的时候，我都是嘻嘻哈哈应付一下就跑了。记得家里经常要祭拜各种神灵祖先，我爸爸是经商的，所以每个月的初二和十六都要拜，再加上各种传统节日的祭拜，我印象中，奶奶和妈妈一年到头都在祭拜各种神灵，而且特别虔诚，很有仪式感。"马小阳说。

　　茹意转头吃惊地看着马小阳："你是不是在一个特别传统的家庭里长大？"

　　"对，我是潮汕人，特别传统。我们生活在海边，以前谋生的方式有两种，要么出海打鱼，要么漂洋过海去东南亚经商，都要靠神灵保佑才能平安无事。所以家家户户祭拜神灵，家家户户崇尚多子多福，每个家庭都有很多孩子，我们家七个并不是最多的，还有八九个十多个的。"

　　"我好想去你们那儿看看，那究竟是怎样一个神奇的所在，现在居然还有这么与众不同的地方。"茹意笑道。

　　"等你有空，我带你去我老家，那里的海鲜是最新鲜最好吃的……对了，我们的粥凉了，赶紧来吃。"马小阳牵着茹意来到桌边。

　　还没吃，茹意就闻到了那熟悉的诱人香味，肚子立马"咕噜噜"叫唤起来，声音响得马小阳都听见，两人不由相视一笑。

　　"除了会煲粥，你还会做其他的菜吗？"喝粥的时候，茹意突然问道。

　　"当然，比如我还会做银鱼炒鸡蛋，蚝油拌生菜。"马小阳笑道。

"嗯，银鱼炒鸡蛋确实很好吃，我也是第一次吃这样的鸡蛋。"茹意也笑。

"我还会做清蒸鱼、白灼虾、煎牡蛎、板栗烧鸡、红豆焖猪尾、水煮牛肉、可乐鸡翅……"马小阳把他喜欢吃的菜历数了一遍。

"我觉得你是被形象设计耽误了的厨子。"

"不会做饭的形象设计师不是好男友，我就是那个万里挑一的马小阳，你，值得拥有。"马小阳调皮道。

茹意笑得差点儿把吃进去的粥都喷出来了。

"不信？以后每天换着花样做给你吃。"马小阳很认真道。

"我信，我是觉得不可思议，你怎么这么爱做饭？"

"因为我从小被奶奶把嘴养刁了，到江城来上学后，完全吃不惯这里的饭菜，所以就开始自己学着做，把记忆中奶奶给我做过的各种各样好吃的都自己试着做一遍，一不小心就把自己打造成了最会做饭的形象设计师啦。"马小阳调皮道。

"扑哧……"茹意再次被他逗乐了，马小阳的外形太有欺骗性了。

轻松有爱的晚餐结束后，马小阳要开车送茹意回去。茹意坚持自己开车，马小阳坚持要送。

"你开着车跟在我车后面送我？"

"不对，是我开着你的车送你回家。"马小阳纠正道。

"然后呢？"

"然后你再开车把我送回来。"马小阳笑。

"然后你再开车把我送回去？"

"对，然后我又开车把你送回去……"

"然后我们就这样循环往复开车到天荒地老？"

"对，到天荒地老。茹意，你愿意和我到天荒地老吗？"马小阳顿住脚步痴痴地看着她。

茹意没想到自己居然随口说出了这么暧昧的词，囧得赶紧低头，不敢看马小阳那深情款款的眼睛。

马小阳心里偷着乐，不需要她回答，拉起她的手就往前走。

他的掌心很大，手指很长，把她的手完全包裹在掌心里。有那么一瞬间，茹意有一种恍惚，眼前出现了小时候那个晨曦初露的早晨，爸爸牵着自己的手走到校门口，那种温暖的感觉，和此刻一模一样。

上了车，马小阳当仁不让坐在驾驶室，照着茹意说的路线，慢慢往前开。

因为那一句"天荒地老"，两人相视一笑，小小的空间里，几乎能感受到彼此的心跳和呼吸。马小阳一手握着方向盘，一手握紧茹意的手，他希望自己能这样牵着她走一辈子。

车里响起熟悉的音乐《Childhood Merry》，淡淡的忧伤中带着暖暖的回忆。

"这也是我经常单曲循环的曲子。小时候学了十年钢琴，这首是必练曲目，不知弹奏过多少遍。没想到你也喜欢这首曲子，有机会，我要亲自给你弹一曲，不会弹钢琴的厨师，不是好男友。"马小阳笑道。

原来是这样！她还纳闷，马小阳那天洗头时，为什么会给自己放这首曲子，原来这是他最熟悉的音乐。茹意痴痴地看着马小阳，心窝窝里又一次溢满幸福和感动。马小阳，真的是上帝送给她的那个天使吗？

时间很快，路程很短，不知不觉就到了茹意家的小区门口。

"你就在这儿下车吧，这里好打车。"茹意推开门要下车换座位。

"我要给你停好车看着你上楼。"马小阳坚持道。

"那你一会儿得走很远的路出来，里面的路你不熟悉。"茹意反对，希望他早点儿回去，她做事的风格向来雷厉风行，不喜欢拖拖拉拉磨磨蹭蹭。

"没事儿，我正好借机熟悉一下路线，以后就可以轻车熟路进车库了。"马小阳说。

茹意没办法，只好任由他去，指挥他往车库里开。到了地库把车停好，茹意要自己推门下车，马小阳马上阻止道："等等！"

茹意的手顿在车门上，不解地看着他。

马小阳下车小跑绕过来给她开车门，很绅士地站在旁边，长胳膊抵住车顶，牵着茹意的手下了车。

茹意的脚刚在地上站稳，就跌入了他的怀里，耳边是他暖暖的声音："记住，以后只要和我在一起，你就坐副驾，上下车必须得让我开门伺候着，不许你着急忙慌的。"

"我习惯了一个人。"

"从今天起，你是我的公主，公主出行，王子必须全程伺候。"马小阳深情款款道。

"原来你是自己想当王子，所以才需要一个公主来衬托啊。"茹意心底早已被温暖得如山花烂漫，流水潺潺。从小到大，她都被人当成草芥一样扔掉、嫌弃，从来没有人把她当成"公主"，这是第一次。

"对。我要你永远做我的公主，这样我就能成为永远的王子了，小马王子。"马小阳暖暖道。

"是'小七'王子，你是我的'小七'。"茹意眼底有了盈盈的泪光，这个"小七"也是她人生中最温暖最有爱的记忆。

"好，我就是'小七'，'小七'就是我。"马小阳在她额头印下了一个饱含深情的吻。

"晚安，我的公主。"马小阳依依不舍地看着茹意上楼。

电梯门关上，马小阳的样子消失在眼前。恍然间，茹意觉得刚才的一切好像在做梦，这一晚上，自己和马小阳之间发生的这些是真的吗？咬咬唇，很疼！再掐掐手，真的很疼，不是梦。

电梯很快就到了，推开门走进去，茹意惊觉着往后一退，来到门外再看了一眼门牌，没错啊，是自己家里！

可是……

门口的"小七"呢？每次回家就会迎接自己的"小七"怎么不见了？穿过玄关，茹意往客厅里走去，里面灯火通明，却没见人。

尹志丹和尹志燕呢？茹意想喊，却不知道怎么叫？叫姐姐妹妹还是直接叫名字？张了张嘴还是没开口，隐隐约约听到阳台上有声音，走过去一看，惊呆了！

尹志丹躺在美容床上，脸上敷着厚厚的面膜，闭着眼睛好像睡着了。尹志燕穿着粉红色的护士服，正在给尹志丹做美容，而且尹志燕自己脸上也敷着面膜。

"你们这是？"茹意看着尹志燕身边那一套完整的美容设备目瞪口呆。

"哎呀，二姐，你回来得正好，我差不多要给大姐做好了，正好接着给你做。你先去喝点儿水上个厕所，一会儿就可以开始了。"尹志燕一抬手就把自己脸上的面膜给撕下来了，脸白得像瓷娃娃一样，笑呵呵地看着茹意道。

"你要在家里开美容院？"茹意愕然地看着她。

"没有，这不是过渡嘛。哎呀，一时半会儿跟你说不清楚，我先给大姐把脸洗了，一会儿让大姐跟你说。"尹志燕立马给尹志丹撕面膜，但是尹志丹脸上敷的是尹志燕自己调制的植物面膜，得一点点儿仔细地揭起来，弄完之后还得用洗脸巾擦拭，再上护肤品，比较费劲，但效果比普通面膜好多了。

尹志燕如绣花一样的慢动作，茹意看不下去了，转身往房间里走。

等她冲完澡换上睡衣出来，尹志燕才给尹志丹做完最后的护理。

尹志丹从美容床上爬起来，一脸愧疚地看着她："茹意，你别生气。我之前也不同意燕子把这个东西搬回家的，但是那边的场地还要装修，至少得十天半个月，这段日子正好让燕子练练手，再说也可以在家里帮我们自己做一做护理，还是挺好的吧……你看看我脸上的皮肤是不是变得细腻光滑一些了？"

尹志丹挨着茹意把脸凑过来，让茹意看她刚刚做完护理的脸。尹志丹平时比较劳累，也不是很注意保养，肤色晦暗略显粗糙，经过尹志燕这么一护理，确实变得光洁了，看上去滋润了很多。

"看起来是好一点儿了。"茹意往后退了一步，坐到了沙发上。

"所以，这就是保养的效果。"尹志燕听茹意这样肯定，过来拉住茹意来到阳台，"我也为你做一个，这个时间正好，做完就去睡美容觉，保准你明天起来容光焕发。"

"我不做，我还得看几个资料，没时间。"茹意不想做，可尹志燕根本不放，直接就把她按倒在美容床上，"二姐，不是我说你，你说你在公司是工作，回家了还是工作，每天除了工作还是工作，完全没有生活，你不觉得这样的人生太枯燥无味太委屈自己了吗？要我说啊，你现在房子车子票子位子什么的都有了，完全可以过一种高质量的生活，好好爱自己，让自己的生活和你现在所拥有的一切成正比，而不是成为一个赚钱的奴隶，工作的机器，只知道工作只知道赚钱而不会享受生活不会让自己变得更美更好，工作赚钱又有什么意义呢？"

尹志燕那张"机关枪"似的嘴巴，一旦开动起来就吧嗒吧嗒停不下来，茹意觉得耳边飞着一窝嗡嗡嗡嗡的蜜蜂，想阻止却又阻止不了，尹志燕还在继续说：

"而且啊，这女人一旦过了二十五岁，皮肤的胶原蛋白就开始慢慢流失，岁月的杀猪刀就开始在你脸上留下各种各样的痕迹：比如法令纹、鱼尾纹、抬头纹、眼袋……你要是不保养，刀刀见功效。我告诉你，女人不保养，那就是样子老，保养就是老样子。女人的美和年龄无关，但是与金钱有关，你什么都不缺，为什么就是不好好保养自己呢？从现在开始，你的保养交给我，我肯定让你永远看起来像十八岁。"

"好了，开始吧，让我安静会儿。"茹意真是服了她，不知道她这张嘴怎么这么能说，伶牙俐齿这个词应该就是为她而量身设定的。

"二姐，这就对了。"尹志燕喜不自禁，换了一盆温水，重新取了一张面巾，开始帮茹意清洁面部，她的动作轻柔，手法也娴熟，茹意闭着眼睛，享受着尹志燕的双手在自己的脸上不停地上下左右打圈圈，还挺舒服的。

虽然早已跻身这个城市的中产一族，实现了财务自由，但茹意的生活一直很简单，也很俭省，不需要花的钱，她从来不花。做美容这样的事情，她从来就没有体验过，一个是因为忙，第二是她觉得不需要，这是有生以来头一次。

"哎呀，二姐，你的皮肤真是好得让人嫉妒！"尹志燕突然大声惊叹起来，并且侧过头对着客厅里的尹志丹喊道，"大姐，你过来看，二姐的皮肤居然细腻得看不到毛孔，而且没有任何斑点，第一次见她的时候，我还以为二姐是用了最好的粉底液和遮瑕霜，没想到二姐是天生丽质啊！"

尹志丹扎着丸子头，穿着宽大的家居服，边喝水边走过来，笑呵呵道："你才发现啊，我第一次就看出来了，茹意根本不化妆，什么粉底液肌底霜的，可能从来没用过吧？"

"真的？那你的皮肤就是像妈妈，妈妈现在快六十了皮肤依然很好，妈妈说她年轻的时候皮肤好得像剥了壳的鸡蛋，摸上去光滑 Q 弹，估计就和你现在的这样。还有，你的眼睛也很像妈妈，睫毛浓密还自然翘，眼睛格外有神，妈妈就是这样的眼睛。我们三姐妹，就你遗传了妈妈的眼睛。但是，你的鼻子又像爸爸的，很高挺，嘴巴也像爸爸，有点儿刚毅，不像妈妈的嘴那么小，妈妈是圆脸，爸爸是长脸，你是鹅蛋脸，正好综合了她们两个的优点。二姐，你是真会挑，把爸妈的优点全挑走了，哼，我都嫉妒了。"

尹志丹嘴里含着水，抿嘴笑而不语，这话也只有尹志燕这样大大咧咧的人能说得出口。

尹志燕的话听得茹意心里又很不是滋味儿。

她闭着眼睛，面无表情，一声不吭，任由尹志燕蜜蜂一样在自己耳边嗡嗡着。

第一次听到尹志燕说自己长得像妈妈和爸爸，之前茹意从未想过自己的长相会和他们有什么关系，也从未在心里构想过亲生父母的样子，因为，她怨恨他们，这辈子都不想原谅他们，也不想见他们。

但是，尹志燕的这番话，却不知不觉让茹意在脑海里构想出了亲生父母的样子。

自己的皮肤像妈妈，眼睛也像妈妈，妈妈是圆脸，小嘴巴，想象着这副模样，妈妈年轻的时候一定长得很水灵，那个年代，在乡村是不是也算得上大美女？爸爸是长脸，高鼻梁，坚毅的样子，如果身形高大，长得也算是玉树临风。郎才女貌的搭配，应该是美满的姻缘。

可是，一个会把亲生孩子丢弃的家庭，一定不会是幸福的家庭。妈妈这辈子是不是过得很不幸？是因为她自己重男轻女，还是爸爸重男轻女，抑或他们两个都重男轻女，所以才一定要生到儿子，为此可以毫不在乎地把二女儿丢弃？

"天哪，二姐居然就有鱼尾纹！"尹志燕突然惊叫起来，把茹意吓了一跳。

"这有什么大惊小怪的，二十五岁就开始流失胶原蛋白，我都二十七了，长点儿鱼尾纹不是很正常吗？"茹意不以为意道。

"唉，那我不是很快也会长鱼尾纹？大姐有鱼尾纹我还能理解，因为大姐三十了，而且结婚生孩子了，一直操劳过度，又没时间没钱做保养，可是你不一样啊，二姐，你不缺钱，也没有大姐那么辛苦操劳，你的皮肤又这么好，你长鱼尾纹我不能接受。"尹志燕嘟着嘴说。

"燕子，二姐很辛苦的，而且她的辛苦不是我们能理解的辛苦，她的压力比我们大。我们不是去她公司看过了吗，员工天天都要加班。"尹志丹一直站在旁边，冷不丁地补充道。

"唉，也是哦，这世上哪有那么好赚的钱，每一分钱都有汗水的味道。所以，二姐更要注意保养啊，有钱的女人要是不能让自己青春永驻，那钱还有什么价值？"尹志燕说，"今天我先给你做个深度补水，明天再补充胶原蛋白，保准让你越来越美。你等我一会儿，我去给你调补水抗皱的面膜。"

尹志燕拿着玻璃小碗，到后面的小柜上去调制面膜。

"你们真的要开美容店吗？"茹意问道。

尹志丹点点头，拉过一张小凳子在茹意身边坐了下来，说："燕子喜欢这行，毕业后又专门去进修了，这两年在外面也学了点儿经验，就决定自己做。正好我之前也接触过，我就想着和燕子一起做。今天去看了一个场地，感觉还可以，整体转让，有设备，也有一部分客户资源，主要还是靠我们自己去拓展。"

"投资大不大？"茹意问。

"转让费是二十万。我和燕子现在把所有的钱都投进去也就二十万，还要重新装修一下，再添置一些新设备，至少要三十万左右。"尹志丹掰着手指算道。

"我投二十万，如果不够，我还可以追加，明天你们带我去看看。"茹意爽快地说。

"真的？哇，太好了！二姐，你简直是我们的大福星！"尹志燕放下尚未调制完的面膜，转身熊抱住她，在她身上来回地磨蹭亲昵撒娇。

"起来起来起来……我快被你压死了！"茹意全身的汗毛都竖起来了，恍然间那个被蔡小毛凌虐的场景又浮现在眼前，她惊惧地推开尹志燕，身体僵直着，心也无端地陷入了一阵恐惧里。

"二姐，我真是爱死你了！我向你保证，你投资给我们，一定会有很大的收益。我一定好好经营这个店，以后争取做成全国连锁。"尹志燕根本没发现茹意的不快，猴子一样兴奋地绕着客厅蹦跳起来。

等尹志燕回到身边的时候，茹意的心情才勉强平复，说："我的面膜呢？我都躺半天了，面膜也没敷上。现在你得把我当成你的第一个顾客，提供最优质的服务，让我感受一下，是不是物有所值。"

"好嘞！您就是我的第一个上帝！面膜调好啦！二姐，我这款面膜可是加入了芦荟精华提取液，专门针对你这样娇嫩的肌肤，充分补水，敷上二十分钟，保证你的肌肤愈发充满弹性，盈盈发亮。"尹志燕边给茹意敷面膜边说。

"按照你的描述，我想我的脸做完这个面膜和夜明珠差不多了。"茹意打趣道。

"是珍贵如夜明珠，不是发亮如夜明珠，有些美容产品为了给顾客快速美白，加入了荧光增白剂，短时间内就能让肌肤美白，但是长久使用，就变成你说的那种晚上都会发亮的脸，黑暗中自带荧光，像僵尸一样，太吓人了！"尹志燕比划着僵尸的样子，仰头笑个不停，过了一会儿又说，"我的产品保证全部都是健康安全的，植物精华提取，我打算做高端客户，私人订制，属于你的护肤专家。二姐，你觉得这个定位怎么样？"

面膜敷在脸上软软的凉凉的，一点点地从额头到鼻尖再到脸颊，如绵软的流云，又像浓稠的牛奶，一点点铺陈开来，给肌肤最细腻温和的滋润，非常惬意舒适。

"定位在高端产品是对的，但产品和服务质量一定要保证，让顾客的体验超值，才能有市场。对这块儿我也不懂，但是顾客的心理都是一样的，花钱买服务买健康和花钱买产品是一个道理，就是追求更好的生活体验。现在做美容产品的很多，这个行业竞争也很激烈，你们想要立足，就必须有自己的特色，做到人无我有，人有我优，多为顾客着想。"

"对，二姐你说得太对了！现在美容行业说起来是好做，赚女人的钱，尤其是赚有钱女人的钱。但谁的钱都不是大风刮来的，要让那些事业有成或者是嫁了个有钱人的女人掏钱，绝对是要有智慧的。我想一个是靠产品质量取胜，确实能让她们肌肤变好变美；第二个是能让她们享受到女王般的待遇，服务质量要好，全城独一家。"尹志燕越说越兴奋。

"茹意，我是这样想的，燕子学过专业的美容，懂产品，技术也好，业务上以燕子为主，我就做好其他的服务。别的不会，炖营养汤我懂。我想在我们美容院推出一个特色服务，为会员提供美容养颜汤，最简单的就是银耳莲子红枣汤，再高端一点儿就是燕窝鱼胶海参汤，这些都是美容养颜的高级汤品，我还会熬阿胶糕，专门针对女人补血补气的。让她们在做美容保养的同时，每次都喝这些汤品，长久坚持，内外兼修，皮肤好气色更好，由里到外的改变，这样的效果她们肯定是很满意的。"尹志丹说道。

"这个办法好，那就不仅仅是美容，而是养生馆了。"茹意道，"大姐，你干脆去开个女人的养生馆，估计生意不错。"

"那不行，大姐必须得跟我在一起。二姐，你也得跟我们在一起，我们三姐妹合起来开一个店，集合三个人的智慧肯定能做好。"尹志燕已经给茹意敷完面膜了，立马抢白道，"三个人合作，我们也实行股份制，我和大姐各出资十万，二姐出资二十万，二姐你占一半的股份，我和大姐两人占一半，你看怎么样？"

茹意脸上敷着厚厚的面膜，嘴巴周围也贴满了，只能缓慢地小声道："我不同意。"

"为什么？"尹志丹和尹志燕异口同声道，诧异地看着茹意。

茹意躺在美容床上，脸上一片白色，看上去像个假面人，她很想坐起来讨论，可脸上的面膜还没干，连头都不能转，只能这么干躺着。

"这个店以燕子为主，因为燕子懂这个行业，知道怎么做，所以燕子应该占大头，百分之三十五，大姐做后勤管理兼财务管理，占百分之二十五，我只出资，不参与管理，占百分之二十。剩下百分之二十作为预留，如果做好了有人投资，就可以融资继续发展。"茹意说。

"哇！二姐，你不愧是做销售管理的，这个方案好，我赞成！"尹志燕听茹意这么分析，立马举双手赞成。

"可是，这样你的股太少了，你出的钱最多啊！"尹志丹还是不同意。

"我是现金入股最多，但是你们的技术和管理也可以入股啊。还有，店铺营业后，你们两个拿工资，我不能拿工资，因为我没有参与管理，我还有自己的事要做。你们努力去做，将来我就享受年底的分红就好了。"茹意说。

"太好了！二姐你放心，我一定两年内就实现回本，三年就开始分红。想想就激动，我们三姐妹居然这么快就能联手合作创业了！妈妈要是知道了，肯定高兴坏了！我要给妈妈打电话。"尹志燕说着就拿起手机要拨妈妈的电话。

尹志丹立马走过来拿走了她的手机，看一眼躺在床上的茹意，不停地对尹志燕使眼色。

尹志燕瞪大眼睛讶异地看了一眼茹意，即刻心领神会，收起手机不提这茬了。

茹意闭着眼睛听着她们两个在自己不远处发出塞塞窣窣的响声，知道是尹志丹在阻止尹志燕，不让她当着自己的面给妈妈打电话，怕惹自己不高兴。

确实，茹意不喜欢她们在自己面前总是提那个在脑海里没有半点儿印象的妈妈，那个妈妈是她们的，但不是她的。

以前尹志丹和尹志燕一提她，茹意心里就会很抵触，但是刚才她明显感觉自己心里没有以前那么抵触了，听到那个词的时候，心里平静了很多。

为什么会这样，茹意也不知道。

二十分钟后，尹志燕帮茹意去掉面膜，并且用她推荐的产品护肤，茹意感觉很不错，皮肤愈发水润，充满光泽和弹性了。

"二姐，你天生丽质，如果再配合我给你做保养，保准你永远都是十八岁。"尹志燕看着她容光焕发的样子羡慕道。

"我不要十八岁，我只要现在。"茹意坐起来淡淡道。

十八岁是她人生中的至暗时刻，这辈子她都不想回到那个痛苦不堪的岁月，如果可以，她宁愿自己这辈子没有经历过十八岁。

"也是，十八岁是回不去的，但我们可以留住现在，永葆青春！"尹志燕笑呵呵道，并不明白茹意话里真正的意思。

"你们饿了没？我去给你们做点儿宵夜。"尹志丹说。

"我不饿，我先休息了。"茹意说，转身却想起自己的"小七"不见了，回头看着尹志燕问道，"你把我的'小七'拿哪儿去了？"

"那个小黄狗吗？我找找。"尹志燕跑回房间里，不一会儿抱着"小七"出来了，"二姐，不就是一只小狗狗吗？你送给我好不好？我太喜欢他脖子上挂着的这个小书包了，超可爱！"

"不好！你要喜欢改天我买一只送给你。"茹意毫不客气从尹志燕怀里抢回小七，本想放回门口，但看到尹志燕的眼神，索性抱进了卧室。

"小气！哼！"尹志燕对着茹意的背影嘟着嘴皱了皱鼻子小声道。

"燕子，说了让你不动小狗的，你怎么又不听！"尹志丹训了尹志燕一句，看到茹意把房门关上后走到尹志燕身边压低声音道，"你没发现你二姐满屋子没有第二个公仔，就这只小狗狗吗？肯定是她最喜欢的，以后你可不能乱动了。"

"我觉得二姐心理有问题，门口放着狗狗还要会叫的，每天回家就得看见这只狗狗，这么喜欢狗为毛不养一只活的，非得弄个假的放门口，每次开门进来都要被吓一跳。这神操作我理解不了。"尹志燕倒在沙发上没心没肺道。

"别乱说，快点儿去洗澡，今晚早点儿睡，明天一早我们要去签合同开始忙店里装修的事情了。"尹志丹催促道。

"知道啦！大姐，你能不能别整天像妈妈一样唠叨，听得我耳朵都起茧子了。"尹志燕用靠枕捂住耳朵抗议。

"快去！妈妈就是让我要多管着你，不然你疯成啥样了。"尹志丹疼爱地拍了一下尹志燕的屁股骂道。

"哇哈，大姐你打我，我要告诉妈妈，哼！"尹志燕大叫着开始撒娇，扭着屁股在沙发上翻滚。

尹志丹看着她摇摇头，自己到卧室拿睡衣先去浴室了。

茹意靠在床头翻书，听着外面尹志燕和尹志丹的对话，一股暖暖的情愫在心底升起。因为她们，这个曾经冷清得只能听到自己脚步声的家，才有了家应有的温度。

正要关灯睡觉，马小阳发来了信息：公主殿下，我刚给一个网红做完造型，刚才为什么一直不回我信息？

茹意这才发现，马小阳刚到店里就给自己发了好几条微信，刚才自己在做面膜，没看手机。

刚才在忙，没看手机。辛苦了小七王子，记得早点儿睡觉，我困了，先睡了，晚安。茹意回复道。

今晚好幸福，茹意，从今天起，我人生中的每时每刻都和你在一起。爱你，晚安！

看到这么直白的情话，茹意的脸倏然间发烫了。恋爱的感觉就是这样的吗？刚分开就思念了？马小阳是个情种？自己为什么没有这样强烈的感觉？

茹意心里偷乐，却一时不知道该怎么回复马小阳的话，只好发了一个晚安的动画表情过去。

关灯躺下去，黑暗中茹意心里溢出暖暖的幸福，情不自禁地嘴角上扬起来。

第四章

◎ 爱情在生长

话说龚如军被告知找到了工作，一点儿也不兴奋。吃过午饭照例懒洋洋窝在沙发上看了一个小时的电视后，才按照茹意给的地址，地铁转公交一个多小时，终于来到位于城北工业园的励峰一分厂。

厂区很大，一排排白色的厂房布阵似的铺陈着。大门被铁栅栏挡着，侧边的保卫室里坐着两位保安，一位坐在大屏幕监控前，一丝不苟地盯着屏幕上的画面，另一个手里拿着一根警棍，站在门口警觉地观察着周围的动静。

龚如军穿着一身黑，黑色的 T 恤前面印着一条张牙舞爪盘旋着的白龙，后面是一个白色的火焰球，一条肥大的黑色运动裤，一只手插在口袋里，一摇一摆地来到门口，朝里面探了探头，正要从小门进去，门口拿警棍的保安立即警觉地走过来，把他挡在门外，上下打量了一阵厉声道："干什么的？"

"上班的！廖厂长叫我来的。"龚如军故意昂起脑袋对着保安，根本不把保安放在眼里。

"廖厂长叫你来？你认识廖厂长吗？"保安讥笑道，这小子贼眉鼠眼的，一看就不是好人。

"不信？不信你打电话给廖厂长，就说龚如军来报到了。"龚如军趾高气扬地站在那儿，瞟了一眼身边的保安，悠然地吹起了口哨。

保安根本不信眼前这个吊儿郎当的人是廖厂长叫来的，冷哼一声笑道："我们廖厂长很忙，我不敢打扰他，有本事你自己打。"保安拿着警棍站回到门口，懒得理这个不知天高地厚的家伙。

"我不需要打，现在就让我进去。"龚如军说完就往里面走。

194

"喂喂喂，你站住！看见没有，闲人勿进，来访登记！这是我们厂里的规定！"保安指着门口的大牌子道。

龚如军这才发现边上立着这么一块牌子，上面写着：闲人勿进，来访登记。再看看厂门口，安静得就像军事管辖区，这么久没有看到一个人进出。

"我有预约，而且是廖厂长约的我，是他让我下午来找他的，不信你打个电话问问。"龚如军见硬的不行，赶紧换了语气。

"他要是约你来，自然会通知我们，但我们并没有接到通知，所以你不能进去！"保安坚持原则，根本不让龚如军进去。

龚如军气得跳脚，咬着牙根看向里面，龚如意这个死妮子居然没交代清楚，让老子在这里被人撂着！正想给老爷子打电话撒气，保卫室里的电话响了，不一会儿里面那个保安走过来对站在门口的保安说了几句，门口的保安走过来，再次把他上下左右打量了一番，依然用怀疑的眼光看着他说："你叫什么？"

"龚如军！"

"行，登记后进去吧！廖厂长的办公室在行政楼二楼右手边。"保安又看了他一眼道。

龚如军按要求在登记本上写下名字和身份证号码，气呼呼地瞟了保安一眼，鼻子里哼出一股气，翻了个白眼往里面走。

按照保安说的找到厂长办公室，听见里面有人在说话，龚如军探着脑袋往里面瞧了瞧，发现有四五个人，好像在说工作上的事儿，又赶紧缩回来站在门口不敢进去。

几分钟后，里面的人先后出来了。龚如军表情木然地站在那儿，等他们都走了，他才走进去，看到里面只剩一个中年男人，估摸着应该是廖厂长，马上堆起笑脸道："廖厂长好，我是龚如军，就是茹总的哥哥……"

"哦，你好！请坐！"廖厂长没想到这个人居然自称是茹总的哥哥，茹总为何在交代的时候没挑明这层关系？不过，这哥哥看上去和茹总那可是云泥之别啊。

龚如军大剌剌地在廖厂长对面坐下来，笑呵呵道："我妹妹如意，让我过来找你，说我的事儿她都跟你说好了，是吧？"

"是，茹总交代好了。"廖厂长微微一笑，"根据你的工作经验，给你安排的职位是司机，工作任务就是运载货物和原材料，配送范围是周边一百公里以内，一周六天工作制，上班时间是早八点到晚六点，中午休息一小时，偶尔晚上需要加班，厂里提供吃住，试用期一个月四千，转正后一个月五千，享受五险一金和带薪休假。"

龚如军一听，顿时脸就黑了。这个死丫头居然给自己安排了这么一个既辛苦又没钱的工作，她存心捉弄自己吧？一个堂堂的茹总，年薪百万，住着豪宅开着豪车，居然让她的哥哥到厂里来当月薪四五千块的货车司机，她好意思么？

"这是茹总跟你说的？"龚如军拉着脸问道。

"对，我就是按照茹总的意思安排的。茹总说你开过车，适合当司机。你是不是嫌弃工资低？"廖厂长笑道。

龚如军气得牙根痒，龚如意，果然不是善主！让她找个工作，她就给自己弄个这么丢人现眼的工作，司机这活儿到哪儿不能干？一天工作十多个小时，还是单休，一个月才赚四五千块钱，老子随便到外面都可以找到，还要腆着脸找她？

"你们厂里是不是司机的工资最低？这年头还有比这工资更低的吗？六天工作制，每天还要工作十多个小时，这不是明显违反劳动法么？"龚如军不悦道。

"私企工作确实比较辛苦，我自己也是每天这样上班。但司机这个岗位在我们厂里是很重要的，招人是要经过严格筛选的，不可靠的人我们是不用的，因为这涉及厂里的产品安全和原材料保障。因为你是茹总推荐来的，所以我们无条件信任。工资会慢慢涨，干得好可以升职。何况你还是茹总的哥哥，我们肯定不会亏待你的。"廖厂长很温和，说话不紧不慢，脸上一直挂着敦厚朴实的笑。

龚如军眯着眼睛想，涉及产品安全和材料保障？这意思是自己运送的是厂里的重要产品和原材料？以前就听说很多老司机干这活儿不靠工资，光是产品和原材料就能搞出很多钱来……

想到这里，龚如军心里马上打起了自己的小算盘，脸色即刻阴转晴，笑嘻嘻地对廖厂长说："既然廖厂长这么说，那我就放心了。再说我相信自己的能力肯定能干好，到时候还请廖厂长多关照，给我升个职加点儿薪。"

"没问题，只要好好干，遵规守纪，认真工作，厂里不会亏待任何一个员工。"廖厂长说，"我让运输处的杨主任带你去熟悉一下情况，他会明确你的工作职能和岗位要求，了解清楚后，明天你就可以正式上班了。"

"好！"龚如军高兴道。

没多久，四十多岁瘦高个儿的杨主任过来了，龚如军跟着他来到了厂区后面的仓库。

好个乖乖，这么大的仓库，一眼都望不到头，里面堆积如山的产品，铺满了整个大仓库。

"这些产品最近都要装箱发货。出货柜的时候，司机就开叉车装货；短途的门店和经销商的货，有一部分是我们的司机负责运送……"

龚如军暗暗在心里咋舌，这么多产品卖出去得赚多少钱啊！难怪茹意一年能赚那么多钱，原来励峰每天都要出这么多产品，果然是大公司。看着这一层层码起来如小山般的产品，龚如军仿佛看到了一沓沓的人民币，要是这些钱都是他的，那该多好啊！

嘿嘿！早晚有一天，老子也要赚大钱！龚如军心里想，把杨主任说的那些话全当风一般飞走了，只是不停地点头应付着。

"如军，刚才我讲的你都记住了吗？"杨主任带着龚如军在仓库里转了一圈，把相关的纪律和要求都讲了一遍。

"记住了记住了，这些都是很简单的事儿，放心，我都记住了。"龚如军道。

"必须确保两点：第一是确保产品运输的安全，这个不能有丝毫差错；第二是确保原材料的合格，每次装车都必须检查，保质保量。"杨主任又强调了一遍。

"知道知道，肯定错不了。"龚如军摆摆手说，"我可是老司机，这点儿事儿还不是小菜一碟。"

"那就好。试用期是三个月，试用合格后，你开始单独负责运送。"杨主任拍了拍他的肩膀道，"好好干！"

"没问题。"龚如军点点头，眯着眼睛盯着仓库里那堆成山的产品。

在厂区里遛了一圈，龚如军又坐公交地铁往家赶，一个多小时后正好赶到家里吃晚饭。

"如意给你找了什么样的工作？"刚进家门，正在看电视的李大红就迫不及待地追上来问。

"就那个白眼狼能给我找什么样的工作？"龚如军把鞋子一踢，甩出去很远，黑着脸梗着脖子道。

"究竟是干什么？一个月多少钱？"李大红跟在龚如军身后问，她最关心这个。

"司机，一个月四千，一周工作六天，一天工作十二小时！惊不惊喜意不意外？"龚如军四仰八叉地躺在沙发上，拿着遥控器不停地换频道。

"龚柳根，你出来！"李大红立马怒气冲冲来到龚柳根的房门口大声吼道，"听见你儿子刚才的话了没有？啊？那个死丫头就给如军找个这样的工作，以为打发要饭的吗？工作时间那么长，工资还那么低，这样的工作还用她找啊？满大街都是！那都是没人干的苦累活！她不是老总吗？厂里那么多的好工作，怎么就不能给如军安排一个轻松点儿的钱多的工作？"

龚柳根一个人正坐在窗前看夕阳，红彤彤的落日正好挂在窗口，眼看着一点点往下沉，西边的天空霞光满天，各种色彩交相辉映，美得让人心动。正看得心情好点儿，就听到李大红的聒噪声从门口传来。

龚柳根转头看了她一眼，没明白她说什么，不想搭理，依旧坐在窗前看落日余晖，一辈子劳作，从没好好看过日出日落，现在他要好好享受女儿给自己的这份幸福生活。

"龚柳根，你聋了还是哑了？没听到我说话吗？"李大红冲了进来，叉着腰杵在他跟前。

"你想说什么？"龚柳根仰头看她，这女人的脾气怎么一辈子都不会改！生活穷的时候她过得不开心，每天急赤白脸地吵，现在不愁吃不愁穿每天就看看电视散散步，要啥有啥的，她还不满足！

"如意那个死丫头给如军找了个什么工作你知不知道？一个货车司机，每天工作十多个小时每周只休息一天，一个月才拿四千块钱，这是人干的活儿吗？啊？她自己坐办公室轻轻松松每年赚几百万，就给如军找个这样的工作，她还是人吗？"李大红指着龚柳根鼓突着双眼骂道，唾沫星子在窗口的余光中四处飞溅。

"如军是什么样的人，你自己不清楚啊？他能干什么？给他找了这么好的工作，已经是如意的面子了！他能和如意比吗？如意大学毕业精通英语，能直接和外国人交流做生意，如军会什么？"龚柳根站起来白了一眼李大红，头也不回地往外走。

"如军怎么不能跟她比？她一个没人要的死丫头，要不是我们龚家收留她供她读书，她能有今天吗？她就应该感谢龚家，好好报答龚家，给如军找一个好工作！不说一定要和她一样，至少不能找个这么差的！"李大红紧跟在龚柳根的身后喋喋不休。

"行了，你还要如意怎么对你对龚家？你现在享受的这一切不都是如意给的吗？如意小时候你是怎么对待她的？啊？"龚柳根顿住脚步转头黑着脸吼了李大红一句。

"我对她是没有多好，但我至少给了她一个家，让她吃饱穿暖长大了吧！没有让她流落街头做乞丐吧！她的亲生父母都不要她呢。你以为她给我们这个地方住，管我们吃喝我就该对她感恩戴德吗？那都是她应该做的！知恩不报那是人吗？我不管，如军的工作她得重新找！"李大红不依不饶，嘴角上很快又积起了一层细碎的白色泡沫。

"李大红，你要是想让我多活几天，你就闭嘴！"龚柳根感觉自己的耳朵都被李大红给吵麻了，真是烦透了！他站在房门口，使出全身的力气对李大红大吼了一声，顿时感觉胃里一阵抽疼，脸色煞白，冷汗从额头上汨汨而下。

他捂着腹部，弯着腰，表情极其痛苦地来到沙发边慢慢坐下来。李大红看他这痛苦的样子，嘴巴张了张还想强辩，但确实很怕把他气死了，那今天的一切就要鸡飞蛋打，如意那个白眼狼肯定再也不会搭理自己了，所以极不情愿地闭上了嘴巴，拉长脸坐在龚柳根的对面，一脸怒气地盯着他。

过了好久，龚柳根才感觉胃部的疼痛慢慢过去了。他有气无力地抬眼看向旁边，见龚如军懒蛇一样躺在沙发上看电视，怅然沉默了半晌，才缓缓道："如军，司机的活儿是苦点儿累点儿，但这是你能干的事儿，你就踏踏实实在那儿干着，别嫌弃。干得好以后肯定会涨工资的，刚开始四千，慢慢就能五六千，也不少了啊，有这钱你就能养家糊口了，不是挺好的吗？"

"是，对于你来说这么多工资已经不少了，那是因为你这辈子干的都是苦活累活儿不赚钱的下等活儿，你根本不知道人家是怎么轻轻松松赚大钱的。我和你不一样，我是要赚大钱的人，这点儿小钱，根本入不了我的法眼。"龚如军一动不动地斜躺着，撇着嘴不屑地看了一眼龚柳根。

"是，我是没赚过大钱，但我这辈子也是靠着自己的能力把你养大了吧？你也只要老老实实做事儿，安安稳稳把果果养大就好。"龚柳根叹气道。

"我才不要像你一样活得这么憋屈，一辈子窝窝囊囊穷受罪！我是肯定要赚大钱的。"龚如军起身把手里的遥控器往茶几上一扔，白了一眼龚柳根，拖着脚步懒洋洋地往阳台上走去。

对于自己这个没出息的爸爸，龚如军是从来不放在眼里的。爸爸在家里没地位，在妈妈眼里没地位，在他这个儿子眼里，也一样没地位。

龚柳根无奈叹气，这个不务正业的逆子，真不知道将来要变成什么样儿，好吃懒做游手好闲了这么多年，有点儿钱就去赌，天天异想天开赚大钱，一夜暴富，这世上有那么好赚的钱吗？自己辛苦了一辈子，挣命一样去挣钱，也仅仅够养家糊口。现在自己老了，一身的病痛，既赚不了钱，也管不了他了，心底的担忧和悲哀一阵阵涌起。

他知道自己说的话龚如军不会听，但他还是忍不住对着阳台大声说了一句："不管怎么样，你都得老老实实去上班，认认真真对待这份工作，不能每天游手好闲在家里！"

哼！正在阳台上抽烟的龚如军，冷哼了一声，仰头对着渐渐暗沉的天空吐出了一个大大的烟圈，透过那个虚幻的迷雾，他好像看到了一堆堆金钱在向自己招手，嘴角浮现出一丝诡异的笑容……

丢了烟头，龚如军抬起脚狠劲儿踩了踩，看了一眼正在厨房做饭的单月月，沉吟片刻走了进去，从后面抱住了她的腰。

单月月正在炒菜，突然一个人抱上来，她吓了一跳，转身一看，脸色吓得煞白，停下锅铲僵直着身体嗫嚅："你，想干什么？"

"你不是希望我去工作吗？我答应你，明天就去上班。"龚如军脾气大好地抱着单月月亲昵道，"我不嫌弃那个工作累，也不嫌弃钱少，我好好去上班，赚钱养你养果果，争取让你和果果过上好日子，好不好？"

单月月不敢相信自己的耳朵，这是龚如军说的话吗？结婚五年了，龚如军对自己从来就没有温柔过，都是把她当使唤丫头般呼来唤去，不高兴还要骂她甚至揍她，今天这是地球倒着转太阳从西边出来了吗？

"我愿意去工作赚钱了，你还不高兴？"龚如军立马拉长了脸，但还是耐着性子抱着单月月。

"高兴，当然高兴……"单月月关了炉火，硬着头皮点头，不知道龚如军肚子里憋着什么坏。面对这么异常反应的龚如军，她只有惊吓。

"我明天开始就要住厂里了，每天早上八点到晚上八点，可能还要经常加班，所以没办法回家了……"龚如军搂着单月月贴着她的耳朵说，"所以，今晚你得好好伺候一下你老公，履行一下你作为妻子的责任和义务。"

单月月手一抖，锅铲"啪嗒"一声，滑到了锅底，龚如军说的伺候就是把她当禽兽一样折磨。单月月从心底抗拒，可是每次都被龚如军打，打完还不得不从，每次都是遍体鳞伤，从来没有享受过作为女人的快乐。

但是一想到他以后住厂里不回来，又不由松了一口气，仿佛得到了大赦般的解脱，点点头道："好。"

"这就对了，乖乖听话才是好老婆。还有，我刚去上班还没有工资，你得先转三五千给我。"

"我，哪有钱啊。"单月月结舌道，这才是龚如军今天对自己温柔的目的。

"你怎么没钱？如意每个月给你那么多钱，你以为我不知道！还单独给你钱给爸爸买补品，一个月至少都过万了吧。这些钱你能全部花完？快点儿给我转账！"龚如军掐着她的腰狠狠道。

单月月被他掐得跳起来，退到一角惊惧地看着他："那不是我的钱，都是茹意的钱，我买东西都有记录的，要把账单给茹意看的。"

"放屁！你随便哪儿不能抠出几千块来？乖乖给我转账，不然把我惹恼了，你知道会有什么下场！"龚如军蹿上来掐着月月的脖子，威吓道，"给不给？"

"给……"单月月被他掐得几乎窒息，翻着白眼答应。

"敬酒不吃吃罚酒，给脸不要脸！我告诉你，以后账单不要给那个白眼狼看，给我看就行了，她要是问你，你就让她找我，什么东西！现在就把钱转给我！"龚如军这才松开手，从单月月口袋里强行拿出手机，塞到她手里，呵斥道，"快点儿！"

单月月颤抖着打开手机，刚犹豫了一下，后背就落下了重重一拳，"快点儿！"

单月月咬着唇点开微信转账，刚要输入三千，龚如军一把夺过手机，强行改成了五千，再递给她强硬道："输密码！"

单月月不想转。这是一家人一个月的生活费，给了龚如军她拿什么钱给爸爸买营养品？拿什么买菜？茹意赚钱也不容易，她怎么好意思再向她开口要？屈辱在胸口一点点堆积，眼里的泪也一点点聚积起来，手指顿在手机屏幕上久久不想点下去。

"让你转个钱他妈像要了你的命一样！快点儿！"龚如军见她磨蹭着，又对着她的胳膊打了一拳。

单月月的泪水"啪嗒"一声砸落在手机屏幕上，泪水裂开的那一刻，她听到了自己心碎的声音，闭着眼睛点下去，把钱转给了龚如军。

龚如军立马点开微信收钱，看着五千块到账了，他得意地瞟了一眼单月月，转身吹起口哨，头也不回地走了。

单月月握着手机，泪水夺眶而出，心底的屈辱像潮水一般翻腾起来，等果果能上学了，等爸爸的身体好点儿了，她一定要带着果果离开这个家，离开龚如军这个可怕的恶魔！

擦干泪把饭菜端上桌，招呼大家吃饭，单月月红着眼回到房间里，躺在睡熟的果果身边，泪水无声地一滴滴滑落在枕头上。

"妈妈……"睡梦中的果果闻到了妈妈的味道，一翻身钻进她怀里，小手紧紧地搂着她的脖子香甜安稳地睡着。

单月月抱紧果果，顿时泣不成声。

穆皓峰今天下班前给董静华发信息说，今晚回家吃饭。

六点钟，穆皓峰准时走进了家门。

"静静。"推开门，穆皓峰对着屋里喊了一声。没听到回应，穆皓峰放下包，来到客厅，几十平方米的大客厅里空荡荡静悄悄的，平时还能看到优优在地上跑来跑去，现在连优优的影子都没看到。

穆皓峰再转身来到餐厅，餐厅里也没见人，本以为董静华会在厨房里做饭，探头往厨房里一看，也没人。

哪儿去了？餐厅的落地纱帘被晚风吹得如裙摆摇曳，最后一抹余晖从园子里照进来，暖暖的橘光铺陈在橡木餐桌上，影影绰绰漂浮在绵软的地毯上，居然有一种梦幻般的柔美。

很久没有这么早回家，也从未留意过家里的落日余晖，这个闹中取静的江心大别墅，因为董静华喜欢，当年他毫不犹豫买下，却很少有时间到外面的草坪上去坐一坐，看一看家门口的风景。

或许是这一抹温暖的橘光吸引了他，穆皓峰穿过餐厅来到了外面的园子里，顿时被眼前的美景惊艳了！

夏日的草坪碧绿油润，踩在上面软绵惬意，极目远眺，不远处是平静的江面，习习凉风带着江水的潮湿拂面而来，清新的空气里全是负离子清甜的滋味。穆皓峰醉心地呼吸了一口，甜润的空气，清心润肺，顿觉心旷神怡。

江心沙地处市中心，却又远离市井喧嚣，是这座城市的黄金之地，闹中取静的一方净土。

因为母亲河澄江在江心沙一分为二，环抱着江心沙流向两边，蜿蜒迂回几公里后，又在江心沙的尾部交合为一，从空中俯瞰，江心沙就像一叶方舟漂浮在澄江中央，澄江南北桥将这叶小舟和外面的世界连接起来，这里由此成了江城最贵的一块风水宝地。

江心沙只能建别墅，不能建高楼，所以这里仅有的几十栋别墅是江城的孤品，住在这里的人，非富即贵。

目光由远及近，草坪的右边一个身着白色纱裙的高挑背影让穆皓峰眼前一亮，她面朝江心，背对穆皓峰，赤霞橘光从她修长的腰身两边漫洒开来，娉婷婉约的身姿在夕阳的光芒中，剪影宛如维纳斯，仿若从白云间飘然而至的天使。

"静静……"穆皓峰怦然心动，惊喜地来到她身后。

"回来了。"董静华转身嫣然一笑，那温暖甜美的笑容就像第一次见到穆皓峰的一模一样，眼神里盛满爱的流光。

"嗯。"穆皓峰恍然间觉得时光倒流了，他们又回到了曾经最温情最甜蜜的岁月。眼前的董静华也和十五年前一样，那么恬静、美丽、动人。这才是他心里的静静，是他曾经做梦都要娶的女人，是他宁愿放弃全世界也要拥抱的女人。

"皓峰，陪我跳支舞吧！"董静华深情拥着他。

穆皓峰搂着她依旧柔软纤细的腰身，闻着她身上熟悉的气息。不知道董静华今天是怎么了，突然变得这么柔情蜜意，居然还换上晚礼服，挑选了这么美妙的音乐，在如此美丽的黄昏与他共舞。

长时间专注于事业，让曾经浪漫的穆皓峰也渐渐变得没有情调了，生活每天都在重复着同样的节奏，做着同样的事情，过一年和过一天似乎没有什么区别，日子就在这样单调的重复中变得没有了情趣和滋味。

拥着董静华，和着曼妙的音乐，穆皓峰一时感慨万千，这些年，自己确实疏忽董静华了。女人和男人不一样，男人以世界为家，到哪里都可以随遇而安，只要事业成功，家庭稳定，就是现世安好。女人却是以家为世界，尤其是董静华这样恬静文艺的女人，没有事业的野心，只要居家的温馨，家比什么都重要。在董静华的世界里，穆皓峰就是她的中心，穆皓峰的情绪直接影响着她的情绪。

"皓峰，我们要个孩子吧！"董静华贴着穆皓峰的心口，听着他稳健有力的心跳，突然停下脚步热切地看着他说。

穆皓峰心底一震，董静华今天为何又要说这样的话？难道又受了什么刺激？

"这事儿不用考虑，我们十五年前就做了决定。"穆皓峰顿住脚步，面露不悦地看着董静华。

"我现在想改变了，我不想这样一辈子冷冷清清地走下去，我想要一个孩子，甚至是两个，带着你的基因就好。我们可以去找优异的卵子，找最好的代孕妈妈，国内不行就去国外，现在很多人都这么做……"董静华执著地看着穆皓峰。

"不可能，你知道的。"穆皓峰松开手，后退一步说，"我说过这辈子只要你，再说，我家里还有其他的兄弟，我又不是独生子，父母早就接受了我们做'丁克'一族的事实。为什么还要重提这件事儿？"

"和父母无关，是我自己想要，我要带有你基因的孩子。你去做个手术恢复就行了，国外的技术很好，成功率很高。"董静华上前一步，环抱着他的腰仰头看着他说。

"胡闹！"穆皓峰的脸瞬间就黑了，在命根子上反复动刀，这是说恢复就恢复的事儿吗？他不能接受，推开董静华就往屋里走去。

霞光已经退去，天色暗淡下来，平静的江面和草坪一起，渐渐沉入了黑暗里。

"皓峰，你别生气，我知道你一时不能接受。但是，你想想，你这么优秀，应该把你优良的基因传下来，这是对自己负责，也是为社会做贡献。"董静华追着他说。

"不需要，中国有十四亿人，不差我们这一个；世界有七十亿人，更不差我们这一个，我没必要为了这个什么子虚乌有的贡献再去挨一刀。"穆皓峰来到客厅坐下，原本美丽的心情，顿时糟糕透了。

"可是我们家里就差这一个。"董静华柔软地蹲在他的膝前，泪水汪汪地看着他动情道，"皓峰，我想过了，我们就是缺个孩子，缺一个我们自己的孩子。有孩子，我们这个家就热闹了，就完整了，就更欢乐了，我们的未来也就更有希望了，你的事业也后继有人了！"

"静静，你今天是怎么了？我提前回来是想和你享受二人世界的晚餐，你干嘛非得说这些呢？"穆皓峰心疼地看着她。

"皓峰，我知道你是爱我的，那你就算为了我，再去做一次牺牲好吗？为了把你优异的基因留下来，也为了我们这个家更幸福。"

"静静，这件事儿到此为止，不许再提了。我们这样就很幸福，我并没有觉得这样有什么不好，既然上帝不给我们做父母的机会，那我就利用这些时间来干事业，也是一样为社会作贡献。如果你觉得我们的婚姻是靠孩子才能维系，那你就错了。静静，真正好的婚姻是夫妻双方共同的成长，是从物质到精神的双重契合，而不是孩子。这么多年，我们之间一直很好，没有任何问题，我对你的感情永远都不会变，相信我，更要相信你自己。"穆皓峰捧着董静华的脸深情道。

"皓峰，我知道，可我就是想要一个和你一样优秀的孩子。"董静华泪水汪汪，心里的酸涩和痛楚交织在一起，哽咽得泣不成声。

"静静，你可以把我当成你的孩子，我们既是夫妻，也是爱人，还可以是彼此的父母，只要你愿意，我们之间可以有很多种角色。"穆皓峰替她拭去脸颊上的泪滴，温情安慰道。

"不，不一样！"董静华泪眼婆娑地摇头，这个问题她想了好久，这个想法也越来越强烈。

"一样的，相信我。我们之间的爱可以跨越一切，没有人能拆散我们，我们不仅做这辈子的夫妻，下辈子，下下辈子，我们还要做夫妻，好吗？"穆皓峰心疼地把她抱在怀里。

他知道，董静华是没有安全感，所以在想尽办法找安全感，孩子是她认为最能带来安全感的纽带。他不能答应她去做手术要自己的孩子，但是，他可以给她最温情有爱的怀抱，这就是给她最大的安全感。

"好。"董静华趴在他的肩头，早已哭成了一个泪人。

哭了很久，董静华终于安静了。穆皓峰笑着刮了一下她的鼻梁道："我早就饿了，今晚难道你要老公用你的珍珠泪当晚餐吗？"

董静华哭完了，释放了积压在心头的愁绪，心情放松了很多。她破涕为笑，对着穆皓峰的胸口轻轻打了一拳娇嗔道："难道你要娘子穿着晚礼服为你准备晚餐吗？本来是想给你一个惊喜，让你答应我的。"

"好了好了。"穆浩峰立马打断她的话，"那我能否荣幸地邀请我的仙女去心仪的餐厅共进晚餐呢？"穆皓峰后退一步，很绅士地向董静华伸出手。

"可以。"董静华即刻恢复了仙女的气质，微微扬起下巴，骄傲地看着穆皓峰。

"我的小仙女，请吧！"穆皓峰弯腰道。

"不过，小仙女得先去趟洗手间。"董静华一转身钻进了化妆间补妆，刚才那一通梨花带雨，妆容都哭花了。对着镜子，想起穆皓峰刚才的那些话，董静华不觉又泪光盈盈，她觉得穆皓峰是可信的。可是，为什么董静山却总是说他会变心呢？自己究竟应该相信谁？

刚刚释然的董静华，又陷入了纠结中。

第二天七点，茹意就跟着尹志丹和尹志燕，来到了她们即将要盘下来的那间美容店。茹意从未接触过这个行业，可以说是隔行如隔山，一点儿都不懂。

美容店在一个小区的内路上，沿街一间小小的门脸儿，顺着台阶来到二楼，有两百平方米左右，分为接待区、美容区、美体瘦身区，装修看上去有点儿陈旧，设备也是好几年前的，基本要淘汰。

二十万盘下来，茹意直觉不太值。这样的店客户资源肯定不多，经营不善而导致无以为续，盘下来的只是这个场地，还得重新装修。

但是尹志燕很迫切地想要自己创业，好不容易找到这个地方，她不想放弃。

茹意甚至觉得，还不如找个新场地自己装修一个全新的高端美容养生馆，反而比这个二手的要好，毕竟一切都是新的。

茹意把这个想法告诉了她们。

没想到尹志燕立马跳起来嚷嚷道："那怎么行，你知道装修多贵吗？房租多贵吗？这里还有一年的房租啊，这里一个月快一万的房租，我们盘下来等于就有一年的缓冲期，二十万减掉十万就等于只要十万的转让费，我们再稍微整修一下，重新买一些设备就可以开张了，还是比自己从零开始弄一个店要投资少的。"

"只要生意好，投资就有回报。生意不好，一分钱都是浪费！"茹意说。

"二姐，你有钱可以这么说，我和大姐就这么点儿身家，我的钱还是七凑八凑凑来的，你能帮我们一把，我们当然很感激，但我们真的没有更多的钱投入了。"尹志燕很无奈地说。

"我可以给你们多投点儿。"茹意说。

"我也不想让你投太多，二姐，这些天我调查过了，这个地方人流不错，周边都是小区，人口比较密集，虽然不是沿街的大门脸儿，但做美容和卖衣服还是不一样，二楼的位置也不差，主要看我们怎么推广经营，你放心，我有自己的打算。"尹志燕信心十足地说。

"那好吧，这个方面你比我懂，我只是建议。"茹意听尹志燕这么说，只能顺从她的意思支持她。

梦想得靠自己去实现。尹志燕既然有这样的信心，茹意觉得应该相信她。哪怕不成功，也是一次创业的经验，燕子还小，有的是机会。

大致看了一下，提了几点建议，茹意把一张二十万的卡交给了大姐尹志丹，就开车去公司。

刚到办公室，小白笑眯眯地提着一个保温饭盒走进来，神秘兮兮地看着她说："茹总，您的私人爱心早餐，来人特别交代，为您专门做的，您一定要吃哦！"

"我已经吃过了。"茹意不解地看着保温饭盒，谁一大早这么有空来给自己送早餐？

"来人说不管您吃没吃过，都请您一定要吃，哪怕少吃点儿也行。"小白没有半点儿要走的意思。

"谁送的？"茹意盯着保温饭盒皱眉道。

"一个很帅很帅的外卖小哥，说这是您的私人订制。"

"私人订制？我没订外卖啊！"茹意更蒙圈了，"一定是送错了，你让他拿回去吧！"

"人已经走了，我也不知道那个人是谁啊，怎么让人拿回去。反正那个人就交代了这么多，我的话说完了，我先出去了。"小白说完偷笑，走了。

茹意觉得很奇怪，打开保温饭盒发现最上层放着一张纸条，两行清瘦的手写字体：

公主殿下：这是新鲜的血鳗粥，补血补气，鲜甜美味，趁热喝。小七王子。

呵，居然是马小阳送来的！这个城市里，除了马小阳，还有谁知道她那么爱喝粥？又有谁的粥能让她如此念念不忘？

可是，马小阳每天都工作到深夜，早上一般很晚起床，他怎么能这么早给自己送粥呢？

茹意取出套在里面的小碗，一股鲜香扑鼻而来，里面冒着腾腾热气的粥似乎还在沸腾，发出咕噜咕噜的声响。她的心也瞬间被暖化了，融融的热气弥漫中，马小阳的样子又浮现在眼前，笑得那么灿烂，那么干净。

这时，桌上的手机震动了一下，马小阳的信息进来了：

我觉得你现在应该开始喝第一口粥了，不然粥就要凉了，不好喝了。

茹意幸福地笑出了声儿，马小阳似乎在某个角落正看着自己。她眨了眨潮湿的眼眶回复道：心已被幸福填满，不吃都已经饱饱了。

吃完你会更幸福。

这么早送粥过来，你不用睡觉了吗？

你吃完粥我就可以去补觉了，还能睡一个半小时再工作。

以后不许这样了，我有早餐。

好，你答应我，先把今天的吃完。

嗯，我现在就吃。

尝了一小口，茹意就被粥的鲜甜美味折服了，这个血鳗粥，怎么能这么好喝？软糯均匀的米粒，略微有点黏稠的汤汁里，渗透着血鳗的肉汁，看似无肉，却每一口都带着肉的鲜香甜美，翠绿色的小芹菜粒，增加了粥的爽口度，吃起来不腻。血鳗含有丰富的蛋白质和补铁补血元素，真正的营养又美味。

这碗粥，再一次超越了她所有的味觉记忆，刷新了她对马氏砂锅粥的认知：没有最好吃，只有更好吃！

太好吃了，每一滴我都要吃进肚子里。茹意说。

很好，每一滴都是小七对你的爱……

茹意听到自己的心脏被击中的声音，下一秒血流就开始加速，脸色烧红，幸福的涌泉激活了她身体里的每一个细胞。马小阳的话，让她身体里的多巴胺在燃烧在沸腾，在狂野中尽情奔涌……难道这就是传说中恋爱的感觉？

单相思的爱茹意曾经有过。大学的时候她曾经深爱过一个学兄，那个言语不多却十分睿智的男生，清隽无俦玉树临风，走到哪里都是校园的焦点。爱慕他的女生很多很多，茹意只是那成百上千中最不起眼的一个，加上心里的自卑，她从不敢对他说，只能一直藏在心底。最后眼睁睁看着他牵起了别人的手，幸福地从自己的身边路过。

那时候也有男生喜欢她向她表白，可她从不敢接受，哪怕是自己也心仪对方，她也不敢迈出那一步，那时候的她自卑敏感，把自己封死在孤寂的角落，从未向任何人开启过心扉。

没有爱情，她的大学只有孤独和学习，生命中一直留着这样一片空白。

这一次和马小阳之间，算是真正意义上的恋爱吧，对茹意来说，虽然很迟，但如果真的是他，晚一点又有什么关系？

茹意一小口一小口地喝完了粥，感觉自己的身心都被幸福喂饱了、暖化了。

全部吃完了，一滴不剩。茹意拍照把空空的保温饭盒发给马小阳看。

很乖哦，明天继续。马小阳说。

别，你好好睡觉吧，我姐在我家，每天都会给我做早餐。今天我已经吃第二顿了，照这个吃法，我很快就会变成猪了。

这是我的目标，把你养成一只白白胖胖的小猪。

不安好心。不和你说了，我要工作了。明天真的不要再送了，我要是不加班，我们就一起吃晚饭。

行，听你的。

小七王子很听话哦。

……

和马小阳腻歪了几句后，茹意满足地打了一个饱嗝，开始投入到紧张的工作中。

"茹总，这几份文件麻烦您签一下。"小白搬了一叠文件进来，翻开放到茹意的案头。

茹意拿起笔看了看，突然想到龚如军到廖厂长那里的事情，抬头看了一眼小白道："廖厂长那里，有没有再来电话？"

"没有，他那天回去的时候很开心，您给他吃了定心丸，应该没事儿了。"小白说。

"行。廖厂长那里以后多关注，有任何消息及时向我汇报。"茹意边说边快速地翻看文件，一目十行，然后刷刷几笔就签下了自己的名字。

看完文件后，十点钟召开会议，茹意把手机放在办公室。这是她的规定，开会一律不准带手机。

十一点从会议室出来，发现好几个未接电话都是单月月的，茹意赶紧回拨了过去。

"茹意，对不起，我……我……"电话刚接通，就听到单月月的哭声。

"月月，怎么了？"茹意心底一沉，"是不是爸爸情况不好？"

"不是，茹意，是果果发烧了，我在医院里，"月月哭着说，"我没办法，茹意，我只能找你……"

"不严重吧？我马上就过来，你别急。"茹意拿起包冲出门去，迎面碰到了张毅，两人差点儿撞了个满怀。

"老大，什么事儿那么急？我有事儿和你商量。"张毅手里拿着资料挡在茹意跟前。

"起开，我有急事儿。回来再说。"茹意一把拨开他走了出去，张毅愣神地看着她急促消失的背影。

开着车一路飞奔到医院，来到急诊病房，看到单月月抱着果果坐在椅子上，果果蜷缩在月月怀里，沉睡着正在打吊针，像只受伤的小猫。那弱小无助的小可怜样儿，瞬间就击碎了茹意的心。

这个家里，除了爸爸，她最疼最喜欢的就是这个小可爱。

"是感冒了吗？"茹意来到单月月身边，握着果果的小手问，果果的手很烫，握在手里像团火似的。

"医生说是伤风感冒，高烧 39.5 度。昨天下午果果就有点儿不舒服，我做饭的时候她就在睡觉，一直睡到八九点还不醒，我把她弄醒喝了点儿奶，晚上就发烧了。我给她用了退热贴，以为没事儿，没想到今天烧得更厉害了，而且还一直咳嗽……"单月月一脸的憔悴，两个黑眼圈熊猫似的印在苍白的脸上。

"龚果果的家长赶紧去把药费交了。"护士拿着用药单过来催促。

单月月伸手接过药费单，眼眶一红，眼泪巴巴地看向茹意。

茹意从单月月手里拿过单子，二话不说到楼下去交费。交完费上来，茹意坐在单月月身边，搂着她的肩膀安慰道："月月，不怕，果果没事儿。小孩子感冒发烧很正常，打个针就好了，你不用太担心。"

"茹意，我真的不知道该怎么跟你说，"单月月狠劲儿咬着唇，泪水哗哗而下，"我现在，身上一分钱……都没有了……"

说完，单月月低下头，把脸埋进果果的身体里无声地啜泣起来，瘦弱的肩膀瑟瑟颤抖。

昨天被龚如军把微信里的钱全部转走后，她兜里就只有一百多块钱了，早上买菜，就只剩下几块钱了，刚刚挂个号，她真的一分钱都没有了。

早上买菜回来后，龚如军已经走了。果果躺在床上迷糊着没起来，小脸红红的，她一摸果果的额头，发现烧得更厉害了，赶紧抱着果果来到外面，餐厅里李大红正在吃早餐，龚柳根还在睡觉。

"妈，果果烧得很厉害，我想带她去医院，你能给我点儿钱吗？我没钱了。"单月月抱着果果来到李大红身边恳求道。

"我哪有钱？"李大红正端着碗喝小米粥，放下勺子，竖起眉毛瞪着她骂道，"你应该去找那个钱多得花不完的龚如意！问我要钱，亏你想得出来！死脑筋！"

"妈，茹意给过我钱了，昨天都被如军拿走了，我怎么好意思再向她要钱？"单月月为难道。

"怎么不好意思？如军拿点儿钱怎么了？他刚去上班没有工资不得用钱啊？现在果果病了，让如意出钱不是正好吗？直接跟她说！"李大红把碗往桌子上一放，趿着拖鞋大步往龚柳根的房间里奔去，边走边大声喊道：

"老头子，起来！快点儿给你女儿打电话，让她拿钱来，果果生病了！"

"不用了，妈，我不要钱了！我先带果果去医院了！"单月月看不惯李大红这样子，明明手里有钱却非得找茹意要，赶紧抱着果果往外走。

刚进电梯，龚柳根穿着睡衣追了出来，眼皮肿胀睡意未消地挡住电梯门说："月月，我陪你去吧！你一个人带着果果不方便。"

"不用了，爸，我一个人没事儿。您赶紧回去，我自己能行。"单月月看着骨瘦如柴脸色苍白的龚柳根很心疼。自从她来到龚家，他脸上的皱纹就没有舒展过。

"那我给如意打电话吧，让她过来帮你一下。"龚柳根扶着电梯门说。

"不用，您千万不要给她打电话，她要上班，每天都很忙，我一会儿自己给她打。"单月月说。

"好，那你小心点儿啊——"龚柳根的话还没说完，电梯门关上了。

到医院后，单月月给龚如军打了电话，告诉他果果发烧了要钱看病，让他转点钱过来，龚如军根本不理，直接把电话挂了，再打过去，他立马就摁掉了，根本不接单月月的电话。

单月月知道自己在他们眼里是可有可无的人，龚家人把她当丫头一样使唤，她忍了。谁让自己是龚家花二十万"买"进家门的呢？娘家又回不去，她只有在龚家忍气吞声地苟活着。

可果果是他们龚家的血脉，他们居然也这么毫不心疼。李大红和龚如军一直嫌弃果果是个女孩儿，嫌弃自己没有给龚家生儿子。他们两个重男轻女极其严重，李大红不止一次说过，如果她生不出儿子，迟早让她滚蛋。

想到这些，单月月悲从中来，哭得伤心欲绝。

"月月，没钱了你跟我说就好，别难过了。这个月的生活费就用完了吗？"茹意听着她伤痛压抑的哭声心里很难受，只好不停地轻抚着她的后背安慰。

"没，是被龚如军抢走了。他昨天强行要我转账五千给他，不给他就掐死我，我实在没办法。对不起，茹意，我真的是没办法……"单月月早已泣不成声。

茹意听了，心口顿时堵了一块巨石。这个无赖，居然抢她给单月月的伙食费，那是给爸爸买营养品的钱，也是龚家五口人的口粮钱，简直不是人！当初她还警告过龚如军，不能欺负月月，不能从月月这里要钱。龚如军把她的话当耳旁风。

茹意咬着牙想痛骂一顿，但为了不再刺激单月月，她强压着心底的愤怒，努力让自己平静，安慰单月月道："没事儿，这事儿不怪你，我会去找龚如军。生活费我再转给你。"

"茹意，你别一次给我那么多钱，你还是每周转账吧，这样我手里不会有那么多钱，就算龚如军回来逼我给钱，也不会一次性被他拿走那么多。我真的很怕他。"单月月低头抹泪说。

"好。"茹意点头道，"就按你说的。果果治病的钱，你别担心，我来付。"

"茹意，这个家每个人都在拖累你，我觉得你太难了。"单月月仰头道，"这就是个无底洞，我劝你还是不要管这些人了。如果你放不下爸爸，就把他接走，给他请个保姆，这样你就不用管其他人了。"

"月月，不瞒你说，我是为了爸爸才回到龚家的。十年前离开龚家的那一天，我曾经发誓，这辈子不会再踏进龚家半步，不会再理龚家人。高考后那个暑假，我自己跑到省城去打工赚学费和生活费，从此之后，我再没有回过龚家，没向龚家要过一分钱。但是，爸爸会偷偷寄钱给我，会到学校给我送钱送水果，他宁愿自己节衣缩食，每天只吃馒头度日，也要把钱省下来给我，他心里一直惦记着我。爸爸现在病了，我要尽一切办法治好他的病，让他安享晚年。他的身体还没有恢复，如果我把他一个人接出来住，不管龚如军和李大红的话，爸爸心里能好受吗？龚如军再不成器，也是爸的儿子，他不会不管，他总希望龚如军能变得好一点儿，能自食其力。再说，我要是真不管李大红和龚如军，他们两个能善罢甘休吗？他们一定会天天来缠着我。所以，还不如暂时就这样，让他们一家人住在一起，总还有个家的样子，吃饭也花不了多少钱，就当是对龚家养育我十八年的回报吧。再说了，这个家不是还有你在帮我吗？月月，我知道让你帮我照顾爸爸很辛苦，但我现在没有别的办法，只能辛苦你，你帮我分担了很多，我从心里感谢你。"茹意搂着月月的肩膀道。

"茹意，我知道你是个善良的人。可是，拖着这么一大家人生活，负担太重了！我真的已经受不了龚如军了，我想离开他，想带着果果离开龚家。"单月月说着说着又泣不成声，想到龚如军对自己做的那些事儿，她死的心都有。

"月月，我理解你，也支持你。"茹意心疼地看着单月月，说，"但现在还不是时候。等果果能上学了，你就可以这样打算。还有，爸爸现在需要你照顾，月月，就算帮我一个忙，等爸爸身体稍微好点儿，我会帮你找个工作，你可以一边上班一边带果果。"

"我也是这样想的。你放心，我会好好照顾爸爸，就算不是帮你，我也会好好照顾他。茹意，你知道吗，在这个家里，只有爸爸会把我当人看，会心疼我、关心我。只是爸爸很少在家，总是在外面打工，就算是回家，他也住不了几天就走，从来没有在家里住过很长时间。现在生病了，是他在家里待得最久的一次。"单月月抬起头抽抽搭搭道。

茹意点点头："我知道，我小时候爸爸就是这样，常年在外面打工，过年也只在家里待几天就走。那时候也只有爸爸对我好，每次爸爸出去我都会伤心地躲在一边哭。有一次爸爸出门前送我去上学，我流着泪问爸爸，能不能不走，爸爸站在那儿默默地看了我很久，然后沉沉地叹了一口气，抱着我说，'对不起丫头，爸爸也想留在家里，可我要是不出去赚钱，一家人就吃不上饭，就不能供你读书，也不能给你买酸辣馄饨了……'我当时只能抱着爸爸哭……那时候，我也希望爸爸每天在家，因为爸爸在家里，李大红就不敢肆无忌惮地打骂我，龚如军也不敢那么张狂地欺负我。"

往事不堪，却历历在目。那一幕幕一帧帧画面犹如闪电般从眼前掠过，说得茹意的眼眶也红了。

"茹意，我听说了一些你小时候的事儿。你和我一样，都是被亲生父母抛弃的可怜虫。我听说我的亲生父母也是想要生儿子，在我刚出生一个多月，就被他们装在一个竹篮里，放到我养父养母的家门口。他们生了两个儿子，一直想要个女儿，所以就收养了我。据说当时里面放了一张纸条，写着我的出生年月日，并且写明了这是第二个女儿，因为要生儿子不得不舍弃，所以恳请好心人收养并善待我。到现在他们也没有来找过我，我也不知道他们是谁，在哪里。一个人的时候，我总会想，二十多年了，难道他们就一点儿都不惦记我吗，是不是在他们心里，我这个女儿早就死了。生下我本来就是个错误，因为他们想生的是儿子，所以，他们才会这样毫不在意我的死活，一出生就把我扔掉，这么多年也不来打听一下我的消息……"单月月流着泪，看似平静的表情里凝结着无尽的伤痛。她不时低下头去试探一下果果退烧了没有，眉眼中锁着浓得化不开的母爱。

　　一个被亲生父母抛弃过的女人，往往会加倍去爱她的孩子，因为她不希望自己的不幸再重复在孩子的身上，更因为她明白妈妈的爱对一个孩子来说多么重要。

　　"月月，如果你的亲生父母现在来找你，你会见他们吗？你心里还能接受他们吗？"茹意问道。

　　"我不知道，因为没有这种如果。"单月月含泪苦笑了一下，想了想又说，"可能会吧！如果他们真的来找我，我很想问问，这么多年，他们心里有没有我这个女儿，是不是会偶尔想起我，有没有想过我在别人家里可能过得很不好，会不会偶尔良心发现自我谴责不该把我扔掉……"

　　说着说着，单月月的泪水又开始无声地滑过脸颊，心里既有对亲生父母的憧憬，又夹杂着对他们的怨恨，心头划过一阵阵刺痛。

　　"月月，"茹意眼眶潮湿地拥着她，同是父母的弃儿，单月月的话她感同身受，"我也很想问他们这些问题。但是我不想见他们，这辈子都不想见他们，更不想原谅他们，不想和他们相认。既然他们生了我又抛弃我，那个被抛弃的孩子早就死了，现在的我，已经和他们没有关系了。"

　　单月月隐隐感觉茹意话里有其他的意思，弱弱道："他们来找你相认了？"

　　"没有，我的姐姐和妹妹来了。"茹意说。

　　"真的？"单月月一脸惊讶地看着茹意，"你见到她们了？"

　　茹意点点头。

　　"太好了啊！你有自己的亲姐妹了！我的亲姐妹为什么不来找我呢？"单月月的眼神里掠过一丝激动，但很快就消失了。

　　"或许他们也在找你，只是还没找到吧。"茹意说，"你真的很希望见到他们吗？"

　　"当然啊，有自己的亲姐妹多好啊！这种血缘关系是任何东西都无法隔断的。"单月月说。

　　"确实是这样。"茹意点头道，"第一次见到她们，就感觉是一家人，可能这就是血缘的神奇吧！"

　　"茹意，恭喜你能找到自己的亲姐妹，这是多高兴的事啊！如果哪天我的亲姐妹也来找我，我肯定高兴坏了！我可能会不认亲生父母，但我一定会和姐妹相认，因为抛弃我的是父母，而不是她们。她们没有错，错的是父母，你说对吧？"单月月说。

茹意点点头，单月月的理解是对的。穆浩峰也对她说过同样的话，只是，穆浩峰不仅希望她和亲姐妹相认，也希望她能原谅亲生父母。

不知不觉中，一瓶吊针打完了，果果的烧退了一点儿，不再那么烫了，但小脸儿还是红红的，人也软绵绵的没精神，窝在单月月的怀里，一双乌溜溜的大眼睛无神地看着茹意，看上去一夜之间瘦了一大圈。

"果果，姑姑抱抱。"茹意伸手，没想到果果根本不要，神情萎靡地转过脸紧搂着妈妈的脖子。

医生原本要求果果住院，单月月坚持不住院，打完针就回去。一个是怕花钱，第二是担心爸爸在家里，李大红不会好好照顾他。

茹意也担心爸爸，见果果的烧退得差不多，也不咳嗽了，就顺着单月月的意思，让医生开了一些药，送她们回家。

两天没来看爸爸，茹意跟着单月月一起上楼，打算看看爸爸就走。

走进客厅，又看到李大红穿着红睡衣，斜躺在沙发上看电视，电视声音开得很大，茶几上照例放着一堆瓜子儿花生糖果之类的零食，李大红边看电视边嗑瓜子儿，瓜子壳儿又吐了一地，不时仰头哈哈大笑，毫不在意家里有个正在生病休养的龚柳根。

看到茶几上客厅里乱糟糟的样子，茹意心里就堵得慌。她最受不了这种杂乱无章，垃圾遍地。以前这个家是纤尘不染，井然有序。但是，李大红到哪里，哪里就是垃圾场。

单月月知道茹意不喜欢乱糟糟的，把果果放到房间里安顿好后，赶紧来收拾客厅。

李大红见茹意进来，翻翻眼皮瞟了一眼，依然嗑着瓜子儿，跷着二郎腿，旁若无人看电视。

茹意也只是用眼角的余光看了她一眼，就径直从她跟前走了过去，来到龚柳根的房间。上次已经为这个事儿吵过一次，茹意不想再费半句口舌去说李大红了，对于改变不了的人和事，放弃才是明智之举。

为了挡住客厅的噪音，大白天龚柳根坐在房间里也不得不关上房门。

茹意推开房门，一眼看到了放在墙角尚未收起的那张小行军床，看来李大红晚上还是在照顾爸爸的。

十年前，得知李大红把茹意卖给蔡小毛的事情后，龚柳根就和李大红分居了，那时候，他甚至想过离开这个家，离开贪婪的李大红。但是，他已经五十多岁了，没有能力再为自己重建一个家，也无法面对世俗的压力和李大红的死缠烂打，最终还是放弃了这个念头。

从此，他和李大红只是同住一个屋檐下的两个人，早已没有了夫妻之实。

龚柳根坐在窗前，正望着窗外的天空出神。那个瘦弱的身影，在窗前那片亮光中，显得格外单薄。几缕斑白的发丝零落地贴着微秃的头顶，褐色的老年斑布满了脸颊侧边，惨白的光线中，整个人显得形容枯槁。

出院两周多了，爸爸的身体并没有明显的恢复，气色依然很苍白。

"爸。"茹意关上房门，轻轻走到他身后叫了一声。

"嗯？"龚柳根惊奇地转过身，发现是茹意后即刻露出了难得的笑容，"丫头，你怎么来了？这个时间不是在上班吗？"

"我陪月月从医院回来，果果打完针已经好多了。"茹意拿了一把小椅子在他侧边坐下来，"爸，您现在还会感觉胃里不舒服吗？"

"不会，好多了。"龚柳根摸了摸自己瘪瘪的肚子说，"我现在吃东西比刚出院的时候强多了，月月每天变着花样给我做补品，我感觉自己都要吃胖了。"

"那就好。爸，后天周五，是复诊的日子，到时候我一早过来陪您去医院复诊。"茹意说。

"你不用来，路很近我自己去就行，再不行就让月月陪我去。你要上班，不能总是耽误你的工作。你又是当领导的，总是请假影响不好。"龚柳根欣慰地看着茹意，脸上的皱纹难得地舒展了一些。

茹意的孝心是他现在活下去唯一的动力，也是他内心最大的支撑。

"没事儿，工作上的事情我会安排好，您不用担心。"茹意看着龚柳根，想了想还是决定问问他那个关于寻亲的事儿，"爸，您做过 DNA 登记吗？"

"没有，做那个干吗？"龚柳根疑惑道。

"您没有听说过可以通过 DNA 登记找到自己丢失的孩子吗？"

"可以吗？我好像是听过，但没有去做登记，也没听说有人找到了自己曾经丢失的孩子，我也不知道去哪里做 DNA 登记。"龚柳根稍稍往前欠了欠身体，吃惊地看着茹意，"现在还可以登记吗？"

"可以。这么多年了，我以为您已经做过 DNA 登记了。"茹意说，"有空我带您去做个 DNA 寻亲登记，万一您的那个如意也在找您呢？"

"真的吗？真的可以找到吗？"龚柳根浑浊的眼里顿时滚动着泪花，"二十多年了，不知道她在哪里，这些年过得好不好啊，现在长成什么样子了。她知不知道自己的亲生父母一直都在惦记着她，每天都在想着她啊？"

"如果她也在找您的话，应该就是和您一样也在想着您。爸，这些年，您是不是一直把我当成您那个走丢了的如意？"

"是，我心里确实是把你当成她的。我喜欢女儿，自从如意出生后，我就特别宠她，但是万万没想到她会突然不见了。那些日子，我就像丢了命一样到处找，到处找，报警也报了，可就是杳无音讯。那个年代啊，经常有丢孩子的事情发生，但是大部分丢的是男孩儿，丢女孩儿的很少，可是我的如意就是这样莫名其妙地不见了啊……呜呜呜……"龚柳根说着说着抑制不住地呜咽起来，他低着头，不停地抹泪，苍老的声音凄楚悲怆。

茹意递给他一张纸巾，也忍不住心头酸楚，泪眼汪汪。

"那时候我想如意几乎想疯了，看到一个和如意差不多大的女孩儿，我就觉得那是我家的如意啊，就忍不住要过去抱她，忍不住哭。所以，后来有人把你送给我，我想都没想就把你抱回了家，从此你就是我的如意，是我最疼的丫头。丫头，你不会怪爸爸吧，一直把你当成另一个人，连名字和生日都一样。"龚柳根抬起头擦干眼泪，满眼愧疚地看着茹意。

"我怎么会怪您呢，爸爸，我应该感谢您，像对亲生女儿一样的来爱我。"茹意红着眼眶说。

"可是，爸爸并没有给你一个幸福温暖的家，没给你一个快乐的童年，还让你遭了那么多的罪。你知道吗，只要想到你遭的那些罪，爸爸这心就如刀割一般难受。小时候每次你拉着我的衣角哭着不让我离开家，每次我都只能含泪离开。是爸爸没用，没有能力赚到很多的钱，没有能力给你更好的生活，是爸爸不好，当年爸爸就不应该收养你，说不定你能被条件好的人家收养，就不会遭遇这样不幸的童年。"龚柳根像在控诉自己的罪过一般，说得老泪纵横，泣不成声。

"爸，您别这么说，这不是您的错。我知道您一直很努力在工作，您已经竭尽全力给我最好的生活。小时候您在校门口给我买酸辣馄饨，自己却从来不舍得吃一碗。我上大学后，您宁愿自己吃馒头就咸菜，也要把钱省下来寄给我……这些都是我心里最温暖的记忆。只要想起您，我心底就溢满暖意，因为我知道，无论什么时候，无论您在哪里，您总在牵挂着我，想念着我，我并不是一个没人疼爱的孩子，我有最爱我的爸爸。"茹意哽咽着握住龚柳根粗糙干枯的手，掌心里厚厚的老茧，硌得她心疼。

"如意,是爸爸要谢谢你,我总是在感谢上天,把你带到我的世界里,让我心里缺失的那一角得到了填补。虽然我会经常想起那个走失的如意,但只要看到你,我就觉得她回来了,我心里的那个漏洞,就被填满了,否则这么多年,我估计我早就疯了。"

"爸,下次我带您去做一个寻亲 DNA 登记,说不定您的那个如意,真的就回来了呢!"茹意擦了擦泪眼,挤出笑意说。

"那该多好啊,那我就有两个女儿了,就有两个如意了,那太好了啊!"龚柳根仰起头无限憧憬道,脸上的泪痕未干,眼底却有了惊喜的泪光在涌动。

"爸,我先回去上班了,后天我过来接您去医院复诊,有时间的话,我们就再去派出所做个寻亲登记。"茹意说着起身往外走。

"好。"龚柳根点点头,也跟着起身。

打开房门,两人一前一后来到外面,李大红依旧在看电视,不同的是,此时的她没有嗑瓜子儿,而是在大口地嚼苹果,看到他们一起出来,李大红神情一顿,啃苹果的动作明显愣了一秒,但很快又继续吃苹果继续盯着电视,似乎没看到他们一样。

茹意把她当透明,她也故意把茹意当透明,两人互相视若无睹。

客厅里已经被单月月收拾过了,不再那么凌乱,但是茶几上依然有不少瓜子壳儿,那是李大红刚嗑出来的。

真是辛苦月月了,茹意心里想。自己只是出点儿钱供养他们,单月月却是一天二十四小时和他们在一起,没日没夜地伺候他们,打理这个家,难怪单月月会说她快要受不了了。

"月月,我先走了,记得按时给果果吃药,如果还要去医院,你第一时间告诉我。"茹意边走边说。

"好,应该没事儿了,我刚看她睡得挺好的,已经不发烧,也不咳嗽了。"单月月跟着龚柳根一起,送到了电梯口。

"我争取下周找到家政工人来帮你,到时候你就不用这么辛苦了。"茹意说。

"不用,我一个人能行,现在请家政很贵的,你千万别再花那个冤枉钱了。"单月月立马拒绝道。

"对啊,如意,不用请家政,就先辛苦月月,等我身体好点儿,我们就回老家,不用总是住在这里。"龚柳根说。

茹意还没来得及说话，电梯已经关上往下走了。

龚柳根和单月月返身走到大门口，就被李大红堵在那儿。

李大红双手叉着腰黑沉着长脸，吊着眉毛眯着双眼盯着龚柳根质问道："龚柳根，你刚才放什么屁？你身体好了就回老家去？你想回去住那个阴暗潮湿的破房子，每天喝西北风等死吗？放着这么好的大房子不住，你是活腻了犯贱吗？有好日子不知道过？有福不知道享？你不想过好日子，老娘我还想过好日子呢！我告诉你，我再也不会回到那个夏天热死冬天冻死的破房子里去了！除非你在县城也给我买一套这样豪华装修的大房子，再让她每个月也给我们几万的生活费，否则我绝对不回去！"

龚柳根顿时被她气得浑身发抖，颤抖着手指着李大红："李大红，你凭什么住着如意的房子不走？如意小时候你是怎么对她的？你好意思躺在这里享清福吗？你不觉得自己太不要脸了吗？如意她凭什么给你一个月几万的生活费？凭什么给你买豪华大房子住？凭什么？啊？"

"凭什么？凭我们龚家养了她十八年，供她读书上大学！凭你卖命挣钱偷偷给她学费和生活费！我当年要是真不让她上学，她能有今天？她不得感谢你感谢我收养了她？感谢我们龚家培养了她吗？啊？让她买房子怎么了？让她给生活费怎么了？不应该吗？"李大红挥舞着双手，发疯一般冲着龚柳根吼道。

"她小时候你虐待她已经是犯法，你不让她读书就更是犯法！李大红，你一辈子都在作恶，现在一把年纪了，你就不会反思一下自己吗？每天这样大手大脚地花如意的钱，良心不会痛吗？"龚柳根气得脸色煞白，心口一阵阵刺痛传来，他表情痛苦地佝偻着腰捂着心口，弯着腰靠在大门口。

"爸，您先回房间吧，回房间去。"单月月站在那儿什么也不敢说，只能扶着龚柳根离开客厅，避开李大红。

"我犯法？那你让警察来抓我啊！她小时候不听话不干活我骂她几句打她两下，我就犯法了？龚柳根，你少在这儿放屁！月月也是收养的孩子，你问问她在家里要不要挨骂，有没有挨过打，月月读了多少书，上过大学吗？龚如意能上大学，不是你悄悄给她钱吗？她当初离开龚家的时候，说从此和龚家一刀两断，不会要龚家一分钱，不会踏进龚家半步。事实呢？她要了你龚柳根的钱，现在就必须来回报，我说的不对吗？"李大红不依不饶，叉着腰堵着龚柳根喋喋不休。

"那是我省吃俭用攒给如意的，她不要，是我要给的，和你无关！"龚柳根弯腰扶着墙壁，忍着心口的刺痛，脸色煞白地怼了回去。

"怎么和我无关？你赚的每一分钱都有我的一半！你藏私房钱这个事情我还没和你算账呢，你居然有脸来和我说这个！"

"好了好了，别吵了，妈，你没见爸爸很难受吗？"单月月实在是看不下去，更怕这样吵下去龚柳根会被气死。

自从她来到龚家，她发现，不管什么时候吵架，龚柳根都不是李大红的对手，经常被李大红气得浑身发抖。

单月月甚至认为，龚柳根的病八成是被李大红和龚如军气出来的，再这样下去，他的病怎么可能好得了。

"他难受我就不难受吗？啊？"李大红盯着龚柳根煞白得毫无血色的脸怒斥道，拉长黑脸转身回到了沙发上。

真把龚柳根气死了，这个家的好日子就真到头了，所以李大红暂时还是退让一步。这要是放在以前，李大红绝对不会放过龚柳根，非得骂到他投降认错不可。

"爸，去房间休息一下，我给您倒杯水。"单月月搀扶着龚柳根往房间里走去。

龚柳根有气无力地靠坐在椅子上，指了指墙角那张单人行军床，神情痛苦厌恶道："月月，把这个床给搬出去，搬出去！"

"爸，"单月月很为难地看着他，又看了一眼行军床，"您晚上需要人照顾，喝水上厕所什么的，您一个人不行啊！"

"我不需要，我不想看到她，搬出去，搬出去！"龚柳根几乎是用尽全力吼出来，吼完后，他开始剧烈地咳嗽。

"好，我搬出去，您别激动，别生气。"单月月赶紧把行军床搬出去。

搬到门口一抬头，就遇到李大红那双狠戾的目光，正死死地盯着她。单月月最怕看到李大红这样的眼神，吓得浑身一抖，顿在了门口，畏惧地低下头，一时又不知道该怎么办了。

"你想干什么？"李大红冲过来对着里面的龚柳根问道。

"我不要你陪夜了，你去别的房间里睡。"龚柳根气息微弱道。

"好，这是你说的。出院的时候，医生交代晚上必须有人在身边，不能让你一个人睡，我只好屈就自己睡在这张坚硬的行军床上，晚上给你倒水，扶你起床上厕所，还要听你说梦话放屁翻身疼得嗷嗷叫的各种噪音，我都没说什么，你居然赶我！龚柳根，这可是你自己提出来的，不是我不伺候你啊，别到时候你又在那个死丫头面前说我不照顾你！"李大红站在门口，远远地指着龚柳根骂道。

"我会跟如意说，是我让你搬出去的。搬走！"龚柳根再次大吼了一句，几乎耗尽了他的全部体力，再次佝偻着腰剧烈地咳嗽起来。

"好，这是你说的，月月你可以作证。搬出来我巴不得，你以为我愿意睡在你旁边？我可以睡客房，那里的床很软乎，我终于可以睡个好觉了，哈哈！"李大红嘴角一撇，得意地笑了，"月月，把这个行军床搬到那个书房里去！"

单月月乖乖地把行军床搬到了西边的书房里。

把行军床放好后，单月月给龚柳根倒了一杯温水放到他手边，轻声道："爸，喝点儿水，您该吃药了。"

龚柳根看着窗外，有气无力地摆了摆手，让单月月出去，他不想吃药，不想见任何人，他只想一个人静静。

单月月退出来把房门关上，回到自己的房间里，果果依旧静静地睡着，小脸微红，心口随着呼吸上下微微地起伏着。单月月走过去弯腰贴着果果的额头，烧差不多退了，她松了口气坐在床沿上，拿出手机想把刚才的事情告诉茹意，打了几个字，又删掉了，还是不说了吧，说了只能给茹意添堵。

这个家原本就是这样，谁也改变不了。走进龚家这么多年，单月月忍气吞声地活着，也算是看明白了龚家的现状。

龚柳根读书不多能力有限，但却有着一身傲骨，宁可自己累死，也不低头求任何人，一辈子硬挺着单薄的脊梁撑起这个家。当年和龚柳根一起下岗的人，有的人会哭会闹会折腾，通过各种方式得到了重新安置，也有人鼓动龚柳根一起去闹，但龚柳根从不去，他宁可相信自己的双手，也不去要赖，他的每一分钱都浸透着艰辛的汗水。

可是，他偏偏娶了李大红这样势利贪婪的女人，明明是乞丐的命，却总想过女王的生活，别人有的她都想要，长年累月得不到满足，心里累积了成吨成吨的不满和怨气，只能对着家里的人发作。龚柳根是最倒霉的一个，因为李大红认为自己的不幸，都是因为龚柳根的无能，赚不到钱，还死要面子，所以经常把龚柳根骂得一文不值，狗血喷头。龚柳根在李大红眼里，就是全世界最没用的男人。

其次就是茹意。茹意从小遭受的虐待，是因为李大红把对龚柳根的不满和怨气，迁怒到了茹意身上。因为收养茹意李大红原本是不愿意的，她骨子里就重男轻女，加上后来下岗失业，家庭经济愈发紧张，多养一个人就多一分开支。李大红甚至认为是茹意的到来，让他们两个下了岗，茹意就是这个家的扫把星，何况龚柳根还对茹意那么好，这更加让李大红不满。

后来茹意离开了这个家，李大红内心压抑的时候，也偶尔会骂龚如军，但龚如军是她最疼爱的儿子，所以她舍不得骂，就算骂也会有节制。再后来，单月月走进了这个家，无形中顶替了当年茹意的角色，成了这个家仅次于龚柳根的受气包。

单月月觉得，自己人生的不幸，是从一出生就注定了。因为是女孩儿被亲生父母抛弃，然后被生养了两个儿子的家庭收养，得不到良好的教育，从小成绩不好，早早辍学，长大了只能被养父母支配，为两个哥哥换取娶亲的彩礼钱。

投错胎，被父母抛弃。长大了从一个不幸的家庭，走进了另一个更不幸的家庭。茹意曾经和自己一样，也生活在这个不幸的家庭里，但是，她唯一幸运的是有个爱她的养父，并且通过自己的努力，挣脱了命运的捆缚，逃离了这种不幸的生活，开启了她全新的人生。

我也要逃离这里，就算是再苦再累，也比整天和李大红龚如军这样的人生活在一起好，更重要的是，果果不能再重蹈自己的不幸。单月月仰头长出一口气，愈发坚定了内心的想法。

茹意回到公司，已经过了吃午饭时间，她在楼下随便吃了一碗面，上来的时候在办公室门口正好碰到张毅。

"你怎么还在这儿？"茹意问。

"等你啊，老大。一上午没见到你，我都六神无主了，不知道自己该干什么了，你说这是不是一日不见如隔三秋？"张毅嘻嘻哈哈地跟在她身后走进来。

"少贫嘴，有事儿说事儿。"茹意坐进大班椅中，揉了揉有些酸胀的太阳穴。

"不舒服啊？我发现你最近气色真不太好，是不是遇到什么事儿了，要不要我帮忙。"张毅很关心地探过脑袋，细细地打量着她。

"我没事儿，说你的事儿。"茹意乜了他一眼，慵懒地靠在椅背上。

在张毅面前，茹意从来都不需要伪装，两人除了是上下级的关系，还是可以推心置腹的朋友。只不过，茹意很少对张毅提及自己的过去，那是除了她自己，没有第二个人能真正触碰的地方，哪怕是穆皓峰，也不是完全了解她的过去和内心。

"我发现你总是把自己隐藏得那么深，让人看不透摸不清，像一个巨大的谜团。"张毅盯着她表情严肃道。

"少废话，有事儿说事儿，没事儿滚蛋，我累了，要休息。"茹意没好气瞪了他一眼，今天心情不好，张毅居然还在这里贫，茹意莫名觉得烦。

"行行行，我说完就走。"张毅马上转入正题，"是这样啊，按照您的意思，我们下半年的计划是要铆足了劲儿来超额完成任务，所以接下来我们要按计划加大对产品的推广力度，各个维度的宣传都要增加，我已经跟各级经销商通气，也收集了他们的一些意见和建议，这是汇总后的方案，请您过目。"

张毅说完，双手恭恭敬敬地往前一呈，把手上的文件夹郑重地摆放到了茹意案头。

茹意翻开看了几页，坐直身体道："行，你先放着，我来细看。这段时间要辛苦你了，有什么情况随时向我汇报，我们随时沟通。另外，对一厂的产品，我们要适当加大宣传，最近一厂产品市场走向不是太好。"

"好，我明白。"张毅点头起身离开。

茹意让小白送了一杯浓咖啡进来，虽然很疲乏，但根本没有时间休息，只能马上投入工作，仔细地研究张毅送上来的这份报告。

励峰集团每年投入产品宣传的费用很大，主打产品都得到了充分的推广，市场销售一直不错。张毅这份报告建议要增加五分之一的宣传费用，这是一笔不小的数目，茹意得仔细核算，否则董事会也无法通过。

揉着酸胀的太阳穴，茹意不知不觉工作了一下午。她坐在大班椅上近三个小时没有离开，其间喝了两杯浓咖啡，把张毅拟定的这份计划表细细进行了核算，并且与全年的宣传方案做了详细对比，对张毅的方案进行了修改，发回给张毅。最后两人统一意见，茹意决定下班前呈送给穆皓峰审核。

计划敲定后，茹意才站起来伸了伸有些酸疼的腰身，感觉脖颈和肩膀也酸疼得厉害。自己揉了揉，突然间想起马小阳按摩的那种舒适和放松，真希望每天都能去洗个头，让他帮忙按摩一下。

这么想着，茹意眉眼间露出了一丝笑意。似乎只要想到马小阳，心情就会莫名好起来，难道马小阳有魔力？

手机进来一条微信，正是马小阳的：

公主殿下，今晚能荣幸地邀请你共进晚餐吗？

茹意心生甜蜜，两人果然心有灵犀。正想回复过去，尹志丹的电话进来了："茹意，晚上回家吃饭吧，我买了好多菜，咱们三姐妹一起在家里吃晚饭。"

茹意看了看时间，已经五点半了，正常是可以下班了，但她还要去穆皓峰那里一趟，不知道要谈到几点，而且这里马小阳又来约了，根本没法回去吃晚饭。

"我不知道要忙到几点，你们吃，别等我。"茹意说。

"没关系，我们不饿，你什么时候回来，我们就什么时候开饭。"尹志丹很高兴地说道。

"我可能会比较晚啊。"茹意为难道，她不想扫了大姐的兴致。

"没关系，咱在自己家里吃饭，晚点儿怕什么，又不是外人，都是自家姐妹。你放心工作，开车往回走的时候先打个电话给我，我把青菜炒了，把汤再热一下就行了。"尹志丹说。

"行，我争取早一点。"茹意心里暖暖的。

在江城工作六年多，第一次有人催自己回家吃饭，第一次有人说不管多晚我都等你，这种感觉瞬间就温暖了茹意的心，那个曾经没有人气没有温度的家，因为姐姐妹妹的到来，从此有了暖暖的烟火气，有了热融融的温度，有了此起彼伏的欢声笑语。

挂了电话再次看到马小阳的信息，茹意回复过去：公主今晚有约哦！

马小阳看到这几个字眼皮子激灵一跳：什么意思？和谁有约？这个时候居然推掉我的约会答应别人，太不应该了吧？！不行，这得问清楚。

今晚的地方我已经订好了，你推掉那边的约会，一会儿我就过去接你。

那不行，答应了的事情是不能反悔的。茹意偷笑。

谁的约会那么重要，客户还是你公司的领导？

这个不能告诉你。小七王子，这可是个人隐私，禁止打探！

马小阳有点儿失望，觉得八成是工作，像茹意这么敬业的工作狂，除了工作还是工作，她自己都说每天就是公司家里两点一线，顶多还有客户需要应酬。一想到茹意可能去应酬，马小阳立马想到她第一次走进自己店里时喝多了的样子，忍不住提醒道：

茹总，如果是应酬千万别再喝酒哦！讲真，你喝多了的样子太美，容易给自己带来危险。告诉我在哪里应酬，我去酒店门口接你。

今晚不是应酬，你放心，我再也不会喝多了。

不是应酬？那就是和公司里的同事领导一起吃饭？马小阳怎么猜也猜不到茹意是回家吃饭。

行，你不喝酒我就放心了。马小阳说。

茹意看着马小阳的回复，心里甜融融的。她拿起修改好的计划书去了穆皓峰的办公室，没想到穆皓峰居然不在。

穆总，有事儿向您汇报。茹意给他发了一条微信。

什么事儿？不急的话就等明天再说，如果很急我八点半之后争取过来。穆皓峰秒回了。

不是很急，明天再说吧。茹意说。

行，明天上午十点。

好，十点我准时到您办公室。茹意回复道。

回复完了，茹意马上给姐姐尹志丹打电话，告诉她自己现在就可以下班回家了，正常半个小时后就能到家了。

"太好了！我现在就来炒菜！燕子，赶紧倒红酒，你二姐马上就要回来了！"

电话那边传来尹志丹兴奋的声音。

三十分钟后，茹意准时到家了。

推开门，"小七"照例看着她汪汪叫了几声，茹意放下包包，摸了摸小七的脑袋，还未走到餐厅，一股饭菜的香味儿就扑鼻而来，空气中带着一股明显的辣味儿。很久没闻到这种辣椒的香味儿了，茹意的味蕾倏然间就被激活了，忍不住咽了一下口水。

来到餐厅，果然看到餐桌上摆放着辣椒炒肉、红焖啤酒鸭、辣子鸡块，还有红烧松鱼头……都是小时候家里过年必备的家常菜，看着这一盘盘色香味俱全的美味菜肴，茹意已经溢出了口水，太久没有吃到正宗的家乡辣味儿了。

小时候，她最惦念的就是校门口那碗热腾腾的酸辣馄饨，每次吃都觉得是人间美味，那时候的茹意，认为这个世界上可能再也没有比酸辣馄饨更好吃的东西了。那时候的她有个奢侈的愿望，等长大后工作了，她要每天都吃酸辣馄饨，想吃几碗就吃几碗。

后来去省城上大学，她才发现，原来世界上还有那么多美味的东西，只是自己不知道，没见过，没吃过，吃不起而已。可是，等到自己赚了钱后，可以吃得起任何一种美味时，却再也吃不到小时候那碗酸辣馄饨的味道了。

儿时的美味，仿佛随着时间一起，尘封在记忆深处。

"姐，我回来了！"来到厨房门口，茹意对系着围裙正在炒菜的尹志丹喊道。

尹志丹转身惊喜道："茹意，这么快就回来了啊！太好了，我这里也马上就好了，你洗洗手准备吃饭。"她双手激动地在围裙上搓了搓，伸长脖子朝客厅里喊道，"燕子，酒倒好了吗？"

这是茹意第二次主动开口叫她"姐"，第一次是茹意生病的那天晚上，尹志丹一直照顾她，当时茹意很暖心也很感动，主动叫了她一声"姐"，那次听得尹志丹想流泪。

从小尹志燕和尹志斌都围在她身边叫"姐"，尹志丹没有什么特别的感觉，但是茹意叫她一声"姐"，却让她分外感动，这一声"姐"，让她感觉自己失散多年的妹妹终于回来了，怎么能不激动呢？

"好了好了……"尹志燕不知从哪个角落里钻了出来，从背后熊抱住茹意，"二姐，你今天回来得真及时，咱们三姐妹好好喝一杯！因为今天是个值得庆祝的日子，我们正式把那间美容店盘下来了，刚签好合同。"

"好，是值得庆祝！"茹意还是不习惯尹志燕这样没来由的亲密无间，掰开她的手尴笑道，"我去换件衣服，马上就出来。"

"二姐真讲究，回家吃饭还要换衣服。"等茹意进了房间，尹志燕靠近尹志丹嘀咕道。

"不许这么说你二姐，她在公司忙了一天，肯定很累，回家换件舒服点儿的衣服，这不是很正常吗？"尹志丹拍了一下尹志燕的手，命令道，"把菜端过去。"

"遵命，事儿姐！"尹志燕对她做了个鬼脸，端着菜往餐厅走。

几分钟后，茹意换上浅咖素色家居服出来了。

"二姐，你这衣服好好看诶，比你穿那些职业套装好看。穿职业套装很严肃，看着太成熟，把人都穿老了。不过，你这衣服怎么这么素啊，一点儿图案都没有。"尹志燕歪着脑袋打量着茹意身上的衣服。

"工作必须穿成那样。我就喜欢素色的衣服，不喜欢那些带图案的，尤其不喜欢花色。"茹意淡淡一笑，"不像你啊，可以这么任性地穿自己喜欢的衣服，舒服又帅气。"

"二姐，你也觉得我的衣服帅气对吧？很漂亮对吧？大姐，你听见没有，二姐都赞成我这样穿衣服，就你说不好看，哼，你就是和我们有代沟，我看你和咱妈的审美在一个时代一个层次上。"尹志燕立马靠拢茹意。

"燕子，你少贫嘴，快点儿来拿碗筷。我是说你平时也要穿得像个女孩子，不要总是把自己打扮成个假小子，又不是小孩子了，这么大还不好好拾掇自己，将来怎么把自己嫁出去。"尹志丹宠溺道。

"谁说我一定要嫁人啊，再说了，很多男生就喜欢我这款的呢。有句话说得好，甲之砒霜，乙之蜜糖，反过来也一样。反正就是在喜欢你的人眼里，你什么都好，在不喜欢你的人眼里，你什么都好也是不好，明白吗？我就是在等那个把我当做蜜糖的人。"尹志燕继续贫嘴道。

茹意去阳台洗了手，拿了碗筷放好，笑意暖暖地看着她们。原来有亲姐妹的生活是这样的热闹美好，难怪单月月会那么羡慕自己找到了亲姐妹。

"行了行了，我不要听你那些歪理邪说，来来来，开饭啦！"尹志丹把刚刚从炉火上撤下来的还冒着热气的大砂钵端上了桌。

锅盖一揭开，一股浓香飘散开来。

"哇，什么东西这么香啊！"尹志燕嘴里正嚼着辣子鸡肉，拿着筷子，还是忍不住站起来伸长脖子往里面看。

茹意也惊叹道："姐，这好像是牛肉的香味儿啊！"

"对了，还是茹意鼻子灵，我特意炖了两个多小时的罗宋汤，用最新鲜的牛腩，配上适量的西红柿、芹菜、包菜和新鲜的南姜末，是一道营养又美味的温补汤，你们两个都这么瘦，以后我要多煲汤给你们喝，把你们养胖一点儿。"

"我才不要胖，现在是以瘦为美啊。大姐，你这是想害我们！"尹志燕假装嘟起嘴巴对尹志丹娇嗔道，手却早已把碗递过去，眼巴巴地等着尹志丹给她盛汤。

"对，我就是不想让你们那么瘦。以瘦为美不是让你营养不良，想瘦你可以去健身让自己变得更结实更紧致，而不是拒绝吃有营养的东西。我说的对吧，茹意？"尹志丹故意不接尹志燕的碗，而是主动拿起茹意跟前的碗，先给茹意打了一碗汤，小心翼翼地送到她跟前，还不忘提醒道，"很烫，放一边凉一会儿再喝。"

"谢谢姐！"茹意目光柔柔地看着大姐，要是大姐早几年出现，该多好啊。

给茹意盛了汤，尹志丹接着给自己盛，就是不给一直拿着碗等汤的尹志燕盛，急得尹志燕在旁边翻白眼："大姐，你偏心，你不爱我了吗？宝宝不开心了！哼！"

尹志丹和茹意会意地对视了一下，忍着笑道："我想我还是不害你了，让你继续瘦下去。"

"讨厌，我才不要错过这么好的美味，吃饱了才有力气去减肥！哼！"说完，尹志燕自己拿起勺子盛汤，为了报复尹志丹晾着自己，她故意给自己盛了满满一碗，结果被溢出碗口的汤汁烫得跳起来，"哇，烫死我了！"

尹志丹眼疾手快，快速端稳差点儿被尹志燕扔了的碗，笑道，"你看看你，说给你补营养，你说我不怀好意；说不让你吃，你又对我不满，现在自己盛这么多，是想一口吃出个胖子吗？"

尹志丹边说边把汤放到尹志燕的旁边。

"对，我就要一口吃成个胖子！二姐，你也不帮帮我！哼，你们两个一起欺负我！我要告诉妈妈，大姐二姐联合起来欺负我，哼！"尹志燕鼓着腮帮子气呼呼地坐下来，故意对着尹志丹翻了一个白眼。

茹意和尹志丹对视一眼，都忍不住大笑起来，尹志燕还想憋着，看到她们两个笑成那样，终于也憋不住，放声大笑起来，餐厅里，三姐妹的笑声响成一片，从未有过的欢乐美妙在这个家里静静流淌。

尹志丹的厨艺很好，每一道菜都很可口，虽然只是家常菜，吃起来却让人回味无穷，茹意吃得津津有味。这是茹意记忆里吃得最轻松最美味的家宴。

小时候在龚家，只有爸爸回家的日子，爸爸亲自下厨才能吃到好吃的饭菜，李大红做的饭菜都只能充饥，没有任何美味可言。

那时，隔壁人家经常会飘来鱼肉菜香，馋得茹意流口水，可是自己的碗里经常是水煮萝卜水煮白菜，平时家里极少吃肉。只有过年过节爸爸回来了，家里才会有好吃的。但是，别人家过年都是欢声笑语，其乐融融，一家人有说有笑，爸爸妈妈还会带着孩子一起在院子里放烟花。

但龚家从来都是在争吵中度过，即使是在大年三十，李大红也一样要和龚柳根吵架。龚柳根喝酒，李大红要骂他；龚柳根抽烟，李大红也要骂他；龚柳根交回家的钱少了，李大红更要骂他；龚柳根买了一些贵点儿的年货，李大红照样要骂他……喋喋不休骂骂咧咧的生活几乎伴随着茹意整个童年。

小时候茹意经常会想，夫妻就是李大红和龚柳根这样的？一个像疯婆子一样天天骂骂咧咧，一个像闷罐子一样一言不发，偶尔爆发一次，两人就吵得天翻地覆，甚至是大打出手，家里锅碗瓢盆碎了一地，像极了战争爆发后的废墟。

在这样的环境里长大，茹意对家庭和婚姻都怀有深深的恐惧。她从来不敢奢望，一家人还可以这样快乐和美地在一起吃饭，吃得这么舒心这么惬意这么温暖这么幸福有爱，这是她二十多年吃过的最幸福最暖心也最感动的一顿晚餐。

吃着吃着，茹意的眼眶湿润了，有家的感觉真好，有姐姐妹妹的感觉真幸福。

"大姐，二姐，我要真诚地敬你们！"尹志燕端着酒杯站起来，郑重其事地看着尹志丹和茹意，"谢谢你们鼎力支持我去追逐我的梦想！"

"燕子，一家姐妹，说什么谢谢，免了免了，吃饭。"尹志丹幸福地笑道。

茹意却未吭声，而是仰头暖暖地看着尹志燕，家里有燕子这么一个会折腾会撒娇的妹妹，确实充满了欢乐。

"我是真心的。二姐，你不知道，我从小就是大姐带大的，虽然大姐只比我大五岁，但在我心里，大姐就像妈妈一样，总是在照顾我保护我，小时候我饿了累了受委屈了不舒服了，我都是找大姐，因为妈妈没空管我们，所以，大姐在我心里，就像妈妈一样。长大了，我去上大学，是大姐打工赚钱给我学费和生活费。为了能照顾我，大姐就在我上大学的地方找工作。大学毕业后，我只上了一年班就不想上了，也是大姐支持我去做我自己喜欢做的事情。不管什么时候，大姐都告诉我，不用怕，有大姐在呢！就是大姐这句话，让我有了后盾和依托，让我抛弃了一切后顾之忧，敢于大胆去追逐自己的梦想。"一向调皮的尹志燕，突然满怀深情，说得眼眶潮红，"大姐，这么多年辛苦你了，小妹打心眼里谢谢你！没有你的照顾和支持，就没有我今天的快乐和幸福！我的岁月静好，都是因为有大姐在为我负重前行。"

说完，尹志燕大口喝了杯中酒。

"燕子，不要喝得那么急。"

尹志丹被燕子这一番真挚的话语感动得心潮起伏，这么多年作为大姐，她确实付出了很多，有时也会感觉很累，甚至也曾经埋怨过命运的不公，让自己成为这个贫寒家庭里的老大，还没长大就要帮父母一起养家照顾弟妹，为了减轻父母的负担，明明成绩好却要主动放弃上学，小小年纪就开始担起生活的重任。

但是听到燕子这番话，尹志丹觉得很欣慰，妹妹已经长大了，懂事了，有自己的追求和梦想，作为大姐，她觉得自己付出多少都是值得的。

"姐，我高兴！今天我要喝个痛快！来，二姐，我一样要感谢你！"尹志燕再次给自己倒了半杯红酒，举起杯对茹意说，"虽然你回到我们身边才几天，但是，我能感觉到，你的心和我们是相通的。虽然我们分开的时间很长，但是，基因能证明，我们身上流着相同的血，你永远都是我的二姐，不管我们分开多久，我们还是一见倾心，我们生来就是一家人。"

三个人都忍不住笑起来，茹意的眼眶一直是潮湿的，她忽闪着鸦色的睫毛，想把眼底的湿润隐藏起来，却没有逃过尹志丹和尹志燕的眼睛。

"我觉得我们就是一见倾心，这个词儿没毛病。二姐，你不知道，当我第一次听到大姐说，我还有一个姐姐的时候，我惊讶得哭了！我跟大姐说，一定要马上把二姐找到，一定要让二姐知道，她还有我们两个姐妹和一个弟弟。后来，大姐经过千辛万苦，终于找到了你，第一次见面时，你不理我们，态度那么冰冷，我当时就忍不住冲你发火了，还记得吗？二姐，那天就在你公司楼下。其实，我知道，你心里有怨气，有不满，觉得父母不应该抛弃你。换作是我，我肯定也这么想，我也不能接受这个现实。但是，这是命运安排的不公，是老天爷在作祟，父母是不该这么做，但那个年代，他们也是没办法……二姐，你知道吗，妈妈身体很不好，一辈子闷闷不乐，大姐告诉我，妈妈是因为无法原谅她自己，所以这辈子都在惩罚自己；爸爸更惨，斌斌上大学的那一年，他为了多赚钱，贷款买了一辆小货车跑运输，没想到才几个月就出了车祸……"

"什么？"茹意惊愕得两眼发直，不敢相信地看向尹志丹，"这，是真的吗？"

虽然心里一直不想和亲生父母相认，不想承认自己有这样的父母，但听到这个不幸的消息时，茹意的心头还是结结实实地被刺痛了，泪水夺眶而出。

"嗯，爸爸三年前就走了。"尹志丹闪着泪光点头，"家里就剩妈妈一个人了。"

"哎呀，你看看我，跑题了跑题了！今天这么高兴的时候，不应该说伤心的事，我自罚一杯！"尹志燕同样眼眶泛红，仰头又喝了一杯。

"燕子，干嘛喝那么猛啊，会醉的。"尹志丹用纸巾擦了擦眼泪，眼眶红红地看着尹志燕。

茹意吸了吸鼻子，一时还是无法从刚才那个震惊的消息中缓过来。

"二姐，我是想说，我要感谢你，这么慷慨地给我投资，帮助我实现自己的梦想。你就是我逐梦路上的大贵人，二姐，干杯！"两杯酒下肚，尹志燕已经脸颊绯红，有了醉意。

茹意举起杯和她碰了碰，水晶杯发出清脆的声响，似乎也在敲击着她的心灵，亲生父亲已经走了，难道你还不能原谅自己的妈妈吗？生命本就脆弱，明天和意外不知哪个先到，时间从来不会怜惜任何不珍惜它的人。

茹意仰头喝完杯中酒，心情突然很沉重。

"姐，志斌在哪里上学？"放下杯子，茹意看向尹志丹问道。

这是三姐妹相认以来，茹意第一次主动询问弟弟的情况。以前，她虽然心里想问，但从未说出口，似乎潜意识里，尹家人的事儿都和她无关，何况是从未见过面的尹志斌，父母就是因为执意要生他，才狠心把她给抛弃了。

听到茹意这话，尹志丹和尹志燕都很吃惊，两人同时看向她，这是一个多么可喜的变化！

"斌斌在深城大学读计算机管理，他很懂事，学习很努力。大一就开始做各种兼职赚钱，现在已经能养活自己了。"尹志丹说。

"深城到江城很近，假期我让他过来看二姐。"尹志燕立马说道。

茹意点点头："暑假很快就到了，到时候让他过来住一段时间，我们可以一起开车出去玩。"

"哇，那太好了！我太期待了！我从没想过有一天我们姐弟四人能一起出游呢。哈哈，太高兴了！二姐的豪车开起来肯定很爽，二姐，我也拿驾照了，到时候我可以帮你一起开车。"尹志燕兴奋得在餐厅里蹦跳，嘴里哼着歌儿，像个小娃娃一样欢乐。

"燕子啊，你不要高兴得太早，到时候美容店开张，我们可能没时间出远门，顶多就是抽个半天或者晚上的时间一起找个地方嗨一下。"尹志丹及时提醒道。

"哎呀，可不是吗，美容店要是开张了，我们就没时间出去玩了。唉，每个人的梦想都是诗和远方，可是咱先得把去远方的盘缠赚够啊。不努力，不奋斗，钞票不会从天而降哦！"尹志燕颓丧着脸回到餐桌边坐下，下一秒她又像打了鸡血一样站起来，握紧拳头举起右手高呼道，"我现在郑重向大姐、二姐承诺：我一定好好工作，将来也和二姐一样，在江城买大房子买好车子，把咱妈接来，和我们生活在一起，幸福地安享晚年！请大姐、二姐监督我，鼓励我，鞭策我。尹志燕，加油！"

尹志丹和茹意都被尹志燕的样子逗乐了，含着泪笑出了声儿。

"对了，茹意，我们的美容店取个什么名字比较好呢？燕子，把你想到的那几个名字说给二姐听听。"尹志丹提醒道。

"对对对，这个是大事儿，二姐最聪明，二姐来定夺。"尹志燕又坐下来，双手交叠在桌子上眼睛一眨不眨地看着茹意道，"二姐，我想了几个，你看看啊，亿美汇、美丽无忧、天使爱美丽、美了吧……你觉得哪个好？"

"我觉得美容店的名字就是要简单明了好记。这几个名字都挺好，天使爱美丽还挺有诗意的，我记得有个电影名儿就是这个；'美了吧'这个挺简单的，好记，而且一语双关，我觉得也挺不错。你自己更喜欢哪个？"茹意撑着额头看向尹志燕，突然感觉尹志燕越看越好看，酒精作用下绯红的脸颊让她精致的五官变得格外灵动起来。

"我更喜欢有诗意的，天使爱美丽。大姐，你觉得怎么样？"尹志燕转头看向尹志丹问道。

"嗯，我觉得这个不错，就用天使爱美丽吧！我们女人都是上帝派到人间的天使，守护家人和孩子，这样的天使应该更好地爱自己，让自己变得更美丽，所以，我们就开一个'天使爱美丽美容养生馆'，怎么样？"尹志丹笑道。

"行，那就按大姐说的，二姐，可以吧？"尹志燕又转头征求茹意的意见。

"可以，大姐这个诠释很好，大姐就是这样的天使。燕子，你首先要让大姐变得更美丽，不能让大姐只有操劳，没有美丽。"茹意说。

"那是必须的。你放心，二姐，大姐和我合作，工资股份一样不少，开始的时候可能会累一点儿，很多事情要自己干，等上轨道运作起来了，我肯定不会让大姐干那么多活儿的，大姐管后勤就行了，指挥员工干，你看这样行吧？"尹志燕说。

"行，没问题。日常的管理就辛苦你们了，我工作比较忙，肯定顾不上，所以我不拿工资，我就等着你赚钱了给我分红。"茹意笑道。

"那是肯定的，以后赚了钱，咱们三姐妹带着妈妈和弟弟，一起出国游，好不好？"尹志燕又开始憧憬诗和远方了。

"当然好啦，前提是咱们得先赚钱！燕子，大姐要提醒你一句，美容店开起来后，你得收收心，把心思全部用在工作上。论专业，大姐可是门外汉，只能给你打下手，二姐没时间参与管理，所以主要是靠你，你的担子很重哦！"尹志丹提醒道。

"知道啦，大姐又是妈妈附体了。哎呀，光顾着说话，汤都没喝，赶紧喝美容养颜汤，喝完就能变成白富美啦！"尹志燕猴急地大口喝汤了。

茹意和尹志丹相视一笑，也开始喝汤，汤的温度刚刚好，温温润润正好喝。

三姐妹借着酒劲儿，说了很多体己的话，茹意度过了人生中最开心最幸福最温暖的一个晚上。

第二天上午十点，茹意拿着那份修改好的宣传方案，准时来到了穆皓峰的办公室。

天气已经热起来了，穆皓峰穿着天蓝色的短袖衬衫，神情严肃地坐在大班椅上。

"穆总好，我们销售部下半年想扩大主打产品在华南区的宣传力度，力争销量在原来的基础上再提高百分之五十左右，这是我们的方案，请穆总过目。"茹意言简意赅地汇报了工作主旨，恭敬地呈上文件夹，放到了穆皓峰的案头。

穆皓峰微微勾了勾嘴角，深邃的目光从茹意的脸上移向桌面的文件夹，然后翻开快速地扫视了一眼，目光锁定在那几个数字上沉思了片刻，继而抬头看向茹意缓缓道："目前，我们的产品在市场投放的各类型广告已经是同类产品中最多的，从传统媒体到新媒体，从直接的产品广告投放，到各种软文的渗透，从商场到社区，是多维度全覆盖。你觉得我们还有必要增加这么多的广告投入吗？这个投入和产出能成正比吗？今年北上拓展市场，我们已经砸进去很多钱，没有达到预期效果，你的这个方案，就算我同意，董事会也通不过。"

"穆总，这里的预算投入和我们之前所有的广告投入都不重叠，我们现在主要走渠道精准定位，利用大数据进行精准投放，同时找实力网红带货，真正抓住我们的目标客户，可以实现广告投入的高转化率。"茹意胸有成竹道。

"有测试过吗？数据呢？"穆皓峰仰起头问，方阔的下颌上露出一片淡淡的青色，神情刚毅而严肃。

"前期会先做测试，数据好再加大投入力度。"茹意站在大班台前，身形挺得笔直。

"那这样，你先去做个推广测试，小资金投入试试水，再把数据拿给我看，真的有高转化率，我把数据拿到董事会上，不用我说，他们自然就同意了。"穆皓峰说。

"这个是可以的，不过一旦效果好就不能停下来，而是要连续加大投放量，这样才能有效果，不然前面的钱就白扔了。"茹意说。

"行，那就两手准备，你及时拿到数据，第一时间给我。真正效果好，可以接着投入同时向董事会汇报，确保不影响广告效果。"穆皓峰站起身来，居高临下地看着茹意道。

茹意不得不点头，这个方案，得先拿出测试数据才能通过，穆浩峰的要求并不过分。

"那我先把方案拿回去，重新做一个测试方案。"茹意把方案收回来，返身准备离开，穆皓峰却开口叫住了她：

"茹意，你爸爸的身体恢复得怎么样了？"

"挺好的，已经出院在家里休养，定期回医院复查就好。"茹意转身道。

"那就好，胃病没什么特效药，就是好好休息，少动气，不熬夜，饮食有规律，时间久了，慢慢就能恢复了。"穆皓峰说。

茹意点点头："谢谢三叔关心。"

"家里其他人也都挺好的吧？"穆皓峰微眯着眼睛意味深长地看着茹意。

茹意不解地看了一眼穆皓峰，家里其他人是指谁？李大红吗，还是龚如军？自己并没有跟穆浩峰具体提到过他们啊？

一想到龚如军，茹意心里顿时惊了一跳，难道龚如军去一厂当司机的事情穆皓峰知道了？一厂几百上千的工人，每天都有人入职，也有人离职，一个小小的司机，难道也有人专门给穆皓峰打报告？

"茹意，你要是有什么事儿一定要及时告诉三叔。"穆皓峰又补充了一句。

穆浩峰的耳边回响着昨晚董静华对她说的话：茹意把自己的哥哥安排到一厂当司机了，这事儿你不知道吧？虽然只是一个普通的司机，但那是她的哥哥，她直接让廖厂长去安排的，这事儿难道不应该跟你这个董事长汇报一下吗？

这样的小事儿她为什么要瞒着你？再说了，会瞒小事儿，就会瞒大事儿，她是不是还有很多工作上的事情瞒着你。销售部是公司的钱袋子，你这么信任她，她应该对你毫无隐瞒啊。

"静静，你这是怎么了，上纲上线的，一点儿小事就扩大化。我不同意你的说法。茹意不跟我说，肯定有她的原因，工作上，我绝对信任她，这么多年，她在销售部手握那么多的资金，但从未有过一分一毫的差错。就连行业内知道的潜规则，广告宣传费里有大额的回扣，她都全部上交。这么做的销售总监，据我所知，目前业内只有茹意一个。"穆浩峰当时就批评了董静华。

但是，关于龚如军的事情，今天穆浩峰还是想试探一下茹意的反应。

果然，这个丫头心虚了，脸色都不自然了。因为她天生不会撒谎。

"我有事儿肯定第一时间告诉您……"茹意心虚道，心里却在打鼓，要不要把龚如军的事情告诉穆皓峰？本来是应该跟他如实汇报的，可龚如军那个烂人，说不定哪天就干不下去走人了，茹意也没跟廖厂长说龚如军和自己的关系，她更不想让穆皓峰知道这个烂人。

咬咬牙，茹意把已经到嘴边的话咽了回去，还是没有说。

回到办公室，茹意陷进大班椅中思虑许久，直觉告诉她，穆皓峰肯定是知道了她把龚如军放进一厂当司机的事儿，否则他不可能问那句话。

她拿起手边的座机，拨打了廖厂长办公室的电话。

"廖厂长，我是茹意。"茹意自报家门。

"茹总，您好！我也正想给您打电话汇报呢！你哥哥龚如军已经正式上班两天了，目前来看，他对这份工作适应得不错。"廖厂长猜茹意应该是来关心自己哥哥的事情，所以上来就开门见山地汇报了。

"谁说他是我哥哥了？"茹意黑着脸道，语气冰冷。

"这个，茹总，对不起啊，是龚如军自己说的。我看他叫如军，您叫茹……"廖厂长心生疑窦，没敢往下说。

"廖厂长，龚如军是和我有点儿关系，但他并不是我的哥哥，你明白吗？还有，对他你得严格要求，而且要特别交代管理他的那个班组长，对他要多加留心，他刚去，规矩什么的都不懂，得先上好进厂第一课。"茹意语气很严肃，按照厂规厂纪重点说了几条。

"是是是，这个您放心，茹总，对每一个新进来的员工厂里都有一个岗前培训，从这两天的情况来看，龚如军还是比较认真的，适应得挺好。"廖厂长说。

"行，你记住对他严格要求就对了。另外，龚如军的身份除了我们两个，还有其他人知道吗？"茹意警惕地问道。

"没有，我向您发誓，我没有对任何人透露过龚如军和您之间的关系，真的，大家都把他当做一个普通员工。但是，就怕龚如军他自己会到处说，就像他在我这儿，一上来就说他是你哥，明显就是想让我给他格外照顾的。但是茹总您一直都说要对他严格要求，所以我都是按照您的指示来做的。"廖厂长一五一十汇报道。

还真有可能，龚如军那个德行，巴不得让整个工厂的人都知道他身份特殊，然后他就可以拉大旗作虎皮，在厂里耀武扬威，目中无人称王称霸了。

想到这里，茹意结束了和廖厂长的电话后，马上给龚如军发了一条信息警告道：在厂里好好工作，做好自己该做的事情，别到处说你是我哥，这样对你对我的影响都不好。

我就是你哥还不能让人知道了？是觉得有我这样的哥丢人了是吗？我就偏要说，让全厂全公司的人都知道！

正在休息的龚如军看到茹意的信息气得牙根痒痒。本来被安排进来当这个最没地位的司机，他心里就一千个一万个不愿意不开心，茹意居然还来警告自己不能说是她哥！她真把自己当金枝玉叶皇亲国戚了，一个亲生父母都不要的可怜虫，有什么脸来警告他！他偏要说，到处说！就要让人家知道，茹总六亲不认，把自己的哥哥安排进来当司机。她能做还不能让人说了吗？

龚如军秒怼了回去。在他眼里，不管茹意赚了多少钱，身居多高的职位，哪怕她已经不姓龚，但龚如意永远都是龚如意，永远都是龚家的出气筒受气包，他就是看不起她。

茹意看到这条信息，气得把手机甩到了桌子中央，就差拍着桌子跳起来骂人了。烂人，什么时候都要跟她对着干。明明是为他好，他却一点儿都不领情，非得故意给她找不痛快。

一股怒气堵在胸口，几乎要炸裂了。茹意气得在办公室转圈，后悔自己真不该一时心软，答应给龚如军安排工作。就龚如军这样的德行，今后不知道要给自己惹多少麻烦。

曾经发誓这辈子都不会再理龚家人，现在却一步步踏进了这个无底洞，龚家几乎所有的事情都被她包办了。大到养父治病，小到家里的柴米油盐，一家人的吃喝拉撒，龚家这些烂事儿，现在是想甩也甩不掉了。

茹意越想越生气，越想越难过，抱着双肩沉郁地站在窗前。正午的阳光猛烈而炙热，透过双层玻璃投射到手臂上，她依然能感觉到它灼热的温度。

离开龚家的这十年，是她人生中最平静的十年，也是她心情最安定的十年，因为她再也不需要每天面对李大红那张臭脸，不用听她唾沫横飞的谩骂，也不用再被龚如军无端欺负，只需要一心一意做好自己的事情。

大学时候为了生活，她同时找了四份兼职，除了上课，其余大部分时间她都在打工，每天赶地铁倒公交，做家教做导购做翻译，从早到晚脚不停歇连轴转，每天工作十二个小时以上。但是她很踏实，因为靠自己生活，灵魂都是安稳的。

参加工作来到励峰集团后，她无比珍惜穆皓峰对自己的知遇之恩，像一台上紧了发条的时钟，几乎二十四小时都在想着工作，哪怕是做梦，也是在想着如何做好工作。她把公司的事情当做自己的事情，一个人可以干三个人的活儿，从不叫苦叫累，遇到问题主动解决，实现公司利益最大化。也正因为如此，公司才会给她最大的回报，让她在短短的几年，完成了人生逆袭，实现了财务自由。

离开龚家是她做得最正确的选择，斩断龚家那些垃圾一样的负情绪，是她实现人生逆袭的前提。

可是，现在呢，为什么要重新陷入这个无法拯救的家庭？你完全可以抛开他们，只管养父一个人的生死，为什么非得把这么多人一起捆绑着来烦扰自己？

茹意在心里不停地问自己。单月月昨天也对她说过同样的话，让她别再管这些人了，这些人只会拖累她，只会给她带来无尽的麻烦。

可是她能做到吗？做不到。

因为爸爸是一家之主，她若是只管爸爸而不管龚如军李大红单月月，爸爸心里肯定会难过的，这个家不幸福，但它好歹是个家，爸爸不能没有这个家。

今天她所做的这一切，都是为了爸爸，因为爸爸曾经是世界上最爱自己的那个人，是唯一给过自己童年温暖的人，滴水之恩当涌泉相报，何况当年爸爸是尽了他最大的能力来爱自己。为了他，她应该做这些。

心绪平稳后，茹意在沙发上坐下来细细想了想，和龚如军这样的烂人生气，人间不值。

现在只能让廖厂长叫人好好盯着他，让他认真对待工作，不出乱子就行。对龚如军这样的人，还能有更高的要求吗？爸爸说给他找份工作，也是为了约束他，让他不再去赌，并且能够自食其力。

平心静气想，刚才是自己不理智，就不该给龚如军发那个信息，对于这样的垃圾人，最明智的做法，就是给他一个强有力的制度约束，然后远离他。

调整好情绪，茹意让小白送了一杯咖啡进来，提神醒脑后，继续埋头工作。

把张毅叫过来重新拟定测试方案，下午再拿给穆浩峰看，穆浩峰很利索地签字了。

从穆浩峰的办公室离开的时候，茹意总觉得穆浩峰那双深邃而犀利的目光一直在盯着自己，后脊背有点儿发凉。

周五，茹意如约带着爸爸来到医院复查。

"大叔，你的血色素很低，气色不太好。要注意休息，不要动气，一定要静养。你的手术很成功，癌细胞也未扩散，只要好好养着，身体是可以慢慢恢复的。"医生给龚柳根做完检查，边写病历边说。

"我记住了，好好养。"龚柳根坐在医生对面不停地点头。

"我看你总是眉头紧锁，满脸愁苦，家里有什么不高兴的事情吗？有这么好的女儿，你还有什么不满意的。大叔，你要学会放松心情，很多病都是情绪不好郁结出来的，心情愉快才能身体健康。"说完，医生把病历递给一直站在旁边的茹意道，"平时一定要注意别让病人情绪波动太大，气大伤身，何况他做了这么大的手术。"

茹意点点头。

去交费拿了药后，茹意扶着龚柳根来到医院外面的花园里，两人在长廊里坐下。

"爸，李大红是不是还经常和您吵架？"茹意看着龚柳根问道，阳光下，他脸上凝结着的一粒粒老年斑分外突出，看得茹意心里难受。

"没有，我不跟她吵。"龚柳根搓了搓干枯的双手，憔悴的眼神躲闪着看向别处，"都这把年纪了，有什么好吵的。"

"爸，您跟我说实话。如果李大红不能让您静养，我就请个保姆单独来照顾您，不能让李大红影响您的身体。"茹意说。

"不用，家里这么多人，干嘛要请保姆呢？我这个劳苦命，最受不了别人来伺候我。"龚柳根看着茹意说，这是他的心里话，请保姆很贵，他不能再让茹意多花钱。

"爸，慢慢您就会习惯。现在是您的身体最重要，医生刚才也说，您得有个清净的环境来养身体，才能恢复得更好。"

"丫头，不用了。我习惯了和他们在一起，吵吵闹闹一辈子都过来了，现在都土埋半截的人了，还有什么不能将就的呢。再说，李大红的性格，比以前好多了。"龚柳根一个劲摆手不同意。

"好吧，只要您觉得好就行。下次我去家里再跟李大红说一下，今后不能和您吵，她要是还和您吵，我就让她回老家，别在这里住了。"茹意的态度也很坚决。

"丫头，你千万别说。我是这样想的，再过一段日子，等情况稳定了，我就多开一些药回老家去。住在这里确实什么都好,房子大,小区环境好,吃喝用都是最好的,但是人老了念旧,这里虽然是繁华的大都市,但没有我的老街坊老朋友,我出门连个拉家常的老伙伴都没有,所以,我还是想回家。"龚柳根说。

"爸,您的心情我理解,但家里的那个房子太破了,住在那样的环境里对身体不好。"茹意说,"如果以后可以一个月或者是半年检查一次,可以考虑回去,但得先把房子整修一下。"

"不用,那个房子就是旧了点儿,我回去找人收拾收拾,把门窗修理一下,里面的墙壁粉刷一下就和新的一样了。住了几十年了,有感情,我喜欢住那个老房子。"龚柳根说。

"那等您要回去之前,我找个人先把房子整修一下,这事儿您不用操心了。"

"丫头,这事儿爸爸自己能做,你工作那么忙,每天要操心的事情那么多,这些事儿你就别管了。"龚柳根心疼道,"爸爸这次生病,花了你很多钱,也耽误了你很多时间,爸爸觉得很愧疚,总是拖累你……"

"爸,别这么说,您养我长大,我陪您到老,这是女儿应该做的呀!"茹意挽着他的胳膊说。

"爸爸真是上辈子修来的福分。"龚柳根愧疚长叹,小时候没有给茹意幸福的童年,没有给她一个温暖的家,现在却处处依靠女儿,他心里有愧,"丫头,爸爸希望你能遇到一个真正对你好的人,将来好好关心你照顾你,希望能看到你们结婚生子,看到你幸福地过属于你自己的生活。告诉爸爸,身边有没有这样的男孩儿?"

茹意刚想说"没有",包里的手机适时响了起来,是马小阳的电话。

茹意下意识看了爸爸一眼,转头接听了电话。

"茹意,你在哪儿呢?"马小阳刚吃完早餐,此刻正心情大好地坐在阳台的小花园里喝着咖啡享受日光浴。

"我在医院。"

"啊?哪个医院?"马小阳顿时惊跳了起来。

"江城大学肿瘤附属医院。"茹意说。

"你等着,我马上到!"马小阳挂了电话,风一般冲下楼,开上车朝医院疾驶而来。

"喂，你不用来！"茹意话还没说完，那边就挂了，再打过去，他居然没听。

"丫头，谁呀？"龚柳根见茹意的表情有些异样，好奇地问道。

"一个朋友。"茹意避开他的目光说。

"男朋友还是女朋友？"龚柳根侧过头故意追问道。

"哎呀，爸爸，是男性朋友。"茹意不好意思道。

虽然和马小阳之间迈出了小小的一步，但两人的关系并没有明确，茹意还不想告诉他。

"一会儿他是不是要过来？"龚柳根已经从茹意的脸上看出了端倪。

"可能是吧，他没接电话。"茹意说，"爸，现在太阳比较温和，我陪您在院子里走走吧？"

"好。"龚柳根高兴地站起来，茹意挽着他的手慢慢往前走。

父女俩难得这么悠闲地坐在一起聊天、散步，龚柳根的心情就像这湛蓝的天空，悠远空旷。透亮的阳光下，他觉得眼前的景物都生动起来了，一棵棵大树繁茂如冠，小花儿小草儿也显得愈发可爱。

院子里很多病人，在家属的陪伴下出来散步，龚柳根心情大好，见到每个人都点头微笑打招呼，盈盈笑意挂在脸上。

两人沿着长廊慢慢走着，微风不躁，阳光正好，这样的画面温馨而美好。

茹意的思绪不知不觉又回到了小时候，那个初夏的清晨，爸爸骑着自行车载着她去学校，她坐在车架上，迎着初升的朝阳张开双臂，欢呼道："爸爸，骑快点儿，我要飞起来啰！"

"好嘞，坐稳了啊，很快就要飞起来啰！"爸爸双脚用力蹬，车子潇洒狂奔，两边的行道树快速地往后退去，风呼呼地掠过耳际，茹意张开双臂感觉自己在迎风飞翔……

"爸，您还记得我小时候坐在你自行车架上，您送我去学校的情景吧？"茹意像小时候一样亲昵地紧挨着爸爸。

"当然记得哟。每次坐在前面，你就让我骑快点儿，张开小手说自己要飞了……"龚柳根也欢乐地张开双臂比划着，"那个时候，每次载你去上学，是爸爸最幸福的时刻。"龚柳根眼里闪着亮光回忆着，忍不住发出一声欣慰的长叹，"时间真快啊，一转眼二十年过去了。"

"爸，那也是我童年里最幸福的时刻。每次您送我，我不仅能坐自行车上学，还能在校门口吃酸辣馄饨，当时我觉得那碗热腾腾的酸辣馄饨是人世间的美味……好多次我吵着让您和我一起吃，但是您从来都舍不得吃，临走还给我几块零花钱。"

"那时候爸爸每次都要赶几十里甚至上百里的路，哪有时间吃东西啊！"龚柳根转过脸去，不想让茹意看到自己眼底的泪花。

"我知道您是舍不得吃，宁可自己饿着，也舍不得多花几块钱吃一碗馄饨。您的胃病就是这样长期积劳成疾造成的……"

"哪能啊，这就是命，丫头，爸爸就是这样的命。人啊，不得不信命，也无法和命运抗争，该你怎样就是怎样。"龚柳根苦笑道。

"命运是掌握在自己手里的，是可以改变的，您不能就这么认命。您现在唯一的任务，就是好好养身体，把身体养好了，您就战胜了命运！"茹意握着他的胳膊给他鼓劲。

"好，我听你的，我要战胜命运。"龚柳根心里暖暖的感动着。

"爸，我有个事儿想跟您说。"两人拐过长廊的小弯，茹意想了想开口道。

龚柳根停下脚步转头看她。

"我的亲姐妹来找我了。"

"哦？"龚柳根很吃惊，这件事儿太出乎他的意料了，他从未想过，那对抛弃茹意的狠心父母，居然会在二十多年后重新回来找她。

"你见到她们了？"片刻过后，龚柳根才问。

"见到了。"茹意点头道，"她们都在江城，今后还要在江城开美容店。现在暂时住在我家。"

"这是好事儿，丫头，你终于找到自己的亲姐妹了，爸爸为你高兴。那你见过亲生父母吗？"

"没有。"茹意眼神暗淡，"听她们说，父亲三年前车祸走了，母亲体弱多病。"

"哦——"龚柳根长长地应了一声，眼底掠过一丝忧虑，这样的家庭，将来又是茹意的负担，这孩子心地善良，不会不管她们的，"那你打算什么时候回去见生母？"

"我没打算去见她。爸，我跟您说实话吧，我不想去见她。"茹意扶着龚柳根在旁边的木椅子上坐下来。

"是不能原谅她当年不要你，对吧？"龚柳根问道。

"嗯。既然我小时候她抛弃我，那我也可以这辈子都不理她。"

"丫头，你的心情爸爸理解。你要哪天能想通了，你就去见她，想不通，就别勉强自己。"龚柳根心疼地拍了拍她的手说。

"爸，我以为您会劝我一定要去见她，没想到您这么宽容。"

"丫头，别说你不能原谅她，我都不能原谅她。一个抛弃自己孩子的妈妈，怎么让人原谅呢？任何理由，都不能被原谅。"龚柳根叹气说。

"对，生而不养，就是罪，不能被原谅。所以我不想原谅她。还有一个人，我也无法原谅。"

"是李大红，对吗？"

"对。"茹意愤愤道，"李大红根本不配做一个女人，更不配做一个母亲。她对我不善，对您也不善，现在对单月月一样不善，她对整个家都不善，龚如军就是她这种恶劣又不懂教养的母亲养出来的不孝子，她害了我，也害了龚如军，是她一手毁了这个家。"

"是啊，养儿不善就是恶，李大红确实是个恶人。都说一个好女人旺三代，一个恶女人毁三代。"龚柳根长叹一声，老泪斑斑道，"刚结婚的时候，她并不是这样的，虽然脾气臭了点儿，但总体还过得去。那时候我们两个都在国营单位，端着铁饭碗，单位又有福利分房，平时还有各种各样的福利，吃的用的单位都发，小日子过得比较充裕。但是，后来我们两个双双下岗，没文化没技术，找工作没人要，只能干体力活。李大红去工厂当了清洁工，我去做建筑工人，日子越过越难。看到别人家越来越好，我们家却越来越穷，李大红心里开始不平衡，加上女儿走丢了，我又做主收养了你，她本来就重男轻女，生活压力越来越大，她的脾气也越来越坏，总是埋怨我赚不到钱，每天张口就是骂人，开口就是和我吵架，简直就是个疯子……唉，我无能，她骂我，我忍了，只是让你跟着在这样的家庭里遭罪了。"

"爸，如果李大红曾经不是这样的，那她就是心理有问题，她早就应该去看心理医生了。"

"丫头，看心理医生是这些年经济条件好起来了，大家才开始关注的，以前穷的时候，饭都吃不饱，谁还会关注心理健康呢。李大红这样的心态，在那个时候，也不是个例。虽然那时候国家已经改革开放了，但是内地的经济并不好，大部分家庭都穷，加上后来国企改制导致大量的工人下岗失业，因为柴米油盐生活琐事而吵架的夫妻太多了。贫贱夫妻百事哀，就是这个道理。如果我是一个有能力的人，能赚到足够多的钱去满足李大红的欲望，她就不会心态失衡，不会情绪暴躁，不会见到我就不满。所以，我总觉得是我没用，李大红有错，我也有错。"

"爸，您怎么能把这个责任揽到自己身上呢？您已经很拼命很努力赚钱了，她应该体谅您才对，应该和您一起努力一起想办法来改变这个家，而不是一味责怪您埋怨您，还迁怒家里其他的人，她就是心理变态！"

"丫头，她要是有那样的思想和格局，又怎么会嫁给我这样普通的男人呢。这就是我的命吧。当年我相亲三次，前后三个媒婆介绍的都是李大红。第一次见到她，我就不满意，没想到第二次还是她，我当时觉得这可能是个恶作剧，跑了。大概过了半年多，家里又张罗给我相亲，居然还是她，我哭笑不得，心想这就是天意吧，认命了。"龚柳根苍老的眼眸中含着泪花，摇摇头凄然地苦笑道。

茹意不可思议地看着龚柳根，这是她第一次听说他们之间的故事，居然是如此荒诞，让人难以置信。

两人正说着话，茹意的手机再次响了起来，又是马小阳的电话：

"茹意，你在哪里？"马小阳已经赶到了医院门口，一下车就焦急地往里面跑。

"我在医院的东区花园，你在哪里？"茹意站起身朝大门口看去，果然看到马小阳急促奔跑的身影，"我看到你了，你往右边走，我就在右边的园子里。"

马小阳一眼就在那些零散的人群中看到了茹意，马上挂了手机往这边跑来。

几步狂奔来到茹意身边，马小阳见茹意好好的，马上灿烂地笑了，心里一块石头落地。刚才他还以为是茹意身体不舒服住院了，现在才明白茹意是陪她爸爸来做检查，旁边这位瘦弱的老人应该就是她爸爸了。

"叔叔好，我是马小阳。"马小阳主动跟龚柳根问好，露出一口洁白好看的牙齿。

"哦，马小阳，你好！"龚柳根细细地打量着眼前这个帅气阳光的小伙子，一路跑来居然气息均匀，一点儿也不喘，说明他身体素质好，平时锻炼多。

再看他皮肤白皙面色红润，鼻子高挺，眼神明亮，天庭开阔，浓密的短寸头，简单质朴的白色T恤衫，干净利落阳光开朗，看起来让人爽心悦目。

"马小阳，你刚才电话里干嘛不听我把话说完呢？"茹意娇嗔道。

"听说你在医院，我一下就着急了，就想着直接过来。"马小阳目光暖暖地看着茹意，"你是陪叔叔来复查身体对吧？医生怎么说？"

"对，今天来复诊，医生说挺好的，没什么事儿。"茹意说，"所以你根本没必要跑过来，我马上就带我爸回家了，你店里也要开门，你快回去吧！"

"你是开店的？"龚柳根站在旁边竖起耳朵听他们说话，目光就没有离开过马小阳。

"对，叔叔，我是做个人形象设计的，现在时间正好，我邀请您和茹意一起到我店里去看看，茹意的头发也得洗一洗了。叔叔，您的头发也需要打理一下。"

龚柳根摸了摸自己稀疏的头发，幸福地笑道："我是有时间的，如意，你呢？会不会耽误你的工作？"

茹意没想到马小阳这么快就邀请爸爸去他的店里，工作已经安排好了，倒是不着急回去，原本是打算带爸爸去派出所做 DNA 登记的。

"我下午两点半得赶回去开个会。"茹意抬起手腕看了看时间说。

"两点半还早呢。就这么愉快地决定了，先带叔叔去我店里参观，再为你们两个做个头发的深度养护，中午我请叔叔吃饭。"马小阳笑容灿烂地看着茹意道。

"你请我爸吃饭，不请我吃饭了？"茹意歪着脑袋假装瞪了马小阳一眼。

"当然请你，刚才是我表述不准确，中午我要请茹总和叔叔一起共进午餐。"马小阳很认真地又说了一遍。

"这里没有茹总，不许这么叫我。"茹意又瞪了他一眼。

"对对对，不是茹总，是我的公主殿下……"马小阳脾气好得能把人心融化。

龚柳根静静地站在一旁，看着茹意脸上洋溢着少有的娇羞。这是龚柳根第一次见到，虽然他老了，但是他依然能感觉到他们两个之间那份浓得化不开的甜蜜，这是恋人之间才有的幸福表情。

从未见过女儿这么幸福的模样，龚柳根眼里瞬间湿润润的，心里也溢出了暖暖的甜蜜。

"叔叔，您坐我的车吧，我的车和茹意的车一样，只是颜色不同。"马小阳扶着龚柳根的胳膊道。

"我爸还是习惯坐我的车，你在前面带路吧！"茹意马上接话道，她不想让马小阳一下子和爸爸走得那么近。

"行。"马小阳很爽快地点头。

于是，马小阳开着白色的保时捷在前面带路，茹意石墨蓝的保时捷在后面跟着。

路上，龚柳根盯着前面那辆白色的保时捷问："丫头，你的车子是公司买的，马小阳这么年轻就买这么好的车，他是富二代啊？"

"我不知道他家里的具体情况，只听说他家里有七个孩子，他是老幺，从小奶奶很疼他。"

"七个孩子？"龚柳根惊呆了，"能养活这么多孩子的家庭要么是很苦很穷，要么就是很富。马小阳那皮相不像穷人家的小子。"

"爸，您还会看相呢。"茹意笑道。

"我不会看相，但从一个人基本的神态和气质，就能判断出他的成长环境。丫头，你认识他多久了？"龚柳根问道。

"一个多月吧。"茹意道。

"一个多月，时间确实不长。没事儿，慢慢了解，我觉得这孩子不错，看着干干净净的。"龚柳根笑道。

"爸，您想多了，我才刚认识他啊！"茹意笑着从后视镜里看了一眼爸爸。

"我没多想，就是觉得这孩子挺不错，看起来很舒服。"龚柳根咧嘴笑道。

茹意抿唇偷乐，没想到爸爸这么喜欢马小阳。不过马小阳这样的，应该是很多父母眼中的乖乖仔，帅气阳光干净利落，嘴巴又甜，天生讨人喜欢。

来到马小阳的店里，员工们正忙碌着，每个人都穿着干净的白 T 恤衫，系着黑色的定制围裙，店堂里播放着柔美的轻音乐，清透的阳光透过玻璃门照射进来，整个店里干净而透亮。

"叔叔好，茹总好！"他们刚踏进去，所有人都停下手里的活儿，站成一排恭敬地向他们问好。

"你们好！你们好！"龚柳根这辈子都没受过这种礼遇，笑呵呵地回应着他们。

"叔叔，我带您参观一下我的小店。"马小阳带着龚柳根参观了一下各个功能区，还详细做了一番介绍。

龚柳根从未进过正规的理发店，更别说这么高级的个人形象设计店了，那更是人生中第一次见。所以，他很好奇，对马小阳说的每句话都听得很仔细，看到这些高档的护发产品、美容产品和那些价格昂贵的定制衣服，心里发出了一万个惊叹号。

"叔叔，您先洗一下头发，一会儿我亲自给您做个形象设计。"参观完了，马小阳把龚柳根带回到洗护区说。

"好。"龚柳根点点头，在那张小转椅上坐了下来。

"叔叔，请您往里面走，在按摩床上躺下来，我给您洗头。"一位戴着口罩的小哥哥马上走过来，露出一双明亮的丹凤眼。

"哦，哦，好。"龚柳根赶紧起身，他以为是坐在凳子上洗头。

在小哥哥的指导下，龚柳根在按摩床上躺好了，突然"嘟——"的一声从身下传来，龚柳根被吓了一跳，紧接着后背有好多双"手"在不停地拱来拱去，好像是很多只捏紧的拳头，在背上来回按摩，太神奇，太舒服了！

片刻的惊异后，龚柳根很快就适应了，力度恰到好处，就是自己身上的骨头太硬了，偶尔按到骨头上就有点儿不舒服，其他都很舒服。

他闭着眼睛，细细地体味着人生的第一次按摩，忍不住在心里喟叹：舒服啊！年轻人就是会享受！想想自己活了一辈子了，从未用过昂贵的洗发水，经常是用肥皂胡乱清洗一下，头发长了就去路边大树底下找个理发的小摊儿，三五元就能搞定，每次他都要求理发的老头儿给自己剪到最短，这样就能隔得久一点再剪，可以省钱。

有钱人的世界真奢侈啊，连洗头都能这么高级，这么舒服。

"叔叔，水温可以吗？"头顶传来一阵温热的水流，一个温柔的男声在耳边响起。

"可以。"龚柳根忍不住老眼模糊，太惬意太幸福了，活了一辈子，第一次享受这么奢侈的服务，心里五味杂陈，一时复杂得心头哽咽。

小哥哥的手法娴熟，力度恰到好处。虽然龚柳根的头发斑白稀疏，中间还有一小片秃了，但他洗得很认真，一丝不苟地完成了全套过程，最后还给龚柳根按摩了双肩。

"叔叔，力度可以吗？"小哥哥帮他揉捏手臂时问道。

"可以。"龚柳根幸福得几乎要醉了。

"给您倒杯红枣桂圆茶吧！"扶着龚柳根从按摩床上起来后，小伙子看他脸色有些苍白，很贴心地说。

"好，谢谢。"龚柳根看了其他几个洗头位上，并没有看到茹意，再转身往外面看，也没见马小阳。

他们两个跑哪儿去了？

此刻，马小阳和茹意在 VIP 室里，正甜蜜地拥抱在一起。

"怎么办，我现在天天都想见你，一日不见如隔三秋矣！"马小阳抱着茹意，心醉地在她额头上落下一个吻。

"小七王子，你得把心思都放在工作上，不可以总是儿女情长风花雪月哦！"茹意捏了捏他高挺的鼻子，甜甜道。

"没办法啊，谁让公主殿下魅力无限，把我的魂都勾走了呢！"马小阳俯下唇吻她。

茹意迅速移开了脑袋，拥着他道："上班时间，不许调皮，赶紧给我洗头，一会儿爸爸那边就洗好了，你自己说要给他设计发型的。"

"洗头可以，但你得先给我点儿甜头。"马小阳眼里燃烧着一团火。

茹意踮起脚，吻了吻他的脸颊，马小阳趁机吻了她的唇。

茹意红着脸对着他的心口捶了一拳，转身躺到了按摩床上，刚躺下去，马小阳又俯下身来，在她的唇上啄了几下，这才开始给她洗头。

茹意压低声音悄悄警告道："老老实实工作，不许再调皮。"

马小阳幸福得醉了，只笑不语。

给茹意洗头的时候，马小阳痴痴地看着她。五官精致得无可挑剔，饱满的额头和鼻子尤其好看，微微上翘的浓密睫毛，有点儿洋娃娃般的可爱，笑起来娇羞的样子，更是让人着迷。

看着她的每一秒，马小阳都有吻她的冲动，茹意是让他最心动的女孩儿。

"丫头，你在哪儿啊？"外边传来了龚柳根的喊声儿。

"爸，我在这儿呢！"茹意提高声音应答道，"快点儿洗吧，别让我爸等急了。"

马小阳不得不抓紧给茹意冲洗头发。

"我想知道，一会儿你要给我爸设计一个什么样的发型。"茹意笑道，"我爸就那么几缕发丝，还都是白的，每次见他我就觉得那几缕头发很突兀，总是倔强地竖起来，枯草一般兀立在脑袋上，看着很别扭。"

"我觉得叔叔最好是把头发都剃掉，改为戴帽子。夏天戴帽子出门遮阳又有型，冬天戴帽子保暖又时尚，多好啊！"马小阳说。

"有道理，就怕我爸不同意，看你怎么说服他。"

"没问题，看我的。"马小阳胸有成竹。

两人来到外面，龚柳根早已坐在了马小阳首席发型师的工作位上，正悠闲地喝着红枣桂圆茶，见他们两个出来，笑呵呵地夸道："这茶很不错，甘甜有滋味儿。"

茹意走过去看了看他杯中的茶，说："爸，您喜欢喝，我给您买，让月月泡给您喝。"

"好。"龚柳根幸福地点点头，转头看向身后的马小阳，"你没给老人剪过头发吧？"

"当然剪过，叔叔，老人小孩儿的头发我都剪过。"马小阳拿起围裙轻轻一抖，围裙飘逸地上了龚柳根的脖子，"叔叔，我建议您把头发剃掉，让它重新长，说不定随着你身体机能的恢复，你的头发会长得更多更好呢！"

"剃光头？"龚柳根马上抗拒道，"我不喜欢剃光头。"

"叔叔，您只是没剃过就不习惯，现在外面很流行光头呢。您看小岳岳是光头，孟爷爷是光头，郭德纲也是光头。再说，剃光了您可以戴帽子，夏天戴遮阳小礼帽，冬天戴保暖时尚帽，可好看了！不信您试试！"马小阳把几顶时尚的帽子一一试戴到龚柳根的头上。

"唉，这个还不错。"棕褐色的小礼帽戴上头顶时，龚柳根很感兴趣，看着镜子里的自己突然变得不一样，精神时尚了很多，仿佛换了一个人似的。

"对，这顶好看。"马小阳转头对茹意道，"茹意，你看看。"

茹意看到镜子里的爸爸果然焕然一新，居然有点儿文化味儿了："爸，这帽子太适合您了，我看就按马小阳说的，您先把头发剃了让它长新的，平时出门就戴这样的帽子，太潮太帅了！"

龚柳根反复盯着镜子里的自己看了很久，终于下定决心说："好，剃光长新的，从头开始！"

"这就对了。叔叔，一会儿我再给您多挑几顶帽子，让您换着戴，每次出门都不一样，走到哪儿您都是最尚最潮的叔叔，好不好？"马小阳边推动剪刀边说。

"行。"龚柳根笑呵呵地点头，从未这么高兴过。

茹意对马小阳竖起大拇指，本以为爸爸很难被说服，没想到马小阳这么快就搞定了，不愧天生是做顶上功夫的人。

爸爸斑驳的发茬一缕缕落在地上，茹意弯腰捡起一小撮，用透明袋装好，放进了包包里。

马小阳看茹意那专注的神情，内心暖暖的好一阵感动，茹意果然是个十分重感情的人，心底对茹意的爱，愈发多了几分。这样的女孩儿，值得自己好好珍惜。

很快就剃好了，戴上帽子的龚柳根兴奋地在镜子前左瞧右瞧，对自己的新造型很满意。

马小阳又麻利地给茹意做造型。茹意的头发，只能由他亲自来做。

吹好头发后，马小阳请茹意和龚柳根在附近吃私房菜，专门给龚柳根做了适合他吃的鱼胶和汤品。

吃完后，马小阳又去超市买了几大包补品，并要送龚柳根回家，茹意坚持自己送。那个家，暂时不能让马小阳介入，也不能让李大红和龚如军知道马小阳。

"丫头，马小阳这孩子真不错，懂得照顾人，很贴心。"路上，龚柳根不停夸赞马小阳。

茹意笑了笑，未置可否。

"这么好的小伙子，对你也特别好，他看你的眼神都是爱，看得出是从心里喜欢你。丫头，好好和他相处，爸爸希望能等到你的好消息。"龚柳根看着专心开车的茹意说，"我的丫头这么优秀，事业有成，温柔善良，上天会眷顾你的。你人生的苦都在小时候吃完了，接下来是一路好运。"

"爸，我和马小阳刚开始交往，我没想那么远，也没跟他讲我过去的事情。马小阳是在一个幸福的大家庭里长大的孩子，和我的成长经历恰恰相反。他心思细腻，很会生活，也懂得关心人，和他在一起很愉快很放松，对我来说是一种不一样的生活。我想和他这样舒服地相处，没想那么多也不敢想那么多。"沉默了许久，茹意说出了自己的担心。

"丫头，他如果真的爱你，就能接受你的一切，包括你曾经的伤痛和苦难。如果不能接受，那就不是真的爱你，也就不值得你留恋了。我觉得他会接受。"龚柳根说。

茹意抬头看了一眼后视镜，发现爸爸的神情从未有过的淡定和自信。

但她自己却不这么认为，能勇敢地开始和马小阳交往，已经是她人生的大突破，她不敢奢望太多。

把爸爸送到楼下，茹意让爸爸一个人上去。

看着爸爸的背影消失在电梯口，茹意才想起忘了一件重要的事情，带爸爸去做 DNA 登记。下次一定要找时间带爸爸去，希望他能早日找回他失去的那个

"如意"。

转眼就到了周日，马小阳在早上七点准时来到了茹意家的楼下接她，两人约定今天一起开车去看艾爷爷和艾奶奶。

六点半，茹意就起床了，洗脸刷牙的时候把尹志丹给吵醒了。

"茹意，周日你也起这么早？怎么不多睡会儿？"尹志丹睡眼蒙眬地从房间里走出来，看着正在刷牙的茹意问。

"姐，昨晚我回来太晚了，忘了跟你说，我今天要出门去看望一对老人，路程比较远，所以得早点儿出发。你继续睡吧，我七点就走。"茹意边刷边看时间。

"那我给你做早餐，很快就好。"尹志丹穿着睡衣就要进厨房。

"姐，你别忙了，我出去吃，小区门口很多卖早点的，各种各样都有，不用麻烦了，你赶紧回去睡。"茹意把她往房间里推。

"外面的东西不卫生，我给你煮碗鸡蛋面，几分钟的事儿。"尹志丹还要往厨房走。

"哎呀，大姐二姐，一大早的你们干嘛呀？还让不让人睡觉了？"尹志燕眯着双眼，顶着乱蓬蓬的头发，有气无力地扶着门框道。

"不说了不说了，赶紧回去睡觉！"茹意看着尹志燕那副样子直想笑，尹志燕这样哪像已经二十多岁的人啊，分明还是未成年。

"我就煮碗面条。"尹志丹还在坚持。

"大姐，你真是婆婆妈妈，外面那么多早餐，二姐想吃什么都行，你煮的面好吃，但也不能天天吃吧，天天吃也腻啊！燕窝吃多了还嫌弃呢！"尹志燕眯着眼睛对大姐说，"你呀，真是妈妈附体。"

"就你话多，睡你的觉去！"尹志丹说。

"本小姐上厕所。"尹志燕转身钻进了卫生间。

茹意坚持不在家吃早餐，尹志丹只好作罢。

刚出电梯，茹意就看到马小阳那辆白色的保时捷停在那儿，炫目的尾灯骄傲地闪烁着，好像在召唤她。

马小阳穿着蓝白相间的宽松运动服，白色的运动鞋，还戴着一顶蓝色的棒球帽，领子竖起，腰身笔直地站在亮白耀眼的保时捷旁边，简直人车合体，完美得无可挑剔。

　　茹意低头看一眼自己身上的衣服和鞋子，两人果然是情侣装。这是马小阳前天特意送给她的，交代她今天穿。

　　茹意快步走过去，笑意暖暖道："等很久了吗？"

　　"没有，我也是刚到。"马小阳张开双臂拥抱茹意，盯着她仔细瞧了瞧，一脸满意道："不错，公主殿下把运动服穿出了女王范儿。"

　　"嗯，小七王子也一样，很有王子范儿。感觉我们这是要去打高尔夫的节奏。"茹意笑道。

　　"对，下次我们就穿这一身去打高尔夫。以后我再给你尝试不同的风格，比如小清新的田园风，你觉得怎么样？"马小阳问道。

　　"不知道，那是一种什么风？"

　　"以后你就知道了，上车吧。"马小阳拉开副驾驶的车门，很绅士地伺候茹意上车。

　　坐进车里，茹意发现车座上多了一个腰靠，靠着很舒服，久坐也不会腰酸了。

　　"靠枕还舒服吧？"马小阳坐进驾驶室后问道。

　　"很舒服，厚度恰到好处。是新买的吗？"茹意问道。

　　"对，我想三个多小时的路程，你坐着肯定会腰酸，所以前两天特意去买的。"

　　"那你怎么没给自己也买一个？"茹意看他的驾驶座上并没有。

　　"我不用，座位上有自动调节气囊，你副驾驶也有，我试了一下，还是不如腰靠舒服。再说，我是男人，不容易腰酸。出发啦！"

　　茹意心里溢出暖暖的感动，马小阳真是个细致入微的人。

　　车子很快就钻出了地库开上了路面。

　　"我们在这附近吃早餐吧，路程这么远，吃饱了才有力气开车。"茹意看着窗外的那些早点店说。

　　"我们就在车上吃，不用去店里。"马小阳把车子在路边停好，"到后座去。"

　　茹意不知道他搞了什么神秘的早餐，难道又是砂锅粥？

　　来到后座，马小阳从下面拿起一个帆布包打开，里面是三个叠在一起的玻璃保鲜碗。马小阳把三个碗一一摆放到中间的小桌子上，然后再一一打开盖子。

　　"哇，这是什么？"茹意惊奇地看着碗里的东西，"很香甜的奶味，还有鸡蛋和麦片的味道。"

"真是狗鼻子，你可以做侦探。"马小阳笑道，"这是牛奶燕麦鸡蛋粥，我特意为你煮的，赶紧趁热喝。还有煎饺和水果。"

"这么早出门还自己做早餐，那得五点多就起床，你才睡几个小时啊？"茹意心疼地看着他。

"煮这些很快的，十分钟就搞定了。我六点起床的。你放心，我保准开车精神十足，不打瞌睡。路上你尽管补觉，我知道你没睡够。"马小阳道。

"你怎么知道我没睡好，我昨晚睡得不错。"茹意嘴硬道。

"你两个黑眼圈那么明显，活活一个大熊猫。"

"有那么明显吗？"茹意赶紧打开镜子看了看，"就一点点，你骗我！"

"你肯定不想让艾爷爷艾奶奶看到你憔悴的样子吧，所以，路上你放心睡，把导航设定好，到了我叫你。"马小阳说。

"行，那今天就辛苦你啰！"茹意欢呼，"这牛奶燕麦粥太好喝了，饺子也好吃。自从认识你后，我已经长了好几斤肉肉了。"

放下空空的碗，茹意摸了摸肚子一脸的满足。

"那说明我的喂养有成效。"马小阳高兴道，抬头看了一眼如意，发现她唇角粘着一粒麦片，马上凑过来，轻啄了一口。

茹意的心猛然漏了一拍。

她低头摸了摸自己的嘴巴，绯红的脸颊和羞涩的眼神再次让马小阳情动，忍不住又凑过来，含着她的唇吻起来。

茹意本能地想推开他，后脑勺却被他紧扣住，根本无力挣脱。马小阳试探着用舌尖敲开她的唇，她却咬着牙关紧闭着，身体僵直，完全不在状态。

马小阳吻了吻她的唇瓣后，满足地松开了她。

"好了，出发！"马小阳下车来到茹意这边，拉开车门伺候她下车再上车。

整个过程，茹意脸颊滚烫，心跳如鼓，看马小阳的眼神也有些躲闪。

刚才那个吻，来得太突然，茹意根本没做好心理准备。虽然两人之间已经有过亲密接触，但都是"素吻"，吻额头，吻脸颊，即使是吻唇瓣，也只是蜻蜓点水，可是，刚才他是……舌吻。

茹意无法接受。突破肢体接触的禁区，她已经用了很大的勇气。两个正常男女的恋爱，随着感情一步步深入，接下来的相处会发生什么，她很清楚。

心底那片曾被重伤的暗区，再次被揭开，茹意依然能清晰地感觉隐隐的伤痛。她不知道自己能不能有勇气再突破。

马小阳以为她只是害羞，是保守，是属于她特有的矜持。所以，他根本没放在心上，发动车子后，目光时不时就落在茹意身上。

"专心开车。"为了掩饰自己内心的慌乱和窘迫，茹意故意不看马小阳，慢慢地在手机上设置导航。

"茹意，你是不是第一次恋爱？"车子开出一段路后，马小阳调皮地问道。

"当然不是。"说完后才知道自己又犯傻了。这岂不是此地无银三百两？

"哦，那是第几次？"马小阳继续逗她。

"你是第几次？"把导航设定好了，茹意把手机放到了驾驶台，看着马小阳反问道。

"你猜？"马小阳笑道。

"猜不到。"茹意乜了他一眼，心想肯定很多次。

"猜嘛，随便猜，乱猜，都行。"马小阳说。

"我猜至少三次以上，你如实招供吧，老司机。"茹意心里开始醋意暗涌，情绪明显不好了。

见茹意一副吃醋的模样，马小阳开心得几乎爆裂，一本正经道："三次？我数数……"

说着，马小阳故意勾着手指开始数起来："一次、两次、三次、四次、五次……"

"马小阳！"茹意秒变河东狮吼，"找打是不是？"

话未说完，雨点般的粉拳砸落在马小阳身上。

"好好好，我错了，我错了，我不该谈那么多次恋爱，都是我的错，我的错……"

"你！"茹意更是气得不行，明知道他在逗自己，可听着还是让人生气。

"所以我现在很后悔，为什么不一出生就遇见你，这样我穿尿不湿的玩伴是你，幼儿园的同桌是你，小学中学的班长是你，大学的团支部书记还是你。你就是我世界里唯一的女生。"马小阳放慢了车速，语气深情道。

"讨厌！"听着这么感人的表白，向来泪点低的茹意眼眶瞬间就湿了，娇嗔着又打了马小阳一拳，"你是不是对很多女人说过这样的话？"

"当然不是，我的甜蜜，只对你一个人开启。"马小阳握着她的手暖暖道，"茹意，实话告诉你吧，真正意义上的恋爱，我有两次，第一次是大学时候，我爱上了一个学姐，但还没开始，她就毕业走了，从此天各一方，再也没有联系。

和你是第二次，也是最让我心动的一次，虽然我们认识不久，但自从见到你的第一眼起，我就认定你是我想要的女孩儿，我爱你，将来我要和你结婚，生子，我们要生一窝孩子，幸福地生活在一起，好不好？"

茹意泪眼蒙眬，不敢点头，也没有摇头，只是视线模糊地看着前方，两边的房子树木在迅速地后移，车子在极速前进，朝着他们要去的地方。

未来很远，茹意不敢想，现在就在手边，她想牢牢把握。她主动握紧了马小阳的手。

不畏将来，不念过往，把握现在，如此，甚好。

两人都没有再说话，车里一片寂静，只有导航里的志林姐姐偶尔发出一两句软软的提醒。茹意的思绪又开始飘忽不定，脑海里出现了各种各样的画面，她眯缝着双眼，渐渐地陷入了困顿。

"睡吧，到了我叫你。"马小阳说。

那个软软的腰靠特别舒服，脖子上也有靠枕，再把椅子稍稍倾斜一些，就是半躺着的姿势，几乎跟睡在床上一样舒适，没过一会儿，茹意就安心地睡着了。

智能空调适时调到了睡眠状态，马小阳见茹意睡得那么安稳，把导航的音量也调低了，一个人专注开车，偶尔看一眼茹意，满足又甜蜜。

不知不觉两个半小时过去了，马小阳按照导航的指引，开进了一个世外桃源般的山里。

绿意葱茏的车道，两边是高耸的繁茂林木，阳光透过树叶落下一车细碎的光阴，笔直的树干仿佛要一气儿长到云朵里，风吹过树梢，叶片之间相触着发出沙沙的欢声，偶尔几片碧绿的叶子落在车前，随着风儿上下翻飞几下，便如蝴蝶一般飞走了。

车道不宽，两辆车能勉强并行，弯弯曲曲往里延伸，不知路的尽头是一个怎样的未知世界。林间一群群的小鸟在追逐嬉戏，自由自在地沐浴着阳光，偶尔驻足枝头，好奇地打量着他们，叽叽喳喳地鸣叫着，片刻过后，又扇扇翅膀飞走了。

茹意依旧平静地睡着，眉头舒展，呼吸均匀，嘴角似乎还微微上扬，可能在做美梦吧！马小阳把车停下来，却不想叫醒眼前的睡美人。

他打开天窗，放下车窗，清新的空气扑面而来，马小阳张开双臂尽情地呼吸，好久没有到这样空无一人的山林里来，远离城市的喧嚣，这里天籁般的宁静让人不由怀疑，莫不是遁入了另一个世界。

马小阳怕惊醒沉睡的茹意，静静地坐着，欣赏着眼前的风景。突然一群鸟儿飞来，叽叽喳喳地绕着车顶盘旋，茹意被吵醒了，眯着眼睛蒙眬地看向马小阳，声音模糊道："到了吗？我听到了鸟叫声。"

"到了。鸟儿来向你问好了，它们说欢迎你的到来。"马小阳笑道。

"哦，这么快就到了啊！"茹意把椅子调好，看了一眼时间，不觉惊呼起来，"你才开了两个半小时啊，你是飞过来的吗？"

"以后我们买个直升机就可以实现你的小愿望。今天我还是贴着地面开过来的。"马小阳乐呵呵道。

"我以前开都要三个多小时，你一路超速吗？"茹意揉了揉眼睛，还是不敢相信。

"保证没违规，严格按照交规行驶。现在的问题是，我按照导航到了这里，附近并没有看到房子啊，你说的那个山庄在哪里呢？"

"你把车停在路边的那个空地上，我带你去找真正的世外桃源。"茹意指挥马小阳倒车。

停好车，马小阳打开后备箱，把准备好的一大箱礼物搬了下来。茹意交代他买一点儿新鲜的水果和红酒，没想到他买了这么一大箱。

"这里面都是什么呀，这么多？"茹意试着搬了一下，好沉，根本搬不动。

"都是适合老人吃的东西，你放心，保准他们满意。"马小阳双手一抬，箱子稳稳地落在了他的肩上。

"一会儿要爬一个山坡上去，你这样扛着挺累的。"

"没事儿，我能扛着它登泰山。"马小阳吹牛道。

茹意心里偷笑，一会儿你就知道牛皮不是吹的了。

沿着一条长满苔藓的小道儿往里面走了大概五十米，转弯就是往上的台阶，台阶上也布满了青绿色的苔藓，山间潮湿，踩上去有点儿打滑。

马小阳扛着一箱重物往上走了几步，明显感觉有点儿吃力了。

"马皮吹不动了吧！"茹意扶着他的胳膊说，"要不把箱子放下来，我们两人一起扛上去。"

"那不行，怎么能让你扛重物呢？坚决不行！"马小阳一手扶着肩上的箱子，一手叉着腰说，"你不用扶我，你在前边带路就行，走到头了你告诉我，免得我踩空。"

茹意有点儿担心地看着马小阳，生怕他闪了腰。虽说平时有健身，但是扛着重物在山间爬陡峭打滑的台阶，应该是马小阳人生中的第一次。

两人都走得慢，茹意数着台阶往上走，总共二十四个台阶，大概一层楼那么高。马小阳走得小心翼翼，就怕脚底打滑，幸好今天穿的是防滑功能好的运动鞋。

"小心，台阶走完了。"茹意看着马小阳走到最后一个台阶及时提醒道，"你看，前面就是。"

马小阳微微喘息着，站定后顺着茹意的手指望去，顿觉眼前豁然开朗，山谷间一片开阔，视野里，两栋古朴的房子坐落在中间平坦的腹地上，周围层峦叠嶂，云蒸霞蔚，旁边竹林幽深，鸡鸭成群。几片齐整的菜地绿意鲜亮，不远处还有一片开阔的水面，群山倒映其中，阳光下湖水静如翡翠，果然如仙境一般静谧美好。

"真的是世外桃源，太美了！"马小阳感叹道。

一只小黄狗从院子里跑出来，站在不远处凝视了几秒后，兴奋地朝着茹意飞奔而来。

"小七！"

"嗯。"马小阳应了一声，以为茹意是在叫他，没想到茹意惊叫着往前跑了几步，然后蹲下来抱住了扑向怀里的小黄狗。

"它也叫'小七'？"马小阳瞬间感觉不好了，难不成平时茹意就是把他当这只小黄狗在叫？

"哇，小七又长大了好多！小七，想我了是不是？我也好想你啊！小七，这次隔了这么久才来看你，是姐姐不对，小七不会生姐姐气，对不对？"茹意抱着小七疼爱不已，不停地抚摸着它毛茸茸的身体，喃喃地说个不停。

"小七"可能是太高兴太意外了，"汪汪汪"地大叫了几声，兴奋地在茹意怀里打滚，不停地用脖颈磨蹭着茹意的脖子，仿佛见到了久别的亲人般激动。

马小阳木愣愣地站在那里，目测茹意和"小七"的感情非同一般，自己此时显得分外多余，正打算向小院走去，发现院门口走出来两个精神矍铄的老人，穿着米黄色棉麻对襟衫，鹤发童颜。

"茹意，"满头银发的艾奶奶激动地奔过来，抱住茹意泪眼模糊道，"孩子啊，你可来了，奶奶可想你了啊！梦到你好多次了！"

"奶奶，对不起，隔了这么久才来看你们。"茹意抱着艾奶奶，早已泪眼模糊。

"来了就好，来了就好。"艾奶奶疼爱地捋了捋茹意额前的刘海，心疼地凝视着她，"还好，这次气色不错，好像比前一次来的时候圆润些，看到你这么好，奶奶就高兴啊！"

"爷爷，"和艾奶奶絮叨了一会儿，茹意转身拥抱了艾爷爷，"您的身体看起来更好了！"

"我天天在这里锻炼身体，身子骨确实越来越结实了。"艾爷爷爽朗地笑道，转头看向一直扛着东西木头人一般站在那儿的马小阳问茹意，"茹意，不给我们介绍介绍这个帅气的搬运工吗？我看你把人家撂一边半天了。"

茹意看到马小阳像个雕塑一般站在那儿，额头上的汗水大颗大颗地滚落下来。

她碰了碰他的胳膊道："你傻啊，这么久扛着那么大的箱子不累吗？快点儿把箱子放下来。"

"放下来再扛到肩上就困难了，我想扛进屋里再放下来。"马小阳抬手抹了一把额头上的汗水道。

"不用了，一会儿一件一件拿到屋里去就行了，你先放下来嘛！"茹意真是急死了，难道马小阳要扛着这么大的箱子和两位老者行见面礼吗？平时那么聪明的马小阳，怎么扛个箱子上山就变傻了呢？

"行。"马小阳听茹意这么说，才弯腰把箱子放下来，拍了拍手，又整了整自己的衣服，主动向艾爷爷问好："爷爷好！我是茹意的男朋友，我叫马小阳，小名叫小七，很高兴见到您！"

"你也叫'小七'？是茹意这个丫头给你取的吧。"艾爷爷握着马小阳的手打趣道。

"不是，是我奶奶给我取的，奶奶从小就这么叫我。"马小阳笑道。

"哈哈，那真是太有缘了。茹意，怎么电话里也没事先跟我们通报一声，这么大的喜事儿应该早点儿告诉我们！"艾爷爷一直握着马小阳的手不放，转头看着早已脸颊泛红的茹意笑道。

茹意刚想开口介绍马小阳是自己的朋友，没想到马小阳特别强调是她的"男朋友"！她并没有打算今天就跟艾爷爷和艾奶奶宣布他们之间的关系。

现在艾爷爷这么一说，茹意窘得不知如何回答了。

"爷爷，这个不怪茹意，是我不让她说的，我说到时候给你们一个惊喜。"

马小阳说。

"还是小七会说话。茹意，你这个男朋友很机智哦！"艾爷爷笑得格外开心。

"奶奶好，以后你就叫我'小七'吧，我奶奶以前都是这么叫我的，听着很亲切。"马小阳又主动和艾奶奶握手。

"好，又来一个小七，真好啊！进屋吧！"艾奶奶擦了擦眼角，欣慰地看着茹意。

这孩子终于找到男朋友，太让人高兴了！

马小阳把箱子打开，里面就像聚宝盆似的，装了各种好吃的，有营养坚果、进口奶粉、鱼肝油，还有新鲜的水果，红酒、白酒什么的，马小阳像变魔术一样，从里面变出了一大堆的东西。

"难怪看他扛得那么累，里面这么多东西啊！"艾奶奶惊叹道，"傻孩子，每次让你别破费，你还买这么多东西。我这里啥也不缺，各种吃的用的管够，每个月我儿子都会派他在附近工作的同学过来看我们，就是来给我们送各种生活用品和好吃的。平时吃的菜都是自己种的，院子里还养了鸡鸭鹅，不远处就是水库，要吃鱼就让水库的管理员去捞几只，放我的池子里养着慢慢吃。"

艾奶奶如数家珍般介绍自己的幸福生活，脸上是满足的笑容。

"奶奶，这是小七专门给你们买的，我都没想到他买了这么多。"茹意满意地看了一眼马小阳。

马小阳看他们有说有笑，像一家人那么亲密。不明白茹意和这两位老人之间究竟是什么关系，他们应该不是亲人，但看着为什么那么亲？两位老人对茹意完全像是对自己的亲孙女。

大家边说边提东西，四个人两手都提满了，还是没把东西拿完，马小阳又连着跑了两趟才把所有的东西都搬进屋里，累得后背汗涔涔的。

"我以为你要到中午十一点过后才能到，没想到今天你们来得这么早。"进到屋里坐下来，艾奶奶给他们倒水，"刚才扛东西肯定累坏了，小七，喝点水，吃点儿水果，这是我自己的园子里种的牛奶枣，最早熟的一批果子，昨天刚摘下来。"

"谢谢奶奶。"马小阳确实渴了，累了，也就不客气，喝了几口水后拿起一个大青枣就吃起来，刚咬一口，忍不住惊叹，"哇，又脆又甜，皮薄汁多，太好吃了！茹意，你尝尝！"

说完，马小阳拿起一个枣递给茹意。

茹意拿在手里并没有吃，她早就吃过这个枣，确实很好吃。看马小阳吃得那么甜，忍不住抿嘴笑。

两位老人看他们之间甜蜜的样子，也欣慰地相视一笑。

艾爷爷问了问茹意最近的工作情况，茹意一一向艾爷爷汇报。艾爷爷抬头一看，发现已经到十一点了，催促艾奶奶道："花儿，该做午饭了。"

"花儿"是艾爷爷给艾奶奶取的小名，艾奶奶原名李梅花，娘家人都叫她"梅花"，艾爷爷觉得俗气了，给她改了小名儿，叫"花儿"，两个人的时候还会加个定语，经常叫"我的花儿"。

艾奶奶站起来笑呵呵道："老头子，走吧，我给你打下手。"

艾爷爷起身对茹意和马小阳说："茹意，你带着小七去附近转转，一会儿饭菜好了我叫你们。"

"爷爷，我来帮您做饭吧！茹意说我是超级厨师。"马小阳站起来主动揽活。

"那好啊！"艾爷爷很惊喜地看向马小阳，没想到这个帅气的小伙子居然喜欢做饭，很出乎意料，"平时家里有个阿姨帮忙做饭，我也做得少，厨艺一般般。但是，这个周末阿姨回去照顾孩子了，所以我们就自己做。"

艾爷爷乐呵呵地带着马小阳来到了后面的厨房里。

"小七王子，加油，我看好你哦！"茹意看着马小阳的背影鼓励道。

"等着吃好吃的吧！"马小阳在厨房门口调皮地给茹意比了一个胜利的手势。

"茹意，那我们就落得清闲了，陪奶奶出去走走吧！"艾奶奶很高兴有这样的时间和茹意单独相处。

两人来到院子里，在大枣树下的秋千架上坐下来，小黄狗小七紧跟在茹意的脚边，她坐下来，它就静静地躺在她的脚踝旁，犹如婴孩跟着妈妈那般形影不离。

大枣树巨型的树冠如一把撑开的超级大伞，给院子里带来了一大片浓荫。繁盛的叶子遮住了正午的阳光，树下光影疏落，凉爽惬意，抬头还能看到一粒粒硕大的枣子挂在枝头，随着微风轻轻摇摆，随时都有可能掉下来一两个。

这个秋千架是十年前两位老人专门为茹意做的。

那个急风骤雨的暗夜里，茹意逃过蔡小毛的魔爪后万念俱灰，一头跳进白水河中想结束自己的生命，没想到却一路顺水而下，漂到了这个水库的上游入口，被正在那里打渔的艾爷爷艾奶奶救起。

当时山里的路还没修通，交通不便，又一直狂风骤雨，茹意高烧两天两夜，两位老人只能用土办法帮她退烧，第三天茹意终于醒过来了。

从鬼门关走过一趟的茹意心如死灰，不吃不喝不言不语，像个木偶一般呆滞。

那时候，两位老人也是刚搬进山里不久，院子里还没有种上这么多的花草，只有这一棵大枣树。茹意每天都搬个小凳坐在枣树下，看着远处的群山出神，想到自己悲惨的人生和无望的未来，她就抱着枣树默默流泪。

两位老人看在眼里，为了让茹意能开心起来，艾爷爷自己动手在枣树下搭了这个秋千架。两根粗麻绳挂在枣树伸展出来的枝丫上，下面绑着一块平整的木板，坐在上面可以自由地摇摆。

茹意很喜欢这个秋千架，她在树下看书，听音乐，听鸟语闻花香，细细感受每天的风来风往，日出日落。

在两位老人无微不至的照顾和温暖下，一周后，茹意终于开口述说了自己的不幸遭遇。

两位老人都是退休干部，听后十分震惊、愤怒，当即鼓励茹意报警，支持她重返学校读书，鼓励她参加高考，并承诺资助她上大学，让她不要有后顾之忧。

两位慈祥温暖的老人，驱散了茹意心头的寒冷和绝望，让茹意重新找回了生活的勇气和希望。可以说，没有艾爷爷艾奶奶，就没有茹意的新生，也就没有茹意的今天。

"奶奶，今年冬天你们还要去澳大利亚吗？"茹意问道。两位老人唯一的儿子定居在澳大利亚，是一位了不起的科学家。

"不想去了，年纪大了，飞不动了。就想安安静静在这山里养老。"艾奶奶说，"我的大孙女回来看过我几次，特别喜欢这里，她说等她上完大学，就来山里陪我们，还要把旁边这栋老宅子开发成民宿。"

"这个想法太好了，既可以有她的事业，又能陪伴照顾你们，一举两得。"茹意说。

"我也觉得不错，现在偶尔有人开车来这里玩，我们家都接待过几拨客人，很热闹。"艾奶奶笑道，"我觉得我大孙女的想法可行，所以把隔壁的宅子也买下来了，就等着她年底回来装修。"

"真好，奶奶，如果可以，我想入股你们的民宿。"茹意说，算是自己对两位老人的一点点回报。

"那太好了，我晚上就跟她说，她肯定愿意的。"艾奶奶很开心，"茹意，你的男朋友看起来是个不错的小伙子，他是做什么的？"

"他是形象设计师，通俗点儿讲，就是集美容美发化妆和形象设计于一体的工作，打造个人形象的。"茹意回答道。

"这么时尚的职业，难怪看起来气质不一样，人也长得格外帅气有型。而且会说话，懂得关心人，我仔细观察了，他的眼神就没离开过你。"

"我们刚刚开始，处于新鲜甜蜜期吧。"茹意脸上溢出幸福。

"多好啊，好好享受恋爱的过程。两个人只要相处好，结婚就是水到渠成的事情。不能一味想着结婚，目的性太强反而会忽略很多东西。"艾奶奶说。

"奶奶，您的观点太赞了！我最怕的就是还没开始，人家就和我谈结婚生子的事情，很恐怖。您知道，我曾经是不婚主义者，也不打算生孩子，但是，现在有一点点动摇。"茹意笑道。

"傻孩子，那是你没有遇到那个真正让你心动的人。就像现在，你遇到了小七，你的心思就有改变了，对吧！马小阳叫小七，你曾经最爱的那条小黄狗，也叫小七，后来捡回来的这只小黄狗，还是小七，你不觉得这是冥冥中的天意吗？"艾奶奶拉着茹意的手，笑着说。

脚边的小七听到奶奶说它的名字，以为是在叫它呢，欢乐地爬起来，摇着尾巴往奶奶身上蹭。

艾奶奶把它抱进怀里，小七却要钻到茹意怀里去，茹意抱着它柔柔道："奶奶，我的亲姐妹来找我了，我已经和她们相认了。"

"太好了，茹意，她们是你生命中最亲的人，是任何东西都割不断的血缘亲情。"艾奶奶惊喜道，"那你的亲生父母呢？"

"父亲已经去世了，母亲身体不太好，一个人在老家。"茹意说。

"还没见过她，对吗？"

"嗯。"茹意避开了艾奶奶的目光。

"找个合适的时间，去见见她。茹意，不管她曾经做过什么，她都是你生命的源头。父母在，人生尚有来处，父母走了，人生只剩归途。你现在还年轻，感觉不到失去亲人的悲凉和痛惜。孩子，别给自己的人生留有遗憾。你妈妈肯定盼着你能回去看她，当年她一定有她的难处，那是一个时代的悲剧。像你这样遭遇的女孩儿，在那时的乡村社会里太多了。还有更多的女孩儿，尚未来到这个世界，就被她们的父母残忍地终结了生命。个人的命运往往被时代裹挟着，几乎没有人能够幸免。你对亲生父母有怨言，可以理解。但是，现在你长大了，成熟了，已经是一个成功者了，你得学会从更高的角度去看问题，看透问题的本质，这样你就能真正通达了，不会陷在个人的纠结当中，才能真正打开心结，开启自己的幸福人生。"

艾奶奶不愧是一个老知识分子，活得通达睿智，能看透事物的本质。

茹意看着远处的山峦，叹息道："奶奶，可能是我的意识和修为还不够吧，目前我心里还是过不了那个坎儿。"

"没事儿，慢慢你就懂了。我只是给你提供一种思考问题的方向。"艾奶奶笑道，"你是个很聪慧的孩子，当年我和艾爷爷就是看到了你的这一点，事实证明，你没有辜负我们的期望，这些年交出的答卷一个比一个漂亮。"

"奶奶，我又重新和龚家人见面了。因为我养父病了，我不得不管，否则他就没命了。"茹意说。

"你做得对，孩子。养父对你有恩，养母虽然有错，但也给过你一个家，他们有难的时候，你出手相帮，是应该的，否则你也过不了自己的良心这一关。但是，对龚家其他人，你还是要保有距离，不能让他们再伤害你。"艾奶奶提醒道，"你的养母和哥哥，都不是良善之人。"

"我明白。"茹意点点头。

"开饭啦！"马小阳从餐厅门口探出脑袋朝她们喊道。

"你听他的声音多嘹亮，不用喇叭自带扩音效果。"艾奶奶笑道，"这个小七不错，我喜欢。去尝尝他的厨艺。"

两人起身来到餐厅。

不到一小时，餐桌上已经摆上了六菜一汤。

"茹意，今天这一桌子菜，全部是爷爷奶奶家里自产的。你看，这个红焖鸡肉，是爷爷奶奶自养的家鸡；鱼头炖豆腐，鱼肉红烧，再看这个毛豆，是爷爷奶奶亲手种的；豇豆炒鸡蛋、松仁玉米，都是自家地里的，真正的美味营养又健康。"马小阳系着大围裙，还带着一个厨师帽，站在餐桌边介绍道。

"小七真是不错，这几个菜我们平时都吃，但小七的做法很不一样。"艾爷爷满脸笑容道，"早上宰杀好的鸡，平时我们都是切块来烧，小七说完整的腌制后，直接上锅隔水清蒸，把鸡肉的香味全部蒸出来了，闻着都让人流口水。花儿，你要不要先尝尝？"

艾爷爷用筷子夹了一块鸡肉送到艾奶奶嘴里，艾奶奶连连夸赞道："太美味了，确实比红烧的好吃。茹意，你也尝尝。"

马小阳麻利地拿过筷子，夹了一块送到茹意嘴里，茹意也学着艾奶奶的样子，大方地吃了。

"哇，太好吃了！这鸡肉跟我们在城里吃的就是不一样，一丝一丝的，很有韧劲儿，特别甜！"茹意看向马小阳，"小七，你尝了没？"

"我是厨师啊，当然吃了，出锅的第一口就是我吃的。"马小阳笑道，"来，我带了好酒，你们喝，我下午还要开车，我就不喝了，我喝牛奶。"

马小阳把带来的茅台给爷爷奶奶倒上，刚要给茹意倒，茹意却捂住杯子，"下午我来开，你陪爷爷奶奶喝。"

"本来我是应该陪爷爷奶奶喝一杯，但开车这样的体力活还是应该我来。所以今天我不能喝。下次我们提前一天，在爷爷奶奶家住下来，我好好陪爷爷奶奶喝几杯。今天我就先以牛奶代酒敬爷爷奶奶，好不好？"

"好，当然好。"艾爷爷欣然同意，"小七，你能这么照顾茹意，爷爷很开心。爷爷喝酒，你喝牛奶，咱们爷俩干一杯！"

"谢谢爷爷这么理解我，我也很开心。"马小阳喝了一杯牛奶。

爷爷放下酒杯，对马小阳竖起大拇指。俗话说，酒品就是人品，马小阳很有自控力，懂得轻重缓急，是个真男人。

马小阳能这么讨得两位老人的喜欢，是茹意没有想到的。她刚才是真心希望马小阳喝一杯，下午她来开车，这段路她开过很多次，早就轻车熟路了，并不是什么难事儿。没想到马小阳这么坚决不让自己握方向盘，是照顾她心疼她，也体现出他霸道的一面。

虽说不用开车，茹意也不敢多喝，就陪两位老人喝了一小杯，自从那次喝醉后，她就对自己下戒酒令了。平时应酬她也很少喝，就是曾经最难缠的张总，现在也不敢逼她喝酒了。

吃完中饭，两位老人照例要午休。他们给马小阳和茹意准备好了休息的地方，但却只有一间房，茹意很尴尬，只好带着马小阳到外面去看风景。

两人手牵手绕着这块大平地悠闲地走了几圈，"小七"一直形影不离跟在她的脚边儿，茹意走它就走，茹意停它就坐在她的脚边，仰着小脑袋看着她，生怕她离开。

"茹意，你很久才来一次，'小七'怎么这么粘你啊？"马小阳很奇怪，这狗狗难道是特别喜欢美女，怎么对自己这个大帅哥一点儿都不感冒呢？

"因为我对它好呗！"茹意俯身抱起"小七"，捋捋它的毛发，"我小时候养过一只小黄狗，给它取名'小七'，那时候'小七'天天陪着我上学，等着我放学，还会帮我背书包，是我童年里最好的朋友。可是，那个冬天，'小七'突然不见了，我到处找都没找到，伤心了很久很久，后来爸爸说要再给我买一只，我没答应，从此再也没有养狗。这只'小七'是我三年前来这儿的路上，在加油站捡到的，它长得特别像我曾经的'小七'，我把它带到这里，留给了爷爷奶奶。我觉得，这一定是那个'小七'投胎转世来找我了，所以不论隔多久，它都记得我，一直粘着我。"

"原来是这样，这也太神奇了！"马小阳很吃惊，心里对"小七"也多了一份感情，捋捋"小七"的毛发，"'小七'，你好！我也叫'小七'哦，说不定咱们前几世是兄弟呢，你还认得我不？"

"你傻不傻啊，哪有跟狗狗攀前世兄弟的！"茹意被马小阳逗乐了。

"那是有可能的。我们的前世可能就是一只狗狗呢，因为积德行善而转世为人，所以才有了这一世的好运相随哦！"马小阳搂着茹意笑道。

"那你前世就是'小七'。"茹意笑道。

"对，我就是'小七'，'小七'就是我！对不对，'小七'？"马小阳又捋捋"小七"的毛发道。

"汪、汪、汪……""小七"很机智地回应了三声。

"你看它说'对、对、对'！"

两人抱着小七逗乐，不知不觉回到了大枣树下。

"这个地方真好啊！"坐在秋千架上，马小阳赞叹道，"你看看这些小木屋，房前屋后，绿树环绕，就像童话中的木屋一样，太美了。小时候，我家住在海边，是很多人向往的面朝大海春暖花开的地方，每天打开大门就能看到无敌海景，吹着凉爽的海风，属于真正的一线海景房。但我更喜欢这里，这里空气清新，微风不躁，阳光正好。海边不行，都说海浪轻声低语呢喃，是天籁之音，每天观海听涛，是浪漫诗意的生活。但海是有脾气和个性的，宁静的时候，她风平浪静，海浪悠悠；脾气不好的时候，就会狂风怒号。我记得小时候每天耳边都是'呼呼'的风声，家门口的树木都被吹得倒向一边，面向大海的那边，叶子都是残缺的，一点儿都不美。一到夏天刮台风的时候，我就很害怕，怕狂风把房子卷跑，怕咆哮的海水把我的家淹没。因为我五六岁的时候，刮过一次巨大的台风，家里的窗户全部被吹走了，海水冲进屋里，家具都被冲走了。台风走后，家已经残破不堪，犹如遭遇了一场巨大的灾难。所以，小时候我很没有安全感，一碰到刮台风，我奶奶就要带我到姑姑家去躲台风。我姑姑家在远离大海的山里，那里很宁静，很安详，很有安全感，我喜欢那里。就像现在，坐在这里，看着远处的大山，感觉这是天然的屏障，能够阻挡一切狂风暴雨，让我们静静地享受这午后的阳光，这才是真正的岁月静好！"

马小阳搂着茹意，情不自禁吻她的秀发，说道："茹意，等我们老了，我们也到这里来养老，过自给自足的神仙眷侣般的生活，和艾爷爷艾奶奶一样。你看他们多幸福，少年夫妻老来伴，老了还能这么健康有爱地生活在一起，这才是真正的幸福人生。"

茹意被马小阳的话感动了，没想到他小时候也经历过这么可怕的事情。不过，他有爱他的家人相伴，有疼他的奶奶陪着，他是幸福的。

她靠在马小阳的肩上，秋千慢慢地摇着，羽毛般轻柔的微风抚过脸颊，世界从未如此宁静美好。看着远处如水墨般晕染着的山峦，阳光下倒映在平静无痕的水面上，幻化出又一个如诗如画的世界，美得让人心醉。

此情此景，茹意的脑海里不知不觉跳出曾经读过的一首诗，她情不自禁地脱口而出：

我想有座庭院，前院栽花，后院煮茶。光阴铺满石阶，闲情挂在窗下。

我想有座庭院，青色的墙，黛色的瓦。晨晓时扫一地的叶，黄昏后摘漫天的霞。

我想有座庭院，蓄半池雨，晒一席月。烟火中做一场悠悠尘梦，绿荫下悄悄送走年华。

我想有座庭院，梅花傲雪，柳枝抽芽。

那年的你还在天涯，今岁已归返旧时家。

……

"小七，将来我们就过这样的生活，好吗？"

"好。"马小阳耳边响起艾爷爷对自己说的那些话，动情地把茹意往自己身边紧了紧，心底溢出一股深深的怜惜和爱意，下颌微微一勾，在她额头上落下一个深情的吻。

下午，茹意和马小阳跟着爷爷奶奶一起下地干活，给菜地浇水、拔草。茹意每次来都要干这活儿，操作很熟练。

让她没想到的是，马小阳居然也很会种地。他挑着浇水桶，走在两块菜地中间，很自如地抓住浇水桶的提梁，桶里的水均匀地倾洒在菜地上，一会儿工夫就把这一大片菜地全浇好了。

这操作，完全是个老司机啊！看得爷爷奶奶目瞪口呆。

"小七王子，你是被做饭耽误了的浇水工啊！"茹意打趣道。

"没想到吧，小时候我跟着奶奶种过菜的。"马小阳擦了擦额头的汗水，说，"我小时候，离家不远的地方也有几块菜地，都是奶奶在侍弄。奶奶天天都要下地去浇水，我奶奶是小脚老太太，走路慢，也提不了重物，每次浇水就一小桶一小桶地浇，动作很慢很慢。我上小学后，放学了就主动去帮奶奶浇地。每次我都是这样挑着两桶水一起浇，很快就帮奶奶把菜地浇好了，奶奶那个高兴啊，见人就夸我爱劳动，是个好孩子，越夸我的干劲儿就越大，后来基本就是我承包了浇水的工作。所以，我专注浇水二十年。"

几个人看着马小阳那调皮的样子，笑得合不拢嘴，艾爷爷和艾奶奶，对马小阳愈发喜爱了。

临走前，艾爷爷艾奶奶摘了很多新鲜的蔬菜给茹意带回去。

茹意自己不会做饭，本想拒绝不要，没想到马小阳全部收下："太好了，这些都是有机蔬菜，我最喜欢了！谢谢爷爷奶奶，以后每个周末我都陪茹意过来看你们，顺便多摘一些新鲜的蔬菜回去。"

"原来你是来摘菜的啊！"茹意道。

"看爷爷奶奶是第一，第二是帮爷爷奶奶做饭，第三是浇地，最后才是摘菜。"马小阳一本正经地纠正道。

"爷爷奶奶欢迎你每周都来！"两位老人听了眉开眼笑，太喜欢马小阳这个勤快的帅小伙了。

两人依依不舍地告别爷爷奶奶，车子开出去很远，依然看到两位老人站在路口目送他们，直到车子拐弯，两位老人的身影才消失在后视镜的视线里。

第五章

◎ 生命中绕不去的坎儿

回到江城后，茹意和马小阳又投入到紧张有序的工作中，两人隔天就要见面约会。洗洗头做发型，或者是一起吃顿饭，感情在稳定中渐渐升温。两人都感觉到越来越甜蜜幸福了。

幸福的生活总是过得很快，一转眼半个多月过去了。

尹志丹和尹志燕的"天使爱美丽"美容店装修好了，正式开张。

开张的日子挑在周日，尹志燕把店里的老顾客全部请回来，邀请了很多她在江城新认识的朋友。茹意为了给美容店聚人气，早几天就通知了马小阳，让他到时带上店里的员工，再发动店里的顾客去参加开业活动，到店都有精美礼品相送。茹意则把公司那些爱美丽的女员工全部发动起来，让她们都去参加开业活动。

上午十点，天使爱美丽美容养生馆门口一片喜气洋洋。两排漂亮的花篮簇拥着崭新的红地毯，从大门口一直延伸到二楼。

尹志丹、尹志燕穿着优雅的旗袍，画着精致的妆容，在门口迎客。

茹意向尹志丹、尹志燕隆重介绍马小阳，两人都很惊讶，原来茹意已经有这么帅气的男朋友了。

二楼准备了许多精美礼品，还有尹志丹特别熬制的燕窝红枣羹，现场可以免费体验很多美容项目，还能免费检测肌肤。

楼上楼下人头攒动，因为顾客太多店员一时忙不过来，马小阳化身马助理，现场指挥自己的店员帮忙为顾客服务，他们平时也有做美容项目，所以现场配合得天衣无缝，堪称完美。

茹意和小白则化身咨询师，负责给顾客咨询和办理会员充值。

从早上十点忙碌到下午四点半，大家累得几乎要虚脱了，茹意的嗓子都哑了，这是工作以来说话最多的一天。

"自己当老板真是不容易啊！"茹意斜靠在沙发上说。

"茹总终于体会到我们小老板的艰辛了吧！"马小阳贴心地给她揉捏肩颈，"我那时候开张可没这么多人。"

"二姐，咱们是不是开门红？"尹志燕送走最后一个客人回来，第一句话就是关心今天的开卡情况。

"小白，你向尹老板汇报一下。"

"截止到今天下午四点，天使爱美丽的会员卡充值情况如下——"小白对着电脑认真汇报道，"充值年卡的顾客有 8 位，季卡 12 位，月卡 18 位，总共进账是 100740 元。"

"这么少，天呐！"尹志燕惨叫一声，跌倒在沙发上，捂着脸失望道，"我预计今天的进账保守能突破二十万，年卡会员会超过二十位，没想到来了这么多人，弄了这么大动静，燕窝都煮了一斤，才收到这么点会员……"

"我觉得挺好，第一天能有 38 个会员加入，这是很好的成绩啊！燕子，我们没有去外面花钱做推广，就靠着这些自有人脉能收获这么多会员很不错了！这 38 人服务好了，今后加入的人肯定会更多啊，所以对待第一批会员，你们一定要用心做出口碑，这就是'天使爱美丽'的种子。"茹意扶起颓丧的尹志燕安慰道。

"我也觉得挺好的，这成绩很不错了，我挺满意的。"尹志丹也说，"虽说一斤燕窝的成本是比较高，但今天我们就是开门迎客做口碑的，我们就当把这些钱拿去做广告了，现在是直接用在顾客身上，不是更值得吗？"

"对，大姐说得对。"马小阳接着说，"我的店刚开张的时候，和你们今天的人气可没法比，我都是从无到有一点点攒人气做到今天的。别想着一口吃出个大胖子，而是要脚踏实地去做，打出自己的品牌和口碑来，这样自然就能得到顾客的支持。"

"你们说的都有道理。"尹志燕坐直身体说，"但是你们计算过我的成本没有？我跟你们算算啊，年卡一张 6880 元，最多可以做 52 次美容项目，能喝 52 次高级养颜汤，平均每次只要 132 元。132 元啊，我的成本就要一半多，再加上房租人员工资，这个年卡基本就是做福利的，今天主推这个主要是做人气，但没想到买的人才 8 个。我是对这个很失望。"

"我们的定位是一年保本，两年持平，三年盈利。燕子，你不能太心急。做美容是你的理想，为了理想，一开始就不是冲着钱去的，而是如何把事情做好。"茹意拍拍她的肩膀说，"你得学学大姐的心态，学会积极平和地去做事情。今天能有这样的人气，是值得高兴的！现在我请客，晚餐给大家订牛肉饭加鸡腿。"茹意说。

"谢谢茹总！"马小阳带头鼓掌，"吃完饭我们也得回去工作。"

吃完晚饭，马小阳开车带茹意到自己店里洗头做发型。

路上，马小阳看着神情有些倦怠的茹意道："茹意，你妹妹的性子有点儿急，不太适合做生意。"

"你这么认为？"茹意心底一惊。

"对，自己开店做老板，尤其是我们这种服务行业，一定要性格脾气好，否则容易和顾客发生冲突。因为现在什么样的顾客都有，作为老板，你得接得住所有顾客的情绪，好的坏甚至是故意找茬的，都得能接得住解得开化得了，这样才能把生意做平稳做恒久。"马小阳说。

"你店里有过找茬的顾客吗？"茹意问道。

"当然，有人故意来找茬，你做得越好越有人找茬。"马小阳说，"一年前，我就遇到一个顾客，在我店里做了形象设计，买了衣服鞋子，总共花了好几万块钱，当时她要我提供发票。我跟她说，开票的程序出了一点儿问题，让她过三天再来开票，就是给自己一个缓冲时间来解决。但是，她离开后立马就去投诉我，说我偷税漏税，衣服定价过高，欺骗消费者。结果第二天一大早，有关部门就过来查我们，最后还下令我停业整顿一个月，我当时真是气爆了，一个月的损失很大啊！明明知道是那位顾客搞的鬼，但就是没办法，只能硬着头皮按照他们的要求去做。这次事件之后，我吃一堑长一智，一个是完善自己的管理，第二个是和有关部门做好沟通。后来那位顾客还来我店里消费，我照样笑脸相迎，服务周到。做服务工作，就得咽得下所有的委屈，埋头做好自己的服务。因为顾客是上帝。"

茹意心疼地看着马小阳，果然人家只看到你的光鲜亮丽，而看不到你背后承受的委屈，每一分钱都浸透着艰辛的汗水。

"我会跟尹志燕说你的经验，让她收收她的锋芒，好在还有大姐在旁边，大姐脾气好，对她有些约束。"茹意道，"这是她们第一次创业，投入了她们所有的积蓄，希望上帝保佑她们少走弯路，努力就会有回报。"

晚上十一点半，尹志燕和尹志丹拖着满身的疲惫回到了家。

尹志燕一进门，就横躺到沙发上，一动也不动，嘴里哼哼着叫唤道："唉，累死宝宝了！姐，早知道自己当老板这么累，我肯定没有勇气开始。"

"开弓没有回头箭，自己选的路，跪着也得走下去。"尹志丹倒了一杯温水放到尹志燕旁边的茶几上，"来，喝点儿水赶紧去洗澡睡觉，明天还得早起呢。刚刚开业，我们自己要比员工早到。"

"哎呀，让我躺会儿不行吗？我都要累死了。"尹志燕厌烦地摆了摆胳膊，故意把头侧到一边，不看尹志丹。

茹意从房间里出来，示意大姐先去洗澡，自己来到尹志燕身边坐下来，轻抚着她的后背关心道："燕子，今天开业第一天，辛苦了。我给你按摩一下后背缓解缓解？"

尹志燕一听是二姐的声音，马上爬起来，笑嘻嘻道："不用，二姐，我就是说说而已，也没有那么累。我以为你已经睡了呢。"

"燕子，自己当老板肯定比给别人打工累。"茹意看着尹志燕疲倦的双眼道，"你看你这一天下来，要操心现场的接待，要操心给顾客的体验做得是否满意，还得担心转化率，什么都得操心，还得亲力亲为去为顾客做美容，当然会很累。你当一个普通员工的时候，你什么都不用操心，只要干好自己该干的事情就可以。但为什么很多人还想自己当老板呢？为的就是那份成就感，那份自己可以当家做主的自由，对不对？"

"对。二姐，我知道自己有时候太幼稚了，容易闹情绪，你放心，我就是说说而已，我自己选择的路，再苦再累我也会坚持下去。因为我希望将来能给大姐和妈妈更好的生活，这是我的动力。"尹志燕眼含泪光，坚定道。

"燕子，我知道你是个孝顺的好孩子，所以你一定能做好的，姐相信你。"茹意抱着尹志燕鼓励，"不过你得学会控制自己的情绪，不管什么情况下，都不能急躁，不能上火，尤其不能对顾客发火，哪怕是以后会碰到很难缠的顾客，你都要克制，这是做老板必须要有的心胸。"

"嗯，我记住了。"尹志燕闭着眼睛点头，大脑模模糊糊的，困得几乎睁不开眼睛了。

"快去洗澡吧。"茹意摸摸她的后背说。

"我去拿衣服。"尹志燕爬起来拖着酸疼的双腿往房间走去，一头倒在床上，很快就呼呼睡过去了。

尹志丹洗好澡出来，已经听到尹志燕在打呼噜了，不忍叫醒她，给她盖上空调被，关上灯静静地躺下去，闭上眼睛很快就沉沉睡了过去。

周一上班，茹意收到了杰森的邮件。上次广交会上，杰森带着詹姆斯过来，跟公司签了有史以来最大的一笔订单，茹意心存感激。但杰森回去之后，加上自己很忙，快一个月的时间她都没和杰森联系。

看到杰森的邮件后，茹意马上打开来看。

茹意，你好！工作的事情衔接得很好，我朋友詹姆斯的女儿寻亲的事情有结果了吗？他们一直在期盼着这个消息。

茹意这才想起来，自己也没有接到派出所的回复，当时他们说一个月左右，现在已经快一个月了，茹意决定先打电话问问。

找到当时接待的那个民警的电话，茹意拨打过去，主动把情况进行了说明。

"哦，我记得你，就是关于那个从中国福利院被美国家庭收养的那个女孩儿回国寻亲的，对吧？"民警很热情地回应道。

"对，请问有结果了吗？"

"很遗憾地告诉你，目前 DNA 基因库里没有找到她的亲属。"

茹意一时懵了："怎么会没有呢？她说她记得自己有个哥哥，也是被别人收养了，后来就找不到了。所以想回来找到自己的哥哥。"

"有两种可能，第一就是她的哥哥没有来登记 DNA，还有一种就是她根本没有亲哥哥。"民警说。

"这种情况我该怎么跟她回复？"茹意很为难，那个叫莉莎的女孩儿知道这个结果后，一定会很失望。当时詹姆斯说，莉莎的工作很忙，所以没有回来，等找到了哥哥后，她立马就飞回中国认亲。

"你就告诉她，目前还没有找到，可能她的哥哥没来做 DNA 寻亲登记，这边会继续帮她找，让她不要着急，如果真的有亲哥哥在中国，迟早会找到的。"民警说。

"好，谢谢您！"

挂了电话，茹意心里有些沉重。莉莎远隔重洋一心盼着找到中国的亲人，可是，亲生母亲就在离自己几百公里远的地方，自己却不想去认她。

相比之下，自己是不是太无情了？

茹意耳边响起了艾奶奶给自己说的话：每个人的命运都被时代裹挟着，没有人能幸免，这是那个时代的悲哀，你妈妈也是受害者……

自己是不是应该学会理解她原谅她呢？

心理学家阿德勒说，幸福的人一辈子被童年治愈，不幸的人一辈子在治愈童年。

自己就是那个不幸的人，无论现在拥有多少成就，内心深处总隐藏着一个巨大的空洞，总会在深夜里毫无来由地感到悲凉，没有安全感，容易被感动，又容易怀疑一切，从未有过稳稳的安全感和幸福感。

和马小阳建立了稳定的恋爱关系后，内心的安全感提升了很多。尹志丹和尹志燕来了之后，心里的空洞感也减少了很多，但还是无法像尹志燕那样，活得那么率真简单幸福，想哭就哭想笑就笑，内心充盈无所畏惧。总是会担心今天拥有的一切哪天突然间就消失了，因为曾经残缺得太多，没有人能真正让她依靠。所以，总是要用过度的工作来麻痹自己，似乎只有这样，恐慌和焦虑才能减少一些，才能有安全感。

茹意按照民警的回复给杰森回了邮件。又想到要抽空带爸爸去做 DNA 登记，不管能不能找到，登记了总归有希望。

于是，在周五下午，茹意把工作安排好了之后，准备开车带爸爸去派出所。

刚到家门口就听到里面传来吼声："单月月，你给老子出来，不然老子要砸门了！出来！"

龚如军的声音！今天是周五，龚如军怎么没在厂里上班？

茹意狐疑地推开大门走了进去，看到李大红以万年不变的姿势坐在沙发上嗑瓜子儿看电视，龚如军怒气冲冲地站在房间的过道上。

听到开门声，李大红转头看了一眼门口，撇了撇嘴，翻了一个白眼，面无表情转过头继续看电视，就像没看见茹意一样。

茹意换了鞋往里走，绕过客厅通道，从李大红跟前来到了房门口，瞪着龚如军冷冷道："你要干什么？"

"你管我干什么！滚一边儿去！"龚如军斜了茹意一眼，抬起脚对着房门就是狠狠一脚，"嘭！"一声巨响，白色的门板上留下一个硕大的鞋印子，但依旧紧闭着。

"他娘的，单月月你出来，你再不出来我拿刀来砍门了啊！"龚如军说完，转身就要跑到厨房去拿刀。

"龚如军，你是想去局子里待着吧！好好的时间不上班，你跑回家来找月月吼什么？"茹意挡在龚如军跟前，心里也有点儿惧怕，这个无赖要是真的去拿刀，自己报警是不是来得及？

"如军，你想作死是不是？"带着小帽的龚柳根打开房门走出来，看到茹意时不禁惭愧至极，无可奈何道："你要多少钱，我给！我给！"

说完，龚柳根颤抖着手从裤袋里拿出一沓钱："拿去！不许你找月月要钱！更不许你欺负她！拿上钱，马上回工厂去上班！"

"哟呵，老爷子居然还藏着私房钱，怪不得那么牛气呢！我说这个家怎么就我最穷最没钱，原来你们都有私房钱。行，既然你有钱给我，我就不找单月月了，以后，记得每个月都定时给我存私房钱哦！"

龚如军看到钱瞬间眼睛发亮，盯着钱得意地笑起来，一摇一摆地走向龚柳根，正要拿钱，却被茹意一把给截了。

茹意一个箭步冲过去，拿过龚柳根手里的钱攥紧在手心里，咬牙盯着龚如军道："龚如军，你还是人吗？一个大男人不好好工作，上班时间跑回家来逼着老婆要钱，你要不要脸？没工作的时候你找老婆找父母要钱，现在有工作了，你还找老婆父母要钱，你能有点儿做人的底线吗？"

"底线？什么是底线？我龚如军的底线就是钱！有钱就有底线，没钱就没底线。龚如意，别以为自己有几个臭钱就能在我面前耀武扬威，我告诉你，你在我眼里，永远都是那个没人要的可怜虫！把钱给我！"

龚如军冲上来，抓住茹意的胳膊，想从她手里把钱抢走。

茹意死死攥紧掌心，就是不给他。她知道，龚如军一定是回来拿钱去赌，这钱到他手里，立马就没了。

"你给不给？"龚如军瞪圆了双眼，表情变得愈发狠绝。

"不给！这是爸爸的血汗钱！龚如军，你但凡还有一点儿良知，你都不应该再去赌！这钱上了赌桌，分分钟就没了！"茹意也瞪着眼睛怒斥道。

"你找死！哪只眼睛看到我赌了？"龚如军恼羞成怒，本来就输红了眼，听到这话更是气急败坏，一把掐住了茹意的脖子。

喉咙里一阵窒息，茹意惨叫一声退到了墙角。

"畜生，放开她！你要干什么！"龚柳根踉跄着从房门口奔过来，拽住龚如军的手，用力地往后扯，想把他的手从茹意的脖子上扯下来。

龚如军人高马壮，手上的力气很大，加上他急火攻心，使出了全身的力气去掐她，龚柳根的病弱之躯哪能掰得动他。

见龚柳根来拉扯自己，龚如军愈发恼怒，狠命地掐住茹意的脖子，嘴上凶狠道："龚如意，你多管闲事儿，我掐死你！"

茹意被掐得直翻白眼，眼前突然幻化出蔡小毛狰狞的样子，双手本能地去掰龚如军的手，那一把钱瞬间撒落在地上。

"你放开她，放开她！畜生！"龚柳根挥起拳头砸在龚如军的身上，老泪汪汪而下，内心绝望得无以复加，"钱给你，给你呀！你放开她！"

龚如军根本不听，依旧咬牙切齿掐住茹意的脖子，"今天我就掐死你，看你还多管闲事儿！"

同时另一只手奋力一甩，把一直扯着自己的龚柳根甩到了地上。

"孽障，你是作死啊！算我求你了，放开如意好不好？你要掐就来掐我，掐死我，反正我这把老骨头活着也没有意义……"龚柳根被摔得四脚朝天，痛苦绝望地爬起来，再次拽住龚如军的胳膊，老泪纵横道，"我给你跪下，行不？啊？"

说着，龚柳根屈膝跪到了地板上。

"爸，不要！不能啊！"单月月从房间里冲出来，哭着拉住就要下跪的龚柳根，对几乎失去理智的龚如军恳求道，"你要多少钱，我都给你！都给你！只要你放了茹意！快点儿放了她！"

龚如军冷哼一声，无动于衷，依旧死死地掐住茹意的脖子。

就在他们三人焦灼在一起的时候，客厅里的李大红拖沓着脚步走过来。她不是来救茹意的，也不是来扶龚柳根的，而是一声不吭捡起地上的钱，蘸着口水数了数，一共三十张，立马斜眼瞪向龚柳根，"行啊，你个死老头子，还藏着私房钱！哼，我倒要看看，你究竟藏了多少私房钱！"

说完，她用钱拍了拍龚如军的胳膊，瞟了一眼脸色已接近乌青的茹意，若无其事道："拿去，真把人掐死了，没你什么好处，我们一家子还得靠她吃饭呢！"

龚如军终于松开了手，转身接过李大红递过来的钱，在掌心里啪啪掸了掸，再向单月月伸手道："钱给我！"

单月月想都没想到，把手机递给了他。

"贱货，不识好歹，早给老子也犯不着生气！他娘的！"龚如军骂骂咧咧地打开单月月的手机，把她微信钱包里的一千多块钱一分不剩全部转走了，临了还不忘骂一句，"就这么点儿钱，下次攒多点啊！"

説完，把手机扔回单月月，斜了一眼蹲在墙角瑟瑟发抖的茹意，得意地吹起口哨，双手揣在裤兜里，大摇大摆地出了门。

茹意抱着双肩蹲在墙角，全身剧烈地颤抖着，那种可怕的恐惧感瞬间把她淹没。

她仿佛回到了十年前那个漆黑的夜里，蔡小毛肥硕的身体从记忆深处跳窜出来，淌着哈喇子的大脸在她眼前狞笑着，伸手掐住她的脖子，撕扯着她身上的衣服……

"啊！"茹意惊叫着把头埋进怀里，身体筛糠般颤抖起来。

"茹意，对不起，茹意，都是我不好……"单月月蹲下来抱着她，心疼得在流血。

下午龚如军突然跑回家来，进来就问她要钱，她不给，龚如军就跳起来打她。单月月只好跑到房间躲起来。

她真没想到茹意会突然出现，她本想躲在房间里不出来，不让龚如军那个恶魔得逞，没想到却让茹意遭了罪，早知道会这样，她早就把钱给了龚如军，反正手机里也没多少钱。

"别碰我，别碰我！"茹意触电般跳起来，惊惧惶恐地朝外面奔跑而去。

"如意，如意……"龚柳根从地上爬起来，叫喊着和单月月一起往外追，却只能眼睁睁看着茹意进了电梯，消失在眼前。

"这个孽障啊，为什么要回来？让他死在外面好了！我们龚家没有这样的恶魔！没有！"龚柳根捂着腹部冷汗直冒，一阵阵锥心刻骨的疼从身体深处袭来，他绝望地跌坐在门口，仰天哀嚎老泪纵横。

"你说什么？龚柳根，龚如军是不是你的亲儿子？啊？你居然这么咒骂自己的儿子，你配当父亲吗？"李大红一听龚柳根骂自己的宝贝儿子，一改刚才的冷漠，立马奔走过来，指着龚柳根的鼻子骂道。

"我不配当父亲，你更不配当母亲！这个孽障就是从小被你惯成了这样！你处处纵容他，让他是非不分，好赌成性，你就等着吧，他这么作死，总有一天会遭报应的！"龚柳根坐在地板上，拼尽全身的力气和李大红对骂起来。

这么多年，他真的受够了！龚如军小时候犯错了，只要他开口骂一声，李大红就跳出来和他吵，总是毫无原则地护着龚如军，从来不会维护他在孩子面前的威信，无条件无下限纵容龚如军，由此导致了龚如军飞扬跋扈，胡作非为。

可悲的是，直到现在，李大红依旧没有认识到自己的错误，还在纵容龚如军作恶。

龚柳根心里涌起一股深深的悲哀，这个家真的没救了，茹意救不了他们，任何人都救不了他们，就等着自生自灭吧！

"我遭报应？龚柳根，你也不看看，现在是谁在遭报应？我健健康康地活着，你呢？切掉了半个胃，苟延残喘地活着，到底是谁遭报应？"李大红吊着眉白了龚柳根一眼。

"好，是我遭报应，是我，我该死，我就不该活着……"龚柳根想从地上爬起来，可手脚一点儿力气都没有了，浑身都在冒虚汗，脸色白得瘆人。

"爸，您没事儿吧？我扶您到房间里去躺会儿。"一直手足无措地站在旁边的单月月，担心地搀着龚柳根站起来，一步步往房间里走去。

李大红看龚柳根脸色煞白气息奄奄的样子，也有点儿担心，真要把老头子气死了，这房子估计是住不下去了，好日子也就到头了。

等单月月从房间里出来，她端着一杯蜂蜜水递给她，对里面努努嘴，小声道："让他喝下去，再不行就打120，不能让他死了啊！"

单月月接过水杯，往房间里走去。

茹意哭着狂奔到车上，一个人躲在车里抱着双肩恐惧到放声痛哭。

蔡小毛那张肥硕的大脸一直在她眼前狞笑着。十年过去了，她以为那个伤口已经愈合了，以为蔡小毛这个恶魔已经从心里剔除了，没想到今天再次遇到类似的场景时，那可怕的一幕毫无预兆地就回来了。

"不，不要！不要！"茹意惶恐地喊着，漫无边际的恐惧从四面八方潮水般汹涌而来，就像十年前那个生死茫茫的雨夜，闷雷滚滚掠过头顶的时候，蔡小毛把她甩到了床下，把她抵在墙壁上，狞笑着撕扯她的衣服，掐着她的脖子，就差把她掐死……

"啊，不要！不要！……"茹意蜷缩在座位上失声惊叫，恍然间感觉身体掉进了一个深不见底的黑色漩涡里，天旋地转地往下坠往下坠……

"茹意！茹意！……"

车门突然被拉开，一双有力的大手从后面环抱过来，把她紧紧地抱在怀里。

正在掉落的茹意，感觉身体突然被一股坚实的力量从下面托起，然后慢慢地往上升，往上升，稳稳地，从那个黑色的漩涡里一点点地挣脱出来，她闻到了一股熟悉的味道，哦，是大白兔奶糖的味道，暖暖的，甜润润的，带着阳光般的清香和甘润，进入她的鼻息，沁入了她的心底。

她犹如抓住了生命中最坚实的依靠那般，紧紧地抱着他，把头深深地埋进他的胸膛，贪婪地呼吸着他的味道，带着泪滴颤抖着声线轻唤了一声："小七……"

"是我，茹意，不怕，我在，我一直在。"那么熟悉的声音暖暖地在她耳边回响，好安心，好安心，那颗带着无边恐惧和慌乱的心，终于稳住了，踏实了，再也不害怕，不恐惧，不慌乱了。

"小七……"茹意揽住了他的脖子。他以为她会睁开眼睛看自己一眼，却发现她依旧把头深藏在自己的臂弯里，鸦色的睫毛颤动着，上面闪烁着晶莹的泪滴，脖子上一道刺眼的红色掐痕清晰地映入他的眼底，他想看得更仔细些，低头用手触碰一下，却惊得她全身颤抖，猛然间缩起脖子，像只受伤的小猫，蜷起身体藏进他的怀里，脸颊深埋在他的心口，颤抖不已。

"茹意……"她受伤的模样，刺痛了他的心。他不知道她刚才经历了什么，转头往周围看了一圈，并没有发现任何异样。而她的车上也没有任何挣扎的痕迹，包包手机都在，衣服完好无损，并没有撕扯的痕迹，她究竟怎么了？脖子上的伤痕是怎么回事？

他抱紧她，捋了捋她凌乱的头发，心疼地在她额头轻吻了一下。本想把她单独放到后座，自己开着她的车离开这里，可是，她像只考拉一样挂在他的怀里，丝毫不肯放松。

"小五！"马小阳对着不远处的车喊道，"把车停好，过来开这辆车。"

不一会儿小五就奔跑过来。看到七哥抱着瑟瑟发抖的茹总，眼神里掠过一丝惊异，心领神会发动车子离开。

一路上，茹意恍恍惚惚，紧抱着他的脖颈丝毫没有松开，闻着小七身上熟悉温暖的味道，带着惊惧恐慌后的无限疲惫，一点点沉睡了过去。

等她再次睁开眼睛时，不觉一时有些恍然，陌生的房间，陌生的装饰，不由惊觉坐起，这是哪儿？

"醒啦。"熟悉的声音从门口传来，茹意看到马小阳露着一口好看的牙齿走了进来。

"我这是在哪儿？"茹意仰头看向他。

"这是你未来的家。"马小阳把她揽进怀里，"仔细看看，喜欢这种风格不？"

茹意不解地看了他一眼："未来的家？"

"对，未来的家。"马小阳肯定道，"这是主卧，我选的是蓝白系列，白色为主，蓝色为辅，就像大海的颜色。因为我从小生活在海边，记忆中就是这两种颜色，我喜欢这样的干净清爽。你看，墙壁是清爽的浅蓝，天花是纯色的洁白，窗帘是晴天时大海最饱满的湛蓝，中间两道白色是一点点由远及近的浪花，看着它，我仿佛看到了儿时的海，听到了声声熟悉的海浪。"

难怪马小阳这么喜欢蓝色和白色，原来是因为这个。

"喜欢吗？"马小阳再次问道。

"嗯。"茹意点点头，她也喜欢这样的蓝白相间的清爽和干净。

"太好了。"马小阳很开心地抱着茹意，"我在装修的时候总在想，我的公主殿下会不会喜欢呢，好几次想带你过来看，但是又怕自己的唐突把你吓跑，所以一直没敢跟你说。我当时就在想，如果你不喜欢，到时候我就按照你的喜好重新装一次。"

"你说什么呢？"茹意从床上爬起来，马小阳虽然没有提到那个词，但是这其中的意思茹意早就听懂了。

他怎么能想得那么远呢？这就是他为她打造的"家"？

"说正事儿啊！你看看，你也不小了，也得考虑考虑终身大事儿了吧。"马小阳笑道，"我把巢筑好了，就等着你这只金凤凰来给我暖窝，给我孵一窝小凤凰呢！"

"谁不小了？"茹意乜了他一眼，"我得回去了！"

她穿上拖鞋就往外走，马小阳越说越像真的了，她根本不敢接话。

"茹意，等等，我熬了砂锅粥，吃完粥我送你回去。"马小阳追上来拉着她的手来到了餐厅里。

餐厅也是这样蓝白相间的搭配，蓝桌子白椅子，酒柜的格子一白一蓝交错着，看上去很别致，就连头顶三盏垂下来的吊灯，都是蓝白相间的，非常淡雅的地中海风格。

她喜欢。

"几点了？"茹意坐下来问道。

"九点半了。"马小阳说。

茹意黯然地低下头，想起自己下午去爸爸那边的遭遇，突然又抬起头吃惊地看着马小阳："下午，是你把我带到这里来的吗？"

马小阳点头，茹意不提，他根本都不敢提下午的事儿，当时她吓得魂儿都没有了，蜷缩在他怀里一直发抖。

"你怎么会在那里？"茹意双手交叉在一起，不安地搅动着大拇指。

"我陪小五去那里看房，他看中了那个小区的一套房子，让我参考一下，正好我们从地库离开，我看到了你的车停在那儿，就下车去看了一眼。幸好我当时路过。茹意，你能告诉我，当时发生了什么吗？"马小阳小心翼翼地问道。

"小七，我会告诉你的，但不是今天，可以吗？"茹意道。

"可以。你想什么时候告诉我，都可以。茹意，你要答应我，不能把自己陷入任何危险的环境里，你得学会保护自己，明白吗？"马小阳握着她的手，心疼地看着她脖子上的痕迹，"把你的手机给我。"

"在我包里。"茹意看了一眼放在玄关处的包包。

马小阳走过去，把手机拿出来给茹意解锁，然后在她的手机上设定了紧急呼叫号码，"以后遇到任何紧急情况，你就拿出手机连续按五下锁屏键，就会自动呼叫到我的手机上。"

"好。"茹意试着连续按下五次锁屏键，马小阳的手机果然响了起来，而且显示出了她的定位。

"这就是关键时刻的紧急呼叫，一定要记得。这样不管你在哪里，我都能第一时间找到你。"马小阳说。

看到手机上亮着"小七"两个字，茹意眼泛泪光，小七果然比任何人都贴心细致。

"好了，喝粥吧！"马小阳转身去厨房，端出了一个可爱的卡通砂锅，里面正冒着热气。一股鲜香飘散开来，茹意听到自己的肚子在咕咕叫了。

"小七。"茹意喝了一口鲜蚝粥，抬起头看着马小阳轻唤了一声。

"嗯？"马小阳嘴里含着勺子，吃惊地看着茹意。

"如果，我是个孤儿，你会喜欢我吗？"茹意放下勺子，看着马小阳。

孤儿？马小阳不解地看着茹意，她有爸爸有姐姐有妹妹，怎么会是孤儿呢？

"当然，只要你是茹意，我就会喜欢你，爱你，我说过，你是我的公主殿下，我要和你结婚生子，永远在一起……"

"那，我要是个弃儿呢？"马小阳还没说完，茹意再次问道，眼神里带着浓浓的忧伤。

"茹意，你怎么了？"马小阳搞不懂，茹意怎么问这些莫名其妙的问题。

"你就回答我，会不会？"茹意固执道。

"我已经回答过了，只要你是茹意，不管你的过去是什么样的，都没有关系，我爱的是你，是眼前的你，明白吗？"马小阳深情地看着她。

"如果，她曾经有过不可告人的伤痛呢？有过不堪回首的过去呢？有过不为人知的秘密呢？"茹意颤抖着声线道。

马小阳来到茹意身边，紧紧地拥着她，轻抚着她的后背。茹意的伤痛写在脸上，同样也刺痛着他的心："你的过去我来不及参与，不管你经历了什么，伤痛的，难过的，遗憾的，统统都让它过去；你的现在和未来，我一定不会错过，余生的每一天，我都要让你快乐。"

茹意抱着他结实的腰身，心里无比踏实。高高瘦瘦的他，却有着坚实的臂膀和巨大的能量，能稳稳地接住她所有的脆弱和情绪，总能恰到好处地温暖到她的心坎儿里。

"小七，真的是你吗？"

"当然，我就是小七，小七就是我。"马小阳看着她暖暖地笑着，像秋日清透的阳光，照进了她的心底。

"茹意，答应我，以后每一天都要好好爱自己，要开开心心，好吗？"

"嗯。"茹意用力点头。

"今晚累了就留在这里，行吗？"马小阳痴痴地看着她。

"不行，大姐和小妹都在我家，我不回去，她们肯定要到处找我的。"茹意松开马小阳。

"我睡客房，我保证！"马小阳举起右手准备读保证书。

"真的不行。我现在就得回去，不然大姐肯定打电话来找我。"茹意粥都不喝就要走。

"好好好，把粥喝完，我送你回去。"马小阳只好妥协。

其实，他是担心茹意回去后，晚上一个人还会害怕，虽然马小阳不知道茹意下午经历了什么，但她今天受到的刺激和伤害，马小阳能猜到个大概。

吃完了碗里的粥，马小阳开车送茹意回家。

车子到楼下，茹意让马小阳回去，马小阳坚持要送她到家门口。茹意没办法，只好由着她。

到了家门口，马小阳抱着茹意不舍得松手，两人相拥着站在电梯口，深情地对视着。

"回去吧，晚安。"茹意也不舍，但还是理智占了上风，再这么黏下去，马小阳就不用回去了。

马小阳轻轻在她额头落下一个吻，正好被开门出来扔垃圾的尹志丹看到了。

尹志丹愕然顿在门口，手里提着垃圾，看他们如胶似漆地拥着，赶紧转身往屋里走。

"姐。"两人同时喊道。

"哎，你们刚回来？"尹志丹转身，自己的出现太不是时候了。

"我今晚加班。"茹意天生不会撒谎，表情很不自然。

"我走了，好好睡觉，晚安！姐，我走了啊！"马小阳走进电梯挥手道。

尹志丹把垃圾放到楼梯转角的垃圾桶，返身回来，和茹意一起进了家门。

"汪汪汪——"小七公仔照例冲着茹意叫了几声，黄色的眼睛忽闪了两下。

茹意摸了摸小七的脑袋，小七全身的毛都是蓬松柔软的，唯独头顶着这块是平实的，天天被茹意爱抚的结果。

"二姐，你回来啦？"尹志燕穿着瑜伽服倒立在沙发上，双脚竖起靠在墙壁上。

"你又在练功啊。"茹意看了一眼尹志燕笑道。

"对啊，二姐，每天倒立五分钟，能让大脑更聪明，因为这是让脑部回血的最好办法。"尹志燕说。

"没听说过，你这是哪儿学来的歪理？"茹意边说往卧室走去。

"瑜伽啊，我之前有学过一段时间的瑜伽，这也是美容的一种好办法，能防止脸部肌肉下垂，对抗地心引力。"尹志燕看着茹意往房间走，提高声音道，"二姐，向你报告一个好消息，我们的天使爱美丽又增加了五个年卡会员，十多个季卡和月卡哦！"

"很不错，加油哦！"茹意回到客厅，在尹志燕旁边坐下来，"你脑子活，多把心思用在如何宣传天使爱美丽上，具体的事情让大姐领着员工去做就行了。"

"当然，我就是这么做的。"尹志燕双脚灵巧一蹬，回到沙发上，翻身靠着茹意坐下来，双手很自然地挽着她的胳膊道，"二姐，营业不到半个月，我们的顾客反馈好评率百分之百，对我们的美容产品和美容汤品，都赞不绝口。这是我和大姐齐心协力努力的结果。"

"很好，等我有空我也带小姐妹去店里做美容，再增加一下人气。"茹意说。

"那感情好啊，茹总视察小店，那是蓬荜生辉哦。"尹志燕高兴道。

"茹意，斌斌说他下周就放假了。"尹志丹边擦手霜边走过来说。

"好啊，大姐你把另一间客房换上干净的被褥就好了，就让他在家里多住些时间。"茹意居然有点儿期待见到从未见过的弟弟了。他是父母心心念念要生到的宝贝，他长得像谁？从小被父母宝贝着，性格是不是很乖张？

"二姐，我给你洗个脸贴张面膜，再敷下眼睛，我看你眼睛有点儿肿，你下午哭了？"尹志燕侧着脑袋盯着她看。

"没有，我今天累了，先去睡了，你们也早点儿睡。"茹意赶紧起身回卧室，尹志燕这个机灵鬼，好像什么事儿都瞒不过她的眼睛。

洗完澡拿起手机，发现马小阳发了好几条语音，点开来听，瞬间就被暖化了：

茹意，明早七点半我准时去接你，以后上下班都由我接送，去哪儿我负责当司机。早餐我给你带过去，放心，不是砂锅粥，是我专门为你开发的新品哦……晚安，我的公主殿下，从离开你的那一秒起，小七王子就开始想你，距离见到你还有八小时五分钟……

他的声音轻柔中带着磁性，干净里透着力量，每一句话都温暖到茹意的心坎儿里。

马小阳如此温暖细腻的爱，让茹意受惊的心得到了最好的抚慰。茹意能感觉到，虽然自己什么都没有对马小阳说，但他好像什么都知道。

他似乎天生就懂她。

从她醉酒那晚第一次走进他的店里，他就读懂了她的伤痛和脆弱，读懂了她高冷外表下隐藏着那颗极易感伤的心，读懂了她肢体碰触中没来由的恐惧，读懂了她孤独内心里的痛楚和独立。

唯有爱，可以治愈一切伤痛。

一夜无梦，茹意睡得格外安稳。耳边回响着马小阳轻暖的话语，果然能安神助眠。似乎从认识马小阳之后，她就再也没有做过那些可怕的噩梦了。

"小七，真的是你吗？"

"当然是我，我就是小七，小七就是我。"

马小阳的声音又在心中响起，茹意带着满心的甜蜜来到了车库里。

小七王子白色 T 恤，蓝色休闲裤，站立在白色的保时捷旁，拥着她并在额头上落下一个甜甜的吻："早安，我的公主殿下。"

"早安，我的小七王子。"茹意心头溢满幸福。

"出发，咱们去一个风景如画的地方吃早餐。"伺候茹意上车后，马小阳快速地到驾驶室落座，发动车子出发了。

"风景如画的地方？"茹意心情大好，和他在一起的每一天，似乎都充满了惊喜。

"对，早餐好不好，得看就餐的风景好不好。"马小阳笑道。

茹意扭头看了一眼后座，果然看到那个大大的帆布包，不知道马小阳又准备了什么样的早餐。

"是不是饿了？马上想吃了？"马小阳问道。

"嗯，从昨晚就惦记了。小七王子，能不能先透露一下，我们一会儿要吃啥啊？"茹意抱着他的胳膊撒娇道。

"一会儿就知道啦。馋猫！"马小阳宠溺地刮了一下茹意好看的鼻梁。

果然，没多久，马小阳就拐进了一个幽静的小公园，车子在沿江路停了下来。

"原来这里还有一块这么美的地方啊！"下了车，茹意不禁惊呼，"我天天从这儿路过，却从来没发现里面居然这么幽静美丽！"

眼前一条 S 形的小河，优雅地绕过这片绿地，犹如一个舞动的少女，轻盈地跃动在红花绿地之间，一条红色的木栈道沿着小河弯曲而上，一直蜿蜒到路的尽头。

这里没有广场舞的聒噪，悄然静谧，偶尔一两只鸟儿拍打着翅膀在追逐嬉戏。这一片静谧的小天地里，就是他们甜蜜的二人世界了。

"我们的身边并不缺少美，而是缺少发现美的眼睛。茹总，这点你得跟我学哦！"

马小阳拿出一块野餐布铺在草地上，再变戏法似的从包里拿出了各种各样好吃的。

"哇，好香啊！"茹意再次惊呼，"好像又有燕麦的味道。"

"你果然是狗鼻子，什么味道都瞒不过你。"马小阳笑道"这是我自己烤的燕麦鸡蛋饼，我想你肯定会喜欢。"

马小阳拿起一块送到茹意嘴边，茹意暖暖地看向马小阳，咬了一口："太好吃了，香甜脆都恰到好处，比面包店里的好吃太多了！你怎么做的？"

马小阳亮亮的眼神盯着她，每次看她惊呼好吃的样子，他心里就分外满足，做饭煲粥，他只是为了遵循奶奶的教诲，不让自己吃外卖和快餐把肠胃吃坏了，店里的小伙伴虽然觉得粥好吃，但没有人愿意天天跟着他喝砂锅粥，他们更喜欢吃外卖吃烧烤，吃那些滋味儿浓郁的东西。

唯有茹意对他的砂锅粥一见钟情，赞不绝口，百吃不厌，那种喜欢是发自内心的，绝不是装出来迎合他的。这更激发了他做饭煲粥的兴趣，为了让她吃到更多美味的早餐，他居然学会了烤面包。

"这是我专门为你做的。"马小阳替茹意抹去嘴角残留的那粒碎屑，放在自己嘴里吃了，再递给她一杯热牛奶，"配着牛奶喝。"

"谢谢。"捧着温热的牛奶杯，茹意心头溢出满满的感动。

从未想过，自己的生活还能有这么美好的一幕，在初夏的早晨，沐浴着和煦的晨光，和小七王子坐在河边的绿地上幸福地吃着早餐。

或许，这是上帝对自己努力生活的犒赏吧，你是谁才会遇见谁，因为自己一直在努力奋斗，让自己变得越来越好，才能幸运地遇见小七，遇见这个能温暖自己灵魂的王子。

"不许对我说谢谢，为你服务，是我最大的幸福。"马小阳深情款款道。

"小七，接送的任务仅此一天，我自己开车很方便，我不要你每天都围着我转。"茹意喝了一口牛奶说。

"那不行，我说了从此之后我要天天接送你，我就是你的专职马司机。"昨天她瑟缩在怀里发抖的样子他一辈子也忘不了，这样的事情，绝对不能再发生。

"我向你保证，不会再有任何危险，昨天的事情是个意外。"茹意说。

"所以我一定要接送你，不能再有任何意外。"马小阳说。

"那你不开店不工作了？"茹意笑道。

"我是老板啊，具体的事情就交给小伙伴去做，我正好落得轻松自由呢！"马小阳说。

"小七，你不能这么任性。公司也有司机，出远门去办事都有司机送，我就是上下班自己开车。"

"那也不行，至少目前不行，这事儿不用商量了。"马小阳根本不容茹意反驳。

吃完早餐，顿觉元气满满。两人收拾好东西，马小阳开车送茹意到公司门口。

下车的时候，正好赶上上班高峰，门口人头攒动，茹意让马小阳别下车，免得引起交通堵塞。

可马小阳偏要下车，还让她坐着不动，他跑到副驾驶拉开车门，护着茹意的头顶，牵着她的手在众目睽睽之下下了车。

茹意钻出车里，立马感觉到来自四面八方的眼光，路过门口的小伙伴都惊异地看着她和马小阳，茹意的脸瞬间红到了耳根后，娇嗔着看了一眼马小阳，快步往电梯走去。

这一幕，也被刚刚来上班的穆皓峰看到了。

他正好在茹意后面，看到马小阳钻进白色的保时捷离开的身影，不由得眉头微蹙，稍后又忍不住勾起嘴角粲然一笑，那个傻丫头终于恋爱了，而且还这么高调。

这是好事儿啊！

来到办公室，穆皓峰心情大好，把茹意叫到了办公室。

"穆总，早上好！"茹意依旧是白衬衫黑西裤，笔挺地站在穆皓峰跟前，不同的是，她白衬衫上点缀着一条橘红色的丝巾，整个人显得灵动了许多。

似乎到这一刻，穆皓峰才发现，眼前的茹意貌似变了很多，不仅仅是穿衣风格有变化，还有很多其他变化，可具体是什么，一时又说不上来。

"一大早就这么严肃地叫我，是来向我汇报工作的吗？"穆皓峰从大班椅上起身，慈祥地看着茹意，"一句三叔都不舍得叫了吗？"

"三叔。"茹意微微一笑，"我以为您找我有重要的事情。"

"我找你当然有重要的事情，但不是你认为的重要的事情。"穆皓峰爽朗道，"难道你没有什么高兴的事情和我分享吗？"

"分享？"茹意一时懵圈，继而恍然大悟，果然没有什么事情能瞒得过三叔的眼睛，明知故问道，"三叔想知道什么？"

这件事情，她真没想过这么快就公开，而且第一时间就被三叔知道了，现在她得斟酌一下怎么和穆皓峰说。

"一大早你把白马王子带到了公司大门口，对全公司都宣布了的事情，还要瞒着三叔吗？"穆皓峰眸光如炬，稳稳地看着茹意。

"我本来是想再过段时间，找个机会向三叔正式介绍他的……"

"不用找了，就现在吧！他叫什么？什么职业？家在哪里？父母是干什么？"穆皓峰一连四问，惊得茹意不知如何回答。三叔这是要查户口吗，怎么一上来就问这些？

"他叫马小阳，是个人形象设计师，其他的我就不知道了。"茹意如实道。

"你这个傻丫头，人家都亲自开车送你来上班了，你居然连他家在哪儿父母是干什么的都不知道，你就是这么谈恋爱的？"穆皓峰不可思议地看着茹意，"工作的时候我觉得你挺精明的，任何东西都把握得很准，从来就没有犯过糊涂，怎么到个人问题上这么大意呢？"

"我和他认识也不久，再说，我是和他这个人交往，又不是和他的父母家人交往，我觉得没必要去查人家户口。"茹意小声道。

"傻丫头，你又不是十几岁的小孩子把恋爱当游戏，你这个年纪谈恋爱，不说一定是冲着结婚去，但至少要彼此了解知根知底，各方面条件相当，'三观'一致的人才能相处愉快啊！"穆皓峰忍不住摇头。

"目前相处很愉快。"茹意脸上溢出甜蜜。

"相处愉快就好，三叔祝福你。"穆皓峰也轻松起来，因为他看到了茹意脸上幸福的微笑，这是他从未见过的一种笑容。

"穆总，上次新渠道的广告投放效果不错，我们线上销售量已经猛增了。按照您给我的资金额度，我已经继续加大了投放量，这两天数据分析就能出来。"茹意赶紧转移话题。

"很好，我也在关注。而且因为这个新渠道的测试，我们的一些产品已经在北方市场受到了欢迎，这是我没有想到的。"穆皓峰示意茹意坐下来，"渠道走得好，是不是完全可以代替线下市场拓展？"

茹意没想到穆皓峰已经关注到了这点，想了想说："三叔，现在的大数据精准投放确实很强大，能直接锁定潜在客户群，理论上来说，是没有地域限制。但我们的产品是智能高端体验式产品，所以线下针对高端客户群的体验馆还是很有必要的。"

穆皓峰点点头，茹意说得很对，董静山北上失利的主要原因就是没有找准市场的产品定位，大把的钱拿去撒胡椒面，等于是把钱扔进了大海里。对产品市场的把握，茹意一直是最精准的，这也是她能坐稳销售总监位置的最大原因。

"董静山出师不利，他北上这一决定，基本上可以确定是失败了。"穆皓峰仰头叹息，有些事情，也不是他这个董事长能决定的，人生处处是掣肘。

"穆总，有些学费是必须要交的，哪怕很昂贵。"茹意看着穆皓峰说。

"这学费太贵了！"穆皓峰苦笑一声，"茹意，尽快把这个新渠道的投放数据拿出来，我们尽快上董事会。"

"好。"茹意点头，马上回办公室着手去做。

回到办公室刚坐下来，案头的电话响了，是廖厂长打来的。

"茹总，有个事儿向您汇报一下。"廖厂长小心翼翼道。

"你说。"茹意心头一怔，已经猜到了是廖厂长要说什么了。

"龚如军他昨天请假一天，说爸爸病了，可是今天他还没来上班，打电话也关机，不知道去哪儿了。而且我们发现，平时和他走得近的司机刘国福也没来，有人说他们去赌博了。我担心……"廖厂长不敢往下说了。

"你担心什么？"茹意问。

"我担心他们赌博输钱被人扣住了，万一出事怎么办？"

"龚如军是成年人，他所做的一切都由他自己负责，违反了厂规厂纪，你按规定处理，不需要向我汇报。"茹意沉冷着声音道。昨天龚如军丧心病狂掐自己的一幕又浮现在眼前，心情莫名就压抑得厉害。

"好。那我马上派人再去找找他们，有情况我再向您汇报。"廖厂长说。

"龚如军不管出什么事儿，就按厂规厂纪处理，该处罚处罚，该开除开除，不需要向我汇报。"茹意干脆道，这个烂人的事情，她半点儿都不想知道，也不想管了。

"行。"廖厂长沉重地挂了电话。

结束通话后，茹意整个人也不好了。

她起身来到窗前，夏日的阳光如此灿烂，繁华的都市里每个人都在努力奔跑，为梦想，为家人，为社会在奋斗，偏偏龚家就出了这样一个人渣，一个只会吸血的恶魔。

从现在开始，她一定要远离龚家，尤其是要远离龚如军这个垃圾人。

调整好心情，茹意强迫自己投入到工作中去。

把数据送到穆皓峰手上，穆皓峰很快就召开了董事会，决定加大对新渠道广告的投放。

下午下班时，马小阳准时出现在公司门口。

那辆炫目的白色保时捷，加上马小阳清新俊朗的外形，一时成了公司大门口的焦点。

茹意在楼上就看到他了，正值下班高峰，她想等人少点儿再下去。

"你把车开到办公楼侧边的小路上等我，别那么招摇地停在大门口。"茹意给马小阳发微信。

"接我的公主殿下，当然要在大门口，绝不能让你走小路。"马小阳故意道。

"你的车子出故障了？"门口，穆皓峰背着双手走了进来。

"我的车子去保养了。"茹意沉吟片刻道。

"他看起来比较高调，对你也很用心。不过，要看他能坚持多久，丫头，你是不是第一次恋爱啊？"穆皓峰看向楼下的马小阳问道。

茹意有些窘，没想到穆皓峰也这么问自己。

"三叔，第一次和第 N 次，区别很大吗？"茹意道。

"当然，第一次都很珍贵，铭心刻骨。你是第一次，他应该是 N 次了，时尚界的帅哥，不乏美女环绕，茹意，你找了一个很有挑战性的人物。"

"您的意思是，我没优势，对不对？"

"那也不是，你的优势无人能及，关键是看马小阳是不是珍惜。改天我找个时间，和他见个面，替你探探底。"穆皓峰说。

"别，三叔。"茹意惊出一身冷汗，"我们才刚开始……"

"你是怕我把他吓跑了？"穆皓峰笑道。

"也不是，就是觉得您一出面，事情就严肃了。"

"当然要严肃点儿，你是我身边的宝，我可不想马小阳把你当棵草。"穆皓峰一脸严肃道，"丫头，既然你认我是三叔，这事儿三叔就必须帮你把关。"

说完，穆皓峰转身走了。

看着他高大挺拔的背影一步步离开，茹意心头暖流暗涌，三叔真心是把自己当女儿来对待。却又不由得担心起来，真怕马小阳被三叔给吓着了。

来到楼下，马小阳笑盈盈地拉开副驾驶的车门，茹意在众目睽睽之下上车，心里确实幸福无比。

"果然是好公司，员工的颜值都很高。"落座后，马小阳看着门口的年轻人夸赞道。

"原来你这么高调站在门口，就是为了看我们公司的美女啊！"茹意假装瞪着马小阳道。

"不仅仅看美女，也看帅哥。我是做形象设计的，见过的美女帅哥比一般人多，你们公司的总体颜值，我觉得在江城算上等水平，这说明你们公司实力强，市场口碑好，员工薪水高。一个公司的员工颜值和他的薪水福利是成正比的。"马小阳说。

"你还研究这个啊？"茹意吃惊道。

"当然，现在是信息时代，抓住信息是最大的价值所在。我的小店刚开张的时候，为了宣传，我去过不少高档写字楼免费做现场设计，当时就是没来你们公司，不然我早就可以认识你。"马小阳笑道。

"那你去了那么多高颜值的公司，是不是也发现了很多美女？难道就没有一两个让你心动的？"茹意想到穆皓峰的话，故意问道。

马小阳转头看着茹意认真道："我要是见到一个美女就心动，那我现在可能就有后宫佳丽三千了。"

"后宫佳丽三千？马小阳，你贼心不小啊！"茹意挥起拳头砸了他一下。

"不敢不敢，我有你一人就够了。"马小阳握着她的手道，"茹意，你是不是觉得我每天为美女服务，心里没有安全感？你放心，我马小阳绝对不是那种滥情的人，世界上的美女确实很多，但真正能打动我的，只有你一个。"

"你的嘴总像抹了蜜一样。"茹意娇嗔道，虽然觉得马小阳有点儿贫，但她还真的喜欢这款，闷罐子一样不爱表达的人，绝对不能打动她，因为她就是个闷罐子，两个闷罐子在一起，那该多无趣。

马小阳这样的，恰恰是最适合自己的。

马小阳带茹意来到了一家西餐厅，橘黄色的暖光烘托出唯美浪漫的氛围，卡座上的秋千架深得茹意喜欢，两人挑选了一处靠窗的秋千落座。

坐在上面，耳边正好传来许茹芸的歌声：我所能想到最浪漫的事儿，就是陪你一起慢慢变老，一路上收藏点点滴滴的欢笑，留到以后坐着摇椅慢慢聊……

马小阳搂着她坐下来，和着音乐一起唱，深情地看着茹意道："茹意，咱们今晚好好喝一杯吧！庆祝我第一次作为男友出现在你的公司大门口，第一次当着那么多人的面，牵着你的手坐上我的车，第一次带你来吃西餐，第一次……"

"你怎么那么多第一次？"

"当然，我的第一次都给了你。我们都是彼此的第一次。"

"你有过女友，我没有。"茹意反驳道。

"那个不算，那只不过是年少时的一种情愫，和你才是真正意义上的恋爱。"马小阳很认真地说。

"怎么不算？交往过就算。"

"好，你说算就算，但我有无数个第一次要献给你。来，为我们人生开启许多的第一次干杯。"马小阳把酒递给茹意，主动缠着茹意的手臂，两人幸福地喝了交杯酒。

这是茹意人生的第一次，她心跳如鼓，直觉今晚会有事情发生。

"茹意，今天是个很特别的日子，从今往后，我的世界里都有你，我恳求你能与我共度一生，嫁给我好吗？"马小阳从身后拿出一个心形的首饰盒，"噗"的一声在茹意面前打开，一枚璀璨的钻戒赫然出现在眼前，茹意顿时就懵了，不知所措地看着马小阳，这一切来得太突然了。

"茹意，我爱你，我要与你共度一生，我已经等了二十多年，我不能再等了，我确定你就是我今生要娶的女人，我不想再浪费我们之间的一分一秒，人生何其短暂，没有你我的每一分每一秒都在虚度，在蹉跎，我想赋予时间和生命新的意义，那就是和你在一起，用心生活……"

面对马小阳突如其来的求婚，茹意一时不知如何应对，因为她从来没有想过要走到这一步，而且，对于婚姻，她一直心存恐惧。

"茹意，你不愿意吗？"马小阳的眼神倏然间暗淡了下去，他看到了茹意的犹豫和迟疑，难道她不爱自己？

"不是，我是觉得，这太快了……"茹意紧张得结舌。

"相对于我的寻找和等待，这已经太慢了。茹意，答应我吧！"马小阳着急了，取出钻戒二话不说就戴到了茹意的左手无名指上。

马小阳的动作又快又干脆，戒指不大不小，稳稳地套在了茹意修长白皙的手指上，犹如天边最闪耀的那颗星。

"茹意，这辈子都不能取下来了，这是我专门为你去定制的，蒂芙尼最新款。"马小阳说。

"小七，我……"茹意盯着戒指，心里隐隐不安，她真害怕自己给不了马小阳想要的。

"我知道你想说什么，别担心，我会等，等你准备好了，我们再结婚，不管多久，我都愿意等。但是，从现在开始，你就是我马小阳的未婚妻，我不许任何人来骚扰你，伤害你，我要光明正大地保护你，我永远都是你的小七，会一直陪伴在你身边。"马小阳深情地拥着她，他是真的爱她，深入骨髓的爱，无法自拔。

"小七，真的是你吗？"茹意眼底一热，记忆中那个帮自己背书包的"小七"又蹦蹦跳跳地浮现在眼前。

"是我，当然是我。我是你永远的'小七'，我会一直在，永远都在……"

茹意拥着他，幸福的暖流在身体里涌动。

两人频频举杯，茹意不知不觉就醉了，脸颊绯红，意识昏沉，软软的缱绻在马小阳的怀里。

马小阳也喝得意识模糊，他抱着茹意上了车，叫了代驾，回了自己家。

车上，茹意就已经睡着了，他把她抱到床上，要放下的时候，茹意却搂着他的脖子不放，闭着眼睛睡意蒙眬中轻唤道："小七……"

"我在。"马小阳吻了吻她发烫的脸颊，再一点点挪到了她滚烫的唇瓣上，轻啄了一口，茹意一反清醒时的常态，热烈地吻住了他。

马小阳大喜，仿佛得到了巨大的鼓励，热切地回应她，两人如火如荼地深吻在一起。

就在马小阳要脱去茹意衣服的时候，茹意却猛然推开了他，惊恐地坐起来用被子捂住身体，满脸惊惧地看向马小阳，凌乱中迅速爬下床，往门口跑去。

"茹意，茹意……"马小阳紧拥她入怀，愧疚道，"对不起，我以为你准备好了，对不起……"

"不是，小七，是我自己……"茹意猫在他怀里颤抖着。刚才，那可怕的一幕又出现在眼前，蔡小毛狰狞的笑又浮现在耳边，那个梦魇般的一幕，鬼使神差就跳了出来，瞬间把她从天堂拽到了地狱。

"没事儿，不怕，是我不好。"马小阳心疼道，"你好好睡一觉，我去客房睡。"

松开她，马小阳转身要离开。

"小七，"茹意拉住他的手，眼神里带着畏惧道，"别走，我怕。"

"别怕，我在。"马小阳抱紧她，不知道她为什么总在这样的时候感到害怕，联想到那天她在车里哭喊，像只落水的小动物一样蜷缩在自己怀里瑟瑟发抖，马小阳愈发心疼，双手捧起她的脸颊，轻轻吻去她眼睑下的泪滴，声音温柔喑哑，"不怕，有我在，我是你的小七，永远都在。"

"小七，真的是你吗？"茹意仰起头，眼里蓄满泪花。

"是我，真的是我，我就是小七，你的小七。"

茹意哽咽着，动情地踮起脚，嘴里轻唤着"小七"的名字，主动吻上了马小阳的唇。

当马小阳再次拥着她倒在床上的时候，茹意心里又是一阵没来由的恐惧，这一次，她在心里不停地唤着"小七"，闻着马小阳身上熟悉的大白兔香水味，心里的惊恐一点点退去，取而代之的，是马小阳带给自己的激情、惊喜，和那一阵阵心悸的、幸福的战栗。

海浪热烈的翻涌过后，是海风的轻吻和呢喃。

躺在马小阳温热的臂弯里，茹意感觉自己的身体发生了不可名状的变化，她再也不抗拒和马小阳之间的肌肤接触了，马小阳的臂弯，是世界上最温暖最安全的地方，她愿意这样躺在他的臂弯里到地老天荒，她愿意把自己交给他，和他一生一世到白头。

若道姻缘轮回定，千年修得今夕俘。从此但执君之手，不怕风雨漫征途。

"小七，真的是你吗？"茹意抚着马小阳的脸颊心醉道。

"是我，我就是小七，你永远的小七。"马小阳心醉地吻她。

茹意是这个世界上最纯洁的女孩儿，他知道她为什么这么恐惧害怕，因为她是第一次。

他在心里发誓，此生，他将用自己的生命去爱她呵护她，不让她受任何委屈，不让任何人欺负她。

一夜几番缠绵，今夕就是良宵。两人睡到自然醒，去野外美美地吃了早餐，再开车来到了江城附近的海域。

这是一片原始海滩，人流稀少。

海湾不大，半月形的沙滩处子般静卧在南太平洋的臂弯里，静谧安详。这么温柔宁静的海，茹意很喜欢。

海滩上空无一人，金黄的沙滩上全是海浪的足迹，一道道优美的波纹，见证着海浪的顽皮，一次又一次，循环往复，不知疲倦地追逐嬉戏。

"好奢侈啊，咱们独享这一片宁静美丽的海。此刻，我想有一座房子，面朝大海，春暖花开。"茹意张开双臂拥抱带着咸味的海风海浪海的气息。

"没问题，以后咱就在这附近买个海滨别墅，周末来度假。"马小阳从后面拥着她，海风撩起她的秀发拂在脸上，丝丝痒痒，钻入心田。

有了昨晚的交融，两人真正亲密无间了。

"你不是喜欢大山里的安稳和宁静吗？"茹意笑道。

"为了你，我愿意继续接受海风海浪的洗礼。"

"我觉得这片海很温柔，不像你家里的那片海，喜怒无常。"

"大海就是这样，平时温柔旖旎，脉脉细语，很容易让人忘记她的暴怒无常。只有我这样从小在海边长大的人，见识过大海的多面性，才知道她真正的模样。我们可以享受她的温柔，避开她的锋芒，海边的房子，只能在风平浪静的时候用来度假。"马小阳说。

"那我们今天就尽情地享受她的温柔吧，我喜欢今日的海。"茹意拉起马小阳的手奔跑在沙滩上，丢下一串串银铃般的欢笑，留下了两行深深浅浅的足迹。

跑累了，两人来到附近的烧烤摊。一个皮肤黝黑的小哥哥戴着太阳帽，正在挑拣海边捡来的鲜牡蛎。

"这是刚从海边捡来的吗？"马小阳犹如看到宝贝一样，眼神发亮，蹲下来跟小哥哥一起挑拣。

"对啊，刚捡上来的。"小哥哥看了马小阳一眼，挑出大个儿的扔到桶里去。

"太好了，给我们白灼三十个。"马小阳说。

"三十个？"茹意吃惊地看向马小阳，"你确定你能吃那么多？"

"当然能，先来三十个。"马小阳拿过一个小塑料盆，挑拣肥美的放进去。

"三十个不多，这些个儿不大，但是很干净，很新鲜，白灼后蘸着芥末吃，美味无比，正好给咱补补身体。"马小阳对茹意暧昧一笑，"小时候我奶奶就是这样煮给我吃。"

"难怪你那么喜欢吃海鲜，都是你奶奶培养出来的。"茹意赶紧岔开话题。

"对啊，奶奶说海鲜是聚天地之气，吸日月精华的，所以，平时应该多吃海鲜。茹意，你小时候最喜欢吃什么？"

"我小时候最喜欢吃酸辣馄饨，觉得那是世界上最美味的东西。"

"酸辣馄饨？是我们说的云吞吗？"

"对，你们叫云吞，我们那儿就叫馄饨。"茹意说。

"我们的云吞里面都是包海鲜的，最美味的是鲜虾云吞，没听过酸辣馄饨。"马小阳说，"你吃过鲜虾云吞吧？"

"吃过，不过还是觉得我小时候的酸辣馄饨好吃。"

"那我下次包酸辣馄饨给你吃。你是不是要吃那种带辣椒的？"马小阳很认真地问道。

"对，就是酸辣味儿的，可好吃了。"茹意嘴里都溢出了口水。

说话间，小哥哥把马小阳挑拣的三十个牡蛎煮好端上桌，还给了他们一把专门用来撬牡蛎的小刀。

茹意从来没这么豪放地吃过牡蛎，看马小阳熟练地拿着小刀，一刀就撬开了滚烫的牡蛎，用手捏着牡蛎肉蘸了芥末汁送到茹意嘴边，茹意张嘴吃了一个，哇，一股强烈的辣味儿从鼻腔直冲大脑，辣得她眼冒金星，泪花闪闪，捂着鼻子不停地摆手，想哭想叫又哭叫不出来，直到那股味儿散去之后，她才泪水涟涟道："不吃了不吃了，味道太冲了！"

马小阳给她倒了一杯冰可乐，茹意喝下去才感觉好了一些，却再也不敢吃了。

"我以为你吃过芥末呢。"马小阳笑着替她擦了擦眼角上的泪滴。

"刚来时吃过一次，也是被辣得流泪，后来就不敢吃了，没想到今天还是这样。"茹意抹着眼泪说。

"芥末就是刚上来的时候冲，吃多几次就习惯了，可能我刚才蘸多了，一会儿少蘸点儿就没那么辣了。"马小阳道。

"不吃了不吃了，再也不吃了。"茹意面露惧色频频摆手。

"我一个人吃这么多啊！你知道牡蛎被称作什么吗？"马小阳看着茹意邪魅一笑。

"什么？"茹意明知故问。

"女人的美容品，男人的加油站，这是大补啊。"马小阳笑道。

"慢慢吃，今后我叫你牡蛎王子。"

牡蛎个儿小，肉并不大，但是新鲜肥美，马小阳吃得那叫一个津津有味。

茹意静静地坐在那儿喝可乐，看马小阳美滋滋地吃着。

手机突然震动起来，是廖厂长打来的，茹意心底一惊！

"茹总，出事儿了。"廖厂长懊丧的声音即刻传来。

"出什么事儿了？"为了不影响马小阳吃牡蛎的兴致，茹意起身来到一旁树下。

"龚如军昨晚伙同刘司机，偷了厂里十箱产品，上午被仓储管理员发现，现在已经把产品追回来了，人也抓回厂里了。茹总，现在该怎么处理他？"廖厂长很为难。

茹意昨天说了，龚如军犯了任何事情，按厂里的规章制度处理就可以，不用向她汇报，可是他怎么敢不向她汇报呢？龚如军可是她哥啊！这么大的事儿，真按规章制度处理，那得送龚如军去坐牢的。

"该怎么处理就怎么处理，这个你不用问我。"茹意气得牙根都咬碎了，她想到了龚如军可能会犯浑，比如打架闹事儿，逃班赌博，甚至是在厂里欺负别人，万万没想到龚如军会丧心病狂到偷厂里的产品出去卖！

太可恶太丢人太贼胆包天了！现在厂区里到处都是监控，就连一只老鼠蟑螂都逃不过监控的眼睛，龚如军这么明目张胆去偷产品，他是有多无知！

茹意无法理解，也为自己感到深深的悲哀，这样无底线的人，她居然会答应给他找工作，还把他弄到厂里去，真是丢人现眼！

"茹总，如果真按厂规厂纪来处理，我们得把他交给警察，他偷出去的产品价值三十多万，他就得坐牢了。"廖厂长说，这件事儿他还没有上报，毕竟龚如军是她哥啊，这个消息要真放出去，对茹总的个人影响太大了！

茹总向来严于律己，从来不搞任何猫腻，一切以公司利益为重，在公司里有口皆碑，没想到却有这么一个不成器的哥哥，实在是让人匪夷所思。

"那就送他去坐牢，让法律来惩罚他。廖厂长，报警吧，不用再等了。"茹意挂了电话。

前天龚如军逃班回家，丧心病狂找单月月要钱，最终把老爹的三千块拿走了，连单月月手机里仅有的一千多块钱也转走了，他就是赌博输惨了。那一个晚上，他输光了身上的钱，还借了人家好几万，刘司机也是在他的蛊惑下一起去赌博，结果也输了好几万，两人一合计只有偷产品去卖，否则还不上钱就得被那帮人打死。

就这样，凌晨两点半，两人趁着仓库管理员熟睡后，把仓库入口的几个监控线路切断，悄悄搬了十箱产品装车出去，以为这样就神不知鬼不觉了。

没想到天一亮管理员就发现产品丢了，马上报告厂里。廖厂长调出厂区各个路口的监控录像，第一时间锁定了龚如军，再根据货车上安装的定位系统，很快就找到了龚如军和被卖出去的产品。

龚如军和刘司机把价值三十多万的产品贱卖了十万块钱，那是一厂开发的新产品，第一批订单尚未发出。幸好及时追回，不然造成的损失就不仅仅是这三十万了，那是不可估量的损失。

"最好让他把牢底坐穿，这辈子都别出来了。"茹意愤怒道，"这样的人活着就是祸害，闹得家里鸡犬不宁，去监狱里还能发挥点剩余价值。"

茹意握着手机看向大海深处，海上依然风平浪静，粼粼波涛安悠悠，随性上下各沉浮。可是，她心里却恍然间堵得慌，好不容易出来散个心，一下子又被这样糟心的事情搞得兴致全无。

"茹意，干嘛呢？"马小阳坐在太阳伞下喊她，依旧在不紧不慢地撬牡蛎。

"没事儿。"茹意朝他摆了摆手，若无其事道，"打个电话。"

正说着，手机又响了，这次是穆皓峰打来的。茹意看着手机上"三叔"这两个字，久久不敢接听，没想到穆皓峰这么快就知道了，就在电话将要挂断时，她不得不接听了。

"你在哪儿？"穆皓峰平静中带着一股威严。

"我，在外面。"茹意看了一眼不远处的马小阳，心虚道。

"我马上去公司，你在办公室等我。"穆皓峰说完就挂了电话。

她当然知道穆皓峰要对自己说什么，可是，自己怎么面对穆皓峰呢？把龚如军安排到一厂当司机，这件事儿从头至尾，自己就没对穆皓峰提过半个字。

有几次茹意感觉到穆皓峰在等她开口，可她就是说不出口。因为她不想在穆皓峰面前提起龚家人，尤其是那个烂人龚如军。本以为龚如军去当个司机，不是什么重要岗位，过不了多久他不愿干了就会自动走人，没想到却闯下这么大的祸来，现在想隐瞒都不可能了。

现在要怎么跟穆皓峰解释？撇清自己和龚如军之间的关系，说他和自己没有任何关系？那自己为何要悄悄把他安排进一厂？而且龚如军到处说他是她哥哥，穆皓峰肯定也知道了，自己还能撇开这层关系吗？

到这个时候，茹意才真正明白，自己和龚家之间的关系，这辈子都撇不清，即使是龚如军这样的烂人，都能轻易把她拉下水。更别说养父龚柳根，自己会心甘情愿为他付出。

这就是刻进生命里的烙印，十八年的收养关系，已经成为她人生的一部分，她无法切割。

沉默了片刻，茹意深吸了一口带着咸味的空气，尽量让自己平静，然后假装若无其事地来到马小阳身边，说："公司临时有事儿，我得马上赶回去。"

"现在？"马小阳抬手看了看时间，"你都没吃东西，我本打算带你到附近去吃海鲜大餐呢！"

"不吃了，走吧。"茹意催促道。

马小阳赶紧把牡蛎打包带走。

上了车，见茹意脸色不对，马小阳侧过头担心道："是不是出什么事儿了？"

"没事儿，就是公司临时开会。我们公司经常这样。"茹意淡淡道。

马小阳觉得不对，茹意的脸上分明写着心事儿，只是她不想说罢了。

"那你闭上眼睛眯一会儿，大概一个小时能到。到了我叫你。"

茹意不想说，他不会过多追问，这是他和茹意相处这么久得出的经验，否则容易触到她的雷区。

茹意听话地闭上眼睛，忍不住幽幽地叹了一口气，沉重、郁闷，不觉从心里吐出，马小阳一声未吭，只是默默地握住她的手，一股力量透过掌心传来，温暖着茹意的心。

不到一个小时，车子停在了公司大门口。

"茹意，到了。"马小阳捏了捏她的手，看向沉睡的茹意轻唤道。

茹意立马睁开眼睛，捋了捋头发，这一路上，她根本没睡，而是在想，一会儿要怎么跟穆皓峰解释龚如军的事情。

"等等——"

茹意推开门要下车的时候，马小阳叫住了她。

"嗯？"茹意转头不解地看着他。

马小阳抬手替她捋了捋后脑勺上有些凌乱的发丝，然后又给帮了捋额前的刘海，这才快步下车来到副驾驶外面，替她拉开车门，扶着她下了车，把她揽进怀里，贴着她的耳边柔声道："我就在外面等你，不管发生什么事儿，都不要急，记住，小七一直在。"

"嗯。"茹意点点头，心底暖流暗涌。

"你最爱的大白兔。"马小阳剥了一颗大白兔奶糖放进茹意嘴里。

虽然马小阳无法帮她解决任何问题，但是，他的话却让她无比暖心，让她有力量去应对任何困难。

楼上，穆皓峰早已到了办公室，站在落地窗前，他见茹意从白色的保时捷上下来，然后落进了马小阳的怀里，两人难舍难分般相拥许久，分开时，茹意回眸对马小阳暖暖一笑，这才意犹未尽地往大厅里走去。

果然恋爱了就是不一样，连微笑都变得更有味道了。

虽然总是希望茹意能找到自己的幸福，但是真正看到这个帅气的年轻人一次又一次地拥抱茹意，穆皓峰的心里还是有种说不出的感觉。

这种感觉不是醋意，而是一个父亲面对女儿带着男朋友回家的那种滋味儿，既欣喜，又酸涩，百般滋味儿，复杂难陈。

"穆总。"茹意敲了敲门。

"进来。"穆皓峰转身回到了大班椅上，脸色严肃得让茹意觉得可怕。

突然，他的目光被茹意左手无名指上那个闪烁的钻戒吸引了。他紧盯着那个耀眼夺目的小东西，不可思议地看着茹意：发展得这么快？

茹意恍然间才明白过来，赶紧把手藏到身后。

"穆总，对不起，龚如军的事情，我不想为自己辩驳，这是我私自做主造成的后果，我承担一切责任，造成的损失我来赔偿，龚如军交给法律去处罚。"茹意赶紧低头认错。

穆皓峰一声未吭，深邃的眸光久久地停留在茹意脸上。

很意外，她手上的那个钻戒；更意外，她居然有这么不成器的哥哥。

现场一片沉默，气氛变得有些压抑。

"龚如军是你哥？"许久，穆皓峰终于开口。

"是。"和穆皓峰的目光相遇的瞬间，她本能地避开，片刻后，又稳稳地和他对视着，"是我养父的儿子。"

"那就是你哥，没错。你原本也姓龚？"

"是。上大学后，我自己把龚姓去掉了，因为那时我决心离开龚家，一辈子都不想回去。"茹意道。

"因为你的养父病了，所以你回去了。"穆皓峰盯着她的眼睛说。

"是。我对您说过，养父对我很好，他是我童年里唯一温暖有爱的记忆，我不能不管他。"

"所以，你也不得不给龚如军找工作。"

茹意和穆皓峰对视片刻，一声未吭，默然地低下了头。

"茹意，你心软、善良、重感情，不想辜负养父，所以你注定要被龚家绑架。给龚如军安排工作，这只是一个开始，你要是不斩断和龚家的关系，今后还会有无尽的麻烦。龚如军进一厂的当天，我就知道了。我一直在等你给我汇报这件事儿，你为何一直不说？"

"我，不知道该怎么说。当时，我觉得龚如军可能干不了多久就会离开，就想可能不需要跟您说了。"茹意愧疚道。

"工作中那么聪明清醒的一个人，遇到个人的事情，就容易犯糊涂。你早跟我说了这件事儿，就不会有今天这样的被动。看来，我在你眼里，还仅仅是穆总，而不是三叔。"穆皓峰明显不高兴了，目光又盯着她藏在后面的那只手。

"不是，三叔，正因为我把您当三叔，才不知道要怎么说。您说的对，我若不能斩断和龚家的关系，注定要被龚家绑架。但是，龚家养了我十八年，养父对我视如己出，我又如何能斩断得了这层关系？虽然那十八年是我人生的至暗时刻，但却已经成了我生命中的一部分，我嘴上可以不认他们，但无法否认自己是在龚家长大的。当我的亲生父母抛弃我的时候，是养父给了我一个安身之所，给了我一个家，让我不至于成为孤儿流落街头……"

"没有龚家，你可能会到另一个有爱有温暖的家庭，并不会流落街头。"穆皓峰说。

"是有这种可能。但我当年没有等到那个可能有爱有温暖的家庭，就被龚家收养了，就像我没办法选择我的亲生父母一样，我也没办法选择收养我的家庭，这就是我的命吧。我投胎技术差，上天就没打算让我幸福地长大，所以让我从一个不幸的家庭走进了另一个不幸的家庭。好在上帝还算仁慈，让我在毕业那年遇到了您，才有了今天的我。"

话题有些沉重，穆皓峰看到茹意的眼眶泛红了，心里稍稍有些不忍。

知道龚如军的事情后，穆皓峰是十分震惊震怒的，这是励峰集团创办以来，厂里发生的最严重的一起盗窃事件，以前从未有过。

这事儿是董静山打电话告诉董静华的，而他作为董事长，发生了这么大的事，一厂的厂长居然没有第一时间告诉他，这说明什么？

"这说明茹意已经完全掌控了一厂的负责人，他们只需要对茹意负责，所有事情只需要向她汇报，而不需要告诉你这个董事长！这说明茹意已经把你这个董事长架空，她在下面可以一手遮天！她这是权力豪夺，是想占山为王，而你作为董事长居然毫不知情。穆皓峰，你难道不觉得这件事情很严重吗？"董静华当时愤怒地点火。

"胡说什么啊，茹意不是你想的这样！"穆皓峰虽然很生气，但他不认为茹意是这样的人。

"是我胡说还是她胡来？出了这么大的事儿，你这个董事长居然是聋子的耳朵，廖厂长居然没有第一时间告诉你，难道还不值得你警惕吗？"

"如果不是静山告诉我们，我们是不是永远都不知道这件事儿？那么，这样的事情还有多少？又会继续发生多少？公司经得起这样的隐瞒吗？经得起这样的蛀虫侵蚀吗？穆皓峰，公司是你的，也是我们两个家族的，是所有董事的，你不要以为公司是你一个人的！发生这样的事情，必须严惩！"董静华一直火上浇油，穆皓峰听得耳朵发麻，这才打电话给茹意，让她到公司来，自己也趁机避开董静华的炉火。

穆皓峰没把茹意往坏处想，但对她安排龚如军这样的人进厂，是十分愤怒的，对于她始终没有把这件事情告诉自己，穆皓峰确实很生气，很不理解。

原本他是想痛斥茹意一顿：把这样的人渣安排到一厂，这是在给她自己挖坑，随时都可能把她自己给埋了，让她今后不要再被愚昧的人情所绑架，更不能拿自己的事业去垫背。

可是，真正面对茹意的时候，他却又舍不得批评她，这孩子太让人心疼了。龚家究竟是怎么对待她的，她在龚家经历了怎样的十八年，他无法想象，但是从龚如军这样的人渣行为来看，龚家的家教是极其恶劣的，最终恶果就结在龚如军身上。

这样的家庭，对茹意一定是不善的。茹意能有今天，完全靠她自己的意志和修行。

"茹意，你真打算报警把龚如军送去坐牢？"片刻后，穆皓峰反问道。

"对，给他安排工作是迫不得已，他自己作死，谁也救不了他。我已经跟廖厂长说了，报警，把他交给警察。"茹意目光坚定道。

"好。父母没有教育好的孩子，就让社会来教育他，否则他这辈子都不知道自己该怎么做人。"穆皓峰点头道，"你再给廖厂长打电话，让他报警，把人交给警察后，让他到公司来一趟。"

"好。"茹意拿出手机，正要给廖厂长拨电话，爸爸的电话打了进来。

茹意心底一沉，忧虑地看向穆皓峰："我爸爸的电话。"

"接吧。"穆皓峰示意道。

茹意滑动接听键，走到窗前，背对着穆皓峰，不敢让穆皓峰看到自己的表情。

"丫头。"龚柳根的声音有些沙哑。

"爸。"茹意轻声道，心里已经知道龚柳根要说什么了。

"丫头，如军他，他作死……我，我已经知道了……公司会不会送他去坐牢？"龚柳根颤抖着声音问道。

"盗窃罪必须坐牢，他偷了公司价值三十多万的新产品，谁也救不了他。

爸，这事儿您别管了。"

"可是……"下一秒，手机里传来李大红的吼声，"龚如意，你个白眼狼，你要是敢让你哥去坐牢，我绝对不会放过你！你是公司的领导，你一句话就可以让公司放过如军！他是犯了错，但那些东西已经被追回来了，产品并没有受到损坏，公司也没有受到什么实际的损失，他已经知道错了，为什么要送他去坐牢？啊？龚家养了你十八年，十年前的那个晚上，要不是如军拉住我不让我去把你抓回来，你以为你真能逃脱？你个白眼狼，如军心里念你是妹妹，你却不把他当哥哥！我们龚家白养你了吗？龚如意，你要是敢送如军去坐牢，我就天天到你公司去闹，我要让全世界都知道，你龚如意是个忘恩负义的白眼狼！我绝对不会放过你……"

李大红丧心病狂般的怒吼震得手机都在吱吱作响，茹意皱着眉头把手机扔到手边的花架上。

穆皓峰坐在不远处的大班台上听得一清二楚，沉着脸盯着那个吱吱作响的手机，脑海里出现了那个泼妇般的女人的样子。

许久，手机里又传来另外一个柔弱的声音，是单月月的："茹意，对不起，我知道，你现在肯定很难做，龚如军做出这样的事情是该坐牢的……（'你会不会说话？'李大红的吼声夹杂着传了过来）但他是果果的爸爸，他要是坐牢了，将来果果读书就业都会受到影响，果果也会被别人鄙视的，一辈子都没办法堂堂正正做人了……"

单月月抽抽搭搭哽咽着，绝望又无奈。

茹意知道，这话肯定是李大红逼她说的，否则单月月不会说这样的话。

"丫头……"片刻后，手机里换成了龚柳根苍老沙哑的声音，"爸爸知道，按照法律，如军这个孽障一定要坐牢，像他这样的人，也应该去坐牢，去接受教训和惩罚……但是……如意，算爸爸求你，给他一次机会好吗？给他一次重新做人的机会，你跟你们董事长求个情，看在我这个行之将死的老骨头的面子上，这次就放过他，好吗？爸爸这辈子活得很卑微，过得很穷困，一辈子都在社会的最底层，为了养家糊口像牛马一样劳作，但是，不管多苦多累，我都没有低声下气去求过谁……今天算爸爸求你了，丫头，给公司老总求个情，放过他这次，好吗？如果不行，爸爸自己上门去求他，行吗？"

茹意一时无言以对。为了龚如军这个烂人，居然全家一起来求她。龚如军配吗？他在家里既不是好儿子，也不是好丈夫、好父亲，他从来就是一个游手好闲、好赌成性的恶棍，他对爸爸不孝，对老婆不善，对女儿不管，赌输了钱，回到家里毫无人性地抢老婆和爸爸的钱，可为了这样十恶不赦的龚如军，爸爸和单月月居然一起来为他求情！

"茹意。"穆皓峰对着茹意的背影喊道。

茹意挂了电话，转身纠结地看着穆皓峰。刚才他们几个人的话，穆皓峰都听得很清楚。

"放了龚如军。"穆皓峰看着她无助的眼睛说。

"不可以。"茹意咬着唇道。

"可以。放他一次，让他离开一厂，从此你不再管他，让他自生自灭。"穆皓峰说，"否则，你如何向你的养父交代？不看僧面看佛面，给你养父这个面子。"

是啊，真要把龚如军送去坐牢，爸爸在家里还能活吗？李大红还能消停安生吗？爸爸的身体已经经不起任何折腾，为了爸爸，也只能把龚如军放了。

她又一次被龚家绑架了。

这时，廖厂长的电话再次打进来，茹意按下了扬声键，让穆皓峰也能听到：

"茹总，龚如军的事儿，我再征求一下您的意见，是真的报警吗？"

茹意抬眼看向穆皓峰。

穆皓峰示意茹意把手机递过来，茹意赶紧把手机放到了穆皓峰的跟前：

"老廖，我现在命令你，把龚如军放了。"

"啊？穆总！穆总，对不起，这件事儿我……我正想向您汇报……"廖厂长顿时慌了，没想到穆皓峰突然出现了。

"按我说的去做。这件事儿不报警，不扩散，按照正常手续解除龚如军的劳动合同，处理好了，到我办公室来一趟。"穆皓峰说。

"好，是，我马上去办。"廖厂长额头上早已汗珠滚滚。

挂了电话，穆皓峰示意茹意坐下来："坐吧，这件事儿到此为止，你也不要有心理负担。你救不了龚如军，更救不了龚家，就让他自生自灭吧。"

"谢谢三叔处处为我考虑。"茹意在穆皓峰的对面坐下来，不安地搓动着双手。

"那个马小阳看起来不错，你们的关系进展得很快。打算什么时候把他引荐给三叔啊？"穆皓峰盯着她手上的钻戒，故意换了话题。

茹意挤出一丝苦笑，现在哪有这个心情。

"以后有机会吧。"茹意淡淡道，赶紧用手盖住那个钻戒。

"新渠道的广告推广效果不错，果然大数据就是厉害。我已经让董静山在北方改变打法了，开始铺排高端线下体验馆，线上线下结合起来，北方的市场有望。"穆皓峰说。

"那太好了，这样结合起来，今年的总销售将有大突破，新产品的市场反响很好，智能家居已经开始被大部分年轻人接受，他们对生活品质的追求越来越高，这也给了我们一个利好的信号，继续加大对新产品的研发，保证我们在高端市场的引领。事实证明，只有占领了高端市场，才能保证公司的利润。"

一谈到工作，茹意的坚定和自信又回来了。

看到对市场分析头头是道侃侃而谈的茹意，穆皓峰不禁嘴角上扬，这个丫头，天生就是为工作而生，只有在工作中，她才是那个自信优秀的茹意。

从办公室出来，茹意让马小阳送自己去"天使爱美丽"美容店。自从开张后，她没再去过，今天正好有空去看看尹志丹和尹志燕，也顺便去做个美容。

"我今天休息，所有的时间都属于你。你指哪儿，我就去哪儿。"马小阳笑道。

茹意含情脉脉地看着他，嘴里还洋溢着大白兔奶糖的香味，心里甜润润的。

到了天使爱美丽，马小阳的车子刚在门口停好，尹志燕就欢跳着从楼上冲下来，一把推开正要给茹意开车门的马小阳，双手拉开车门，扑进去就抱住茹意不放："二姐，你这一天一夜没回家，可把我想死了！"

茹意被她这突如其来的热情吓了一跳，愣怔了片刻，才回抱着她笑呵呵道："二姐又没丢，不是打电话跟大姐说过了吗？"

"我不管，我就怕有人把我二姐拐跑了！哼！"说完假装瞪了马小阳一眼，再低头一看，发现茹意手上戴着的那个大钻戒，顿时惊叫起来，"天哪，二姐，你这么快就答应嫁给他了吗？"

茹意正想着要怎么回答，就听马小阳的声音传来："当然，你有意见吗？"

"当然有意见！没经过我和大姐同意，你别想把我二姐从我们身边带走！"尹志燕气哼哼道，"再说了，你还没接受我们的考验呢！如果你能通过我们的考验，我们再考虑把二姐嫁给你！"

"随时接受考验！"马小阳笑道。

茹意下了车，尹志燕紧紧地缠着她的手臂，不让马小阳靠近，还没到门口就大声嚷嚷起来："大姐，你看谁来了？"

员工们都看着尹志燕，平时工作起来一本正经的尹志燕，见到二姐居然像个孩子一样。

"茹意，你终于来了。来，刚炖好的燕窝，你趁热吃。"尹志丹早就盛好燕窝等着她。

"姐，我就知道过来肯定有燕窝喝，这待遇，太好了。以后我有空就得来。"茹意坐下来，准备低头喝燕窝，想到马小阳跟在自己身后，又转过头去看了一眼。

马小阳很熟络地和员工打招呼，朝着大姐这边走过来，笑容灿烂道："大姐，今天晚上我们就在你这里蹭饭了。"

"那感情好啊，我自己来做，晚餐让你吃我做的家乡菜。"尹志丹高兴道。

"那我也做两个家乡菜让大姐尝尝，我去附近的超市买点儿食材。"马小阳说。

"那太好了，我想吃粉丝蒸扇贝、清蒸石斑鱼、清炒象鼻蚌、芝士焗大虾、苦瓜海螺汤……"尹志燕凑过来，一口气报了一大堆菜名，全都是海鲜。

茹意和尹志丹愕然地看着尹志燕，这丫头片子是想吃下一片海吧？

"燕子，你想干嘛啊！人家马小阳是客人，哪有你这么点菜的？小阳，别听她的，大姐来做就行了，菜我都买好了。"尹志丹为马小阳解围。

马小阳笑呵呵地看着茹意，偶尔看一眼闹喳喳的尹志燕，这些菜他都会做，而且都做得不错，没给茹意的姐妹们做过饭，就借今天这个机会为她们下一次厨，做一顿饭。

"没问题，我去买，这些菜我都会做。"马小阳脾气好得无可挑剔。

"这还差不多！我还有很多菜谱等着你呢！"尹志燕撇着嘴说，"这是对你的第一个考验。"

"这个你难不倒我。我从小在海边长大，吃过大海里很多的动物植物，你能说得出的，我都吃过，都会做。"

"难怪！原来你尝遍海味，小时候我生活在内地，最向往的就是大海，经常做梦梦到大海，没想到你居然就住在海边，果然有人一出生就在罗马，唉！"尹志燕一脸忧伤道。

"少贫嘴了，快去给我准备面膜，一会儿给我敷脸。"茹意拍了一把尹志燕，捉弄人的事儿她最会。

"好吧，像我这样没出生在罗马的人，只能努力地往罗马奔。小女子去工作了……"尹志燕故作忧伤地离开了，那夸张的表情又惹得大家大笑不已。

"那我去买海鲜了。茹意，你就静静地做美容，等我回来。"临走，马小阳还不忘过去抱抱茹意。

看着他的背影离去，尹志丹摇头笑道："茹意，马小阳真不错，我挺喜欢这个妹夫。"

茹意低头喝燕窝，心里愈发甜滋滋的。

喝完燕窝，茹意来到美容室，尹志燕亲自为她做美容，手法比以前更轻柔熟稔了，感觉更舒服了。

"燕子，不错啊，服务质量有提升，值得表扬！"茹意由衷夸奖道。

"二姐，你也感觉到了对吧。我的顾客对我都很满意，你知道吗？顾客少的时候，我就抽空研究指法，研究面膜配方，在实践中不断提升服务质量。我就想通过自己的努力，把天使爱美丽开遍江城，到时候大家都争着抢着来加盟，那我就成功了，你说对吧！"尹志燕憧憬道。

"对，有梦想就会有动力。人生就像射箭，梦想就是靶心，我们每天拉弓，就是为了让自己更接近那个梦想。总有一天，我们会梦想成真的。"茹意说。

"嗯，我会加油的。天使爱美丽已经一天比一天好了。"尹志燕很骄傲地说，"我就想早点儿赚到钱，早点儿把妈妈接到我身边来生活。唉，妈妈一个人太孤独太可怜了……"

茹意听不下去了，尹志燕似乎对妈妈的感情很深，总想着赚钱把妈妈接到身边来。可是，那个妈妈，对茹意来说，只是一个生物学上的名字，没有半点儿感情。不管尹志燕怎么说，茹意心湖里都不会有涟漪。

见茹意不吭声，尹志燕闭嘴不说了。大姐已经好几次提醒她，不要在二姐面前提妈妈，她总是忘记了。

尹志燕也不明白，二姐这么善良的一个人，对自己和大姐都很好，怎么就不原谅妈妈呢？毕竟那是亲生母亲啊，没有妈妈你怎么来到这个世界？就算妈妈没有养你，可生了你啊，她是你和这个世界的连接，怎么就不能原谅呢？

"二姐，你真的不会想见妈妈吗？"许久，尹志燕还是忍不住试探道。

"不会。"茹意干脆道，"她是你们的妈妈，不是我的。"

"可妈妈是爱你的啊，我每次给妈妈打电话，妈妈都要问你的情况，比对我和大姐关心多了。"

"我不需要。"茹意冷冷道，"小时候我最需要母爱的时候，她却抛弃我，现在也轮不到她关心我。"

"二姐，我知道你不喜欢我提妈妈，可是，妈妈真的一辈子都活在内疚中，她也为自己当年把你送人而懊悔，可当年是真的没办法……"

"没办法吗？她也把你送走了，为什么可以把你接回去，就从没来找过我呢？她要是懊悔，为什么不早早把我也接回去？她心里根本就没有我！"茹意愤愤道。

"二姐，不是这样的。"尹志燕为难道，"当年妈妈说把你送到城里了，生活肯定比在乡村好。你知道小时候我们家有多穷吗？经常是吃了上顿没下顿，一年到头吃不到肉，小时候每天吃的都是菜叶子煮饭，连油星子都见不到。大姐很小的时候就帮着家里干活挣钱，我和斌斌从来都不敢要什么，别人有的玩具我们都没有，大姐的衣服是用妈妈的旧衣服改的，大姐穿完了，我再接着穿，就连斌斌小时候，都经常穿我和大姐的衣服，家里什么都没有，真的是家徒四壁。"

"别跟我说这些，她以为把我送到城里就是好日子了吗？她知道我过的是什么样的生活什么样的日子吗？好了，以后别再跟我说这些了，打住！"茹意闭着眼睛叫停，这个话题无解，说下去只会让自己更难受。

"二姐，对不起。"尹志燕的心情也很沉重，"我只是不想让妈妈在有生之年留下遗憾。"

茹意闭着眼睛没再开口，心头却酸涩不已。有时候，她也会想起艾奶奶对自己说的话，想说服自己原谅那个生了自己却没养自己的人，可是，她还是无法说服自己，至少目前还做不到。

见她不吭声，尹志燕也没再说话，而是默默地给她洗脸敷面膜。

"我回来啦！茹意，今天的海鲜特别好，我买了很多，今晚咱们吃海鲜大餐啰！"远远的，马小阳就朝里面喊。

"马小阳，明明是我让你买海鲜的，你怎么还说是买给我二姐吃的？你真把我当透明啊！"已经给茹意敷好面膜，尹志燕叉着腰站在门口怼马小阳。

"你刚才叫我什么？"马小阳双手提着两个大塑料袋，里面的鱼虾还在活蹦乱跳，不时发出"噗噗"的声音。

"马小阳啊！怎么了，你不叫马小阳啊？"尹志燕叉着腰仰着脑袋故意道。

"我叫马小阳，但你不能这么叫我，你得叫我姐夫！明白不？"马小阳白了她一眼，"没大没小。"

"我答应把二姐嫁给你了吗？我告诉你，我二姐可是集智慧与美貌于一身，而且事业有成，财务自由，想做我姐夫的青年才俊排着大长队呢！哼！"尹志燕毫不示弱道。

"燕子，胡说什么啊！小阳，别跟她一般见识，她天生就喜欢抬杠。来，把东西给我，我来做。"尹志丹赶紧过来解围。

"我怎么是抬杠啊！大姐，我说的可是大实话，马小阳，你得表现好点儿啊，我说过我要考验你的，否则的话，嘿嘿，你懂得！"尹志燕对着马小阳做了个鬼脸。

马小阳懒得理她，提着袋子进了厨房，开始和尹志丹一起忙碌起来了。

茹意脸上敷着厚厚的面膜，就连眼睛上，尹志燕都给她敷上了，不能动也不能说话，只能静静地躺着，听着他们在外面斗嘴，心底又溢出许多感动。

自从姐姐妹妹走进自己的生活后，茹意确实感觉生活变得有趣多了，尤其是尹志燕这个活宝，总能让生活充满欢乐。不像以前自己一个人的时候，晚上回到家，屋子里空荡荡的，只有"小七"会对着自己叫两声，其余时间都是形单影只，走路都能听到自己的脚步回声。

家，或许就应该是这样的热闹和欢喜吧！所以，茹意愈发羡慕尹志燕和尹志丹，还有尹志斌，他们三个从小一起长大，大姐那么温和有爱，燕子这么天真活泼，再加上一个调皮的小男生，茹意内心能真切地感觉到他们在一起的那种快乐和幸福。

可是自己呢？小时候是什么样的生活？茹意心底的酸楚如连绵的潮水般翻涌起来，泪水不知不觉滑落下来。

果然，幸福的人一生都被童年治愈，不幸的人一生都在治愈童年。自己这悲凉的生命底色，一辈子也无法改变。

只要触及，心就会滴血。

马小阳做了一大桌子海鲜，清蒸膏蟹、扇贝粉丝、清蒸石斑鱼、白灼象鼻蚌、芝士焗大虾、苦瓜海螺汤……尹志燕点的都有，尹志燕没点的也有，每道菜都清淡鲜甜，吃得大家直呼过瘾。

尤其是尹志燕，啃完了螃蟹连手指都不放过，一个个吮吸干净，边吃还不忘边夸："马小阳，你是被美发耽误了的厨师啊！就你这厨艺，开什么形象设计店啊，直接去开大酒楼得了，肯定比形象设计赚钱啊，那现金流洪水一样哗哗地，赶紧改行吧！"

"我也是这么想的，等我哪天不想做形象设计了，我就去开饭店。不过，我觉得我开饭店亏本的可能性很大。"马小阳笑道。

"为什么啊？"尹志燕睁着无辜的大眼睛问道，还不解地看了看身边的茹意，茹意只是抿嘴笑，她当然知道是为什么。

"被你吃穷了呗！"茹意和马小阳异口同声道。

大家哄然大笑，只有尹志燕撇着嘴没笑，斜视着马小阳不服道，"我不就是想蹭几顿海鲜大餐吗？小气鬼！"

说完，尹志燕嘟着嘴，摸摸肚皮，一脸满足地去工作了。

饭后，马小阳开车送茹意回去。

路上，马小阳忍不住问道："茹意，大姐和燕子是你的亲姐妹吧？"

"是。"茹意点头看向马小阳。

"那你为什么不和她们同一个姓？你怎么姓茹？而且，你爸爸姓龚？"马小阳很不解。

茹意深深地看了一眼马小阳，双手抱着马小阳的胳膊，头靠在他肩上，看向前方，车子慢慢地在车流中穿梭，两边的高楼节节后退。这个流光溢彩的城市，终于有了一个自己可以依靠的坚实臂膀，茹意觉得很踏实，这是认识马小阳之前，从未有过的感觉。

"小七，我给你讲个故事吧。"茹意看着前面，声音暖暖道。

"好。"马小阳把车速放慢。

"二十多年前，有一个女孩儿，在一岁多刚蹒跚学步牙牙学语时，被亲生父母抛弃了，然后她被一对刚刚丢失女儿的夫妇收养。来到这个家庭后，养父很疼她，但是养母很讨厌她，比她大六岁的哥哥也不喜欢她。养父在家的时候，她会过得好一点儿，但养父下岗了，为了养家糊口，他得出去打工赚钱，一年到头难得回家几次。所以绝大部分时间，她都是在养母的嫌弃和哥哥的讨厌中度过。稍有不慎，养母就骂她打她，哥哥也时常欺负她，她不敢哭不敢叫，因为哭了叫了，会打得更厉害，所以她学会了忍，学会了边流泪边干活，学会了流着泪默默地看书，只有沉浸到书里她才能暂时忘记痛苦。十八岁那年，养母要把她卖给有钱人家的傻儿子做老婆，她不从，踢伤了那个傻子跑了出去，绝望到跳河寻死，被一对老人救起。在老人的鼓励下，她报警抓了他们，然后参加高考离开了那个魔窟一般的家，从此给自己改了姓……"

"茹意。"马小阳眼眶潮湿，直到这一刻，他才明白茹意第一次听到他说家里有七个孩子的时候，为什么会吃惊地发问"一个都没扔？"。

那次去山里他帮着艾爷爷做饭的时候，艾爷爷就跟他说过，茹意这个孩子成长的过程很苦，很不容易，希望他能好好照顾茹意，绝对不能伤害茹意。

当时，他问艾爷爷，茹意小时候有多苦。艾爷爷叹了一口气，说，以后她自己会告诉你的，你就记住爷爷的话，一定要好好爱她，给她足够的爱和温暖，这孩子太让人心疼了，她能有今天，太不容易了。

但是，马小阳怎么也没想到，茹意的身世会这么惨，居然被亲生父母抛弃，还被一个没有爱心的家庭收养，太可怜了！

"那个女孩儿就是我。"茹意视线模糊道，"小七，你还记得我给你讲我和'小七'的故事吗？小时候，小黄狗'小七'是我童年中最温暖的陪伴，除了爸爸，就是'小七'对我最好，它会在养母和哥哥打我骂我的时候冲过来保护我，会冲着他们吼叫，就为这个，'小七'也经常被他们脚踢棒子打。后来有一天，'小七'突然不见了，有人说它是被贼偷走了，可我总觉得是他们把'小七'卖了。"

"所以，第一次听说你叫'小七'的时候，我特别震惊，心底最温暖的记忆一瞬间就被唤醒了。"

"茹意，我觉得冥冥中是'小七'让我来到你身边，让我好好爱你照顾你。对不起，我不该问你这些，让你想起了那么多不愉快的过去。马小阳紧握着茹意的手，心底划过一丝清晰的疼痛。每个孩子都应该有一个幸福快乐的童年，但茹意的童年却是那么不幸，他很心痛，也很气愤，很想痛斥那对没有爱心的亲生父母，还有那个毫无人性的养母，这些人都不配做父母。

"因为我是女孩。我的亲生父母重男轻女，他们一直希望生个儿子，大姐出生后，他们就希望老二是男孩儿，不幸又生下了我，当时的政策下，他们要是不把我扔掉，就不能再生了。"

"他们不是又生了你妹妹吗？她也被扔掉了吗？"马小阳震惊道。

"对。但是她比我幸运，弟弟出生后她被接回家了，所以她回到了父母身边，和大姐小弟一起长大，只有我真正被他们扔掉了，从没有来找过我。"

"那，你姐姐妹妹是什么时候找到你的？"

"就是前两个月，大姐先来找我，然后尹志燕也来了。我开始不能接受她们，但是血缘的东西很神奇，虽然我们才刚刚见面，却有种天然的熟悉感、亲切感，尤其是大姐，她带给我的温暖，让我找到了家的感觉。"

"我以为你们一直在一起生活，看不出你们之间有什么隔阂。大姐就像妈妈一样，特别温和包容，尹志燕很调皮，小时候应该比较受宠，你是一个安静的乖宝宝，是家里最懂事的那一个。"

"我的童年是一片废墟。十八岁之前，我是在废墟里长大的，我的现实世界是废墟，内心也是一片断壁残垣。我自卑、胆怯、懦弱，从来不敢肯定自己，哪怕我成绩好，经常考第一，我也总是否定自己，觉得自己是全世界最令人讨厌的人，是最没用的人。因为我经常在家里听到的话是：你是个没人要的弃儿，连你的亲生父母都不要你，若不是我们收养你，你得饿死在街头……这种被全世界遗弃的自卑感和罪恶感，伴随了我十八年。直到我遇到了艾爷爷和艾奶奶，他们像暗夜里的一道光，照亮了我漆黑的世界，温暖了我悲凉怯弱的内心。他们告诉我，我很棒，我是个优秀的孩子，只要我振作起来，就能改变自己的命运。父母抛弃我，不是我的错，是他们的错；养母不善待我，更不是我的错。他们鼓励我报警，鼓励我高考，鼓励我离开龚家，鼓励我改名换姓，鼓励我努力做自己。他们在物质上帮助我，在精神上指引我，领着我一步步从生命的至暗中走出来，一步步重建我的内心世界，重塑我的自我价值体系，让我渐渐地学会接纳自己，欣赏自己，我的内心世界就是从那个时候开始，在一片废墟里，一砖一瓦地建立起来的……"

茹意的语气出奇的平静，连她自己都觉得奇怪，往日只要回忆起这些经历，她的内心就会涌起连绵不绝的波澜，现在，她居然能这么平静地跟马小阳讲这些，就像是在讲别人的故事一样。

"茹意，你太棒了，你能战胜自己，成为这么优秀的你，足以证明你的天资是多么聪明，你后天是多么努力。你在我心里就是最棒的，从第一眼见到你，我就这么认为，你是那个特别的女孩儿，你身上带着一股让人心疼的忧郁感，同时也有一股强大的自信和不服输的倔强，你是全世界唯一的你，独一无二的最好的你。我就是这么不可救药地爱上了你。"

马小阳把车停在路边，紧紧地拥抱着茹意，听她讲了这么多，他愈发心疼她，爱她，也更加明白了艾爷爷对自己说的那些话。此生，他一定要好好爱茹意，给她全世界最温暖最安稳最充沛的爱："茹意，你的过去我来不及参与，你的余生我一定要好好珍惜。"

"小七，你知道吗，虽然我努力构建自我价值体系，但我依然会不时地否定自己。过去外部世界对我的否定太彻底了，以前，我从未想过自己会恋爱，我从没憧憬过自己会有家庭，我觉得结婚生孩子是很罪恶的事情，因为父母会抛弃孩子，因为父母在养育的时候会对孩子不善，所以，我曾经打算这辈子都不结婚不生孩子。"茹意稳稳地靠在马小阳怀里，平静地说道。

"如果你生活在我的家庭里，你就会感觉到一大家子人生活在一起，是多么幸福的事情，有孩子的家庭是多么热闹，多么快乐。"马小阳说，"我家里七个孩子，我和四姐、五哥、六哥感情最好，因为我们年龄相差不大，从小在一起玩儿，上面的大哥二哥和三姐都比我大很多，我还没上学，他们就去住校了，我刚上小学，大哥就参加了工作，但是大哥对我特别好，二哥和三姐也是。我家里不重男轻女，爷爷奶奶爸爸妈妈对每个孩子都很疼爱。我们住在海边的人，以前靠出海打鱼为生，生活极其不稳定，每次出海都充满了风险，因为大海变幻莫测，很多人为了生计葬身大海。所以，一直以来，大家都崇尚多子多福，每个家庭都生很多孩子。后来改革开放了，经济条件好了，不少人家开始经商，我爷爷我爸爸后来都经商，再也不出海打鱼了，家里的产业一点点累积，慢慢做得不错，现在家族的生意主要是大哥和二哥在打理。"

"真好。我也从来都不知道，像你这么大的人，还能有这么多兄弟姐妹，很多人都是独生子女。小时候我都觉得奇怪，为什么我的同学，很多人都没有兄弟姐妹？而我的爸爸妈妈，生了我又把我扔掉，我为什么就没有出生在只有一个孩子的家庭里，那该多幸福啊？"茹意痴痴地看着马小阳，难怪马小阳脸上总是那么阳光，笑起来那么好看，因为他从小就在爱的滋养中长大，他的心里蓄满了爱的阳光。

"茹意，虽然命运没有给你一个完美的开始，但它一定会给你一个幸福的结局。相信我，我会一直在你身边，我要陪你到老。我们要生一窝孩子，我们要陪着他们幸福地长大。"

茹意忽闪着鸦色的睫毛，眼里闪动着晶莹的泪光，幸福地点了点头。

三天后，茹意下班回到家，意外发现家门口放着一双黑色的男士运动鞋。那双大鞋在一堆女式高跟鞋里，显得尤为突兀，谁来了？

还未推开大门，就听到里面传来一阵欢笑声，尹志燕的声音最大，隐约还听到一个略显稚嫩的男声。难道是他来了？

茹意推开房门，门口的"小七"照例对着她汪汪叫了两声，里面的笑声立马停了，接着几个人走了出来，茹意正仰头把包包挂在玄关的柜子里，就听到身后传来一个稚嫩的男声："二姐！"

茹意愣怔了片刻，转头看到一个高出自己许多的瘦高男孩儿，穿着牛仔裤T恤衫，一脸腼腆地站在自己跟前。

他瘦削的脸上还长着青春痘，毛茸茸的胡茬布满唇周，喉结滚动着，正眼巴巴地看着自己。

"茹意，斌斌下午刚到。"大姐来到斌斌后面说。

"对，二姐，斌斌一直说要早点儿回家见你，我们今天就提前回来了。"尹志燕也走过来说。

茹意看着眼前的尹志斌，他那眉眼和鼻子，果然带着尹家人的烙印，虽然是男孩儿，和几个姐姐也长得有几分相似，不同的是，他一个人特别高，足足有一米八以上。

"二姐。"尹志斌又对着茹意喊了一声。

"嗯，吃饭了吧？"茹意赶紧应了一声，随即绕过他们来到了客厅沙发上坐下。

或许，她心里一直把他当成了那个造成自己被抛弃的隐形"杀手"，所以，看到他的那一刻，会有天然的抵触感。

尹志斌刚才看她的眼神也有点儿躲闪，两人都觉得有点尴尬，没有和尹志丹、尹志燕之间那样的亲切。

"我们在店里吃了，茹意，你吃了吗？"尹志丹马上走过来问道。

"我在公司吃过了。"茹意双手抱着靠枕，似乎要为自己构筑起一道屏障。

"二姐，我早就想来看你，没放假就想来，就是不太敢，我怕……"尹志斌坐到她侧边，看着她为难道。

"为什么不敢？你怕什么？"茹意拍了拍怀里的靠枕，假装轻松地笑道。

"我觉得是我的错，才让爸爸妈妈把你送给别人家，我怕你不理我，不认我这个弟弟……你知道吗，二姐，我第一次听大姐说我还有个二姐的时候，我就问妈妈为什么二姐不在我们家，不是和我们一起长大？妈妈就知道哭，根本说不出话来……姐，对不起……"尹志斌的泪无声地滑过他脸上的痘印子。

"不是你的错，你不用道歉。"茹意鼻子发酸，尹志斌的话戳中了她内心的痛点。她以为尹志斌一定是被父母宠坏的孩子，没想到他内心这么柔软细腻，把责任都揽到他身上，其实，这根本不是他的错。

"二姐，我知道你心里肯定很难过，我心里也很难过，妈妈也很后悔把你送人。现在，我不知道自己要怎么做，才能弥补和你错过的这么多年……但是，我还是很高兴，因为我终于找到二姐了，我们四个人终于在一起了，以后我们永远都在一起，永远都是一家人……二姐，我能抱抱你吗？"尹志斌张开双臂要拥抱茹意。

茹意心中一暖，眼底潮湿，伸出手抱住了他。

"二姐，对不起，因为我，让你离开了家，以后，我们一家人永远都不分开，好不好？"尹志斌吸着鼻子说。

"傻孩子，这根本不是你的错，不许你再说对不起。二姐见到你也很开心。"茹意拍了拍尹志斌的肩膀。

弟弟虽然看起来瘦，但是肩膀很结实。

"明天是周末，二姐有空带你出去转转。"弟弟来了，她应该高兴。

"二姐，我听说江心沙这两天正好有漫展，我想去看。"尹志斌马上兴奋起来。

"没问题，二姐陪你去。"茹意满口答应。

"我还听说江城的早茶很好吃，我想去吃……"

"没问题，让你吃个够。"茹意高兴道。

"我还想吃海鲜大餐，三姐说那个海鲜大餐特别好吃……"

"行，我带你们去天天渔港吃，随便点……"

"不行，那个不如马小阳自己做的好吃。"尹志燕立马补刀。

"哪个马小阳？"尹志斌不解道。

"你未来的二姐夫，一个被美发耽误了的厨子。"尹志燕笑道。

"燕子，不许没大没小。"尹志丹马上批评道。

"二姐，你要结婚了吗？那我得好好考验考验未来的二姐夫，如果他过不了我这一关，我肯定不让他娶二姐，我得用实力保护二姐。"尹志斌挥动着拳头说。

"那太好了！斌斌，我们一起联合起来好好考验考验未来的二姐夫。"尹志燕跳过来和尹志斌击掌，果然英雄所见略同。

第二天一早，茹意就带着尹志斌去临江酒楼喝早茶。尹志丹和尹志燕也来了，为了陪弟弟，她们奢侈地给自己半天假。

马小阳听说茹意的弟弟来了，也一早赶过来，虽然昨晚忙到很晚，但他依然精神焕发地出现在茹意面前。

"小七，这就是我弟弟，尹志斌，你叫他斌斌就好。"茹意起身介绍道。

"小七？"尹志燕刚咬了一口虾饺，还没来得及咽下去就跳起来，吃惊地看着马小阳道，"二姐，你居然叫他'小七'？这不是我们家门口那只小黄狗的名字吗？哈哈哈！"

"燕子，不许没大没小。"尹志丹赶紧拉着尹志燕坐下来。

"对啊，我就是小七，小七就是我。"马小阳笑呵呵道，转头搂住和自己一样高的尹志斌，亲切道，"斌斌，你终于来了，以后我又多了一个撑腰的，太开心了！"

"小七哥，你放心，我肯定为你撑腰，不过你得先过了我这关。"尹志斌笑道。

"嘿，你也要考验我？"马小阳吃惊地看着尹志斌。

"那是当然，你想成为我的二姐夫，肯定要过很多道关的。"尹志斌笑道，"比如说，你先做顿海鲜大餐来犒劳我？"

"行，这个没问题。"马小阳拍了拍尹志斌的肩膀，"身板不错啊，经常练的吧？"

"嗯，我经常去健身房撸铁。"

"太好了，这点你和二姐夫有缘，改天咱一起撸铁。"马小阳太高兴了，这个小舅子不费吹灰之力就能拿下。

五个人开开心心吃完早餐，又一起去了江心沙看漫展。

看完漫展吃过午饭，尹志丹和尹志燕赶回店里去，茹意和马小阳继续陪尹志斌逛街，想去哪儿，都由尹志斌决定。

茹意给尹志斌买了几件衣服，换了一部新款手机。尹志斌很懂事，一直不同意买新手机，但茹意执意要给他买，因为他的那个手机已经用了三年多，早就该换了。

"谢谢二姐，让二姐破费了。"尹志斌很感激，不停地摩挲着新手机。

不是他不想换手机，而是他不敢换，他读书的钱是爸爸的命换来的，而且妈妈身体也不好，要经常看病吃药，尹志斌平时不会乱花一分钱，课余还找了几个兼职赚生活费。

"这是二姐给你的见面礼，以后要用钱了，跟二姐说。"弟弟的懂事很让茹意暖心。

从商场出来，三个人刚上车，尹志斌的电话响了，妈妈要跟他视频。

尹志斌一个人坐在后面，他看了一眼前面的茹意，犹豫了片刻，接了妈妈的视频：

"斌斌啊，你在哪儿呢？"妈妈略带沙哑的柔弱声音传来。新手机里，妈妈的样子比以前清晰了很多，脸上的皱纹和头上的白发看得越发清楚了，妈妈又老了许多。

"妈，我在我姐这儿。"尹志斌边说边抬头看了一眼茹意。

那个从未谋面的亲生母亲的声音，就这么猝不及防地跳进了茹意的耳朵里，她心头一颤，身体僵直在座位上，下意识地集中精力听手机里的对话。

马小阳感觉到了茹意的变化，悄悄握住了她的手。

"是在你大姐那儿吗？"妈妈问。

"是的，我昨天刚到大姐这儿。"

"店里的生意还好吧？她们两个呢？"

"挺好的，她们，她们在忙呢。"尹志斌有点儿心虚了，生怕妈妈继续问下去。

"那让她们忙吧，等她们下班后会给我打电话。"顿了片刻，妈妈垂了垂眼睑，紧缩着眉头犹豫了好一会儿才说，"斌斌，见到你二姐了吗？"

这句话像雷电一般击中了茹意的神经，她剧烈地颤抖了一下，下意识抓紧了马小阳的手。

"见到了……"尹志斌有点儿结巴了，抬头又看了前座的二姐一眼。

"她还好吧？"妈妈布满皱纹的眼眶瞬间红了，声音也哽咽了，停了许久，她抹了抹眼睛，沙哑着声音道，"斌斌，见到二姐，你替妈妈好好跟她道个歉，是妈妈对不起她，是妈妈的错，妈妈到现在，这心都是痛的，这么多年，妈妈没有一天不想她……我知道，她心里恨我，我不配做她的妈妈，我生了她，却没有养她，让她从小在别人家长大，是妈妈的错，妈妈这辈子都欠她的……对不起，孩子，是妈妈的错，妈妈的错，妈妈只希望活着的时候能见她一面，让我看看她就好……"

妈妈泣不成声，苍老无力的声音听得人心都碎了，妈妈低着头，斑驳的白发在屏幕里不停地颤抖着。

尹志斌听得很难受，红着眼眶道："妈，别说这些了，我们都挺好的，二姐也挺好的，你别难过了，妈妈，等二姐不忙了，她会回家去看你的……"

"真的吗？"妈妈猛然抬头，泪光闪烁的眼里充满了惊喜，"斌斌，芬芬她真的会回来看我吗？她过得幸福吗？你见过她男朋友了吗？他对芬芬好吗……"

"嗯，很好，姐姐很好，妈，你放心吧！妈妈，我手机快没电了，先挂了。"

前面，茹意靠在马小阳的怀里，颤抖着双肩在抽泣。

"二姐，对不起……"尹志斌看着哭泣的二姐愧疚不已。

大姐对他说过，二姐不愿意回家看妈妈，她不想见妈妈，她们都不敢在二姐面前提妈妈。

"嘘！"马小阳转头示意尹志斌别说话。这个时候，就让茹意哭一会儿，哭一会儿她心里会好过些。

自从茹意把自己的身世告诉他后，马小阳对茹意就愈发心疼了。被亲生父母抛弃已经是人生中最大的不幸，何况茹意又遭遇了收养家庭的虐待，养母的跋扈，哥哥的无情，茹意的童年就是一部常人难以想象的苦难史。

世界上没有真正的感同身受，你没有经历过的事情，是体会不到那种痛苦的。庆幸的是，在苦难中成长起来的茹意，没有被苦难压垮，而是顽强地长成了她自己喜欢的样子，拥有了她想要的生活。

她能在绝境中遇到艾爷爷和艾奶奶，这何尝不是上帝对她的眷顾？在给她关闭了所有门时，也给她打开了一扇充满光明的窗。

"走吧。"许久，茹意擦干眼泪说。

马小阳不放心地看着她："接下来我们去哪儿？"

"陪斌斌去看电影。"

她也不知道自己刚才听到手机里的那个声音为什么会有那么大的反应，内心深处的酸楚和疼痛瞬间汹涌而来，难以抑制。

或许是那个略显苍老的声音触动了自己内心最脆弱的神经，或许是她发自内心的忏悔让自己不忍倾听，亦或许是自己内心深处对妈妈的渴望，母女连心的天然情感不可阻逆，刚才那个声音已经在内心留下了无法抹去的印记。

"二姐，逛了这么久，我也累了，要不咱回家吧，不看电影了。"尹志斌说。

"没事儿，看电影也不累。看完电影我们再回家，晚上让小七熬粥给我们喝。"茹意看向马小阳道。

"好，熬粥是我的看家本领。斌斌，你知道吧，我就是用一碗砂锅粥把你姐追到手的。"马小阳转头看着尹志斌笑道。

"那我一定要尝尝姐夫的砂锅粥。"尹志斌也笑。

"姐夫叫得很顺口啊！斌斌，你对小七的考验这么快就通过了吗？"茹意也转头看向尹志斌。

尹志斌挠了挠头，看着马小阳腼腆地笑了，目光又转向二姐，支支吾吾道："我，觉得，还可以，再考验考验。"

"这还差不多。小七，你得继续接受考验哦。"茹意笑道。

"没问题，我就是小七，小七就是我，我不怕考验。"

看完电影，在马小阳家里喝了砂锅粥，茹意和尹志斌回到了自己家。

进门的时候，尹志斌也被那只会主动叫唤的"小七"吸引了，抱在怀里来到了沙发上。

"姐，为什么姐夫也叫'小七'？"尹志斌摸着小七的脑袋问道。

"因为他在家里排行老七，所以从小家里人就叫他'小七'，和我小时候养的小黄狗同名。"茹意给尹志斌倒了一杯水，在他旁边坐下来。

"太巧了，姐，我觉得姐夫——小七哥就是你要找的那个人，他是最适合你的那个人。"尹志斌中途还是改了口，不再继续叫姐夫了。

"何以见得？"茹意抿了一口水认真道。

"就是一种感觉吧，我能看得出小七哥对你特别用心。一个男生只有真正爱一个女生，才会那么上心，那么在乎。而且，他很懂你，能随时接得住你的情绪，能恰到好处地抚慰你的脆弱和忧伤，这一点非常难得。"尹志斌说，下午在车上的那一幕，深深地刻在尹志斌的脑海里。

"斌斌，你恋爱过吗？"茹意看着尹志斌好奇道。

"有，我现在就有女朋友。二姐，下次我带她来见你。"尹志斌脸上立马浮现出甜蜜的微笑。

"好，二姐相信你的眼光。"茹意看着尹志斌由衷道。

"姐，今天下午在车上接那个电话，我想对你说声对不起，我当时不想接，但又怕妈妈担心，所以就接了，我不是故意要让你听到她的声音的。"尹志斌突然话题一转，表情也变得忧伤起来。

"过去的事儿不提了。斌斌，早点儿睡吧，我累了。"茹意不想谈这个话题，马上起身要离开。

"二姐，你听我说完。"尹志斌也站起来，"我知道你心里对妈妈有意见，妈妈当年把你送走确实不应该，但那时候妈妈真是没有办法，她现在每次提到你，都很伤心很难过……二姐，妈妈身体很不好，你听声音也知道。实际上，妈妈比她的同龄人都显老，可能是长期的心情压抑，导致她总是郁郁寡欢。妈妈是公认的最温柔善良的人。在我的记忆里，妈妈从来没有骂过我们姐弟三人，更别说打。妈妈爱孩子，在村里是出了名的。虽然我上面有两个姐姐，但妈妈并不特别宠我，她对我们三人是一样的，小时候，我一样要干活，妈妈从来不会单独给我一个人买吃的，要么不买，要买一定是三份，妈妈从来不偏袒任何一个。我听大姐说，妈妈是为了生我，才把你送人了，按理妈妈应该很重男轻女，但是她没有。"

"斌斌，你是要告诉我，你的妈妈很伟大吗？她不重男轻女，为什么一定要生儿子？为了生儿子，可以把两个女儿都送人，燕子是你出生后才接回家的。"

"是，爸爸妈妈是一心想生儿子，但并不是说他们就不疼女儿。只是在当时的乡村社会，生儿子是每个家庭的宿命，没有儿子在村里就会被人瞧不起，抬不起头。所以，那时候才会有那么多人不惜一切代价都要生儿子。"尹志斌声音不大，但语气很沉稳，眸光炯炯地看着茹意。

"所以，你的意思是她没错？"茹意顿在原地，吃惊地看着尹志斌。

"爸爸妈妈有错，但这不全是他们个人的错，是那个时代的错，是周边环境的逼迫，他们一辈子都生活在那里，无法摆脱那个困境，他们的思想也就只能局限在那个狭小的世界里，他们不得不那么做。"

"你还是在为他们找理由，找一切借口来为他们开脱。"茹意忍着愤怒道。

"二姐，我真的不是在为他们找理由，我也是从不理解到学着去理解，最后用理性的视角去分析这件事儿。妈妈的心痛你是亲耳听到的，这不是她伪装的，她因为你的事儿，内疚忏悔了一辈子，也被折磨了一辈子，妈妈的痛苦并不比你少。"

"如果你是想说服我回去看她，还是免了吧，我做不到。"

"二姐，我并不是要劝你回去看她，我只是希望你别一直对妈妈心怀怨恨，你可以不去看她，但你得学会平和地接受这个事实，与自己的内心达成和解，心里一直怀着怨恨的人，是不会幸福的。二姐，我希望你幸福。"

茹意顿在门口，被尹志斌最后这句话扎心了。心怀怨恨的人，确实不会幸福。

这十年，自己已经拥有了很多东西，可以说生活中该有的都有了，事业也如日中天，但是自己幸福吗？一点儿都不幸福。

遇到马小阳之后，尹志丹和尹志燕走进自己的生活之后，生活才有了一点点幸福可言。

曾经那么多年的形单影只，时不时就会被噩梦袭扰，时不时就会想到那些痛苦不堪的过往，这种悲凉的生命底色，让她无法体悟到阳光灿烂彩霞满天的幸福。

对亲生父母的怨恨，对李大红龚如军的怨恨，如一个个深埋在心底的炸弹，随时都会被引爆，让她小心翼翼搭建起来的一砖一瓦瞬间毁于一旦。

想要内心装满幸福，必须先把怨恨的炸弹清除。

可是，这谈何容易。她也想放下心中的怨恨和芥蒂，放下过往所有的不幸，像一个正常人普通人那样去面对自己的亲生父母，可她就是做不到！曾经的伤害和缺失，在她内心形成了一个巨大的空洞。

"斌斌，也许你是对的，但我现在做不到，我无法心平气和地接受这件事儿。实话告诉你，就是接受大姐和燕子，我也是努力说服了自己好久。你是在父母身边长大的，体会不到一个被父母抛弃的孩子内心的绝望和伤痛。不管什么理由，我都不能原谅他们抛弃我。小时候，他们可以不要我，长大了，我也不需要他们。"茹意走进卧室关上门，一个人坐在窗台上空洞地看着漆黑的夜空。

城市里的夜，早已看不见星星，万千霓虹把城市装扮成了流光溢彩的不夜城，却也遮住了天幕上璀璨的星河。这漆黑如墨一般的夜空，像极了她此刻的内心：黑洞洞的，看不见一点儿亮光。

尹志斌的那句话一直在耳边回响：心怀怨恨的人，是不会幸福的。

茹意，放下怨恨吧，放下对生母的怨恨，放下对李大红龚如军的怨恨，你就立地成佛，功德圆满了。

可如果亲生父母抛弃自己的孩子都可以被原谅，那这个世界上还有什么事情是不能被原谅的？

如果李大红把自己卖给蔡小毛那个傻子，也是可以被原谅的，那自己不就是一头牲口了吗？

人生有很多事情是可以原谅的，但是这两件事，是绝对不能被原谅的。

客厅里，尹志斌愣在原地，久久地盯着那扇被关上的房门，脑海里回想着自己刚才的话，是不是伤到二姐了？是不是不该那么说？

二姐说，你永远无法体会一个被父母抛弃的孩子心里的绝望和伤痛。

是的，子非鱼，焉知鱼之苦。

这么多年，二姐在别人家长大，这种寄人篱下的痛苦和缺失，他无法感同身受，但他知道，那种滋味儿肯定不好受。因为自己小时候就不愿意在亲戚家过夜，再晚他都要回自己家，要和自己的父母在一起。

但是二姐却没有自己的家。

"二姐，对不起，我刚才可能说得过了，希望你别介意。你是我二姐，我为自己能找回你而高兴。"尹志斌给茹意发了一条微信。

茹意含泪回复道：斌斌，我又多了一个弟弟，我也很高兴。

二姐，我会一直在你身边，你永远都是我的二姐。

两天后，尹志斌要回学校去，茹意和马小阳一起开车送他去高铁站。

看着尹志斌的背影汇入密匝匝的人流中，茹意不舍地挥手和他告别。

两人刚转身往回走，尹志斌红着眼眶奔跑回来，紧紧地抱着她说："二姐，你要好好的，下个月我就要去实习，没时间回来看你了。你知道吗，其实，你从未被妈妈抛弃，你一直都在她心里，在她生命中的每一分每一秒里。这些年，妈妈最亏欠的人是你，最想的人是你，最爱的人也是你。"

茹意心底一颤，拍了拍尹志斌的后背说："走吧，要检票了，再晚你就上不了车了。"

"二姐，我爱你！"

"男子汉不要这么容易伤感，想姐姐了，就回来，二姐来车站接你。"茹意说。

尹志斌点头，又转身和马小阳拥抱，贴着他的耳边说："小七哥，我希望下次回来能正式叫你'姐夫'，不过你得答应我，一定要对我二姐好，要用你所有的爱去爱她，疼她，呵护她，绝对不能让她受半点儿委屈，否则我第一个不答应！"

"行，我答应你。不过你得多给我助攻，这样我才能早日实现你的心愿。"马小阳拍着他的肩膀笑道。

"放心，只要你多做几顿海鲜大餐给我吃，我一定给你多来几次助攻。"尹志斌调皮道。

"没问题，来了我就给你做，保准你满意。"

"行了，时间到了。"茹意催促道，他们两个咬着耳朵窃窃私语，她一句也没听到，就看两人很神秘的样子。

"那我走了。"尹志斌不舍地看着茹意。

"走吧。"茹意挥手道。

回到车上，茹意问马小阳："刚才斌斌和你咬耳朵说什么？"

"你猜？"马小阳笑得很灿烂。

"让你做海鲜大餐吃？"

"真聪明，连这个都猜得着。"马小阳抚了抚茹意的秀发，一脸宠溺道，"斌斌还说啊，希望我早日成为真正的二姐夫。"

"小鬼头，管的真多。"茹意撇嘴，心里却是异常幸福。有姐姐妹妹和弟弟，真的幸福太多了，这个世界上，你再也不是一个人，每天睁开眼睛，就能感受到那么多的关怀和爱迎面扑来，人生太美好了。

"小七，我现在能体会到你有七个哥哥姐姐的幸福了，难怪我爸说第一眼见到你，就像看到了灿烂的阳光，你的脸上溢满幸福。"茹意捏了捏马小阳的脸由衷道。

"嘿嘿，这就是孩子多的好处。所以啊，将来我们一定要生一堆孩子，五个起步，七个标配，九个也不嫌多。"

"讨厌，你当我是母猪啊！"茹意挥拳假装要打马小阳，却被马小阳宠溺地搂进了怀里。

话说龚如军被开除后回到家里，又开始了无所事事游手好闲家里躺尸的生活。每天出去晃荡一圈，回来之后就躺在沙发上，一边刷手机，一边看电视，嘴里时常含着糖果，或者嗑着瓜子儿，以万年不变的姿势，和李大红一人一边，躺在客厅两头的沙发上。

李大红看电视剧，龚如军刷视频，遇上一个好笑的短视频，他把手机声音故意调大，仰头大笑，声音盖过了电视机的声音，李大红就黑着脸斜瞪龚如军，挑着眉怒斥道："你能把手机声音关小一点儿吗？吵得我耳朵都麻了！真不知道手机有什么好笑的，哪有电视剧好看！"

"我还没嫌你电视机声音太大，你凭什么说我手机声音大？你看你的，我看我的，你管我？"龚如军瞟了李大红一眼，根本不睬她，换了个姿势，继续躺尸，举着手机刷视频。

李大红脸愈发黑了，鼓瞪着眼睛盯着龚如军，布满皱纹的眼睛耷拉下来，让她那张长脸显得愈发苍老可怖。

她坐在龚如军的一侧，气愤难耐却又无可奈何，把嘴里最后一粒瓜子壳儿吐出来后，猫着腰挪到龚如军脚边坐下来，拍了拍龚如军的小腿说："儿子，要不咱再出去找找看，找个事情做，江城是个大城市，到处都可以找活儿。昨天我听说小区物业在招保安，这个工作也不累，又在家门口，你只要每天站在大门口，也不需要什么技术，工资也不低，一个月四千多，还有五险一金，我觉得你可以做，要不妈妈陪你下去看看？"

"看什么看？你儿子每天站在大门口看门，你很有脸吗？你每天从那里进进出出，你不觉得丢人我都觉得丢人！"龚如军一听就火了，推开她的手，翻了个白眼转身背对着李大红，再也不搭理她了。

李大红的手僵在半空，颓然地看着龚如军，想了半晌，沉声道："怎么会丢人呢？不丢人哪，你看，那么多小伙子穿着保安服站在门口，很帅气很精神啊，妈妈要是看到你站在那里，很开心的。关键是就在家门口啊，可以回家吃饭，你要是值班，妈妈就给你送饭下去，多好，多方便啊！"

"方便个屁！你要愿意你自己去，我不去！"龚如军对着手机，头也没转地怼了一句。

"我倒是想去，可人家不要我啊。你以为我愿意这样每天躺在家里看电视啊，无聊死了！出去找个工作，干点活儿，挺好的。"李大红垂着头叹气道。

"那你去物业当清洁工，去楼下捡垃圾，这些活儿你总可以干吧！"龚如军白了她一眼，坐直身体凑到她跟前，"你现在是想钱想疯了吗？以前你从来不逼我找工作，现在为什么要逼我找工作？你放着眼前的摇钱树不要，想靠自己去赚钱，你傻了吗？"

"唉！"李大红长叹一声，当然知道龚如军说的"摇钱树"是谁，"儿子，你爸爸治病花了二十多万，后续的康复治疗还要不少钱，现在一大家子住在这里，每个月的开销也很大，这些都是钱啊！她的钱也不是天上掉的，对不对？我们要是自己能赚钱，就不用看人家的脸色，不是活得更好吗？你以为妈妈没去过物业找工作？人家不要我啊！说我年纪太大，又没文化，连清洁工都不让我做，唉！"

"你是怎么回事儿？她的钱不就像天上掉的吗？我们就是累死累活一年到头赚的，还不足人家一个月的工资。你知道如意多有钱吗？我到厂里后才知道，她是按公司的总销售拿奖励的，销售高她每年的提成都有几百万！几百万啊！这房子，还有她的车子，一年就能赚到，这十年下来，你算算，她得有多少这样的房子和那样的豪车啊！她赚的钱，这辈子都花不完。我们龚家养了她十八年，让她出点儿钱怎么了？爸爸对她那么好，让她出点儿钱不应该吗？妈，我觉得，我们还可以这样做——"

龚如军对李大红招招手，示意她凑过来。

李大红侧着脑袋，把耳朵凑过去，龚如军捂着嘴贴着她的耳朵悄默默说了一通，说得眉飞色舞，两眼放光。

"这……行吗？她不一定会同意啊！"李大红皱褶着吊梢眉说。

"当然能同意，她要是不同意，我们就永远在这里住下去，她同意，我们就回老家去，不在这里打扰她。"龚如军说。

"有道理。"李大红点点头。

龚如军又对她使了个眼色，眼睛瞟了瞟龚柳根住的房间。

单月月正好带着果果从外面进来，见他们两个神神叨叨的样子，不知道他们在干什么，一边给果果倒水，一边竖起耳朵听他们讲话。

李大红拖着脚步走过去推开房门，对坐在窗口发呆的龚柳根说："你女儿多久没来看你了？"

龚柳根看着窗外，根本不理她。为了让自己眼不见为净，龚柳根极少坐在客厅沙发上，吃完饭他就回自己的房间里坐着，看不到那两个人，他才不会那么闹心。

李大红也不恼，站在龚柳根身后不远处，靠着墙双脚交叉在一起，双手拢在身前，慢悠悠道："你不是说你想回老家休养吗？你把她叫过来，我们商量一下，就搬回老家去。我也不想在这里待着，这里再好，也不是自己的家，金窝银窝不如我自己的草窝。"

龚柳根转身看着李大红，不敢相信地问道："你又要闹什么幺蛾子？想从茹意身上打歪主意，门儿都没有！我不会叫她来，最好这辈子都别来。"

李大红冷笑了两声，松开拢在身前的双手，盯着龚柳根那光秃秃的脑袋道，"你这是在跟自己赌气。这个家里，只有你才能叫得动她。龚柳根，我是真的想回家，不想在这里待着了，没意思。回老家至少我还有一些老邻居，可以打打麻将聊聊天，在这里我一个朋友都没有，每天除了看电视就是嗑瓜子儿，我也很难受。你现在病情稳定了，可以回家休养了，对你也好。我都是为你着想。"

"你真这么想？"龚柳根依旧不敢相信，"前几天我说想回去，你还坚决不同意，怎么突然间转变了？"

"想明白了呗，我想通了，还是回去好。你叫她来，咱们商量一下，商量好了，我们就走。"李大红装得很轻松。

"不需要商量，我直接告诉她就行，我们收拾一下东西，明天就买车票回去。"龚柳根说。

"那不行，你身体还没完全好，后续还需要回来复诊，每天都需要吃药。这些事情比较繁琐，还是跟她商量一下，让她明白，我们不能就这样不明不白地走了啊！"李大红说。

"那我等她下班后跟她说，现在她在上班，不能打扰她。"龚柳根不想叫茹意过来，因为他知道，李大红和龚如军见到她肯定没好事儿，龚如军对工厂开除他这事儿，一直怀恨在心。

"龚柳根，你是听不懂人话吗？让你把她叫过来，我们临走和她见一面，说清楚一些事情，是会割你的肉还是会抽你的筋啊？你怎么就不识好歹呢？非得要我发火吗？真是贱骨头！"李大红忍无可忍了，指着龚柳根的鼻子骂道。

"李大红，你开口准没好事儿，你以为我不知道你把如意叫过来想干什么？我不同意！"龚柳根态度很坚决。

"行，你不叫，我自己叫，我就说你要死了，看她来不来！"李大红用自己的手机，拨打了茹意的电话，她放大了音量，故意让龚柳根听到。

"你干什么！你把电话挂了！"龚柳根跳起来，要抢下手机，李大红一转身，就避开了龚柳根。

李大红本就身形粗壮，个头比佝偻着的龚柳根还高。

龚柳根又追着去抢，李大红就举起手机转圈圈，龚柳根身体虚弱，转了两圈就头晕眼花，气喘吁吁，根本够不到手机，很快就听到了如意的声音：

"你好，哪位？"

茹意正在办公室看资料，她没存李大红的电话，看到这个陌生的号码不知道是谁的。

"龚如意，你爸快死了，你快过来！"李大红对着手机喊道，脸上露出一丝狞笑。

"什么？"茹意惊得从椅子上弹跳而起，顿时脸都白了。

"如意，别听她的，我没事儿，我没死，我好好的！"龚柳根气喘吁吁冲过来，硬扯着李大红的胳膊，伸长手要去抢手机，可根本抢不到，累得上气不接下气。

"爸，爸，您没事儿吧？"茹意从手机里听到爸爸的喘气声，心惊得狂跳。

"快死了，你说有事儿没事儿？"李大红冷笑道。

"如意，别听她的，我没事儿，没事儿。"龚柳根弯着腰喘气道。

"龚如意，你要是不来，可能就见不到你爸最后一面了。"说完，李大红挂了电话，恼怒地推开了龚柳根，得意地走出了房间。

龚柳根靠着墙壁滑坐在地板上，胃部一阵阵地抽疼，痛得他浑身发冷，大汗淋漓。

他捂着腹部爬到床头，抓起床头柜上的手机，想给茹意打电话，告诉她不要过来，不要中了李大红的计，可是，拿起手机，他的眼前却是一片模糊，根本看不清手机上的字，连茹意的电话他都找不到了。

龚柳根仰头长叹，泪水顺着眼角滑落下来，腹部的疼痛那么剧烈，他只好趴在床沿上，使劲儿按住腹部，那个刀口处如撕裂般疼得刻骨。

茹意来不及多想，抓起包就往外冲，迎头又碰上了来找他的张毅，见她一副十万火急的样子，张毅快速往后退了一步，吃惊道："头儿，你这是要去哪里？我找你有事儿呢？"

"等我回来再说，材料放我桌上。"茹意甩下一句话，狂奔进了电梯。她的心慌得要跳出喉口了，一种剧烈的不安笼罩着她。

爸爸刚刚在电话里的声音太不正常了，那断断续续的微弱声音，分明就是已经快不行了！可是，他明明好好的，怎么会突然不行了呢？前两天她还和马小阳一起，把他悄悄地接出来到外面逛了逛，陪他吃了一顿饭，还给他买了很多吃的东西。

那天爸爸很开心，气色也不错，身体已经在慢慢好起来了。

怎么突然间变成这样了？

电梯停在负二层，茹意快步冲出来，上车前她拨打了单月月的电话。

"月月，爸爸什么情况？"

"我也不太清楚，刚才看到妈妈进了爸爸的房间，两人在里面好像吵了一会儿，具体吵的什么我没听清楚。"单月月还坐在餐厅里，伺候果果喝水、吃水果，根本不知道刚才房间里发生了什么。

"你马上到爸爸房间里去看看他，爸爸刚才好像很难受，我现在就开车过来。如果情况紧急，马上拨打120，先把爸爸送医院。"茹意边扣安全带边说，心在胸腔里狂跳。十年了，从来没有这么慌张过。

如果爸爸真有什么意外……想到这里，泪水瞬间模糊了双眼，不会的，绝对不会的！

一路上，她双手紧抓方向盘，内心的恐慌和不安让她的全身都在颤抖，真恨不得能飞到爸爸身边去。

车子终于到了，正要下车，马小阳的电话突然打了进来。

"茹意，下午下班我准时去接你。"

"小七，我爸情况不太好，我已经开车到我爸这边来了。"茹意焦急道，声音都在颤抖。

"我马上过来，有事儿你随时给我电话。"马小阳也一秒紧张了起来。

"好。"小七要来了，她顿时就没那么慌了。

到了家门口，茹意的脚步突然放慢了，这道熟悉的大门，她突然间感到有点儿害怕，害怕一推开门，就看到自己最不愿意看到的那一幕。心，顿时又变得慌乱不安。

她捂着心口，稳了稳情绪，按下指纹锁推开了大门。

里面静静的，比以前任何一次都安静，连电视都关掉了。李大红拉长脸坐在南边沙发上，龚如军斜躺在北边的沙发上，正举着手机刷视频。

听到开门的声音，他们同时朝大门口望了一眼，盯着她看了几秒后，一言未发地转过头，彼此对视了一眼，嘴角几乎是同时勾了勾，露出了一丝得意。

单月月从龚柳根的房间走出来，手里牵着果果，怔怔地站在门口，看着一步步走进来的茹意。

"爸爸呢？"茹意问。

"爸爸在房间里，我刚给他吃了药，现在好点儿了，没事儿。"单月月小声道。

茹意快步走进房间，看到爸爸斜靠在床头，脸色异常惨白，双眼空洞地看着天花板，眼里蓄满泪水。

"爸。"茹意蹲下来握着爸爸粗糙干枯的手，泪眼模糊道，"您没事儿吧？我送您去医院。"

龚柳根无力地摆了摆手，泪水滑落下来："不用，爸爸没事儿。"他垂下头心疼地看着茹意，泪水斑斑道，"你回去上班，爸爸没事儿，没事儿。"

"爸，您怎么突然间不舒服了呢？出什么事儿了？"茹意握着他的手问道。

龚柳根已经没力气说话了，他带着泪苦笑了一声，继而又摆摆手，摇摇头，有气无力道："没，没事儿。"

"有事儿！"李大红突然蹿到了门口，拉开站在门边上的单月月，叉着腰看向茹意道，"你爸爸这些日子说要回老家去休养，我寻思着回去也好，人老了终归是要落叶归根，谁也不想死在外边。"说到这里，李大红故意停了下来，看了一眼躺在床上气息奄奄的龚柳根，心里寻思着老头子真要死了，以后再向茹意要钱，就不太可能了。

茹意转头盯着李大红，又回头看了一眼床上，说："爸，您现在的情况，还不能回老家。"

"正是因为你爸爸这个情况，所以才要回老家。"李大红马上抢过话说，"让医生开药回家去吃，反正现在也不用住院，要复诊再回来，坐高铁也快，几个小时就到了。在这里，环境是不错，可我们终归是外地人，在这里没有朋友没有亲戚，和这小区里的人也玩不到一起，连个说话的都没有。回老家，你爸爸有老同事老朋友老邻居，每天能凑在一起聊聊天，对身体更好些。"

"爸，您真想回去？"茹意看着龚柳根问道。

"当然。今天让你来，就是要商量这事儿。"没等龚柳根回应，李大红又抢过话说，"这回去了也得继续吃药、继续休养、继续好吃好喝地伺候着，处处都得花钱。我们家从来就是一穷二白，没有积蓄，我们两个的养老金又少得可怜。所以，你得给钱。"

"你们的生活费我会每月按时交给月月。"茹意淡淡道。

"每月给？你真当我们是叫花子？"李大红冷哼了一声，十分不满地白了茹意一眼，"我不要你每月给，我要你一次性付清。"

"一次性付清？"茹意吃惊地瞪向李大红，"我不欠你的！"

"你当然欠我们的！"李大红理直气壮道，"我们龚家抚养了你十八年，你一上大学就和龚家一刀两断，连姓都改了，你既然不当自己是龚家人，那我们龚家养育你十八年，你不该给抚养费？你喝白水长大吗？不是龚家供你读书，你能有今天吗？你说你欠不欠我们龚家的？嗯？"

"你！李大红，你给我滚出去！"好不容易平静下来的龚柳根，听到李大红这句话，怒不可遏地跫起身子指着李大红破口大骂，话音未落，就剧烈咳嗽起来，有气无力地跌坐在床头。

"爸，您别生气，别生气。"茹意赶紧蹲下来给龚柳根顺气，拿起床头柜上的水，扶着龚柳根喝了一口。

"如意，别听她的，你赶紧走，走，听爸爸的话，赶紧走！"龚柳根推开茹意，赶她走。

他就知道，李大红这个贪得无厌的女人，把茹意叫来，就是想从她这儿拿钱！

"爸，我没事儿。"茹意安抚龚柳根，起身看着恬不知耻的李大红，冷冷道，"你忘记自己曾经对我做过的那些毫无人性伤天害理的事情了？居然好意思向我开口要抚养费？"

因为单月月在场，茹意不想把自己最不堪的往事说出来，每说一次，心就被撕碎一次。

"怎么伤天害理了？当年我就是想用你换三十万加一套房子，很多家庭都是这么做的！你没见单月月也是我们龚家花二十万娶进来的吗？在我们那里，哪家的女儿出嫁不是收几十万的彩礼？当年你没给我们，现在就得给，这就是你欠我们龚家的！"李大红丝毫没有愧疚，而是理所当然道，"当年的一套房加三十万，现在至少值一百万，就按现在的市场价，你就给我们一百万！"

"一百万？"茹意简直不敢相信自己的耳朵，李大红居然敢如此狮子大开口，向自己索要一百万！

"一百万多吗？现在县城里的房子一套也得五六十万，你给一百万，也就一套房子买下来装修好的价格，你以为很多？再说，将来你爸爸回去了，每天的营养费也是一大笔开支，都包含在这一百万里面，我们不会再向你要钱。"李大红说。

"闭嘴！李大红，你还要不要脸？啊？你怎么好意思说得出口？你就不怕遭天打雷劈吗？"龚柳根急得跳起来，剧烈的咳嗽憋得他满脸通红，"如意，快走吧，孩子，你再也别来了，快走！走！"

"走？龚如意，我告诉你，你要是今天敢走，改天你就来替你爸收尸吧！"李大红冷哼道。

"爸，您别激动，我没事儿。"茹意又焦急地帮龚柳根顺气。

"一百万对于你来说，只不过是个小数字。你的钱早就多得这辈子都花不完了。"李大红昂着头志在必得地盯着茹意，"这一百万，你给了我们，也是为了让你爸回去能安心休养，让他有好的生活条件，让他能多活几年。"

"别听她的，如意，爸爸不需要钱。你赶紧走！走！"龚柳根的气儿终于喘匀了，眼泪巴巴地看着茹意说。

"爸，您告诉我，您是不是真的很想回去？"茹意扶着龚柳根担心道。

龚柳根浑浊的眼底布满泪水，许久，他沉沉地点了点头，声音微弱道："爸爸想回老家，但不需要你的钱。"

茹意握着爸爸的手点了点头，说："爸，我明白了。"

她转身看向站在门口的李大红，说："一百万我可以给你，但是这钱怎么花，由我说了算。"

李大红眼神一亮，继而又暗淡了下去，冷冷道："钱既然给我们了，当然是由我们说了算。"

"这一百万，在县城买一套好房子，余下来的钱，由爸爸保管，每月的生活费由月月负责从这里支取，爸爸复诊和吃药的钱，我来出。"茹意平静道。

"龚如意，你以为有钱就可以支配一切是吧？"一直躺在客厅沙发上的龚如军突然蹦到了房门口，指着茹意一脸不屑道，"你给的这一百万，是你欠龚家十八年的抚养费！那是我们应得的钱！我们的钱自己支配，你凭什么在这里替我们安排？你算老几啊？"

"就凭这钱是我给的，有本事你自己去赚钱啊！一个大男人，每天在家里游手好闲，你有什么资格说这话？"茹意即刻黑着脸怼了回去。

"我游手好闲？总比你出卖灵魂和肉体强！你别以为你和穆总的那点儿烂事儿没人知道！整个公司上上下下，哪个不知道你是仗着穆皓峰对你的好才能赚这么多钱啊？早知道当年我就不该阻止我妈，就该把你绑到蔡小毛家里去卖个好价钱！"

"砰！"一记重拳从龚如军的背后袭来，龚如军只觉得脑袋一晕，晃荡了两下，就倒了下去，紧接着又是一阵拳打脚踢。

"胡说八道！打死你！"不知何时冲进来的马小阳，一把掐住龚如军的脖子，使劲儿抽了两巴掌，打得龚如军顿时唇角流血，肉脸模糊。

"你，你是谁啊！"李大红惊慌失措地冲上去，拼命拉扯马小阳，嘶吼着叫嚷道，"月月，报警，报警！"

为了不让果果听到那些不该听的话，单月月早已抱着果果躲进了她自己的房间里。这会儿，她正捂着果果的耳朵，两人蜷缩在床角。

这个家太可怕了，动不动就是声嘶力竭的争吵和打骂，她不能保护自己，但是她要尽最大的能力保护自己的女儿不受伤害。

"报警？正好，让警察把你们这些虐待狂和诈骗犯全部抓起来！"马小阳起身，掸了掸白衬衫，厌恶地看了一眼穿着大红睡衣头发凌乱的李大红。

这是他第一次见到茹意说的那个养母，果然凶神恶煞，一看就不是好人。还有刚才开口骂茹意的这个龚如军，简直就是畜生不如！

马小阳刚进来就听到他那不堪入耳的话，他绝对不允许任何人诋毁中伤他最心爱的茹意。

"小七，你怎么来了？"马小阳并没有来过这里，她没想到她居然找到了。

"茹意，我们带叔叔走吧，离开这里。"马小阳拥着茹意心疼道。幸亏他及时赶到，不然真不知道茹意要怎么应付这两个凶恶的无赖。

"不，你们走，我不走，我也走不了。"龚柳根摆摆手有气无力地看着马小阳，"小七，你来了正好，快带如意走，快走！"

马小阳走近龚柳根的床头，蹲下来拉着他的手关心道："叔叔，您没事儿吧？"

"我没事儿，你们快走，快走！"龚柳根不停地摆手。

"爸，我带您去医院吧？"茹意不放心，爸爸的脸色惨白得太吓人了。

"不用，我没事儿，我歇歇就好，一会儿再吃点药就没事儿了。"龚柳根捂着依旧隐隐作痛的腹部说。

"叔叔，那您好好歇着，我先带茹意回去了。"马小阳拥着茹意往外走。

门口，李大红正扶着瘫坐在地上不能动弹的龚如军号啕着，龚如军抹了抹嘴角溢出的血，咬牙瞪着马小阳道，"孙子，你从哪个坑里冒出来的？你居然敢打我！"

"打的就是你！以后你再敢欺负茹意，再敢骂她一句，我就让你躺在地上三天动弹不得，让你的嘴三天三夜不能开口！"马小阳瞪了他一眼，拥着茹意往大门口走去。

"你等着，看老子怎么收拾你！"龚如军疼得龇牙咧嘴，抹了一把鼻子，弄得满手满鼻子都是血。

"他是谁啊？"李大红看着马小阳离去的背影，一脸畏惧地问道。

上了茹意的车，马小阳替茹意扣好安全带，自己再坐进驾驶室，边扣安全带边说："以后你别来这儿，要来，也得让我陪着一起来。"

"你怎么找到楼上的？"茹意不解道。

"我自有我的办法。"马小阳转头对着她笑，"今天他们叫你来是不是有事儿？"

茹意点点头，把前后过程简单说了一下。

"可恶！吸血鬼！别给他们钱，把叔叔接出来，让其他人滚蛋！你没有责任和义务背着这么沉重的包袱。再说，你的钱都是辛苦钱，凭什么白白给了他们？"马小阳很气愤，刚才真应该再多给那个吸血鬼几拳，打得他满地找牙。

"小七，我知道你是为我好。但我不想让我爸回到老家那个破败的房子里去住，那里的条件太差了，我爸的身体需要一个好的环境休养，那个房子阴暗潮湿，夏天热得要命，冬天冻得要死，简直就是地狱般的居所。他要回老家，我一定要给他买个新房子养老，再给他一笔钱，让他衣食无忧。"茹意沉重道，"我也可以不管他们，让他们就回到那个老房子去住，但是这样我没办法让自己心安，一想到我爸身体这样虚弱还要住在那样的地方，我就难受。我花这个钱，是为了我爸，也是为了我自己能安心，你明白吗？"

马小阳摸摸她的头叹气道，"茹意，我理解你的心情，但那两个人是贪得无厌的，你给了他们这些，他们还会无底线地向你索要，这就是个无底洞，你不能纵容他们。"

"这是最后一次，我肯定不可能再答应他们其他的要求了。再说了，这不是为他们，是为了我爸。"

"你要是真为了你爸，你就把他接出来，请人专门照顾他，让他好好享受余生。我觉得你爸和他们生活在一起，并不幸福。那个女人一看就不是善主。"

"我爸不同意一个人出来，他要回老家，要和他们在一起，这终归是个家吧！虽然我不能理解，但我尊重他。我爸说，他相亲三次见到的都是李大红这个人，和李大红在一起，这是他的命，他认命了。"茹意苦笑了一声。

马小阳在她额头上落下一个吻，感慨道："我不能理解什么是命，我只记得，小时候奶奶经常对我说，阿爸出去做生意，我们要全心全意拜关爷、财神爷、妈祖、土地爷，还有其他叫不出名字的各路神灵。我也不知道有没有，反正奶奶和妈妈很虔诚，我们一家人也就跟着虔诚地拜。长大了我才知道，这其实是心里的一种敬畏，就是敬畏神灵、敬畏自然、敬畏万物，从而来约束自己行善积德，莫以善小而不为，莫以恶小而为之。茹意，你虽然没在我奶奶身边长大，但你就是这样的人。"

"我没有接受过这样的教育，也没有你说的那么伟大。我只是不想让自己留遗憾，不想我爸生命中最后的时光过得不好，我想让他享受余生，因为他是童年里给过我最多爱和温暖的人，是他让我知道，世界上还有爱，有温暖，而不全部都是恶。"

茹意这话听得马小阳的眼眶湿润了，他抱着茹意，恨不得给她所有的爱和温暖。

"这个周末，我想回老家一趟，争取把房子的事情搞定。"过了一会儿，茹意又说。

"好，我陪你去。我有一个建议，买房子给他们住可以，房本得是你自己的名字，不能写你爸的。"马小阳说。

"为什么？这是我送给爸爸的礼物，我不想用自己的名字。"茹意仰头看着马小阳。

"茹意，谁的钱都不是大风刮来的。这房子要是写你爸的名字，将来就是龚如军的。龚如军好赌成性，赌徒输红了眼的时候，是完全失去理智的，他会押上他的一切，包括这个房子。写你的名字，他至少没有押上赌桌的权力。最后你还能给他们留个安身之所，否则到头来他们可能真的会一无所有。"马小阳分析道。

茹意沉默许久，无奈道："我答应过他们这些钱和房子都是给他们的，如果改变的话，到时候李大红又得跟我吵，我最烦看到她那张脸了。我想花钱买安心，也买省心。"

"你出钱为什么要怕她？你告诉她，这房子虽然是你的名字，但是在他们有生之年，都有居住权，但没有买卖权。写你的名字，就是为了保障他们的居住权。如果龚如军会和你吵，我再给他一顿暴揍，龚如军这样的人，就该送进监狱里去关他几年。"马小阳很愤怒，这一刻他可以肯定，上次茹意瑟缩在车里发抖，肯定就是被龚如军打了，今天要不是自己及时赶到，说不定龚如军那个畜生又会对茹意下手。

想到这里，马小阳的拳头下意识捏得咯吱作响，指关节一节节凸起。

茹意握着他的手，感觉到他的变化，仰头说："没想到你平时那么斯文，动起武来也是那么厉害，你刚才打龚如军的拳脚干脆利落，看起来很有经验的样子。"

"对待龚如军这样的人，就该狠一点，你就是太善良了，所以他总是欺负你。"马小阳说，"以后到这里来，绝对不许你一人来，必须得有我陪着。我说每天接你上下班，你偏要自己开车，你一开车就乱跑，我真是不放心。"

"你和我一样，每天都很忙，干嘛非得浪费那个时间来来回回接送我？不过，你刚才说的那一点我同意，以后我来这里，我都和你一起来。反正今天也让你看到了这么不堪的一幕，以前我是不想让你知道这些，也不想让他们知道你，怕给你带来麻烦。你今天打了那个人渣，你得当心，他可是一个无业游民，什么事儿都敢做。"茹意担心道。

"放心，朗朗乾坤法治社会，他想干嘛？现在他做任何违法犯罪的事儿，都无处可逃，除非他真想进大牢里蹲着。"马小阳说。

"话虽这么说，你还是小心为好。"茹意叮嘱道。龚如军的为人，茹意再清楚不过了。

很快到了周五，茹意去向穆皓峰请假，准备坐晚上的高铁回老家。

"从没听你说过要回老家，这次突然要回去，是有什么大事儿？"穆皓峰眸光柔和地看着她问。

"回去给爸爸买个新房子，他要回老家休养。"茹意如实回答。

"很好，百善孝为先，丫头，你是个孝顺的好孩子，早去早回。要不要我找个人帮你打听打听当地的房价？你也很多年没回去了。"穆皓峰像个父亲一样慈祥地看着她。

"谢谢三叔，我已经找恒瑞地产的人了解过了，他们去年在我老家白水县开了一个大楼盘，质量不错，小区环境也很好。我让他们的销售老总打过招呼了，到了那儿只要直接挑选房型付款就好了。"茹意说。

"不错，很少见你用工作上结识的人脉为自己办事儿，我还以为你这次也不会这么做，终于开窍了啊丫头。想当年，你买那两套房子，都是我给你的资源，我督促你买的，你看看江城的房价涨了多少倍了？老百姓赚钱的速度，永远赶不上房价上涨的速度啊！"穆皓峰笑道。

"是啊，所以真心谢谢三叔，那时候我根本没想要买那两套房子呢！"茹意也笑。

"江城的房子现在价位太高了，这个时候就不要再入手，我建议你把手里的钱一部分换成黄金保存，一部分换成美元，留下一部分做应急，钱是不能让他躺在银行睡大觉的。"穆皓峰说。

"嗯，我有做一些高端理财。"茹意说。

"这个也可以有，但我说的那两项，你也得做，分散投资，分散风险，未来黄金一定会大涨。"穆皓峰很笃定地说。停了片刻，他像是想起了什么似的，利落地敲了几下桌面，说，"对了，我后天要去欧洲一趟，这次有十多天时间，我不在家的这段日子，公司的日常事务你要多关注，有事儿随时给我电话。"

"好。"茹意点头，心里却是不解，穆皓峰出远门一般都是提前很久安排日程表，怎么这次说走就走了？

"三叔，这次去欧洲怎么这么突然？"茹意问道。

穆皓峰苦笑道，"最近总有人在我耳边念叨那两句话：说生活除了眼前的苟且，还有诗和远方；还说一个人此生必须要做两件事儿：一份奋不顾身的爱情和一场说走就走的旅行。所以，我要践行自己的承诺，带着董静华来一场说走就走的旅行，去看看诗和远方。"

"很浪漫，祝你们玩得开心。"茹意笑道。

"你也知道，我不是一个会玩的人，但是为了她，我愿意去学着玩。"穆皓峰苦笑，"你准备什么时候把马小阳带来见家长？"

"等您从欧洲回来吧，那个时候估计就差不多了。"茹意道。

"行，现在开始，我就期待着从欧洲回来的那一刻了。"穆皓峰欣慰地看着茹意。

这辈子自己无儿无女，某种意义上，穆皓峰早已把茹意当成了自己的女儿，他甚至想过，有一天自己退休了，就把公司交给茹意来管理，这是他最放心的接班人。

从穆皓峰的办公室出来，茹意来到楼下，马小阳的车已经停在门口了。上了车，两人立马往高铁站赶去，今天晚上要赶到白水县去住，明天一早就去选房。

第二天九点，两人准时来到了售楼处。一路上，茹意惊讶于这座小县城的变化。十年之间，白水县发生了翻天覆地的变化，几乎找不到过去的模样了。曾经这里只有两条半街道，现在宽阔的大道四通八达，环城路不逊色于江城的沿江大道，只是没有江城的那份熙攘和繁华。

茹意挑选了一套四居室的房子，考虑到他们全部住在一起，将来果果也得有个独立的房间，就买了小区里最大的户型。正好有一套样板房要出售，茹意很满意，家具电器一应俱全，爸爸回来马上就可以住，省却了装修的时间。

两天把全部手续办好了。临走的时候，售楼部的经理告诉茹意，他们公司下一步准备开发棉麻公司那片地，那里的老房子年底就要拆了，补偿办法是一平方米补一平方米，不要房子的就按照市场价补房款。

那一片正好是龚柳根老房子所在地。这个消息来得很突然。

按照以往的经验，要房子比要钱划算，因为房价会涨，而货币会贬值，所以，她打电话把这个好消息告诉了爸爸，让他到时候签合同选择拿房子。并且把自己回白水县买房子的事情也一并告诉了龚柳根。

龚柳根听了果然很开心，忙不迭地点头，挂了电话就把这个消息告诉了李大红和龚如军。

"哇靠，这下我们发财了！"一直在沙发上躺尸的龚如军听到这个消息，蹦跳起来，站在沙发上兴奋道，"要钱，不要房！要那么多房子干嘛？既然龚如意已经给我们买了一套，我们根本就不需要再拿房子，现在我们最需要的是钱！钱！"

龚如军掐着手指一算："我的妈呀，能拿到五十多万啊！加上如意给的，我们就有一百万了！哈哈哈！"

"如军，那以后我们也是百万富翁了啊！哈哈哈！"李大红一听，在客厅里上蹿下跳，那神情就像中了大奖。

"那是，咱再也不是穷人了！钱到手后，我要买一辆三十万以上的车！我要去澳门玩一圈，我周围的朋友都去过，就我没去过，太丢人了！我要去澳门住上几天，不，半个月！好好逛逛东方的拉斯维加斯！"

"车可以买，但你不能去澳门！"李大红还算清醒，马上反对，她就是用脚趾头想也知道龚如军去澳门是去赌博的。听说有人去澳门一趟就输了几百万甚至上千万，就这点钱，那不是一晃眼就不见了？

不行，绝对不行！这钱绝对不能上如军的手，不然钱还没焐热，就飞走了！那可就真的什么都没有了。

"凭什么不行？我就要去！"龚如军强硬道。

"你去行，但不能带钱去，你就去那里转转，千万不能去赌！那里赌的数额特别巨大，分分钟几十万几百万就没了啊，儿子！你平时小赌小闹的妈妈不说你，去澳门肯定不行！"李大红头摇得像拨浪鼓，这是底线，好不容易有点儿钱了，不能一夜又回到解放前啊！

"你疯了吧！去澳门不带钱我去澳门干嘛？去卖肉吗？亏你说得出这种话！"龚如军黑着脸白了李大红一眼。

"儿子，你就听妈妈一句话，咱以后不赌了行吧？有钱了咱吃好喝好玩好，每天过得美滋滋的，多好啊！干嘛非得把钱送给别人呢？"李大红讨好地看着高高在上的龚如军，满眼期望龚如军能听自己一回。

"放屁！我怎么就是把钱送给别人？你怎么就不指望着我赢钱呢？还没去你就咒我，难怪我每次都输钱，都怪你这张乌鸦嘴！从今天开始，你给我老老实实闭嘴！再让我听到你刚才的那些话，别怪我六亲不认啊！哼！"龚如军蛮横地瞪了李大红一眼，从沙发上跳了下来，穿上鞋摇晃着身子走了出去。

一直默然地站在房门口的龚柳根无望地摇头，转身回到了房间里。这个家从来就没有他说话的份，这一次，他照样没有发言权，就算他不同意，也斗不过李大红和龚如军两个人。

看着刚才龚如军那副败家的样子，龚柳根内心涌起深深的凄凉和绝望，家有赌徒，满门不幸啊！这个家迟早要被龚如军败光。

周一上午，茹意和马小阳坐最早一趟高铁赶回江城。

早班车人不多，马小阳买的商务座，车厢里就他们两个人，柔软舒适的座椅，独属于两人的宽松空间，让这趟旅程多了一份浪漫和温馨。

"你这样照顾我，将来我退化了，什么都不会了，你可要对我负责。"茹意靠着马小阳幸福地撒娇。

"当然，这辈子我对你负责到底。只要有我在，我就不允许你操心那些琐碎的小事，这些小事就应该是小七做的，你只负责决定大事。"马小阳声音温润柔软，幸福从心底溢出来。

"那你说生活中什么是大事儿？"茹意故意逗他。

"比如说，咱们什么时候结婚、什么时候生孩子这些就是大事儿，归你负责，你说了算。"马小阳调皮地轻弹了一下茹意的鼻尖。

"讨厌，我就只能负责这样的事情？"茹意假装不满道。

"当然，这可是终身大事儿，还关系我们的未来，这是天大的事儿，我觉得没有比这个更大的事了。"马小阳一本正经道。

"这个可以我说了算，但还得有其他的，比如经济大权什么的，这个也得提上议事日程。"

"经济大权当然是你说了算。"马小阳笑道。

"这还差不多。"茹意在他的脸上亲了一口。

马小阳心里的幸福像花儿一样绽放，他抱着茹意深吻了上去。

陶醉中，马小阳的手机突然狂叫起来。

马小阳不理会，可手机很固执地一遍遍响着。马小阳只好接听。

"七哥，我们的店被人砸了！"电话那头，小六带着哭腔说。

"什么情况？你慢慢说。"马小阳心底一惊。

"七哥，这两天一切都很正常，顾客也很正常。今天原定是休息日，可一大早隔壁店的人就打电话给我，说我们的店门被砸了，我赶过来，发现我们沿街的玻璃门全部被砸破了！七哥，你说会不会还是之前的那些人？我要不要马上报警？"

"马上报警！你到楼上去看门口的监控，如果我们的监控被弄坏了，那就去隔壁看看，那边也能看到我们这边的情况。"

"好，七哥，你什么时候回来？"小六很伤心，这次损失很大，这些人不仅砸了玻璃，连里面的东西都没放过，太可恶了。

"我还有三个小时到，先报警，警察能找到肇事者的。"马小阳安慰道，其实自己心里也很难受。

"店里出事儿了？"茹意吃惊道。

"出了点儿小事儿，我让小六先报警，不着急，交给警察就好了。"马小阳拍了拍茹意的胳膊，轻描淡写道。

"具体是怎么回事儿？你跟我说说。"

"就是有人搞破坏，把外墙的玻璃砸了，小六已经在处理了，没事儿。"马小阳淡定道。

"之前也发生过这样的事情吗？"茹意蹙着眉头问。

"有，同行竞争，也会用这种下三滥的手段。"

"你当时是怎么处理的？"

"报警。"

"结果呢？"

"通过监控找到了那个人，拘留罚款赔偿。他们认为我抢了他们的生意怀恨在心，我跟他说，同行既是竞争对手，更应该是朋友，一条路上，同类的店越多才有集群效应，单独一家店，是很难开下去的，因为顾客没得选，往往就不愿意往这边走。你看那些餐饮店，基本都在一条路上，如果孤零零的一家，那迟早得关门，因为没人气。他认同我的观点，后来我们成了朋友。所以，这次我想不出来是谁在故意找茬。"马小阳眉头微蹙道。

"我猜到了一个人。"

"谁？"

"龚如军。"

"他？他从来没到过我店里，他怎么会知道？他可能干这种事情？"马小阳不敢相信。

"他什么事情都可能会干，尤其是这种下三滥的事情，他干得最多。你那天打了他一顿，他肯定要来报复你。"茹意咬牙道，这个人渣，怎么他就不会遭报应呢？

"我不相信是他。"马小阳摇着头说。

"我也希望不是他。但直觉告诉我，应该是他。"茹意肯定道。

"我让小六去查监控，一会儿就知道了。"马小阳沉沉地吐出一口气，心里还是希望不是他。

"他会找别人去干，不一定要他自己去。而且，他们肯定早就做好反侦察了，我怀疑你店里的监控和你周边的监控都坏了。龚如军别的本事没有，干坏事儿的能力比谁都强。当年读书的时候，他就是坏点子最多的学生，初中没毕业就被学校开除了。"茹意说。

马小阳愕然不已，龚如军居然是这样一个人渣，难怪那天会指着茹意说那么难听的话，这样的人怎么配当哥哥？怎么配成为一个男人？真恨不得一巴掌扇死他。

果然，小六的电话很快就打过来了，他带着哭腔说："七哥，监控坏了，最后的图像只看到几个蒙面黑衣人，根本看不清模样，隔壁店的监控也坏了。"

"别急，先报警，让警察取证，记得同时报保险公司。"马小阳很沉静。

"七哥，店里的损失很大，不少东西都砸坏了，还有些衣服被拿走了，化妆品洗发用品也被拿走了很多，我们店里就像遭了大洗劫一样，惨不忍睹！"小六很悲痛，"七哥，你说谁这么丧尽天良啊？会不会还是以前的那一家？"

"现在我们不好胡乱猜测，等警察来了配合取证吧，我很快就回来了。"

挂了电话，马小阳的眉头拧成了一个"川"字。如果真是龚如军干的，该怎么办？真把那个无赖送去坐牢吗？虽然自己上次就说过，龚如军这样的人渣，就应该送进监狱里去教训几年，可是，真要是自己亲手把他送进去，会不会让茹意更难做人？

"小七，对不起，我给你惹麻烦了。"茹意一脸愧疚地看着马小阳，"店里损失很大吧？"

"现在还不知道。这事儿和你没有关系，你别什么责任都往自己身上揽。就算真是龚如军干的，那也不是你的错，是我自己招来的，你千万别自责。"

"但你是为了我才打他的，如果不是因为我，你就不会惹上这个人渣了，也就不会发生这样的事情了。你店里损失多少，我来负责。"

"你说什么呢？这事儿任何时候都不能怪你。再说，我买了保险，一会儿保险公司就会去定损，你别再说这样的话了，听了都让我心疼。"马小阳拥着她暖暖道，"茹意，你总爱把责任往自己身上揽，小时候是不是所有的错都是你来承担？"

茹意心底一酸，眼眶就红了。马小阳的话让她想起了自己不堪回忆的童年，李大红的谩骂又回响在耳边。

"小时候，洗碗时我不小心打破一个碗，李大红用指尖戳着我的脑袋骂我，说要用我的头来挖一个，当时我吓得一屁股跌坐在地上，魂儿都差点儿没了；不小心弄坏了一个铲子，李大红劈头盖脸给我一巴掌，说我不败光她的东西就不会死；她在门口的空地上晒豆子，我埋头看书，豆子被隔壁家的鸡鸭吃了一点儿，她抓着我的头发把我摁到地上往死里打……你说，我敢犯错吗？"

茹意的眼泪顺着眼角一滴滴滑落，掉在马小阳温热的脖颈里，一阵冰凉。

马小阳轻轻给茹意擦去泪水，柔声道："茹意，她这样对你，你为什么还要回龚家呢，这辈子，你就应该彻底斩断和他们之间的任何联系，再也不要见她不要理她不要管她，让他们自生自灭吧！他们根本不配做父母，养父母也是父母，一样要善待收养的孩子，你可以告她虐待罪！这样的人应该抓去坐牢！"

"我曾经是这样想的，所以一走就是十年。但是爸爸生病后，我不得不回去，因为爸爸对我有恩。"

"可是爸爸也没有尽到爸爸的责任保护好你，他让你受到这样的虐待，是不应该的，是失职的。"马小阳无法想象茹意是怎么熬下来的，这比电视里新闻里报道的那些恶毒的继母还要狠毒。

"他没办法每天留在家里，他在家，李大红就不敢。爸爸每次回来都因为我和李大红吵架。小时候，我总是想，我是不是不该来到这个世界上？亲生父母不要我，养母又这么讨厌我，连哥哥都欺负我，这个世界上，除了爸爸喜欢我，没有人喜欢我，我就是一个多余的人，就不应该活着。十多岁的时候，我就有过轻生的念头。但是，看了那么多童话故事，又觉得生活应该是可以变得美好的，丑小鸭能变成白天鹅，灰姑娘能见到王子。现在想来，那时候是童话救了我。"茹意对马小阳挤出一丝笑意，只是那个笑，比哭还让马小阳心疼。

"茹意，这都不是你的错，是他们的错，你不应该总是把这些错归结到自己头上。你可以不原谅那些人，但是一定要好好疼自己。从现在开始，我不允许你再这么想了，不管发生什么事情，你都要客观地去看待，绝对不能一出事儿就往自己身上揽，明白吗？"

"我知道。到励峰工作之后，我一开始也是这样什么责任都往自己身上揽，后来穆总批评我，我已经改了很多了。"茹意眼底的泪光在闪动。

"我希望你能改得更多，以后要多为自己考虑，学会好好保护自己。不是你的错，坚决不能担，明白吗？"

"明白了，小七王子。"

"好了，闭上眼睛睡一会儿，还有一小时就到站了。"马小阳盖住茹意的眼睛，强迫她休息。

"不要，我想这样静静地看着你。"茹意拨开他的手，痴痴道，"小七，你知道你长得像谁吗？"

"有人说我像吴彦祖。"马小阳笑道。

"还真是像，不过你更像王力宏。尤其是你笑的时候，我第一次就是被你的笑容打动，我从未见过一个男生笑得这么干净这么好看，就像秋日里最澄澈的阳光，暖暖的照进了我心底。"茹意眼前恍然间出现第一次见到马小阳的情景。

马小阳动情地把茹意往怀里紧了紧，下颌抵在她的秀发上："茹意，以后不管你遇到什么不高兴的事儿，难缠的事儿，或者是情绪不好的时候，你都可以告诉我，我一定是你最忠实的倾听者。有些事儿，你能平静地说出来，就化解了一半，刚才你对我说的这些，我听了很难过，我多么希望自己能够穿越回去，好好保护小时候的你；但同时我也很开心，你终于不再把自己包裹得那么紧密，终于把我当成知心爱人了。"

"小七，这些事儿，我只对艾爷爷和艾奶奶说过，除了他们，你是唯一知道的人。我不想说，也不敢说，我不想靠这个博得别人的同情，让别人用异样的眼光来看我。对你，我以前也是这么想的。但是，不知道从什么时候开始，我总是会不知不觉向你讲起自己的过去。以前我只要想到这些就会很难受，仿佛心底的那块伤疤又被撕裂了一次。但是，今天我发现，自己讲这些的时候虽然也会难过，但心情平静了很多，再也没有以前那样撕裂般的疼痛了。"

"这才是对苦难正确的打开方式。忘记苦难是背叛，但深陷其中，是毁灭。接受自己的过去，与自己和解，幸福地开启未来生活，活在当下，善待自己，才是最好的生活态度。"马小阳说。

"小七，没想到你还是个哲学家呢！"茹意笑道。

"那是，不会讲道理的形象设计师不是好男友。小七的好男友模式，随时在线。"

两人有说有笑，原本沉重的心情一下子变得开朗起来。虽然店被人砸了，那又怎么样呢？回去好好处理，该报警报警，该定损定损，正好借此机会把店里重新装修布置一下，换一个风格，也未必不是一件好事儿。

两个小时后，茹意和马小阳一起来到了店里。

看到被砸得一片狼藉的店铺，茹意气得咬牙切齿，这八成是龚如军干的。

警察还在现场做笔录，调监控，拍照取证。保险公司过来忙碌了几个小时，初步估算，店里损失至少五十万以上。

"小七，如果短时间内破不了案怎么办？"茹意问。

"没关系，保险公司会按合同赔偿，我们重新装修布置一下，几天后就恢复营业，正好借此换个风格。"马小阳一脸轻松道。

"不能这么便宜龚如军这个人渣，上次就应该坚持把他送进牢里去！"茹意后悔道。

"上次？上次什么事儿？"马小阳并不知道龚如军偷公司产品的事儿，茹意觉得这事儿太丢人现眼，没跟他说。

"上次有个机会把他送监狱里去，我心一软，就放过他了。这次绝对不能放过他。"茹意还是不想说得那么具体，太丢人了。

"也不一定就是他干的，我们等警方的回复吧，你千万不要盲目行动。龚如军那个人，你最好别接近他，我觉得他就是个定时炸弹。对这样的人，最明智的选择就是远离。"马小阳叮嘱道。

虽然马小阳说得有道理，但茹意还是忍不了，逮到机会，她肯定不能放过那个人渣。

马小阳把茹意送到了公司，叮嘱她下班后等他来接，晚上一起吃饭。

茹意点点头，转身进了电梯。

刚出电梯往办公室走，发现大办公室的人神情都很惊慌，看到她进来，大家弱弱地喊了一声："茹总。"

小白从远处一路小跑过来，神色慌张道："茹总，出事儿了。"

"什么事儿？"茹意边走边问。

"有人突然来查账，在财务部，您赶紧去看看吧！"

"怎么这个时候来查账？事先有通知吗？"

"没有，下午突然来的，我一直打您的手机，打不通。"

茹意把手机拿出来，居然关机了，真是该死，昨晚忘记充电了。

"帮我把手机拿到办公室充电，我过去看看。"茹意把手机和包包交给小白，快步往财务部走去。

"你就是销售总监茹意？"她刚出现，一个穿制服的高个男子向她走来。

"我是茹意。请问你们这是？"茹意看着四五个穿着公安制服的工作人员正在一本本地搬走公司的账本，立即走过去阻止，"你们不能把我们的账本搬走。"

"我们不仅要搬走你们的账本，还要带走你们这里所有的电脑主机，请你们配合。"高个男子说。

"请问你们是哪个部门的？凭什么来查我们公司的账目？"茹意不解地看着他们。

"我们是公安经侦大队，根据我们掌握的数据，发现励峰集团这两个月的账目十分异常，涉嫌虚开增值税发票和偷税漏税。"高个子男子说。

"您搞错了吧，励峰向来是合法经营。自从励峰创办以来，就是区里的纳税大户，优秀企业。"茹意试图阻止他们，可是他们很蛮横，一把拨开她继续往外搬账本。

"茹总，怎么办啊？"财务部的主任小余一脸惧怕地走到茹意身边。

"没事儿，我们是合法经营，查完了他们就会主动送回来的。"茹意拍拍小余的肩膀故作镇定地安慰道，"秦副总呢？还有你们财务部邓部长呢？"

茹意在人群中搜寻了许久，就是没见到这两个关键人物。

"他们，都不在。"小余说。

"既然你们老总不在，那你就跟我们走一趟吧！还有负责账目的会计，也必须一起去配合我们调查。"高个男子走过来对茹意和小余说。

茹意没有和这些人打过交道，根本不认识他们。这个时候如果穆总在就好了，他肯定认识这些人，偏偏穆总去了欧洲，怎么不好的事儿都赶一块儿了呢？

茹意对小白耳语道："快去给穆总打电话，让他赶紧给经侦大队的领导打电话。"

"打过了，穆总的手机也打不通。"小白压低声音道。

茹意的心顿时凉了半截，穆总不出面，秦副总又不在，财务部部长也不在，自己并不分管这一块工作，去了能说什么？

"走吧。"高个男子过来催促道。

"你们肯定是搞错了，我们励峰一直都是优秀企业，我们每年纳税那么多，是区里的纳税大户，我们从来不虚开发票，你们一定是搞错了。"

"走吧，请配合我们的工作。"高个男子根本不容茹意解释，把她和小余还有另外两个会计一起带走了。

一时间，公司上下，一片哗然。

"麻烦等一下，我上去拿个东西。"上了他们的车，茹意才想起，自己连手机都没拿。

"对不起，你们什么都不能带，都把手机交出来。"高个男子趁机把其他人的手机全部收走了。

大家默然无语，交出手机后绝望地对视了一眼。

茹意的心一下子跌进了深渊，顿时慌乱起来。励峰究竟怎么了？虚开增值税发票的事情，励峰从来没干过啊！

可现在任她有千张嘴，人家也不给你说话的机会。

怎么办？她现在连一个可以求助的人都找不到，只能眼睁睁看着这些人把账本和电脑搬走，公司的账号都冻结了，接下来所有的业务都得停止，这对励峰来说，简直就是灭顶之灾。

不行，必须马上找到穆总，不管想什么办法，都必须找到穆总。

到了公安局，茹意被单独带到了一个小房间。几分钟后，一位穿制服的女士拿着记录本进来了，严肃地看着她："坐吧。"

"我想上趟洗手间。"茹意捂着肚子难受道。

"洗手间在走廊尽头，我带你去。"工作人员看了她一眼，起身往外走。

茹意跟在她身后，从一间间朱红色的办公室门口路过，有的办公室门虚掩着，有的打开着，也有的紧闭着，里面静悄悄的。

路过一间开着门的办公室，里面空无一人，茹意顿住脚步，刚想溜进去，工作人员转头盯着她："快走啊！"

茹意没办法，只好跟着她往前走。

到了厕所，工作人员站在门口，努努嘴说："里面。"

茹意走进去，看到一位阿姨正在做卫生，马上拉着她来到转角。

"你？"阿姨讶异地看着她，茹意示意她不要说话，抓了抓衣服口袋，发现什么也没有，目光落在左手的戒指上，这是马小阳给她的定情物，说了一辈子不能取下来的。犹豫了一下，茹意还是咬牙取下来，塞进她衣兜里，贴着她的耳朵小声道："阿姨，借你的手机打个电话，请您帮我这个忙。求您了！"

阿姨慌乱地往门口看了一眼，快速地从兜里拿出一个老人机，递给茹意，示意她到里面去打，并用口型告诉她："快一点，快一点。"

茹意接过手机，闪身钻进最里面的厕位里锁上门，拨通了马小阳的电话，压低声音道："小七，我是茹意。你马上联系穆总的夫人，告诉她让穆总即刻回国，公司出事儿了，他得回来救公司，一定要快！听清了吗？"

马小阳正在店里收拾残局，突然接到这个陌生电话，犹如晴天霹雳，比上午听到自己的店被人砸了更加震惊。

"茹意，你在哪里？"马小阳的话还没说完，那边已经挂了电话。

茹意猫着腰出来，悄悄把手机还给阿姨。

阿姨赶紧放进口袋，朝门口看了一眼，茹意自然明白，洗了洗手，捋了捋头发，神态自若地走了出去。

回到小办公室里，茹意的心安稳了很多，她相信马小阳一定能找到董静华，董静华一定能让穆皓峰马上回国。

只要穆总回来了，一切就能迎刃而解。

"你们有没有在国外注册公司？"工作人员盯着她问道。

"没有。"茹意被问得一头雾水，这是从何说起？他们难道怀疑励峰在转移资产？

"请你如实回答。"工作人员板着脸语气愈发威严道，眼睛紧紧盯着茹意，看得茹意心里直发毛。

穆总在国外有公司吗？自己还真不知道。可穆总要是真在国外注册公司，不可能不告诉她啊？

"真没有。"茹意想了想肯定道。

"穆皓峰家里有多少人在公司里拿股份？"

"这属于公司秘密，我也不知道。"茹意为难道。

"到了这里，就不是秘密。如实交代。"

"我只管销售，真不知道公司的股份情况，那是董事会的事儿，只有董事长和董事才知道。"茹意说。

"这些年励峰的销售都是你负责，你不可能没有股份。"

"我真没有股份。股份在创办之初就约定好了，这么多年公司股权结构没有任何变化。我只是一个销售总监，按销售业绩拿年薪。"茹意说。

"这两个月励峰突然多出几倍的销售，怎么来的？"

……

很莫名其妙的一些问题。后来，茹意索性拒绝回答，因为她突然意识到，这根本就不是正常的稽查，而是人为的找茬。肯定有人在后面捣鬼。但是谁呢？茹意又猜不着。

问了将近两个小时，工作人员终于走了。

茹意被要求待在里面，不能离开这个办公室。

天色渐渐暗了下来，暮色一点点盖住了西边的余晖，夜幕降临了。今天是不是要在这里过夜？小七有没有找到董静华？穆总是不是已经联系上了？公司该乱套了吧？

各种问题在茹意的脑海里交织，如这眼前沉沉的夜幕一般，密匝匝地覆盖在茹意心头。

从来没想过励峰会遭遇这样的事情，更未想过自己会被限制在这个陌生的小空间里。

漫天的漆黑里，仅有的几颗星星，若隐若现地闪烁着。在茫茫的黑夜中，那点儿光芒很微弱。

"茹意。"

一个熟悉的声音突然从门口传来，茹意惊喜转头，看到马小阳站在门口，依然是那一件洁白的 T 恤衫，脸上略带疲惫，但依然露出一口洁白好看的牙齿。

"小七，真的是你？"茹意奔走过去，张开双臂拥抱他。

她没告诉他自己在哪里，也没让他来救自己，他怎么就来了呢？

"是我，当然是我。"马小阳安慰道，"茹意，没事儿了，咱们走！"

说完，他拥着她就往外走。

刚转身，茹意看到那个穿着制服的高个男子，正面带微笑看向他们。

"高队，谢谢你。"马小阳握着他的手感激道，"我把茹总先接走了。"

"行。在事情调查清楚之前，茹总需要随时配合我们的工作。"高队长点头道。

"没问题，她的行程现在由我负责，有需要我随时送她过来。"马小阳用力握了一下高队长的手，"不过，茹意只负责销售，财务和其他方面的事情，不属

345

于她管，她确实不知情。"

"所以你才能暂时离开，其他人员得继续留在这里配合调查。"高队长说。

"我想这里面一定有误会，希望高队长不要为难那几个人。"茹意说。

"我们都是照章办事。"高队长认真道。

来到外面，茹意很奇怪地看着马小阳："你怎么会认识高队长？"

"很奇怪吗？别忘了我可是会'顶上功夫'的人。"马小阳耸耸肩笑道。

"他是你的顾客？"茹意恍然大悟。

"真聪明！他和他的妻子，早就是我的老顾客，每次都是我这个首席亲自给他们服务，你说世界是不是很小？"马小阳搂着茹意笑。

"真是太巧了。小七，你店里的事情怎么样了？"茹意一脸歉意地看着马小阳，觉得自己给他添麻烦了，他店里刚遭了那么大的事儿，自己还给他添乱，实在是太不应该了。

"店里的事情已经处理得差不多了，明天重新把玻璃安装好，把店里布置一下就可以营业了。以后不许对我这么客气。发生了这么大的事情，你如果不告诉我，我马小阳还有存在的价值吗？我说了，你的过去我来不及参与，你的现在和未来我一定不会错过。记住，往后余生，风雨有我，快乐有我，幸福也有我。"

茹意眼眶发酸："找到董教授和穆总了吗？"

"找到了，都找到了，穆总很快就回来。"这一刻，他感觉平时坚强独立的茹意，柔弱得像个孩子，急需要他的温暖和保护。

"真的？我要马上和穆总通电话。"茹意要给穆皓峰打电话。

"打不通，穆总现在在飞机上，正常明天下午能到江城。"马小阳哭笑不得，"我第一时间找到了董教授，她当时就和穆总在一起，知道消息后，他们马上就启程往回赶。"

"真希望穆总能一秒到达江城，这里的情况一刻都不能等。"茹意焦急道。

"别担心，穆总在上飞机前已经和这边联系了，事情应该在穆总的掌控之中。等他回来，一切就豁然开朗了。走，今晚咱们吃顿好的压压惊，把这一天的晦气都赶走！"马小阳发动车子往前开，转头看向茹意，"挑一个你最想吃的。"

茹意摇摇头，这个时候她什么都不想吃，根本没那个心情。

"茹意，越是这个时候，越要振作。这是我们运势低落的时候，我们不能萎靡不振，不能在困难面前低头。走，去吃好吃的！"马小阳一眼就读懂了她的心情。

"你说得对，我们要振作，让这个不好的运势今天来今天走！"茹意不想辜负马小阳的好心。

"这就对了。"马小阳灿烂一笑，握住了茹意的手。

表面上，马小阳云淡风轻，实际上心里也很郁闷。这一天接连发生两件这么大的事情，不知道是不是触碰了什么霉头。

以前奶奶在的时候，如果爸爸遇到什么难事儿，她总会去拜拜各路大神，说是求神灵保佑，逢凶化吉。现在奶奶不在了，妈妈接过了这一棒，马小阳来接茹意之前，已经让妈妈去祈福了。

开车的时候，马小阳也格外小心。

马小阳选了一家泰式海鲜餐厅，到了目的地，他拿出一个盒子递给茹意："看看这是什么。"

"戒指怎么在你这里？"茹意不可思议地看着那个送出去的钻戒。

"阿姨给我的，让我还给你。阿姨是个很朴实的好人。"

"对不起，小七。"茹意摩挲着失而复得的戒指抱歉道，"情急之下我找不到其他的东西，只好把这个戒指给了她。这是我最珍贵的东西，当时实在是没有办法，你不会怪我吧？"

"我当然不会怪你，反而很支持你这么做。当一个人身陷困境要解救自己的时候，除了生命，其他都是身外之物。"马小阳说。

"小七，我向你保证，我一定会加倍珍惜它，再也不会把它弄丢了。你帮我重新戴上吧！"

马小阳暖暖一笑，重新给她戴上了戒指。

两人坐下来吃饭后，茹意给小白打电话，让她把手机和包包送过来。

小白很快就到了，见到马小阳正在给茹意剥虾，放下东西就要告辞。

"小白，一块儿吃。"茹意示意她坐下来。

"茹总，我这灯泡当得太亮了。"小白笑道，上次马小阳给茹意送早餐粥是小白代劳的。但现场吃他们的狗粮，她还是第一次。

"正好把我们照得更亮。"马小阳笑道。

"坐吧，跟我说说这半天公司的情况。"茹意说。

小白有点儿为难："茹总，您还是先吃饭吧，吃完了我再跟您汇报。"

茹意放下筷子，看着小白道："大家是不是在胡乱猜测？"

"唉，何止胡乱猜测，已经军心涣散了。穆总不在家，秦副总不见了，财务部长也消失了，您又被带走了，整个公司突然间就像天塌了一样，没人支撑了。明天还不知道有多少人会来上班。"小白一脸难过道。

"这些人也太沉不住气了。"茹意打开手机，在公司微信群里发了一条消息稳定军心：我已经出来了，穆总明天就回来，励峰没事儿，大家稳住。

消息发出去后，居然静悄悄的无人回应。平时她在大群里发布任何消息，各个部门的人都会第一时间跳出来支持，今天居然连张毅都没有消息。

气氛异常诡异。

小白知道会是这样的结果，尴尬地看着茹意。

几分钟后，张毅的电话打过来了：

"头儿，你真的出来了？"张毅不敢相信。

"当然是真的，我的声音你听不出来？"茹意生气，居然连张毅都当缩头乌龟了。

"不是，头儿，你出来了，他们呢？"

"他们很快就会出来。"

"他们什么时候能出来，你根本不知道吧？这次明显是有人在背后搞励峰，趁着穆总不在家，里应外合。"张毅叹气道。

"里应外合？"茹意颇为震惊，脑海里立马想到今天无故消失的秦副总和财务部邓部长，"张毅，你是不是知道什么？"

"我不知道，我什么都不知道，你别问我。"张毅说完匆匆挂了电话。

树还没倒，猢狲就开始散了。一股凉意涌上了茹意的心头。

"没事儿，先吃饭。"马小阳赶紧缓和气氛，给茹意烫了她爱吃的金针菇。

"小七，高队长有没有和你说什么？"茹意转头看向马小阳。

"他没说什么。我倒是有问，为什么突然对励峰这样查账？他就说是奉命行事，有点儿讳莫如深的感觉。"马小阳边下虾滑边说。

"那就是有事儿，他不敢说罢了。"小白说，"茹总，我听到一个消息，一直不敢跟你说，因为我也不能确定这个消息的真假。"

"都这个时候了，还有什么不能说的？说吧！"茹意焦急道。

"有人说这是我们的竞争对手干的，他们出很高的年薪加股份挖走秦副总和邓部长，条件是他们要找到励峰的软肋，重创励峰，然后带走励峰的核心团队和客户资源。所以，这只是第一步；这一步成功了，他们就会继续第二步。"

"励峰的大客户都在我手上，他们别想带走任何一个。"茹意恨得咬牙，这两个人太卑鄙了。

"茹总，他们第二步的目标就是你。把励峰搞垮了，他们就会想尽办法来挖你，到那时候你还有选择吗？"小白直直地看着她。

"当然有选择，我会一直坚守在励峰，绝对不会让励峰垮下去。"茹意语气坚定道。

小白还想说什么，但看到茹意那么坚定的眼神，便不再吭声了。

"对，不会有这种可能，那些人只是痴心妄想，这点儿伎俩就能把励峰打垮，也太小看励峰的团队和穆总的能量了。要对自己的团队和穆总有信心。"马小阳拍了拍茹意的肩膀道，"来，吃菜吃菜，吃饱了才有力气去对付坏人！"

说完，马小阳把煮好的虾滑捞起来分给茹意和小白。

茹意低头吃着，却味同嚼蜡。小白更是心事重重，根本没有兴趣提起筷子，公司里的人都在站队，她当然选择站在茹总这边，可万一公司垮了呢？茹总很容易换个公司，自己这么一个职场小白，除了给人做个小助理，她还能做什么？一时间不禁为自己的未来担忧。

一顿很丰盛的泰式火锅吃得毫无兴致，小白提前走了，茹意和马小阳也只吃了一点儿就离开了。

回到家里，茹意推开门，门口的"小七"照例对着她"汪汪汪"了几声，但是屋里一片漆黑，冷清得又回到了从前。

尹志丹和尹志燕还没回来。茹意突然觉得很不习惯，她现在特别希望她们两个能在身边，热热闹闹的尹志燕，温柔体贴的尹志丹，就像两个不同维度的天使，恰到好处地疗愈着她的心灵。

"姐，你们什么时候回来？"茹意靠在沙发上给尹志丹打电话，仰头看墙上的闹钟，刚好九点半，她们一般都要十点半之后才能回来，如果顾客多，有时候要忙到晚上十二点。

以前她从来没有打电话催她们早回来，今天却特别希望她们马上就能回来，心里空落落的。刚才马小阳让她去他那边，茹意没同意，马小阳那边也是一堆的事儿要处理，自己也好几天没回来了，很想姐姐和妹妹。

那么多年她都是一个人，不管遇到什么事都是一个人扛过去，累了睡一觉，委屈了哭一场，可是有了姐姐妹妹的陪伴后，她突然发现自己变得脆弱了，不喜欢一个人面对孤独和困难了。

"茹意，你到家了？"尹志丹正在整理东西，只好用肩膀夹着手机一边忙活一边说。

"嗯。"茹意的鼻腔突然间像被东西堵住了一样，一阵发酸。

"茹意，你怎么了？"尹志丹立马就感觉到了茹意情绪不对，马上放下手上的东西拿着手机来到阳台上。

"姐，我就是想你了，你早点儿回来吧，好吗？"茹意道。

"好，我马上就回来，你好好在家待着啊，我马上就到，马上就到。"尹志丹抓起包就往外跑，尹志燕正在给最后一个顾客做美容，她冲到门口又返回来对尹志燕说，"燕子，我先回家了，一会儿你也早点儿回来，你二姐好像有事儿。"

"哦，好，你先去，我做完就回来。"尹志燕戴着口罩，心里也惊了一下，不知道二姐出了什么事儿。

尹志丹打车半个小时候后赶到了家。

这半个小时里，茹意一个人沉沉地陷在沙发里，像尊雕塑那般，一动也不动。

她脑海里闪过无数画面：

第一次在华山遇到扭伤了脚的穆皓峰，两人一见如故；第一次到励峰去上班，有点儿畏惧地站在穆皓峰身边；第一次跟着穆皓峰出差，青涩得不知道该怎么和那些人交流；第一次拿到人生最大的一笔钱，激动得全身发抖；第一次站在台上以领导的身份讲话，穆皓峰坐在下面眸光如炬地看着她，那份鼓励和欣赏，茹意一辈子铭记在心；第一次成为励峰年薪最高的管理者；第一次学会开车，第一次在穆皓峰的指导下买房；第一次跟着穆皓峰和团队一起出国考察……

她人生中太多太多的第一次，都是在励峰经历的，点点滴滴，都是她成长的印记。

这六年多，是穆皓峰引领着她一步步成长、进步，一点点变得睿智成熟，从一个职场小白到职业经理人，从一个毫不起眼的丑小鸭蜕变成令人羡慕的白天鹅，过上了自己曾经不敢奢想的生活，拥有一个令人羡慕的身份。

没有励峰，就没有自己的今天；没有穆皓峰，就没有自己的蜕变。这一辈子，她最感激的人，是穆皓峰；最感恩的平台，是励峰。

她从来没有想过，励峰也会有遭遇劫难的一天，更没想过，哪一天励峰会不在了。在她的意识里，励峰应该是和自己的生命一样的存在，穆皓峰在，励峰在，她在，这一切都是毫无悬念的存在，是不容分割的。

虽然励峰没有她的股份，但是穆皓峰给她的待遇非常优厚，优厚得让公司的董事都眼红。也曾经有董事提出过质疑，不能给她这么高的年薪和提成，穆皓峰一句话就怼了回去：董事里谁有茹意这样的本事，能把我们的产品卖到世界各地，我可以给他双倍的分红。如果没有，请闭嘴！

自此，再也没有人敢对茹意的高薪提出质疑，茹意也因此感觉到了更大的压力。除了维护好老客户，积极拓展新客户，尤其是国外的客商。这两年，她为励峰拓展了中东和非洲的市场，这也是让穆皓峰十分高兴的事情。

曾经有公司高薪来挖茹意，穆皓峰知道此事，但毫不担心，因为他知道，茹意不是钱能挖走的，自己和茹意之间，有一份来自前世的缘分，一见如故，情同父女，这份感情，绝对不是钱能取代的。

可是，现在突然发生了这样的事情，穆总又不在家，其余的董事又不管事，茹意一时间也乱了方寸，不知道自己该怎么做，才能拯救励峰，才能阻止那些人的阴谋。

越想茹意心里就越没有底。只能盼着天早点儿亮起来，穆总就回来了。只要穆总到了，励峰就有救了。

"茹意。"

直到尹志丹出现在自己面前，茹意才从恍惚中回过神来。

"姐，你终于回来了。"茹意抱着尹志丹，似乎一下找到了情绪的落脚点，不再那么迷茫难过了。

"怎么了，茹意？"尹志丹搂着脆弱得像只小猫的茹意，心疼地抚摸着她的头发。

"没事儿，就是几天没回来，想你们了。"茹意抱着尹志丹的腰，脸在她柔软的腹部摩挲着。抱着尹志丹，她总有一种抱着妈妈的感觉，虽然自己从未见过妈妈，也从未得到过妈妈的爱，可这就是妈妈的感觉。

"没事儿就好，有事儿就跟姐说说，看看姐能不能帮帮你。"尹志丹心里也很感动，难得看到茹意这么眷恋自己。

"没事儿。"茹意闭着眼睛闻着姐姐身上的味道，就像是妈妈的味道那般让人安心。公司的事儿她不想告诉大姐，免得让她担心。

"回去的事情办得还顺利吧？"尹志丹问。

"嗯，很顺利。"茹意点头。

"斌斌回学校后，有没有和你联系？"

"有，都是微信联系，他说他开始实习了，变得忙碌起来了，暑假可能没时间过来陪我们了。"

"忙点儿好，我就怕他没事儿干。不过斌斌很懂事，上大学开始就做各种兼职，赚钱养活自己，以后他参加工作了，我们家就越来越好了。"

"姐，为什么这么久都没看到姐夫来找你啊？"茹意抬头问道。

"他忙，每天都是三班倒，累得像狗一样，偶尔休息一天，就只想睡个好觉。他去店里找过我几次，你都不在。"尹志丹微微叹气道。

"姐，你和姐夫要早点儿考虑把孩子接到身边，别错过孩子的童年，以后孩子心里会有阴影的。"茹意说。

"是啊，我也有这样的打算。就想着努力把店经营好，以后在附近租个房子，一边上班一边带孩子。"尹志丹说。可生活哪是那么容易呢，她也想把孩子带在身边，现在哪有那个条件呢？

"姐，等我爸他们回老家了，我那套房子就给你们住。那边离店里是远点儿，不过小区环境好，有幼儿园和学校，孩子上学方便。"

"不行，姐不能总让你付出。我现在和燕子住在你这里，已经很麻烦你了，姐不能再给你添麻烦，我家里的事儿，我自己来解决。"尹志丹拒绝道。

"姐，我的房子也不会出租，闲置着才是浪费呢！以后你们赚钱了，就给我交房租，我就当个收租婆，这样总可以吧！"茹意笑道。

"呵呵，那也行。"尹志丹眼底闪着泪光，茹意的心思她当然清楚，都是为了帮她，可她觉得自己亏欠妹妹的太多了，心里很惭愧。

"那就这么说定了，等他们那边安排好了，你们一家人就住进去。"茹意仰头开心地看着尹志丹。

"好。"尹志丹声音有些哽咽了。

"姐，我想吃你煮的鸡蛋面。"茹意撒娇道。

"好，我马上去煮，一会儿就好。"

"煮什么啊？有什么好吃的？"门口传来尹志燕高昂的声音，紧接着是"哒哒哒"的脚步声，"二姐，你今天是有什么事儿要告诉我们吗？"

"我已经和姐说完了，不告诉你了。"茹意心情好了很多，起身对尹志燕做个鬼脸，转身回了房间。

"偏心，把大姐叫回来说悄悄话，就是不告诉我，太偏心了，我抗议！"尹志燕翻了个跟头躺到了沙发里，嘟着嘴假装不满道。

"燕子，快去洗洗手，一会儿吃鸡蛋面。"尹志丹从厨房里探出脑袋说。

"偏心，不吃，我去洗澡了。本来今天我也有高兴的事儿和二姐分享，现在我也不说了，哼！"尹志燕爬起来往房间里走去。

"什么高兴的事儿？说来听听。"茹意站在门口，堵住尹志燕的去路。

"我不说，除非你也告诉我。"

"你先说，我再说。"

"我不，你先说，我再说。"尹志燕叉着腰一脸倔强怼道。

"好，我告诉你，我今晚是让大姐回来，商量把她孩子接到城里来上学的事儿。"茹意说。

"就这个？我不信。"尹志燕放下手，伸长脖子道。

"不信你问大姐。"

"是，茹意是和我说这事儿来的。"尹志丹站在餐厅回应道。

"那好吧，大姐说了是那就是。我要告诉你的是，今天我们店里突破营业额三万元啦！这个月我们的营业额突破了十五万，刨去房租水电员工工资，我们净赚十万！十万啊！二姐，这是我有生以来赚到的最大一笔钱！"尹志燕激动地抱着茹意转圈圈。

"太好了！我们应该开一瓶香槟庆祝庆祝！"茹意也为她们高兴。

"好，我来开香槟。"尹志丹也很高兴，没想到能赚这么多。

"为了我们的第一个骄人业绩，干杯！"茹意举起杯子提议道。

"干杯！"三个人都很激动。

"大姐，这个月，按照我们之前说好的，我们的工资各拿一万，然后剩下的平摊一部分到全年的成本里，我想给二姐先分红一万块，我们两个就先不分红，你看可以吧？"尹志燕说。

"我同意。"尹志丹笑着点头。

"我不同意。"茹意马上反驳道，"燕子，恭喜你这么快就尝到了成功的喜悦，我们都为你骄傲。但这些钱很多是来自年卡会员，你需要为她们服务一年，这里面还有很多时间成本和人力物力的成本，并不等于就是你这个月赚的，你要分红，也得满一年之后再来核算全年的收入和支出再确定分红比例，这样才合理。"

"哎呀，我知道你是精算师，我这不是觉得赚了钱高兴，咱们一起来分享胜利的果实吗？"尹志燕噘着嘴道。

"我已经分享到这份喜悦了。经营一个小店，和经营一个企业是一个道理，你得学会对自己的店进行全程全时和全员管理，不能凭着心血来潮就分红。一个大的企业，如果是你这样经营，那肯定很快就被你败光了。"茹意笑道。

"二姐，我就开个小店，三两个员工，你拿什么大企业和我比，我比得起吗？完全不是一回事儿好吗？"尹志燕被茹意这么一说，有点儿囧。

"麻雀和大象的区别。很多企业也都是从小做起，靠着老板的聪明智慧一步步壮大的，说不定将来你就能创建属于自己的美容品牌呢！"

"真的？二姐，你真觉得我可以吗？"尹志燕双眼发光地趴过来看着茹意。

"当然，这不是已经证明你可以了吗？这个月的业绩这么好，下个月肯定更好，一年累计下来，你自己算算，是多少钱？"茹意说。

"哇！"尹志燕傻傻地掰着手指头算了又算，"如果按照这样的营业额，那我一年可以赚上百万啊！啊啊啊啊啊！我们很快就是百万富翁啦！"

茹意和尹志丹看着尹志燕这么没心没肺的可爱样儿，也忍不住笑起来。

三姐妹在一起，不好的情绪很容易消散，快乐却可以成倍放大。

半夜，茹意被手机铃声震醒了。黑暗中，茹意蒙眬看了一眼放在床头柜上的手机，屏幕上亮出的那个名字顿时把她震得一个激灵爬起来，抓起手机就接听了：

"三叔，您在哪里？"这是茹意期待了一天的电话。

"茹意，我在迪拜。"穆皓峰声音沙哑，"本来再过一个小时就能登机，现在航班延误，起飞时间待定，不知道要到什么时候才能飞。"

"那，怎么办？"茹意焦急道，所有的人都在等着看励峰明天的动作，如果穆总不能回来，对公司来说，简直是灾难。

"茹意，我登机前已经和有关领导联系过，原本约定明天下午去拜访他，现在我不能按时飞回江城，明天下午你代表我去见他。"

"三叔，我可以去。不过这些关系向来都是您自己亲自处理的，就怕人家嫌我脸生，不给我这个面子。"茹意说。

"我会发信息给他，你按照我说的去做。"穆皓峰也知道让茹意去，确实是勉为其难。他们以前是有明确分工的，茹意只要一心一意做好她的销售，这些事情她从来不需要去理会，都是穆皓峰一手打理的。

但是，这个时候除了让茹意去，他找不到第二个可以信任的人。秦副总这个奸贼，居然在这样的时候玩失踪，大家都说是他在搞事情，穆皓峰不想把他往这个方向想，因为这太让人心寒了。

"好，我一定尽最大能力去做好这件事儿。三叔，我们都在等您回家。"

"我明白，我也很想马上飞回去，可惜我没有翅膀。"穆皓峰苦笑道，"我把需要准备的东西列好清单发给你，需要注意的事情也一并发给你，你明早去准备，出发前按我给你的电话去联系，尽量低姿态，这个时候我们要想尽办法为励峰争取时间。茹意，委屈你了。"

"三叔，别这么说，这是我应该做的。励峰就是我的家，我会倾尽一切来保护她。"

"好，三叔明白。"穆皓峰心里很感动，自己果然没有看错茹意，关键的时候，她才是最值得信赖和托付的人。

挂了电话，茹意睡意全无。

很快，穆皓峰就把需要准备的东西和需要注意的事项发过来了，那么长的文字，茹意一点点往下看，内心的惊愕也在一点点放大，处理这个事情，果真需要这么复杂？

"这些东西都放在我办公室的保险柜里，密码是我们在华山第一次见面的年月日。"穆皓峰说。

茹意再次被惊得目瞪口呆。

没想到三叔这么在意他们相遇的那一天，居然设定为保险柜的密码！

"这个日子是励峰起死回生的日子，对于我和励峰来说，是值得铭记的。我相信，你也不会忘记，因为你和励峰的结缘也是从这一天开始。"

"是的，我永远都不会忘记。但没想到三叔会这么在意这一天。"茹意感动道。

"当然，这是励峰重生的日子，这一天在我的生命中，比任何一天都有意义。茹意，不管别人如何唱衰励峰，我们都要有信心，励峰一定会挺过去，一定能安然无恙。"

"我相信，我一直都相信。"

"好，先好好睡一觉，明天以最好的精神面貌出现在公司里，你的状态决定着员工的心态。睡吧！"

"三叔放心，茹意在，公司在。"茹意坚定道，心底漾起一股坚实的力量。

一觉睡到被闹钟叫醒。吃完姐姐做的爱心早餐，茹意精神饱满地开车去公司。

路上，她接到马小阳的电话。

"小七，你也这么早？"不到八点，这不是马小阳的生物钟，正常这个时间他应该在睡觉。

"还是睡过头了，本来应该开车送你去上班的。"马小阳说。

"早就说好了，你不用早起送我，以后都不许你这么做了。店里的事情处理得怎么样？"

"今天先把玻璃装好，重新去购置一些东西，基本上就好了。"马小阳说，"你那边怎么样？穆总有消息吗？"

"有，昨晚两点多穆总给我电话了，交代了一些重要的事情，让我去执行。"

"我下午过来陪你去，你不能一个人去。"马小阳紧张起来。

"穆总交代，这事儿只能一个人去，不能有第三者在场，否则人家根本就不会见你。这是行规。"茹意说。

"那我在楼下等你，万一有事儿我能及时救场。"马小阳说。

"及时救场？你觉得可能会发生什么事儿？"茹意笑道，自己是去送东西的，不是去送人。

"我希望一切顺利，但我也要预防万一。这事儿你必须听我的，吃过中饭我就去你公司。"马小阳说。

"行，但你不用那么早，一点半左右过来吧。"茹意知道拗不过马小阳，只能答应，但她不想让马小阳知道更多，这事儿穆总再三交代了要保密。

"好。我准时到。"

到了办公室，果然看到几个座位是空的，小白猜对了，真的有人开始逃离了。

也好，趁机换掉这样没有忠诚度的员工。

"小白，今天没到的那些人，你记录在案。"茹意对端着咖啡进来的小白说。

"好。"小白点头道，这事儿人事部也会做好记录，但茹总说让她也记录，肯定是有道理的。

茹意强迫自己和往常一样进入工作状态，可心里总是不踏实。捋顺了一些数据后，她刚要出去，外面陆陆续续有人冲进来找她：

"茹总，无法进出账，材料这块已经无法运作了，怎么办？"采购部的负责人捧着资料站在她面前，"今天要划出的款项这么多，您看看。"

茹意瞟了一眼那上面密密麻麻的数字，说："你跟他们说，公司正在进行季度账目盘点，缓一天到账。"

"我是这样说的，但人家不这么想啊。而且，可能有人放出了风声，说我们公司财务出问题了，正在接受审查，他们都在传，这对我们非常不利。"

"茹总，我们后勤部的钱也是一刻都不能等，钱不到位，人家根本就不给你干活啊！"

"茹总，明天是一二厂发工资的日子，今天这些钱都得到位。"

"茹总，我们部门的这些支出也要您签字付款。"

……

钱！钱！钱！都是来要钱的！

平时从来没觉得励峰缺钱，每天进出账的钱像流水一样畅通，可是，这一堵起来，就像肠梗阻，所有不好的事情都出现了。

没办法，茹意只能硬着头皮应付："请大家稍安毋躁，这事儿很快就会解决，穆总已经在回来的飞机上了，今天就会到家，估计明天这事儿就解决了，请大家都耐心一点儿，给对方作个解释，就这一两天，一定如期到账。"

"茹总，您说的是真的吗？真的能一两天就解决好这个问题？"

"当然，你们难道不相信励峰和穆总吗？"茹意不悦道。

"好吧，我们当然相信。"

一阵嘈杂过后，大家终于散去了，茹意的后背早已汗湿。

片刻后，她给穆皓峰打电话，电话不通。可能在飞机上吧，茹意仰头安慰自己，三叔，快点儿回来，快点儿回来吧，我真的快撑不住了！

她来到穆皓峰的办公室，打开保险柜，惊讶地发现里面存放着大量的现金、珠宝和金条。

三叔为什么要在办公室里放这么多现金和贵重物品？难道这是三叔的小金库？连他老婆都不知道吧？

公司里曾经有人悄悄议论过，三叔人到中年却膝下无子，将来这么大的家业无人继承，所以，他妻子想让董静山将来掌管公司，穆皓峰却根本不看好董静山，因此夫妻之间出现了裂痕。

三叔藏这么多现金和珠宝，是不是真的另有打算？

茹意不敢妄加猜测，只能按照穆皓峰说的去做，鼓起勇气联系穆皓峰给的那个电话。

"侯老板，您好！我是励峰集团的茹意，穆总让我找您。"茹意小心翼翼道。

"对不起，你找错人了。"对方语气冰冷，挂断了电话。

茹意懵了，仔细对照号码，没打错啊，是这个人，可他怎么说打错了呢？

茹意不甘心，又拨打了一次，对方根本不接。

怎么办？三叔联系不上，这个人又不理自己，励峰现在所有的账目都被冻结了，今天能撑过去，明天呢？要是穆总明天还没回来呢？

茹意急得在穆皓峰的办公室来回转圈，这个时候，自己还能去找谁？为什么董静山没有出现？董静山在北方，他要赶回来很容易的，难道他根本就不知道励峰陷入了劫难？自己要不要联系他？

茹意思忖良久，拨通了董静山的电话。

"董总，您在哪里？"茹意问。

"我在我该在的地方。怎么了，茹总监什么时候开始关心我了？"董静山冷笑道。

"董总，励峰遇到难处了，你知道吗？"茹意问。

"难处？励峰有你这么厉害的总监，还能有摆不平的难事儿吗？"董静山幸灾乐祸道。

茹意分明感觉到董静山语气中极度的不友好。如果是平时，她肯定不愿意和这样的人再多说半句，可现在是非常时期，她不能情绪化，必须忍下心里所有的不满，平静道："董总，我说的是实话，现在励峰被有关部门查账，所有账号都冻结了，穆总又出差在国外，现在一时也联系不上。这个时候，您能不能先回来一趟？"

"北方的市场刚刚上轨道，我这个时候回去，我这边的业务怎么办？我当时可是和穆总立了军令状的，我这边若是出现什么问题，你替我负责？"董静山冷哼道。

"我……"

"你什么你？你以为你是谁？有权力来调遣我？笑话！"

"董总，这个时候我们应该以公司利益为重，以大局为重，我现在很担心……"茹意还没说完，那边电话就挂断了。

茹意放下手机，颓然地靠在沙发上。

手机突然震动起来，茹意立马抓起来，还以为是穆总的来电，却看到是马小阳的：

"茹意，穆总有消息了吗？"

"昨晚联系过一次，现在又联系不上了。"茹意的心一寸寸往下沉，声音很无力。

"别着急，穆总应该在飞机上。"马小阳安慰道，"我马上就过来陪你去找那个人。"

"不用了，那个人根本不理我。"茹意失望地闭上眼睛，感觉眼前一片灰暗。

"那我们得想办法找其他人帮忙，不能坐以待毙。"马小阳也着急了，他知道冻结账号对励峰来说意味着什么。

"如果真的是对手在搞励峰，我们得找一个能盖过对方的人才能救励峰，你认识这样的人吗？"茹意问。

"我去找找看，别急，茹意，总会有办法的，天无绝人之路。"马小阳说。

其实他自己也不知道能找谁。昨天能把茹意先捞出来，完全是个巧合。经侦大队他就只认识高队长，可昨天高队长根本不敢跟他说具体，只说自己是在执行公务，让茹意先出来，确实是因为茹意和励峰的财务无关。

现在该去找谁呢？放下电话，马小阳快速地翻动自己的通讯录和朋友圈，翻了几遍，也没找到能帮忙的人。

没办法，不管能不能找到人，自己都应该陪在茹意身边。马小阳马上开车去励峰。

正在茹意陷入茫然无助的绝境中时，一个意外的电话打了进来。

"张总，您好！"茹意强装淡定，张总是来要钱的吧？

"茹总，你好啊！好久没约你一起喝酒，是不是把我给忘了？"张总笑呵呵道。

"哪能啊？张总可是我们的老朋友，忘了谁也不能忘了您。"茹意也笑。

"这话从茹总嘴里说出来，我就真信了。因为茹总是从来不说谎的。"张总笑得很开心，"怎么样，这两天是不是不太顺？"

"还好，谢谢张总关心。"茹意不知他想说什么。

"茹总，我听外面传你们励峰可是出大事儿了，说你们资金链都断了，穆总跑路了，就剩你在家死扛着？"张总皱着眉头道。

"张总，怎么可能呢？穆总是什么样的人您还不清楚吗？咱们合作这么多年，励峰的实力您是知道的。"茹意倒吸了一口凉气，没想到外面都传成这样了。

"茹总，穆总的电话我打过了，根本打不通。就连他太太董教授的电话也打不通，外面现在都说他们夫妻两个一起跑路了，励峰完蛋了。"

"这是有人故意在唱衰励峰。穆总正在回来的飞机上，您当然联系不上他。张总，千万别信谣言。"

"我当然不信，但有人会信啊！我估计这个消息再发酵一下，那些原材料供货商和代理商都得堵到励峰的门口去要账了。您想过这个后果吗？"

"事情不会到那一步的……"茹意声音开始颤抖，真要到了那一步，她该怎么办？

"我听说你们所有的账户都冻结了，如果不尽快处理好，这一步很快就会到来。"张总说。

"张总，您是不是知道什么？"茹意惊愕地问道。

"我只是听说。不过现在你们穆总要是不能马上回来，事情肯定会迅速发酵，如果穆总能回来，或许能力挽狂澜。所以，你现在就是要想尽办法找到穆总，让他马上飞回来。"张总说完，挂了电话。

茹意看着手机吃愣了很久，他什么意思？幸灾乐祸还是好心提醒？知道内情来通风报信还是落井下石？

楼下隐隐约约传来一阵阵喧闹，茹意快步来到窗前，发现大门口不知道什么时候围堵着一群人，拉着横幅正在大声声讨励峰："励峰必须偿还我们的血汗钱，我们要养家糊口！"

张总说的话这么快就应验了？这些人是从天而降的吗？这才一天，这些人怎么就集结在了一起，这明显是有人在幕后指使，是故意要搞垮励峰！

人群中，不少人都戴着口罩，周围围了许多看热闹的，对着励峰的招牌指指点点。

茹意看不下去了，她把拿出来的那些东西锁回保险柜，锁好穆皓峰办公室的门，准备到楼下去劝说那些人离开。

刚到电梯口，碰到上来的马小阳。

马小阳手里提着一个保温饭盒，强行把她拉回办公室："这个时候你千万不能下去，我刚刚是冒充外卖小哥，保安才让我进来的。你现在下去，只会把自己陷入尴尬中，那些人就是来搞事情的。"

"可这样对励峰的影响太坏了，我不能让他们这么胡闹下去。"茹意站在窗口看着下面的人群说。

"你下去正中他们下怀，他们就是要逼你下去，然后堵着你，外面还有人拿着摄像机在拍，一会儿视频就会在朋友圈疯传：励峰集团总裁跑路，销售总监被堵在大门口……"马小阳说。

"这些人太可恶了！"茹意恨得咬牙切齿，可是无能为力。

"现在只能静观其变，千万不能再跳进别人给励峰挖的坑里。"马小阳也很气愤，却苦于无还手之力。

"小七，你陪我去经侦大队一趟，我要问清楚，他们究竟想干什么？什么时候能结束？"

"冷静，茹意，这个时候你去是没用的，高队长说了他就是执行公务。要问，你只能找他的领导问。"马小阳说。

"对，就去找他们的领导。"一句话提醒了茹意。

"我昨天就找过，人家根本不见我，没有预约，你根本见不到领导，电梯口都有人看守，不让上。"马小阳说，"我还让高队长给我引荐，他说领导现在不见任何人。"

"这是要置励峰于死地啊！不行，我要直接找领导！"茹意拉开抽屉，找到一本区领导的通讯录，拨打了上面的手机，一直是忙音状态，又拨打了另一个，通了，可人家一听这事儿，马上把她支给了有关部门，然后就挂了电话。再打有关部门的电话，说这是企业内部管理问题，让她自行妥善处理。

接着，办公室的电话开始不停地响起来，下面工厂说工人也听说励峰资金链断了，本来昨天就要发工资，正常拖一两天没事儿，可今天工人都不干了，堵在行政大楼要工资！

事态在进一步恶化，而且速度快得让人瞠目。这一切肯定是早有预谋，只是茹意不知道究竟是谁在幕后操纵？

"别担心，茹意，穆总很快就回来了。只要他回来，一切就好了。"马小阳只能安慰她，这个时候，好像全世界的大门都对励峰关闭了。

没办法，茹意只好再次拨打穆皓峰的手机，依然是关机。

马小阳打了董静华的手机，也是关机。

"从迪拜飞到江城，最多也就十个小时，他们关机这么久，明显不正常。"茹意内心的不安越来越强烈，她有一种不祥的预感。

"可能晚点，没有正常登机。"马小阳说，其实他心里也很不安。

"如果真是这样，穆总应该会在登机前给我信息的，可是从昨晚到现在，他一点儿消息都没有。这太不正常了。"茹意开始坐立不安。

"不会的，茹意，别乱想。"马小阳把她按到大班椅上，"这个时候一定要冷静，冷静才能想出解决办法。"

楼下的人依然没有散去，反而越来越多。门口的嘈杂声也越来越大，现场已经一片混乱。

"茹总，保安说他们要冲进来了，快顶不住了。"小白进来说。

"报警。"茹意咬着牙道。

"报警了，可警察说这是经济纠纷，他们管不了。"

所有人都没心思干活，一个个垂头丧气地坐在那儿，如遭霜打的茄子一样。

楼下那些人拿着扩音器大喊："励峰就是骗子，拖欠我们几十万、几百万的材料费，现在资金链断裂，老总外逃，我们强烈要求励峰的负责人出来，还我们的血汗钱！"

"还我们的血汗钱！"大家一起高呼。

所有人都在看励峰的笑话。

曾经这片写字楼里最好的企业励峰集团，一夜之间成了笑柄。

看着外面的场景，听着这些刺耳的喊声，茹意的心在滴血。

毁掉一个企业只需要一个处心积虑的阴谋，做好一个企业，却需要费尽心血数十年如一日的孜孜耕耘。

六年前励峰从崩溃的边缘一步步挺过来，走到今天，这其中的苦辣酸甜，茹意是最清楚的。

多少个通宵达旦的鏖战，多少场持续战斗的营销会战，多少个不眠不休的夜晚……穆皓峰带着她到各地去拓展市场，一个商家一个商家地谈；为了拓展海外市场，穆皓峰带着她，飞遍了半个世界，飞机上睡觉，下飞机就投入工作，很多时候连酒店都不住。

为了降低成本，为了研发新产品，穆皓峰经常亲自参与设计，做到对所有产品都了如指掌。可是现在……

不行，绝对不能眼睁睁看着这些人如此诋毁糟蹋励峰！茹意冲出办公室，直奔电梯而去。

"茹意！你不能下去，很危险！"马小阳拉住她说。

"我必须下去，我不能让他们这样无底线地来损毁励峰！我昨晚跟穆总说了，茹意在，励峰在，我说到做到。"茹意态度很坚决。

马小阳被她眼神里的那份坚定触动了，不再阻止她，而是默默地陪在她身边，尽可能保护她。

茹意拿着扩音器来到门口。

"请大家安静一下，我是励峰集团的销售总监茹意，请大家听我说几句。"茹意对着扩音器，声音温柔而坚定。她扫视了一眼人群，一下子就看出来这些并不是励峰的供应商和代理商，他们个个戴着口罩，这是有人花钱雇来搞事情的。

果然，人群迅速安静了下来，大家都震惊地看着茹意。

"励峰的供应商我都见过，他们都是励峰的朋友，不可能在这个时候落井下石。励峰依然是过去的励峰，我们守法经营，诚信为本，没有任何问题，我们只是在接受正常的财务审核。如果你们是老板派来要钱的，没问题，请你们老板自己来找我；如果不是，请你们马上离开这里！"茹意语气铿锵有力，每一句话都说得有理有据。

"我们当然是老板派来要钱的。我们老板都很忙，励峰的资金链都断了，你现在说的话有什么用？我们现在要见穆总，我们只相信穆总！"一个胖胖的中年男子叫嚷道。

茹意盯着他看了许久，好像在哪儿见过这个人，可一时又想不起来。

"穆总很忙，现在没空见你们。所有供应商的货款，我们都是一季度结算一次，到了结算日，我们自然会如期付款。这么多年的合作，每个供应商和代理商都知道，励峰向来守信。"茹意快步冲进人群，一把抓住那位中年男子的胳膊，"你告诉我，你是哪家供应商派来的？"

马小阳紧跟在茹意身后，伸开双臂挡着其他人，像老母鸡护小鸡一样寸步不离地守护在茹意身边。

"我当然不能告诉你！"中年男子没想到茹意会来扯自己，顿时很窘迫，"我们要见的是穆总，只有穆总才能代表励峰，你算老几？果真是励峰没人了，让你一个没见过世面的女人来撑场子，这就是要完蛋的节奏！"

"你说不出来，是因为你根本就不是供应商派来的，而是收了黑心钱来搞事情的！"茹意厉声呵斥道，"现场还有多少人是和他一样的？如果你们是想来搞事情，我奉劝你们，马上离开这里！如果你觉得警察拿你没办法，我有办法！我告诉你们，我们公司门口安装的都是高清摄像头，早就把你们每个人的脸拍下来存入了电脑，如果你们还要继续闹下去，我就把你们今天搞事情的样子放到网上去，一旦曝光，今后任何公司都不会要你们，更不会和你们合作！你们这样做，就是给自己挖坑，自绝前程！"

茹意话音刚落，人群中所有的声音突然间消失了，大家仰着头在找哪里有高清摄像头，他们惊恐的眼神四处游离，生怕自己真被拍下来放到网上。

"不要怕，我们戴了口罩，他们根本不知道我们是谁。"一个声音跳出来说。

人群似乎松了一口气。

"戴口罩一样能识别，根据你们的身高体态，眉眼轮廓，大数据能自动生成你们的样子！在现代高科技手段面前，要想人不知，除非己莫为！如果你们是正常诉求，为什么要戴口罩？为什么不能以真面目示人？就是因为你们做了不能见人的事情！"茹意斩钉截铁道。

人群一阵哗然，尤其是那些年轻人，赶紧低头把口罩往上提了提，几乎要连眼睛都遮住。

这时，不远处传来警笛声。那些人即刻作鸟兽散。

"怎么回事儿？"警察走过来问道，"刚才谁报的警？"

"我。"马小阳走过去，"那些正在逃跑的人，都是非法集会人员，一个个都戴着口罩。我怀疑他们当中有不法分子。"

"这里有录像，你们可以拿回去甄别一下。"茹意说。

"好。"警察看着空荡荡的门口，狐疑地看了一眼马小阳和茹意，根本不相信这里刚才聚集了那么多人。

终于把这些人赶走了，回到楼上，茹意双腿发软，瘫坐在沙发上。

小白给他们倒了咖啡，一脸敬佩地看着茹意："茹总，你刚才的样子太帅了，所有人都被你惊艳到了！没想到这么难缠的人，被你几句话就给吓跑了！大家好像又有信心了。"

"告诉大家，和平时一样，该干活干活，励峰没事儿。"茹意道。

小白用力地点点头，退了出去。

马小阳也佩服地看着她，没想到平时寡言少语的茹意，关键时候居然有这么惊人的爆发力，几句话说得太有分量了，难怪她能胜任励峰的销售总监。经过这一次，马小阳觉得，茹意当销售总监都屈才了，她完全有能力掌控整个公司。

应对危机的能力，是一个企业领导人最应该具备的能力，也是最为重要的能力。

"是不是很累？"马小阳揉捏着她的肩膀道。

"有点儿。"茹意靠在沙发上，感动小七关键时刻的不离不弃，暖暖道，"小七，有你真好。"

握着马小阳的手，茹意感觉特别踏实。虽然有点儿累，但心很稳，一点儿也不慌。

如果马小阳不在身边，茹意不知道自己是不是有勇气冲下去和他们对峙，毕竟是第一次面对这样的危机。

小七给了她勇气和力量。

"茹意，我很佩服你，我什么也没做。"马小阳拥着她道。

"小七，我还需要你的帮助。"

"说吧，只要我能做的，我一定竭尽全力。"马小阳说。

"刚才我们只是扫除了外部的垃圾，现在还有一道难题要解决……"

正说着，桌上的电话响了起来。

茹意看了一眼上面的电话显示，心里已经明白了几分。

"茹总，我快顶不住了，工人都罢工了，吵着闹着要工资，你听这声音，快把厂区炸破了，这影响太大了，连记者都来了。"廖厂长哭丧着声音说。

茹意听到电话里传来很大的嘈杂声："发工资！不发工资就罢工！坚决不干！坚决不干！"

励峰发工资向来准时，这次只是延迟了一天，工人就被煽动起来，再次证明此事是蓄谋已久，有人想把励峰置于死地。

"廖厂长，你告诉工人，今晚工资一定到账。"茹意说。

"茹总，你真能保证吗？这话要说出去，就收不回来了。"廖厂长不敢相信，因为励峰的账户被冻结了，他是知道的。

"保证，你们一厂的先发，二厂的明天到账。"茹意很肯定道。

"好，那我就这样和工人们说了。"廖厂长挂了电话。

茹意放下电话看向马小阳，说："小七，我需要钱，不是一点点，而是要上百万，你有没有？"

"你是要给工人发工资？"马小阳愕然道。

"对，必须稳住他们，不然再闹下去，后果不堪设想。这事儿绝对不能等到穆总回来解决。我初步估计了一下，我把自己的积蓄都拿出来，加上穆总留下来的钱，还差一百万左右，你有没有这么多？"

"有。"马小阳点头道，"我可以帮你周转过来。"

"太好了，小七，你就是我的幸运星。你放心，穆总回来后，我第一时间让他把钱还给你。"茹意感激道。

"茹意，你有没有考虑过，这样做是有风险的，万一……"

"没有万一，我必须救励峰，除了穆总，没有人比我更爱励峰，也没有人比我更珍惜励峰。我跟穆总保证过，茹意在，励峰在。不管他什么时候回来，我一定要让他看到一个安然无恙的励峰，一个运转如常的励峰。你放心，如果有万一，我把房子卖了还你钱。"

"我不是那个意思，我的意思是你为此搭进了自己的所有，这种风险你有没有考虑过？"

"没有穆总就没有我的今天，没有励峰就没有我现在的一切。所以，这个时候，我必须倾尽我的所有来救励峰。工人的稳定，是励峰生产的保证。工人要是乱了，流失了，将来励峰的生产就成问题。我不能让这样的事情发生。"

"我明白了。茹意，我会始终和你站在一起。"

穆皓峰能有茹意这样一个得力助手，是人生之大幸；励峰能有茹意这样一位管理者，是企业之大幸。

茹意说是穆总和励峰给了她今天的一切，反过来又何尝不是如此呢？

"谢谢你，小七。你就是我最坚实的后盾。"茹意深情地拥着马小阳，眼底闪动着泪光。

马小阳出去打了个电话，回来告诉茹意："钱很快就会到账，你把账号发给我。"

"太好了！"

她即刻登录网上银行汇集资金，再让马小阳开车到银行把穆总留下的现金存入，一厂工人的工资很快就到位了，一个小时后，二厂工人的工资也到位了。

接着，她亲自奔赴一厂和二厂召开会议，发工资，稳军心。

工人看到茹总来了，手机上也收到了工资到账的信息，马上投入工作，工厂又恢复了往日的繁忙和平静。

平息了两个大难题，两人回到车上时，夜色已经淹没了整座城市。

"小七，累不？"茹意靠在马小阳的肩上柔声道。

"我不累，你累坏了吧？我看你和员工沟通的时候，嗓子都哑了。"马小阳拥着她心疼道。

"确实有点儿累，从来没有直面过这些工人，第一次真切地感受到工人的辛苦不易。等穆总回来后，我要向穆总建议，提高工人的福利待遇。一批稳定熟练的工人，是制造型企业的坚实根基，励峰要让每一个员工都有成就感和归属感，才能始终立于不败之地。"茹意感慨道。

"你说得太对了，茹意。企业的价值来自于每一位员工的共同奋斗。我的店虽然人不多，但每个人都是小店的一分子，每个人都是在为自己而奋斗。所以，大家都很努力，会用心地为小店着想，想办法让顾客满意，让店里的生意更好。我这个老板当得就特别轻松。"马小阳很有感触。

"治大国如烹小鲜，管理企业也一样。这一次危机，也让我们停下来审视自己在管理上存在的问题。穆总回来后，我们一定要有所改进。现在，我就盼着穆总能马上出现在面前。"

可是，穆皓峰还是没有消息，电话依然打不通，微信也联系不上，距离昨天晚上那一次联系，穆皓峰两口子已经整整失联 18 个小时了。

茹意心里再次不安起来，穆总不会出什么意外吧？

这个念头在脑海里闪过的时候，茹意分明感觉到心里一阵慌乱。

她开始查航班信息，没有任何航班失事的消息，心里松了一口气，穆总不会有事儿的。

可是，他为什么一直关机，一直处于失联状态？

时间一点点过去，仿若度日如年。天亮了，又黑了；太阳升起又落下，月亮出来了，又隐去。穆总还是没有消息。

三天过去了，刚平静下来的公司又开始有各种猜测了，穆总失踪的消息悄悄地在员工中蔓延，一种隐隐的不安笼罩在每个办公室里。

无法解释，穆总为什么突然失联了。那天穆总说他们已经到了迪拜，转机后就直飞江城了。为什么两人突然失联了呢？

茹意开始查找所有迪拜飞往江城的航班，一切正常，没有被劫持也没有失事。可是穆总去哪里了呢？

她想尽办法去查找穆皓峰在迪拜的消息，可他们两口子就像突然人间蒸发了一样。

太诡异了！

坐在办公室里，茹意的心一点点往下沉。面对那些陷阱和挑衅，她都能勇敢闯过来，就是因为穆总很快就要回来了，这个信念一直支撑着她。可是，现在穆总突然不见了，她该怎么办？

被经侦大队带走的人依然没有出来，励峰的账户依然被冻结，经销商代理商的电话都快把她的手机打爆了，一拨又一拨的人开始来励峰要钱，这回是真的来要钱的，直接闯办公室了，茹意只能硬着头皮一个个去应付，一天下来，头都要炸了，嗓子更是沙哑得无法说话……茹意真的快撑不下去了。

办公室的人越来越少了，每天都有人离开。

"老大，对不起，我也得走了，不是我不想坚守，而是真的没希望了。"张毅进来和她告别。

"寻到好去处了？"茹意抬眼看他。

"还没有，我打算去找。"张毅说，"你说穆总他究竟是怎么了呢？为什么会毫无音讯？会不会是真的逃跑了？还是被外星人抓走了？"

"一定是有事情，只是我们现在还不知道究竟发生了什么。"茹意说，"你可以去找工作，但不能怀疑穆总的人品。就算是坚持到最后一刻，穆总也不会背叛他自己一手创建的励峰。"

"我明白了。老大，秦副总和邓部长的去向已经明确了，就是我们的竞争对手联创公司。一些人也跟着过去了。励峰的这个坑，是他们一手挖出来的。"张毅说。

"我知道，但我不认为他们会赢，至少我坚信，励峰不会垮。"茹意语气坚定。

张毅很同情地看着茹意："头儿，我知道你对励峰的感情，可现在这个局面，你看看公司还像公司吗？你都快成光杆儿司令了，就剩下讨债的来找你了，你真的要这样坚守下去吗？"

"当然。我说过，茹意在，励峰在，哪怕最后只有我一个人，我依然会坚守。"

"可是，如果穆总真的回不来呢？"

"不可能，我相信穆总一定会回来，一定会的。"这句话，她更像是说给自己听。

"老大，那我先走一步了，往后若有缘分，咱们再合作。感谢你对我的提携和照顾，我张毅没齿难忘！"张毅深深地看了一眼茹意，觉得她已经接近疯魔了。

张毅走了，茹意身边只剩小白了。

手机响了，茹意心中一惊，以为是穆总来电了，屏幕上弹出的却是一个陌生的号码，她抓起手机快速地接听了。

"茹总，别来无恙啊！"一个熟悉的声音传来，语气中满是得意。

"秦副总？"茹意惊愕而又愤怒。

"很高兴你依然第一时间听出了我的声音。怎么样？撑不下去就别硬撑，励峰大势已去，该另谋出路了啦，要不要我给你指一条康庄大道？"秦副总得意地笑道。

"秦志怀，你别得意得太早，吃里扒外的事情干多了，早晚会咬烂自己的舌头！"茹意咬着牙根道，"穆总对你不错，你为何要如此对待励峰？"

"不错？也就只有你这样愚忠的人才会觉得穆皓峰不错。你自己看看，我们这样的职业经理人，到哪个公司没有干股？你每年给穆皓峰创造那么多的利润，穆皓峰给你股份了吗？没有股份的职业经理人，就是没有根的打工者，永远都是浮萍，企业的发展壮大跟你没有半毛钱关系，你只是拿那一点少得可怜的业绩分红，公司每年的巨额利润你一分都得不到。这些年，励峰每年都赚几个亿，你呢？我呢？我们两个人撑起了励峰的管理和销售，等于是撑起了整个公司，却远远不如董静山那个只会吃喝玩乐的皇亲国戚，他每年从励峰拿走的分红就比我们多得多。也就是你，总觉得励峰不错，穆总不错。我问你，这些年，穆皓峰假装对你好，对你像亲人像女儿一样信任，实际上呢？他老婆和他的小舅子，天天怀疑你和穆皓峰的关系不正常，你靠自己的能力在励峰立足，为励峰的发展立下了汗马功劳，为励峰带来那么多利润，他们却这样对你，你不觉得很亏吗？"

"我当然不亏。穆总对我怎样，我心里有一杆秤，无须你来为我鸣不平。"

"狗咬吕洞宾，不识好人心。有你哭的时候！"秦志怀冷哼道。

"老秦，都说你是被联创高薪加干股挖走了。我想知道，联创究竟给了你多少钱，你要把励峰赶尽杀绝？"

"多少钱？说出来吓死你！茹意，我可以告诉你，以我们的能力，如果放在联创，我们一年就能赚够在励峰十年的钱！你还会觉得穆皓峰对你不错吗？"秦志怀甚是得意道。

"前提条件是你必须把励峰打死，把励峰所有的客户都抢过去，对吗？"茹意反问道。

"竞争就是这么残酷，不是你吃了我，就是我吃了你。这两年，你抢了多少联创的地盘，你自己心里清楚。茹意，世界很小，转着转着，大家就又转到一起来了。所以，现在是联创的时代了，赶紧改弦易辙吧！识时务者为俊杰，现在来，我依然能让你当销售总监。"

"励峰吃下的地盘，都是联创做不了的业务，是他技术落后了。老秦，吃相不要太难看，人在做，天在看。有些事情别做得太过，得为自己留点后路。世界很小，冤家总是容易路窄，出来混，迟早是要还的。"茹意冷冷地怼了回去。

"死到临头还嘴硬！"秦志怀一时气得结舌。

"谁笑到最后，谁笑得最好！老秦，励峰不会那么轻易认输的！至少我不会那么轻易认输！"茹意果断挂了电话。

秦志怀这个吃里扒外的东西，总有一天会遭到报应的。虽说励峰没有给自己股份，可是这些年拿到手的利润提成并不低，秦志怀也一样，可他还是不满足，居然这样处心积虑地来算计励峰，现在还想把她也一并挖走，彻底击垮励峰。枉费穆总对他那么信任，有些人果然是知人知面不知心。

公司里剩下最后十几个人了，茹意召集他们又开了一次会，给他们鼓劲打气，坚持就是胜利。

茹意抽空又陪爸爸去医院做了一次复诊，情况比上一次好。龚柳根坚决要回老家休养，不愿意留在江城了。

老家的房子已经办妥一切手续，可以拎包入住，茹意只好答应他。

于是，她和马小阳一起送他们回去。

新房子宽敞明亮，装修不比茹意在江城的那套房子差，家具搭配都很时尚。龚柳根很满意，李大红更是开心，她做梦都想在县城里买一套这样的房子，没想到这一切来得这么快这么容易。

果然有钱就是好啊，想在哪儿买房就在哪儿买房，而且还能挑最好的。

要是自己的儿子如军也能这么有出息就好了。

看着整日只会游手好闲好赌成性的龚如军，李大红的懊悔在心里一点点生起。如果自己当年不那么纵容如军，他是不是就不会变成今天的样子？

"爸，这张卡上还有二十万，是给你们的生活费。我给你买了一笔灵活的理财，您可以每月从里面支取，想吃什么就让月月给您买，不用省。老房子拆迁，我建议您还是要房子，将来可以给月月他们住。"临走前，茹意对爸爸再三交代。

"你放心，我会照顾好自己，老房子拆了，我会选择要房子。"龚柳根点头道。

"月月，爸爸就拜托你了，有什么事你要及时告诉我。"茹意对单月月说。

"你放心吧，茹意，我一定会好好照顾爸爸的。"单月月说。

茹意从包里拿出两颗大白兔奶糖，剥了一颗放到果果嘴里："果果，想姑姑了，就吃一颗大白兔奶糖。姑姑想果果了，也吃一颗，甜甜的味道，就是想念的味道。"

"那我每天都要吃大白兔奶糖，因为我每天都会想姑姑。"果果奶声奶气道，黑葡萄般的大眼睛亮亮地看着茹意。

"姑姑也是每天都想果果。"茹意抱着果果，心里涌起一股暖暖的感动。这个肉乎乎的小东西，几天不见，就会想念。回去后，除了担心爸爸的身体，可能最想念的，就是她了。

马小阳见茹意这么喜欢果果，心中窃喜，将来生一窝孩子的愿望估计能实现。

离开的时候，茹意和马小阳在楼道里碰到刚出电梯的龚如军。

龚如军双手揣在肥大的裤兜里，吹着口哨走出来，一抬头看到了茹意和马小阳，一脸得意的笑："妹夫，这就要走了啊？"

马小阳冷冷地瞟了他一眼，拥着茹意快步进电梯，这样的人渣，不值得跟他多半句废话。

茹意想到马小阳的店被砸得那么稀烂，龚如军却逍遥法外，心里的怒气汹涌而起，恨不得掐死这个畜生。

"龚如军，警察已经找到那天晚上砸店的线索了，你就等着坐牢吧！"路过龚如军身边的时候，茹意冷冷地抛出这句话。

"不可能，所有的监控都坏了！"龚如军惊恐地转身道。说完后，他才意识到自己上了茹意的当，顿时脸色发黑瞪着茹意，狠狠道："你想死吧！"

"要想人不知除非己莫为。"茹意说完，电梯门关上了。

"我们应该让警察把龚如军抓起来审，这事儿就是他干的。"茹意很是气愤道。

"没有证据，警察是不能随便抓人的。"马小阳说，"算了，损失保险公司赔了大部分，我们也趁机换个风格。就当是我打他一顿的代价吧，我认了。"

回到江城后，穆皓峰还是没有消息。茹意带着留下来的人继续坚守，励峰的生产还在继续，哪怕还有一丝希望，茹意都要坚持到底。

晚上洗完澡后，茹意穿着睡衣坐在沙发上，一边剪指甲一边和大姐尹志丹商量，让她早点儿回老家去把孩子接过来，一家三口住到她那套空出来的房子里，让孩子尽早回到父母身边。

"茹意，我把孩子接过来得有人帮我照看，上学也得有人接送，我不可能待在家里不上班专门带孩子。"尹志丹为难道。

"那就把你婆婆带过来吧，房子大，能住下。"茹意继续埋头剪指甲，没明白尹志丹话里的意思。

"可是爷爷奶奶在镇上开了个便利店，生意还不错，他们舍不得关掉。在家里他们都没空给我带孩子，就更不能指望他们能到城里来帮我带孩子了。"尹志丹为难地看着茹意。

"实在不行你就和燕子商量，每天上班时间缩短，孩子上学你就上班，孩子放学你就回家，让燕子再雇一个人打理店里的事儿就好了。"茹意边修指甲边说。

"茹意，我想把妈妈接过来，让她帮我照看孩子，你看行不？"尹志丹说完，久久地盯着茹意。

茹意抬头愕然地看向尹志丹，根本没想到尹志丹居然会提出这样的要求！把妈妈接过来住在她的房子里？那她每次去看尹志丹的时候，不就等于去看妈妈了吗？

"我不同意。"茹意语气坚决，低头一下一下地磨指甲。

"茹意……"

"不用再说了。"茹意收起指甲剪，起身往房间里走去，根本不给尹志丹说话的机会，因为她很怕自己被尹志丹说服。

"茹意，那我就不把孩子接过来，让他在老家的学校寄宿，我们三姐妹住在一起，这样就很好了。"尹志丹追在她身后说。

茹意顿在门口，心底一股酸疼，离开妈妈的孩子就像失去主人的小动物，那种被抛弃被遗忘的孤独无助和痛苦，她有刻骨铭心的体验。她不希望姐姐的孩子拥有这样不幸的童年。

享受父爱和母爱，本应是每个孩子的基本权利，可现实中却有很多父母，因为生活不易，无法把孩子带在身边，无法给予孩子这份最基本的爱。

你有能力为姐姐一家提供这样的条件，为何又要为难尹志丹？茹意，别让自己的悲剧，重现在你最爱的人身上。

经过短暂的内心斗争后，茹意缓缓道："你可以把她接来，但我不会去那边看你。"

"茹意，"尹志丹声音哽咽，泪水夺眶而出，"谢谢！"

"就这样。我要睡了。"茹意背对着尹志丹关上了房门，房门合上的那一刻，她鼻子一酸，泪水滑出了眼眶。

她不想见那个"妈妈"，因为对她有太多的不满甚至是怨恨。可是，心里却又有一个隐隐的愿望在涌动，在召唤着她靠近那个"妈妈"。

躺在床上，她久久无法入睡，黑暗中，脑海里翻腾着儿时的各种画面。

半夜，她从浅浅的睡眠中惊醒，发现手机在床头不停地震动，漆黑中她看到屏幕上闪动着两个字：三叔。

恍然间，她睡意全无，抓起手机放到耳边，鼻腔发酸颤抖着声线道："三叔，真的是您吗？"

"是我，茹意。"穆皓峰的声音沙哑而疲惫。

"三叔，您在哪里？"茹意瞬间哭出了声。

"丫头，别哭。我已经到了江城国际机场，你马上开车来接我。"穆皓峰的声音沙哑而沉稳。

"好，我马上就到。"茹意快速起床换衣服，拿上包风一般冲了出去。

"茹意，这么晚你要去哪里？"尹志丹拉开房门追到门口，宽大的睡袍摇晃在身上，两眼蒙眬地看着她。

"姐，我要去机场，穆总回来了。"茹意抑制不住心里的激动，换鞋的时候手都在颤抖。

到现在，她都不敢相信这是真的。

"我陪你去。"尹志丹说，"去机场那么远，我不放心你一个人。"

"没事儿，机场路上肯定很多车。江城的机场二十四小时都有航班，放心，我没事儿。"换好鞋，茹意拉开大门往外走。

"那让小七陪你去吧！"尹志丹还是不放心，一直追到电梯口。

"不用，小七晚上都要忙到十二点，这个时间可能刚睡下，别去打扰他。"茹意进了电梯，看到尹志丹一脸的担心，"姐，放心吧，到了机场我给你发信息。"

"好。路上注意安全。"尹志丹一脸担心看着她。

茹意抄近道上机场高速。第一次在凌晨两点出发，路上的车子果然少得出奇，十分畅通，平时要一个多小时的路程，茹意不到四十分钟就开到了。

停好车，茹意狂奔到国际到达厅。远远地看到穆皓峰推着一个大推车，上面放着两个大箱子，一脸的风霜疲惫，但衣服依旧笔挺，头发纹丝不乱。

他老婆董静华穿着一身蓝色的真丝长裙，戴着一副巨大的墨镜站在穆皓峰身边，墨镜挡住了她大半个脸颊，看不清脸上的表情。

"三叔，您终于回来了！"茹意红着眼眶奔跑过去，穆皓峰很自然地张开双臂，把她紧紧地拥在怀里。

"这些天辛苦你了，丫头！"穆皓峰轻抚着茹意的秀发由衷地说道。

"三叔，您回来就好了。"茹意哽咽着，仿佛见到阔别已久的父亲那般，无法抑制地泪流满面。

"走，我们回家！"穆皓峰拍了拍茹意的肩膀，万分慈爱地看着她，脸上溢出欣慰的笑容。

茹意这才仰头仔细打量了一下穆皓峰，发现他瘦了，下颌周边密布着一层密匝匝的青胡茬，整个人仿佛一下子苍老了十岁。岁月的沧桑第一次在穆皓峰的脸上露得这般明显，以前茹意从未觉得三叔老，这一刻的穆皓峰，让茹意分外心疼。

"我来推行李。"茹意背过身去，悄悄抹干眼角的泪滴。

侧边突然传来一阵不太友好的咳嗽声，茹意转头，才发现一直站在侧边的董静华嘴角下拉，虽然墨镜挡住了她的大半边脸颊，但依然能感觉到她特别不高兴。

"董教授好！"茹意赶紧向她问好。

董静华毫无回应，面无表情挽起穆皓峰的胳膊，昂起头挺直腰杆目不斜视地往前走，根本不看茹意。

穆皓峰没让茹意推行李，依旧是他自己推着行李，董静华走在左手边，茹意只能走在他的右手边。

来到停车场，穆皓峰把行李一件件放上车，茹意要帮忙，他不让。

茹意刚坐上驾驶室，穆皓峰拍了拍她的肩膀道："下来，我来开。"

"您飞了这么久很累了，还是我来开吧。"茹意道。

"这条路我比你熟，我来开，听我的，你坐副驾去。"穆皓峰命令道。

茹意只好来到副驾驶这边，却发现董静华依旧带着大墨镜，一动不动地站在副驾的车门边。

"董教授，您上车！"茹意拉开副驾的车门，让董静华上车。

"茹意，我让你坐副驾，上来！静静，你坐后面，我和茹意有话要说。"穆皓峰瞪了董静华一眼。

董静华黑着脸，很不情愿，但不得不猫着腰上了后座，沉着脸瞪着前面。

上了副驾，茹意总觉得自己的背后有一双锐利的目光穿透过来，特别不舒服，想转头看，又不敢，只能硬着头皮坐着。

穆皓峰驾轻就熟，很快就上了机场高速，并没有和茹意说话，而是专注地开车。

茹意好几次侧过头看他，他也没有反应，神情专注而又严肃地看着前面。茹意想开口，想到后面还有一双眼睛盯着自己，张了张嘴，又咽了回去。

董静华双手拢在胸前，稳稳地坐在茹意的后面，目不转睛地盯着前面两人的一举一动，心情十分不爽。

这两人刚才在机场大厅，居然当她是个透明物，旁若无人地拥抱在一起，那份久别重逢的激动和喜悦，让她这个站在旁边的妻子，俨然成了一个尴尬的第三者。

穆皓峰抱着茹意时的那份宠溺，激怒了董静华身体里的每一个细胞。如果不是一贯以来的修炼和涵养，她在机场大厅里就会撕裂穆皓峰的伪装，撕烂茹意这张绿茶的脸。

她还是按住了心里的愤怒，毕竟这次穆皓峰是专程陪她去国外散心，虽然旅途不顺利，但不能否定穆皓峰的这份心。穆皓峰说他对茹意就是老板对员工，长辈对晚辈的感情，可哪有老板对员工这么深情脉脉的？哪有长辈对晚辈如此爱意沉沉的？

董静华又开始怀疑穆皓峰对自己的感情了。

"静静，一会儿我先送你回家，我再去公司。"许久，穆皓峰终于说了一句话。

"现在是凌晨三点半，你这个点去公司？"董静华声音冰冷。

"就是因为现在是凌晨三点半，我才一定要去公司。员工上班之前，我必须把这一周发生的事情全部捋顺，你回去好好睡觉，忙完了我就回家。"穆皓峰目光如炬，声音沉稳。

"可是……"

"没有可是，你回去睡觉，休息好了该干嘛干嘛，就是别一个人窝在家里胡思乱想。"穆皓峰用眼角的余光瞟了一眼茹意。

茹意静静地坐着，不知道自己该用哪种表情来听他们夫妻之间的对话。

第一次和穆皓峰夫妻同坐一辆车，茹意觉得气氛压抑，天然的不适。

董静华对自己的不友好，在广交会上茹意就感觉到了，此刻的感觉更为强烈。

女人和女人之间，可能天生就带着敌意吧，哪怕自己从未做过任何对不起她的事情。此刻茹意心里也多少有点儿心虚，这个心虚从哪里来，连茹意自己都说不清。

穆皓峰轻车熟路把董静华送回家，并把行李一一拿进去，再继续开车和茹意一起去公司。

车上只剩下两个人了，气氛一下子变得轻松了，茹意心情也放松了很多。

"三叔，财务部的几个人还被扣着，账户一直被冻结，一二厂工人的工资我想办法凑齐了发放，工人的情绪都比较稳定，生产在继续，就是总部这边的人被秦志怀挖去了很多，连张毅都走了……"

茹意一口气把这一周发生的情况全部汇报了，穆皓峰安静地听着，不时侧过头看向她，目光温柔，但始终没有吭声。

"三叔，您在外面这一周究竟发生了什么？"

"发生了一些非常不可思议的事情，到现在我都觉得不可思议。"穆皓峰摇摇头笑了笑，仿佛刚过去的这一周就是个笑话，"说出来你可能都不信。在迪拜转机的时候，我们被迪拜出入境给扣住了，电话也收缴了，不许我们跟外界有任何联系。原因是董静华涉嫌偷窃珠宝，价值十分昂贵，我们将面临起诉坐牢。"

"怎么会这样？"简直像天方夜谭，茹意哭笑不得，"董教授不是这样的人啊？"

"她肯定不是这样的人。可当时就在她的包里发现了没有发票的一枚钻戒，价值十多万美金，我们有口难辩。只能陈述，不停地陈述，让他们去调取我们去过的所有店里的监控，这样折腾下来，一周证明清白，已经算是万幸了。"穆皓峰苦笑道。

"三叔，这会不会是个局？"茹意恍然道，"结合我们公司遇到的情况，你们在国外又遭遇这样离奇的事情，我总觉得这是有人蓄谋已久的一个局，目的就是想把励峰搞垮。"

"细思极恐。我们这一趟同行中没有中国伙伴，我们两个是单独出去度假的。董静华的英文能应付日常，我们没有跟团也没有请当地的导游，去店里购物的时候我们也很小心，就是不知道那枚戒指是什么时候跑到董静华包里去的。视频能证明我们没有偷，但就是没调查出戒指是谁放进去的，非常诡异。"穆皓峰说，"我们也怀疑，但没有证据。"

"简直匪夷所思。"茹意摇头道。

"好在你替我保住了公司，稳住了工人。茹意，你是最大的功臣，三叔没有看错你。这些天不能和你联系，我也着急，但并没有特别不安，因为我始终坚信，你会想办法。你那天晚上跟我说：茹意在，励峰在，这句话是我的定心丸。"穆皓峰由衷地说道。

"这一切都是我该做的。这一周我最大的无助就是，您让我联系的那个人，他不肯见我，被困住的那几个财务人员，我无法把他们弄出来，公司的账户被冻结，每天的损失很大，供应商堵在我的办公室要钱……这一周把我这辈子没经历过的事情都经历了。"

"办企业就是这样，你不知道什么时候什么节点上就踩到坑了，有些事儿要来是挡不住的，有些坑是绕不过去的。没事儿，挺过来了，就是成功的经验，将来可以载入励峰的史册。"穆皓峰轻松道。

"三叔，太难了，这样的事儿，这辈子我都不想再经历了。"茹意红着眼眶说。

穆皓峰看着茹意，勾起嘴角粲然一笑，心里对茹意又多了几分满意。

到了公司，茹意把这几天处理的账目全部拿给穆皓峰，再把公司里的人和事一件件汇报给穆皓峰。

两人一直谈到东方泛出鱼肚白，穆皓峰才起身伸了一个大大的懒腰，长出一口气道："好了，去吃早餐，一会儿你洗把脸化个妆，美美地上班。从今天开始，励峰一切恢复正常。"

"被扣的那几个人今天真的能放出来吗？"茹意问。

"必须的，一会儿我亲自开车去接他们出来。"穆皓峰说，"中午为他们接风压惊，在楼下的潮菜馆先定好包间。"

"秦志怀和邓部长带走的那些人可都是我们的得力干将。三叔，对于秦志怀咱们得好好还击一下。"茹意愤然道。

"当然，上帝的归上帝，恺撒的归恺撒。据我所知，秦志怀最近在谈林德集团那单，你想办法跟进，哪怕一分钱不赚，甚至倒贴，也要抢过来，不要给他任何喘息的机会。以后凡是联创要接的单，我们不惜一切代价通吃。联创什么时候都不是励峰的对手，过去如此，现在如此，将来亦如此！"穆皓峰看着窗外升起的朝阳，眸光冷冽道。

"我绝对不给他任何机会。秦志怀太小人了，我就没见过比他吃相更难看的人。"

"不经过这些事儿，我们又怎么能发现秦志怀的小人之心呢？这种人留在公司，迟早都是祸害。从这个意义上看，这次的事情对于励峰来说，也不全是坏事儿。我们正好洗牌重组，换一批新鲜血液进来，开足马力加油干！"穆皓峰笑道，"这就是中国的那句古话，塞翁失马焉知非福！"

漫长的黑夜终于过去了，金色的朝阳洒满了办公室，励峰又恢复了正常运转。

一周后，茹意成功拿下林德集团的单子，给了秦志怀当头一棒，因为这是他到联创后要开启的第一个项目。

"干得漂亮！"穆浩峰很满意，"这一单我们抢过来，不仅不用亏钱，还能盈利几十万，这都是你的功劳。"

"林德的老总一听说秦志怀的为人，就不想和他合作了。再加上我们给他让利百分之五，又有业内最好的技术和口碑，他马上就答应了。"茹意把签好的合同双手递交到穆浩峰跟前。

"很好！我要给你大力嘉奖！"穆浩峰赞赏地看着茹意，"秦志怀这样的人，路只会越走越窄，没人愿意和一个没有道德底线的人合作。"

几天后，穆皓峰对集团人事进行了调整。

在这次公司危机中，茹意竭尽全力保全公司，稳住工人，保住公司根基，经过董事会一致推选，正式担任励峰集团副总裁，负责全面管理励峰的工作，持10%的干股。茹意从一名高管正式成为励峰的股东。

董静山是最后一个知道这个决定的人，当即气得跳脚。

他是穆皓峰的小舅子，是和穆皓峰一同创业的，并且投入了原始资金，是公司董事会的元老之一，他的股份也只占10%，茹意一个打工的，一个外人，凭什么一上来就拥有和他同等份额的股份？

董静山坚决反对，理由是茹意虽然对励峰有功，但高管不可以持有这么多的股份，最多百分之五。但是其他的董事都同意，他反对无效。

不行，这事儿肯定有猫腻。穆皓峰居然这么明目张胆地为茹意谋福利，说明他们之间的关系又有了更深的发展，这事儿必须要阻止。

"姐，公司的事儿你知道吗？"会议一结束，董静山马上打电话问董静华。

"什么事儿？"董静华正在马小阳的店里洗头。

见她在接电话，马小阳停了下来，洗了洗手上的泡沫。

"穆皓峰把茹意提起来当副总，还给她10%的股份，这事儿你一点儿都不知道？"董静山很吃惊。

"公司的事儿我向来不管，也不过问。"董静华说。

"可这事儿你不能不管啊！姐，你想想看，一个打工的，凭什么当了副总还能拿10%的干股？你到哪家公司能找到这样的先例？就算是有股份，那也是一点点，1%、2%，最多不会超过5%，穆皓峰对茹意为什么那么大方？姐，你难道忘了我走的时候跟你说的那些话吗？"

"你别胡说，你姐夫是什么样的人我心里清楚。你做好自己的事情吧！北方的市场到现在也没有起色，到时候回来看你怎么向穆皓峰交代！"董静华说完果断挂了电话，听到董静山说这事儿她就烦，烦透了。

那天在江城机场他们两个见面的那份激动，已经让董静华心里很难受。

可事后穆皓峰跟她解释说，当时茹意是因为经历了一周的黑暗期，见到他那一刻当然会很激动，让她不要胡思乱想。

对穆皓峰的人品，董静华是相信的，可她不相信茹意，因为她太年轻了，而且漂亮又能干，她对穆皓峰的感觉，绝不仅仅是员工对老板的感觉，分明就是女人对男人的爱慕和依恋。

再正派的男人，也经不起年轻女人的魅惑和勾引。何况这个家根本没有什么能牵住穆皓峰。

董静华心里的不安又剧烈地涌起。不行，她不能这样坐以待毙，至少要主动出击，调查个究竟。

"董教授，洗好了，您可以起来了。"马小阳帮她包好头发，扶着她坐起来。

刚才那一通电话，马小阳隐隐约约听到一点儿，但又听得不是很清楚，好像是茹意公司的事情。

董静华心事重重地坐在镜子前，马小阳开始给她吹头发，做造型。

"董教授，一会儿接着做个美容吗？"马小阳边吹头发边问道。

"没时间了，我有事儿。"董静华说。

"那下次再约美容项目。"马小阳说，"最近气色稍稍差一点儿，是不是熬夜了？"

"睡眠不太好。"董静华说，"上次我在国外，你打电话给我找穆皓峰，是茹意让你打的吗？"

"对。当时公司满世界找不到穆总，她就让我联系您，没想到真找到了。"马小阳道。

"你和茹意的关系很不一般？"董静华奇怪地看着马小阳。

"她是我女朋友。"马小阳很骄傲地说道。

"什么？"董静华猛地转身，惊讶地看着马小阳，"你说的是真的吗？"

"当然，我们交往已经几个月了。"马小阳很自豪地看着董静华。

"到什么程度了？"董静华还是不敢相信，因为穆皓峰曾经跟她说过，茹意没有家人，也没有男朋友，她只知道加班工作，把公司当家。

"可以谈婚论嫁了。"马小阳骄傲道。

董静华愈发愕然了，这个消息完全颠覆了她的认知。如果是这样的话，茹意怎么可能和穆皓峰有不正常的关系呢？

不对，茹意年纪轻轻就坐到了副总的位置，心机很深，说不定她是脚踩两只船呢。因为穆皓峰不会和她结婚，所以她就找个男朋友做掩护。这样公司里的人就不会怀疑她了，否则怎么解释穆皓峰给她 10% 的股份？茹意是励峰集团创办以来，第一个从企业高管成为公司董事的人。

穆皓峰若是对她没有特殊感情，哪怕她对励峰有功，也不可能对她这么大方。

不能被表象迷惑。

"你了解她吗？"董静华对着镜子里的马小阳问道。

"当然了解，她是一个工作狂，除了休息就是工作，这点和我很像，我们都是努力奋斗的人。但现在我们会找一切时间见面。"马小阳脸上溢出甜蜜。

"每天都见面？"

"以前是，我经常去公司接送她上下班，最近她更忙了，我这边也忙，每天都联系，隔天能一起吃顿饭，每隔两三天，她会来店里洗头做护理。"马小阳说。

"也就是说，你并没有天天见她，她每天都在公司到很晚才回去，对吧？"董静华问道。

"现在基本上是这样。"

董静华冷冷地笑了一声，脸上的肌肉很尴尬地抽动了几下。

这笑容看得马小阳心里直发毛："董教授，您笑什么？"

"我笑你啊，根本不了解茹意。她现在可是励峰集团的副总，还持有不少干股，你觉得你们之间能有结果？"

"为什么不能？就因为她当了副总吗？"马小阳觉得好笑。

"我是说，茹意根本不是你看到的这么简单，马小阳，你得擦亮眼睛看清楚哦！"董静华提高了声音，语重心长道。

马小阳拧着眉头，没听懂她在说什么。茹意是什么样的人，他比谁都清楚啊！

但是，今天董静华的态度很奇怪，似乎对茹意怀有天生的敌意。茹意想尽办法帮励峰渡过了难关，她不仅不感谢，反而怀疑茹意。

董静华的话让马小阳很不舒服，也为茹意鸣不平。那些天茹意是怎么过来的，他一直陪在茹意身边，亲眼看到茹意处理整个事情的经过，他比谁都清楚。

"董教授，为了能让励峰度过危机，茹意把她自己所有的积蓄都拿了出来，可以说是把自己的一切都搭进去了，她这么做的时候，我还问过她，有没有考虑过万一，她说她今天的一切都是在励峰的平台上获得的，哪怕有风险，她也必须这么做。当时，整个励峰，只有她一个人这么做，包括那些董事都没有拿钱出来救急。"马小阳说。

"她的一切都是励峰给的，她这么做是应该的，不然她就是白眼狼。"董静华很不以为然道。

马小阳被惊得语塞。果然老板娘的嘴脸就是不一样，平时温文尔雅的董教授，一旦变成老板娘，俨然换了一个人。

董静华做好头发急匆匆地离开了。

马小阳心里依旧为茹意鸣不平，马上给茹意打电话。

可电话一直无人接听。这些日子茹意经常连轴开会，连接电话的时间都没有。

茹意，忙完了给我回个电话。

马小阳给茹意发了一条微信。

开完会出来后，茹意看到微信，马上回了马小阳的电话。

"怎么了？"茹意疲倦地靠在沙发上，长时间的开会很耗体力。

"没事儿，就是想听听你的声音，晚上能不能一起吃饭？"听到茹意疲惫的声音，马小阳很心疼。

"不行，晚上还要开会。公司进了很多新人，销售部也有很多新手，都必须在短时间内完成培训。"茹意扶着额头声音软软道。

"别太累了。晚上我去接你，到店里来洗个头按摩放松一下，怎么样？"马小阳说。

"不用了，我可能会很晚，你早点儿休息，不用等我。"茹意也心疼马小阳。

在江城这个一线城市里，每个努力奋斗的人都不容易。

"那我什么时候能见到你？我可想你了，你难道不想我？"马小阳调皮道。

"当然想，但现在没时间啊，等我忙完这一阵吧。"听着马小阳的声音，茹意心里像沐浴着冬日暖阳那般舒适温暖，嘴角很自然地勾起了好看的弧线。

"好吧，公主殿下，别让小七王子等太久哦。"

"知道啦，小七王子。"茹意甜甜道。

挂了马小阳的电话，大姐尹志丹的电话就打了进来："茹意，我今天搬到你的房子里了，你姐夫已经把阳阳接过来了。"

"好。那边什么东西都有，你拎包入住就行，什么都不用买。"茹意说。

"茹意，我还是要告诉你一声，我让你姐夫把妈妈也接过来了……"尹志丹声音弱弱道，生怕茹意会生气。

"我知道了。"茹意沉默了一会儿，挂了电话。

虽然不愿意让那个"妈妈"住到自己的房子里，可她还是来了。从未想过自己会和生母离得这么近，也从未想过她会住到自己的家里去，可这一切就是这样不经意地发生了。

原本茹意是打算以后有空就常去大姐那边，看看年幼的小外甥，现在既然那个"妈妈"来了，她就不想去了。

有些事儿，是注定无法原谅的。

放下手机，茹意继续埋头工作。手机在桌子上不停地震动，弹出几条信息。

茹意点开来看，居然是龚如军的：

龚如意，爸爸这几天身体很不舒服，我已经带他来江城了，刚下车，在火车站附近吃饭。一会儿你开车过来接我们。

怎么突然间又不好了？前几天视频的时候不是还挺好的吗？

茹意马上拨打爸爸的手机，接通了，但是龚如军的声音："老爸很累，不想接电话，我把定位发给你，你开车过来吧！"

"就你和爸爸两个人过来吗？"茹意问，龚如军的话她不太敢信。

"难道又要一家人来吗？她们两个再加个孩子，就是个累赘，就我们两个。她们留在家里带孩子。"龚如军说。

茹意挂断电话，还是觉得不对，马上又打给了单月月，单月月的手机居然关机。

很快，她就收到了龚如军发过来的定位，是用爸爸的手机发的，位置是在江城南站附近。

茹意只好收起手头未处理完的工作，临出门前，茹意打开包想拿口红补一下唇色，没想到手伸进包里捞出来的居然是爸爸的那一小袋头发。

透明袋里这一小撮花白的头发，是几个月前，马小阳给爸爸剃头的时候，茹意故意留下来的，当时是想留着做纪念，后来爸爸回老家了，她准备拿去做DNA鉴定，为爸爸寻找那个丢失了二十多年的女儿。

可一忙起来居然给忘记了。

去江城南站的路上，正好路过那个派出所，茹意快速做好了登记，再开车往南站赶去。

路上，龚如军打了几个电话来催她，说爸爸很难受，让她快点过来。

茹意没办法，一路上开得飞快，很快就赶到了龚如军发定位的那个地方。

在地下车场停好车，茹意急速往楼上餐厅走去。

虽然是炎热的夏天，可地下车库里却是凉飕飕阴森森的，下午的时间，地库里基本没人，走在里面能听到自己的脚步回声，茹意下意识往后看，心里有些恐惧不安。

她快步往前走，拐进电梯口，没想到转弯的楼道里却是一片漆黑，灯坏了！

茹意脚底发软，拿出手机准备打开手电筒照明，头顶上突然盖下来一个大布袋子，把她完全罩住了。

茹意惊叫起来，下一秒，嘴巴也被堵上了，她拼命挣扎，嘴里一阵说不出的恶心袭来，两个高大的身形死死地捆着她，双手被他们大力地反绑在身后，几秒过后她意识昏沉，身体一软，晕乎乎地滑倒下去，眼前一团漆黑，然后就什么都不知道了。

地库里，一辆小车上坐着两个年轻男子，鸭舌帽压得很低很低，两人紧盯着电梯口的拐弯处，正要下车，却看见两个一身黑衣黑裤的高个子男人，戴着帽子和大口罩，双手抬着一个人从拐角处走了出来，而那个被抬出来的人，正是刚走进去的女子，身子沉沉下坠着，脑袋被黑色的布袋罩着，耷拉下去，貌似是被打晕了。

两人赶紧缩回到车上，关紧车门，一眨不眨地盯着那两个人。

只见他们快速地把女子塞进了停在拐角处的那辆银色的小面包车上，车牌被蒙住了，车门关上的同时，车子飞一般窜了出去。

"赶紧跟上，跟上！"坐在副驾驶的人边说边拿出手机拨打电话，"姐，有个状况跟您汇报一下，您的目标出了点儿意外，貌似被人打晕绑走了，咱还要一路跟着吗？好，行，听您的，好嘞，随时向您汇报，您放心，保证跟紧。"

"赶紧跟上，千万别跟丢了。"副驾驶的男子指着前面的车子说。

于是，两辆车子一前一后，开出了地库，汇入了滚滚车流中。

几乎是在同一个时刻，坐在办公室里的穆皓峰和正在给顾客做发型的马小阳，都感觉到了右眼皮剧烈地跳动了一下，两人都下意识地眨了眨眼，还用手摸了摸跳得有点儿异常的眼皮子，皱皱眉头又埋头工作。

马小阳突然变得心神不宁，总感觉要出事儿，可看看自己周边，一切都很平静，所有的人都在有条不紊地忙碌着，店里经过重装后，生意比以前更好了。

能有什么事儿？马小阳忙完后来到了楼上的阳台。

看着爬满栏杆的闪亮绿色，他马上想到了茹意，她最喜欢的就是这个阳台上的绿色，每次来这儿，都要蹲下去看很久，还要亲自给这些小精灵浇浇水，剪剪枝。

"你这么喜欢花草，家里是不是养了很多？"茹意弯腰浇水的时候，马小阳从身后环着她纤细的 84 腰身道。

"没有，我只是喜欢，但不懂养，我怕把它们养死，那是一种罪过，所以我不敢把它们搬回家里去。"茹意浅笑道。

"看你浇水的样子，不像是不懂的，反而像很专业的花农。"马小阳喜欢这样细细地摩挲着她滑嫩的肌肤，感觉很暖心。

"那说明我是可以培养的花农，有天赋。"茹意幸福地靠在马小阳的肩上。

"很值得培养，我觉得你做什么都能做得很好，因为你很聪慧，是那种只要看一眼就能领悟精髓的人。"马小阳继续拍马屁。

"那我哪天要是想转行，你可就危险了。"茹意笑道。

"那我求之不得啊，你当老板娘，我当后台老板，多好，你快点儿转行吧！"马小阳捏着她纤细的手臂说。

"哎呀，好痒。"茹意虽然能接受和马小阳的肢体接触，但还是很怕痒，忍不住就缩回去。

马小阳却故意胳肢她，吓得她像只泥鳅一样从他怀里钻了出去，咯咯地逃窜，马小阳紧追不舍，两人在这个小小的阳台上绕圈圈，风吹起茹意的秀发和裙摆，她修长的身材犹如仙子一般飘逸。

陷入回忆的马小阳恍然中回过神来，才发现阳台上空空如也，他拨打茹意的手机，提示电话已关机。

茹意从来不关手机，怎么会突然关机了呢？难道是手机没电了？

马小阳绕着阳台转了一圈，打给了小白。

"小白，把电话给茹总。"

"小七哥，茹总一个小时前出去了。"小白说。

"去哪儿了？"

"不知道，走得有点儿匆忙，没跟我说去哪儿。您直接打她手机啊！"

马小阳一听着急了："茹意的手机关机了。"

"关机了？"小白也很吃惊，"你等等，茹总还有一个备用手机，我来拨打一下。"

很快，小白就给马小阳回电话了："小七哥，茹总的另外一个手机也关机了！好奇怪啊，茹总很少关机的，可能手机没电了吧？"

"你赶紧去问问穆总，看看他是不是知道茹总去哪里了？"马小阳真着急了，刚才那一下眼皮子跳得那么厉害，没来由地心慌，难道是茹意出事儿了？

小白一秒也不敢耽误，踩着高跟鞋噔噔噔狂奔到穆总办公室，连门都没敲就闯进去了，穆皓峰吃惊地盯着她："小白，着急忙慌的干什么？"

"穆总，茹总不见了，两个电话都关机，找不到人。"小白急得心都要跳出来了。

"找不到人？她出去了吗？"穆皓峰从大班椅里站起来，扭了扭有些酸疼的脖子，来到小白身边。

"对，大概一个多小时前开车出去了，走得有点儿急，没跟我说去哪里，平时她走的时候会有交代，今天没有。"小白脸色发白地问穆皓峰，"穆总，茹总不会有什么事儿吧？"

"胡说什么啊，可能手机没电了吧，茹总做事向来很谨慎，不会有事儿的。一会儿再打她的电话。"穆皓峰说。

"好，我再打一遍试试。"小白又当着穆皓峰的面拨打了茹意两个电话，依然是关机。

穆皓峰蹙着眉头，也觉得不可思议，两个手机同时没电，这种可能性很小吧，这傻丫头，究竟去哪儿了呢？公司这么忙，手头的事情很多，如果不是着急的事儿，她肯定不会那么匆忙出去，可是她出去了，也没来跟自己打一声招呼，应该是短时间就能处理完的事情，如果时间长，她应该会过来告诉他一声。

"你再问问其他人，看看有没有人知道她去了哪里。"穆皓峰对小白说。

小白赶紧退了出去，继续去打听。

穆皓峰这边坐不住了，他亲自拨了一遍茹意的两个号码，果然还是关机。

太奇怪了，一定有事儿。难道是她自己把手机关了？有什么秘密的事情需要关着两个手机去谈？穆皓峰一时无法理解。

他迈开大长腿在偌大的办公室里走来走去，过几分钟就拨打一下茹意的手机，一直是关机。

走了不知道有多少个来回，手机突然响了，低头一看，是个很陌生的号码，穆皓峰迟疑了片刻，滑动屏幕接听了：

"穆皓峰，你是不是在等你的心腹之人茹意啊？"一个明显经过处理后的男声阴阳怪气地传到耳边。

"你是谁？想干什么？"穆皓峰心底一震，感觉大事不妙。

"我是谁不重要，重要的是你的人，励峰集团的得力副总，茹意，现在在我这里。这几年，她给励峰创造了不菲的业绩，我现在想知道，她在你心里，值多少钱？"

对方很放肆地大笑起来。

"让茹意跟我说话，你们要是敢伤害她，我会让你们死无葬身之地！"穆皓峰勃然大怒，这些亡命之徒居然算计到茹意头上了。

"对不起，这会儿她还睡着。你放心，她没事儿，我只是不想听到她大喊大叫，我马上拍个照片发给你。不过，我想知道，你愿意出多少钱来买她的命？"

"放肆！你知道自己在干什么吗？啊？！"穆皓峰边说边打开了手机录音。

"别那么紧张嘛，穆总，你可是见过世面的人，钱在你眼里算什么？那就是一串数字而已。可对于我们这些老百姓来说，那就大不一样了，每一分钱都有用处，有钱就能活下去，没钱可能连明天的太阳都见不到了。穆总，我知道你的钱多得下辈子都花不完，放心，我不会那么贪，我就想从你那儿挪一点儿救救急，说不定今后我发达了，我会一分不差地还给你。我只要五百万，五百万就行了，我保证把茹意毫发无伤地还给你，成不？"

穆皓峰恨不得能亲手撕碎了那个狂徒，可又怕茹意真在他手上，只能压着心里的愤怒道："马上让我看到茹意的样子，我警告你，你要是伤了她一根头发丝儿，我都会要你的命！"

"哟呦哟，果然感情非同一般！我就说嘛，你对茹意，绝对不是一个老板对职业经理人的感情，哪有老板对一个高管这么好的？傻子都能看出来，哈哈哈哈！"对方笑得十分放肆，似乎一切都在他的掌控之中，眼见着五百万就能到手了。

对方挂了电话，很快发给他一张照片。

照片里果然是茹意！她被反绑着双手，耷拉着脑袋靠坐在椅子上，脚底下是肮脏的水泥地面，茹意白色的衬衫早已被弄得皱巴巴脏兮兮，头发也凌乱不堪，闭着眼睛完全处于无知觉的状态。

这样子看得穆皓峰心都碎了。怎么才出去一个多小时，就落入了不法之徒手里呢？她究竟去干嘛了？

"我再次警告你，你们要是敢对茹意有一丝一毫的伤害，我穆皓峰绝对不会放过你们！我说到做到！钱，我给你，地址发给我，我要马上见到茹意！"穆皓峰咬着牙一字一顿道。

"别急啊，咱们按行规来，先交钱，再放人。钱放在我们指定的地方，人我也会按时带到约定的地方。放心，我是一个很讲诚信的人，绝不会伤害她。我只要钱，不害命。但有一个要求，你不能报警，否则我一定让你这辈子都见不到她，我说到做到。"

"说，怎么交换！我要看到人是安全的，我才能给你钱！我不报警。"穆皓峰急得抓狂，握紧的拳头咯吱作响。

"给你几个小时去准备钱，我只要现金。两个小时后我会再和你联系。"

说完，对方挂了电话。

穆皓峰回拨过去，手机里传来的是忙音，对方用的是一次性电话卡，打完就扔了。

没办法，穆皓峰只能马上让人去银行取钱。

他抓着手机，心里反反复复在斗争，要不要报警？要不要报警？

真的不报警，就这样让这些亡命之徒拿着钱逍遥法外？太便宜他们了！可是报警万一被他们知道，茹意可就危险了！

不能报警，不能报警！

穆皓峰的手心沁出了汗，办公室明明开着空调，他却早已湿透了衬衫，汗津津地贴在背上。

"皓峰……"

身后恍然传来一个熟悉的声音，他惊愕地转身，发现董静华站在办公室门口，脸上波澜不惊，目光稳稳地看着他。

"你怎么来了？"董静华从天而降，穆皓峰不知道她要干什么，没有丝毫的惊喜，只是莫名觉得烦躁。

"我是来帮你化解心中烦恼的。"董静华走近他，替他擦了擦额头上沁出的颗颗汗珠子，语气温和道，"绑匪向你要多少钱？"

"你怎么知道绑匪的事儿？"穆皓峰吃惊地盯着董静华，继而慌乱地看了一眼外面办公室，即刻走过去把门给关上了，这件事情，他谁都没说，刚才让财务去取钱，也只是说公司急用。

董静华怎么会知道？难道她神机妙算？太奇怪了！

"你别问我怎么知道的，以后我会告诉你。现在，你就说你要不要救茹意？"董静华后退一步，在椅子上坐下来，笃定地看向穆皓峰。

"当然，我正让人去取钱，绑匪开口要五百万！"穆皓峰说，"我正在考虑要不要报警。"

"当然报警，必须报警！"董静华冷笑一声，"五百万，你就打算这样送给那些人五百万？"

"不然呢？这个时候茹意的生命最重要！他们要多少都得给！"穆皓峰听出了董静华话里的嫉妒和不满，顿时火冒三丈，都这个时候了，女人还只会吃醋。

"穆皓峰，我想问你，茹意在你心里就这么重要？你可以为她倾家荡产吗？"董静华的醋意在胸腔里激荡。

"茹意在励峰就是无价之宝！你难道忘了，我们刚起步的那两年是怎么熬过来的？如果不是我在华山遇到茹意，不是茹意帮我们拿下了美国的客商杰森，并且签订了长期稳定的合作，励峰能有今天吗？后来我们励峰有了自己的销售网络，也是茹意呕心沥血没日没夜工作建立起来的；还有前不久的危机，所有人都跑了，包括你的弟弟董静山都没有回来，是茹意一个人在这里苦苦支撑，她用她自己的积蓄和从别人那儿借来的钱，发了工人的工资，帮励峰稳住了局面，励峰才没有垮掉！整个励峰集团，几百上千人，还有谁比茹意更忠心？你说茹意在励峰重不重要？在我这个董事长的心里重不重要？"

穆皓峰指着董静华的鼻子骂起来："都什么时候了，你还问这种话，不觉得自己的思想意识太低级，心胸太狭隘，太没有格局了吗？你还配说自己是一个大学教授？"

"穆皓峰，为了茹意，你就是这样贬损自己的妻子吗？你就是这样做丈夫的吗？"董静华也很伤心，穆皓峰的偏心已经不是一星半点了，而是十分明显，她本来还只是怀疑，现在完全是肯定、确定，穆皓峰对茹意，绝对不是单纯的老板对高管的感情，绝对不是！

"好了，我不想跟你说这些，你回去吧，以后别往公司跑，有事儿打电话。"穆皓峰走到窗边，丢给董静华一个冷硬决绝的背影。

"好，是你让我回去的，你别后悔！"董静华站起来恼怒道，"本来我是好心来告诉你，如何可以快速救出茹意，既然你这么不欢迎我，我也不需要跟你说这些了！"

"站住！"

董静华刚转身，就传来穆皓峰的一声断喝："你是说你知道茹意在哪里？"

"我不知道。"董静华顿了片刻，昂起头挺直脊背又往外走。

"茹意在哪里？"穆皓峰快步冲过来，一把拽住董静华的胳膊，死死地盯着她，"快告诉我，她在哪里？"

"你自己去找啊？既然她对你那么重要，为什么来问我？"董静华眼里含着泪，她的心都碎了，穆皓峰这个样子，太让她伤心了。

"静静，现在不是要小性子的时候，茹意有生命危险，万一我们一时凑不齐那么多钱，万一绑匪丧心病狂，茹意真的很危险！她为励峰立下过汗马功劳，我们一定要保她安全，必须争分夺秒救出她。你告诉我，你是不是知道她在哪里？"穆皓峰压低声音道。

董静华自然知道这件事情非同小可，不然她也不可能跑到公司来找穆皓峰。

可是刚才穆皓峰的态度太让她伤心，作为一个女人，最不能容忍的，就是老公当着自己的面，表现出对另一个女人非同一般的好。

如果是放在平常时候，董静华绝对要问出个子丑寅卯来，可现在穆皓峰急火攻心，他心里只有一个念头：救出茹意。这个时候跟他说什么都是白搭。

"你先放开我。"董静华生气道，手臂都被他抓疼了。

穆皓峰这才意识到自己用力过度，马上松开了董静华的胳膊。

董静华揉了揉被他抓红的手臂，很不情愿地转身回到椅子上坐下来，沉沉地吐出一口气，打开手机放大那张定位图对穆皓峰说："茹意就被关在这个地方。"

"你怎么会有这个地址？"穆皓峰愈发震惊地看向董静华，他以为她只是知道点消息，没想到她连地址定位都有。

"这个时候你要是还追究这个问题不放，那我们就坐下来好好讲讲故事。"董静华放下手机，双手抄在胸前，一副要把故事讲到底的架势。

"好好好，不说，不说。你确定他们现在就在这里？没有狡兔三窟换地方？"穆皓峰问。

"目前没有换地方，如果有，他们会告诉我。"董静华很肯定道。

"他们是谁？"穆皓峰愕然无比，难道董静华和绑匪是一伙的？

"你怀疑我？"董静华又恼了，"穆皓峰，你是猪吗？"

"好好好，不说这个，现在我们马上赶到现场去，赶紧报警，让警察和我们一起去。"穆皓峰拿起手机就要报警。

"报警可以，你完全没必要自己去，你去能干什么？"董静华黑着脸道。

"我当然要去，励峰集团的副总被绑架了，我这个董事长必须亲自去营救。"

"正因为你是董事长，所以你不能去！你要是去了，被新闻媒体拍到了，曝光了，励峰的臭名一下子就传开了，你觉得这样好吗？"董静华冷冷道，"你是很想让媒体拍到你和你公司年轻的美女副总在镜头前拥抱的画面吗？"

机场大厅里，他们两个紧紧相拥的那一幕，每次想起来，都会刺痛董静华的神经。

"胡说什么？"穆皓峰狠狠瞪了董静华一眼，打电话报了警。

穆皓峰刚挂电话，董静华的手机响了。

"姐，那些人要换地方了，带着那个女的上了面包车，不知道要去哪里。"

"跟上，一定要跟紧，随时把定位发给我。千万不能让他们发现。"董静华淡定地指挥道。

"你是派人跟踪了茹意，所以才意外发现了茹意被绑架，对不对？"穆皓峰听着董静华刚才的话，恍然间就明白了。

"你现在必须跟警察说明，绑匪要转移人质了，究竟到哪里，目前还不确定，我们负责跟踪，把实时定位发给他们，让他们在路上截住绑匪。"董静华说。

穆皓峰不可思议地看着董静华，眼前的董静华像换了一个人，陌生得他都不认识了，这还是那个温柔贤淑的董静华吗？

穆皓峰又一次拨通报警电话，仔细陈述了这件事情的情况，然后和董静华一起开车去追绑匪。

路过茹意办公室门口时，小白拦住了他："穆总，茹总她究竟在哪里？"

"我们现在去找她，你安心留在办公室等消息。"穆皓峰安抚小白道。

"她真的没事儿吗？您去哪里找她，我也要去。"小白紧跟着穆皓峰往外走。

穆皓峰很焦急，小白赶都赶不走，只好让她上车一起去。

路上，小白又接到马小阳的电话。

"找到茹意了吗？"马小阳很焦灼，等待的每一分钟都是煎熬。

"没有，我正和穆总和穆太太一起去找茹总呢。"小白坐在车后面，盯着前面开车的穆总说。

"你们去哪里找？告诉我，我也一起去。"

"我也不知道，我问问穆总。"小白直起腰往前靠近穆皓峰，"穆总，我们去哪里找茹总啊？"

"现在我们也不知道，只能先找着，你别再接那些烦人的电话了。"董静华坐在副驾驶，心情一直很不爽。

小白被董静华这么训斥，再也不敢开口了，只能退回到后面，压低嗓音对马小阳说："我也不知道，等找到了我再告诉你。"

"你给我开一个位置共享，我就知道你们在哪里。"马小阳感觉到小白那边情况微妙，小声道。

"好。"小白挂了电话，马上打开位置共享。

马小阳即刻开车跟上他们。

那辆白色的面包车上，茹意大脑晕沉，恍惚中，她感觉自己的身体又被人搬动了。她很想喊，很想叫，很想动一动，挣扎一下，可是身体沉得像一块巨石，根本无法动弹，嗓子也像是被什么东西封堵了一样，冒着烟，什么也说不出来，就连晃一晃脑袋这样简单的动作，她都做不到。

身体好像死了一样，只是大脑依稀有点儿知觉，恍恍惚惚中听到有人在说话：

"军哥，我看她脸色很不好，会不会刚才那毛巾上的药放多了，别真搞出人命来那可就麻烦了。"

"草，我刚才就说了别放太多，你非得又倒了小半瓶，你小子就是不靠谱，废物！"

"这怎么能怪我呢？我不是担心她很快就醒过来吗？那个穆皓峰，真有你说的那么大方，满口就答应给五百万？"

"那是必须的，五百万对于他来说也就是九牛一毛，他一年不知道要赚多少个五百万。再说，这些年，大部分钱都是龚如意帮他赚的。"

"要我说，还是穆皓峰对她感情不一般，不然哪能这么大方就答应给五百万呢？而且，你真能保证他不会报警？"

"不能保证，但我听他那口气，很担心龚如意会受伤害。我觉得钱他肯定会去准备，我们到时候拿钱得想个万全之策，一定要全身而退。"

"他要是报警了怎么办？我们真把这个人做了吗？"

"找死！做了她你必死无疑！我告诉你啊，我只想要钱，我可不想弄死她。你赶紧给她灌点儿水，真要把她弄死了，我饶不了你！"

"没想到你对她还是有感情的，你不是说你从小就讨厌她吗？她又不是你亲妹妹。"

"闭嘴！你想死啊！不是我亲妹妹那也是妹妹，小时候她还不是天天叫我哥。快点儿给她喂水。"

……

恍恍惚惚中，茹意感觉嘴里流进了一股清凉的水流，冒烟的嗓子得到了缓解，但是，大脑还是晕沉得厉害。刚才，她好像听到有人叫她"龚如意"？

这个世界上只有两个人会这么叫她，一个是龚如军，一个是李大红。

刚才说话的难道是龚如军？

茹意很想很想睁开眼睛看一下周围，可是怎么也睁不开，眼皮子重得像被胶水粘住了一样，根本撑不开。不过就算睁开了也什么都看不见，因为眼睛上绑着一块布，勒得很紧，很不舒服。她想扯开，手脚也被绑着，一动也不能动。

是不是龚如军？茹意努力集中意识，想再听清楚，可是车厢里突然安静下来了，再也没有人说话了，只听到车子行驶的声音。

摇摇晃晃中，茹意的意识又渐渐涣散了，晕沉着睡了过去……

"咔嚓！"伴着一声刺耳的刹车声，车身剧烈地震动了一下，茹意"嘭"的一声，撞到了前面的椅子上，晕沉中感觉到一股巨大的痛感从额角传来，她挣扎了一下，根本无法动弹，眼前什么都看不见。

茹意发出了几声痛苦的叫声，喉咙还是难受，说不出话来，声音也是沙哑的。

"你怎么开车的？"

"军哥，你看，前面几辆警车堵着呢，我们，过不去了……"

"废物，过不去掉头啊！快点儿！"

车子已经出城来到郊区了，道路并不宽，车也不算多。司机猛打方向盘掉头，车轮摩擦地面发出刺耳的声响。

可是，刚掉头，他们悲催地发现，后面也有警车！

什么时候被警察包围的？这一路上他们并没有看到警车跟踪啊？这些警车难道是从天而降吗？

"妈的，这么快就报警，看我不弄死她！"

"住手！不许碰她！"

"难道我们就这样束手就擒？举手投降吗？什么都没得到白白去坐牢？"

"你要是弄死她了，就不是坐牢而是枪毙！你想死吗？啊？我他妈不想死！"

"大不了鱼死网破！总比束手就擒好！我就要弄死她！"

"你敢弄死她，我就先弄死你！"

前面那个高个男子转身朝后面扑过来，把另外一个压制在座位上，两人顿时扭打在一起。

茹意坐在最后面，她的大脑依旧是晕沉恍惚的，但是，刚才她听得清清楚楚，其中一个声音就是龚如军。

龚如军居然不让人弄死她？他不是一直很讨厌自己吗？上次她阻止他向单月月要钱，他就要掐死她。从小到大，他都是欺负她的，从来都不拿她当妹妹看，这一刻，他居然能手下留情？

"你就是脑子进水！想要钱是你说的，现在钱没弄到，想放过她的，又是你，你是不是有病？"

"我就是有病，反正你不能碰她！滚一边去！"龚如军用膝盖死死抵住旁边那个人，双手掐住他的脖子，几乎要把他掐死。

"卧槽，你们两个别打了！警察都拿枪对着我们了！"司机扶着方向盘的手在发抖，猛踩刹车停在原地，惊愕地看着四面八方围过来的警察。

"举起手来，警察！乖乖下车，不伤害人质，可以对你们从轻发落！"

车窗外，警察已经包围了车子，一个个拿着枪对着车里。

龚如军什么工具都没带，车上连一把刀都没放，他完全没有任何抵抗能力。他不想伤害茹意，只想弄点钱去还赌债，没想到这么快就被警察抓住了！

他耷拉着脑袋看了一眼软绵绵坐在后面的茹意，推着身边的那个人，一起乖乖抱着头，下了车。

一下车，他们就被警察摁倒在地上，戴上了手铐。

"茹意！"马小阳和穆皓峰几乎是同时冲上车来，马小阳年轻，动作快，还是抢在了穆皓峰前面，来到了茹意身边。

看到茹意这样，马小阳的心在滴血，他快速地帮茹意解开绑带，再摘下眼罩子，可茹意还是闭着眼睛，脑袋摇摇晃晃的，脸色苍白得一丝血色都没有，看起来特别骇人。

"茹意，你醒醒，你没事儿吧？"马小阳抱着她喊道。

"赶紧送医院，快！"穆皓峰想搭手，可马小阳根本不让，把茹意抱到了早已候着的救护车上。

小白上了马小阳的车，车子风驰电掣地飞奔去了医院。穆皓峰不放心，但他得跟着警察去录口供，只能眼睁睁看着马小阳和茹意一起去了医院。

第六章

◎ 你的爱是星辰大海

医院里，茹意静静地躺在床上，额头上贴着一块胶布，脸色和床单一样惨白，单薄瘦弱的身体藏在被子里，孱弱得让人心疼。

"她没什么大事儿，就是吸入了过量的乙醚，需要一点时间缓解，再过几个小时，她就能清醒了。"医生对马小阳说。

马小阳和小白这才算放心了。一人一边，坐在茹意的床头，静静地守护着她。

马小阳紧握着茹意的手，不舍得松开。

从她醉酒误打误撞闯进他的店里后，命运就把他们连接在了一起。从第一次见到她，他就感觉到了她坚强外表下包裹着一颗特别易感的心，也是从那一天起，他心里就留下了她的样子，觉得自己有责任有义务保护她，呵护她，给她最多的温暖和爱，不让她再受到一丁点儿伤害。

可是，今天他却没有保护好她，让她遭遇了这样的劫难，他没办法原谅自己。

如果坚持送她上下班，坚持不让她自己开车去公司，今天的事情就不会发生了。马小阳把这一切都归结为他的错，他握着茹意冰凉的手，低着头，泪水簌簌地砸落在地板上。

"小七哥，我去买点儿饮料，你想喝什么？"小白见马小阳伤心自责的样子，实在不忍看下去，借口回避一下。

"我不喝，不用给我买。"马小阳声音沙哑道。

小白默默地走了出去。

刚到门口，看到穆皓峰和董静华两人从走廊的那头急匆匆走来。

"小七哥，穆总和穆太太来了。"小白转头对里面的马小阳说。

马小阳赶紧擦干了眼泪，调整情绪。

"医生怎么说？没事儿吧？"穆皓峰放轻脚步来到茹意床头。

"没什么事儿，说是吸入了过量的乙醚，又受了惊吓，已经用了药，要再过几小时才能醒过来。"马小阳说。

"额头上的伤没事儿吧？有没有去做脑部 CT？"穆皓峰伸手替茹意拢了拢额前的碎发，就像爸爸看着女儿那般温柔心疼。

董静华站在穆浩峰的身后，脸色倏然间变黑了，愠怒地盯着穆晧峰。

"做了，医生说没事儿。"马小阳回道。

"好，那就让她好好休息，醒了再看看医生怎么说，别急着回去，一定要确保身体没事儿。"穆皓峰叮嘱道。

"明白。"马小阳使劲儿点了点头，"穆总，那些人为什么要绑架茹意？他们究竟是谁啊？"

"这个事情……唉，一言难尽，一时半会儿也说不清楚，以后慢慢告诉你吧。反正他们会受到法律的严惩。你好好照顾茹意，我先回公司了。小白，你留下来还是跟我一起回去？"穆皓峰边走边问。

"我先回公司吧，还有好多工作。小七哥，我先回去了啊！"小白本想留下来照顾茹意的，可想想自己在这里也是灯泡，还不如跟穆总一起回公司。

穆皓峰照例开车先把董静华送回去，再带着小白一起回公司。

路上，穆皓峰再三交代小白："茹总被绑架的事情，不要在公司里传播，如果有同事问起来，你就说是个意外，让大家不要议论。"

"穆总，绑架茹总的人是不是她的熟人？"小白问道。

"不该问的别问，记住，茹总出院后，你也不能问她这件事儿。"

"哦，我记住了。"小白嘴上应着，心里却印下了一个大大的疑问，为什么不能说？是有什么天大的秘密吗？

"今天茹总能这么快救出来，是不是您太太的功劳？我看她一直指挥您开车，她对绑匪的行踪好像一清二楚。"小白又问。

"这次确实多亏了她，不然我这五百万肯定要送出去了，而且我也不敢报警，怕他们对茹意不利。没想到董静华歪打正着，居然无意中救了茹意，这也算是天意吧！"穆皓峰摇摇头，哭笑不得。

小白点点头，本想问穆太太是怎么知道的，但见穆总讳莫如深，还是识趣地不再追问了。

晚上，茹意终于醒来了，但人还是没精神，脸色依旧苍白如纸。

马小阳买了山药炖排骨给茹意喝，茹意一点儿都不想喝，她只喝水。也不想说话，神情恍惚，眼神黯淡，没有一点儿生机。

"小七，带我回家吧，我不想留在这里，我想回家。"茹意靠在马小阳怀里说。

"好。我们这就回家。"马小阳抱茹意下楼，他把副驾驶的座椅放倒，让茹意平躺在上面，再给她盖上小毛毯。

"咱们回家啊！"马小阳在她额头落下一个吻，车子开得异常缓慢。

一路上，茹意闭着眼睛不说话，泪水却止不住地往下流。

无法言说的悲哀从心底涌起，如潮水般一浪盖过一浪，不停歇地在内心翻滚着。

她不明白，龚如军为什么要绑架自己？他那么缺钱吗？

她给他们全家买下了一套大房子，还给了爸爸二十万的生活费，一家人的生活有了很好的保障。她还听爸爸说，龚如军领了老房子的拆迁款，到手近五十万，有了这么多钱，又有宽敞的新房住，龚家从此摆脱了贫穷，完全过上了富足的生活。

为什么龚如军还要来绑架她敲诈穆皓峰五百万？

想来想去，只有一个原因，龚如军又去赌了，而且输光了所有的钱，还欠下了巨债，所以才会这样铤而走险想从她身上弄钱。

龚如军只想要钱，最后关头也没有想过要伤害她，是不是念在他们曾经在一个屋檐下生活过，哪怕不是亲兄妹，多少还是有点儿感情？

茹意不得而知。

她只知道，现在龚如军被抓了，爸爸要是知道了，肯定要被气死。这件事儿，绝对不能让爸爸知道。

"小七，你今天看清楚绑架我的人了吗？"茹意闭着眼睛问道。

"没有，当时警察不让我们靠近，我们离得很远，直到警察把他们带到车里去，才让我们过去看你。我觉得很奇怪，究竟是谁要绑架你？晚上穆总过来的时候，我还问他了，他很匆忙，很快就走了，也没告诉我。"马小阳若有所思道。

"小七，你送我去公安局吧。"茹意心里稍稍放松了，马小阳不知道最好，这件事儿她不希望任何人知道，家丑不可外扬，但是穆总肯定是知道了。

"你明天再去吧，明天他们肯定要找你录口供的。"马小阳说。

"不要等到明天，现在就去。"茹意坚持道，明天说不定警察就会通知家里人了，一定不能让爸爸知道这件事儿。

马小阳见茹意这么坚持，只能送她来到公安局。

茹意让马小阳在外面等着，她不想让马小阳知道这个人是龚如军，永远都不希望他知道。

警察正好要找茹意录口供，茹意把事情的经过陈述之后，警察看着茹意问道："龚如军是你的哥哥？"

"他是我养父的儿子。"茹意沉默了片刻道。

"你们从小一起长大？"

"对。"

"你们之间的关系如何？"

"不好。他从小欺负我，不把我当妹妹。"茹意说。

"能说具体一些吗？"警察问。

"就是日常生活中的欺负。"茹意不想回忆那些让自己心碎的过去。

"这次他为什么绑架你，你知不知道？"

"为了钱。"

"之前他找你借过钱吗？"

"没有。"

"因为你不会给他钱，所以他就想通过绑架你拿到钱，是不是这样？"

"我不知道。也从来没想到他会这么做。"

"龚如军交代说，他是因为去澳门赌钱借了高利贷，不还钱就会被人追杀，没办法才想从你和穆皓峰身上弄钱，因为他身边只有你最有钱。"警察说。

茹意猜就是这样，只是没想到情况比她想的还要严重。龚如军真是狗胆包天，居然借了高利贷，这种人活该被追杀，他活着就是一个定时炸弹，随时都可能危及身边的人。

"我有一个请求。"茹意很恳切地看着警察道。

"你说。"

"龚如军绑架我这件事儿，不要告诉我爸爸，他身体不好，我怕他承受不了这个打击。"

"这件事儿我们已经通知他的家人了。你爸爸知不知道，我们不知情。好像接电话的是龚如军的妈妈。"警察说。

完了！茹意的心顿时沉到了谷底，这么说爸爸肯定知道了，李大红那个大嘴巴子，什么都兜不住，出了这样的事情，她肯定要哭天抢地，全家的人都会知道，说不定左邻右舍都知道了。

茹意给单月月打电话，手机依然是关机！从上午到现在，单月月的手机居然一直打不通，太奇怪了！

爸爸的手机在龚如军手上，家里也没有安装座机，茹意又不知道李大红的电话，现在，她没办法联系到爸爸，对家里的情况也一无所知。

她翻遍手机通讯录，只有买房时存下的售楼部经理的电话，他离爸爸最近，想打电话让他去家里看看。

正要拨出去，手机里进来一个陌生的号码，刚接通，就听到单月月的哭声传来：

"茹意，不好了，爸爸，不行了！"

"爸爸怎么了？月月，你别急，慢慢说。"茹意瞬间被巨大的不安笼罩着。

"茹意，刚才妈妈接到一个电话，说是如军绑架了你，要勒索五百万被警察抓了！妈妈挂了电话，就嚷着把这个消息告诉了爸爸，爸爸当场就……就气得大口大口地吐血，吐了好多好多血啊！茹意，爸爸不行了，你快回来吧！"

手机"啪嗒"一声砸落在桌子上，茹意的心口撕裂般疼起来！

她倾尽全力去保护的爸爸，她想尽办法从死神手里夺回来的爸爸，真的要被龚如军活活气死了！

不可以，绝对不可以！

茹意忙抓起手机，对单月月说："月月，你马上打120，把爸爸送到医院去！我现在就往回赶，一定要把爸爸抢救过来！一定要救过来！"

"茹意，我打了120，医生来了，抢救了好久，刚刚宣布，爸爸他，已经走了……"单月月早已泣不成声。

茹意无法控制，撕心裂肺般号啕大哭起来。

她怪自己醒来得太晚，没有赶在警察打电话之前赶到这里，她无法原谅自己！如果她能早一个小时过来，警察或许就不会打这个电话，爸爸就不会知道这个消息，也就不会被气死了。

　　为什么？为什么要这样对待可怜的爸爸？他一辈子含辛茹苦，如老黄牛般，卑微而又坚强地撑起这个家，没有做过任何对不起别人的事情，老了却要承受这样的打击和伤害，上天真的太不公平，太不公平了！

　　这一切都是龚如军那个畜生害的！都是他造的孽，是他犯的罪，龚如军他应该去死！

　　"我要见龚如军！"茹意用力擦干满脸的泪水，对警察说。

　　"对不起，你不能见他。"警察说。

　　"我必须见他！我以家属的身份见他一面。麻烦您给我这个机会，几分钟就好。"茹意的泪水顺着脸颊无声地滑落下来。

　　"好吧，时间不能太长。"警察被她的表情吓着了，她眼神里的凌厉和仇恨，仿佛能把人吃了。

　　茹意跟着警察来到了一个小房间，四个角落里都装着摄像头，中间放着一张小桌子，两边各放了一张简易的木凳子。

　　不一会儿，脚步拖沓、鞋底摩擦地板的沉闷声从门口传来，一身黑衣服的龚如军双手被铐在一起，耷拉着脑袋走了进来，活脱脱一只丧家之犬。

　　他抬起头看到茹意的那一刻，眼神惊恐放大，很快又垂下头去，慢吞吞地摩擦着脚步往中间走去。

　　刚走了两步，茹意走过去，铆足了所有的力气对着他的膝盖弯重重踹了一脚。

　　一声大叫，龚如军应声跪倒在地，转过头恼怒地瞪了她一眼。

　　"啪！"龚如军还没反应过来，一记鲜红的巴掌印子热辣辣地凸显在他脸上。

　　"龚如意，你敢打我，你想死啊！早知道下午在车上，我就让他们弄死你！"

　　龚如军捂着脸咬牙道，眼神里的怒火滋滋地往外冒。

　　"这一脚、这一巴掌，是替死去的爸爸打的！龚如军，爸爸死了，是被你活活气死的，你知道吗？啊？"茹意冲过去扯着他的头发怒吼道。

　　"你，你放屁！"龚如军瑟缩了一下，眼里的火焰瞬间熄灭了大半，他根本不相信，"我，我的事儿他怎么可能知道？"

　　"你为非作歹，好赌成性，现在干了伤天害理的事，害死的却是一辈子含辛茹苦任劳任怨的爸爸。龚如军，你怎么不去死啊！你这个恶魔、人渣，该死的人是你！你早就应该去死！你去死啊！去死！"

茹意揪着他的头发，对着他的脑袋一顿疯狂乱打，直到打得双手都肿了，全身的力气也用尽了，她才颓然地跌坐在地板上，泪水汩汩而下，她连哭的力气都没有了。

龚如军从未在茹意面前这么怂过，从未被茹意这么暴打过，从小都是他欺负她，她从来不敢打他。只要他稍不满意，他就会打她、骂她，她从来不敢还嘴更不敢还手。

可是，今天龚如军却跪在地上，任由她疯狂地暴打，怒骂。

因为这一刻，他真的明白自己错了。就在茹意把他踢倒跪在地上，告诉他爸爸死了的那一刻，他的心口真切地划过一阵剧烈的刺痛。

他知道，如果爸爸知道他绑架茹意，肯定会被活活气死！

所以，他早上出来的时候，把爸爸的手机偷出来了，就连单月月的手机，他都故意给她弄坏了，让她接不了电话。他就是为了防止茹意给他们打电话的。

虽然他不喜欢那个没用的老黄牛一样的爸爸，但那毕竟是生他养他的爸爸，是爸爸一直苦苦支撑着这个贫弱的家，哪怕累得吐血还在工地上干活，没有他，就没有这个家。

他再混蛋，也没想过要把爸爸气死，他不希望爸爸死，真的不希望啊！

他突然悲从中来，趴在地上号啕道："我知道我该死，我就是个十恶不赦的人渣！是我害死了爸爸，是我害了这个家！是我不对啊，是我不对！"

"可是，我变成这样，爸爸难道没有责任吗？从小他就对我不满意，他从来都不管我，一年到头难得在家待几天。就是在家里，他也只会带着你到处玩儿，从来不会带我。虽然我是亲生的，你是收养的，可你更像是他亲生的女儿！我有爸爸就像没有爸爸一样！你以为我不想做个有用的人吗？你以为我不想得到爸爸的认可吗？我也想！我也想做个有用的人，做一个有本事有能力会赚钱的人。"

"可是，爸爸从小就不管我，妈妈从小就纵容我，我从小就不爱学习，只知道玩闹打架，我从小就长歪了啊！是谁让我长成这样的？不是我啊，不是我！是他们没有好好管我，没有正确引导我，没有让我走上人生的正轨……这不是我一个人的错，我也不想成为这样的人，不想成为被你们都看不起的赌徒和吸血鬼，真的不想啊，我不想这样，可是我没有办法……"

龚如军跪在地上，鼻涕拉得很长，满脸泪水，长流不止。

许久，茹意默默地从地上爬起来，转身默然地走了出去。

龚家，就这样完了。不管是谁的错，都无法改变这样的结局。

一个卑微懦弱的父亲，一个强势不讲理的母亲，培养出一个好赌成性的儿子，最后祸害了整个家庭。

茹意回到老家的时候，龚柳根的遗体已经放在殡仪馆的冰柜里了。

当她看到全身僵硬、双目紧闭、毫无表情的爸爸时，茹意的情绪再次崩溃，她感觉自己的心口生生被挖走了一块，疼得无法自已，趴在冰柜上，她哭得晕死过去。

世界上再也没有爸爸了，往后她再也无法开口再叫一声"爸爸"了，她再也看不到那个曾经给过她最多温暖和爱的人了。

那个在晨曦中用自行车载着她去上学的爸爸，那个在学校门口给她买热腾腾的酸辣馄饨的爸爸，那个偷偷往她书包里放大白兔奶糖和零钱的爸爸，那个带着她去河边放风筝的爸爸，那个悄悄给她寄钱给她送东西的爸爸，那个全世界最爱她的爸爸……再也没有了。

不论他在别人的眼里多么卑微，但他在茹意的心里，是最温暖有爱的爸爸。他会为了她和李大红吵架甚至打架，会为了让她上学而偷偷攒私房钱，会为了给她买一件文具而跑遍整个县城，会为了她去做任何事情……

她曾经想过，她要让他晚年幸福无忧，她要把他从死神的手上抢回来，她要给他一个女儿能给的所有，这一世，她要十倍百倍地报答爸爸。

可是，恍然间，她就没有这样的机会了，她就再也不能叫爸爸了，她就是有再多的孝心再多的金钱，也无处去尽孝无处去安放了。

茹意的心被伤成了一堆冰渣子。

爸爸火化后的晚上，茹意一夜都在发抖，她的身体冰得犹如一个冰雕。马小阳把她搂在怀里，用自己的身体温暖她。

办完爸爸的丧事，茹意最后一次回到爸爸住的房间里。

这里的一切都是那么熟悉。她按照爸爸的喜好，把他的房间布置成了一个蓝色的世界，因为爸爸喜欢安静，在落地窗前，她放了一张舒适的太师椅，爸爸喜欢一个人坐在窗前，静静地看远处的风景。

床头柜上，放着爸爸最心爱的那块手表，他一生最贵重的东西，就是这块手表。很普通的一块国产机械手表，他却戴了十几年。茹意曾经要给他买一块更好的，爸爸坚决不要，说他这块手表戴得很好，不锈钢的表带，被他戴得包了浆，透出月光般的莹亮。

茹意小心翼翼地收起来，这是爸爸生前最珍爱的东西，她要带走，好好保存。

拉开抽屉，里面放着爸爸的社保卡、医保手册，最下面是茹意送给他的那张银行卡，里面当时存了二十万，才过去不到一个月，爸爸肯定没用多少。

拿着那些卡，茹意来到外面客厅。

李大红脸颊浮肿，神情呆滞地坐在沙发上，眼睛一动不动地盯着地板，稀疏的头发没有再用红夹子夹在脑后，而是凌乱不堪地披散在头上，一身碎花的棉绸睡衣垮塌塌地套在身上，像一墩没有了生命的烂树根。

单月月抱着果果坐在窗边的椅子上，眼睛红肿，神情哀痛。

这个家一夜之间就垮了，两个男人，一个死了，一个被关进了监狱，只留下她们三个孤儿寡母，今后怎么过？

"月月，这几张卡你收着。爸爸的社保卡里面可能还有钱，你去刷一下看看。这张是我给爸爸的，里面当时存入了二十万，密码是爸爸的生日，你收好。"茹意把卡放到单月月手中。

"茹意，从今往后，你是不是再也不会回这个家了？"单月月泪水涟涟地看着她。

"我如果回来，一定是来看你和果果。"茹意捏了捏果果肉乎乎的小脸蛋。果果眨着大眼睛看她，稚嫩的脸上挂着不该有的忧伤。

"茹意，"单月月无助地抓着茹意的胳膊，她知道茹意以后肯定不会再回来了，这里本来就是她的伤心地，以前回来是为了爸爸，现在爸爸走了，她再也没有回来的必要了，"我，不知道自己今后怎么办？"

"果果很快就可以上幼儿园了，你在附近找个工作，一边带孩子一边上班。房子你们可以一直住下去。"

"那些放高利贷的人，已经来过家里好多次，他们说龚如军被抓了，钱得我还，不然就抱走我的果果，我现在连出门都不敢了……呜呜呜……"单月月瞬间哭成了一个泪人。

"妈妈，不哭。"果果伸出小手帮妈妈擦眼泪，那懂事的模样看得茹意心酸。

"龚如军的高利贷我已经帮他还了。"茹意说，"你不用担心，好好带果果吧！"

"茹意，"单月月满脸泪痕地看着茹意，"谢谢你，我们欠你太多了，这辈子都无法还清。"

单月月泣不成声，她根本没想到茹意还会帮龚如军还高利贷。

"小区里准备开一个社区超市，就在会所一楼，你要是愿意，我介绍你到那里去上班。"茹意说。

"我愿意，我当然愿意。"单月月马上擦干泪水，眼里瞬间有了亮光。

"行，我跟物业经理打个招呼，到时候你自己去找他。"茹意马上给物业经理打电话，对方满口答应给她留一个职位。

"月月，生活很难，但只要你自己不放弃，努力向前走，日子就会越来越好的。有事你随时可以给我打电话。"

"嗯。"单月月的泪泪泪而下。

"如果你想和龚如军离婚，可以直接找律师起诉。"

"我再想想吧。"单月月看着果果，"不管怎么说，他是果果的爸爸。"

"我先走了。月月，你照顾好自己，照顾好果果，也照顾好她。"茹意看了一眼一直坐在沙发上一动不动的李大红。以前那个骂人骂得唾沫飞溅的人，突然间变得这么安静，仿佛整个世界都安静下来了。

"我会的。"单月月也看向李大红，"自从知道如军要坐牢后，她哭了几天几夜，彻底失声了，好久都没有说话了，整个人突然就呆滞了，连行动都迟缓了，总是这样一坐就是一整天，也不会自己找吃的。"

茹意看着李大红佝偻的背影，心里涌起一股深深的悲哀。虽然她曾经那么恨李大红，发誓这一辈子都不会原谅她，可是，这一刻面对已经痴呆了的李大红，她心里突然没有恨了，只是感到深深的悲哀。

龚如军今天的下场，就是李大红纵容的恶果，是一个母亲最彻底的失败。

回到江城，茹意瘦了一大圈，也变得更沉默了，连她一向热爱的工作，也失去了兴趣。她没有心情上班，坐在办公室总是发呆，仿佛灵魂被抽离了，有时候坐在窗前一动不动，一坐就是半天，没有人知道她在想什么。

穆皓峰把她所有的情绪都看在眼里，他懂她心里的痛。

"茹意，让马小阳陪你，出去散散心。"穆浩峰站在她身后说。

"三叔，爸爸走了，是我做得不够好，我没有尽到自己最大的能力去保护他。"茹意淡淡道，语气里看不出一丝情绪，平静得就像没有云彩的天空。

"你已经做得很好了。你让他体会到了你的关爱和温暖，最后的这段日子，是你爸爸人生中最幸福的时光，你应该欣慰，你在他最需要的时候，回到了他身边。傻丫头，有些事情是命中注定的，谁也改变不了，你不要把所有的责任都揽到自己身上。"

"我在想，如果我把爸爸单独留在江城，不和他们住在一起，爸爸就不会知道龚如军的事情，就不会被气死了。还是我考虑得不周全，是我没有做好……"

"龚如军就是一个祸害，他做的事情，你爸爸迟早都会知道，这不是你的错。生命不一定要很长，只要活得有质量，就是幸福的。他一辈子劳苦，最后的时光感受到了你带来的温暖和幸福，他没有遗憾。"

"您真这么认为吗？"茹意眼眶潮湿地看着穆浩峰。

"任何人都不是万能的，做到了自己该做的，问心无愧，其他的只能交给时间和命运。"穆浩峰轻轻拍了拍她的肩膀，"出去散散心，要多久，你自己定，三叔给你一个无限期的假。"

"谢谢三叔。"茹意淡淡一笑，"那我明天开始休假，无限期。"

穆皓峰突然发现，茹意居然不抗拒自己拍她的肩膀了，以前她是不能接受别人碰她的。是什么让她有了这么大的改变？

"三叔，怎么了？"见穆皓峰久久地凝视着自己，茹意疑惑道。

"你能给自己放个假，三叔就放心了。"穆皓峰道。

茹意走的第二天，穆皓峰尝试联系她，关机。

他打给马小阳，以为茹意和马小阳在一起，没想到马小阳没有跟茹意一起出门。

两人顿时着急了：茹意悄无声息的，会去哪里？

马小阳找到了"天使爱美丽"，尹志丹和尹志燕正忙得不亦乐乎，店里的生意在尹志燕的精心运作下，越来越好。

她们忙得好几天没和茹意联系了，根本不知道茹意最近发生了这么多的事儿。

尹志丹已经搬到茹意的另一套房子去住，尹志燕为了工作方便，在"天使爱美丽"附近租了一套公寓，好些日子没有回茹意那里住了。

大家开始分头去找茹意，找了一大圈，没有任何消息，没人知道她去了哪里。

"我知道她去哪里了！"马小阳恍然大悟，马上驾车出发，那个地方只有他和茹意两个人知道。

他一路疾驶，飞奔而至艾爷爷的山庄。

当他气喘吁吁爬上台阶，来到山庄门口时，果然看到一个熟悉的身影，坐在枣树下的秋千架上。小黄狗"小七"静静地躺在她的脚下，悠闲地摇摆着尾巴。茹意面向开阔的水库，看着层峦叠翠的远山出神，那个修长美丽的背影，融进这一片唯美的田园山水中，宛若出世的仙子。

马小阳怔怔地站在那儿，被眼前的这份美景陶醉了，他不敢往前，生怕自己惊扰了这份静谧的美好，更怕自己的到来，会打破茹意内心的安宁。

她一个人悄悄地来到这里，就是为了寻找内心的安宁，马小阳不敢打扰她，他突然间感觉，自己的鲁莽而至，或许是一个错误。

"小七。"一声轻唤传来，马小阳凝神一看，茹意果然是在叫他。

他快步奔走过去，把茹意拥在怀里。

"小七，我知道你会来，但是没想到你来得这么快。我以为你要两三天之后才来的，这才刚过一天你就来了。"茹意仰头无限温柔地看着他。

"那我先回去，过两天再来。"马小阳笑道。

"既来之则安之，陪我在这里好好休息几天吧，什么都不干，什么都不想，就是每天对着这一片山水发呆，让自己做一个毫无杂念毫无负担毫无牵绊的人。"

马小阳拥着茹意，两人静静地坐在秋千架上，小黄狗"小七"也跳上来，挤在他们两人中间，和他们一起看着眼前绝美的山水风光。

"小七，听脚步声我就知道是你。"

艾爷爷爽朗的声音从身后传来，马小阳和茹意转头，看到艾爷爷笑呵呵地端着一大盘水果，艾奶奶拿着一张小竹凳子，一前一后地走了过来。

"爷爷奶奶好。"马小阳起身喊道。

"坐坐坐，果园里刚摘下来的桂味荔枝，核小肉厚，很甜润。"

艾奶奶把竹凳子放在中间，艾爷爷把大果盘放上去，两人在旁边的小凳子上坐下来，欣慰地看着茹意和马小阳，多幸福的一对啊！茹意终于找到了那个最适合她的人。

"茹意说你过两天就会过来，没想到这么快就来了。我说等你来了，咱们就去水库里打鱼，那下午就去吧，捞几条大头鱼来做鱼头煮粉丝，我亲自下厨，这可是我的拿手好菜。"艾爷爷笑呵呵地说道。

"好啊，我很久没有打鱼了。"一听说打鱼，马小阳很兴奋。

"这么说你小时候打过渔？"艾爷爷也来了兴趣，没想到这孩子什么都会。

"我家住在海边，小时候爸爸会带我去近海打渔，后来建立了海上网箱养殖，我们就很少出海打渔了，都是在网箱里捞鱼，每次都能捞很多，但没有出海打渔那么刺激好玩。"马小阳说得眉飞色舞，脑海里浮现出小时候跟爸爸出海的情景。

"原来如此。水库虽然比不上你们那里的大海，不过这一片水域也很宽，你可以当成你小时候的那片海。"艾爷爷很开心马小阳会打鱼。

茹意静静地看着他们，嘴角溢出了暖暖的笑意，她没有把爸爸去世的消息告诉两位老人，不想让老人跟着难过。

爷爷奶奶虽然没问，但他们知道茹意心里肯定有事儿，两人心照不宣，不多过问，让她在这里得到最好的放松。

下午，茹意和马小阳跟着爷爷去水库里打鱼，奶奶带着小七在家里。

三人穿上救生衣上了船。小船"突突突"地开到湖中心，在翡翠般碧绿的湖面划出一道道波澜，最后稳稳地停在湖中央。

马小阳熟练地撒网，收网，动作娴熟得让茹意惊叹。

"小七，你好像天生就是个渔夫。"茹意笑道。

"不会打鱼的形象设计师不是好男友，爷爷，您说对吧？"马小阳调皮道。

"对对对，太对了。小七是最好的男友，十八般武艺样样精通。"爷爷爽朗地笑道。

一网下去，捞起来很多活蹦乱跳的鱼，他们只挑了最大的那几只，其余的全部放回湖里。

夕阳西下，余晖洒满湖面，金色的波光跳跃在碧绿的湖面上，小船悠悠地往回行驶，仿若穿行在童话般的世界里。

晚上，一家人坐在秋千架下吃鱼头煮粉丝，鲜香无比。饭后再来一泡上好的工夫茶，就着漫天的繁星，听着周围的声声虫鸣，再多的烦恼杂念，也能抛到脑后，身心真正放空了。

第二天，茹意穿上一身田园装：藏蓝色的棉麻背带裤配白色的T恤衫，马小阳给她把头发扎成两条可爱的麻花辫，戴上藏蓝色的小帽："不错，活脱脱一个村姑。"马小阳很满意自己的杰作。

"那你的村夫装呢？"茹意看到镜子里那个截然不同的自己，也很满意。

"马上换好。"马小阳换上和茹意同款休闲装，也戴上一顶小帽，两人往镜子前一站，果然是天造地设的一对。

"我耕田来你织布，我挑水来你浇园……"马小阳欢乐地唱起来，"娘子，咱们下地干活儿吧！"

茹意幸福得要醉了，两人手挽手来到了菜园里。

爷爷奶奶已经在菜园里忙活开了，看到他们如此打扮，艾爷爷眼前一亮："花儿，这衣服我喜欢，咱俩也弄一套来穿穿吧！"

"爷爷奶奶，我给你们也买了一套，一会儿你们去试试合不合身。"马小阳就猜到爷爷奶奶会喜欢，也给他们带了一套。

"那太好了，我们现在就换上。"艾爷爷扔下水桶拉着艾奶奶上岸，两人乐滋滋地换上了田园装，四个人在菜地里一边摘菜一边浇水，忙得不亦乐乎。

茹意的心情终于一扫多日的阴霾，变得晴朗瑰丽起来。

正当她和马小阳沉浸在这片世外桃源里时，一个电话突然而至。

"请问您是茹意女士吗？"对方问。

"我是。"茹意心里咯噔一下，一种不好的预感袭来。

"我是 DNA 鉴定中心的，您曾经送过两份 DNA 样本，现在已经有了结果。经鉴定，美国的莉莎和中国的龚柳根 DNA 匹配率为 99.99%，可以确定他们是生物样本上的父女关系。"

"什么？你再说一遍？"对方几乎是一字一顿地告知了这个消息，可茹意根本不敢相信。

对方又重复了一遍。

"你们确定不会搞错？"

"茹女士，我们的工作是十分严谨的，结果准确无误。"对方的语气不容置疑。

"谢谢！"茹意脑袋嗡嗡作响。

原来莉莎就是爸爸二十多年前走失的亲生女儿，是她从未谋面却伴随了她二十多年的影子，是小时候李大红每次骂她都要带上的龚如意。

那个一直活在爸爸心灵深处、一直在她生活中如影随形的龚如意，今天终于找到了，可是爸爸却永远地走了，再也见不到他的亲生女儿了。

命运果然总爱捉弄人。现在，她该把这个消息告诉龚家的哪个人呢？爸爸不在了，龚如军在监狱里，李大红已经痴呆了，龚家唯一能接受消息的，只有单月月。

单月月同样是个被父母抛弃的人，她听到这个消息会是何种感受？

思忖片刻，茹意决定先告诉杰森，还是让远在美国的莉莎先知道这个消息吧！

茹意拨通了杰森的电话，寒暄后告知了他这个消息。

"哦，简直太好了！这真是一个令人惊喜的消息！非常感谢你茹意，我马上把这个好消息告诉莉莎，我想这两天她就会飞往中国，因为莉莎迫不及待想见到她的亲生父母。"

电话里杰森非常激动，这个消息对于他们来说是莫大的惊喜。

茹意本想告诉他，莉莎的亲生父亲已经去世，想了想，还是不忍心说出口。莉莎虽然见不到爸爸，但她能见到妈妈，这对于莉莎来说，意义一样重大。

挂了电话，茹意没有心情再留下了，她和马小阳返回到江城，稍作休整，第二天就去上班。

"茹总！"小白见到她时，激动得跳起来，"穆总说你是无限期休假，我以为您至少要十天半个月才能回来呢，没想到才几天您就回来了！"

"想你们，就先回来了。"茹意笑道，"这些天我不在家，有没有什么事儿？"

小白跟在她的身后边走边汇报："也没什么事儿，就是穆太太来过两次，好像是来找您的。"

"找我？"茹意不明白穆太太为什么要找她？

"对，两次穆总都不在公司，她好像是故意避开穆总，踩着点来的。"小白说。

"她找我什么事？"

"这个她没说，就说让您回来后给她打个电话，她想见您。"小白看着茹意，顿了顿说，"姐，有个事儿我不知道该不该告诉您。"

"说。"

"上次您被绑架，其实是穆太太救了您。"

"穆太太救了我？"茹意更不懂了，这事儿怎么和穆太太有关。

"当时穆太太好像是第一时间就知道了您被绑架的消息，特意跑到公司来告诉穆总的。我当时在穆总办公室外边，听到穆总和她吵架，穆太太出来的时候眼眶红红的，好像是哭过……后来，是穆太太带路，穆总开车一路跟踪到了绑匪的车子，当时我就在车上。"

"你是说穆太太知道我被绑架？"茹意更听不懂了，她怎么会第一时间知道？

"对。后来我听人说，是穆太太在派人跟踪您，意外发现您被绑架了，才那么快就让警察抓住了绑匪……"

"跟踪我？你确定？"茹意愈发震惊了，本以为这事儿已经过去了，没想到还有一个这么大的伏笔在后面，穆太太居然派人跟踪她？为什么？

"我不敢确定，我也是听说的。"小白见茹意瞪圆了双眼，吓得往后退了两步，"对不起，姐，我是不是不该对您说这些？"

"没事儿，小白，你先出去吧。"

小白长出一口气，赶紧退出去。

茹意再也无法平静了。董静华的敌意，她在广交会上就感觉到了，上次在机场，可能自己确实太冲动，不该当着董静华的面拥抱穆总，虽然自己和穆总之间什么都没有，可作为一个妻子，面对自己的老公和女下属拥抱在一起，将心比心，她能不恼怒吗？

茹意反思自己这些行为，确实让董静华产生了误会。或许是因为这些，董静华才派人跟踪自己，目的就是探寻她和穆皓峰之间的关系。

茹意找到董静华的电话，主动约她见面。

下午，茹意刚要出门赴约，碰到来办公室的穆皓峰。

"说好的无限期，怎么才几天就回来了？"穆皓峰很奇怪。

"我休息好了，就回来了。"茹意笑着说。

"看起来气色不错。晚上为你接风，地点你定，宗旨只有一个，别给三叔省钱。"茹意微笑的样子，看得穆皓峰心情豁然开朗。

"谢谢三叔，今晚有约。"茹意抿嘴笑。

"是马小阳吗？我正好也要见他。你可是答应过三叔，要正式把他介绍给我，我要作为家长来考核马小阳。"穆皓峰道。

"改天吧，改天我专门安排时间让他来见您，接受您的考核。"

"好。"穆皓峰爽快点头。

来到和董静华约好的咖啡厅，远远的，茹意就看到那个穿着旗袍，风姿绰约气质独特的董静华，优雅地坐在临窗最角落的卡座上。

"董教授，您好！对不起，我来晚了。"茹意礼貌地向董静华道歉。

"坐吧，你没迟到，是我早到了，不管做什么事儿，我都喜欢提前出发。"董静华一脸高傲道。

"服务员，上咖啡。"董静华对服务员招了招手。

茹意刚落座，一杯带着精致拉花的咖啡就送到了跟前，看杯面的花色，茹意就知道这是焦糖拿铁。正是她爱喝的那一款。

"谢谢。"茹意心里一凛，董静华已然这么了解她，连她喝什么口味的咖啡都知道。

"总是听皓峰在各种场合夸你，就连你爱喝的焦糖拿铁，都是他告诉我的。我还知道，你喜欢吃辣椒，口味比较重。"董静华意味深长地看着茹意。

"谢谢董教授关心，三叔是除了我爸爸之外，最关心我的长辈。"茹意迎着董静华的目光说，"所以，虽然他是穆总，但更多的时候，我喜欢叫他三叔。"

"三叔？这个称呼很有味道，他一定很喜欢。"董静华明显不悦，"你是励峰最得宠的高管，是不是就因为你们的关系不一般？"

"听三叔说董教授是大学里的哲学教授，所以不懂市场经济学。一个高管能得宠，一定是因为她给企业带来了价值。以色示人，色衰而势竭，这个道理很简单，董教授应该能懂。"茹意不动声色怼了回去。

"你很年轻，色相也不错，再加上工作能力强，没有一个老板不喜欢你这样的高管。"董静华冷笑道。

"董教授，你对我的定位和理解不对。我进励峰，是一个天大的偶然。如果不是在华山遇到三叔，按我的专业，我会去学校当一名英语教师，是华山之旅改变了我的人生轨迹。这个故事相信你早就听过，励峰也是因为和杰森合作之后，才进入飞速发展阶段。我和三叔，都很感谢命运的安排，因为这对我和励峰，都是最好的安排。在励峰工作六年，我每天是如何工作的，所有的员工有目共睹，三叔也看在眼里。我从来不认为我是在为励峰工作，我是在为自己工作，因为我热爱这份工作，我愿意为励峰贡献我所有的时间和精力，我愿意为励峰创造更多的业绩和财富，为励峰就是为自己。所以我长期加班，我不休假，我一个人坚守公司，我没有任何怨言。相反，我很快乐，工作就是我的使命，拿下一个订单，打开一个新市场，我都很有成就感，我和励峰共成长。"

"别把自己说得那么崇高，你不过就是为了赚钱，因为你曾经一无所有。如果不是励峰，你到现在都可能是个穷光蛋。"董静华的愤怒和醋意在心里翻腾，说出来的话也很尖刻。

"对，我曾经是一穷二白，我是为了赚钱。我靠我的勤奋和努力赚钱，我正大光明，我靠我的能力和智慧赚钱，我为自己骄傲。相反，那些依附在家人亲戚身上，不学无术毫无作为却在公司拿着大把分红和高薪的人，才应该感到汗颜羞耻。这个世界上，所有的财富都是汗水的结晶，不劳而获者就是寄生虫。"茹意反唇相讥道。

"你！"董静华当然知道茹意是在说自己的弟弟董静山，"你信不信我明天就让你从励峰滚出去！"

"我信。但我可以肯定，我从励峰滚出去不是我的损失，而是励峰的损失。以我现在掌握的资源，不说业内第一，至少是前三，我去任何公司，都是高薪加分红，我甚至可以自己创办一个公司，很快就能成为励峰的强劲对手。"

"你威胁我？"董静华气得发抖，握紧的拳头在桌子上微微颤抖，她知道，自己遇到的，不是一般的对手。

"是你在威胁我。董教授，我不明白，三叔那么爱你，你为什么这么不自信？整个公司的人都知道，三叔心里只有你，他是我在业界看到的最自律、最洁身自好的老板，你为什么这么不信任他？"茹意不想和董静华这么剑拔弩张地怼下去，换了一种语气。

董静华没想到茹意会这么说，神情一颤，眼神里的怒意果然消下去大半。她很不自然地瞟了一眼茹意，对她的话半信半疑："穆皓峰在外面真的什么都没有？"

"没有。我很多次跟穆总一起出去应酬，酒桌上都是大老爷们，吃饱喝足后，大家的活动很精彩，唯独穆总什么都不要，连叫过来陪酒的小姐，穆总碰都不碰一下，相反对人家很客气。久而久之，那些人给穆总起了个别号，叫他'穆和尚'。"说完，茹意都忍不住笑起来。

三叔总是板着一副面孔不苟言笑，在公司里员工都怕他，茹意也怕他，但很敬重他，信任他，依赖他。

"你笑什么？"董静华瞪着茹意。

"我笑三叔为了你在外面都成'穆和尚'了，你却还是怀疑他。"

"我不怀疑他，我只是怀疑他身边的女人。"董静华紧盯茹意，目光里带着刺。

"呵呵……"茹意笑了，她浅浅地抿了一口咖啡，不紧不慢地拿起纸巾擦了擦唇角，眸光含笑地看向董静华，"董教授，我一直有个疑问，你们真的是要把丁克进行到底？真的不打算要自己的孩子么？"

董静华的脸色"唰"一下变得惨白无比，端着咖啡的手剧烈颤抖起来，本想送到嘴边，无奈却抖了出来，溢到了白皙的手指上。她放下咖啡杯，慌乱地用纸巾擦了擦手，恼怒地瞪了一眼茹意，冷冷道："这是我们的私事儿，与你何干？"

"当然，这是你们的私事儿。我只是好奇，你们这么优秀的组合，郎才女貌，又这么好的条件，年轻的时候为了工作没精力要孩子，可以理解，但现在一切都很成熟了，你也还年轻，为什么不生个孩子？不说孩子是婚姻幸福的保障，但孩子一定是家庭的未来和希望，是幸福婚姻必不可少的存在。我觉得你们的生活，可能就是因为太素净了，你太闲了，才这么胡思乱想，整天猜忌三叔，要是你有个孩子来分担你多余的时间和精力，你就没有时间胡思乱想了。"茹意道。

这话触及到了董静华最不能为外人道的隐痛。她现在一切的猜忌和不安，都是来自于没有孩子，没有牵绊，家庭没有未来和希望。

董静华低下头去，禁不住潸然泪下，肩膀簌簌颤抖起来。

"董教授，对不起，如果我的话伤到了你，我很抱歉。不过，你大可放心，我不是你家庭的威胁者，更不会背叛励峰。我和励峰共生共存，我很珍惜现在所拥有的一切，很感恩命运对我的眷顾。其实，今天我是来感谢你的。"茹意看着董静华颤抖的双肩，顿了顿，继续道，"上次我被绑架，感谢你及时发现并且告诉三叔，让我快速得到解救。虽说大恩不言谢，我还是要衷心地感谢您，因为除了谢谢，我也做不了其他的。"

"是皓峰告诉你这事儿的？"许久，董静华才抬起头，擦了擦脸上的泪痕说。

"不是，三叔什么都没说。"茹意莞尔一笑，"董教授，你知道我为什么从来不接受三叔的邀请，去你家里过节吗？"

"因为你怕见到我。"董静华说。

"不是，因为我不习惯在别人家吃饭。"茹意露出一丝苦笑，"我从小寄人篱下，被亲生父母抛弃之后，被一对夫妇收养，养父很疼我，可长年不在家。养母很讨厌我，天天对我非打即骂。我还有一个哥哥，也是每天欺负我。他们两个从来不把我当家里人。从我记事开始，就骂我是捡来的，没人要的弃儿，总让我滚。是养父要留下我，辛苦赚钱让我上学。我从小到大，感受到唯一的爱和温暖，是养父给我的。十八岁的时候，养母要把我卖给一个傻子，想换三十万加一套房子。我誓死不从，踢伤了那个傻子跑了出来，此后十年没有回过家，直到我爸病重，他们来找我，我才再次见到他们……"

董静华听得震惊，没想到茹意居然有这么不堪的身世，穆皓峰从没跟她讲过。

"你是不是很意外？"茹意淡淡一笑，"我就是这么一个从小被抛弃的可怜虫，没人爱没人疼，唯一疼爱的爸爸，终年难得见到几次。前不久，他突然去世了，是被他儿子活活气死的。他儿子就是绑架我想敲诈三叔五百万的那个混蛋。被养母卖给傻子的那个夜晚，我绝望得跳河，万幸被一对好心的老人救起，他们让我感受到了来自这个世界的温暖和善意，给了我活下去的希望和勇气。或许是否极泰来吧，从那时候开始，我的命运开始发生变化，我的人生越来越好。我在两位老人的鼓励和资助下读完了大学，即将毕业的时候又遇到了三叔，顺利地来到了励峰，很幸运地和励峰一起成长，完成了财富积累，过上了自己想要的生活。小时候，我很自卑，很怯弱，每天连话都不敢说，在家里大气儿都不敢出。后来我想，是什么改变了我呢？是艾爷爷艾奶奶的关心和抚慰，是三叔的信任和鼓励，是我男朋友马小阳的宠溺和陪伴，还有我亲姐妹的关心和爱，因为他们陆续走进我的生命里，让我曾经匮乏的心灵得到了爱的滋养，内心的空洞慢慢得到修补，让我变得越来越自信，一步步从过去的阴霾中走出来，成为了今天的我。"

董静华吃惊地看着茹意，她眼神里那份坚定和自信，让她看上去充满了力量，完全看不出她是一个曾经被虐待被伤害被抛弃过的女孩儿。这一刻，董静华真正明白了，穆皓峰为什么会那么喜欢她，会不惜一切代价去救她，因为她身上有一股蓬勃向上的力量，有一股自信顽强的信念。

这样的女孩儿，不可能以色示人，她和穆皓峰之间，不可能有工作之外的其他交易。

听茹意讲了这么多，董静华内心竖起的壁垒慢慢被推倒了，一度坚硬的心，也变得柔软了。

"茹意，"董静华思忖良久，缓缓开口道，"你知道我们为什么没有孩子吗？"

"丁克啊，三叔说过。说你们是想过单纯的二人世界，结婚前就说好了，不要孩子。"茹意说。

"不是。"董静华说完低下头，故意避开茹意的目光，端起咖啡的手，又在瑟瑟发抖。

"那是为什么？"茹意不解地问道。

"是我的身体原因，我是'地中海贫血常染色体隐性遗传'携带者，不能生孩子。穆皓峰为了不让我为难，顶着巨大的压力瞒着他的家人，对外说我们要做丁克一族。结婚前，他为了让我放心，主动去做了绝育手术。后来我想找人代孕，生一个带有他基因的孩子，都没可能了。"

董静华鼓足勇气，断断续续把这段话说完，早已是泪眼蒙眬。

"这是我听过最震撼人心的爱情，三叔太伟大了！就这样，你还怀疑他？姐，你是不是太过分了？你这样做太让三叔伤心了！"茹意不觉中改变了对董静华的称呼，她是真替穆皓峰鸣不平。

"我说了，我不怀疑他，我是对女人不放心。再好的男人，都架不住女人的勾引。"董静华很惭愧地看着茹意，"不过，我现在相信你刚才说的话了。茹意，你不是那样的人。"

茹意"哼"了一声说："当然，大多数女人都不是你想的那种人。"

"我错了。"董静华噙着泪弱弱道。

"你刚才是说，你现在想要孩子了？"茹意问道。

"对，但不可能了，我有基因缺陷，他做了绝育手术，我们这辈子都不可能有自己的孩子。"董静华长叹一声，绝望地靠在沙发上。

"姐，如果你们真的想要一个孩子，不一定非得自己亲生，去领养一个小孩儿，用你们星辰大海般的爱去滋养这个小生命成长，享受这个过程，把他培养成一个健康自由快乐的人，意义是一样的。"茹意动情道，"你知道吗，我的生母一直想见我，我到现在都没有见她，她虽然给了我生命，却没有养育我，在我心里没有这个妈妈。我此生只有一个爸爸，就是疼我爱我视我如己出的养父。真正用爱去温暖过培育过这个生命，全程参与并引导一个生命健康成长，这样的父母，才配做父母。生而不养，养而不教，都不配做父母。"

董静华怔怔地看着眼前的茹意，频频点头。茹意的话，说得太好了。只有切身体会的人才能说出这样的话来。

什么是父母？不单是给孩子一个生命，而是要好好培养温暖抚育孩子，让这个生命在你的世界里，得到最好的呵护和引导，最后长成那个最好的 ta。

她虽然没办法孕育一个生命，但她可以去参与一个生命的成长，看着一个小生命，在自己爱的滋养下慢慢长大，尊重他鼓励他引导他，让他自由快乐地生长，不是一样的幸福和快乐吗？生命，本就是一个过程。

一语点醒梦中人。董静华所有的心结瞬间被打开。

"茹意，你说得太对了！我决定去领养一个孩子，用我的余生去参与这个小生命的成长，体会为人母的快乐，感受孩子一点点长大的喜悦。我想皓峰也一定会同意的。"

"来一瓶红酒，"董静华高声招呼旁边的小哥哥过来，"今天我要好好庆祝一下。我的人生从这一刻开始，将开启截然不同的幸福之旅。谢谢你，茹意！"

两个晶莹剔透的水晶高脚杯轻轻碰触在一起，发出悦耳的声响，董静华歪着头看向茹意，笑道："你刚才叫我什么？"

"姐。不行吗？"

"当然行，那我回家也得叫穆皓峰为'三叔'了，哈哈哈哈——"

两人因此笑成一团。

董静华解除了心病后，穆皓峰明显感觉到生活更轻松愉快了。董静华再也不怀疑他了，心境平和，身心愉悦，每天都过得很开心。

她正在多方打听收养孩子的事情，穆皓峰全力支持，两人去了好几个福利院，已经选定了一个八个月大的女孩儿，正在办理领养手续。家里很快就会多一个嗷嗷待哺的小生命，就为这个，董静华连保姆都找好了。

茹意又忙碌起来了，抢了秦志怀所有的生意，秦志怀带走的那些人，又陆陆续续回到励峰了。就连张毅，也回来了。

励峰正在进入新一轮增长期。

董静山在北方的市场做得七零八落，毫无起色。钱扔进去不少，却没有把市场做起来。

穆皓峰把董静山召回来，开始审核董静山在北方的账目，发现有大量的出入。茹意派人去调查，发现董静山吃里扒外，悄悄贪污了几百万的资金。

穆皓峰看到报告材料后，一拳砸在了办公桌上，震得整层楼的人都胆战心惊。

"把董静山给我叫过来！"穆皓峰吼道。

董静山低着头来到穆皓峰的办公室，刚到门口，一个文件夹飞过来砸到了他的脑袋上。

"这就是你去开拓北方市场半年给我交出的答卷？董静山，我给机会，让你证明自己，你呢？却干着偷鸡摸狗的勾当！你口口声声说你是自家人，是原始股东，是一起创业的人，你会好好干，你就是这样对待自家的企业？明明知道这是自己的公司，你还做出这样丢人现眼的事情！我现在如果把你交出去，你就得去坐牢！"穆皓峰指着董静山的鼻子破口大骂。

"姐夫。"

"闭嘴，这是公司！"穆皓峰真想上去扇他一个大耳光。

"穆总，我知道我错了，可当时是有原因的啊，当时那个情况……"

"当时什么情况？你是不是以为我穆皓峰要死在国外回不来了，所以你就能挖多少挖多少？你是这辈子都没见过钱吗？你有那么缺钱吗？励峰这些年分给你的还不够多吗？啊？"

"我，我不是那个意思。"

"那你是什么意思？茹意是你嘴里的外人，人家是怎么对待公司的？在公司遇到难处的时候，人家是怎么做的？你又是怎么做的？董静山，你觉得你还有脸在这儿待着吗？"

"姐夫，你不能啊，你不能把我赶走！"

"不是我要赶你走，是全体董事会的成员要赶你走！你也知道，当初我们创办这个公司不容易，是我四处募资才创建起来的，那些给我们出资的人，都是信任我们，现在你自己吃里扒外，让人如何信任你？你这样的股东，谁愿意和你玩？识趣点儿，主动退回这些款项，卖掉股份，自己宣布退出集团，真要让所有董事来清算你，你会很难堪的！"

穆皓峰关着门，把董静山骂得狗血淋头。真是太丢人现眼了！

董静山还想为自己争辩，被穆皓峰赶了出去，灰溜溜地走了。

"让茹总到我办公室来一趟。"穆皓峰调整了一下情绪，刚才太生气太愤怒了，这么多年，他是第一次发这么大的火。

"北方的市场你去，现在只能让你去收拾残局了。"穆皓峰对站在自己跟前的茹意说，"当初你预言的那些都发生了，我让董静山彻底滚蛋，退出公司。"

"三叔，事已至此，生气也不能解决问题。我明天就带张毅北上，等我把市场摸清后，我再详细向您汇报。"

"好。张毅能不能独当一面？"穆皓峰问。

"我在后面，他可以打前锋。"茹意很自信地说。

"那就行。你来规划，他负责执行。到时候你就两头跑，没问题吧？"

"没问题。"

"又要辛苦你了。"

"三叔，我现在可是励峰的股东，我是为自己奋斗。"茹意笑道。

"三叔知道。"穆皓峰心里一阵温暖，刚才被董静山气得发疼的胸口，稍稍得到了缓解。

茹意回到办公室，开始调集北方市场的资料，一直研究到深夜，直到马小阳打电话给她，她才想起自己连晚饭都没吃。

"还没吃饭，你不饿啊，茹铁人？"马小阳生气又心疼，"等着我，我马上给你带饭过来。"

"我想喝你煲的砂锅粥。"茹意伸了个懒腰，语气慵懒道。只有在马小阳跟前，她才会有这么小女人的一面。

"小馋猫，就是你爱喝的砂锅粥。等着啊！"马小阳挂了电话。

放下手机，茹意起身去喝水。走到窗前，手机又响了。

是姐姐尹志丹的。茹意好久没见到姐姐了，尹志燕过来看过她一次，姐姐因为要带孩子，好久没来了。因为妈妈在，茹意也没去过她家。

"姐，这么晚你还没回家？"茹意边喝水边问。

"茹意，我在医院。"尹志丹语气沉重道。

"怎么了？"茹意放下水杯，皱着眉头道，"是阳阳生病了吗？"

"是妈妈。"尹志丹小声道，"茹意，我知道你不想见她，可是，她真的很想见你。晚上她突然晕倒了，送到医院后，医生说她的身体很不好，随时都有生命危险。茹意，妈妈这辈子最大的愿望，就是见你一面。你就满足一下她的心愿好吗？算姐求你了，行吗？妈妈真的很可怜，她一辈子都活在痛苦和自责中，她的病就是这样来的。"

"你告诉她，她的二女儿，早就在被她抛弃的那一刻死了。"茹意嘴上强硬，听到这个消息后，却心头酸疼，红着眼眶道。

"茹意，妈妈要是听到这样的话，可能马上就活不成了。"尹志丹泪流满面。

"当年她把一岁多的我抛弃时，有没有想过幼小的我可能活不成？可能就那样死掉了呢？"茹意哽咽着，心里的酸痛一阵大过一阵。

"二姐！"

两个声音从身后传来，茹意转头一看，尹志燕和尹志斌不知何时站在了门口，眼睛红肿地看着她。

"你们怎么来了？"

"二姐，去看看妈妈吧！妈妈真的快不行了，二姐，妈妈的身体一直都不好，今年更差了，我们刚从医院过来，医生说妈妈的时间不多了，你就原谅妈妈吧，好吗？"尹志斌过来，抱着茹意失声痛哭，"二姐，算我求你了，好吗？"

尹志燕没说话，只是眼眶发红地看着她，泪水一点点在她眼底汇聚，越聚越多，然后一滴滴无声地沿着脸颊滑落。

无言的悲伤在茹意身边蔓延，她的泪水也不可遏制地汹涌而下，脑海里浮现出躺在病床上奄奄一息的妈妈。

"二姐，妈妈的痛苦不比你少，你要是见到妈妈了，你就知道，她这一辈子活得多么痛苦多么可怜，她是自我惩罚了一辈子，你知道吗？"尹志斌抱着她，哭得泣不成声。

"茹意，去吧，我陪你去。"马小阳提着保温饭盒走了进来。

"姐夫。"尹志斌赶紧擦干眼泪。

"你姐忙到现在连晚饭都没吃，让她吃点东西再走好吗？你们先回医院，一会儿我陪她一起过去。"马小阳打开了饭盒。

"我不吃，一起去医院吧！"茹意吸了吸鼻子道。

几个人上了马小阳的车，一起来到了医院里。

晚上的医院静得可怕，楼道里病房里都是惨白的灯光，空气中混合着消毒水和各种药水的味道，闻着令人不安。

自从爸爸大病住院后，茹意就不愿来这个地方。

来到病房前，茹意下意识顿住了脚步，不想往里走。

马小阳在她身后，抱着她的肩膀轻声道："别怕，有我呢！"

病床上躺着一位瘦如纸片的老妇人，鼻子里插着氧气管，头发花白，脸色蜡黄，一道道深深浅浅的皱纹印刻在她的脸上，无声地诉说着她这一生的悲苦和凄凉。

"妈，芬芬来了。"尹志丹俯身贴着她耳边道。

老妇人原本闭着的眼睛忽然睁开了，她侧过头，浑浊的眼里蓄满了泪水，颤巍巍地举起那只挂着吊针的手，朝着门口望去，似乎是为了看清楚那个走进来的人，她努力地睁大了眼睛，可是，眼前还是模糊的，那个正在慢慢靠近的身影，怎么都看不清楚。

"芬芬，"老妇人凄楚地喊道，颤抖地举起手，声音微弱无力，"妈妈对不起你，不该把你送给别人家，妈妈一辈子都在后悔，后悔了一辈子啊，芬芬……"

看到眼前这个羸弱得几近干枯的身躯，茹意的泪夺眶而出。她再恨她再怨她，也没想到她已经病弱枯竭成了这个样子，就像冬日里被霜冻过被雨雪摧残过的枯木，再也没有返春的可能了。

茹意哽咽得无法开口，只好捂着嘴别过脸去，泪水滂沱而下。

"芬芬，妈妈知道，不可能得到你的原谅，妈妈也不奢望得到你的原谅，是妈妈错了，老天爷每一天都在惩罚我，让我吃不好睡不好，每天都是煎熬。我就想临死前能见你一面，让妈妈看看你，好吗？孩子，让妈妈看看你……"

妈妈吃力地伸手过来，颤巍巍地拉住了茹意的手。为了能看清楚女儿的样子，她使劲儿擦了擦眼里的泪，可那泪水，却怎么也擦不干。

泪光中，她终于看清楚了芬芬的样子：眉眼好看啊，那弯弯翘起的睫毛，乌黑的大眼睛，恰到好处的一字眉，都和年轻时候的自己很像很像，那个高鼻梁和那张棱角分明的嘴巴，就像她爸爸，瓜子脸也像她爸爸，她长得真好看啊！比老大和老三还要好看。

高兴，欣慰，伤心，难过，各种情绪堆积在胸口，妈妈泪水长流，她紧紧抓住茹意的手，断断续续道："芬芬，是妈妈不好，妈妈把你生下来，就给你取名叫芬芬，没想到这一分开，就是二十多年。是妈妈不对，妈妈错了，妈妈从把你送走的那一天起，每一天都在想你，每一天都在心里念叨你，妈妈心里从来没有抛弃过你。我生了四个孩子，每一个孩子都是我身上掉下来的肉，都是我的命根子，我舍不得丢掉任何一个。可是那个年代，妈妈没办法啊，生儿子是妈妈的命，生不到儿子，妈妈在这个家就待不下去，你爸爸在村里就抬不起头，我们真的是没办法啊……"

妈妈边哭边说，鼻涕眼泪流得满脸都是，尹志丹不停地给她擦，边擦边哭，四姐弟围在病床边，都已泣不成声，连马小阳都在抹泪。

"后来你们生到了儿子，为什么不把我接回家？为什么一直对我不闻不问？你说天天想我，就是这样毫不关心我的死活吗？"茹意咬着唇，眼泪顺着她的脸颊滑进嘴里，斑驳而苦涩。

"我何曾不想啊，孩子！可是，当初把你送走的时候，中间人立了规矩，以后不许打听孩子的情况，更不许我去看，不许偷偷去认孩子……妈妈觉得把你送到县城了，日子肯定过得比在我们家里好。那时候，我们家是全村最穷最苦最可怜的家庭，吃都吃不饱……我不是不想去，是不能去，不敢去啊，芬芬……"

"你以为我在别人家过得很好是吗？你有没有想过，一个孩子寄人篱下每天都被嫌弃被欺负被打被骂的日子是怎么熬过来？你知不知道，他们天天骂我是没人要的弃儿，我心里有多恨你们？你知不知道，我差点被人卖掉，绝望得跳河去死……"茹意痛哭失声，这些话，压在她心底二十多年，今天终于当着亲生母亲的面说出来了。

"对不起！对不起！对不起！孩子，妈妈不知道啊，妈妈不知道，如果我知道他们这样对你，我就是拼了命也要把你带回家的！我的孩子啊，妈妈不知道啊，是妈妈不好，妈妈错了，妈妈不该把你送给他们家！……他们收养了你，为什么不好好对你啊！为什么要这样虐待你！天啊……"

妈妈声嘶力竭，哭得凄厉无比，她的声音嘶哑悲痛绝望，突然，她身子一沉，晕厥了过去。

"妈，妈妈！"尹志丹大叫，哭喊中按下了床头的呼叫铃。

"妈妈，妈妈……"病房里顿时乱成一团，茹意也被吓坏了，刚才是不是不该那么责问她？是不是自己把她活活气死了？

想到爸爸被龚如军活活气死的样子，茹意的心撕疼起来，望着病床上可怜的"妈妈"，她泣不成声。

医生进来后把他们都赶了出去，对妈妈进行抢救。

大家在走廊上嘤嘤啜泣，刚才她们两个的对话，太让人心碎难过了。

"病人血压和心率都不好，建议马上送 ICU。"医生出来说。

"妈妈说过，她不要进 ICU，她坚决不要进 ICU。"尹志丹哭着说。

"病人随时都有生命危险。"

"妈妈说了，不要进 ICU，不要对她插管子，她能撑到什么时候，就到什么时候，不要上机器……"尹志丹捂着嘴说，从包里拿出一张纸，上面歪歪扭扭地写着几行字：

如果我快要死了，不要送我进 ICU，不要给我插管，不要给我做手术上机器，请让我完好安静地离开这个世界。我一辈子清贫，没有任何钱财留给你们，此生最大的财富就是我的四个孩子——你们四姐弟。我爱你们中的每一个，你们每一个人在我心里都是一样重要的。芬芬是我心里永远的痛，妈妈对不起她。孩子们，请你们一定吸取妈妈的教训，未来不管有多难，都要用爱和耐心，陪伴自己的孩子慢慢成长，做一个好妈妈好爸爸。谭冬英。

茹意第一次知道了妈妈的名字：谭冬英。

"送 ICU。"沉默许久的茹意突然流着泪对医生说。

"可是，妈妈有交代。"尹志丹泪流满面地拦住茹意。

"姐，她是怕花钱，只要还有一线希望，我们就要尽全力救治。"茹意安慰尹志丹说，"难道你真的愿意就这样眼睁睁看着她离开吗？"

"大姐，我支持二姐，送 ICU。"尹志斌说。

"我也支持二姐，大姐，必须尽全力抢救。"尹志燕也说。

"那好吧。"尹志丹流着泪点头。

"好，家属请签字。"医生拿出手术单说。

尹志丹颤抖着手在上面签下了自己的名字。

病床上的谭冬英表情痛苦，稀疏的眉毛深锁成了一个解不开的疙瘩，额头上清晰地刻着一道道皱纹，眼角挂着几滴晶莹的泪珠。

医生推着她往 ICU 病房里走去，尹志丹和尹志燕一人一边拉着她的手，边哭边说："妈妈，您一定要坚持下去！您会好起来的，一定会好起来的！"

茹意心情悲痛泪流满面地跟在尹志丹身边，当病房门重重关上的那一刻，茹意的心也"哐当"一下掉进了深渊里。

"对不起，"茹意靠在尹志丹的肩头自责，"我刚才不该那么说，我知道我刚才那些话把她的心伤透了，这么多年了，我一直忍在心里，一直在淡化自己的过去，我尽量不去想不去碰，我小心翼翼地守护着心底的这块伤痛不揭开，可是，一见到她，我心底深处所有的痛楚都涌出来了，我无法控制我自己……"

"茹意，姐理解你。"尹志丹心疼地抱着茹意，眼泪簌簌而下，茹意过去的苦她知道，只是这一次知道得更多，也更心痛了。

马小阳把茹意揽进怀里，刚才那些话，有的他是第一次听说，听得心都在滴血。

"茹意，一切苦难都过去了，未来的每一天都是幸福的，是充满阳光的。我就是你生活里的阳光，我会一直留在你身边，陪伴你，照亮你，温暖你。任何时候，你身边有小七，别难过了，好吗？"马小阳帮她擦去眼角的泪滴，可怎么也擦不干，擦不尽。

她感受着他身上大白兔奶糖的香味，沉下去的心在一点点回升。

是的，只要有小七在，她就不用怕。小七是她的温暖和力量，是她爱和幸福的源泉。

一个多小时后，医生出来了："病人情况不太好，你们要做好心里准备。"

"医生，我妈妈醒过来了吗？"尹志丹抓着医生的胳膊问。

"我们已经尽力了。"医生拿开尹志丹的手，轻叹一声，走了。

大家蜂拥冲进病房，看到谭冬英的表情已经变得平静了，眉头舒展了，她的鼻子上罩着氧气罩，手上打着吊针，透明的液体正无声地流进她几乎枯竭的身体里。只是她眼角的泪滴依旧挂在那儿。

心电渐渐变得平缓，看上去很快就要变成一条直线。

"妈妈，妈妈……"

尹志丹、尹志燕和尹志斌几乎同时冲过去趴在谭冬英的床头呼喊，谭冬英眼角的泪缓缓地滑落下来，滚落在惨白的枕头上。

"妈妈，你不要离开我们，我们已经没有爸爸了，我们不能没有妈妈。妈妈，不要走，不要走……"尹志丹抱着妈妈，哭成了一个泪人。

"妈妈，别走，妈妈，我说过我要赚很多钱，将来给您买大房子，带您去旅行，让您享受最好的晚年，妈妈您不要丢下我们啊！"尹志燕埋首在妈妈心口，号啕大哭。

"妈妈，您说您这辈子最大的愿望就是见到二姐，和二姐好好地生活在一起。现在我们终于把二姐找回来了，您再睁开眼睛，好好看看二姐吧！妈妈，二姐其实也是一样爱您的，她是爱您的啊，妈妈……"尹志斌伤心欲绝。

茹意站在床尾，失声痛哭。

就算再恨她，就算再怨她，就算再不想原谅她，这一刻，面对躺在病床上即将永远离开这个世界的她，茹意心里只有一阵盖过一阵的伤痛。

爱和恨，都是对一个鲜活的生命才有意义。她对自己带来的伤害，确实无法被原谅，可是，难道你真的要背负着这么沉重难以释怀的恨过一生吗？

谭冬英的一生是何其不幸，她心有荆棘，活得痛苦不堪，千疮百孔，难道你要重蹈她的覆辙吗？心里怀着巨大仇恨的人，这辈子是注定无法获得幸福的。

茹意突然想起艾奶奶的一句话：你可以不原谅她，但是，你得放过你自己。

屏幕上的心电图渐渐变成了一条直线，他们三个抱着她的身体哭成一团。

茹意含泪走过去，缓缓地握住了她枯瘦的手，含着泪唤了一声："妈妈……"

下一秒，她强烈地感觉到了自己握着的那只手颤动了一下，然后两颗晶莹的泪珠顺着谭冬英的眼角滚落下来，心电图彻底变成了一条直线。

办完了妈妈的丧事，茹意准备带张毅北上，却在出发前接到了杰森的电话，说莉莎将于明天抵达江城国际机场。

生活就是这样，有的人走得毫无征兆，有的人来得猝不及防。

第二天，茹意开车去机场接莉莎。

早就在照片里见过那个阳光自信美丽大方的莉莎，但是见面后，茹意还是被莉莎的样子惊艳了。

一头干练的短发，小麦色的肌肤发出健康的光泽，一米七五的个头，修长的双腿，优美的曲线，把一身简单的 T 恤衫配牛仔裤穿出了 T 台风，那酷似龚柳根的眉眼和笑容，放在莉莎脸上，却显出了别样的风情和美丽。

这果然是一个被爱滋养大的孩子，浑身上下都散发着迷人的光芒。

"茹意，你好！"莉莎说着一口流利的中文，刚走出来，就热情地拥抱茹意，"非常感谢你帮我找到我的亲生父母，我现在就要去见他们，我太想他们了。"

茹意抱着比自己高出一大截的莉莎，顿时眼眶酸涩，喉咙哽咽，只好忍着心里的酸痛对她说："莉莎，欢迎你回家！你的中文名叫龚如意。"

"啊哈，太好了，我居然和你是同一个名字。"莉莎很开心地笑道，她并不知道自己和茹意之间还有这样一层特殊的关系。

上了车，茹意决定把自己和她之间的渊源告诉她，只是隐去了李大红和龚如军对自己的那些不好。

"这么说，我就是你的姐姐，而你是我的妹妹了？我太高兴了！"莉莎又主动给了茹意一个大大的拥抱，她太喜欢你这个妹妹了，没想到自己在中国不仅有爸爸妈妈，还有哥哥和妹妹，我太幸福了。

"我先带你去见你的妈妈吧？"茹意说。

"好，我要马上见到她！她在哪里？"

"她在一个县城里，我们得坐高铁过去。"茹意说，"我们先开车去高铁站，再坐三个小时高铁就到了。"

上了高铁，莉莎一路感叹中国的高铁先进，沿路看到的风景也让她很兴奋。虽然她已经在网络上了解了很多关于中国的事情，但是真正亲眼目睹后，莉莎还是被深深地震撼了。

"中国太美了，中国太先进了！机场和高铁都比美国好，我太开心了！"莉莎一路上都处在惊喜中。

茹意好几次想把爸爸的事情告诉她，可每次话到嘴边，她还是不忍心说出口，她怕莉莎承受不了。

莉莎对自己的亲生父母朝思暮想，回到国内唯一的目的就是见到他们。她离开的时候那么小，龚柳根和李大红对她都很疼爱，她仅有的那点童年记忆如果还保存着的话，那也一定是幸福美好的。

三个小时后，两人抵达了白水高铁站。单月月带着果果在出站口迎接她们。

见到果果，莉莎很激动，抱着果果猛亲了几口，给果果带了好吃的巧克力和玩具，果果特别高兴。她也给茹意和单月月带了礼物，给家里的每一个人都带了礼物，包括爸爸妈妈和哥哥，每个人都有一份。

当她兴奋地走进客厅，见到穿着一身花睡衣的老妇人，头发凌乱、眼神呆滞、脸色浮肿地坐在沙发上，正对着打开的电视发呆时，她惊愕地回头看了一眼茹意，下意识往后退了几步，嗫嚅着声音小声道："她，是谁？"

"她就是你的妈妈，李大红。"茹意握着她的手安慰道，"一个月前，她刚刚失去丈夫，最宠爱的儿子又被抓去坐牢，她一时无法承受这样的打击，精神崩溃了，从此再也没有开口说话。"

"你是说，我的爸爸他去世了？"莉莎犹如遭遇了晴天惊雷，完全无法接受这个事实。

"对，爸爸一个月前不在了，你哥哥也是那个时候被抓去坐牢的。你妈妈就是无法接受这样接二连三的打击，才变成了现在这样。"

"我哥哥为什么会坐牢？爸爸是怎么去世的？"莉莎缓缓地挪动脚步，在李大红的跟前蹲下来，眼里噙满了泪水。

她一直以为家里所有的人都在，爸爸妈妈和哥哥，他们会一起迎接自己回家，她期盼着和家人团聚，没想到这个家却破碎成了这样。

莉莎心如刀割，抱着呆愣的李大红痛哭。李大红毫无反应，始终是一副木愣愣的表情，她不解地看着这个抱着自己哭泣的女孩儿，时不时嘴角还会露出一丝无法名状的笑，只是谁也不知道她在笑什么，在想什么。

"我哥哥为什么会被抓去坐牢？"哭了很久，莉莎满脸泪痕地看着茹意问道。

茹意怕莉莎知道真相后更难过，只好简单告诉她："龚如军做了一些错事，被抓进去接受改造，爸爸是被他气死的，你妈妈也是被他气成现在这样的。"

"原来哥哥是这样的一个人，唉……"莉莎擦干眼泪沉沉叹气，转头替李大红将了将凌乱的头发，"妈妈，我是如意啊，是您二十多年前走失的女儿龚如意，我现在回来了，您还记得我吗？"

莉莎拉着李大红的双手，希望她能认出自己，给自己一个回应。

可是，李大红眼神呆滞地看着电视，一点儿反应都没有。

"妈，你走丢的女儿回来了。妈，你看看她，她就是那个两岁时走丢的如意啊！"单月月走过去，摇了摇李大红的肩膀说。

李大红的眼睛动了动，抬起来看了单月月一眼，似乎听懂了什么，又好像没听懂，一脸不解地看着单月月。

"她就是那个真正的如意，你的亲生女儿龚如意，你自己说没有把她看好，把她弄丢了的那个女儿，现在她从美国回来了！她是特意回来看你的，你看看她，是不是长得很像你和爸爸啊？"单月月指着跪在李大红跟前的莉莎说，示意李大红看向莉莎。

李大红的脸上依旧毫无反应，只是木愣愣地转动脖子，机械地移动目光，许久，终于看到了跪在自己跟前的这个人。

她眯着眼睛歪着脑袋盯着她看了好半天，仿佛要从记忆深处找到什么。时间一点一点从她皱起的眉头之间流过，莉莎以为她能想起来，一脸热切地迎着她的目光，嘴里不停地喊着她："妈妈，我是您的女儿如意，龚如意，我回来了！"

可是，她机械地移开目光，仰头看向单月月，呆滞地眨动了一下眼睛，然后木然地摇了摇头，表示自己不认识这个人。

"你再好好想想，你曾经走失过一个两岁的女儿，叫龚如意。现在她回来了，你看看，她很像爸爸啊。"单月月也很难过，李大红现在只认识她一个人，有时候她连果果都不认识。

李大红还是摇了摇头，表示什么都不记得了。手里抓着遥控器，笨拙地一下一下地按动按键，却并不知道自己要看什么，只是不停地机械地按着，谁也不知道她在想什么。

"妈妈，您真的不记得我了吗？我是您的女儿龚如意啊，我特意从美国回来看您的！妈妈，您看看我，看看我……"莉莎流着泪跪在李大红跟前。

李大红却再也没有看她一眼，仿佛根本没听到她的声音一样，一眨不眨地盯着电视屏幕。

莉莎跪得双脚都麻了，李大红依旧没有任何反应，最后，莉莎抱着李大红泪流不止。她把从美国带来的那些吃的用的交给了单月月。

"茹意，等我回美国联系好医院，我要把妈妈接到美国去治病，我一定要把她治好。"莉莎神情哀伤地看着李大红。

茹意点了点头，道："我带你去看看爸爸吧！"

两人一起来到爸爸的墓地，献上一捧新鲜的百合花。

阳光下，墓园里静得让人害怕。这个季节，这个时间，鲜有人来扫墓。整个墓园只有她们两人，和偶尔从空中孤独飞过的鸟儿。

看到墓碑上爸爸的照片，莉莎伤心不已，她用手指沿着那刻上去的字迹，一笔一画书写着墓碑上的名字：龚柳根。

"爸爸，我是您二十六年前走失的女儿如意，我回来了，您还记得我吗？妈妈已经不记得我了，我相信您一定记得我。这么多年，我一直以为我七岁时遭遇车祸去世的是我的亲生父母，没想到他们也是我的养父母。我一点儿都不记得两岁时自己走丢的事情，因为我的养父母很爱我，在那个家里，我也有一个哥哥，我还会继续找他，他也是我的亲人。这么多年，我一直以为自己在中国已经没有父母了，没想到你们也一直在找我，如果我知道，我一定会更早地回来找你们。爸爸，是我回来得太晚了，对不起……"

莉莎边哭边说，听得茹意也泪流满面。

爸爸的突然离去，是她心里最大的痛。亲生母亲为她负疚一生，带着伤痛离去，也成了她心中抹不去的遗憾。

看着跪在墓碑前的莉莎，茹意不禁仰天泪流：如果当年走失的那个女孩儿是她，而龚如意一直留在龚柳根和李大红身边，那该多好啊！

后　记

自从 2012 年偶然开始网络小说创作，到今年已经整整十个年头了。十年间，我在网上写下了一千多万字的故事，得到了读者的肯定和追随。在那些熬夜码字日更万字的时间里，始终有个故事萦绕在我的心头，就是我最想写的这个故事。因为这个故事中的人物原型是我的三个表妹。

在那个只生一个好的年代（20 世纪 80 年代），我见证了她们一出生就被父母遗弃（送人）、中途辍学、早早被迫结婚，然后婚姻不幸、生活艰难的坎坷人生。她们虽然出生在三个不同的家庭，人生轨迹却奇迹般吻合。每每想到她们，看到她们，我内心就有一股强烈的冲动，想把她们的故事写下来，因为我觉得，这是一代人的伤痛，应该被记录被看见。终于，在 2020 年初宅家的那段日子，我停止了网络写作，用半年多的时间，潜心写下了这个故事。

心理学家阿德勒说：幸福的人一生都被童年治愈，不幸的人一生都在治愈童年。我的三个表妹就是因为童年被父母遗弃，遭遇了严重的心理创伤，所以此后的人生都很不幸。在她们身上，我看到了童年创伤对一个人未来命运的巨大影响，看到了她们成年后努力生活却依然无法摆脱各种不幸遭遇的魔咒，她们结婚离婚，甚至再结再离，人生陷入了一种不幸的闭环中。正如阿德勒所说，她们在用一生治愈自己的童年。

心理学上认为，一个人和父母的关系，就是 ta 和世界的关系。创作这部小说的初衷，是希望通过这个故事，探寻原生家庭对一个人的命运影响，探寻遭遇童年创伤的人（尤其是女孩），怎样跨越苦难和过去和解，怎样和自己和解，怎样和这个世界和解；如何通过接纳自我、接纳亲情和爱情来疗愈自我，达到觉醒和自我实现，从而获得涅槃重生。

在这本书的读书分享会现场，有读者说从如意的身上看到了自己的影子，看到了自己作为女孩从小被父母不平等对待的心酸；更有读者说这写的就是他的姐姐或妹妹，因为在他们身边，有许多这样的"如意"，尤其是在乡村，这样的女孩儿都如草芥一般生长。我的同学说，她读了这个故事哭得心碎欲裂，因为她感同身受，"如意"遭遇的一切，她都遭遇过，看"如意"经历的那些苦难，她犹如在照镜子。

是啊，那个年代的乡村社会，有太多这样被苦难和不幸淹没的"如意"。在中国传统的父权社会中，重男轻女的思想本就根深蒂固，再加上当年计划生育的政策，导致不少女孩儿从出生就被父母嫌弃（这是一种精神遗弃），甚至丢弃（送人），她们年幼辍学，从小就是家庭的劳力，十七八岁就被父母（或养父母）以天价彩礼"许配"给一个只见过一面的男子，用她们的青春为父母赚取最丰厚的回报。她们没有童年，更不曾享受过父母的温暖和爱；她们在伤痛中长大，她们活得卑微又艰辛，她们身后没有支撑，所有的苦难只能自己扛；她们也从未被这个世界所看见。

她们说，我笔下重生的"茹意"是何等的幸运，那只是我作为作者的一种美好寄托，生活中的"如意"是很难成为"茹意"的，她们大多数人只能日复一日地重复着她们的苦难生活。

确实，生活中有太多的"如意"，而只有极少的"如意"能成为"茹意"。就像书中的"单月月"，她就是那个在苦水里泡大，在命运的沼泽地不断挣扎的女孩儿。面对"茹意"，她是那么羡慕，"茹意"现在的生活，她身不能至，心向往之。这也是我要让"如意"成为"茹意"的原因。对于女性的觉醒，只要有万分之一的可能，就值得付出百分之百的努力。我让"茹意"获得了世俗意识上的成功，有了自己的事业，实现了财务自由，也让她重新面对过去的家庭和苦难，面对内心的创伤再次被撕开，面对贪婪的养母，面对柔弱的养父，面对心怀愧疚疾病缠身的生母……面对她之前想逃避的一切。

直面残酷的现实，直面自己伤痕累累的内心，这对茹意很残忍。但只有面对问题，才能真正解决问题；只有正视伤痛，才能无惧伤痛；也只有经历这样的生命体悟之后，她才能做到真正觉醒，才能在化解伤痛和纠缠后实现和过去和解，和养母和解，和生母和解，和自己和解，从而和这个世界和解，获得心灵上的解脱和重生。

这几年，关于原生家庭的探讨越来越多。因为一个人的性格、处事方式、成功或者失败，都可以追溯到 ta 的原生家庭。苏珊·福沃德在《原生家庭》一书中列举了七种"有毒"父母：无不是的父母、不称职的父母、操控型父母、酗酒型父母、身体虐待型父母、言语虐待型父母、性虐待型父母。对照来看，许多父母都能从中找到一点儿自己的影子。在养育孩子的过程中，没有人能做到百分百的正确，也没有一个父母能够做到，不让孩子在成长的过程中受到一丁点儿的伤害。诚然，我们不能成为完美的父母，但我们可以尽量不做"无知"的父母，不做"有毒"的父母，尤其不能成为"做恶"的父母。

因为在这个世界上，有些错，注定是无法被原谅的，比如生而不养，比如养而不善。所以，茹意最终的和解，不是原谅谁，而是放过自己。

最后，这本书的出版和再版，要真诚地感谢我的家人和朋友对我的支持，尤其是我的先生对我的鼓励和支持，是他的督促和鞭策让这本书得以顺利出版；同时也要感谢广东人民出版社的编辑们对本书提出的宝贵意见，以及他们为此付出的辛勤汗水，在此深表感谢！

小　树

2022 年 10 月于广东潮州

听青春故事专栏
陪你度过闲暇时光

【青春故事专栏】

听青春故事专栏，感受丰富多样的难忘经历。

【同类小说推荐】

听同类优质小说，享受作者过瘾的情节设计。

【小说阅读交流群】

加入本群与一群爱阅读的书友，分享你读过的精彩小说。

微信扫码